Karl-May-Weltkarte, Amerika
Die Ziffern bezeichnen die Handlungsorte der Karl-May-Bände 1-86
Mercator Projektion

KARL MAY'S GESAMMELTE WERKE UND BRIEFE

BAND 91

BRIEFWECHSEL MIT FRIEDRICH ERNST FEHSENFELD I

KARL-MAY-VERLAG
BAMBERG · RADEBEUL

KARL MAY

BRIEFWECHSEL

MIT FRIEDRICH ERNST FEHSENFELD

ERSTER BAND

1891 – 1906

Mit Briefen von und an Felix Krais u. a.

HERAUSGEGEBEN VON
DIETER SUDHOFF

unter Mitwirkung von
Hans-Dieter Steinmetz

1.-10. TAUSEND

KARL-MAY-VERLAG
BAMBERG·RADEBEUL

INHALT

Herausgegeben von Dieter Sudhoff
Herausgeber der Gesammelten Werke: Lothar und Bernhard Schmid

Deckelbild: Selmar Werner

Druck: Fuldaer Verlagsanstalt
ISBN 978-3-7802-0091-4

Vorwort

Jener Morgen im November 1891, an dem sich auf dem kleinen Bahnhof Weintraube in Oberlößnitz zwei Männer unterschiedlichster Art – der eine hochgewachsen und schlank, mit rotblondem Haar und Spitzbart, aufrecht in Haltung und Gesinnung, der andere leicht untersetzt, mit bereits angegrautem Schopf über der hohen und breiten Stirn und einem Anflug von Reiterbeinen, dem einzigen Anzeichen einer in jeder Hinsicht fabelhaften Vergangenheit als Weltläufer – das erste Mal in die Augen blickten, darf als eine Sternstunde für die deutsche Literaturgeschichte gelten. Für die beiden Männer selbst war es der Beginn einer mehr als zwei Jahrzehnte währenden gemeinsamen Erfolgsgeschichte, die in ihrer letzten Zeit zwar nicht ungetrübt blieb, in ihren Ergebnissen aber sie selbst überdauern und eigentlich bis heute fortleben sollte.

Im Frühjahr 1891 waren dem noch jungen und unbekannten Freiburger Verleger Friedrich Ernst Fehsenfeld (1853–1933) alte Jahrgänge der katholischen, bei Friedrich Pustet in Regensburg erscheinenden Familienzeitschrift *Deutscher Hausschatz in Wort und Bild* in die Hände geraten. Seiner freigeistigen Einstellung (Fehsenfeld war zumindest später Mitglied und vermutlich auch Meister vom Stuhl der Freiburger Freimaurerloge „Zur Edlen Aussicht“) konnte das streng kirchlich gesinnte Blatt eigentlich nicht entsprechen, aber er war darin auf eine überaus spannende Reiseerzählung mit dem exotischen Titel *„Giölgeda padiśhanün“* (Im Schatten des Großherrn) gestoßen, die dort mit mehreren Fortsetzungen von 1881 bis 1888 erschienen war und die ihn derart gefesselt hatte, dass er darüber für Tage und Wochen alles andere um sich vergessen konnte. Eine glückliche Stunde hatte ihm dann die Idee seines Lebens geschenkt, wie er sich noch 1933, kurz vor seinem Tode, erinnern sollte: *„Diese* Erzählungen in *Buchform*, nicht in einer Zeitschrift zerstückelt, sollten der Deutschen Jugend geschenkt werden, das war mein Gedanke u. ich ging an's Werk." Wohl schon im Juli 1891 hatte er sich, in einem heute verschollenen Brief, erstmals an den ihm bisher unbekannten Verfasser Karl May (1842–1912) in Oberlößnitz gewandt, war aber vier Monate ohne Antwort geblieben. Vermutlich erst nach einer erneuten Anfrage war es im November zu einer Einladung gekommen, und Fehsenfeld war von Freiburg nach Dresden gereist; vom dortigen Böhmischen Bahnhof aus hatte ihn dann eine halbstündige Fahrt zur Station Weintraube gebracht, wo der Schriftsteller ihn schon erwartete. Nun standen sich die beiden Männer erstmals gegenüber, und wenn man späteren Zeugnissen folgen darf, waren sie sich vom ersten Moment an sympathisch. „So muss mein Verleger aussehen!", soll May zu seinem Gast gesagt haben. Die von ihm und seiner Frau Emma (1856–1917) gemietete „Villa Agnes" lag nur sechs Minuten entfernt an der Ecke der Nizzastraße (Brd.-Cat.-Nr. 1d, später Nr. 13, heute Radebeul, Lößnitzgrundstraße 2). Dort wurde am 17. November jener historische „Verlags-Vertrag" geschlossen, in dem die „Unterzeichneten" sich zur „Buchausgabe der im ‚Deutschen Hausschatz' und andern Zeitschriften bisher erschienenen Reiseromane des Herrn Dr. Karl May" vereinigten. Vereinbart wurde darin, dass May vor Erscheinen eines jeden Bandes gleich nach dem Eintreffen des ersten Manuskriptbogens 500 Mark erhalten sollte und nach dem Absatz der ersten 5000 Exemplare weitere 1000 Mark. Damit waren beide Partner zufrieden, und so wurde der glückliche Vertragsabschluss, der zugleich den Beginn einer bis zum Tode des Schriftstellers andauernden persönlichen Verbindung bedeutete, mit einer Flasche Wein gefeiert und besiegelt.

Zu Mays Entschluss, sich ausgerechnet mit dem jungen, unbekannten und bisher nur wenig erfolgreichen Freiburger Verleger zu verbinden, während er ähnliche und lukrativere Angebote renommierter Männer wie Friedrich Pustet oder Wilhelm Spemann stets zurückgewiesen hatte, trug sicherlich bei, dass sich beide darüber einig waren, die Buchausgabe zunächst auf dem Kolportageweg, also in Lieferungsheften, zu verbreiten; entscheidender aber war vermutlich die offene und ehrliche Art Fehsenfelds, der ohne Weiteres einräumte, über keine eigenen Geldmittel zu verfügen. Tatsächlich wurde er in dieser Zeit wohl von seinem kapitalstarken Vetter, dem Leipziger Verlagsbuchhändler Johannes (Hans) Grunow (1846–1906), finanziell unterstützt. Zudem kamen sich die beiden Männer bei Spaziergängen durch den Lößnitzgrund und bei Ausflügen nach Dresden und in die nähere Umgebung auch persönlich rasch näher. Während May bei diesen Gelegenheiten die Fassade des Globetrotters aufrecht erhielt und seinem Begleiter insbesondere seine wenig rühmliche Vergangenheit als Vagant und Zuchthäusler verschwieg, dürfte dieser ihm freimütig seine bisherige Lebensgeschichte erzählt haben.

Geboren wurde Friedrich *Ernst* Fehsenfeld am 16. Dezember 1853 in dem kleinen, heute zur Gemeinde Gleichen gehörenden Ort Groß Lengden bei Göttingen als achter Sohn des evangelischen Pfarrers Johannes Fehsenfeld (1805–1883) und dessen zweiter Frau Adelheid (1814–1855), der Tochter des Pastors Dr. Georg *August* Friedrich Goldmann (1785–1855, seit 1830 in Groß Dahlum bei Wolfenbüttel).

Johannes Fehsenfeld entstammte einer niedersächsischen Bauernfamilie, die in Oyterdam bei Achim im Bremer Land ansässig war. Nach dem Besuch der Lateinschule in Jever im nördlichen Oldenburg und des Gymnasiums in Verden an der Aller hatte er in Tübingen Theologie studiert und war dann eine Zeit lang Hauslehrer bei einer adligen Familie in Gleichen gewesen, ehe ihm 1829 die Pfarrstelle in Groß Lengden angeboten worden war, die er 54 Jahre bis zu seinem Tode innehaben sollte.

Das Pfarrhaus, zu dem auch eine kleine Landwirtschaft gehörte, die der eigenen Versorgung und dem Gelderwerb diente, war sehr kinderreich. Als Johannes Fehsenfeld nach dem Tod seiner ersten Frau seine ebenfalls verwitwete Jugendliebe Adelheid Goldmann heiratete, besaß er selbst bereits drei Töchter, und seine Frau brachte die Tochter Marie mit in die Ehe. Gemeinsam bekam das Paar in den nächsten sieben Jahren noch neun Söhne, darunter zweimal Zwillinge, von denen einige aber ihre Geburt nicht lange überlebten. Adelheid Fehsenfeld selbst starb nach der Geburt ihres neunten Sohnes, sodass ihr achter, damals erst zweijähriger Sohn Ernst von den älteren Halbschwestern betreut werden musste und später keine Erinnerung mehr an seine Mutter hatte. Vor allem der vielen Kinder wegen heiratete der Vater später noch ein drittes Mal.

Wegweisend für Ernsts Entwicklung dürfte gewesen sein, dass ihn im Jahre 1862, als er gerade acht Jahre alt war, seine Halbschwester Elisabeth (Elise) zur Entlastung des Vaters und seiner neuen Frau zu sich nach Berlin holte, wo sie mit dem bekannten und gefürchteten Publizisten und Literarhistoriker Dr. Julian Schmidt (1818–1886) verheiratet war. Nicht nur wuchs er hier in einer großstädtischen und literarisch gebildeten Umgebung auf, er lernte im Hause Schmidt (zunächst Matthäikirchstraße 18 bzw. nach einer Neunummerierung 21, dann ab etwa 1868 Von der Heydt-Straße 11 und zuletzt Kurfürstenstraße 70) auch bereits in seinen Kinder- und Jugendjahren einige der bedeutendsten Persönlichkeiten der damaligen Zeit kennen, wie den Historiker Heinrich von Treitschke, den Philosophen Wilhelm Dilthey, den Kunst- und Literaturkritiker Hermann Grimm, die Schriftsteller Gustav Freytag, Ferdinand Freiligrath, Fritz Reuter, Berthold Auerbach und Friedrich Spielhagen oder den russischen Dichter Iwan Turgenjew. Bis zur Prima (1871) besuchte Ernst in Berlin das humanistische König-Wilhelm-Gymnasium, ein anschließendes Studium blieb ihm jedoch zu seinem Leidwesen aus finanziellen Gründen verwehrt. Immerhin konnte er dank der Beziehungen seines Vetters Johannes Grunow den Beruf des Buchhändlers ergreifen, mit dem er künftig der geliebten Welt der Literatur auf eigene Weise nahestehen sollte.

Nach einer Buchhandelslehre bei Schmorl & von Seefeld

(Ernst Victor Schmorl und Alfred von Seefeld) in Hannover und ersten Anstellungen in Freiburg i. Br., Karlsruhe und Koblenz trat er 1878 in die Verlags-, Sortiments- und Antiquariatsbuchhandlung von Woldemar Weber in Berlin (Markgrafenstraße 46) ein, die er aber bereits im Jahr darauf wieder verließ, um sich selbstständig zu machen. In Giessen erwarb er 1879 die Universitätsbuchhandlung mit Antiquariat von Ernst Heinemann (Seltersweg 104), die er unter wechselnden Adressen (Bahnhofstraße 93, Frankfurter Straße 21, Seltersweg 35) fortführte, zunächst als „E. Heinemann's Universitäts-Buchhandlung und Antiquariat (F. E. Fehsenfeld)", seit dem 1. Juli 1881 dann als „F. E. Fehsenfeld (E. Heinemann's Universitäts-Buchhandlung und Antiquariat)".

Bereits in der Giessener Zeit versuchte Fehsenfeld sich in bescheidenem Rahmen auch als Verleger. Vermutlich eine seiner ersten verlegerischen Taten war 1883 die Herausgabe einer kämpferischen Broschüre von G. Gadow, *Die Freiheit der Wissenschaft und Herr DuBois-Reymond. Eine zugleich an die Adresse des Herrn Max Spangenberg, ehemaligen Vorsitzenden der „Freien Wissenschaftlichen Vereinigung" an der Universität Berlin, gerichtete, aber nicht „im Auftrage" herausgegebene Betrachtung*, die bei aller tagespolitischen Skurrilität doch von Fehsenfelds freidenkerischer Haltung zeugte. Seinen natur- und heimatkundlichen Interessen entsprach im Jahr darauf die Edition einer kleinen Arbeit von Karl Eckstein über heimische Rädertierchen, *Die Rotatorien der Umgegend von Giessen*. Weitere Werke aus dieser frühesten Zeit mit zweifelsfreier Verlagsangabe (einige Bücher vertrieb Fehsenfeld nur in Kommission) konnten bisher zwar nicht nachgewiesen werden, sind aber durchaus anzunehmen.

Persönlich wichtiger als seine ersten verlegerischen Gehversuche war für Ernst Fehsenfeld gleich zu Beginn seiner Giessener Zeit die Begegnung mit Paula (Pauline) Rheinboldt (1858–1947), der Tochter des Rechtsanwalts Josephus (Josef) Rheinboldt (1817–1905) aus Baden (Baden-Baden, Lange Straße 55), die er vor Ablauf einer mit den skeptischen Eltern vereinbarten Probezeit am 22. Mai 1880 in ihrem Heimatort heiratete. Am 21. September 1881 wurde in Giessen der erste Sohn *Hans* Viktor Friedrich geboren, der jedoch bereits 1891, wenige Monate vor der Verbindung mit Karl May, an einer nicht rechtzeitig erkannten Blinddarmentzündung starb. Ein zweiter Sohn, Wolfgang, der am 10. Dezember 1886 geboren war, starb sogar schon im frühesten Kindesalter, am 11. Mai 1888. Welchen andauernden Schmerz vor allem der Tod seines Erstgeborenen für Fehsenfeld bedeutete, lässt eine Tagebuchnotiz vom 18. Dezember 1891 erahnen: „Finster liegt mein Leben, ja die ganze Welt vor mir. Unser großes Glück, mein Freund und Kamerad, wo ich wandelte, mein einziger Sohn ist todt." Einen Trost fand Fehsenfeld in seinen über alles geliebten Töchtern Eva (später Frau Guenther, 18.6.1883 – 29.2.1972) und Dorothea (Dora, später Frau Schick, 19.7.1889 – 1966), die dann auch die besonderen Lieblinge Karl Mays werden sollten.

Fehsenfelds zweiter Sohn Wolfgang und seine jüngste Tochter Dora wurden bereits in Freiburg i. Br. geboren. Wohl auf den Wunsch seiner süddeutschen Frau hin hatte Fehsenfeld sich 1885 entschlossen, seine Giessener Buchhandlung an den Buchhändler Magnus Baltz zu verkaufen – sie firmierte dann noch bis 1889 als „Fehsenfeld's Universitäts-Buchhandlung und -Antiquariat (M. Baltz)" – und war mit seiner Familie in die aufstrebende badische Universitätsstadt (Schiffstraße 20, später Salzstraße 19) gezogen, die ihm noch aus seiner Gesellenzeit lieb und vertraut war. Seit dem 15. Oktober 1885 führte er dort im Haus Unterlinden 2 fast fünf Jahre lang eine Sortimentsbuchhandlung mit Antiquariat. Obwohl das Geschäft gut lief, konnte die dienstleistende Tätigkeit als Buchhändler Fehsenfeld jedoch auf Dauer nicht genügen. Ermutigt durch Johannes Grunow und wohl nicht zuletzt unter dem Einfluss seines weiteren Vetters Felix Krais (18.2.1853–24.3.1937), der als Geschäftsführer ebenfalls in einigen Buchhandlungen gearbeitet hatte, seit 1889 aber die 1829 von seinem Großvater Carl Hoffmann (1802–1883) gegründete Hoffmannsche Buchdruckerei im nicht allzu weit entfernten Stuttgart führte, wagte er es, am 1. April 1890 in der Freiburger Wallstraße 10, Ecke Marienstraße, eine eigene Verlagsbuchhandlung zu eröffnen. Sein Geschäft Unterlinden 2 verkaufte er (offiziell erst am 1. Juni 1890) an den Buchhändler Paul Ohnesorge (1847–1899); es firmierte ab dem 1. Januar 1891 als Buchhandlung „Paul Ohnesorge (vorm.: Fehsenfeld)".

Daran, dass im Haus Wallstraße 10 einmal Verlagsgeschichte geschrieben worden ist, erinnert heute nichts. Stattdessen weist eine deutsch-kyrillische Plakette darauf hin, dass die berühmte russische Dichterin Marina Zwetajewa (1892–1941) hier (als Kind) in den Jahren 1904 bis 1905 wohnte; freilich verschweigt die Inschrift, dass in dem Haus damals das streng geführte Pensionat der Institutsleiterin Paula Brinck untergebracht war und dass sich die kleine Marina und ihre Schwester Anastasija dort gar nicht wohl fühlten. Als Friedrich Ernst Fehsenfeld 1890 hier seinen Verlag gründete, war das Haus dagegen noch voller Aufbruchsstimmung. Sein Hausautor in den Anfangsjahren, die eigentlich bereits 1889 begonnen hatten, und damit in gewisser Weise Karl Mays Vorgänger war Curt Abel (1860–1938), der Sohn eines Professors für Vergleichende Sprachwissenschaft und Völkerpsychologie. Wie Fehsenfeld hatte Abel das Berliner König-Wilhelm-Gymnasium besucht. 1883 war er zu seinem Schwager nach Amerika gereist, wo er zunächst als Obstpflücker und später als Lokalredakteur beim deutschsprachigen *San Franciscoer Abendblatt* gearbeitet hatte. Seit 1885 besaß er die amerikanische Staatsbürgerschaft und nannte sich Abel-Musgrave, doch kehrte er 1886 nach Deutschland zurück und ließ sich nach einer wiederholten Militärzeit in Freiburg nieder, um dort sein unterbrochenes Medizinstudium wieder aufzunehmen. In dieser Zeit lernte er Fehsenfeld kennen, der dann bereits 1889 das „Feen-Märchen aus dem Schwarzwald" *Prinzessin Titisee* und weitere dramatische Werke Curt Abels als seine ersten Bücher im Freiburger Verlag herausgab. Einiges Aufsehen erregten Abel und Fehsenfeld im Jahr darauf mit militärpolitischen Streitschriften, besonders mit der in zweiter Auflage herausgegebenen Broschüre *Vier Wochen Vice-Wachtmeister*, die Auszüge eines Tagebuchs enthielt, das Abel im Sommer 1889 während eines Reservistendienstes geführt hatte. Weil er darin die Misshandlung von Soldaten angeprangert hatte, wurde Abel 1890 zu einem vierzehntägigen Militärarrest mit anschließender Degradierung verurteilt, was ihn und seinen Verleger freilich nicht davon abhielt, noch im selben Jahr eben hierüber die Broschüre *Vor dem Kriegsgericht. Die kriegsgerichtliche Verfolgung in Sachen meiner Broschüre: „Vier Wochen Vice-Wachtmeister“* folgen zu lassen. Die Bloßstellung sozialer, hygienischer und anderer Missstände betrieb Abel, der im Übrigen ein leidenschaftlicher Monarchist war, auch weiterhin in zahlreichen Sachbüchern, Erzählungen und Theaterstücken; Ende 1891 ging er jedoch nach England, wo er sein Brot als Lehrer und Erzieher verdiente. Zwar kehrte er 1898 wieder nach Deutschland zurück und wurde als Übersetzer auch erneut für Fehsenfeld tätig, für den er etwa Rudyard Kiplings berühmtes *Jungle Book* (*Im Dschungel*, 1898) übertrug, die frühere enge Verlagsverbindung ließ sich jedoch nicht wieder herstellen.

Abels Weggang dürfte ein wichtiger Grund dafür gewesen sein, dass Fehsenfeld sich 1891 gezielt nach einem neuen und Erfolg versprechenden Autor umsah. Hinzu kam, dass sich die meisten seiner populärwissenschaftlichen und volkstümlichen Bücher und Broschüren als nur schwer verkäuflich erwiesen hatten. Erwähnenswert unter ihnen ist vor allem ein von Fehsenfeld selbst gemeinsam mit Emil Schwehr zusammengestelltes Liederbuch *Radlers Wanderlieder* (1890), das von seiner großen Begeisterung für das Radfahren zeugt. Den ersten Freiburger Radfahrerverein, für den ein weiteres Büchlein von Schwehr (*Touren-Buch des Gau VII „Schwarzwald“ des deutschen Radfahrer-Bundes*, 1891) gedacht war, hatte Fehsenfeld selbst mit ins Leben gerufen. Aber auch sonst war er ein passionierter Freizeitsportler, der das Wandern, Turnen und Schwimmen, Skifahren und Schlittschuhlaufen, später auch die Wildjagd und das Automobilfahren liebte. In dieser Begeisterungsfähigkeit, wenn auch auf anderem Gebiet, traf Fehsenfeld sich mit Karl May, und auch dies mag erklären, weshalb sich nach dem Vertragsabschluss im November 1891 für einige Jahre nicht nur eine Zweckgemeinschaft, sondern auch eine Männerfreundschaft zwischen ihm und seinem neuen Autor ergab.

Die Energie, mit der sich Verleger und Verfasser sogleich an die Herausgabe von „Carl May's Gesammelten Reiseromanen" machten, ist erstaunlich. May selbst lieferte noch im Dezember 1891 den Entwurf für einen ersten Prospekt und schrieb auch das *Vorwort* zum ersten Band des Orientzyklus, mit dem die Reihe eröffnet werden sollte; unterzeichnet wurde es freilich vom „Herausgeber und Verleger": „Selbst ein treuer Leser von Dr. Karl May, erging es mir stets wie allen Andern, welche seine Reisewerke kennen: ich konnte das Erscheinen einer von ihm angekündigten neuen Arbeit immer kaum erwarten. Die Gründe dieser Ungeduld, welche ich bei der Lektüre keines andern Schriftstellers in dieser Weise an mir und vielen Andern beobachtet habe, sind einesteils in den hochinteressanten Sujets, welche er wählt, und andernteils in der originellen und meisterhaften Weise, in welcher er sie beherrscht und behandelt, zu suchen. Bei ihm ist keine Zeile ohne Leben, ohne innere und äußere Bewegung. Er empfindet, denkt und berechnet auf seinen Reisen wie wenige Seinesgleichen und zwingt den Leser, mit ihm zu fühlen, mit ihm zu denken und zu berechnen. Man lebt sich so in ihn hinein, daß man ganz und vollständig sein Eigen wird."

Geplant waren anfangs nur zehn bis zwölf Bände, am Ende sollten es bis zum Jahr 1910 immerhin 33 werden. Bereits am 18. Januar 1892 konnte Fehsenfeld (mit Datum vom 15. Januar) im *Börsenblatt für den Deutschen Buchhandel* melden, dass in seinem Verlag „Karl May's gesammelte Reiseromane in 10tägigen Lieferungen" erscheinen; „Lieferung 1 wird am 21. Januar ausgegeben". Eine Lieferung umfasste vier Bogen

(64 Seiten); schon Ende April 1892 lag der Band, der damals noch den leicht anrüchigen Titel *Durch Wüste und Harem* trug (ab 1895: *Durch die Wüste*), mit zehn Lieferungen (634 Seiten) vollständig vor. Die auch für Prospekte und Lesezeichen verwendete Umschlagzeichnung der Hefte stammte von Peter Schnorr, der 1907/08 auch noch zwei Bände der „Illustrierten Reiseerzählungen" bebildern sollte. Als problematisch hatte sich der anfängliche Preis von fünfzig Pfennig erwiesen, der vielen Lesern zu hoch schien. Fehsenfeld wollte auf vierzig Pfennig heruntergehen, ließ sich dann aber von seiner geschäftstüchtigen Frau Paula dazu überreden, nur dreißig Pfennig zu verlangen, weil dies wesentlich wirksamer sei. Der danach einsetzende Verkaufserfolg gab ihr Recht; allerdings sah der Verleger sich dadurch genötigt, den fast 4000 Erstabonnenten die Lieferungen 5 und 6 unberechnet zugehen zu lassen. Ab Lieferung 7 mussten sie nur dreißig Pfennig entrichten; für Neuabonnenten galt von der ersten Lieferung an der geminderte Preis.

Anfang Mai 1892 erschien dann auch die Buchausgabe des ersten Bandes der „Gesammelten Reiseromane", im später klassisch gewordenen grünen Leineneinband mit goldenem Schild und schwarzen Arabesken auf dem Rücken und farbigen Deckelbildern. Einbandvarianten dieser kleinoktaven Bände gab es dann noch in Halbfranz, Kalbleder, Saffianleder und rotem Leinen. Die Deckelbilder stammten von Max Mandl (1864–1937), Fritz Bergen (1857–1941, Vater des späteren May-Illustrators Claus Bergen), Albert Richter (1845–1898) und anderen, zumeist unbekannten Künstlern. Die Idee zu dieser in der Werkausgabe des Karl-May-Verlags noch heute fortlebenden äußeren Gestaltung, die bei aller Originalität ganz dem gründerzeitlichen Geschmack entsprach, dürfte Felix Krais gehabt haben, der durch seine enge Zusammenarbeit mit Fehsenfeld auch sonst großen Anteil am Erfolg der neuen Edition hatte. Gedruckt wurden die „Gesammelten Reiseromane" von seiner Hoffmannschen Buchdruckerei in Stuttgart, gebunden wurden sie vornehmlich von dem ebenfalls in Stuttgart ansässigen Buchbinder C. H. Schwabe. Die Auslieferung wurde von Fehsenfeld selbst in Freiburg besorgt sowie von den Kommissionären Friedrich Ludwig Herbig (Johannes Grunow) in Leipzig und der Rieger'schen Verlagsbuchhandlung in Stuttgart. Der Preis der gebundenen Ausgabe belief sich auf 4 Mark, die Heftausgabe war bereits für 3 Mark zu bekommen.

Neben dem Identifikationsangebot, das Mays Abenteuerromane den fernwehkranken, zumeist bürgerlichen und jugendlichen Lesern machten, neben der ansprechenden einheitlichen Gestaltung der Bücher, die zum Sammeln reizte, und neben der Möglichkeit, sie preisgünstig in Lieferungen zu erhalten, war es ein wesentlicher Faktor für den raschen Erfolg der neuen Reihe, dass die Lieferungshefte relativ kontinuierlich erschienen und die zusammenhängende Serie der ersten sechs Bände auch in Buchform innerhalb kurzer Zeitabstände vorlag. Tatsächlich konnte Fehsenfeld bereits im Juni 1892 den zweiten Band *Durchs wilde Kurdistan* herausgeben, im August folgte *Von Bagdad nach Stambul*, im Oktober *In den Schluchten des Balkan* und im November *Durch das Land der Skipetaren*; lediglich der Schlussband *Der Schut*, der eigentlich ebenfalls noch im ersten Jahr und rechtzeitig vor dem Weihnachtsfest erscheinen sollte, verzögerte sich zum Leidwesen des Verlegers bis Januar 1893, da May aus Umfangsgründen noch einen neuen *Anhang* hinzuschreiben musste. Möglich war diese rasche Publikationsfolge, die in dieser Dichte natürlich nicht dauerhaft gehalten werden konnte, nur deshalb, weil May für die Buchausgabe zwar neue Titel und neue Kapiteleinteilungen erfand, ansonsten aber doch textlich fast unverändert die *Hausschatz*-Fassung „*Giölgeda padiśhanün*“ und die Fortsetzungen *Reise-Abenteuer in Kurdistan* bis *Durch das Land der Skipetaren* übernahm. In späteren Jahren dagegen musste Fehsenfeld, der anfangs derart verwöhnt worden war, sich bei seinem Autor immer wieder über zögerliche Manuskriptlieferungen beklagen. Bei allem verständlichen Ärger des Verlegers, der seinerseits von den Lesern gedrängt wurde, ist einzuräumen, dass dies nur selten an einer wirklichen Säumigkeit des Autors lag, sondern meist durch Krankheiten oder anderweitige Verpflichtungen bedingt war. Vor allem aber ergaben sich Verzögerungen dadurch, dass May der Überzeugung war, die Leser des *Deutschen Hausschatzes* würden die Buchfassungen seiner Zeitschriftenromane nicht mehr kaufen, und sich daher entschloss, über den Vertrag mit Fehsenfeld hinausgehend und entgegen einem exklusiven Vertrag mit dem Stuttgarter Verleger Wilhelm Spemann für die Reihe der „Gesammelten Reiseromane" auch neue Texte zu liefern, die natürlich wesentlich mehr Zeit erforderten, zumal auch sein literarisches Selbstverständnis mit der Zeit immer anspruchsvoller wurde. Die Romane, die May unmittelbar für Fehsenfeld schrieb: *Winnetou I* (1893), *Old Surehand I* (1894), *Old Surehand III* (1896), *„Weihnacht!"* (1897), *Am Jenseits* (1899) und die beiden Schlussbände von *Im Reiche des silbernen Löwen* (1902-03), gehören denn auch zu seinen besten Werken überhaupt.

Der enorme Erfolg der „Gesammelten Reiseromane" spiegelte sich außer in den wachsenden Auflagenzahlen auch in den Honoraren. Während Fehsenfelds Honorarzahlungen sich 1892 noch auf 5000 Mark beschränkten und May seinen Verleger wiederholt um Vorschüsse bitten musste, weil er sich in finanziellen Schwierigkeiten befand, erhielt er 1896 und 1897 jeweils mehr als 60.000 Mark. Durchschnittlich erzielte er mit den bei Fehsenfeld erschienenen Werken eine jährliche Einnahme von 30.000 Mark. Binnen kurzer Zeit, gefördert durch die so genannte „Old-Shatterhand-Legende", der von May behaupteten Identität seines omnipotenten Ich-Helden mit seiner eigenen Person, wurden Autor und Verleger so zu wohlhabenden Männern, und wenngleich Fehsenfeld die eher im Scherz versprochene Schenkung einer Villa und später sogar eines Jagdschlosses im Schwarzwald nicht wahr machte, konnte es sich May doch bereits Ende 1895 leisten, das neu erbaute, repräsentative Haus Kirchstraße 5 in Radebeul zu kaufen, das er Villa „Shatterhand" nannte. Zudem erwirkte er am 15. November 1895 einen Nachtrag zum Verlagsvertrag vom 17. November 1891, wonach er das vereinbarte Honorar für jede Auflage bereits im Voraus erhielt, sobald er die Druckgenehmigung erteilte. Bis zur Jahrhundertwende resultierten für Fehsenfeld daraus keine Schwierigkeiten, steigerte sich die Gesamtauflage der Werke (allerdings einschließlich einer hohen Zahl von Freiexemplaren) doch laut der akribischen Buchführung von Felix Krais bis Anfang 1899 auf 617.150 Exemplare. Fehsenfeld selbst bezog 1895 ein repräsentatives Haus in der Freiburger Sternwaldstraße (Nr. 23; die Adressbücher 1898-1901 verzeichnen ihn dort in der Nr. 19, die Adressbücher 1902-07 in der Nr. 27) und erwarb am 12. Oktober 1897 als Sommersitz eine Villa in St. Märgen östlich von Freiburg, etwas außerhalb an der Straße nach St. Peter (Glottertalstraße 38, Grundbucheintrag am 22. Februar 1899, heute nach einem späteren Besitzer als Giesker-Villa bekannt), die er allerdings bereits im Oktober 1904, möglicherweise im Zusammenhang mit Grundstücksspekulationen, wieder verkaufte. Seit 1898 besaß Fehsenfeld zudem einen alten Bauernhof am Rande des im Süden von Freiburg gelegenen Dorfes Ehrenstetten, den „Lehenhof" (heute Gemeinde Ehrenkirchen, Lehn Nr. 6), den er als Jagdhaus nutzte, da er inmitten seines ausgedehnten Jagdgebietes lag. Später baute er den „Lehenhof" zu einem Wohnhaus aus, das ihm als Zufluchtsort und Stätte geselligen Familienlebens diente.

Wie eng die freundschaftliche Beziehung zwischen Autor und Verleger in den Anfangsjahren war, zeigt am deutlichsten der erste Besuch Karl und Emma Mays in Freiburg im Juni 1893. Nicht nur hielt das Ehepaar sich gut eine Woche im gastlichen Haus Wallstraße 10 auf – an den befreundeten Hofrat Emil Peschel schrieb May: „Unser Empfang bei Fehsenfeld war förmlich großartig: am Bahnhofe mit Rosen, und der Eingang zu unserm Zimmer war mit einer Guirlande bekränzt" –, es schloss sich auch noch ein dreiwöchiger

Ferienaufenthalt mit der Familie Fehsenfeld in der Schweiz, in Bönigen am Brienzersee, an. Erinnerungen Fehsenfelds und seiner Frau berichten anekdotisch von allabendlichen Skatrunden der Männer mit dem Hotelwirt, aber auch von Streitigkeiten zwischen dem Ehepaar May, welche die Urlaubsstimmung so sehr belasteten, dass die Mays noch vor den Fehsenfelds das Berner Oberland verließen. Möglicherweise hing es mit dieser am Ende unguten Erfahrung zusammen, dass May und Fehsenfeld nie wieder so lange beieinander waren. Auch ein Gegenbesuch des Ehepaars Fehsenfeld in Oberlößnitz im Herbst 1894 verlief nicht eben glücklich, wenn man Paula Fehsenfeld glauben darf: „Sie überliessen uns ihr eigenes Schlafzimmer, was uns peinlich war. Es trat Regenwetter ein, das Haus war kalt u. feucht, u. die wechselnde Stimmung des Hausherrn trug nicht zum Wohlbehagen bei." Auch in späterer Zeit kam es natürlich öfters zu wechselseitigen Besuchen in Freiburg und Radebeul, bei denen verschiedentlich auch wieder gemeinsame Ausflüge unternommen wurden. Im Vordergrund der weiteren Begegnungen und Gespräche standen jedoch zunehmend geschäftliche und literarische Fragen, und die Grenze vom distanzierenden „Sie" zum intimen „Du" wurde trotz solcher Anreden wie „Liebster Freund" bis zuletzt nie überschritten. Vielmehr lässt sich der Korrespondenz zwischen May und Fehsenfeld ablesen, dass es immer häufiger zu Konflikten kam, die zwar sachlich meist bereinigt werden konnten, unterschwellig aber fortwirkten und das Verhältnis der beiden Männer und auch ihrer Frauen beschädigten.

Zweifellos war eine dauerhafte Freundschaft zwischen Autor und Verleger von Anfang an durch das wechselseitige geschäftliche Abhängigkeitsverhältnis erschwert. Hinzu kam, dass der nüchtern kalkulierende Verleger und sein in einer eigenen Phantasiewelt lebender Autor letztlich nur wenige wirkliche Berührungspunkte besaßen, die sich schließlich allein noch auf das gemeinsame Geschäftsinteresse beschränkten. Die Hauptschuld an dieser zunehmenden Entfremdung wird man May geben müssen, der sich – in seinem ohnehin übersteigerten Selbstbewusstsein bestärkt durch die irrationale Verehrung seitens seiner Leser – in Briefen und Taten immer wieder zu wenig diplomatischen, ja oft verletzenden Handlungen hinreißen ließ. So misstraute er durchaus grundlos seinem Verleger und reiste im Oktober 1895 heimlich mit Emma nach Stuttgart und Freiburg, um ihm nachzuweisen, dass er wesentlich mehr Exemplare gedruckt habe, als er angegeben und honoriert hatte. Auch reagierte er äußerst sensibel auf jede Form selbst der leisesten Kritik, etwa zur inkonsequenten Chronologie seiner Romane, und sparte seinerseits nicht mit Vorwürfen, in denen er Fehsenfeld beschuldigte, nichts oder – schlimmer noch – das Falsche für seine Bücher zu tun. Als dieser 1896 mit Henry Rider Haggards Roman *Das unerforschte Land* eine neue Buchreihe „Die Welt der Fahrten und Abenteuer" begann, weil er begreiflicherweise nicht von der wechselhaften Produktivität eines einzelnen Autors abhängig sein wollte, untersagte May ihm brüsk, den Bänden eine ähnliche Ausstattung wie seinen eigenen Werken zu geben, die seit demselben Jahr zum Beweis ihrer Authentizität nicht mehr „Reiseromane", sondern „Reiseerzählungen" heißen sollten. Noch heftiger reagierte er, als Fehsenfeld 1898 Bildpostkarten mit Szenen aus seinen Romanen anfertigen ließ, die vor allem deshalb nicht sein Gefallen fanden, weil er sich auf ihnen nicht gut getroffen sah. Eine erste Serie von zehn Postkarten konnte May nicht mehr verhindern, er untersagte jedoch weitere Auflagen und die Herstellung künftiger Serien, zu denen die gegen Honorar angefertigten Zeichnungen bereits vorlagen, sodass Fehsenfeld ein Verlustgeschäft machte, für das er sich dann auch noch beschimpfen lassen musste. Auf solche Vorwürfe reagierte der Verleger, dem natürlich bewusst war, dass er ohne Mays Romane nie einen vergleichbaren Erfolg gehabt hätte, zumeist sehr besonnen und beschwichtigend; dabei hatte auch er Grund genug zum Ärger und zur Klage, wenn May ihn etwa auf Manuskripte warten ließ oder Romane ankündigte (u. a. *Hadschi Halef Omar*, *Marah Durimeh*, *Im Jenseits*, *Abu Kital*), die er dann doch nie schreiben sollte.

Überblickt man die Gesamtproduktion Fehsenfelds in den Jahren seit seiner Verbindung mit Karl May, so fällt auf, dass er sich um die Jahrhundertwende wieder verstärkt bemühte, neben der fortdauernden Publikation der „Gesammelten Reiseerzählungen" auch andere Projekte zu realisieren. So übernahm er 1899 etwa die heimatkundliche Zeitschrift *Alemannia*, die dann immerhin bis 1916 in seinem Verlag erschien. Wohl nicht zufällig wurde gerade das Jahr 1900 in dieser Hinsicht ein Höhepunkt. Als May im März 1899 zu seiner großen Orientreise aufgebrochen war, hatte er gemeinsam mit Emma und der Freundin Klara Plöhn (1864–1944), die 1903 seine zweite Frau werden sollte, auf dem Weg nach Genua auch die Familie Fehsenfeld in der Sternwaldstraße 19 besucht, seither aber von unterwegs nur durch gelegentliche Kartengrüße von sich hören lassen. Fehsenfeld nutzte die Abwesenheit seines allzeit kritischen Autors, von dem vorderhand auch keine Manuskripte zu erwarten waren, nicht nur für ein Dutzend anders gearteter Bücher (darunter war auch ein Band *Fräulein Schwalbe und andere Frühlingsgeschichten* von Bertha Krais, der Mutter seines Druckers), sondern versuchte sogar, unter dem Titel „Fehsenfelds Romansammlung. Bibliothek zeitgenössischer Schriftsteller" eine neue, halbmonatlich erscheinende Buchreihe zu etablieren. Obwohl 1900 fünfzehn Romane in 24 Bänden erschienen, mit so sprechenden Titeln wie *Fräulein Eulalias gräßliches Abenteuer* (O'Connor), *Unschuldig verurteilt* (Miß Meadows) oder *Ihr Sorgenkind* (M. E. Francis), war dieses auf den gewöhnlichsten Publikumsgeschmack ausgerichtete Projekt allerdings so wenig erfolgreich, dass es bei diesem einen Jahrgang blieb. Den Beifall Karl Mays hätte das Unternehmen sicher nicht gefunden, erst recht nicht nach seiner Orientreise, von der er Ende Juli 1900 zur Verwunderung Fehsenfelds mit unerwartet neuen, literarisch anspruchsvollen Ambitionen zurückkehrte, die sich freilich schon zuvor, im Zusammenhang mit dem bisher letzten, 25. Band der „Gesammelten Reiseerzählungen", *Am Jenseits*, angekündigt hatten, der laut einem Brief an Fehsenfeld vom 13. März 1899 nicht weniger als eine „wohlvorbereitete, großartige Bewegung auf religios-ethisch-sozialem Gebiete" einleiten sollte. Von der Reise hatte May ihm dann gar religiöse Gedichte geschickt, die Fehsenfeld außerhalb der Reihe als Beginn des „eigentlichen Werks" in einem besonders prächtig ausgestatteten Lyrikband mit dem absonderlichen Titel *Himmelsgedanken* veröffentlichen sollte.

Die Jahre nach Mays Orientreise bis zu seinem Tod müssen als eine Zeit wachsender Entfremdung zwischen Autor und Verleger beschrieben werden, die auf beiden Seiten mehrfach den Gedanken einer Trennung aufkommen ließ. Vor allem Fehsenfeld war es damit so ernst, dass er am 31. März 1907 tatsächlich einen am 10. Februar 1907 neu geschlossenen Vertrag, durch den er sich zu Recht übervorteilt sah (der Reingewinn sollte zwischen Autor und Verleger geteilt werden), einseitig aufkündigte; zwar kam es im März 1909, gerade noch vor Ablauf der zweijährigen Kündigungsfrist, äußerlich trotz ständiger Querelen rechtzeitig wieder zu einer Einigung, die innerliche Distanz aber sollte sich als unüberbrückbar erweisen.

Die skeptische bis ablehnende Haltung, mit der Fehsenfeld die unerwartete Entwicklung seines Autors im neuen Jahrhundert beobachtete, ist durchaus begreiflich und lässt sich nicht nur damit begründen, im Gegensatz zu dem phantastischen Idealisten und Utopisten Karl May sei er eben ein realistischer und konservativer Geschäftsmann gewesen. Wie die Korrespondenz zeigt, war auch der Schriftsteller durchaus auf materiellen Gewinn aus, entwickelte immer neue Verkaufsstrategien und bedrängte seinen ohnehin großzügigen Verleger mehr als einmal mit überhöhten finanziellen Forderungen. Im Gegensatz zu Fehsenfeld aber täuschte er sich über die Erfolgsaussichten seiner anspruchsvollen neuen Werke und glaubte ernsthaft, mit den Gedichten und Aphorismen der *Himmelsgedanken*, mit dem pazifistischen China-Roman *Und Friede auf Erden!* oder den autobiographisch verschlüsselten Schlussbänden des *Silberlöwen* (in denen er auch seinem Verleger in der Gestalt des Pedehr, des Scheik der Dschamikun, ein zwiespältiges Denkmal setzte) ein ähnlich großes oder womöglich noch größeres Publikum erreichen zu können wie bisher mit seinen abenteuerlichen Reiseerzählungen. Geradezu an Realitätsverlust grenzten die Erwartungen, die May mit seinem einzigen vollendeten Drama *Babel und Bibel* verband, das unter königlichem Protektorat die deutschsprachigen Bühnen erobern und seine neue Menschheitspsychologie popularisieren sollte. Entsprechend verärgert reagierte er bei einem Besuch seines Verlegers in Radebeul im Mai 1906 nach einer Vorlesung aus dem Werk auf die – nur zu wahre – Bemerkung Fehsenfelds, jener Regisseur, der dieses Stück auf die Bühne bringe, müsse erst noch geboren werden.

Dass Fehsenfeld sich trotz seiner Verständnislosigkeit für Mays neue Richtung und trotz berechtigter geschäftlicher Bedenken bereit fand, abseitige Werke wie die Gedichte und das Drama oder auch eine Zweitauflage der nicht weniger untypischen *Erzgebirgischen Dorfgeschichten* überhaupt zu verlegen, wenn auch außerhalb der Werkreihe und nur in kleineren Auflagen, verdient Respekt und zeugt von einem trotz aller Meinungsverschiedenheiten anhaltenden Verbundenheitsgefühl. Mehr noch gilt dies für seine Bereitschaft, ab 1904 zumindest eine Teilauflage der „Gesammelten Reiseerzählungen" mit symbolistischen Deckelbildern des mit May befreundeten Jugendstilkünstlers Sascha Schneider (1870–1927) auszustatten. Obwohl sich die Schneider-Ausgabe erwartungsgemäß miserabel verkaufte, ließ er sich sogar dazu überreden, Ende 1905 eine großformatige Mappe mit diesen homoerotisch angehauchten *Titelzeichnungen zu den Werken Karl Mays* herauszugeben.

Insgeheim scheint May bei allen Vorwürfen den guten Willen seines Verlegers durchaus anerkannt zu haben. Auch konnten selbst ihm die rückläufigen Verkaufszahlen auf Dauer nicht verborgen bleiben, und so willigte er schließlich in den Vorschlag Fehsenfelds ein, parallel zu den grünen Bänden eine großformatigere illustrierte Ausgabe in blauem Leinen herauszugeben. In diesem Zusammenhang wurde am 10. Februar 1907 der dann von Fehsenfeld gekündigte neue Vertrag abgeschlossen. Als Illustratoren für die neue Ausgabe, die gezielt der seit 1901 von Adalbert Fischer im Verlag von H. G. Münchmeyer in Dresden widerrechtlich veröffentlichten Edition der frühen Kolportageromane unter dem Titel „Karl May's Illustrierte Werke" entgegenwirken sollte, wurden Peter Schnorr (1862–1912), Claus Bergen (1885–1964), Willy Moralt (1884–1947) und Willy Planck (1870–1956) gewonnen. Wie sehr sich May mit der Ausgabe der „Illustrierten Reiseerzählungen" identifizierte, zeigt sich zum einen daran, dass er die Zeichnungen streng begutachtete, Änderungen verlangte oder einige ganz ablehnte; zum anderen unterzog er die Bücher einer sorgfältigen Textrevision, die er jedoch nach dem neunten Band aus Zeitgründen nicht mehr fortsetzen konnte, und ordnete eine neue, sinnfälligere Bandzählung an. Am 14. Oktober 1907 kündigte Fehsenfeld die illustrierte Ausgabe der Reiseerzählungen „in 30 Bänden oder 300 Lieferungen" an, am 15. November lag der erste Band *Durch die Wüste*, mit Illustrationen von Peter Schnorr, vor. Bis 1912 waren dann tatsächlich die angekündigten 30 Bände erschienen, die vier *Silberlöwen*-Bände und der Roman *Und Friede auf Erden!* allerdings erst nach Mays Tod. Da es bald darauf eine neue Verlagssituation gab, hat es eine illustrierte Ausgabe der letzten drei Bände der „Gesammelten Reiseerzählungen", *Ardistan und Dschinnistan I/II* und *Winnetou IV* (Bde. XXXI-XXXIII) bei Fehsenfeld nie gegeben.

Obwohl Fehsenfeld große Werbeanstrengungen unternahm und Ende 1908 sogar aus eigenem Entschluss einen Werbeprospekt in einer Auflage von über 3 Millionen Exemplaren verbreiten ließ, war der Erfolg der „Illustrierten Reiseerzählungen" vergleichsweise gering. Die Hauptursache hierfür wie überhaupt für das rapide schwindende Publikumsinteresse an den Werken Karl Mays waren die Presseenthüllungen, die bereits während der Orientreise eingesetzt hatten und im Zusammenhang mit den Prozessen des Schriftstellers gegen den Münchmeyer-Verlag und andere Gegner immer mehr eskalierten. Während die Angriffe sich anfangs noch darauf beschränkten, May als Lügner, Konfessionsschwindler und Schundschriftsteller zu diffamieren, kam durch die Machenschaften des skrupellosen Journalisten Rudolf Lebius ab 1904 auch immer mehr Licht in die kriminelle Vergangenheit des Schriftstellers, der sich – menschlich verständlich, aber taktisch unklug – zu immer neuen Prozessen hinreißen ließ. Einen Höhepunkt erreichte diese Kampagne, als Lebius am 12. April 1910 in einem von May angestrengten Beleidigungsprozess vom Schöffengericht in Charlottenburg freigesprochen wurde und die Presse den Schriftsteller fortan ungestraft als „geborenen Verbrecher", „Räuberhauptmann" und „Zuchthäusler" denunzieren durfte. Zwar wurde Lebius am 18. Dezember 1911 in der Berufungsverhandlung vor dem Landgericht Berlin-Moabit dann doch wegen schwerer Beleidigung verurteilt, der öffentliche Schaden aber war hierdurch nicht mehr zu reparieren.

Die massiven Umsatzeinbrüche und der zugleich stark angewachsene Lagerbestand an May-Büchern brachten den Fehsenfeld-Verlag in ernsthafte Schwierigkeiten und führten auch zu Zahlungsrückständen gegenüber dem Schriftsteller. May zeigte sich einsichtig und schloss am 19. Oktober 1910 mit Fehsenfeld einen neuen, bis zuletzt gültigen Vertrag ab, laut dem er wegen der „schlechten Geschäftslage" künftig nur noch 35 statt der 1907 mündlich vereinbarten 50 Pfennig pro Band zu bekommen hatte. Die Talfahrt war dadurch freilich nicht aufzuhalten. Hatte Fehsenfeld 1909 noch 75.000 Bände der „Gesammelten Reiseerzählungen" und 50.000 Bände der „Illustrierten Reiseerzählungen" drucken lassen können, so waren es 1911 nur noch 9000 bzw. 27.000 Bände, und eine Wende zur Besserung war nicht in Sicht.

Dass Fehsenfeld vor diesem Hintergrund daran dachte, seinen Verlag oder doch zumindest die May-Werke in andere Hände zu legen, ist nachvollziehbar. Andererseits bewies er, obwohl er selber von den Enthüllungen überrascht worden war, menschliche Treue, indem er auch in den schwierigen Jahren öffentlich zu seinem Autor stand. Schon auf die ersten Angriffe während der Orientreise hatte er sich in einem Brief an die feindliche Redaktion der *Frankfurter Zeitung* vor May gestellt, die anonyme Verteidigungsbroschüre *„Karl May als Erzieher" und „Die Wahrheit über Karl May" oder Die Gegner Karl Mays in ihrem eigenen Lichte*, die angeblich von einem „dankbaren Leser", in Wahrheit aber von May selbst geschrieben war, verlegte er 1902 ohne jeden Gewinn in einer Massenauflage von 100.000 Exemplaren, und unmittelbar nach dem Charlottenburger Urteil verbreitete er ein Flugblatt *An die Leser Karl May's*, das in der Betonung des „Jugendschriftstellers" zwar einmal mehr sein Unverständnis gegenüber den neuen Intentionen seines Autors verriet, aber doch von einer Sympathie getragen war, die sich auch durch schlimmste Verleumdungen nicht irreleiten ließ: „Lest seine Bücher und Ihr werdet sagen, wer das geschrieben hat, ist kein schlechter Mensch, sondern einer, der ernst nach dem Guten strebt für sich und die anderen. *In seinen Werken liegt seine Läuterung!*" Nicht zuletzt der Ermutigung durch Fehsenfeld ist es auch zu verdanken, dass May in dieser schweren Zeit seine Selbstbiographie *Mein Leben und Streben* schrieb, und nicht dem Verleger, sondern dem Autor, dem sein Bekenntnis unter der Hand zur polemischen Prozessschrift geriet, ist es anzulasten, dass auch dieses Buch zu einem verlegerischen Fiasko wurde. Schon bald nach dem Erscheinen der Autobiographie im November 1910 konnte der angegriffene Lebius eine einstweilige Verfügung erreichen, die ihren Vertrieb untersagte, und Ende Januar 1911 wurde ein endgültiges Verbot ausgesprochen. Von 5000 Exemplaren hatte Fehsenfeld nur etwa 500 verkaufen können. Einen angekündigten zweiten Band hat May auch deshalb nicht mehr geschrieben.

Spätestens seit einem offenbar sehr unerfreulichen Zusammentreffen mit Fehsenfeld in Lindau am Bodensee im Juli 1911 war May entschlossen, sich einen neuen Verlag zu suchen, womit er den Wünschen des Verlegers durchaus entgegenkam. Interesse zeigte vor allem Konsul Curt Hauschild, der Inhaber des Leipziger Sportverlags Grethlein & Co., der sein Romanprogramm erweitern wollte. Im September des Jahres fuhr Hauschild nach Freiburg und Stuttgart, um in Besprechungen mit Fehsenfeld, Krais, Buchbinder Schwabe und dem Verlagsangestellten Richard Weissenborn die Geschäftslage des Fehsenfeld-Verlags zu überprüfen. Trotz konkreter Entschließungen, zu denen etwa gehörte, die Schneider-Ausgabe fallen zu lassen und ab sofort keine Umschläge und Titelblätter mit dem Namen der Firma Fehsenfeld mehr auf Vorrat zu drucken, kam es jedoch nicht zu einer Einigung. Laut Angaben Fehsenfelds, der von Hauschild 200.000 Mark verlangt hatte, scheiterten die Verhandlungen daran, dass der Konsul ihm nicht genügend Sicherheit bieten konnte, während dieser das Misslingen später damit begründete, dass der Abschluss an einen für May günstigeren Autorenvertrag gebunden gewesen sei. Entscheidend dürfte in jedem Fall hinzugekommen sein, dass Hauschild, wie andere Verleger auch, Mays Werkausgabe nicht komplett übernehmen wollte, sondern nur an den Erfolgstiteln interessiert war. Fehsenfeld gab die Hoffnung zwar nicht auf und ließ seinen Verlag „gangbarer Erzählungen" am 19. Juni 1912 anonym durch den Stuttgarter Hofbuchhändler Hermann Wildt (Königstraße 38) für 285.000 Mark im *Börsenblatt* annoncieren, doch auch dieser Versuch blieb erfolglos. Bald darauf sollte sich auch für ihn die Situation grundlegend ändern.

Zur letzten Begegnung zwischen Karl May und Friedrich Ernst Fehsenfeld kam es am 25. Februar 1912, am 70. Geburtstag des Schriftstellers, bei einer geselligen Runde in Radebeul. Angeblich sollen Autor und Verleger sich an diesem Abend in der Villa „Shatterhand" wieder versöhnt haben, konkrete Anhaltspunkte hierfür gibt es jedoch nicht. Zweifel sind jedenfalls angebracht, denn beim letzten, triumphalen Vortrag Karl Mays in Wien am 22. März fehlte sein Verleger unter den über 2000 Zuhörern, und von dem unerwarteten Tod seines Autors am 30. März 1912 erfuhr er erst verspätet am 2. April durch den Telefonanruf eines Freundes, nicht aber durch die Witwe, die ihn auch nicht zur Beerdigung am 3. April eingeladen hatte. Es war das unrühmliche Ende einer über zwei Jahrzehnte währenden Beziehung, die beiden Männern, vor allem aber dem Schriftsteller, unvergänglichen Ruhm eingebracht hatte.

Sieht man von wenigen Neuauflagen der „Gesammelten Reiseerzählungen“ im Jahr 1913 ab, war das letzte im Fehsenfeld-Verlag erschienene Werk Karl Mays im Juli 1912 eine von Klara May um die von Lebius beanstandeten Stellen gekürzte und um den Wiener Vortrag erweiterte Neuausgabe der Autobiographie *Mein Leben und Streben*. Zwar wurde auch diese Ausgabe im September 1912 durch eine einstweilige Verfügung des Münchmeyer-Anwalts Oskar Gerlach behindert, doch konnte Fehsenfeld bereits im Dezember 1912 eine Aufhebung des Verbots erwirken. Zu diesem Zeitpunkt aber war er eigentlich bereits nicht mehr der Verleger Karl Mays.

Am 27. Juni 1912 hatte Klara May den Vertrag mit Fehsenfeld zum 1. Juli 1914 gekündigt. Einen Nachfolger hatte sie bereits in dem jungen und engagierten Juristen Euchar Albrecht Schmid (1884–1951) gefunden, der sie seit dem Tod ihres Mannes geschäftlich und juristisch beriet; am 31. Juli machte sie ihm schriftlich den unerwarteten Vorschlag, mit ihr zusammen einen eigenen Verlag für Karl May zu gründen und die Leitung zu übernehmen. Da Schmid die sinkenden Verkaufszahlen kannte, verhielt er sich zunächst zögerlich, sagte im September 1912 aber schließlich doch zu, wobei er allerdings aus geschäftlichen Gründen darauf bestand, dass auch Fehsenfeld in dem neuen Unternehmen mitwirkte. Nachdem im April 1913 ein Gesellschaftsvertrag geschlossen worden war, wurde am 1. Juli 1913 offiziell die

Geschäftstätigkeit des „Verlags der Karl May-Stiftung Fehsenfeld & Co. OHG“ in Radebeul aufgenommen; neben dem geschäftsführenden Gesellschafter Euchar Schmid waren die weiteren Gesellschafter Klara May als Inhaberin der Autorenrechte und Friedrich Ernst Fehsenfeld, der seine gesamten May-Buchbestände und die zugehörigen Produktionsmittel in das neue Unternehmen einbrachte. Behördliche Einwände führten dazu, dass der Verlag ab dem 1. Januar 1915 als „Karl-May-Verlag Fehsenfeld & Co.“ firmierte. Mit der Gründung des Karl-May-Verlags begann eine neue, bis heute andauernde Erfolgsgeschichte, auf die hier nicht mehr eingegangen werden muss. Fehsenfeld aber schied am 31. Dezember 1921 vertragsgemäß aus dem Verlag aus; seine Tätigkeit für Karl May und seine Werke war damit endgültig beendet.

Auch nach seinem Eintritt als Gesellschafter in den Radebeuler Verlag, der ihn vermutlich vor dem finanziellen Ruin bewahrte, hatte Fehsenfeld seinen Freiburger Verlag weitergeführt. Die Adressen hatten allerdings verschiedentlich gewechselt. Die Adressbücher der Jahre 1908 und 1909 verzeichnen Fehsenfeld in der Mozartstraße 1, was allerdings im Widerspruch steht zu dem von ihm in seiner Korrespondenz mit May noch bis Ende 1909 benutzten Briefpapier, das weiterhin die Adresse Sternwaldstraße 27 nennt. Fest steht dagegen, dass der Verlagssitz sich ab dem 1. April 1909 bis 1912 in der Wölflinstraße 18 befand. Nach Mays Tod bewohnte Fehsenfeld bis 1919 eine repräsentative Villa im Schwarzwaldstil in der Unterwiehre am Osthang des Lorettoberges (Mercystraße 33). Die Adressbücher der Jahre 1921 bis 1932 verzeichnen ihn dann in der Bayernstraße 8^{I}. Fehsenfelds letzte Wohnadresse bis zu seinem Tod war die Neumattenstraße 22.

In seiner Verlagsproduktion konzentrierte Fehsenfeld sich nach dem Abschied von Karl May hauptsächlich auf Neuausgaben von Romanen aus seiner Reihe „Die Welt der Fahrten und Abenteuer“, von denen sich Kiplings *Im Dschungel*, seit 1913 unter dem richtigen Titel *Das Dschungelbuch*, mit am

Ende weit über 100.000 Exemplaren als besonders erfolgreich erwies. Weitere Erfolgstitel waren Jack Londons *Wolfsblut* (Erstdruck 1911) und Robert Louis Stevensons *Die Schatzinsel* (Erstdruck 1896). Daneben veröffentlichte Fehsenfeld seit 1904 auch Werke seines ältesten Schwiegersohnes, des mit seiner Tochter Eva verheirateten Zoologen Dr. Konrad Guenther (1874–1955), darunter dessen Hauptwerk *Der Naturschutz* (1910), ein „Lebensbild" des Afrikaforschers *Gerhard Rohlfs* (1912) und das dreiteilige Werk *Das Tierleben unserer Heimat* (1922/23).

Fehsenfelds Lebensabend war von zwei Schicksalsschlägen überschattet. Ende 1927 starb in Freiburg Konrad und Eva Guenthers erster Sohn Harald (*1903), sein ältestes Enkelkind, an einer Blinddarmentzündung, ganz so wie einst sein Sohn Hans. Drei Jahre später, am 16. September 1930, kam im Alter von erst zwölf Jahren sein Enkel Hanno Schick, das dritte Kind seiner Tochter Dora aus der Ehe mit dem Chemiker Dr. Paul Schick (1883–1964), bei einem Verkehrsunfall auf dem Schulweg in Frankfurt a. M. ums Leben. Besonders hart traf Fehsenfeld der Tod seines ältesten Enkels, denn Harald hatte erfolgreich eine Lehre als Verlagskaufmann für den Buchhandel absolviert und sollte künftig den Freiburger Verlag leiten. Sein jüngerer Bruder Ekke Wolfgang (1907–1995) dagegen hatte sich für das Studium der Geologie und Paläontologie entschieden. Als sich die Hoffnungen, die Fehsenfeld in Haralds Zukunft gesetzt hatte, tragisch zerschlagen hatten und sich offenbar auch keine andere Lösung finden ließ, entschloss Fehsenfeld sich schließlich zur Zusammenarbeit mit dem Paul-List-Verlag in Leipzig. Nach seinem Tod übernahm dieser Verlag dann am 11. September 1934 das Freiburger Unternehmen, das unter dem Namen „Friedrich Ernst Fehsenfeld, Buchverlag" noch bis Anfang der Fünfziger Jahre im Haus des List-Verlags in Leipzig, Carolinenstraße 22 (heute Paul-List-Straße 22), nachweisbar ist; nach dem Zweiten Weltkrieg gab es von 1948 bis 1951 kurzzeitig auch wieder eine Niederlassung in Freiburg (Hansjakobstraße 12).

Das eigentliche Ende des Fehsenfeld-Verlags aber, der nach der Trennung von Karl May nie wieder die einstige Größe und Bedeutung hatte erreichen können, wurde bereits am 16. September 1933, drei Monate vor seinem 80. Geburtstag, durch den Tod von Friedrich Ernst Fehsenfeld gesetzt. Er starb in Freiburg, seine Urne jedoch wurde auf seinen Wunsch im Garten des „Lehenhofs“ in Ehrenstetten beigesetzt, wo er auch seine letzten Lebensjahre überwiegend verbracht hatte. Über dem von Bäumen umgebenen Urnenplatz errichtete die Familie Guenther später eine kleine Kapelle.

*

Die vorliegende zweibändige Edition der Korrespondenz zwischen Karl May und seinem zu Lebzeiten wichtigsten Verleger Friedrich Ernst Fehsenfeld dokumentiert in allen Höhen und Tiefen eine einzigartige Beziehung zwischen einem Autor und seinem Verleger. Deutlicher als in jeder anderen Darstellungsform konturieren sich in den Briefzeugnissen das menschliche Antlitz der beiden so unterschiedlichen Männer und die wechselhafte Entwicklung ihres Verhältnisses. Darüber hinaus wird erstmals in aller Vollständigkeit und der nötigen Genauigkeit die Entstehungsgeschichte der bei Fehsenfeld erschienenen „Gesammelten Reiseromane“ bzw. „Gesammelten Reiseerzählungen“ und der anderen May-Editionen nachvollziehbar. Um sowohl die persönlichen als auch die geschäftlichen Beziehungen zwischen May und Fehsenfeld möglichst umfassend darzustellen, wurden auch Briefe und Karten anderer, zum häuslichen und geschäftlichen Umfeld gehörender Personen aufgenommen, so etwa der Ehefrauen Emma May, Klara May und Paula Fehsenfeld oder der Verlagsmitarbeiter Sebastian Krämer und Richard Weissenborn. Von besonderem Gewicht ist hierbei die Korrespondenz mit dem Buchdrucker Felix Krais, der eng mit Fehsenfeld, aber auch mit May zusammenarbeitete und erheblichen Anteil an Gestalt und Gelingen der Werkausgabe hatte.

Von den Korrespondenzpartnern unabhängig, erfolgt der Abdruck der Briefe chronologisch. Den Briefen eines jeden Jahres voran steht jeweils eine möglichst vollständige Liste der gesamten Jahresproduktion des Fehsenfeld-Verlags, also einschließlich der Nachauflagen von May-Werken und der anderweitigen Veröffentlichungen.

Die Edition umfasst den Zeitraum von November 1891 bis Ende 1912 und schließt mit den letzten Briefen zwischen Klara May und Fehsenfeld. In einem Anhang werden Erinnerungen Fehsenfelds und seiner Frau sowie seines Schwiegersohnes Konrad Guenther dokumentiert.

Während sich die meisten Briefe Karl Mays erhalten haben und sich heute im privaten May-Archiv in Bamberg befinden, ist der Verbleib vieler Originalbriefe Fehsenfelds leider ungeklärt; diese sind jedoch in maschinenschriftlichen Abschriften überliefert, die offenbar sorgfältig mit den Originalen verglichen wurden. Während hier gleichwohl Abschreibfehler nicht gänzlich auszuschließen sind, folgt der Text der erhaltenen Originalbriefe zeichengetreu den Vorlagen, wobei lediglich die Formatierung der Anreden, Absätze und Grußformeln in der Regel vereinheitlicht wurde und einige wenige offensichtliche Schreib- oder Tippfehler stillschweigend korrigiert wurden. Streichungen durch die Briefschreiber stehen in spitzen Klammern, Ergänzungen des Herausgebers und Bestätigungen von Fehlschreibungen („sic" für „wirklich so") in eckigen Klammern.

An der Erarbeitung der kommentierenden Fußnoten wirkte Hans-Dieter Steinmetz mit, dem hierfür herzlich gedankt sei.

Paderborn, im Juni 2007 *Dieter Sudhoff*

Völlig überraschend verstarb am 24. Juni 2007 der Initiator der Briefbände, Dr. habil. Dieter Sudhoff. In seinem Andenken soll die Herausgabe von Karl Mays Briefwechsel fortgesetzt werden.

Literatur

Bartsch, Ekkehard: „Indem ich die Preisliste beilege..." In: Mitteilungen der Karl-May-Gesellschaft 3 (Juli 1971), Nr. 8, S. 11-13, 22.

Bartsch, Ekkehard (Hrsg.): Karl Mays Reise-Erzählungen. Zwei Werbeschriften des Verlags F. E. Fehsenfeld aus den Jahren 1905 und 1906. Eine Archiv-Edition. Bad Segeberg o. J.

Biermann, Joachim: Fehsenfeld annonciert im ‚Deutschen Hausschatz'. In: Mitteilungen der Karl-May-Gesellschaft 34 (Dezember 2002), Nr. 134, S. 37-39.

Blau, Christoph: Eine unbekannte Einbandgestaltung der Fehsenfeld-Ausgabe. In: Mitteilungen der Karl-May-Gesellschaft 26 (Juni 1994), Nr. 100, S. 49-54.

Blau, Christoph: Die roten Fehsenfeld-Bände. In: Mitteilungen der Karl-May-Gesellschaft 27 (Dezember 1995), Nr. 106, S. 68-71.

Blau, Christoph: Die Gestaltung der Schutzumschläge der „Gesammelte(n) Reiseerzählungen" und „Gesammelte(n) Werke. 1. Teil. In: Mitteilungen der Karl-May-Gesellschaft 30 (September 1998), Nr. 117, S. 45-57.

Blum, Mechthild: Bevor Karl May zu Hadschi Halef reiste... In: Badische Zeitung (9.10.1982).

Dernen, Rolf: Bildergalerie zum 165. Geburtstag. Ausstellung „100 Jahre Karl Mays Illustrierte Reiseerzählungen". In: Karl May & Co. Das Karl-May-Magazin (Mai 2007), Nr. 108, S. 40-45

Götz von Olenhusen, Albrecht: Karl May. Ein Autor und sein Verleger. In: Badische Zeitung (18./19.7.1981), Magazin, S. 1f.

Götz von Olenhusen, Albrecht: Karl May und die grünen Bände. Vor hundert Jahren gründete Ernst Fehsenfeld in Freiburg seinen Buchverlag. In: Badische Zeitung (7./8.4.1990), Magazin, S. 1f.

Götz von Olenhusen, Albrecht: Karl Mays Erbe und die Gründung des Karl-May-Verlages. Mit einer Dokumentation des Gesellschaftsvertrages zwischen Klara May, Friedrich Ernst Fehsenfeld und Euchar Albrecht Schmid. In: Mitteilungen der Karl-May-Gesellschaft 33 (März 2001), Nr. 127, S. 24-49.

Götz von Olenhusen, Albrecht: Fehsenfeld, Friedrich Ernst, Verleger. In: Badische Biographien. Neue Folge. Bd. V. Im Auftrag der Kommission für geschichtliche Landeskunde in Baden-Württemberg hrsg. von Fred Ludwig Sepaintner. Stuttgart 2005, S. 73-75.

Götz von Olenhusen, Albrecht / Kalchthaler, Peter / Eckardt, Karlheinz: Karl May und Freiburg. Der Freiburger Karl-May-Verleger Friedrich Ernst Fehsenfeld. Bamberg 2002.

Guenther, Ekke W.: Karl May und sein Verleger Friedrich Ernst Fehsenfeld. In: Jahrbuch der Karl-May-Gesellschaft 1978. Hamburg 1978, S. 154-167.

Guenther, Ekke W.: Ein Schriftsteller und sein Verleger. Karl May und Ernst Fehsenfeld. In: 75 Jahre Verlagsarbeit für Karl May und sein Werk. 1913–1988. Hrsg. von Roland Schmid. Bamberg 1988, S. 12-19.

Guenther, Konrad: Karl May und sein Verleger. Dem Andenken Friedrich Ernst Fehsenfelds gewidmet. Radebeul bei Dresden 1934; dass. (bearbeitet von Ekke W. Guenther und Roland Schmid) in: Anhang zur Reprint-Ausgabe v. Karl May: Satan und Ischariot I. Bamberg 1983, S. A2-A35.

Haider, Anton: Vom „Deutschen Hausschatz" zur Buchausgabe. Vergleichslesungen (Sonderheft der Karl-May-Gesellschaft Nr. 50, 1984).

Heinemann, Erich: Friedrich Ernst Fehsenfeld, Karl Mays erster Buchverleger. In: Karl May in Freiburg. Zur Tagung der Karl-May-Gesellschaft vom 21.-23. Oktober 1977 (Inform Nr. 21/22, September 1977), S. 3-9 (darin außerdem: Archiv der Universitätsbibliothek Freiburg, S. 12-17).

Hermesmeier, Wolfgang / Schmatz, Stefan: Karl-May-Bibliographie 1913–1945. Bamberg, Radebeul 2000.

Hermesmeier, Wolfgang / Schmatz, Stefan: Karl May und seine Verleger. Gedanken zum 150. Geburtstag Friedrich Ernst Fehsenfelds. In: Karl May & Co. Das Karl-May-Magazin (November 2003), Nr. 94, S. 4-13.

Hermesmeier, Wolfgang / Schmatz, Stefan: Traumwelten. Bilder zum Werk Karl Mays. Bd. I: Illustratoren und ihre Arbeiten bis 1912. Bamberg, Radebeul 2004.

Hermesmeier, Wolfgang / Schmatz, Stefan: Im Dschungel der Einbandvarianten. Karl-May-Ausgaben bei Friedrich Ernst Fehsenfeld 1892–1913. In: Karl May & Co. Das Karl-May-Magazin (August 2004), Nr. 97, S. 42-45.

Hermesmeier, Wolfgang / Schmatz, Stefan: Im Dschungel der Einbandvarianten (II). Neuentdeckung bei Friedrich Ernst Fehsenfeld. In: Karl May & Co. Das Karl-May-Magazin (August 2006), Nr. 105, S. 76f.

Hermesmeier, Wolfgang / Schmatz, Stefan: 100 Jahre Karl Mays „Illustrierte Reiseerzählungen". Entstehung, Präsentation und Wirkung eines Buchprojekts. In: Karl-May-Haus Information (2007), Nr. 20, S. 4-20

Klaiber, Ludwig: Buchdruck und Buchhandel in Freiburg i. Br. Ein geschichtlicher Überblick. Freiburg i. Br. 1949.

Klußmeier, Gerhard: [Fehsenfelds Wiederkehr] ...mit kleinen Schönheitsfehlern. In: Mitteilungen der Karl-May-Gesellschaft 14 (März 1983), Nr. 55, S. 37-39.

Maschke, Fritz: Was Pauline Fehsenfeld nicht wissen konnte. In: Mitteilungen der Karl-May-Gesellschaft 11 (März 1979), Nr. 39, S. 11-14.

Neumann, Heinz: Karl Mays Buchausgaben bei Fehsenfeld. In: Mitteilungen der Karl-May-Gesellschaft 4 (Juni 1972), Nr. 12, S. 8-14.

Pielenz, Annelotte: Karl Mays Illustrierte Reiseerzählungen Band I–IX „Ausgaben letzter Hand"? Ergebnis einer Vergleichslesung (Sonderheft der Karl-May-Gesellschaft Nr. 9, 1977).

Plaul, Hainer: Illustrierte Karl-May-Bibliographie. Unter Mitwirkung von Gerhard Klußmeier. Leipzig 1988.

Richter, Peter: Verlag von Friedrich Ernst Fehsenfeld, Freiburg im Breisgau. In: Friedrich Schegk / Heinrich Wimmer (Hrsg.): Lexikon der Reise- und Abenteuerliteratur, Meitingen; Teil 4: Verlage (28. Erg.-Lfg. September 1995), 77 S.

Richter, Peter: Die Welt der Fahrten und Abenteuer. Verlag Friedrich Ernst Fehsenfeld. In: Friedrich Schegk / Heinrich Wimmer (Hrsg.): Lexikon der Reise- und Abenteuerliteratur, Meitingen; Teil 5: Reihenbibliographien (30. u. 32. Erg.-Lfg. März u. August 1996), 78 S.

Roxin, Claus: Fehsenfelds Wiederkehr (I). In: Mitteilungen der Karl-May-Gesellschaft 14 (März 1983), Nr. 55, S. 35f.

Roxin, Claus: Fehsenfelds Wiederkehr (II). In: Mitteilungen der Karl-May-Gesellschaft 16 (März 1984), Nr. 59, S. 38-43.

Roxin, Claus: Fehsenfelds Wiederkehr (III). In: Mitteilungen der Karl-May-Gesellschaft 16 (November 1984), Nr. 62, S. 47-54.

Roxin, Claus: Fehsenfelds Wiederkehr. Karl Mays Freiburger Erstausgaben. In: 75 Jahre Verlagsarbeit für Karl May und sein Werk. 1913–1988. Hrsg. von Roland Schmid. Bamberg 1988, S. 120-129.

Schmid, Lothar: 90 Jahre Verlagsarbeit für Karl May. In: Lothar und Bernhard Schmid (Hrsg.): Der geschliffene Diamant. Die Gesammelten Werke Karl Mays. Bamberg, Radebeul 2003, S. 5-88.

Schmid, Roland: Fehsenfelds Karl-May-Ausgaben. In: Anhang zur Reprint-Ausgabe v. Karl May: Satan und Ischariot II. Bamberg 1983, S. A3-A40 (Tabellen der Freiburger Druckauflagen, S. A41-A64; Jahresstatistik der Buchproduktion, S. A65-A83).

Schmid, Ulrich: Das Werk Karl Mays 1895–1905. Erzählstrukturen und editorischer Befund. Ubstadt 1989.

Steinmetz, Hans-Dieter: Neuer Wigwam für Old Shatterhand. Die Anfangsjahre des Karl-May-Verlages. In: Dresdner Hefte. Beiträge zur Kulturgeschichte 21 (2003), H. 76: Verlage in Dresden, S. 52-59.

Steinmetz, Hans-Dieter: Grün-goldene Metamorphose. Die Anfangsjahre des Karl-May-Verlages. In: Karl-May-Haus Information (November 2004), Nr. 18, S. 53-64.

Sudhoff, Dieter: Papageienbilder. Fehsenfelds „Karl May Postkarten“. In: Karl-May-Welten II. Hrsg. von Michael Petzel und Jürgen Wehnert. Bamberg, Radebeul 2006, S. 24-66.

Sudhoff, Dieter / Steinmetz, Hans-Dieter: Karl-May-Chronik. 5 Bde. Bamberg, Radebeul 2005-06.

Weise, Claudia: Gelehrtes Freiburg und Umgebung. 113 Philosophen, Schriftsteller und Naturwissenschaftler. Wohnorte, Wirken und Werke (Der Dichter und Denker Stadtplan). Berlin 2003.

Briefe

1891

Bis zum Vertragsabschluss mit Karl May am 17. November 1891 waren im Verlag von Friedrich Ernst Fehsenfeld, Freiburg i. B., erschienen:

1889

Curt Abel: *Prinzessin Titisee. Dramatisches Feen-Märchen aus dem Schwarzwald.*

Curt Abel: *Der Hypnotiseur. Lustspiel in vier Aufzügen.*

Curt Abel: *Im Lande des Goldes. Dramatisches Zeitbild in fünf Aufzügen.*

Curt Abel: *Der rothe Seppel. Schwank in einem Aufzuge.*

Kuno Fecht: *Griechische Schreibvorlagen* (5. Auflage 1901).

Freiburger akademische Blätter, 1. Jg. (Mai 1889 – April 1890), Fortsetzung als: *Badische akademische Blätter. Wochenschrift für die Interessen der Hochschulen in Freiburg, Heidelberg und Karlsruhe.*

1890

Curt Abel: *Das Duell Vering–Salomon. Eine Betrachtung.* Nebst einem Anhang. 1.-4. Auflage.

Curt Abel: *Vier Wochen Vice-Wachtmeister. Auszüge aus meinem Tagebuche.* Zweite, erweiterte Auflage. 3. und 4. Tausend (1. Auflage Adolph Hein in Berlin).

Curt Abel: *Vier Wochen Vice-Wachtmeister. Auszüge aus meinem Tagebuche.* Dritte Auflage. 5. und 6. Tausend.

Anonym (vermutlich Curt Abel): *Mahnruf an die deutschen Offiziere. Brief eines deutschen Edelmannes an seinen Sohn.*

Otto Gotthilf: *Medizinische Winke und Hygienische Regeln für Biertrinker.*

J[ulius] Kollmann: *Die Schulhygiene und ihre neueste Forderung.*

P. Thamm: *Ein schüchterner Freier. Lustspiel in zwei Akten.* Nach A. v. Winterfeld.

C[onrad Heinrich Christoph] Willgerodt: *Ueber Ptomaïne (Cadaveralkaloide).*

Badische akademische Blätter. Wochenschrift für die Interessen der Hochschulen in Freiburg, Heidelberg und Karlsruhe, 2. Jg. (Mai 1890 – April 1891, nicht weiter erschienen).

1891

Curt Abel: *Das Kreuz! Betrachtungen über das Duell Vering–Salomon.* 1.-3. Auflage.

Curt Abel: *Christenthum, Sozialdemokratie und wahrer Freisinn. Eine Betrachtung.*

Curt Abel: *Bei den Elenden.* Allen Reichen und Sorglosen gewidmet.

Curt Abel: *Das Stiefkind des deutschen Heeres. Kritische Betrachtungen.* Zweite Auflage.

Curt Abel: *Vor dem Kriegsgericht. Die kriegsgerichtliche Verfolgung in Sachen meiner Broschüre: „Vier Wochen Vice-Wachtmeister".*

Anonym: *Fort mit den Jesuiten! Ein Weckruf an alle denkenden Deutschen.*

Theodor Baumer: *Das Mönchensteiner Eisenbahnunglück. Ein Sündenregister für die Eidgenossen! Zusammengestellt anläßlich der Vorkommnisse nach der Katastrophe.*

Otto von Berlin: *Die preußische Militär-Gerichtsbarkeit.*

Friedrich Ernst Fehsenfeld / Emil Schwehr: *Radlers Wander-Lieder.* 1.-5. Auflage.

Carl Geisler: *Freiburger Leben. Lieder.*

W[ilhelm] A. H. Köster: *Eine Ehescheidung. Als Beitrag zum Capitel vom geschriebenen und natürlichen Recht dargestellt.*

Emil Schwehr (Hrsg.): *Touren-Buch des Gau VII „Schwarzwald" des deutschen Radfahrer-Bundes.*

Carl von Teschner: *Memoiren eines Couleur-Studenten.* Mitgeteilt von Curt Abel.

Friedrich Ernst Fehsenfeld (1887)

Friedrich Ernst und Paula Fehsenfeld
mit Hans, Eva und Dora (um 1891)

MAY AN FEHSENFELD • 8. November 1891
Brief, handschriftlich (hs.)

Oberlössnitz-Dresden[1], d. 8/11 91.

Hochgeehrter Herr,

Sie wollen gütigst entschuldigen, daß ich nicht eher antworten konnte. Ich war drei Tage in Leipzig, und darum ist Ihre w. Zuschrift erst jetzt, nach meiner Rückkehr, in meine Hände gekommen.[2]

Zunächst einige allgemeine Bemerkungen:

Neben den Anfragen in den Blättern, für welche ich schreibe, erhalte ich auch directe Erkundigungen, ob meine Werke in Buchform erschienen sind, und zwar so zahlreich, daß ich sie unmöglich alle beantworten kann. In dieser Woche z. B. bekam ich acht solche Briefe, einen von einer österreichischen Erzherzogin und einen von einer Fürstin, welche Princess royale von Frankreich ist. Wenn ich zur Buchausgabe schritte und dies in den mir zu Gebote stehenden Blättern veröffentlichte, so dürfte ich überzeugt sein, fünf- oder auch zehntausend Exemplare in kurzer Zeit loszuschlagen. Ist dabei der Verleger ein guter Geschäftsmann, so muß das Unternehmen ein für beide Theile lucratives werden.

Warum ich unter diesen Umständen nicht längst zur Buchausgabe geschritten bin? Pustet hat sich angeboten und mir noch bessere Bedingungen gestellt als Sie, ebenso W. Spemann, Stuttgart, „Union".[3] Beide boten mir sogar sofortige

[1] Am 8.4.1891 war Karl May mit seiner Frau Emma geb. Pollmer (1856–1917) von Kötzschenbroda nach Oberlößnitz gezogen; das Ehepaar wohnte zur Miete in der „Villa Agnes", Nizzastraße 1d (heute Radebeul, Lößnitzgrundstraße 2).

[2] Die erwähnte „Zuschrift" ist nicht überliefert; nach Fehsenfelds eigener Angabe hatte der Verleger sich bereits im Sommer 1891, vermutlich im Juli, erstmals an May gewandt. Über Mays (angeblichen) Aufenthalt in Leipzig ist nichts bekannt.

[3] In der Regensburger katholischen Familienzeitschrift *Deutscher Hausschatz in Wort und Bild* des Verlegers Kommerzienrat Friedrich Pustet sen. (1831–1902) waren bis dahin u. a. Mays Reiseerzählungen *Deadly dust* (1880), *„Giölgeda padiśhanün"* (1881), *Reise-Abenteuer in Kurdistan* (1881-82), *Die*

Zahlung an, weil sie meine Verhältnisse genau kennen. Da ich öftere und lange Reisen ins Ausland unternehme[4] und die Kosten derselben nur von meinen Honoraren bestreite, haben meine bisherigen Verleger mir die Letzteren immer und freiwillig im Voraus gezahlt. – Dennoch habe ich bei Beiden abgelehnt, und zwar weil ich ganz Ihrer Ansicht bin: sie wollen nichts von der Colportage wissen, und doch ist es nur diese, durch welche man einen größern Absatz erzielt. Der Leser will heut zu Tage selbst die beste Lectüre ins Haus getragen haben, sonst kauft er nicht. Sie sehen, daß ich in dieser Beziehung mit Ihnen einverstanden bin. Natürlich mache ich da einen Unterschied zwischen Colportage- und Schundbuchhandel.[5]

Todes-Karavane (1882), *In Damaskus und Baalbeck* (1882-83), *Stambul* (1883), *Der letzte Ritt* (1884-86), *Durch das Land der Skipetaren* (1888), *Der Scout* (1888-89), *El Sendador* (1889-91) und die ersten Fortsetzungen von *Der Mahdi* (1891-93) erschienen. Bereits am 13.11.1884 hatte Pustet May angeboten, von seinen „sämmtlichen bis jetzt im ‚Hausschatz' erschienenen Reiseerlebnissen eine Buch-Ausgabe zu veranstalten". Für die erste Auflage von 2000 Exemplaren sollten sofort 1000 Mark bar gezahlt werden. Mays Antwort ist nicht überliefert. – Der Stuttgarter Verleger Wilhelm Spemann (1844–1910) hatte May schon am 17.5.1883 für eine Buchreihe *Ein Weltläufer* gewinnen wollen; pro Band sollte May bei einer Auflage von 5000 Exemplaren 800 Mark erhalten. Statt dieser Reihe hatte May dann für Spemanns neue Knabenzeitschrift *Der Gute Kamerad* die Jugendromane *Der Sohn des Bärenjägers* (1887) und *Der Geist des Llano estakado* (1888) geschrieben, die im Oktober 1890 unter dem Obertitel *Die Helden des Westens* auch in Buchform erschienen waren. Für die Buchausgabe dieser und weiterer *Kamerad*-Erzählungen war ein Honorar von 300 Mark für jede Auflage von 2000 Exemplaren vereinbart worden. Mit Spemanns Verlag, der seit 1889 nach einer Fusion als Union Deutsche Verlagsgesellschaft firmierte, hatte May am 18.12.1888 einen Vertrag (rückdatiert auf den 1.12.) geschlossen, der ihn verpflichtete, „ausschließlich für den Verlag von W. Spemann in Berlin und Stuttgart zu arbeiten". Danach durfte May eigentlich weder für Pustet noch später für Fehsenfeld neue Erzählungen schreiben.

[4] May, der bis dahin nur in Österreich-Ungarn gewesen war, ließ Fehsenfeld im Glauben, er habe seine Reiseabenteuer wirklich erlebt.

[5] May spielt hier auf den Verlag von Heinrich Gotthold Münchmeyer (1836–1892) an, für den er zwischen 1882 und 1887 fünf umfangreiche

Dies bringt mich auf die zweite Bemerkung: Ich würde nur unter der Bedingung abschließen, daß die Sachen in einem anständigen Kleide erscheinen – gutes Papier, guter Druck etc. Mein Name soll nicht auf schlechtbedrucktem Holzpapier geringster Sorte stehen.

Auch möchte ich – eben meiner öfteren Abwesenheit wegen, gern haben, daß die 500 Mark, von denen Sie sprechen, nicht nach dem Erscheinen des jeweiligen Bandes sondern vorher zu entrichten sind.[6]

Gehen Sie auf diese beiden Bedingungen ein, so bin ich gern bereit, mit Ihnen zur Contractirung zu schreiten, denn ich weiß, daß Sie ein anständiger Herr sind, mit dem ich nie in Conflict gerathen werde. Ich habe nämlich die Ehre, Sie, ohne daß Sie es wissen, als einen soliden Geschäftsmann und Character zu kennen. Wahrscheinlich habe ich sogar vor mehreren Jahren einige Bücher in Ihrem Laden gekauft.[7]

Werden wir uns einig, so können Sie versichert sein, daß ich Alles thun werde, was in Ihrem Nutzen liegt. Zu meinen sonstigen Connexionen steht mir, ohne daß Sie es ahnen, ein Colportageapparat zur Verfügung, welcher sich über ganz Deutschland erstreckt.

Einer baldfreundlichen Rückäußerung entgegensehend, habe ich die Ehre, zu sein

Ihr
hochachtungsvoll
ergebener
Dr. Karl May.[8]

Kolportageromane (*Das Waldröschen*, *Die Liebe des Ulanen*, *Der verlorne Sohn*, *Deutsche Herzen, deutsche Helden* und *Der Weg zum Glück*) geschrieben hatte. Fehsenfeld hatte May vorgeschlagen, auch die *Hausschatz*-Romane zunächst in Lieferungsheften herauszugeben.

[6] Mays Wunsch wurde im § 4 des Verlagsvertrags vom 17.11.1891 berücksichtigt.

[7] Ein Aufenthalt Mays in Freiburg vor Juni 1893 ist nahezu ausgeschlossen.

[8] May führte den Doktortitel unberechtigt.

Wallstraße 10 in Freiburg im Breisgau
(Aufnahme Dieter Sudhoff, 2005)

KARL MAY • 17. November 1891
Verlagsvertrag, hs.

Verlags-Vertrag.[9]

Zwischen dem Schriftsteller Herrn Dr. Karl May in Kötzschenbroda[10]
und dem Verlagsbuchhändler Herrn Friedrich Ernst Fehsenfeld in Freiburg
ist heut folgender Vertrag abgeschlossen worden.

§ 1.

Die Unterzeichneten vereinigen sich zur Buchausgabe der im „Deutschen Hausschatz“ und andern Zeitschriften bisher erschienenen Reiseromane des Herrn Dr. Karl May.

[9] Zum Vertragsabschluss war Fehsenfeld nach Oberlößnitz gereist. Gedruckt werden sollten die „Reiseromane“ von der Hoffmannschen Buchdruckerei seines Vetters Felix Krais (1853–1937) in Stuttgart (Rothebühlstraße 77, ab 1899 Augustenstraße 32a). Felix Krais erinnerte sich hierzu in einem Brief an die Bibliothek des Börsenvereins der Deutschen Buchhändler in Leipzig vom 10.9.1929 (Deutsche Nationalbibliothek, Leipzig): „Fr. Ernst Fehsenfeld ist mein lieber Vetter u. Freund seit vielen Jahren. Nachdem er, wie es scheint mit wenig Erfolg eine Zeit lang in Giessen (?) eine Sortimentsbuchhdg. inne hatte, gab er diese auf & fasste den Plan, von Freiburg i/B. aus, die Karl May'schen Reise-Erzählgn, die s. Z. in dem ‚Kathol. Hausschatz‘ in Fortsetzungen erschienen waren, in Buchform herauszugeben. Durch unsere verwandtschaftlichen und freundschaftlichen Beziehungen wurde F. veranlasst, die May-Werke bei mir, in meiner Hoffmannschen Buchdruckerei drucken zu lassen. Ich habe ihn dabei in weitgehender Weise mit Rat & Tat unterstützt. [...] In der Hoffmannschen Buchdruckerei wurden im Lauf der Jahre an die 3 Millionen Bände zu je 40 Bogen Inhalt gedruckt, bei der Buchbinderei C. H. Schwabe in Stuttgart gebunden u. brochiert & teils von Schwabe teils v. d. Hoffmannschen Buchdr. nach Leipzig an Herbig zur Auslieferung versandt.“

[10] Weshalb May hier und am Schluss des Vertrags Kötzschenbroda als seinen Wohnort angibt, ist unklar; die Villa „Agnes“ lag eindeutig in Oberlößnitz, das er ja auch sonst richtig als seine Adresse nennt.

§ 2.

Die Herausgabe geschieht in Bänden von ungefähr 500 bis 600 Seiten in dem von beiden Theilen festgesetzten Formate.

§ 3.

Den literarischen Theil des Unternehmens übernimmt Herr Dr. May, den geschäftlichen Herr Fehsenfeld.

§ 4.

An Honorar erhält Herr Dr. May von dem Herrn Verleger vor Erscheinen eines jeden Bandes 500 Mark, sage fünfhundert Mark und zwar postwendend <das> nach Eintreffen des 1. Manuscriptbogens des neuen Bandes. Ferner nach Absatz von den ersten 5000 sage fünftausend Exemplaren weitere 1000 Mark sage tausend Mark für jeden Band, und für jedes weitere 5000 sage Fünftausend abgesetzter Exemplare eines Bandes jedesmal weitere 2000 Mark sage zweitausend Mark. Die Zahlung dieser Honorare erfolgt sofort nach Feststellung des betreffenden Absatzes.

§ 5.

Der Verfasser hat das Recht, sich jederzeit selbst oder durch einen Bevollmächtigten durch Einsichtnahme der betreffenden Absatzbücher des Verlegers von dem gemachten Absatze zu überzeugen.

§ 6.

Sollte der Absatz nicht die Kosten decken, so soll es dem Verleger freistehen, von der Herausgabe weiterer Bände jederzeit zurückzutreten.

§ 7.

Ein Verkauf des Verlages dieser Romane ist nur mit Bewilligung des Verfassers gestattet.

§ 8.

Der Verfasser hat an Freiexemplaren fünfundzwanzig Stück der gebundenen Bandausgabe zu beanspruchen.

§ 9.

Dieser Vertrag ist bindend für die beiden Unterzeichneten sowie für deren Erben oder sonstige Rechtsnachfolger.

§ 10.

Dieser Vertrag ist doppelt ausgefertigt und von beiden Parteien eigenhändig unterzeichnet worden.

Kötzschenbroda, den 17ten November 1891.

Dr. Karl May. Friedrich Ernst Fehsenfeld.[11]
z. g. Glücke!

KARL MAY • November 1891
Briefpapieraufdruck[12]

Auf tausende
von Anfragen.

Meine gesammelten Werke erscheinen jetzt durch die rühmlichst bekannte Verlagsbuchhandlung von

Fehsenfeld in Freiburg i. B.

und wollen Sie sich gütigst entweder direkt oder durch die Ihnen nächste Buchhandlung an diese Firma, welche ich Ihnen aus vollster Ueberzeugung empfehle, wenden.

Hochachtungsvollst

Dr. Karl May.

Oberlössnitz-Dresden.

[11] Eigenhändige Unterschrift

[12] In seiner Korrespondenz mit Fehsenfeld benutzte May dieses Briefpapier, auf das im Folgenden nicht mehr hingewiesen wird, erstmals am 3.12.1891.

Auf tausende von Anfragen.

Meine gesammelten Werke erscheinen jetzt durch die rühmlichst bekannte Verlagsbuchhandlung von

Fehsenfeld in Freiburg i. B.

und wollen Sie sich gütigst entweder direkt oder durch die Ihnen nächste Buchhandlung an diese Firma, welche ich Ihnen aus vollster Ueberzeugung empfehle, wenden.

Hochachtungsvollst

Dr. Karl May.

Oberlössnitz-Dresden.

MAY AN FEHSENFELD • 3. Dezember 1891
Brief, hs.

Oberlößnitz, den 3/12 91 Nachts 2 ½ Uhr.

Liebster Herr Fehsenfeld.

Hierbei folgt das Versprochene[13], Sie sehen, ich arbeite, obgleich noch stark Reconvalescent, die Nacht hindurch, um mein Versäumniß nachzuholen. Meine Frau liegt noch immer.[14]

Ob der Prospect und das „Für Zeitungen“ nach Ihrem Gusto sind, weiß ich nicht. Sie schrieben von Prospecten für den Buchhandel, für das Publikum, von Plakaten u.s.w. und das kann ich nicht recht auseinander halten. Von Ihrem Concepte habe ich Einiges, was mir zu persönlich erschien, geändert. Es ist so wohl auch tamtamt genug, und vielleicht sind Sie zufrieden. Das Vorwort wird Ihnen wohl recht sein; es ist wieder anders gehalten als das Andere. Soll ich noch Aehnliches entwerfen, bitte, so benachrichtigen Sie mich.

Was die Umschlagsskizze betrifft, so verräth der Künstler keine üble Ansicht; nur fehlt es an der Staffage. Könnten wir nicht unsern Nathan mit seiner Sarah mit in die Wüste bringen?[15]

[13] May hatte für Fehsenfeld einen Prospekt und eine Werbenotiz für Zeitungen entworfen. Auch das *Vorwort* zum ersten Band der „Gesammelten Reiseromane“ (*Durch Wüste und Harem*), zu dem es offenbar mehrere Entwürfe gab, wurde nicht vom „Herausgeber und Verleger“, sondern von May verfasst.

[14] Über diese Erkrankung des Ehepaars May ist Näheres nicht bekannt.

[15] Die Umschlagzeichnung zur Lieferungsausgabe der ersten sechs Bände der „Gesammelten Reiseromane“ schuf Peter Schnorr (1862–1912). Ob diese Zeichnung, die ein orientalisches Stadttor mit Beduinenzelten, Kamel- und Pferdereitern und Figurengruppen zeigt, an dieser Stelle gemeint ist, muss vorerst unklar bleiben. Das spätere farbige Deckelbild zur Buchausgabe der ersten drei Bände, auf dem Kara Ben Nemsi und Hadschi Halef Omar zu Pferde zu sehen sind, stammt von einem bisher nicht ermittelten Künstler.

„Er hausirt mit Hosenfutter;
Sie ist seine Schwiegermutter!"

Doch, Scherz bei Seite, eine lebendigere und bezeichnendere Gruppe (Kameelreiter etc.) wäre mir lieber gewesen, aber wie Sie wollen!

Den Titel habe ich in
„Durch Wüste und Harem"
umgewandelt[16]; dieser zieht besser, die Wüste den Nathan und das Harem die Sarah; ich denke, daß durch diesen Titel Männer und Frauen angezogen werden. Der Roman bewegt sich ja viel in der Wüste, und schon das 3te u. 4te Capitel bringen eine Entführung aus dem Harem.[17]

Ich bin noch etwas wüst im Kopfe und will, damit ich es nicht etwa vergesse, Ihnen gleich mitten drin herzlichen Dank sagen für die 500 Mark.[18] Sie haben auch damit bewiesen, daß Sie ein Ehrenmann sind. Voraussichtlich ist es nicht das letzte Honorar; ich lege mich ins Zeug. Heut sind auf die jüngsten Anfragen 68 Briefbogen fort.

Sie fragen nach Bildern. Ja, die habe ich wohl, aber ich müßte Ihnen umfangreiche Werke senden, was doch unbequem ist. Von einzelnen Sachen sende ich eine Probe; ist sie recht, so stehe ich mit mehr zur Verfügung. Ich möchte allerdings gern recht hübsche Vignetten etc. haben.

Bitte, rechnen Sie den ersten Band, wenn es möglich ist, zu 600 Seiten, also das Heft zu 60. Heut sende ich Ihnen die ersten vier Kapitels, welche über 160 Seiten also fast 3 Hefte ergeben. Zwei meiner Spalten ergeben ca. 5 Ihrer Seiten.[19]

Der ganze Roman wird, von event. Aenderungen, wel-

[16] Vermutlich sollte der erste Band ursprünglich den *Hausschatz*-Titel *„Giölgeda padiśhanün"* tragen.

[17] Gemeint ist die Befreiung der montenegrinischen Christin Senitza durch Kara Ben Nemsi aus der Gewalt des Ägypters Abrahim-Mamur.

[18] Fehsenfeld hatte May 500 Mark für den ersten Band der „Gesammelten Reiseromane" übersandt.

[19] Tatsächlich ergaben die ersten vier Kapitel des Bandes *Durch Wüste und Harem* (*Ein Todesritt, Vor Gericht, Im Harem, Eine Entführung*) 168 Seiten.

che ich vornehmen werde, jetzt abgesehen, ca. 3800 Seiten ergeben. Jedenfalls streiche ich einige Längen; rechnen wir also 6 Bände zu 600 Seiten. Macht Nathan mit seiner Sarah in der Sahra 50,000 Abonnenten, so nimmt er mit seiner Schwiegermutter also anderthalbe Million Mark ein; dann mag der Tiger immerhin die Schwieger holen. Ich sage Ihnen, alle Welt wird kaufen; nur gut ausstatten und – wie Sie ganz richtig meinen, auch eine Volksausgabe.

Hätten wir nur erst die Prachtausgabe; dann wollte ich für bischöfliche Empfehlungen sorgen, und die Katholiken, meine Gönner, würden sich dann gar nicht lange bitten lassen.[20]

Jetzt aber muß ich schließen, weil ich mir einen Kaffee, den Sie auch gern trinken, kochen will. Das Wasser singt im Topfe. Es klingt grad wie:

„Im lieben, schönen Lößnitzgrund
Da saßen Zwei selbander;
Die schlossen einen Freundschaftsbund,
Gehn niemals auseinander.
Der Eine schickt Romane ein,
Der Andre läßt sie drucken,
Unds Ende wird vom Liede sein:
's wird beiden herrlich glucken!"

Also jetzt drehe ich die Kaffeemühle, und dann komme [sic] ich Ihnen eine volle Tasse. Den Champagner trinken wir später in Freiburg, wenn das 20,000ste Exemplar zu Pfingsten das Nest verlassen hat. Meine Frau freut sich herzlich darauf, Ihre Frau Gemahlin kennen zu lernen.[21] Wollen Sie

[20] Erst 1894 konnte Fehsenfeld ein Flugblatt *Empfehlende Worte Deutscher Bischöfe* (von Breslau, Eichstätt, Freiburg, Culm, Limburg, Mainz, Münster, Osnabrück und Passau) vertreiben. Durch seine Mitarbeit am *Deutschen Hausschatz* galt der Protestant May als Katholik. 1892 wurde er in den *Katholischen Literatur-Kalender* aufgenommen und ab 1894 auch in *Kürschner's Litteratur-Kalender* als katholischer Schriftsteller geführt.

[21] Zum ersten Besuch Mays und Emmas bei Fehsenfeld und seiner Frau Paula (1858–1947) in Freiburg kam es erst im Juni 1893.

derselben unsern Respect vermelden und auch die lieben Kinderkens[22] grüßen! Nächstes Jahr sollen sie alle recht reichlich von meinem Obste bekommen.

Und nun endlich und wirklich Schluß! Es drückt Ihnen aus der Ferne recht herzlich und aufrichtig die Hand, wo möglich alle beide,

Ihr
nicht in Nürnberg wohnender[23]
Freund & Romanlieferant
May.

KARL MAY • Dezember 1891
Prospektentwurf, hs.

Prospect.[24]

Von Tausenden,
welche begeisterte Leser von ihm sind,
wird gewünscht
die Herausgabe der gesammelten Reiseromane
von Dr. Karl May.

[22] Gemeint sind die Töchter Eva (1883–1972) und Dora (1889–1966).

[23] Möglicherweise spielt May hier auf den „Nürnberger Trichter" an, der als geflügeltes Wort auf das Lehrbuch *Poetischer Trichter. Die Teutsche Dicht- und Reimkunst, ohne Behuf der lateinischen Sprache, in VI Stunden einzugießen* (1647) des Nürnberger Senators und Dichters Georg Philipp Harsdörffer (1607–1658) zurückgeht, und ironisiert damit seine obigen Reimereien.

[24] Der (in dieser Form vermutlich nicht realisierte) Entwurf ist nicht datiert, er dürfte jedoch Mays Brief vom 3.12.1891 beigelegen haben. Am linken und rechten Rand jeweils: „Von Tausenden gewünscht!"; Mays Text endet auf der Rückseite des Blattes, dort auch Berechnungen Fehsenfelds.

Dieser Meister in der Darstellung des Lebens
fremder Länder und Völker hat sich durch seine
lebensvollen & hinreissenden Schilderungen
eine solche Anzahl von Bewunderern erworben,
daß er, von ihnen gedrängt, sich entschlossen hat,
seine bisherigen Werke in dem <rühmlichst bekannten>
unterzeichneten Verlage von
<F. E. Fehsenfeld, Freiburg i. B.>
erscheinen zu lassen.
Der erste Roman wird unter dem Titel
„Durch Wüste und Harem"
einen hochinteressanten und spannenden Ritt durch die Sahara, Egypten, Arabien und die Türkei bringen und dem Verfasser sicher viele neue Freunde erwerben.

Dieses reich ausgestattete Werk erscheint vom Januar an in 10 schnell auf einander folgenden Lieferungen à 50 Pfennige und kann [Textverlust] daß kein Leser dasselbe ohne Befriedigung aus den Händen legen wird.

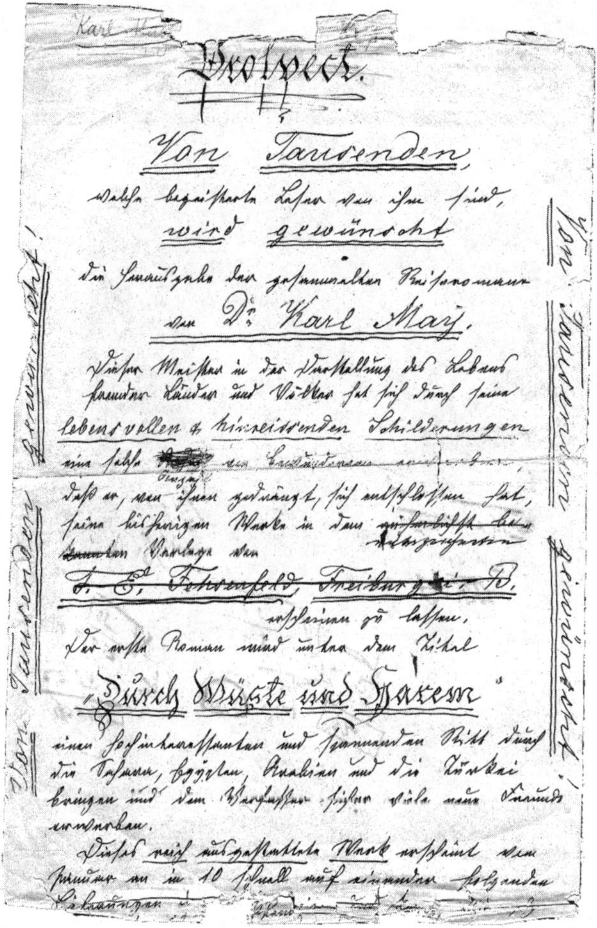

Karl May

Prospect.

Von Tausenden,

welche begeisterte Leser von ihm sind,

wird gewünscht

die Herausgabe der gesammelten Reiseromane

von Dr. Karl May.

Dieser Meister in der Darstellung des Lebens fremder Länder und Völker hat sich durch seine lebensvollen & hinreissenden Schilderungen eine solche ~~[illegible]~~ Menge von Freunden erworben, daß er, von ihnen gedrängt, sich entschlossen hat, seine bisherigen Werke in dem ~~[illegible]~~ ~~[illegible]~~ Verlage von

~~F. E. Fehsenfeld, Freiburg i. B.~~

erscheinen zu lassen.

Der erste Roman wird unter dem Titel

„Durch Wüste und Harem"

einen hochinteressanten und spannenden Ritt durch die Sahara, Egypten, Arabien und die Türkei bringen und dem Verfasser sicher viele neue Freunde erwerben.

Dieses reich ausgestattete Werk erscheint von heute an in 10 schnell auf einander folgenden Lieferungen [illegible]

Von Tausenden gewünscht! (Randvermerk, links und rechts)

Prachtumschlag von Peter Schnorr zur ersten Lieferung von „Carl May's gesammelten Reiseromanen“ (1894)

1892

Mai
Carl May's gesammelte Reiseromane. Band I: *Durch Wüste und Harem. Reiseerlebnisse*. Erstausgabe. 1.-5. Tausend.

Juni
Carl May's gesammelte Reiseromane. Band II: *Durchs wilde Kurdistan. Reiseerlebnisse*. Erstausgabe. 1.-7. Tausend.

August
Carl May's gesammelte Reiseromane. Band III: *Von Bagdad nach Stambul. Reiseerlebnisse*. Mit einem Porträt des Verfassers. Erstausgabe. 1.-7. Tausend.

Oktober
Carl May's gesammelte Reiseromane. Band IV: *In den Schluchten des Balkan. Reiseerlebnisse*. Erstausgabe. 1.-10. Tausend.

November
Carl May's gesammelte Reiseromane. Band V: *Durch das Land der Skipetaren. Reiseerlebnisse*. Erstausgabe. 1.-10. Tausend.

* * *

Carl May's gesammelte Reiseromane. Band I: *Durch Wüste und Harem. Reiseerlebnisse*. Zweite Auflage. 6.-10. Tausend.

Otto von Berlin: *Kaleidoskopische Studie über Hypnotismus und Suggestion.*

E. H. von Pinxen: *Vivat academia! Leiden und Freuden eines bemoosten Hauptes in 12 Gesängen.*

Carl Geisler: *Vivat ars chemica! Humoristische und ernste Lieder für alle vorkommenden Festlichkeiten in Chemiker-Vereinen.* Nach belicbten Melodien sangbar.

1892

Otto Gotthilf: *Schaden und Nutzen des Tabak-Genusses. Eine hygienische Studie.*

P. S. Philander: *Kleine Chronik der Stadt Freiburg i. B. von den ältesten Zeiten bis zum Jahr 1892.* Nach den besten Quellen bearbeitet.

MAY AN FEHSENFELD • 9. Januar 1892
Brief, hs.

Oberlößnitz-Dresden, d. 9/1 92.

Liebster Herr Fehsenfeld.

Soeben bekomme ich Ihr w. Vorgestriges durch Eilboten. Wir brachten einige Tage in der Heimath zu; darum konnte ich nicht antworten.[1] Nun in aller Eile Folgendes, damit es noch rechtzeitig auf die Post kommt. Weiß aber nicht, ob Sie es schon morgen, Sonntag, erhalten werden.

Gutschreiben der 1 Mark 20 ist nicht nöthig. Wollen keine Pfennigfuchser sein.

III. Bogen Correctur ist soeben fort. IV habe noch nicht.[2]

Meine Reclame in den Blättern kann erst beginnen, wenn wenigstens 2 Lieferungen zu haben sind, sonst kein Erfolg. Die Leser würden bestellen, nichts bekommen und dann verzichten.

Ists Ihnen recht, so geben wir mein Bild mit der 1 Lieferung von Band II. und weisen schon jetzt darauf hin. Werde Ihnen eine gute Photographie anfertigen lassen.[3]

Sie möchten auf den Umschlägen auf die folgenden Titels aufmerksam machen. Das ist eine böse, fast unmögliche Sache. Ich müßte das Volumen jeder Erzählung berechnen,

[1] Ermutigt durch den Vertragsabschluss mit Fehsenfeld, hatte May im November 1891 seine Nichte Clara Selbmann (1882–1969), die zweitjüngste Tochter seiner Schwester Karoline Selbmann (1849–1945), zu sich genommen, um ein Kind im Hause zu haben und die vielköpfige Familie der Schwester zu entlasten. In den Weihnachtsferien war Claras Schwester Anna (1873–1958) zu Besuch in Oberlößnitz gewesen. Vermutlich war sie dann Anfang 1892 von den Mays wieder nach Hause gebracht worden. Bereits im Juli 1892, nach Reibereien mit Tante Emma, kehrte auch Clara in ihr Elternhaus zurück.

[2] Gemeint sind die Korrekturen zu *Durch Wüste und Harem*. May erhielt seine Korrekturabzüge gewöhnlich direkt von der Stuttgarter Druckerei.

[3] Ein ziviles „Porträt des Verfassers“ wurde erst dem Bd. III der „Gesammelten Reiseromane“, *Von Bagdad nach Stambul*, als Frontispiz beigegeben.

was ich doch nicht kann, da Aenderungen vorkommen werden und ich diesen Arbeiten auch bessere Titels geben will. Auch denke ich, daß es den Abonnenten angst wird, wenn wir gleich von so viel Bänden sprechen. Auch weiß ich noch nicht, wie sich „Durch Wüste und Harem" auf die 6 Bände vertheilt[4]; es werden neue Kapitels entstehen und alte Ueberschriften weggelassen. Also zu specificiren vermag ich jetzt noch nicht; es würde dann Vieles anders werden, und das verstimmt.

Allerdings denke ich auch, daß ein Hinweis nöthig ist, und der kommt am besten auf den Umschlag schon der ersten Lieferung; kann aber nur allgemein gehalten werden. Ich lege Ihnen einen solchen bei. Da ich ihn in solcher Eile machen muß, wollen Sie, wenn Sie es für nöthig halten, denselben redigiren.

Bitte, senden Sie mir eine Anzahl der Reclamenotizen etc., welche Sie vertheilen; ich kann sie brauchen![5] Beziehentlich der Einbanddecke will ich nichts sagen; ich weiß, die Sache befindet sich in guten Händen.

Spemann hat mir noch nicht geantwortet, muß mich aber losgeben.[6] Auch ich stoße ins Horn. Es sind bereits über

[4] May glaubte ursprünglich, dass alle sechs Bände des Orientzyklus den Titel *Durch Wüste und Harem* tragen sollten. Fehsenfeld hielt jedoch Einzeltitel für zugkräftiger; die Bände erhielten schließlich die Titel *Durch Wüste und Harem*, *Durchs wilde Kurdistan*, *Von Bagdad nach Stambul*, *In den Schluchten des Balkan*, *Durch das Land der Skipetaren* und *Der Schut*. Darüber, welche *Hausschatz*-Erzählungen sich anschließen sollten, war May sich zu diesem Zeitpunkt offenbar noch nicht im Klaren. Wie aus einer Anzeige Fehsenfelds im *Deutschen Hausschatz* (Mai 1892) hervorgeht, waren zunächst nur 10 bis 12 Bände geplant.

[5] Außer durch einen 4-seitigen illustrierten Folioprospekt, den er den Buchhandlungen zugehen ließ, warb Fehsenfeld auch durch Verlagsinserate für „Karl May's gesammelte Reiseromane". So erschien am 18.1.1892 eine vom 15.1. datierende Annonce im *Börsenblatt für den Deutschen Buchhandel*, in der die erste Heftlieferung für den 21.1. angekündigt wurde.

[6] Spätestens seit der Vertragsunterzeichnung mit Fehsenfeld wollte May sich von Wilhelm Spemann trennen und den Vertrag vom 18.12.1888 lö-

200 Briefe fort. Bestellungen darauf werden eingehen, nur möchten dieselben auch sofort effectuirt werden können. Sie wissen, wie das Publikum ist. Muß es warten, so nimmt es die Bestellung leicht zurück. Täglich gehen ein oder mehrere Briefe ein; es ist wirklich reizend. Spaßes halber lege ich Ihnen eine kleine Auswahl bei, die Sie mir aber ja wiedersenden wollen. Der im Umschlage enthält sogar einen Heirathsantrag aus Lugano, resp. Ihrem schönen Freiburg. Es würde mich sehr interessiren, etwas Näheres über diese Damen zu erfahren. Sind Ihnen dieselben vielleicht bekannt, oder können Sie eine kleine, discrete Erkundigung einziehen? Meiner Frau hats Spaß gegeben. Ich muß natürlich antworten, daß ich verheirathet bin, bitte aber, bei Ihnen zu abonniren. Solche Briefe darf ich natürlich nur Ihnen [sic] sehen lassen; Sie sind mein Verleger, und ich bin Ihrer Verschwiegenheit sicher.

Die allerherzlichsten Grüße von Haus zu Haus. Empfehlen Sie mich Ihren geehrten Schwiegereltern![7] Bild wird mit Spannung erwartet.

Ihr & Ihre
K. und Emma May.

sen, wozu auch beitrug, dass der Verleger die anfallenden Honorare nicht pünktlich zahlte. Auch die Redaktion des *Guten Kameraden* wartete in dieser Zeit vergeblich auf einen bereits angekündigten Jugendroman *Der Oelprinz* und brachte im Jahrgang 1892/93 dann stattdessen eine Erzählung von Franz Treller. Gleichwohl bestand Spemann vorerst auf Vertragserfüllung.

[7] Fehsenfelds Schwiegervater war der Rechtsanwalt Josephus Rheinboldt (1817–1905) in Baden (Baden-Baden).

MAY AN FEHSENFELD • 1. Februar 1892
Brief, hs.

Oberlössnitz-Dresden, d. 1/2 92.

Liebster Herr Fehsenfeld.

Nein, in den Schott bin ich nicht gefallen; das muß ich Ihnen durch dieses Lebenszeichen beweisen.[8]

Herzlichen Dank für die Photographie![9] Da haben wir die Lieben ja alle beisammen. Sie werden auch uns alle dafür bekommen. Heut gehts zum Photographen.

Denken Sie, von „Giölgeda padishanün" ist in Mailand eine italienische Uebersetzung erschienen, ohne daß man mich gefragt hat!

Gestern kam ein Brief aus Weimar, vom Sekretair für Massenverbreitung guter Schriften. Die Herren bieten mir 10,000 Mark für einen Reiseroman.[10]

Was unser Unternehmen betrifft, so kommen mir die Hefte freilich auch zu theuer vor. Ich machte Sie, als Sie hier waren, darauf aufmerksam, was der Leser für 10 Pf heutzutage bekommt, oft über 2 Bogen Gartenlaubenformat mit Illustrationen etc. „Vom Fels zum Meer" giebt für 1 Mark achtmal mehr Text als wir für 50 Pf, die Kunstbeilagen gar nicht gerechnet.[11] Das verwöhnt die Leser. Dazu kommt, daß wir

[8] May spielt hier auf den „Todesritt" über den Schott el Dscherid, einen tückischen Salzsee, in *Durch Wüste und Harem* an.

[9] Fehsenfeld hatte May ein Familienfoto geschickt.

[10] Der Sekretär des „Vereins für Massenverbreitung guter Schriften" war Dr. Heinrich Fränkel; der Zweck des Vereins war „die Versorgung des deutschen Volkes, besonders der ärmeren Schichten desselben, mit gesundem und wohlfeilem Lesestoff, um dadurch die sittliche und geistige Hebung des Volkes zu fördern".

[11] In der Stuttgarter Zeitschrift *Vom Fels zum Meer* war im Oktober 1882 Mays erste Erzählung für Spemann, *Christi Blut und Gerechtigkeit*, erschienen; es folgten noch die Erzählungen *Saiwa tjalem* (Februar 1883) und *Maghreb-el-aksa* (November 1887).

leider nicht in Frankreich od. England leben, wo es fast Ehrensache ist, die neusten Bücher auf dem Tische zu haben.

Sie wollten ursprünglich nur 50 Seiten geben. Eine Seite dieses Formates pro Pfennig, dazu ist der Deutsche viel zu knauserig. Wie ist nun abzuhelfen? Ja, wenn nicht schon so viel Exemplare hinaus wären! Man könnte vielleicht das Heft um 1 Bogen stärker machen, wenn es nicht zu spät dazu wäre. Was meinen Sie dazu?[12]

Mit der Volksausgabe bin ich gern einverstanden. Ich möchte auch gern ins Zeug gehen, besitze aber ein einziges Heft. Die mir so freundlich übersandten Prospecte sind alle hinaus und werden ihre Wirkung nicht verfehlen.

Uebrigens verliere ich keineswegs den Muth. Das Dings wird sich machen; nur darf man die Sterne nicht gleich alle herunterreißen wollen; sie kommen noch von selbst. Freilich müßten wir wohl noch 1 Bogen bieten.

Sobald 3 Hefte erschienen sind, gehe ich in meinen Zeitungen los.[13]

[12] Die Lieferungshefte enthielten 64 Seiten. Um den zunächst stockenden Verkauf zu fördern, entschloss Fehsenfeld sich dazu, den ursprünglichen Preis von 50 Pfennig auf 30 Pfennig herabzusetzen.

[13] Immerhin war bereits am 27.1.1892 in Mays Heimatblatt, der *Kötzschenbrodaer Zeitung*, ein offenbar von ihm selbst stammender Hinweis auf *Karl May's Reise-Romane* erschienen: „Die Werke Karl Mays, welche bisher leider nur einem bestimmten Leserkreis bekannt waren, von diesem aber wahrhaft hochgeschätzt und schwärmerisch verehrt wurden, werden – mit Januar 1892 beginnend – in einer handlichen, vornehm ausgestatteten Bandausgabe in der Verlagsbuchhandlung von Friedrich Ernst Fehsenfeld in Freiburg i. Br. erscheinen. Der erste Roman wird unter dem Titel ‚Durch Wüste und Harem' einen hochinteressanten und spannenden Ritt durch die Sahara, Egypten, Arabien und die Türkei bringen und dem Verfasser viele neue Freunde und begeisterte Anhänger erwerben." Eine längere, vermutlich ebenfalls von May stammende Besprechung erschien am 18.2. in der *Augsburger Postzeitung*: „Das Höchste, was Karl May vor Vielen auszeichnet und ihn wahrhaft zum Liebling des deutschen Hauses, der deutschen Frau und der reiferen deutschen Jugend machen wird und schon gemacht hat: er ist ein guter Mensch, ein guter Deutscher und ein guter Christ; jede seiner Handlungen ist ein Beweis dafür."

Bitte, senden Sie Prospect und Heft an folgende drei Buchhandlungen:
Pittius, Kötzschenbroda,
Zimmermann, Hohenstein-Ernstthal in Sachsen,
Just, Ernstthal-Hohenstein in Sachsen.[14]
Dort ist meine Heimath, und ich denke, daß man aus diesem Grunde kaufen wird.
Also, liebster Freund, Kopf hoch, Brust heraus, und Bauch hinein! Die Abonnenten kommen schon noch anmarschirt.
Mit herzlichsten Grüßen von
Haus zu Haus
Ihr
durchaus hoffnungsvoller
May.

MAY AN FEHSENFELD • 28. Februar 1892
Brief, hs.

Oberlössnitz-Dresden, d. 28/2 92.

Liebster Freund & Verleger.
Wußte selbst nichts über die Inseratgebühren des „Hausschatzes". Habe sofort an den Buchhalter Meißner geschrieben und soeben die beifolgende Antwort erhalten.[15]

[14] Die Buch-, Papier- und Galanteriewarenhandlung von Gottlob Julius Carl Pittius (1858–1928) war seit 1886 im Nordflügel des Bahn-Hotels Kötzschenbroda, Bahnhofstraße 11, untergebracht. – Der Buchhändler Gustav Adolph Zimmermann (1845–1912), dessen Stammkunde May in Hohenstein gewesen war, besaß dort eine Kunst- und Musikalienhandlung in der Schulstraße 30 (heute Nr. 8). – Die Ernstthaler Buchhandlung von Heinrich Eduard Just (1827–1914) befand sich in der Bahnstraße (heute Karl-May-Straße) 137d; in derselben Straße liegt auch Mays Geburtshaus.

[15] Die Antwort von Pustets Buchhalter Johannes Meißner (1842–1902), den May Ende 1890 bei einem Besuch in Regensburg auch persönlich kennen gelernt hatte, ist nicht überliefert. Die erste bisher bekannte Werbeanzeige Fehsenfelds im *Deutschen Hausschatz* erschien Anfang Mai nach der Aus-

Ist es nicht besser, wenn Sie sich die Annonce selbst entwerfen? Ich weiß doch nicht, welchen Raum sie einnehmen darf.

An die von Ihnen bezeichneten Blätter habe ich sogleich geschrieben.

Daß unser Titel in dieser Weise beurtheilt wird, ist höchst unangenehm. Es macht Schaden, obgleich ich mir sage, daß, was wir infolge dieses Mißtrauens der Katholiken weniger an Abonnenten bekommen, uns grad auf Grund dieses „Harems“ von andrer Seite mehr zufließen wird. Wäre es doch damals, als ich telegraphirte, noch Zeit gewesen, den Titel in „Durch Wüste und Oasen“ umzuändern![16] Jetzt ist das nun zu spät, wie? Es ging ja Alles so schnell, und eine Anzahl guter Titels aufzustellen, ist keine so leichte Sache, wie man denken sollte. Es giebt viele Schriftsteller, welche das überhaupt nicht fertig bringen.

Herzlichen Dank für die Zustellung der Nummern! Sie kamen grad zu meinem Geburtstage an, und ich habe sie zu den Geschenken gelegt.[17] Die Gratulanten erbaten sich dann davon. Den gebundenen Band erhalten Sie in einigen Tagen zurück.[18]

Unter ergebensten Grüßen von Haus zu Haus bin ich
Ihr
alter
May.

lieferung der Buchausgabe des ersten Bandes *Durch Wüste und Harem*: „In der ganzen Welt, soweit die deutsche Zunge klingt, kennt man den Namen Karl May.“ Wahrscheinlich gab es frühere Anzeigen für die Heftausgabe, die auf den zumeist nicht überlieferten *Hausschatz*-Umschlägen standen.

[16] Den etwas anrüchigen Titel *Durch Wüste und Harem* hatte May selbst gewählt. Ab der 4. Auflage (1895) gab Fehsenfeld den Band ohne Mays Einwilligung unter dem Titel *Durch die Wüste* heraus.

[17] Mays Geburtstag war der 25. Februar.

[18] Fehsenfeld hatte May zur Ansicht einen Probeband geschickt. Wie dieser seinem Verleger im nächsten Brief schrieb, hätte er statt des grünen lieber ein rotes Leinen gehabt.

Kaiserstraße mit Martinstor in Freiburg i. Br.

MAY AN FEHSENFELD • 12. März 1892
Brief, hs.

Oberlössnitz-Dresden, d. 12/3 92.

Theuerster Freund, vielliebster Bruder,
hochwerthester Rad- und Meisterfahrer!

Ja, es ist schauderhaft, das mit den 30 Pfennigen pro Heft! Ich fühle lebhaft mit Ihnen; aber Sie haben Recht: wir machen viel mehr Abonnenten; die Menge bringt es ein, und vielleicht können Sie Etwas, wenn auch nur wenig, am Papiere sparen, wenn es gut satinirt wird.[19]

Manuscript, Anfang zu Band 2 haben Sie schon; sende das Uebrige und auch gleich Band 3, damit der Künstler sich hineinlesen kann.[20] Es ist so besser.

Da ich nicht wußte, wo der Schlußbogen des ersten Bandes abschließt, habe ich die Kapitelüberschriften[21] zu Band 1 und 2 fortlaufend nummerirt; natürlich aber fängt Bd. 2 wieder mit Kapitel 1 an. Der Drucker muß aber, ehe die 2

[19] Am 3.3.1892 hatte Fehsenfeld den Sortimentern im *Börsenblatt* die Preisermäßigung von 50 auf 30 Pfennig bekannt gegeben: „Obwohl die Herren Sortimenter nun an dem einzelnen Hefte weniger verdienen, so werden sie durch den bedeutend erhöhten Absatz sowie dadurch entschädigt werden, daß bei diesem billigen Preise die Subskribenten bis zum Schluß treu bleiben werden." Die fast 4000 Erstabonnenten erhielten die Lieferungen 5 und 6 ohne Berechnung. Noch wenige Jahre vor seinem Tod (1928 oder 1929) erinnerte sich Fehsenfeld: „Es war wohl das erste Mal, daß Werke eines deutschen Schriftstellers in Bänden von 640 Seiten Umfang zu einem Preise von nur 3 Mark herausgegeben wurden. Und darin [...] lag im Anfang ein Teil des Erfolges. Später, als Mays Name durch alle Welt gezogen war, hätte der Preis ruhig höher sein können."

[20] Gemeint sind die Manuskripte zu *Durchs wilde Kurdistan* und *Von Bagdad nach Stambul.* May nahm fälschlich an, diese beiden Bände würden ein neues Deckelbild erhalten.

[21] Von hier an ist der Rest des Abschnitts, vermutlich von Fehsenfeld, unterstrichen.

letzten Bogen von Band 1 in Satz kommen, mir das betreffende Manuscript mir [sic] nochmals überlassen, damit ich dieses Kapitel so bearbeiten kann, daß es grad mit dem Bande abschließt.[22]

Gefallen Ihnen die Titels zu Band 2 und 3 nicht, so ändern wir sie.

„Durch das Land der Skipetaren" und „Der letzte Ritt" geben dann grad noch 3 Bände.

Ich hatte geglaubt, der Titel „Durch Wüste & Harem" bliebe dem ganzen Werke, mit der Hinzufügung „Reiseroman in <5> 6 Bänden"; nach Ihrem letzten Briefe aber wünschen Sie für jeden Band einen Sondertitel; mir auch recht, obgleich die 5 Bände eine zusammengehörige Erzählung bilden.[23]

Was den nordamerikanischen Roman betrifft, so bekommen wir einen herrlichen 2 bändigen Roman, wenn wir zusammen nehmen:

„Der Scout",
„Dêadly-dust" und
„Winnetous Tod".[24]

[22] Die Notwendigkeit, jeden Band auf ca. 640 Seiten zu berechnen, führte vor allem zwischen dem ersten und zweiten Band, bei der Schilderung des Aufenthalts bei den Dschesidi (Teufelsanbetern), zu einer unglücklichen Zäsur.

[23] Offenbar war sich May nicht ganz sicher, ob der Orientzyklus fünf oder sechs Bände ergeben würde. Tatsächlich musste er dann den letzten Band um einen *Anhang* ergänzen, damit der nötige Umfang erreicht wurde.

[24] Nach dem Orientzyklus wollte May die beiden Winnetou-Erzählungen *Deadly dust* und *Der Scout* (1888-89), die 1880 bzw. 1888-89 ebenfalls im *Deutschen Hausschatz* erschienen waren, zusammen mit der Schilderung von Winnetous Tod, die er unter dem Titel *„Ave Maria"* von September bis Oktober 1890 in der *Fuldaer Zeitung* veröffentlicht hatte (eine Vorfassung, *Im „wilden Westen" Nordamerika's*, war bereits 1882-83 in Köln in den *Feierstunden im häuslichen Kreise* erschienen), zu einem Roman zusammenfassen. Im Oktober 1892 beschloss er dann jedoch, einen ersten Band ganz neu zu schreiben.

Dieser Winnetou ist eine so prächtige Gestalt und hat eine solche Sympathie gefunden, daß ich für dieses Werk am liebsten den Titel nehmen möchte

„Winnetou,"
„der rothe Gentleman"[25]

oder so ähnlich. Was sagen Sie dazu?

Zur Photographie habe ich gesessen; ich erwarte sie täglich; dann sende sie gleich.

Was für ein „weiteres" Unternehmen haben Sie noch? Bin neugierig darauf.

Könnten Sie dem 1 Bande, den ich Ihnen mit Dank zurücksende, nicht ein lebhafteres Äußere geben? Habe ihn mehreren Kennern (auch Buchhändlern) gezeigt; sie fanden ihn, grad so wie ich und meine Frau, zu todt. Eine freundlichere Farbe zieht mehr und kostet wohl nicht mehr. Vielleicht wäre es am besten, auf den Rücken zu setzen

| Karl Mays
Reiseromane
Band I |

und den betreffenden Titel dann auf die Vorderseite. Roth bleibt doch roth!

Der großartige Gedanke der Schenkung einer Villa ist meiner Frau vor freudigem Schrecke so in die Glieder gefahren, daß ich mich [sic] seitdem mit Opodeldoc einreiben muß. Ich werde einreiben, bis der liebenswürdige Vorsatz sich verwirklicht.

Die aufrichtigsten Grüße von Haus zu Haus!

Ihr

nun auch von seiner Gattin anerkannter

May.[26]

[25] Von 1893 bis 1904 hatte die Trilogie den Titel *Winnetou, der Rote Gentleman*; danach entfiel der Zusatz.

[26] Notiz von Fehsenfeld, der den Brief vermutlich an Felix Krais weiterleitete: „Brief zurück".

MAY AN FEHSENFELD • 23. März 1892
Brief, hs.

Oberlössnitz-Dresden, d. 23/3. 92.

Mein lieber Herr Fehsenfeld.

Was für eine dunkle Wolke hat sich denn eigentlich vor die sonst so helle Sonne Ihres Tintenfasses gestellt? Sie lassen ja gar nichts von sich hören! Ist Band II und III bei Ihnen angekommen?

Ich bin jetzt sehr thätig für unser Unternehmen gewesen. Hausschatz, Guter Kamerad, Kölner Volkszeitung, Germania, in Amberger, Regensburger, Passauer, Osnabrücker, Frankfurter (a. M. u. a. O.) Posener, Thorner u.s.w. Zeitungen wird dieser Tage eine Besprechung erscheinen.[27]

Die Kathol. Volkszeitung in Berlin hat die ihrige soeben gebracht.[28] Anbei die erste Bestellung, welche dort eingegangen ist. Haben Sie die Güte, dem Herrn die No. 1 zu senden. Er wird der polnische Besitzer des dortigen Rittergutes sein.

Lege auch den Brief bei, welcher sofort bei Dr. jur. Wolff, dem Chefredacteur dieses Blattes eingegangen ist. Aber, bitte, senden Sie ihn mir zurück. Solche Leute brauchen wir.

[27] Besonders bemerkenswert ist die positive Rezension (*Karl May's Reise-Romane*), die Mays späterer Gegner Hermann Cardauns am 24.6.1892 in der *Kölnischen Volkszeitung* veröffentlichte: „Wir haben seit Jahren diese ganz eigenartigen Schöpfungen, die namentlich im Regensburger Deutschen Hausschatz erschienen, mit wirklichem Vergnügen verfolgt [...]. May's Reiseheld verbringt allerdings etwas unglaubliche Thaten, aber er steht thurmhoch über den Skalp-, Büffel- und sonstigen Jägern, für welche sich unsere Jugend oft mehr als wünschenswerth begeistert."

[28] Die *Katholische Volkszeitung* in Berlin, die unter der „Leitung und Verantwortlichkeit" von Dr. Oskar Wolff (*1846) stand, hatte vom 9.2. bis 22.3.1892 unter dem Titel *Spuren im Sande* in 36 Folgen einen (bisher unbekannten) Nachdruck der frühen Erzählung *Die Gum* veröffentlicht. Bereits am 15.3.1892 hatte das Blatt die (wohl von May verfasste) „Besprechung" von *Karl May's Reise-Romanen* gebracht, die u. a. am 18.2.1892 in der *Augsburger Postzeitung* erschienen war. Vom 22.4. bis 28.5.1892 erschien in der *Katholischen Volkszeitung* noch Mays Erzählung *„Ave Maria"*.

Habe dem geistlichen Herrn gleich geschrieben. Er wird verbreiten helfen.

Wenn Bd. I und II erschienen ist, werde ich einige Bischöfe bez. Erzbischöfe um ihre Approbation bitten. Dann machen wir bei den Katholiken gute Geschäfte, denn die Pfarrer werden sich gern für uns ins Zeug legen.

Was gedenken Sie zu thun, daß wir nicht in Amerika nachgedruckt werden? Die Kerls da drüben sind stets sofort mit Gier über meine Werke hergefallen.[29]

Haben Sie Recensionen von Blättern, in denen der katholische Sinn hervorgehoben wird (w. z. B. in dem Salzburger Blatte) so bitte, heben Sie sich dieselben gut auf; wir brauchen sie zur Erlangung der Approbation.

Werden Sie mir nun bald eine Zeile senden? Wir warten mit Schmerzen darauf.

Meine Frau läßt sich Ihrer Frau Gemahlin empfehlen und grüßt die lieben Kinder. Heut Nachmittag erwarte ich die Photographieen. Die ersten waren nicht gerathen. Mußte noch einmal sitzen.

Mit herzl. Gruß
Ihr
sehr ergebener
Dr. May.

MAY AN FEHSENFELD • 23. März 1892
Brief, hs.

Oberlößnitz-Dresden, d. 23/3 92.

Lieber Freund.

Vor einer Stunde ging ein Brief ab; jetzt folgt ein Nachtrag. Habe soeben den Abschluß des ersten Bandes nach Hoffmanns Buchdr., Stuttgart, abgesandt. Man verlangte Titel

[29] Bereits 1880 hatte May von Raubdrucken seiner Werke in Amerika erfahren.

und Vorwort. Hier haben Sie die 4 Seiten. Gefallen sie Ihnen nicht, so ändern Sie, und haben Sie die Güte, es dann umgehend nach Stuttgart zu senden.[30]

Die im Vorworte angeführten Stimmen sind nicht fingirt sondern ächt. Die Photographieen müssen jeden Augenblick kommen. Habe ich Sie mit Etwas beleidigt, daß Sie gar nicht schreiben?

Mit herzl. Gruße
Ihr
May.

MAY AN FEHSENFELD • 29. März 1892
Brief, hs.

Oberlössnitz-Dresden, d. 29/3. 92.

Mein sehr geehrter & lieber Freund.

Endlich kann ich Ihnen eine Photographie senden, aber auch nur für Ihren Hausgebrauch, und kaum dies, denn sie ist verdorben. In einigen Tagen bekomme ich bessere.

Ich habe jetzt über 900 frühere Briefe von Lesern und Leserinnen hervorgesucht, denen ich den Kauf unserer Bände nahe legen will.[31] Das wird wirken. Wir sind mit unsern Hoffnungen zu schnellblütig gewesen. Es sind schlechte Zeiten, und gut Ding will Weile haben. Wir werden unbedingt Geschäfte machen, wenn auch nicht in den ersten Minuten.

[30] Im *Vorwort* des „Herausgebers und Verlegers“, das vermutlich von Fehsenfeld gekürzt wurde (die im Folgenden erwähnten „Stimmen“ fehlen), heißt es u. a.: May „ist, vielleicht ohne es zu beabsichtigen, ein Missionar, ein Prediger der Gottes- und der Nächstenliebe, doch besteht seine Predigt nicht in Worten, sondern in Thaten.“

[31] Mit der zehnten Lieferung wurde am 9.4.1892 *Durch Wüste und Harem* abgeschlossen; mit der 11. Lieferung begann der zweite Band, *Durchs wilde Kurdistan*. Die Einbanddecken zu Bd. I konnten jedoch erst am 30.4. fertiggestellt werden, sodass die Auslieferung der Buchausgabe sich bis Anfang Mai verzögerte.

Deckelbild von 1892

1892

Carl May's gesammelte Reiseromane.

Band I:

Durch Wüste und Harem.

Freiburg i. B.

Verlag von Friedrich Ernst Fehsenfeld.

Durch

Wüste und Harem

Reiseerlebnisse

von

Carl May.

Freiburg i. B.
Verlag von Friedrich Ernst Fehsenfeld.

Herzlich dankbar sind wir Ihnen dafür, daß Sie die Güte haben wollen, uns für den 1ten April das Honorar für den 2ten Band zu senden. Ich habe Miethe, Abgaben u.s.w. an diesem Tage zu zahlen und doch leere Kasse, weil Spemann (wie so oft) mich mit dem Honorare warten läßt. Ich möchte ihn nicht mahnen, weil ich, wenn er noch länger zögert, dadurch einen Rechtsgrund habe, von dem Contracte loszukommen und wieder frei zu werden, was sonst wohl nicht geschehen könnte.

Also nochmals herzlichen Dank für Ihre gütige Zusage und die besten Grüße von Haus zu Haus!

Ihr
sehr ergebener
Dr. May.

MAY AN FEHSENFELD • 4. Juni 1892
Brief, hs.

Sonnabend, d. 4/6. 92.

Liebster Freund und Hohentwieler!

Sind Sie denn glücklich wieder herunter von dem 692 Meter hohen Phonolithkegel im Oberamte Tuttlingen, wo Scheffels Ekkehar<t>d seinen Kaffee ohne Milch getrunken hat?[32] Herzlichen Dank für die freundliche Karte. Hätte zu gern mit oben gesessen bei Ihnen, Frau Paula und Frau Dr. Julian, sitze aber leider mit widerwärtiger Wonne beim Tin-

32 Fehsenfeld war mit seiner Frau Paula und seiner Halbschwester Elisabeth (Elise) Johanna Sophia Schmidt, der Frau des Publizisten und Literarhistorikers Dr. Julian Schmidt (1818–1886), auf dem Hohentwiel, einem vulkanischen Gesteinskegel im Hegau, bei Singen, gewesen; auf dem Berg befand sich im 10. und 11. Jahrhundert der Sitz der schwäbischen Herzöge, der im 17./18. Jahrhundert zur Festung ausgebaut worden war. Der Dichter Josef Victor von Scheffel (1826–1886) hatte im Frühjahr 1854 einige Wochen im Berggasthaus auf dem Hohentwiel verbracht und dort seinen historischen Roman *Ekkehard* (1855) geschrieben.

tenfasse und habe 1400 Seiten für meinen vielgeliebten Spemann zu schreiben, dem ich soeben ein geharnischtes Telegram lancirt habe.[33] Läßt mich dieser coulante Herr mit dem Honorare sitzen! Wie gewöhnlich! Im Contracte steht, daß er mit „wendender Post" zu zahlen hat; das thut er nie.[34] Und dabei hat er ein ganz besonderes Geschick, grad dann nicht zu zahlen, wenn es am nothwendigsten ist. Ich bekomme 2 Herren mit ihren Damen auf Feiertagsbesuch, sitze hier, Sonnabend Nachmittags 2 Uhr mit noch 3 Mark 50 Pf in der Kasse und soll mit dem Besuche auch noch in die sächs. Schweiz![35] Trotz aller Mahnung schickt Spemann das fällige Honorar nicht, bombardirt mich aber mit Telegrammen nach weiterem Manuscript. Habe ihm wieder telegrammophizirt, daß kein Manuscript ohne Geld folgt und daß ich mich als aus unserm Contracte entlassen betrachte. Danke für so einen Verleger! Es möchte Alles noch gehen, wenn ich meine Ersparnisse so angelegt hätte, daß ich mir augenblicklich helfen könnte, oder hier einen Pump machen könnte. Stehe hier aber auf so vornehmen Fuße, daß dies unmöglich ist. Also ab mit Spemann! Bin zu erregt, um weiter schreiben zu können; werde Ihnen aber morgen einige hübsche Beweise senden, daß meine Prospecte zu wirken beginnen. Sind Bestellungen dabei.

Gute Feiertage, besser, als wir sie haben werden!
In Eile
Ihr
May.

[33] May hatte nach wiederholten Mahnungen endlich für den *Guten Kameraden* seinen siebten, im Wilden Westen spielenden Jugendroman *Der Oelprinz* begonnen.

[34] Im Vertrag vom Dezember 1888 hatte Spemann sich verpflichtet, „alles dasjenige, was Herr Dr. Karl May ihm an Manuscripten zusendet, stets sofort lesen zu lassen und dasjenige, was er acceptiren kann, umgehend mit einem Interims-Honorar von einer Mark per Manuscriptseite von durchschnittlich 136 Worten zu vergüten, sowie die definitive Abrechnung und Honorirung sofort nach Druck des Manuscriptes eintreten zu lassen."

[35] Die Mays erwarteten über Pfingsten (5./6.6.) Besuch von Verwandten.

MAY AN FEHSENFELD • 13. Juni 1892
Brief, hs.

Oberlößnitz-Dresden, d. 13/6 92.

Hochgeehrter Herr, Freund und Vorschütze.[36]

Das war eine Ueberraschung! Wer hätte das gedacht! Zu meiner Entschuldigung muß ich sagen, daß ich die betreffende Bemerkung nur im Aerger über Spemann, keinesfalls aber in der Absicht gemacht habe, einen hinterlistigen Angriff auf Ihre Kasse auszuüben. Um so herzlicher ist der Dank, den wir Ihnen hiermit aussprechen, zwar etwas spät, weil ich nicht zum Schreiben kommen konnte.

Emma brachte einen Nothpfennig herbei, und das war ein Glück, denn am 1ten Feiertage kamen vier Verwandte auf Besuch; wir waren am 2ten Feiertage mit ihnen in Dresden, also nicht daheim, weshalb bei den hiesigen Postverhältnissen Ihre Anweisung erst am dritten[37] zu Mittag in meine Hand kam. Dann überraschten uns drei Leipziger, welche bis Sonntag[38] hier blieben und mich zu keiner Zeile kommen ließen. Erst heut kann ich Ihnen danken. Sie sind, das bezeuge ich hiermit, ein nobler Verleger!!!

Für heut gestatte ich mir, Ihnen einige Briefe beizulegen, um deren baldigste gütige Rücksendung ich Sie ersuche, da sie mir als Unterlage zur weiteren Correspondenz dienen müssen. Es sind 2 Bestellungen dabei.

Mit herzlichsten Grüßen, auch an Ihre liebe Gattin nebst Kindern

Ihr
ergebenster
May
c. Emma.

[36] Fehsenfeld hatte einen Vorschuss geschickt.

[37] Gemeint ist der 7.6.1892.

[38] Gemeint ist der 12.6.1892. Welche „Leipziger" May besuchten, ist unbekannt.

MAY AN FEHSENFELD • 22. Juni 1892
Brief, hs.

Oberlössnitz-Dresden, d. 22/6 92.

Liebster Herr, Verleger & Freund.

Ich bin außer mir, außer mir über diese Gemeinheit Spemanns![39] Gleich nachdem ich heut früh Ihren Brief bekommen & gelesen hatte, fuhr ich nach Dresden zum Advokaten, um ihm den Contract zu zeigen und mich zu erkundigen. Als ich ihm Alles erklärt hatte, meinte er, daß Spemann mich nicht loslassen und es zum Prozeß kommen lassen werde, den ich aber gewinnen müsse, da Spemann nicht nach Vereinbarung zahle. Er gab Ihnen Recht, daß ich keine Sylbe mehr für ihn schreiben solle.

Das werde ich thun; es ist die beste, ja die einzige Antwort auf eine solche Ordinärität, und ich weiß, daß ich ihm damit den größten Schaden bereite, denn der „Kamerad" wird, wenn ich aufhöre, viele tausende von Abonnenten verlieren. Aber die Leser desselben sollen Spemanns Verfahren erfahren. Ich kenne viele, viele Adressen und gehe noch heut in die Kötzschenbrodaer Druckerei, um mir Briefe an dieselben drucken zu lassen. 500 wenigstens sende ich noch in dieser Woche ab; dann kaufen sie unsere Bände erst recht.[40]

Aber, liebster Freund, die Hauptsache: Wenn ich so vorgehe, dann ist mir für den Augenblick jedes Einkommen abgeschnitten, und doch habe ich grad in dieser letzten Woche des Vierteljahres verschiedene Zahlungen. Honorar is da nich mehr, und meine Depositen bekomme ich zur Strafe gewiß nur langsam los. Die Frage ist also: Spemann oder Sie!!! Bitte, telegraphiren Sie mir sofort nach Empfang dieser Zeilen,

[39] Vermutlich hatte Spemann bei Fehsenfeld gegen die Herausgabe der „Gesammelten Reiseromane" protestiert, deren zweiter Band, *Durchs wilde Kurdistan*, soeben erschienen war.

[40] Vermutlich blieb es bei dieser Drohung. Bei der erwähnten Firma dürfte es sich um die Druckerei „Ziegner", Güterhofstraße 5 (heute Lößnitz-Druck, Radebeul), gehandelt haben, von der auch die *Kötzschenbrodaer Zeitung* gedruckt wurde.

ob Sie können. „Vom Wollen" bin ich überzeugt. Es handelt sich nur um kurze Zeit. Wenn nicht, so muß ich noch bei Spemann bleiben. Wenn ja, dann erhalten Sie noch in diesem Monate Manuscript für 2 Bände und im Juli 2 Bände „Winnetou", den wir recht bald bringen müssen.[41] Ich kann mich leider nicht deutlicher machen, weil 4, 20 der Brief fort muß, und es ist schon 4 Uhr.

Herzl. Grüße an Alle, Alle!
von
Emma und
K May.

Also, bitte, ja telegraphiren, daß ich schnell weiß, woran ich bin

MAY AN FEHSENFELD • 22. Juni 1892
Karte, hs.

[Poststempel: Kötzschenbroda, 22. 6. 92]

Hatte schon Brief geschlossen, da kam ein Schreiben aus Wien. Ich soll als Leiter einer gut ausgerüsteten Expedition nach dem Sudan, um beim Mahdi gefangene Mönche und Nonnen zu befreien. Was sagen Sie dazu?[42]

Hat der berühmte Rector Heidenreich in Wien schon an Sie geschrieben? Er will nicht eher ruhen, als bis er wenigstens 100 Abonnenten gemacht hat.[43]

Mit herzl. Gruße Ihr May.

[41] Die Manuskriptlieferungen für *Von Bagdad nach Stambul* und *In den Schluchten des Balkan* verzögerten sich ebenso wie die Arbeit am *Winnetou*-Roman.

[42] Seit Oktober 1891 erschien im *Deutschen Hausschatz* Mays Reiseerzählung *Der Mahdi.*

[43] Josef Calasanz (Mitglied des Kalasantiner-Ordens) Heidenreich (1846–1907), Rektor der Redemptoristen-Congregation in Hernals und später päpstlicher Hausprälat in Wien, stand seit Anfang 1890 im Briefverkehr mit May und war einer seiner treuesten Leser.

MAY AN FEHSENFELD • 25. Juni 1892
Brief, hs.

Oberlößnitz-Dresden, d. 25/6 92.

Theilnahmsvoller Freund und Herzgespons.

Sie nehmen die Angelegenheit zu schwer; es handelt sich für mich nicht um eine Lebensfrage sondern um den Geldbedarf für eine kurze Zeit.

Ich will und muß von Spemann los. Er ist nicht Der, als welcher er mir erschien; er beutet mich aus. Ich habe Honorare bei ihm stehen und schreibe für den „Guten K." gegenwärtig eine neue Erzählung, betitelt „Der Oelprinz". Er hat das Honorar für dieselbe „mit wendender Post" zu bezahlen, und zwar für jede Theilsendung den auf die Seitenzahl entfallenden Betrag. Er thut dies aber nicht, hat es überhaupt nie gethan, obgleich er contractlich dazu verpflichtet ist. Dadurch wurde ich mehr als oft in die armseligsten Verlegenheiten gebracht und stecke jetzt wieder tief drin. Das habe ich satt.

Pustet würde sich freuen, wenn ich für ihn wieder frei würde. Benziger sendet mir Aufträge, und kein Mensch wäre so froh wie Prof. Kürschner, der mir 5 mal mehr Honorar als Spemann bezahlen würde. Ein Jahres-Cyclus von Reisen für „Über Land & M." wäre mir sofort gewiß.[44] Andere Verleger will ich gar nicht erwähnen.

Um die Zukunft ist mir also nicht im mindesten bange; aber die Gegenwart, die Gegenwart!!! Ich habe große Zahlungen, und der liebe Herr läßt mich im Stich. Darum die Frage an Sie und an Ihren sehr geehrten Feuerfesten.[45]

[44] May hatte im Februar 1892 für den nächstjährigen Marienkalender des Verlags Benziger & Co. (Joseph Benziger) in Einsiedeln die Erzählung *Nûr es Semâ. – Himmelslicht* geschrieben. – Joseph Kürschner (1853–1902) hatte sich im Juni 1889 von Spemann getrennt und war als literarischer Direktor in die Deutsche Verlags-Anstalt eingetreten, wo er bis Juli 1892 u. a. die Zeitschrift *Ueber Land und Meer* redigierte, in der im Mai 1893 die bereits Anfang 1890 entstandene Erzählung *Der erste Elk* erschien.

[45] Gemeint ist wörtlich oder im übertragenen Sinn Fehsenfelds Geldschrank.

Sie schreiben von 2 Bänden in diesem und zwei im nächsten Monate; sollen Sie haben.[46] Aber könnten Sie mir nicht sofort nach Empfang dieses Briefes von dem hierauf entfallenden Honorare so viel senden, wie Ihre Kasse jetzt zu entbehren vermag, aber auch sofort!!! – ? Ewige Dankbarkeit u.s.w. etc. etc.!! Sie würden für mich ein Befreier aus böser Lage sein. Und die Hauptsache ist: Ich freue mich, daß Spemann schlecht zahlt, denn dadurch komme ich von ihm los, kann ihn also grad jetzt nicht bestürmen. Ist diese augenblickliche Verlegenheit vorüber, so falle ich Ihnen nicht wieder zur Last, habe es dann gar nicht mehr nöthig.

Können Sie mir so viel senden, daß ich meine jetzigen Ausgaben bestreiten und dann noch etwas leben kann, so schikke ich sofort „Winnetou" und schreibe Ihnen dazu mehrere Original-Capitel umsonst, nicht gegen Honorar. Diese richte ich so ein, daß sie ziehen.

Photographie bis 3ten Juli.[47] Meine Frau sagt zum Sudan nicht quod non.[48] Sie möchte sogar mit und will in Kairo bleiben und auf mich warten; ich soll mich bald entscheiden.

Die Briefe an Abonnenten des „Guten Kameraden" gehen nächste Woche ab und werden wirken. Bin ich von Spemann weg, so kann ich mich unserm Unternehmen weit mehr widmen, und wir werden zu Weihnacht weit über 5000 Leser haben. Das muß nun anfangen, rasch zu wachsen.

Was ich für einen neuen Roman von ca. 80 Bogen verlange? Das, was Sie mir geben können. Gegen einen Verleger, wie Sie sind, Liebster, bin ich so billig wie möglich. Und ein Unterschied würde es freilich sein, ob Sie Altes herausgeben oder Etwas, was extra für Sie und Ihren Feuerfesten geschrieben ist.

[46] May hatte diese Bände selber in seinem letzten Brief angekündigt.

[47] Gemeint ist das „Porträt des Verfassers", das als Frontispiz für den Band *Von Bagdad nach Stambul* dienen sollte, der im August 1892 erschien.

[48] Vgl. Mays Karte vom 22.6.; „quod non": hier wohl im Sinne von: das nicht, keineswegs.

Frontispiz aus *Von Bagdad nach Stambul* (1892)

Also Sa. Sa[49]: die 200 Mark, welche Sie mir sandten und natürlich abziehen werden, sind rein alle; Spemann schickt nichts; Sie aber schreiben so außerordentlich coulant, daß „mir das Geld für die 4 Bände gleich zur Verfügung stehe". Gestatten Sie mir, Sie beim Schößel festzuhalten! Ich werde es Ihnen nie vergessen und später durch gleiche Coulanz vergelten. Schon seit vorgestern liefen Rechnungen ein. Dazu Abgaben, Hauszins etc.!

Und bitte, wenn Sie senden, dann ja gleich! Und declariren Sie auf dem Couvert 200 Mark weniger – auf meine Gefahr. Ich muß sie heimlich wegnehmen für arme Verwandte, die ich unterstütze, ohne daß meine Frau es wissen darf.

Und nun tausendmal Verzeihung! Ich werde, wie gesagt, dankbar sein.

Herzliche Grüße an Alle.

Ihr belle-trister

Dr. May.

MAY AN FEHSENFELD • 10. Oktober 1892

Brief, hs.

Oberlössnitz-Dresden, d. 10/10 92.

Ewiger Schweiger, holder Verleger,

Werthgeschätzter Onkel, Neffe, Freund & weißer Gentleman!

Infolge Ihres „endlichen" Briefes sind mir 12 Kubikmeter Steine vom Herzen gefallen. Auch ich schwieg, weil ich hörte, daß Sie verreist seien und mir nach Ihrer Rückkehr schreiben würden. Es freut uns aufrichtig, zu hören, daß Ihr liebes Weibchen sich so erholt hat, und wir wünschen, daß sie recht bald vollständig gesunde.

[49] Summa Summarum (alles in allem).

Ich konnte mir nur 8 Tage Erholung im Erzgebirge gönnen, arbeite an einer Oper.[50] Um Ihr 8 Markiges Schlaraffenleben in den „Schluchten des Schwarzwaldes“[51] beneiden wir Sie riesig. Hoffentlich gab es dort keine Skipetaren.

Besten Dank für das, was Sie für unser Werk thun. Werde für Weihnachten das Meinige auch nicht versäumen. Könnte mir Ihr Hoffmann nicht einen Aufruf an die kathol. Geistlichen & Lehrer Deutschlands drucken?[52] Ich will es bezahlen, da Sie schon genug Auslagen haben. Da möchte ich denn gern das „Offertenblatt für die kathol. Geistlichkeit“, von welchem Sie mir schrieben, vorher lesen. Kenne es noch nicht und werde mich in ausführlicher Weise an den Herausgeber wenden. Bitte, senden Sie mir die betreffende Nummer umgehend; Sie erhalten Sie [sic] zurück.[53]

[50] Möglicherweise ist hiermit das später mehrfach erwähnte Projekt einer Winnetou-Oper gemeint. Über Mays Aufenthalt im Erzgebirge ist nichts bekannt.

[51] Im Oktober 1892 erschien die Buchausgabe *In den Schluchten des Balkan* als Bd. IV der „Gesammelten Reiseromane“. Im November folgte als Bd. V *Durch das Land der Skipetaren*, der Abschlussband *Der Schut* verspätete sich bis Anfang 1893.

[52] Mit „Hoffmann“ ist Felix Krais, der Leiter der Hoffmannschen Buchdruckerei in Stuttgart, gemeint. Ob es zum Druck des erwähnten „Aufrufs“ kam, ist unbekannt.

[53] Gemeint ist der von Anton Heil in Frankfurt herausgegebene *Anzeiger für die katholische Geistlichkeit Deutschlands*, vereinigt mit dem *Regensburger Korrespondenz- und Offertenblatt*, das „älteste Standesorgan für die katholischen Pfarrämter, Krankenhäuser, Klöster, Erziehungs- und sonstigen Pflegeanstalten, Sanatorien und kirchl. Verwaltungen“. Der Regensburger Domprediger und Historiker Dr. Alfons Maria Scheglmann (1858–1937) hatte dort u. a. Mays Darstellung der Nestorianer kritisiert; sein Beitrag konnte jedoch bisher nicht ermittelt werden. Am 15.4.1892 hatte der *Anzeiger* erstmals auf Mays „Reiseromane“ hingewiesen: „May's Werke sind ein sprechender Beweis dafür, dass man sehr interessant schreiben kann, ohne ‚pikant‘ zu werden; sie sind rein und von christlichem Geiste durchdrungen und können auf jeden Familientisch gelegt werden.“

Was Winnetou betrifft, so bin ich zu der Ueberzeugung gekommen, daß wir 3 Bände machen müssen. Diese vornehme Gestalt mit ihren außerordentlichen Erlebnissen ist nicht kürzer zu zeichnen. Geben wir nur das, was bisher von ihm erschienen ist, so kaufen die Leser des „Hausschatzes" nicht, weil sie es schon kennen.[54] Darum muß ich einen ersten Band vollständig neu schreiben, was unbedingt ziehen wird; Bd. II & III werden, wie ich Ihnen versprochen habe, durch neue Kapitel, für die ich kein Honorar verlange, vervollständigt. Dann bildet das Ganze ein auch künstlerisch gut abgerundetes und von A. bis Z. hochspannendes Lebensbild des „berühmtesten Indianers" und zugleich eine Tragödie des Unterganges seiner Nation. Von diesem Werke verspreche ich mir viel. Ist es Ihnen recht, so könnte ich Ihnen Band II baldigst senden, damit Sie setzen lassen können, und indessen den ersten Band schreiben. Bitte aber um baldige Entscheidung!

Wie ich mit Spemann stehe? Er schweigt sich aus, habe aber alle Hoffnung, loszukommen; kann aber den letzten, entscheidenden Schritt erst dann thun, wenn ich anderweit gesichert bin. Der Mensch braucht Brod und auch ein Wenig Butter dazu. Jetzt schreibe ich für ihn eine 1500 Seiten lange Erzählung „Der Oelprinz". Ist in Dresden gewesen, ohne mich zu besuchen, höchst wahrscheinlich um Auseinandersetzungen zu entgehen.

Ueber spätere Bände später. Also bitte,
1.) Ihre Entscheidung über 3 Bde. Winnetou und
2.) die Nummer des Offertenblattes,
Beides möglichst umgehend; sonst mit Allem einverstanden.

[54] Die Leser des *Deutschen Hausschatzes* kannten nur die allerdings umfangreichen Erzählungen *Der Scout* und *Deadly dust*. Neben der Geschichte *„Ave Maria"*, in der Winnetous Tod geschildert wird, integrierte May auch noch die frühe Erzählung *Old Firehand*, die erstmals Ende 1875 in Münchmeyers *Deutschem Familienblatt* und 1879 in einer für Jugendliche bearbeiteten, nun als Textgrundlage dienenden Buchausgabe (*Im fernen Westen*) im Stuttgarter Verlag Franz Neugebauer erschienen war.

Die herzlichsten Grüße an sämmtliche Insassen Ihres Schwarzwälder Nommadenzeltes! Wir müssen sie nächstes Jahr unbedingt sehen, ob hier oder dort, wird sich ja finden.

Ihr

3200mal[55] händedrückender

K May.

Ein hiesiger Arzt, Dr. Büttner[56], war kürzlich in Constantinopel und hat dort in der „Orientalischen Correspondenz" einen langen, außerordentlich günstigen Artikel über unser Unternehmen gefunden.[57] Sie wurden sehr anerkannt, und ich hatte die Ehre, einer der ersten Kenner des Orientes[58] genannt zu werden. Das erfreut. Nicht?

Wenn Sie dem hiesigen Redacteur, H. Hauptmann von Abendroth, etwa noch Gratishefte senden, so halten Sie damit ein. Er thut, trotzdem wir gut befreundet sind, gar nichts für uns. Allah, challir akra rasbuch = Allah mache ihn kahlköpfig![59]

[55] Die Zahl bezieht sich vermutlich auf eine Honorarzahlung.

[56] Gemeint ist der Arzt Dr. Karl Julius Büttner.

[57] Eine Zeitschrift mit dem Titel *Orientalische Correspondenz* konnte nicht ermittelt werden. Laut einem Verlagsprospekt Fehsenfelds (ca. 1895) hieß es in dem Artikel: „Carl May ist einer der größten Orientkenner der Gegenwart und dabei ein von Gott begnadeter Erzähler, ein gewaltiger Prediger der Humanität, ein unvergleichlicher Lehrer strengster Sittlichkeit".

[58] „Kenner des Orientes" ist von dritter Hand unterstrichen.

[59] Hauptmann a. D. Christian Alexander von Abendroth (1847–1907), Albertstraße 9 (heute Käthe-Kollwitz-Straße 7), war Redakteur der *Kötzschenbrodaer Zeitung*, die am 27.1.1892 immerhin einen der frühesten Hinweise auf *Karl May's Reise-Romane* gebracht hatte.

Deckelbild von 1892

Deckelbild von 1898

MAY AN FEHSENFELD • 16. Oktober 1892
Brief, hs.

Oberlössnitz-Dresden, d. 16/10 92.

Liebster Freund, hochmögender Rafik mussannifak![60]

Allah il Allah, Fehsenfeld wasija Allah![61] Habe Offertenblatt aus Regensburg erhalten (besten Dank!) und dem Herrn Domvikar Dr. Scheglmann meine Meinung sehr aufrichtig gesagt. So ein Herr, der seine Nase nie aus seinem Brevier herausgebracht und seine Beine nie über die Grenze Bayerns hinübergeschlängelt hat, will sich über meine Schilderung der Nestorianer moquiren![62] Natürlich ist ihre Lehre der protestantischen ähnlich! Was aber kann ich dafür! Meine Werke sind nicht für Kinder und solche, die am Lesebazillus leiden? Und doch empfiehlt er sie den Volksbibliotheken, die für Jedermann offen stehen. Ich danke für solchen Quatsch! Man soll mich rezensiren, meinetwegen auch tadeln, aber dann muß es auch ein Kerl sein, welcher, nicht aber ein Mops, der den Mond anbellt!

Das Manuscript zum Aufrufe an die kathol. Lehrer und Geistlichen erhalten Sie in 2 oder 3 Tagen. Herzlichen Dank für Ihre Generosität! Eine Reclame betreffs „Winnetou" wird zu gleicher Zeit folgen.

Es freut mich, daß Sie mit drei Bänden einverstanden sind; ich könnte mit dem Apachen zwanzig füllen. Was das Honorar von 1000 Mark für den ersten Band betrifft, so bin ich natürlich einverstanden, flüstere aber dem Freunde, ohne daß der Verleger es hören darf, in das Ohr, daß Spemann mir für dieses Volumen genau 2500 zahlt, natürlich für Journal

[60] Arab.: Rafik: Freund, Blutsbruder; die Bedeutung von „mussannifak" ist unklar.

[61] Sinngemäß lässt sich diese Abwandlung des islamischen Glaubensbekenntnisses ungefähr übersetzen: Kein Gott außer Allah, und Fehsenfeld ist sein Sachwalter (auf Erden).

[62] May schildert die Nestorianer im Band *Durchs wilde Kurdistan*.

und nicht Buchform, was jedoch meinem Tintenfasse gleichgültig ist. Sie werden diesen ersten Band noch eher als „im Januar“ erhalten. Der zweite wird wahrscheinlich schon diese Woche von hier abgehen.

Am Liebsten schriebe ich alle 3 Bände neu. Es müßte ein ethnographisch-novellistisches Meisterstück werden, nach welchem 100,000 Hände griffen, noch ganz anders als Lederstrumpf und Waldläufer[63], viel gediegener, wahrer, edler, eine große, verkannte, hingemordete, untergehende Nation als Einzelperson Winnetou geschildert. Es würde ein Denkmal der rothen Rasse sein und sollte eigentlich in einem Kiosk der Ausstellung zu Chicago verkauft werden.[64] Das, was bis jetzt über Winnetou erschienen ist, könnte später in irgend einem Gewande erscheinen. Es ist wirklich nicht leicht, diese zusammenhanglosen Einzelerzählungen, welche grad nur für den Hausschatz berechnet waren, so zusammenzufassen, daß sie als ein einziger Guß und Fluß erscheinen. Doch Allah will es, und so wird es gehen!

Den Operntext wollen Sie verlegen? Well, Mr. Fehsenfeld; with all my heart! Sie werden sich da wundern, was für ein Dichter Ihr Kara Ben Nemsi ist, denn das Libretto ist natürlich auch von mir. Ich verfolge mit dieser Oper einen großen Zweck, und ich hoffe, daß es mir gelingen wird: deutsche, deutsche und abermals deutsche Musik!

Vorher aber wird eine dreiaktige Posse fertig, deren Haupt-

[63] Die „Lederstrumpf-Romane“ (*The Pioneers, The Deerslayer, The Last of the Mohicans, The Pathfinder, The Prairie,* 1823-41) bilden das Hauptwerk des amerikanischen Schriftstellers James Fenimore Cooper (1789–1851) und waren auch in Deutschland überaus erfolgreich. – Den französischen Roman *Le Coureur des Bois* (1850) von Gabriel Ferry (1809–1852) hatte May selbst 1879 in einer für die Jugend bearbeiteten Übersetzung im Stuttgarter Verlag von Franz Neugebauer herausgegeben.

[64] Die neunzehnte Weltausstellung (offizieller Name: „World's Columbian Exposition 1893“) fand vom 1.5. bis 30.10.1893 in Chicago anlässlich des 400. Jahrestags der Entdeckung Amerikas durch Kolumbus statt. Die Ausstellung hatte starken Einfluss auf die Architektur und die Kunst der Zeit.

held der alte Dessauer ist.[65] Dieses ächt deutsche, zwergfellerschütternde Stück will ich dem französischen Schunde entgegensetzen, der mit seinen Ehebruchssünden und Unwahrscheinlichkeiten alle unsere Bühnen moralisch versumpft. Wir brauchen deutsche Zugstücke und haben keine; ich weiß genau, daß diese meine Posse rasch über alle Bretter gehen wird. Ich schreibe nie eher etwas, als bis ich weiß, daß es seinen Weg macht. Es wird in diesem Stücke geweint und gelacht, meist aber gelacht. Denken Sie sich, der alte Dessauer, der kein Gehör hatte und nur die eine Melodie „So leben wir etc." singen konnte, kommt, um ein adeliges Altfräuleinstift zu inspiciren; da kommen die sechs ältesten demoiselles mit Ziehharmonika, Brummeisen, Cello und Guitarre zu ihm herein, um ihm zu zeigen, was sie in musikalischer Beziehung leisten, und singen ihm vor, was die eine von ihnen selbst gedichtet hat:

(Nach der Melodie: „Aennchen von Tharau ists, die mir gefällt"[66])

Sitz ich im traurigen Mondenschein
Mit meiner trauernden Trauer allein,
    Lächeln so traurig die Sterne mir zu:
    Traurige Jungfrau, wie traurig bist Du!
Trauernde Trauer im traurigen Sinn,
Sink ich in trauernde Traurigkeit hin.

Gäb mir ein Trauter vertrauend sein Herz,
Ach, ich vertraute ihm all meinen Schmerz.
    Traulich vertrauend in traulicher Lust
    Sänk ich an seine vertrauliche Brust.
Traulich vertrauend im trauten Vertraun,
Ließen vertrauend wir traulich uns traun!

[65] Zwischen 1875 und 1884 hatte May neun Geschichten um den Fürsten Leopold I. von Anhalt-Dessau (1676–1747) geschrieben; die geplante „Posse" wurde nicht realisiert, doch reiste May noch 1894 und 1898 zu Vorstudien nach Dessau.

[66] Die Melodie des Liedes *Ännchen von Tharau* (Originaltext in samländischem Dialekt von Simon Dach, hochdeutsche Fassung von Johann Gottfried Herder) stammt von Friedrich Silcher (1789–1860).

Womit ich unter traulichen Grüßen an Ihre traute Frau Gemahlin und vertraulichen Kinderchens
verbleibe
Ihr
in trauriger Traurigkeit trauernder
und in Beziehung auf
verdauende Verdaulichkeit vollständig unverdaulicher
May.

MAY AN FEHSENFELD • 25. Oktober 1892
Brief, hs.

Oberlössnitz-Dresden, d. 25./10. 92.

Liebster Freund!

Heut empfangen Sie wieder einen langen Brief, meist in einer Angelegenheit, betreffs welcher ich Ihres buchhändlerischen Gutachtens bedarf.

Zunächst lege ich Ihnen eine Karte bei. Sie ist nicht die einzige Zuschrift, aus welcher ich ersehe, daß der „Held" Selim, den Sie der Beschneidung unterwerfen wollen, sich bei zahlreichen Lesern doch einer freundlichen Zuneigung erfreut.[67]

Nun zur Hauptsache, welche zu unserm „Winnetou" in Beziehung steht, da der dritte Band „Dêadly dust" enthalten soll.[68]

[67] Offenbar hatte Fehsenfeld Bedenken gegen die Figur des feigen „Helden" Selim in der *Hausschatz*-Erzählung *Der Mahdi* (*Im Sudan*) geäußert und entsprechende Kürzungen für die spätere Buchausgabe vorgeschlagen.

[68] Im Folgenden schildert May sein Verhältnis zu dem Osnabrücker Buchhändler Bernhard Wehberg (1851–1932), mit dem er im Herbst 1885 einen Vertrag über eine Buchausgabe der *Hausschatz*-Erzählung *Deadly dust* abgeschlossen hatte. Obwohl Wehberg das Manuskript erhalten hatte, war es nicht zur Veröffentlichung gekommen, weil der Verleger nicht in der Lage gewesen war, ein Vorabhonorar von 300 Mark in bar zu zahlen. Am

Im Jahre 1885 schrieb mir der Buchhändler Bernhard Wehberg in Osnabrück einen Brief, aus welchem ich wohl ersehen sollte und als vertrauensvoller Mann auch ersah, daß er ein braver Character und tüchtiger Geschäftsmann sei, der sich durch eine Arbeit von mir gern aufhelfen wolle. Er bat mich dringend, ihm „Dêadly dust" zu überlassen, ich solle es ja thun; ich würde es nicht bereuen sondern sehen, daß er ein anständiger Mann sei. Ich erkundigte mich bei einem dortigen, jetzt verstorbenen Herrn nach ihm und erhielt eine befriedigende Antwort. In Folge dessen ging ich, nach wiederholten Bitten von ihm, darauf ein und unterschrieb den Contract, welchen ich Ihnen beilege. Ich that dies, weil er Katholik zu sein scheint, ich grad mit Katholiken nur gute Erfahrungen gemacht habe und mein gutes Herz sich schon im Voraus darauf freute, diesem Manne aufgeholfen zu haben. Ich machte dabei die briefliche Bedingung, von ihm sofort und baar 300 Mark zu erhalten. Das war die Probe; er bestand sie nicht, versprach das Geld für sofort, schickte es aber nicht. Erst nach wiederholter Mahnung bekam ich einen Wechsel, den kein Mensch nehmen wollte. Ich sandte ihm denselben zurück und forderte laut Abmachung die 300 Mark baar. Seit dieser Zeit habe ich keinen Brief bekommen. Ich erkundigte mich nun bei einer dortigen Schriftstellerin, einer sehr anständigen Dame. Sie war auch mit ihm hereingeflogen, nannte ihn vollständig zahlungsunfähig und warnte mich vor ihm. Ich schrieb wiederholt und forderte das Geld – vergeblich. Ich legte ihm die Freimarken zur Rückantwort bei – Alles umsonst! Ich habe seit 1885, also seit sieben Jahren, kein Wort von ihm bekommen. Ich hatte ihm das Manuscript von Dêadly dust geschickt, bat und forderte es zurück, um es anderweit zu verkaufen – keinen Laut! Ich verbot ihm den Druck, da ich unter solchen Umständen den

19.9.1892 hatte Wehberg, der auf Fehsenfelds Erfolge aufmerksam geworden war, May überraschend geschrieben, dass er den Roman nun doch veröffentlichen wolle. Die Korrespondenz mit Wehberg ist nicht erhalten.

Contract für ungültig erklären müsse – er schwieg! Ich gab mir alle mögliche Mühe, nur eine Zeile von ihm zu bekommen – er schien todt zu sein!

Natürlich betrachtete ich von da an Dêadly dust wieder als mein Eigenthum, habe es aber nicht verkauft. Jetzt nun, da Ihre Ausgabe meiner Werke erscheint, schreibt mir der Herr auf einmal, daß er mit dem Drucke beginnen werde. Ich lege Ihnen die Correspondenz bei, aus welcher Sie ersehen können, wie ich ihm geantwortet habe. Meine Einwände sind vergeblich; er bleibt auf seinem Pferde sitzen. Auf seine Zuschrift vom 19. Sept. (No. 1) verbot ich ihm den Druck und drohte mit Klage. Eine Abschrift meines Briefes habe ich nicht; das Folgende aber liegt vollständig bei. Auf seine Mittheilung vom 22. Octbr. habe ich noch nicht geantwortet, werde es erst dann thun, wenn Sie mir geschrieben haben.

Bitte, thun Sie dies sofort; es eilt! Und senden Sie mir die Correspondenz zurück, da ich sie bei einer event. Klage brauche!

Der Contract macht keinen schönen Eindruck, wäre für mich aber gar nicht übel gewesen. Bei 5000 Auflage (wie wir haben) 100 Mark pro Bogen Bachem![69] Jetzt nun will er plötzlich Ihr Format und Ihre Ausstattung. Fescher Kerl! Jedenfalls will er das Dings auf den Weihnachtstisch bringen. Hoffentlich sind auch Sie meiner Ansicht, daß er sein Recht aufgegeben hat. Also bitte, schnell schreiben!

Da Sie die Güte hatten, mir den Druck einer Offerte an die kathol. Geistlichen und Lehrer Deutschlands zuzusagen, so lege ich Ihnen das verlangte Manuscript dazu bei.[70] Es ist für den Autor schwer, dergleichen zu schreiben. Aber Sie wissen ja, daß ich bescheiden von mir denke und nur aus ge-

[69] In der Reihe „Bachem's Roman-Sammlung“ des Kölner katholischen Verlags von J. P. Bachem (Joseph Wilhelm Peter Bachem, 1821–1893), an die May hier wohl denkt, war 1885 unter dem Titel *Die Wüstenräuber* die Erzählung *Die Gum* erschienen.

[70] Das Manuskript dieser Offerte ist nicht erhalten.

schäftlichen Rücksichten die Posaune des Lobes erschallen lasse. Sehr lieb würde es mir sein, wenn ich die Blätter recht bald haben könnte; sie sollen möglichst rasch hinausfliegen, damit wir einen guten Weihnachtserfolg und – – – eine tüchtige Sylvesterbowle haben.

Mit der Bitte um eine möglichst eilige Antwort sendet – – da steht wahrhaftig meine Frau und läßt sich warm empfehlen! – – – Ihnen, Ihrer geehrten Frau Gemahlin und den kleineren Schalklingen die herzlichsten Grüße

Ihr
treu ergebener
Dr. K May.

Einen Prospect für „Winnetou" erhalten Sie in kurzer Zeit, sobald ich die Disposition getroffen habe.

FEHSENFELD AN MAY • 26. Oktober 1892
Brief, maschinenschriftliche (ms.) Kopie

Freiburg im Br. 26/10 92

Geliebter Freund, unglücklicher Autor!

Leider sind Sie mit W[ehberg] hereingefallen, wie mir soeben mein Anwalt sagte, nur ein Mittel giebt es, nemlich [sic] beim Landgericht Osnabrück auf Auflösung des Vertrages zu klagen. Bei dieser Klage geben Sie den Ihnen entstandenen Schaden, dadurch daß er nicht gedruckt hatte, hoch genug an. Sie sagen: Mein jetziger Verleger setzte in 9 Monaten 3000 Ex. ab, folglich wären, wenn vor 7 Jahren gedruckt wäre jedenfalls 5000 Ex. verkauft, das macht für den Bogen 100 Mk, also bei 30 Bogen 3000 Mk nebst Zinsen. Sie sagen ferner, daß Sie diesen Schaden nicht ersetzt haben wollen, wenn der Vertrag aufgehoben wird, andernfalls klagen Sie auf Schadenersatz.

Wenden Sie sich sogleich an den Rechtsanwalt Jos. Dyckhoff III (es giebt deren 4.) in Osnabrück[71] und bitten ihn, sofort die Klage einzureichen und die Sache stark zu betreiben, da der Mann drucken wolle.

Wenn er Kostenvorschuß verlangt, so telegraphieren Sie mir nur die Summe, ich sende es ihm dann sofort.

Ich werde in der Angelegenheit noch mal nach Leipzig schreiben, dort wissen Sie besser Bescheid. Sie antworten dem Wehberg also gar nicht, bis der Anwalt in Osnabrück Ihnen das erlaubt. – Anbei eine litterarische Skizze, die ich zur Zeit vorbereiten lasse.[72] Autor ist litterarisch thätig bei Benziger & Co. Einsiedeln. –

Welches Format wollen Sie für den Aufruf haben?[73] Wie wollen Sie ihn verbreiten? Oder soll ich das thun? Sie schrieben Sie wollten an die Leute gehen und so weiß ich nicht, wie Sie es halten wollen. Geben Sie gleich Nachricht und vor Allem klagen Sie sofort gegen W.

Was nun Winnetou anlangt, so müßte der dritte Band, wenn er Deadly dust enthalten sollte und jener W. Recht behielte, von Ihnen gänzlich umgearbeitet werden, dazu die beiden ersten Bände mit dem dritten in ein unauflösliches Ganze vereinigt werden.

Nicht wahr? dann könnten wir es doch drucken.

Eben sehe ich, daß Sie den Aufruf verbreiten wollen. Gut, welche Anzahl wollen Sie haben? Format, Papier genau bestimmen! Wenn Sie Geld nötig haben, bitte, so verfügen Sie

[71] Gerhard Josef Bernhard Dyckhoff (1848–1919) besaß mit seinem Bruder Bernhard Dyckhoff (1850–1924) eine gemeinsame Kanzlei in Osnabrück.

[72] Fehsenfeld schickte May den Aufsatz *Die Reiseromane Karl May's* von Hermann J. Frenken, den er als Flugblatt und noch 1897 in Prospekten verbreitete; am 11.11.1892 wurde er in der *Allgäuer Zeitung* (Kempten) veröffentlicht.

[73] Gemeint ist Mays „Offerte an die kathol. Geistlichen und Lehrer Deutschlands".

ganz über mich. 1000–1500 Mk für Winnetou stehen Ihnen per Mitte November zur Verfügung.

Grüßen Sie bestens Ihre liebe Frau Gemahlin von uns Allen und seien Sie auf das beste umarmt von Ihrem getreuen Freund & Verleger

(trotz Weh–Berg (Weh! Weh)

Fr. Ernst Fehsenfeld

Wissen Sie, was ich für Bd. 1–5 für Papier gezahlt habe? 18 000 Mk. Bitte das genügt!

MAY AN FEHSENFELD • 27. Oktober 1892
Brief, hs.

Oberlössnitz-Dresden, d. 27./10. 91.[74]

Lieber Freund.

Hatte im letzten Briefe doch ganz vergessen, die litterarische Skizze von H. J. Frenken zu erwähnen. Habe mich über dieselbe sehr gefreut. Könnten Sie mir nicht noch einige Exemplare zukommen lassen? Uebrigens, wer und was ist Frenken? Kenne ihn nicht, weiß nicht, wo er wohnt, habe ihn in keinem Verzeichnisse gefunden und möchte doch gern seine Adresse wissen. Bitte, bitte!

Mit Gruß von Haus zu Haus
Ihr
Nachts ½ 3 Uhr arbeitender
May.

[74] Das Jahresdatum (1891 statt 1892) ist wahrscheinlich ein Schreibfehler Mays.

Oberlössnitz, Dresden, d. 28./10. 92.[1]

4.

Lieber Freund,

Hatte im letzten Briefe doch ganz vergessen, die litterarische Skizze von Ch. J. Frentzen zu erwähnen. Habe mich über dieselbe sehr gefreut. Könnten Sie mir nicht noch einige Exemplare zukommen lassen? Übrigens, wer und was ist Frentzen? Kenne ihn nicht, weiss nicht, wo er steht, habe ihn in keinem Verzeichnisse gefunden und möchte doch gern seine Adresse wissen. Bitte, bitte!

Mit Gruss von Hand zu Hand

Ihr

Nachts ½ 3 Uhr ar-
beitenden

May.

MAY AN FEHSENFELD • 3. November 1892
Brief, hs.

Oberlössnitz-Dresden, d. 3/11 92.

Liebster Freund, edelster Verleger, guter Mensch & Onkel!

Herzlichen Dank für den Inhalt Ihres letzten Briefes! Er hat mich überall erquickt und stellenweise (1500 Mrk.!) sogar entzückt. Könnte ich doch andern Verlegern zurufen: „Gehe hin zu Deinem Feuerfesten, und thue desgleichen!"

Ich habe sofort nach Empfang dieses Briefes dem Rechtsanwalte geschrieben. Die Adresse ist „Rechtsanwälte J & B. Dyckhoff, Osnabrück." Es sind also zwei Brüder in Compagnie. Sie sandten mir Vollmacht, welche ich unterzeichnet und abgesandt habe. Den Vorschuß von 100 Mark haben sie wohl auch bereits erhalten und Danke Ihnen innig für Ihre Güte. Sie wollen den Betrag von den 1500 Mrk. abziehen und mir also nur 1400 senden, denn ich bin so frei, dieses edle, für Mitte Novbr. gemachte Versprechen anzunehmen. Da bekomme ich Geld in die Hände, brauch nicht für Spemann zu schreiben sondern kann fest an Winnetou arbeiten und – – meiner Frau, deren Geburtstag um diese Zeit ist, eine Freude bereiten.[75]

Dyckhoff schreibt:

„Ich bin der Meinung, daß Wehberg durch seine lange Zögerung zur Genüge zu erkennen gegeben hat, daß er vom Vertrage zurücktrete."

Das giebt Hoffnung, nicht? Zahlen muß er aber jedenfalls, denn selbst wenn [er] nicht drucken darf, habe ich doch 7 Jahre lang das Manuscript nicht veräußern können und also Schaden gehabt.

Und wenn er drucken dürfte, so will er das in Ihrer Ausstattung thun, während der Contract auf Bachems Ausstat-

[75] Emma Mays Geburtstag war der 22. November. 1892 wurde sie 36 Jahre alt.

tung lautet. Auch da kann und werde ich ihm das Handwerk legen. In Beziehung auf Entschädigung verlange ich 8000 Mrk.

Dank für die Frenkensche Skizze, ebenso für die Schulzeitung. Diese letztere Empfehlung befindet sich schon in der hiesigen Druckerei. Ich lasse 1000 Exemplare für mich anfertigen, um sie evangelischen Geistlichen, Lehrern u.s.w. als Weihnachtsempfehlung zu senden. Ich entnehme die Adressen dieser Herren dem Staatshandbuche.[76]

Ebenso will ich es mit den katholischen Pfarrern, Lehrern etc. machen. Diese Mühe mache ich mir gern und will ebenso gern 100 Mark für Frankirung ausgeben. Vor Weihnachten muß gekauft werden. Habe außerdem dafür gesorgt, daß durch ganz Elsaß & Lothringen die Posaune geblasen wird. Die neugegründeten „Stimmen aus dem Elsaß" haben dies gern übernommen; sind mir sehr zu Dank verpflichtet.[77]

Wieviel Exemplare dieses Aufrufes ich haben will? Ueberlasse ich Ihnen, auch das Format u.s.w. Sie wissen da am Besten Bescheid. Nur möchte ich nicht haben, daß Sie viel Geld ausgeben. Aber bitte, senden Sie bald! Ich möchte schleunigst losgehen.

Nächste Woche bekommen Sie Winnetou Band II, gänzlich umgearbeitet und verbessert. Dann bald Band I, vollständig neu und endlich Bd III so, daß Sie Ende Januar das Ganze haben. Von diesem Werke verspreche ich mir sehr viel, denn ich werde mir mit der Neu- und Umarbeitung alle Mühe geben.

18000 Mrk. für Papier? ya Fehsenfeld, Allah medam sa'ahdetkum wa maschji ed dschamil es sarsarmak – „o Feh-

[76] Gemeint sein könnte das von Joseph Kürschner in Leipzig herausgegebene *Staats-, Hof- und Kommunalhandbuch des Reiches und der Einzelstaaten.*

[77] Die *Stimmen aus dem Elsaß* erschienen in Straßburg. Den Kontakt könnte der mit May bekannte und später befreundete Redakteur und Militärschriftsteller Max Dittrich (1844–1917) hergestellt haben, der 1890-91 beim *Straßburger Tageblatt* tätig gewesen war.

senfeld, Allah preist Deine Herrlichkeit und den schönen Gang Deiner Schuhe!"

Mit welch aufrichtig gemeintem Ausrufe ich Sie bitte, Ihre liebe Familie von uns zu grüßen und sich dreimal umarmt und ans Herz gedrückt zu fühlen von Ihrem

dankbar ergebenen

May.

(Emma schläft noch; es ist ½ 4 Uhr früh.)

FELIX KRAIS AN FEHSENFELD • 19. November 1892
Karte, hs.

Stuttgart, 19. XI 92.[78]

Lieber Vetter!

Meine Karte v. gestern u. Dein Brief v. 18. haben sich gekreuzt. Ich teile Dir noch dazu umgehend mit, dass Bd. V. Brochirt übermorgen vom Buchbinder Fischer fertig wird u. zunächst die 200 an Brecht abgelief[ert] werden, die 250 an Herbig u. 150 an Dich gehen Samstag den 26. XI nach Leipzig u. Freiburg zusammen mit den geb Expl. wie mir Schwabe bei dem ich eben persönlich war sagte.[79]

Für Bd. VI habe ich die 54 Seiten Mspt. erhalten, aber keine Nachricht ob May für 100 Druckseiten Mspt. liefert oder nur 100 Mspt Seiten. Wir müssen nämlich auf minimum 38 Bog. kommen sonst sind die vorausgemachten Decken unbrauchbar, wie ich schon früher schrieb. Ich muss also den

[78] Fehsenfeld hat die Karte am 20.11.1892 an May weitergeleitet.

[79] Aus der Mitteilung von Krais geht hervor, dass die broschierten Bände von *Durch das Land der Skipetaren* von dem Stuttgarter Buchbinder Hugo (oder Heinrich) Fischer hergestellt wurden. Für die gebundenen Bände war der Stuttgarter Buchbinder C. H. Schwabe zuständig. Friedrich Ludwig Herbig war Fehsenfelds Kommissionär in Leipzig. Wilhelm Brecht war der Inhaber der Rieger'schen Verlagsbuchhandlung in Stuttgart.

Rest des Mayschen Mspts. abwarten um den Satz so einzurichten, dass es im Ganzen mindestens 38 Bg. giebt, evtl. muss der Anhang etwas sp[l]endider gehalten werden, mehr Durchschuss oder etwas schmaleres Format.[80]

Ferner schreibe Du doch bitte umgehend an May er möge mir die letzten ihm von mir auf Verlangen gesandten 10 Manuscript Seiten vom alten Manuscript zurücksenden, damit diese umgehend vollends abgesetzt werden.[81]

Schwabe bringt Bd. VI bis heute in 14 Tagen fertig ich auch wenn das Maysche Mspt zeitig genug eintrifft.[82]

Herzlichst
D[ein] tr[euer] Vetter
Felix

[80] Um den letzten Band des Orientzyklus, *Der Schut*, auf den nötigen Umfang zu bringen, schrieb er einen neuen *Anhang* (109 Druckseiten), in dem er das angebliche letzte Zusammensein mit seinem treuen Diener und Freund Hadschi Halef Omar und den Tod seines Rappen Rih schilderte. Statt der minimal gewünschten 38 Bogen (608 Seiten) umfasste der Band schließlich 645 Seiten. Die letzten zehn Manuskriptseiten hatte May sich zurückerbeten, um den Text anzugleichen und einen richtigen Anschluss zu finden.

[81] Außer durch Unterstreichung hat Krais den Absatz durch zwei gezeichnete Fingerzeige am Beginn und Ende hervorgehoben.

[82] Am 14.11.1892 hatte Fehsenfeld im *Börsenblatt* eine fehlerhafte Vorankündigung veröffentlicht: „Der 6. Band Der Schüt wird leider erst Anfang Dezember fertig." Da May offenbar nicht rechtzeitig mit dem *Anhang* fertig wurde, verzögerte sich das Erscheinen noch bis Januar 1893.

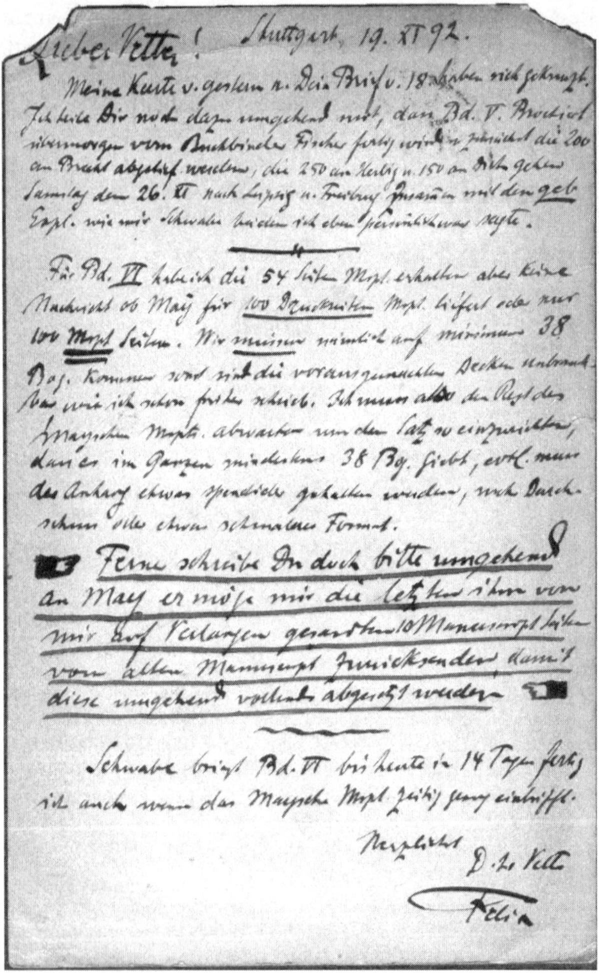

Lieber Vetter! Stuttgart, 19. XI 92.

Meine Karte v. gestern u. Dein Brief v. 18 haben sich gekreuzt. Ich teile Dir noch dazu umgehend mit, daß Bd. V. Broschirt übermorgen vom Buchbinder Fricke fertig wird u. zunächst die 200 an Brecht abgeliefert werden, die 250 an Herbig u. 150 an Dieth gehen Samstag den 26. XI nach Leipzig u. Freiburg zusammen mit den geb. Expl. wie mir Schwabe [illegible] ich eben persönlich was sagte.

Für Bd. VI habe ich die 54 Seiten Mspt. erhalten aber keine Nachricht ob May für 100 Druckseiten Mspt. liefert oder nur 100 Mspt Seiten. Wir meinen nämlich auf mindestens 38 Bog. kommen und sind die vorausgesandten Decken unbrauchbar wie ich schon früher schrieb. Ich muss also den Rest des Mayschen Mspts. abwarten um den Satz so einzurichten, dass es im Ganzen mindestens 38 Bg. giebt, evtl. muss das Anhang etwas spendirter gehalten werden, was Durchschuss oder etwas schmaleres Format.

Ferner schreibe Du doch bitte umgehend an May er möge mir die letzten ihm von mir auf Verlangen gesandten 10 Manuscript Seiten vom alten Manuscript zurücksenden, damit diese umgehend vollends abgesetzt werden.

Schwabe bringt Bd. VI bis heute in 14 Tagen fertig, ich auch wenn das Maysche Mspt. zeitig genug eintrifft.

Herzlichst D. tr. Vetter

Felix

Felix Krais

1893

Januar
Carl May's gesammelte Reiseromane. Band VI: *Der Schut. Reiseerlebnisse.* Erstausgabe. 1.-10. Tausend.

Mai
Carl May's gesammelte Reiseromane. Band VII: *Winnetou, der Rote Gentleman. 1. Band.* Erstausgabe. 1.-10. Tausend.

August
Carl May's gesammelte Reiseromane. Band VIII: *Winnetou, der Rote Gentleman. 2. Band.* Erstausgabe. 1.-10. Tausend.

Oktober
Carl May's gesammelte Reiseromane. Band IX: *Winnetou, der Rote Gentleman. 3. Band.* Erstausgabe. 1.-10. Tausend.

Dezember
Carl May's gesammelte Reiseromane. Band X: *Orangen und Datteln. Reisefrüchte aus dem Oriente.* Erstausgabe. 1.-10. Tausend.

* * *

Carl May's gesammelte Reiseromane. Band I: *Durch Wüste und Harem. Reiseerlebnisse.* Dritte Auflage. 11.-15. Tausend (5250 Exemplare[1]).

Carl May's gesammelte Reiseromane. Band II: *Durchs wilde Kurdistan. Reiseerlebnisse.* Zweite Auflage. 8.-10. Tausend.

Carl May's gesammelte Reiseromane. Band III: *Von Bagdad nach Stambul. Reiseerlebnisse.* Mit einem Porträt des Verfassers. Zweite Auflage. 8.-10. Tausend.

[1] Die Zahlen tatsächlich gedruckter, von der offiziellen Auflagenhöhe abweichender Exemplare gehen hier und im Folgenden in der Regel auf Angaben von Felix Krais zurück. Aber auch in anderen Fällen dürfte die Auflagenzahl oft nicht genau eingehalten worden sein.

Theodor Körner: *Theodor Körner's Tagebuch und Kriegslieder aus dem Jahre 1813.* Mit dem Bildniß Theodor Körner's, Abbildung seiner Grabstätte, sowie sechs autotypirten Gedichten und einem Briefe Theodor Körner's. Nach der Originalhandschrift veröffentlicht von W[ilhelm] E[mil] Peschel.

MAY AN FEHSENFELD • 3. Januar 1893
Brief, hs.

Oberlössnitz-Dresden, d. 3/1 93.

Liebster Freund, großer Heiland, theuerster Erretter!

Hätte schon vorgestern geschrieben, mußte Sie aber in Folge Ihrer Karte als abwesend von Freiburg vermuthen.

Zunächst innigsten Dank für die 500 Neujahrsüberraschungen![2] Nobel, nobel, nobel! Wird ins Buch des Lebens verzeichnet werden! Meine Frau schließt sich der Dankadresse aufs Engste an!

Habe an Gürtler nach Warnsdorf geschrieben, daß ich leider jetzt noch keine Daten über mich veröffentliche.[3] Preßstimmen habe ich erhalten; werde sie abschreiben und dann zurücksenden.

Sie fragen nach Winnetou. Warum telegraphisch? Kostet Geld. Bin fest darüber her, kann nur jetzt noch nichts senden, da ich noch häufig zurückschlagen muß. Sonnabend aber geht die erste Rate ab. Weil also nothwendig, darum heute kurz.[4]

Beste Grüße von Haus zu Haus
Ihr
May.

[2] Fehsenfeld hatte May 500 Mark Honorar überwiesen.

[3] Der Schriftsteller und Journalist Joseph Gürtler (Pseud. Jos. Kunte, Carl Herdach, 1862–1947) betreute die im böhmischen Warnsdorf erscheinende „illustrirte Monatsschrift zur Unterhaltung und Belehrung“ *Immergrün* (Ambros Opitz) und hatte vermutlich um ein Biogramm Mays gebeten. Stattdessen erschien dort 1893 Frenkens Skizze *Die Reiseromane Karl May's*.

[4] May hatte inzwischen den ersten *Winnetou*-Band begonnen. Sein Versprechen, die „erste Rate“ am 7.1.1893 nach Freiburg zu schicken, konnte er nicht einhalten.

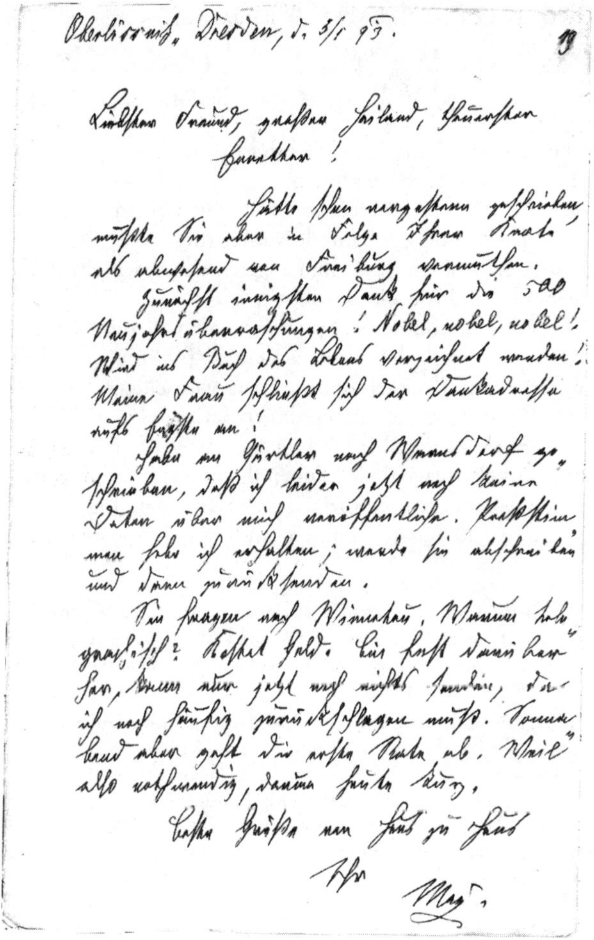

Oberlößnitz, Dresden, d. 3/1 93.

13

Liebster Freund, großer Heiland, theuerster Gevatter!

Hätte schon vorgestern geschrieben, müßte Sie aber in Folge Ihrer Karte als abwesend von Freiburg vermuthen.

Zunächst innigsten Dank für die 500 Neujahrsüberraschungen! Nobel, nobel, nobel! Wird im Buch des Lebens verzeichnet werden! Meine Frau schließt sich der Dankadresse erst heute an!

Habe an Gärtner nach Wernsdorf geschrieben, daß ich leider jetzt noch keine Daten über mich veröffentliche. [illegible] habe ich erhalten; werde sie abschreiben und dann zurücksenden.

Sie fragen nach Winnetou. Warum [illegible] [illegible]? Kostet Geld. [illegible] [illegible] [illegible], wenn nur jetzt noch nichts kommt, da ich noch häufig zurückschlagen muß. Sonnabend aber geht die erste Rate ab. Weil also nothwendig, darum heute kurz.

Beste Grüße von Haus zu Haus

Ihr

May.

MAY AN FEHSENFELD • 19. Januar 1893
Brief, hs.

Oberlößnitz d. 19/1. 93.

Theuerster Friedrich, herzliebster Ernst,
innigst umarmter Fehsenfeld!

Ja, diese Skizze können wir unmöglich nehmen. Dieser Max Mandl muß eine Stunde vorher drei Fässer voll Kefir gesoffen haben! Ich werde ihm augenblicklich schreiben und sagen, was und wie wir es wollen.[5]

Die Annonce für den Hausschatz werden Sie mit nächstem Briefe bekommen. Ich werde außerdem für eine gute Notiz im „Briefkasten" sorgen, so, wie Sie es wünschen.[6]

Zur Probe sende ich Ihnen das erste Kapitel von „Winnetou".[7] Es ist wenig, aber ich brauche das Andre noch wegen dem Zurückschlagen. Sie können dieses Kapitel aber getrost in Satz geben, denn von jetzt an werden einen Tag um den andern je 100 Seiten kommen, und zu den 3 ersten Liefe-

[5] Fehsenfeld hatte May einen Deckelbildentwurf für die *Winnetou*-Trilogie des Malers und Zeichners Max Mandl (1864–1937) geschickt. Von Mandl stammen noch weitere Deckelbilder für die Fehsenfeld-Ausgabe, darunter nachweislich das Bild für die zweite Hälfte des Orientzyklus.

[6] Im „Briefkasten" des *Deutschen Hausschatzes* erschienen im Januar und Februar 1893 Hinweise auf die „Bandausgabe von Karl Mays Schriften" und den zugehörigen „Prospektus"; die erwähnte „Annonce", die May am 4.2. an Fehsenfeld schickte, konnte bisher nicht eindeutig ermittelt werden. Der *Deutsche Hausschatz* wies auf den Beginn der *Winnetou*-Trilogie erst im Juli hin: „Das ist keine gewöhnliche Indianererzählung, sondern die aus dem wirklichen Leben gegriffene Personifikation einer dem Untergang geweihten Menschenrasse. Dieselbe lebendige Anschaulichkeit, derselbe köstliche Humor bei allem Ernst der gefahrvollsten Abenteuer, wie wir sie in den früheren Werken des Verfassers kennen lernten, zeichnet auch diese Erzählung aus, deren Fortsetzung wir mit Ungeduld erwarten."

[7] May schickte Fehsenfeld das relativ kurze Kapitel *Ein Greenhorn* (später S. 7-35).

rungen, die am 15ten Februar ausgegeben werden sollen, sind nicht ganz 300 Seiten nöthig.[8]

Herzlichsten Gruß
von Allen an Alle!
Ihr
May.

MAY AN FEHSENFELD • 4. Februar 1893
Brief, hs.

Oberlößnitz-Dresden, den 4./2. 93.

Bester Freund.

Anbei weiteres Manuscript. Ich laure auf Correcturen aus Stuttgart, von denen schon längst welche hier sein müßten, wenn Sie Ihren Termin (15te Februar) einhalten wollen.[9]

Dem Zeichner habe ich sofort nach Empfang Ihres darauf bezüglichen Briefes Instruction und Bilder geschickt. Hat er noch nichts hören oder vielmehr sehen lassen?[10]

Annonce für Hausschatz erscheint am besten erst dann, wenn die darauf erfolgenden Bestellungen auch effectuirt werden können. Umstehend sendet sie Ihnen mit herzlichen Grüßen an Alle

Ihr
bestergebener
May.

[8] Das Erscheinen der ersten drei Lieferungshefte verzögerte sich bis Mitte März.

[9] Gemeint sind die Korrekturen zu den ersten drei Lieferungen von *Winnetou I.*

[10] Wie aus Mays nächstem Brief an Fehsenfeld hervorgeht, war er auch mit der zweiten Skizze Max Mandls unzufrieden.

MAY AN FEHSENFELD • 24. Februar 1893
Brief, hs.

Oberlößnitz, d. 24/II 93.

Lieber Freund.

Ich habe jetzt kein Manuscript geschickt, weil H. Krais eben nicht gesetzt hat, und er wieder will nicht eher anfangen, als bis er alles Manuscript hat. Es ist das für mich eine schwierige Geschichte. Die drei Bände sollen gleich groß werden und doch sind die einzelnen Unterlagen so ungleich. Dazu kommt, daß meine Amtsgeschichte mit Wehberg erst jetzt beendet ist. Er hat „Dêadly dust" herausgeben müssen.[11] Also kann ich mich nun erst arrangiren. Vom ersten Bande sind 750 Manuscriptseiten fertig, die Sie allerdings noch nicht ganz erhalten haben, weil ich das Uebrige noch zum Zurückschlagen brauchte.

Die Hauptsache aber ist, daß ich das Verhältniß der Satzseite zu meiner Schreibseite genau wissen muß und dies nun erst heut kenne, wo Herr Krais mir Correctur geschickt hat. Er hat das Manuscript zu den 3 ersten Heften rechtzeitig von mir erhalten; sie sind aber nicht zur bestimmten Zeit erschienen. Hätte er gleich angefangen, so hätte ich fortarbeiten können und wäre nun mit dem 1. Bande fertig. Bitte, lassen Sie ihn nur immer weiter arbeiten! Er hat den Stoff zu 4 Heften in den Händen und wird in den nächsten Tagen mehr erhalten. Er braucht nicht zu besorgen, daß er auf mich zu warten hat. Es liegt mir ja auch viel daran, fertig zu werden, da Sie mir nach Schluß von Bd. 1. Honorar in Aussicht gestellt haben. Schon deshalb ärgere ich mich, daß ich auf Correctur warten mußte und nicht weiter konnte.

[11] Offenbar war es zu einem Vergleich mit Wehberg gekommen, denn im Dezember 1893 veröffentlichte dieser in seinem Verlag als Äquivalent für *Deadly dust* den Sammelband *Die Rose von Kaïrwan. Erzählung aus drei Erdtheilen*, mit den lose verknüpften Abteilungen *Ein Kaper* (*Robert Surcouf*), *Der Pfahlmann* (*Ein Dichter*) und der neuen Erzählung *Eine Befreiung*.

Die Skizze ist sofort an den Zeichner zurückgegangen. Der gute Mann kann nichts. Ich habe ihn noch einmal ausführlich unterwiesen. Winnetou trägt sein Haar in einen Schopf gebunden und dann lang herabhängend, stets ohne Kopfbedeckung. Trotzdem braucht er doch keiner alten Frau zu ähneln.[12]

In Dresden giebt es leider keinen passenden Zeichner. Vor Kurzem war ein tüchtiger Künstler bei mir auf Besuch. Geborener Deutscher, wohnt aber in New-York, also etwas umständlich. Das wäre ein Mann für uns. Hat mir 2 Skizzenhefte dagelassen, welche ich ihm wiederschicken soll. Bitte, sehen Sie sie einmal durch. Ist Alles auf der Pferdebahn gezeichnet, wenn er täglich ins Geschäft und von da zurückfährt. Das geschieht heimlich, ohne daß die Betreffenden es bemerken, also unbequem und schwierig. Dennoch diese vorzügliche Characteristik!!! Wollen wir ihn für die spätern Bände ins Auge fassen? Was zahlen Sie für eine Skizze? Bitte, senden Sie die Hefte mir bald wieder![13]

Und nun eine Anfrage. Haben Sie von dem berühmten Körnermuseum in Dresden gehört? Großartiges nationales Unternehmen! Wird jährlich von vielen Tausenden besucht, Kaiser, Könige, Fürsten u.s.w. besonders von Forschern, Künstlern, Schriftstellern, Studenten. Der Begründer und Director desselben, Herr Hofrath Dr. Peschel, die hervorragendste Kapacität in diesem Fache, ist mein Freund. Ich bin der Einzige, mit dem er verkehrt. Er will jetzt ein Epoche machendes Werk über sein Museum herausgeben, nur 1 Band, aber die Frucht langjähriger und mühevoller For-

[12] Das erste Deckelbild der *Winnetou*-Trilogie zeigt den Apachen mit Old Shatterhand und wurde schon nach wenigen Jahren durch ein anderes Motiv ausgetauscht.

[13] Möglicherweise handelte es sich bei dem „tüchtigen Künstler" um den Maler Albert Richter, der später das Deckelbild für *Old Surehand* schuf. Richter war mehrfach in Nordamerika gewesen, wo er in der Prärie jagte und malte, und hatte eine Vorliebe für die Zeichnung dahinrasender Pferde.

schungen.[14] Brockhaus[15] und Andere haben sich schon längst bemüht, dieses Buch in Verlag zu bekommen; sie nehmen es als Ehrensache. Nun ist es mir gelungen, Herrn Hofrath zu bewegen, es in Ihrem Verlage heraus zu geben. Auch Spemann war kürzlich deshalb persönlich bei ihm, habe ihm aber abgerathen. Bitte, theilen Sie mir mit, ob Sie gesinnt sein würden, darauf einzugehen.

Ich erhalte täglich mehrere anerkennende Briefe über unsere 6 Bände und beantworte sie alle. Das kostet Zeit, aber ich thue es aus Höflichkeit und auch aus geschäftlichen Rücksichten.

Herzl. Grüße von Haus zu Haus.
Ihr
alter
May.

Meine Frau bäckt soeben Kuchen, weil morgen mein Geburtstag ist.[16] Da giebt es Abendgesellschaft mit Sang und Tanz bei mir. Könnten Sie doch dabei sein! Werde in Ihrem Namen mit Emma einen feschen Walzer schwenken. – –

[14] Hofrat Dr. Emil Wilhelm Peschel (1835–1912), der in Niederlößnitz in Mays unmittelbarer Nachbarschaft wohnte (Privatweg 6, später Körnerweg 10), hatte in den 1860er Jahren eine umfangreiche Sammlung zu Leben und Werk des Dichters der antinapoleonischen Befreiungskriege, Theodor Körner (1791–1813), aufgebaut, die er 1875 in das von ihm gegründete Körnermuseum im Dresdner Geburtshaus des Dichters in der Fischergasse (später Körnerstraße 7, 1945 zerstört) eingebracht hatte. Peschels Edition *Theodor Körner's Tagebuch und Kriegslieder aus dem Jahre 1813* erschien dank Mays Vermittlung noch 1893 bei Fehsenfeld.

[15] Der Verlag F. A. Brockhaus in Leipzig wurde vor allem durch Nachschlagewerke berühmt, verlegte aber auch populärwissenschaftliche Literatur und Reisebücher.

[16] May feierte seinen 51. Geburtstag.

MAY AN FEHSENFELD • März 1893
Brief, hs.

Liebster Freund.

Erhalte soeben Ihre Karte. Muß auf Bahnhof, um Briefe fortzuschaffen. Klingt so, als ob ich die Schuld hätte.

Habe heut erst Bogen 11 und 12 Correctur erhalten und sofort erledigt, mir auch erlaubt, Manuscript mitzugeben, ohne es Ihnen erst zur Einsicht zu senden. Morgen geht wieder welches fort. Bin also nicht schuld. Herr Krais hat bisher Manuscript gehabt und wird auch ferner nicht darauf zu warten brauchen. Die Fragen nach „Winnetou“ mehren sich auch bei mir.

Herzliche Grüße!
May

MAY AN FEHSENFELD • 16. März 1893
Brief, hs.

Oberlössnitz, d. 1<5>6./3 93.

Lieber, trauriger Freund!

„Sitz ich so traurig im Mondenschein
Mit meiner trauernden Trauer allein,
Lächeln so traurig die Sterne mir zu:
„Trauriger Friedrich, wie traurig bist Du!“
Trauernde Trauer im traurigen Sinn,
Sterb ich in trauernder Traurigkeit hin!“

Na, es ist sofort Abhülfe geschafft worden. Es war schon Manuscript zu Herrn Krais unterwegs, und muß er es sofort nach Abgang seiner Depesche an Sie erhalten haben. Heut ist wieder eine Sendung fort.

Ich habe Hals über Kopf zu thun und gar keine Zeit zu einem langen Briefe; solche Sachen lassen sich auch am besten mündlich aussprechen; will aber doch noch einige Zeilen füllen.

Die Schuld liegt doch daran, daß sich unser Programm verändert hat.

Da ich den ersten Band vollständig neu zu schreiben hatte, so muß ich ihn dem Inhalte von Bd. 2 und 3 anpassen, der schon gedruckt ist. Darum kamen wir vor Weihnachten überein, daß Bd. 2. zuerst in Angriff genommen werden solle, damit ich Bd. 1. nicht zu überhasten brauche und mich damit nach Bd. 2 und 3 richten könne. Das ist aber nicht geschehen und macht mir viel Kopfzerbrechens.

Es ist nicht nur, daß ich mich hersetze und Bd. 1. schreibe. Das Ganze muß ein Guß sein. Der Inhalt von Bd. 2 und 3 setzt sich aus einzelnen Erzählungen zusammen, welche ohne innere Verbindung sind. Diese muß ich erst herstellen. Es giebt da viel hinwegzunehmen, zu ändern und hinzuzusetzen. Es sind da ganze Kapitels auch neu zu schreiben, was am besten dann gelingt, wenn ich es vornehme, während ich noch am ersten Bande schreibe. Ich habe also an allen 3 Bänden zugleich arbeiten müssen und das, was ich von Bd. 1 fertig hatte, nicht ganz aus der Hand geben können. Darum schrieb ich einige Male vom Nachschlagen, was Sie aber anders gedeutet zu haben scheinen. Es ist also nicht so, wie Sie mir einmal schrieben, daß Bd. 2 und 3 schon fertig vorliegen. Ich versichere Ihnen vielmehr, daß sie mir viel Kopfarbeit bereiten; nun wird der Roman aber auch sehr gut.

Trotz alledem hätten Sie nicht über mangelndes Manuscript zu klagen gehabt, wenn Alles nach den Daten, die Sie mir gaben, ausgeführt worden wäre. Herr Krais hatte 300 Seiten, also genug für die ersten drei Hefte, die aber nicht fertiggestellt waren, als sie erscheinen sollten. Sie sollten am 4. März nach Leipzig gehen, ich bekam aber meine Revision erst in der folgenden Woche. Da war ich nicht schuld.

Uebrigens mußte ich <das En> den Satz der ersten Bogen abwarten, ehe ich weiter arbeiten konnte, auch nur in unserm Interesse, denn ich mußte das Quantum berechnen können, um mit jedem Hefte so zu schließen, daß der Leser in großer Spannung blieb; das ist mir auch gelungen, verzögerte aber die Fortsetzung, weil mein Manuscript zu langsam gesetzt wurde. Wenn Sie mit hier säßen, wenn ich ganze Nächte arbeite und mir den Kopf zerbreche, so würden Sie mir nicht zürnen sondern sagen: „Er giebt sich Mühe, denn es soll gut werden."

Dazu kommen Verhältnisse, die man nicht vorher berechnen kann. Mit „Dêadly dust" stand es bis vor Kurzem so, daß Wehberg es nicht herausrücken wollte. Das hatte natürlich Einfluß auf den Inhalt von Bd. 1. Ich richtete mich also danach und schrieb weiter, denn Sie wollten Manuscript. Da plötzlich schrieb mir der Advocat, daß ich „Deadly dust" bekommen würde, und nun hatte ich 180 Seiten Manuscript von Bd. 1. umsonst geschrieben; sie mußten heraus, also neu und anders geschrieben werden. Das hält natürlich auf.[17]

Weiter! Am 4ten März sollten die ersten 3 Lieferungen fertig sein; später die nächsten drei und noch später die Lieferungen 7–10. Jetzt schreiben Sie, daß der ganze, volle Band 1 am 1. April erscheinen muß. Gut, wenn er muß, so wird er, und wenn ich dabei körperlich und geistig zu Grunde gehen sollte! Es ist doch so: Die Seiten 751–1100 zu rechter Zeit fertig zu bringen, das wäre ja gar nicht schwer, wenn der Schriftsteller nicht ein sogenannter sondern ein wirklicher Tintenfisch wäre, der nur den Rachen aufzuspannen braucht, um allerlei Seegethier hineinspazieren zu lassen.

Mein Contract mit Spemann lautet so: Ich erhalte pro Manuscriptseite 2 Mrk. 50 Pf. Davon zahlt er mir 1 Mrk. gleich und 1 Mrk 50 nach vollendetem Druck. Er drängt mich überhaupt, und da ich leben muß, muß ich auch für ihn schreiben. Ich brauche für mich und meine armen Verwandten, die sich auf mich verlassen müssen, jährlich 8–9000 Mrk. Das giebt wöchentlich 160–180 Mark. Folglich muß ich für Spemann jetzt wöchentlich 160–180 Seiten schrei-

[17] Diese Darstellung, nach der May einen ursprünglichen Anfang von *Winnetou I* verwarf, ist zumindest zweifelhaft.

ben. Ja, wenn das nicht wäre, so wäre es eine Wonne! Auch er braucht den Schluß des Manuscriptes von „Der Oelprinz" bis zum Schlusse dieses Monates. Ich hatte Grund, ihn um eine einmal ausnahmsweise frühere, sofortige Honorarzahlung anzugehen; ich habe zum 1ten October mehrere Tausend von ihm zu bekommen und bat um einen Theil davon. Er schrieb mir gestern, er sei augenblicklich bereit dazu, wenn er wisse, daß dieser Schluß bis Ende März in seiner Hand sei. Was thun? Ich muß für ihn und auch für Sie schreiben und werde Tag und Nacht dazu nehmen. Liebe Ostern![18]

Daß Sie kommen wollen, und sogar mit Ihrer werten Frau Gemahlin, entzückt uns wirklich.[19] Meine Frau schmiedet schon Pläne. Es wird grad zu unserer berühmten Baumblüthe sein. Hoffentlich kommen Sie nicht nur für einen Tag. Herr Hofrath Peschel freut sich auch darauf, mit Ihnen über sein Werk zu sprechen. Sie werden sein Museum sehen und ganz wonnig darüber sein.

Nun aber Schluß; ich muß bis morgen Mittag arbeiten.

Gruß & Empfehlung überall!

Ihr

May.

[18] Tatsächlich konnte May noch im März 1893 die Niederschrift des Jugendromans *Der Oelprinz* beenden, der dann von September 1893 bis September 1894 im *Guten Kameraden* erschien. Das Osterfest fiel 1893 auf den 2./3.4.

[19] Fehsenfeld hatte seinen Besuch für Anfang Mai angekündigt.

MAY AN FEHSENFELD • 21. April 1893
Brief, hs.

Oberlössnitz-Dresden, d. 21/4 93.

Lieber Freund, dräuender H. Verleger.

Ich gebe recht gern zu, daß es nicht leicht sein mag, ein Verleger zu sein, doch noch viel schwerer ist es, ein Schriftsteller zu sein, wenn der Verleger mit so schrecklicher Rache droht wie Sie. Ich zittere förmlich, und zwar von unten nach oben herauf und dann wieder abwärts.

Meine Frau freut sich ganz riesig auf Sie, Ihre Frau Gemahlin und das liebe Töchterchen[20]; sie hofft, Sie mehrere Tage bei sich zu haben, doch nicht bei mir, denn da Sie nicht zu mir kommen, ist meine Frau für die Zeit Ihrer Anwesenheit von mir fortgezogen. Sie können also ruhig die schöne Lößnitz genießen, ohne befürchten zu müssen, dem Sünder zu begegnen, der den beabsichtigten Skat nun freilich nicht spielen kann.

Anbei eine Anzahl Briefe, von denen Sie sich das Passende herausziehen wollen. Bitte, sie mir wiederzusenden, da ich die meisten noch brauche und Frau fast eifersüchtig <auf> über diese Beweise treuer Leserliebe wacht.

Ich werde trotz Ihres Zornes spätestens Dienstag[21] nochmals an Sie schreiben. Old Shatterhand fürchtet sich nicht.

Gruß an Alle!

Ihr

May.

[20] Es ist unklar, ob Eva oder Dora Fehsenfeld gemeint ist.

[21] Gemeint ist der 25.4.; vermutlich hat May sein Versprechen nicht gehalten.

MAY AN FEHSENFELD • 30. April 1893
Brief, hs.

Oberlössnitz-Dresden, d. 30/4 93.

Lieber Freund.

Wahrscheinlich werden Sie die Ankunft der Correctur des Prospectes nicht in Leipzig erleben.[22] Ihre Zeitungen bekam ich Montag, den 23ten, doch ohne Brief.[23] Dieser kam erst Donnerstag, den 27ten, und nun wußte ich, was Sie wünschten.[24] Habe mich sofort hingesetzt und die Sache erledigt. Nach einigen Stunden ging die Sendung ab, nach Freiburg, wird Sonnabend dort angekommen sein; dann von dort wahrscheinlich nach Stuttgart, wo es zu setzen ist – unmöglich, daß Sie Correctur in Leipzig haben können. Wollen Sie sich diese nicht zu mir nachsenden lassen?

In Folge der letzten Karte habe ich Herrn Krais sogleich Winnetou Bd. II geschickt.

Hatte mir vorgenommen, Montag, also morgen, nach Leipzig zu kommen, um Sie schon dort zu begrüßen. Ist mir aber unmöglich. Bd. III hält mich am Schreibtische fest.

Hoffentlich bald die Nachricht, daß und mit welchem Zuge Sie kommen![25]

Herzl. Gruß, auch von Emma und an Ihre Lieben!

May.

[22] Fehsenfeld war zur Buchhändlermesse nach Leipzig gereist, die alljährlich von Jubilate bis Kantate stattfand; 1893 war dies die Woche vom 23.4. bis 30.4.

[23] Der 23.4.1893 war ein Sonntag gewesen. Gemeint ist wahrscheinlich der 24.4.

[24] Offenbar hatte Fehsenfeld Pressestimmen geschickt, aus denen May eine Auswahl für einen neuen Prospekt treffen sollte.

[25] Fehsenfeld besuchte May, vermutlich mit Frau und Tochter, in der ersten Maiwoche. Bei dieser Gelegenheit wurde mit Emil Peschel auch die Herausgabe von Tagebuchaufzeichnungen Theodor Körners (1791–1813) besprochen. Beim Abschied wurde für Pfingsten ein Gegenbesuch der Mays in Freiburg vereinbart.

MAY AN FEHSENFELD • 11. Mai 1893
Brief, hs.

Oberlößnitz-Dresden, d. 11/5 93.

Lieber Freund.

„Winnetou" Bd. III werden Sie erhalten haben. Hier sende ich Ihnen einige Humoresken und Erzgebirgische Dorfgeschichten zur Ansicht, ob Ihnen die vielleicht passen werden.

Nun wollten Sie gern vor Weihnachten noch 2 Bände haben. Es wird aber wohl nur einer werden, nämlich der Kiang-lu, den ich zu einem 2- oder 3 Mark-Bande (640 oder 420 Seiten) erweitern würde, ganz wie Sie es wünschen. Bitte, schreiben Sie mir darüber. Habe ihn aber nicht mehr. Könnten Sie ihn mir verschaffen?[26]

Nun die mir wichtige und Ihnen nicht wichtige Angelegenheit. Wir hatten wirklich fest geglaubt und darauf gerechnet, daß Sie uns irgend eine Art von Mammon mit aus Leipzig bringen würden; ich habe nichts gesagt, aber am Abende fragte ich dann doch, wann uns Ihr „Feuerfester" wieder einmal geöffnet sein werde; Sie antworteten nicht.[27] Wer ein gutes Gemüth hat, dem thut das wehe. Nun sitzen wir auf dem Trockenen und sind doch so kühn, eine Reise zu Ihnen und noch weiter machen zu wollen.[28] Himmelsapperlot, das geht ja nicht. Man hat eine Menge Vorbereitungen und Ausgaben vorher. Ist Ihr „Feuerfester" ganz leer für

Ihren
hilfsbedürftigen
May ???

[26] Die China-Erzählung *Der Kiang-lu*, zuerst 1880 erschienen im 7. Jahrgang des *Deutschen Hausschatzes*, nahm May 1894 in Bd. XI der „Gesammelten Reiseromane", *Am Stillen Ocean*, auf; ursprünglich sollte der Band nach dieser Erzählung benannt sein. Als Bd. X erschien im Dezember 1893 *Orangen und Datteln. Reisefrüchte aus dem Oriente*, eine Sammlung früher schon publizierter orientalischer Kurzgeschichten.

[27] May nahm fälschlich an, dass von den ersten sechs Bänden der „Gesammelten Reiseromane" inzwischen jeweils 5000 Exemplare abgesetzt worden seien; in dem Fall hatte er 6000 Mark (1000 Mark je Band) zu erwarten.

[28] Die Reise sollte weiter in die Schweiz führen.

MAY AN FEHSENFELD • 16. Mai 1893
Brief, hs.

Oberlössnitz-Dresden, d. 16/5 93.

Lieber Freund

Meine Frau läßt Ihrer Frau Gemahlin herzlich danken für den liebenswürdigen Brief. Wir werden unsern Dank auch noch mündlich aussprechen.

Winnetou Bd. II ist vollständig, außer dem Schluß, der den 3ten Band einzuleiten hat; der ist schnell fertig und braucht Herrn Krais keine Sorgen zu machen.[29]

Wenn ich Ihnen schrieb, daß wir darauf gerechnet hätten, daß Sie irgend eine Art von Mammon mit aus Leipzig bringen würden, so hatte dies seinen Grund in der Annahme [daß] die Auflage von 5000 bei den ersten 6 Bänden erreicht worden sei. Sie wissen, daß ich mir keine großen Illusionen mache, aber 5000 glaubte ich doch verkauft.

Sie sind so liebenswürdig, mir für Sonntag[30] 500 Mark und dann diese Summe in dieser Woche noch einmal in Aussicht zu stellen. Herzlichsten Dank! Es ist leider bis jetzt noch nichts gekommen. Ich bitte Sie recht dringend den lieben Gott und meinen Herrn Verleger ja so walten zu lassen, daß ich diese 1000 Mark bis zum 20ten, wie Sie sagten, erhalte, sonst stehen mir große Unannehmlichkeiten bevor. Also bitte, bitte, bitte!

Haben Sie den Brief jenes südlichen Weinonkels[31] gefunden, den ich gern lesen wollte?

Besten Gruß von Haus zu Haus.

Ihr
alter
May.

[29] Für den zweiten, aus früheren Erzählungen zusammengestellten *Winnetou*-Band schrieb May ein neues Schlusskapitel, *Der Pedlar*, hinzu, das an die Santer-Handlung des ersten Bandes anschließt.

[30] Gemeint ist der 14.5.1893.

[31] Gemeint ist vermutlich der Deidesheimer Weingutsbesitzer Kommerzienrat Emil Seyler (1845–1926), zu dem sich ab 1895 eine engere Freundschaft entwickelte.

Deckelbild von Max Mandl (1893)

Deckelbild von 1896

FEHSENFELD AN MAY • 18. Mai 1893
Brief, ms. Kopie

[Freiburg i. B.] 18/5 [189]3[32]

Lieber Herr Dr.!

Wie ich Ihnen bereits schrieb, beträgt die Zahl unserer Abonnenten bis Schluß des VI Bandes 3600; für den VII Band ist eine bis jetzt nur geringe Steigerung bemerkbar.[33] Persönlich sagte ich Ihnen in Oberlössnitz, daß ich glaubte, annehmen zu dürfen, daß von Band I die Zahl von 5000 abgesetzt sei. Noch kann ich es nicht feststellen, da bis zum 15ten Mai Remittende angenommen werden. Diese werden in Leipzig & Stuttgart ausgepackt, was immerhin 8–10 Tage dauert. Dann erhalte ich die Facturen und habe einige Tage mit Eintragen zu thun. Vom IIten Band sind kaum 5000 abgesetzte zu erwarten, von 3–6 sicher nicht. Nun hat das nichts zu sagen. Abgesetzt werden sie ja sicher, wenn natürlich auch die Unkosten durch weitere Reclame u. dergl. erheblich steigen werden. Aber das macht nichts, denn mir liegt mein Vortheil sicher nicht mehr am Herzen, als der Ihrige. Wenn Sie also diese Woche – ich habe Herbig letzte Woche geschrieben, er solle Ihnen, sowie meine Einnahmen 1000 M erreichen, diese senden – noch 1000 M erhalten, so haben Sie von mir

Honorar für 1–9	=	5000
Absatz I 5000		1000

und außerdem schon 1500 Mk weiter erhalten! Dafür senden Sie mir ein Mscpt für einen Band mit nur 25 Bogen und nennen die fehlenden 15 Bogen einen Uebergang zu Band III.

[32] Fehsenfeld schrieb seine Briefe meist auf Geschäftspapier mit vorgedrucktem Briefkopf (Absender, Ort, später auch Adresse und Bankverbindung), von denen hier und im Folgenden nur (in eckigen Klammern) Orts- und Datumsangaben vermerkt sind. Dasselbe gilt in der Regel auch für Briefe von Felix Krais u. a.

[33] Inzwischen war *Winnetou I* als Bd. VII der „Gesammelten Reiseromane" erschienen; Bd. VIII (*Winnetou II*) folgte im August.

15 Bogen sind aber 240 Seiten, die Sie allerdings, wenn Sie wollten, in 3 Tagen schreiben würden. (Uebrigens hatte ich keine Ahnung, daß soviel neu am 2ten Band zu schreiben sei.)

Nach meinen bisherigen Erfahrungen sind Sie ein liebenswürdiger Autor, sobald Sie wollen. Aber wenn Sie keine Lust haben, so lassen Sie den armen Verleger sitzen, bis er wild oder halb närrisch wird. Jetzt sage ich Ihnen daher Folgendes: Schreiben Sie mir bis zum 25ten Mai den Schluß von Band II nicht, so werde ich mich an Ihnen blutig rächen. Ich antworte Ihnen nicht mehr, schicke nichts mehr, kurz ich bin & bleibe unversöhnlich.

Bekomme ich jedoch bis zum 25ten Mai das vollständige fehlende Mscpt, so erhalten Sie, wenn Sie nach Freiburg kommen, weitere 500 Mk., sodaß Sie dann für I/III das Honorar der ersten 5000 Exp. erhalten haben, auch wenn sie noch nicht abgesetzt sind. Im Uebrigen bemerke ich Ihnen, daß es hier herrliches Wetter ist, daß Ihr Zimmer fix & fertig auf Tante & Onkel May wartet und daß noch weit mehr [auf] diese beiden warten Paula, Eva, Dora und

Ihr Jupiter tonans[34]

Ernesto.

MAY AN FEHSENFELD • 20. Mai 1893
Brief, hs.

Oberlössnitz-Dresden, d. 20/5 93.

Verehrtester Herr Fehsenfeld.

Zunächst herzlichen Dank für die mir bisher erwiesene geschäftliche Coulanz. Daß ich im Vorschuß war, habe ich gewußt, glaubte aber, dies würde sich beim diesjährigen Abschlusse in Leipzig mehr als ausgleichen.

Sie versprachen mir für den letzten Sonntag 500 Mark und bis zum 20ten wieder 500 und bestätigten dies in einem ferne-

[34] Jupiter, der Donnerer (Gott des Blitzes und des Donners)

ren Briefe. Die ersten 500 bekam ich Donnerstag.[35] Ich war in großer Sorge, weil ich heut einen Wechsel über 400 Mark einzulösen hatte. Damit Sie sehen, daß ich nicht „flunkere", lege ich ihn bei. Ich bat Sie um die zweiten 500 brieflich und telegraphisch. In meiner Sorge schrieb ich sogar an Herbert[36], welcher mir antwortete, Sie hätten nur 500 angewiesen, er wolle aber an Sie telegraphiren. Hierauf haben Sie nur 100 Mark gestattet. Hätten Sie Ihr wiederholtes Versprechen erfüllt, so wären wir Pfingsten[37] bei Ihnen gewesen, so aber müssen wir verzichten. Selbst wenn die mir vom Wechsel übrig bleibenden 200 Mark nicht sofort hätten für die Wirthschaft Verwendung finden müssen, würden sie nicht einmal für die 2 Rundreisebillets ausgereicht haben, und ohne Reisegeld kann ich wohl bei den Indianern und Arabern existiren, nicht aber in Deutschland. Daß ich es dann in Freiburg bekommen soll, darauf kann ich nicht eingehen; man weiß nicht, was unterwegs passirt.

Ich weiß wirklich nicht, woran ich bin. In dem Briefe, den ich heut von Ihnen erhalte, schreiben Sie grad so, als ob ich jetzt von Herbig 1000 Mark erhalten hätte; es sind aber nur am Donnerstag 500 und heut 100; ich habe mich also vor Herbig vergeblich blamirt.

Was Winnetou Bd. II betrifft, so muß ich als[38] der Autor wissen, woran ich bin. Ist Herr Krais anderer Meinung, zum Donnerwetter, ist es mir Schnuppe![39] Ich habe mich beim ersten Bande genug geärgert[40] und habe keine Lust, mich

[35] Gemeint ist der 18.5.1893.

[36] Gemeint ist Friedrich Ludwig Herbig in Leipzig.

[37] Pfingsten fiel 1893 auf den 21./22.5.; der Besuch der Mays in Freiburg verzögerte sich bis in den Juni.

[38] Der Rest des Satzes ist von hier an unterstrichen, wohl von Fehsenfeld, und am Rand mit einem Ausrufezeichen versehen.

[39] Randnotiz Fehsenfelds: „siehe Karte an Krais"; „zum Donnerwetter" ist unterstrichen.

[40] Randzeichen: „??!!"; „genug geärgert" ist unterstrichen.

Bahnhof von Freiburg i. Br.

Karl und Emma May (links) mit Paula und
Dora Fehsenfeld und Unbekannten in Freiburg (1893)

fortwährend attaquiren[41] zu lassen. Hätte ich wirklich noch 15 Bogen zu schreiben, welche am 25ten bei Ihnen sein müssen, wie Sie verlangen, so müßte das Manuscript am 23ten hier fort, und ich hätte an den beiden Feiertagen also über 400[42] Seiten zu schreiben; die 500 Mark, welche ich dann in Freiburg bekommen soll, könnte ich mir also gar nicht verdienen.

Wenn ich behaupte, daß Manuscript vorhanden ist, so weiß ich, was ich sage; Karl May ist kein Kind! Und bombardirt mich der Drucker trotz meiner Zuschriften immer weiter, so wollen wir lieber Schluß machen und es bei den bisherigen 9 Bänden bewenden lassen. Der 10te erscheint also nicht. Ich habe keine Zeit auf ihn zu verwenden und muß, da Sie nicht Wort gehalten haben, schleunigst für Spemann schreiben und hernach meine Oper vollenden; das wird dann besser fluschen.

Mit der Bitte, uns Ihrer Frau Gemahlin bestens zu empfehlen, bin ich

Ihr
sehr ergebener
May.

MAY AN FEHSENFELD • 17. September 1893
Brief, hs.

Oberlößnitz-Dresden, d. 17/9 93.

Lieber Freund.

Ihr Zorn ist gerechtfertigt, doch bin ich nicht so sehr schuldig, wie Sie denken. Der Hauptgrund, daß ich nichts fertig brachte, ist meine gegen früher hochgradig gesteigerte Nervosität, auf welche meine Frau nicht die mindeste Rücksicht nimmt, und dann ein familiärer, über den ich nicht

41 Randzeichen: „??"; doppelte Unterstreichung des Wortes „attaquiren"

42 Fehsenfeld hat „über 400" korrigiert in „240".

schreiben kann. Meine Frau ist seit der unglückseligen Reise eine ganz andere geworden.[43]

Sodann wußte ich nie so recht, woran ich mit Ihnen war. Meinen Brief über „Halefband“ und „Sendador“ beantworten Sie mir ja erst jetzt in deutlicher Weise![44] Winnetou III geht morgen wieder Manuscript ab und Mittwoch Schluß[45] – auch durch das Mißverständniß meiner Depesche verzögert! Sie schreiben am 13ten: „Wenn ich bis zum 18ten Schluß v. Winnetou in den Händen habe, erhalten Sie 1000 Mrk, auf Wechsel.“ Dieser Brief wurde am 14ten zur Post gegeben und kam am 16ten, gestern, zu mir. Wie kann nun in 2 Tagen, sage zwei Tagen, der Schluß in Ihren Händen sein? Ich bekomme also nichts! Und Wechsel? Wer discontirte ihn mir in Dresden, dem in Bankkreisen unbekannten Schriftsteller? Und ich muß am letzten dieses Monates ca 1200 Mrk an Miethe etc. zahlen! Ich bin also auf Spemann angewiesen. Hätten Sie mir das von den Honoraren, was Sie heut sagen, eher geschrieben, so wären wir längst in Ordnung.

<Wi[nnetou]> Halef empfingen Sie noch nicht, weil es anders werden mußte. Das vorhandene Material, welches nur von Halef handelt, hätte 18 Bogen ergeben; das war nichts.

[43] Vom 10.6.1893 an waren die Mays eine Woche lang zu Gast bei den Fehsenfelds in Freiburg, Wallstraße 10, gewesen. Anschließend war das Ehepaar mit der Familie Fehsenfeld in die Schweiz gereist, wo sie im Hotel Belle-Rive in Bönigen am Brienzersee, einem dörflichen Kurort östlich von Interlaken, gewohnt hatten. Während die Fehsenfelds bis zum 16.7. in Bönigen geblieben waren, hatten die Mays bereits am 9.7. nach ehelichen Streitigkeiten die Heimreise angetreten.

[44] Bereits im *Anhang* zu *Der Schut* hatte May angekündigt, es werde „in einem späteren Bande noch oft und viel von Halef die Rede sein“ (S. 537). Während May diesen Band nie schreiben bzw. zusammenstellen sollte, erschien die zweibändige Überarbeitung der *Hausschatz*-Erzählung *El Sendador* 1894 unter den Titeln *Am Rio de la Plata* und *In den Cordilleren* als Bd. XII und XIII der „Gesammelten Reiseromane“.

[45] Ähnlich wie bei *Winnetou II*, ergänzte May den abschließenden Band der Trilogie um ein neues Schlusskapitel, *Das Testament des Apachen*. Der Mittwoch war der 20.9.

Dafür geben wir nun den Weihnachtsband unter dem Titel: „Orangen und Datteln, <L> Reisefrüchte aus dem Oriente" heraus. Ich denke, daß ich ihn auch auf 40 Bogen bringen werde. Das sind 4 Sachen über Halef, also für seine Freunde. Und wer ihn noch nicht kennt, für den sind die andern „Orangen und Datteln".[46] Dieser Weihnachtsband ist doch nicht nur für Halefs Bekannte sondern soll in Masse verkauft werden. Eine dieser prächtigen Erzählungen, „Der Krumir", ist vergriffen. Das „Daheim", wo er erschien, besitzt nur ein letztes Bibliothekexemplar und läßt ihn mir in dieser Woche abschreiben.[47] Also auch Verzögerung! Mit „Orangen und Datteln" machen wir ein viel größeres Geschäft als Weihnachtsband als mit „Halef" allein.

Spemanns Geld ist auch nicht besser als das Ihrige; aber über ihn bin ich mir klar, während ich von Ihnen erst jetzt erfahre, was mir von Ihnen geboten ist.

Ferner soll ich Ceylon, Südsee, China bringen.[48] Du lieber Gott! Ich habe Ihnen längst, längst, längst geschrieben und auch mündlich gesagt, daß ich den 6ten Band des Hausschatzes, der diese Erzählungen enthielt, nicht besitze.[49] Sie sagten,

[46] Der Sammelband *Orangen und Datteln*, der zum Weihnachtsfest 1893 erschien (vordatiert auf 1894), enthielt die acht älteren Erzählungen *Die Gum*, *Christus oder Muhammed*, *Der Krumir*, *Eine Ghasuah*, *Nûr es Semâ – Himmelslicht*, *Christi Blut und Gerechtigkeit*, *Mater dolorosa* und *Der Verfluchte*.

[47] Die Erzählung *Der Krumir* war erstmals vom 5.1. bis 30.3.1882 in der „zur Benutzung für Zeitungsredaktionen" bestimmten *Belletristischen Correspondenz* (Bielefeld, Leipzig, Velhagen & Klasing) erschienen, die „unter Mitwirkung der Redaktion des Daheim in Leipzig" herausgegeben wurde. Da der vom Verlag Velhagen & Klasing in Leipzig beauftragte Kopist nur langsam voran kam, schickte man May am 22.9. die begonnene Abschrift (36 Seiten) und leihweise das einzige Verlagsexemplar des Abdrucks.

[48] Der Sammelband *Am Stillen Ocean* erschien im April 1894 als Bd. XI der „Gesammelten Reiseromane".

[49] Von den fünf Erzählungen des Bandes *Am Stillen Ocean* waren *Der Girl-Robber*, *Der Ehri* und *Der Brodnik* im 6. Jahrgang des *Deutschen Hausschatzes* (1879/80) erschienen; die Erzählung *Der Kiang-lu* war im 7. Jahrgang (1880/81) erschienen, die Erzählung *An der Tigerbrücke* schrieb May neu hinzu.

es sei Ihnen ganz leicht, ihn mir zu versorgen; Sie versprachen mir ihn; er ist aber bis heut noch nicht gekommen! Bitte, ihn doch baldigst zu senden!

Nun kurz: Sie wollen mir für Winnetou III tausend Mark und für den Weihnachtsband 1500 Mrk senden. Winnetou's Manuscript wird Mittwoch fertig; Dienstag den 26ten sollen Sie den Weihnachtsband in den Händen haben. Wären Sie da in der Lage, mir diese Honorare bis zum 30ten zu senden, so daß ich sie an diesem Tage bekomme, so kann ich Spemann liegen lassen und mich dann auch gleich über die „Südsee etc." hermachen. Haben Sie die Güte, mir darüber sogleich mit einem einfachen Ja oder Nein zu telegraphiren!

Ich bin in Folge häuslicher Zerwürfnisse jetzt immer so niedergeschlagen, daß ich wie oft nach der Wand über meinem Schreibtische sehe, wo der geladene Revolver hängt. Man bedarf doch der Ruhe, so oder so![50]

Unter herzlichen Empfehlungen und Grüßen an die lieben Ihrigen

Ihr
ergebener
May.

[50] Angeblich soll Mays Frau Emma in dieser Zeit erfahren haben, dass ihr Mann ein Kind mit einem ehemaligen Dienstmädchen hatte. Belege für dieses Gerücht gibt es nicht.

Dora Fehsenfeld (um 1893)

Karl und Emma May mit der Familie Fehsenfeld
in Bönigen am Brienzersee (Sommer 1893)

MAY AN FEHSENFELD • 24. September 1893
Brief, hs.

Oberlößnitz-Dresden, Sonntag d. 24/9 93.

Liebster Freund.

Hier haben Sie „Orangen und Palmen".[51] Sie sagen selbst, daß der Titel gut ist; er wird ziehen. Nur auch ein gutes Bild dazu!

Ich habe die einzelnen <Bände> Nummern natürlich nicht nach ihrer Länge sondern nach Geographie und Chronologie geordnet. Bitte, lassen Sie das ja so!

Ich beginne mit der „Gum" als meinen ersten Schritt nach Africa. Bachem, wo ich anfragte, hat mir diese Erzählung freigegeben, weil sie längst nicht mehr ihm gehört.[52]

Von den andern wird Sie besonders „Der Krumir" interessiren; Sie kennen ihn noch nicht, und er ist eine meiner besten Arbeiten, sonst hätten ihn Velhagen & Klasing nicht gedruckt. Leider habe ich mein Exemplar verborgt und (wie stets) nicht wiederbekommen. Ich habe überall vergebens aufgestellt und mich endlich an Velhagen etc. selbst gewandt. Die haben nur das eine Exemplar als Bibliothekexemplar und Unicum, mir aber liebenswürdig angeboten, es für mich abschreiben zu lassen, unter ihrer Aufsicht, daß das Buch nicht beschädigt und beschmutzt wird. Nun ging mir das aber zu langsam, und als ich mich darüber beschwerte, hatten sie die wirkliche Noblesse, mir das Buch zu schicken, um es mir weiter abschreiben zu lassen. 36 Seiten sind fertig.

Nun würde ich es hier sofort einem Schreiber anvertrauen, aber Geld muß ich haben, und Sie schicken es nur dann,

[51] Vermutlich handelt es sich bei diesem Titel lediglich um einen Schreibfehler Mays.

[52] Vor der Buchveröffentlichung unter dem Titel *Die Wüstenräuber* (1885) im Verlag Bachem war die Erzählung *Die Gum* 1877 in den von May redigierten *Frohen Stunden* (Dresden: Radelli) und 1879 unter dem Titel *Unter Würgern* in erweiterter Neufassung im *Deutschen Hausschatz* erschienen.

wenn Sie den Band ganz haben. Darum sende ich Ihnen das Buch mit der bisher fertigen 36[seitigen] Abschrift. Der Kerl hat kalligraphisch geschrieben, ist aber doch Dummheit; es muß rascher gehen. Wollen Sie es dort abschreiben lassen, gut, aber nur das Buch sauber halten! Die Schreibgebühren trage natürlich ich, denn ich habe das Manuscript zu liefern. Wollen Sie nicht, nun so lasse ich es hier abschreiben. Uebrigens ist das Stück in der Prager „Politik" erschienen, und ich habe hingeschrieben.[53] Vielleicht bekomme ich es von dort.

Winnetou, Bd III ist fertig. Als Sie telegraphirten, war der Schluß unterwegs. Da werden Sie mich also mit den 2500 beglücken? Dienstag[54] erhalten Sie diesen Brief, da kann ich Donnerstag die Monneten haben? Hurrjeeh, Fehsenfeld hoch!

„Hausschatz" ist angekommen. Besten Dank! Werde mich über „Kiang-lu" machen.[55]

Zu „Orangen etc." werden Sie einige Zeilen für die Zeitungen bekommen. – Herzl. Dank für Ihren gütigen Vorschlag, „and come to us etc."! Wie gern, wie sehr gern möchte ich bei Ihnen sein, für einige Zeit; ich würde hier aber das Gegentheil erreichen! Ausreißen vor dieser Squaw darf Old Shatterhand nicht! Also nochmals herzlichsten Dank!

So, nun muß ich für heut aufhören, denn die Post wird sonst geschlossen. Sobald ich wieder einen Gedanken habe, schreibe ich; jetzt ists alle.

Haben Sie ja die Güte, mich Ihrer guten Frau Gemahlin zu empfehlen und Ihre lieben Töchterchens von mir zu grüßen

[53] Die Veröffentlichung in der Prager *Politik* vom 4.8. bis 12.10.1882 war vermutlich der erste Publikumsdruck des *Krumir* gewesen.

[54] Gemeint ist der 26.9.1893.

[55] Da May sich noch am 26.11.1893 darüber beschwerte, dass Fehsenfeld ihm den 6. Jahrgang des *Deutschen Hausschatzes* (mit den Erzählungen für Bd. XI, *Am Stillen Ocean*), nicht geschickt habe, dürfte es sich bei dem übersandten Exemplar um den 7. Jahrgang (mit der Erzählung *Der Kiang-lu*) gehandelt haben.

und zu verdrücken! Auch Herrn Geheimkomiker Krämer bitte ich, meinen Sallam zu sagen![56]

Ihr
dankbarer
alter
May.

MAY AN FEHSENFELD • Oktober 1893
Brief, hs.[57]

Liebster Freund und Fehsenfeld.

Haben Sie doch die Güte, Herrn Geheimkomiker Krämer für die Abschrift, an der doch seine liebe, junge Frau mitgearbeitet hat, wie er mir schrieb, anstatt 28,70 lieber 50 Mark auf mein Conto zu zahlen und 100 Mark, sage Einhundert Mark dazu als Hochzeitsgeschenk, damit der gute H. Krämer einsieht, wie so sehr gern sich seiner erinnert

sein und Ihr
alter
May.

[56] Gemeint ist Fehsenfelds Mitarbeiter und späterer Prokurist Sebastian Krämer, der dann gemeinsam mit seiner Frau eine Abschrift des *Krumir* anfertigte; May hatte den Buchhändler im Juni 1893 persönlich in Freiburg kennen gelernt. Vermutlich arbeitete Krämer seit Frühjahr 1892 für Fehsenfeld und hatte sich auf eine Annonce vom 22.3.1892 im *Börsenblatt für den Deutschen Buchhandel* gemeldet: „Tüchtiger, im Verlage vollständig routinierter Gehilfe zum sofortigen Eintritt gesucht".

[57] May hat den Brief auf einer „Quittung" geschrieben, mit der Sebastian Krämer am 18.10.1893 bestätigte, „von Herrn Buchhändler F. E. Fehsenfeld in Freiburg (Baden) für Abschrift der Erzählung von Karl May ‚Der Krumir' Mk 28.70 Pf (Achtundzwanzig Mark 70 Pfennig) erhalten zu haben".

58

Friedrich Ernst Fehsenfeld
Verlagsbuchhandlung.

Freiburg (Baden), den 18. X. 1893

39.

Quittung.

Von Herrn Buchhändler F. E. Fehsenfeld in Freiburg (Baden) für Abschrift der Erzählung von Karl May. Der Summe Mk 28.70 ₰ (Achtundzwanzig Mark 70 Pfennig) erhalten zu haben bescheinigt hiermit dankend

Freiburg i/B 18. X. 93 S. Krämer

Liebster Freund und Fehsenfeld.

Haben Sie doch die Güte, Herrn Geheimkanzlisten Krämer für die Abschrift, an der doch seine liebe, junge Frau mitgearbeitet hat, wie er mir schrieb, anstatt 28,70 lieber 50 Mark auf mein Conto zu zahlen und 100 Mark, sage hundert Mark dazu als Hochzeitsgeschenk, damit der gute Gh. Krämer einsieht, wie so sehr gern ich seiner erinnere.

Sein und Ihr

alter

May.

MAY AN FEHSENFELD • Oktober 1893
Brief, hs.

Liebster Freund.

Ich bin noch sehr augenleidend.[58] Heut früh gingen 4 oder 5 Zeilen an Sie ab. Jetzt kommt Ihr Volumen. Bitte, zahlen Sie H. Krämer die 150 Mark. – 50 Mark für Abschrift und 100 Mark als Hochzeitsgeschenk. Wie ich versprochen habe, wird Dienstag ausführlicher Brief kommen.

Ich denke an Sie, trotzdem Sie es nicht wissen!

Herzlichste Grüße an Alle!!!

von Ihrem
ophtalmiologen[59]
May

MAY AN FEHSENFELD • 30. Oktober 1893
Brief, hs.

Oberlößnitz-Dresden, d. 30/10 93

Liebster Freund und Familienvater!

Ja, Familienvater! Denn in Folge dieses Umstandes muß ich heut drei Briefe schreiben anstatt nur einen – aber natürlich sehr gern. Bitte, geben Sie die Damenbriefe richtig ab![60]

Also Winnetou III ist heraus, habe ihn aber noch nicht![61] Zu „Orangen und Datteln“ habe ich Herrn Krais noch ein Manuscript geschickt, und zwar ein sehr gutes; es hat in

[58] May litt in dieser Zeit an einer Augenentzündung, verursacht wohl durch die Überanstrengung beim nächtelangen, von Zigarrenqualm begleiteten Schreiben.

[59] Falsche Ableitung von „Ophtalmologie“, Augenheilkunde

[60] Die „Damenbriefe“ (an Paula Fehsenfeld und die Töchter oder einzeln an Eva und Dora) sind nicht überliefert.

[61] Kurz zuvor war *Winnetou III* als Bd. IX der „Gesammelten Reiseromane“ erschienen.

18

24.

Liebster Freund,

Ich bin noch sehr augen-leidend. Heute kriech' gegen 4 oder 5 Zeilen an Sie ab. Jetzt kommt Ihr Volumen. Bitte, zahlen Sie Hr. Steiner die 150 Mark, — 50 Mark für Abschrift und 100 Mark als Hochzeitsgeschenk. Wie ich versprochen habe, wird [illegible] auch [illegible] [illegible] kommen.

Ich denke an Sie, trotzdem Sie es nicht wissen!

Herzlichste Grüße an Alle!!!

von Ihrem

opthalmiologen

Max

„Vom Fels zum Meer“ gestanden.[62] Ich rechnete nachträglich aus, daß noch eine Kleinigkeit an 40 Bogen fehlte. Correctur habe ich bis Bogen 28 erhalten.

Bd. XI bearbeite ich trotz meiner noch nicht geheilten Augenentzündung. Bis zum 10ten sollte das Manuscript bei Ihnen sein. Darf ich sagen, bis zum 15ten? Es geht nicht anders, denn ich habe viel zu ändern und über 500 Seiten dazu zu schreiben. Sie wollen Titel und Inhalt wissen. Bin selbst noch nicht im Klaren. Titel muß gut werden, muß ziehen. Werde es Ihnen in den letzten Tagen dieser Woche mittheilen.[63]

Dann Band XII bis XIV, also drei Bände von den kleinen Sachen?[64]

Girl Robber	18	Seiten Hausschatz
Boer	29	"
Ehri	13	"
Brodnik	12	"
Sa:	72	Seiten

Zu drei Bänden müßten es aber 360 Hausschatzseiten sein; da fehlen 288; also habe ich 2600 Manuscriptseiten <da> neu dazu zu schreiben. Da heißt es auftreten! Soll geschehen![65]

Jedenfalls erhalten Sie bis 15 Novbr Bd XI und noch vor Weihnachten Bd. XII. Uebrigens werde ich Sie noch mit etwas Gutem überraschen. Sie haben nämlich noch nicht Alles von mir gelesen.

Hierauf einige Fragen:

[62] May schickte Fehsenfeld die Erzählung *Christi Blut und Gerechtigkeit*, die im Oktober 1882 in der Spemann-Zeitschrift *Vom Fels zum Meer* erschienen war.

[63] May entschied sich schließlich für den Titel *Am Stillen Ocean*.

[64] Nach den Bänden X (*Orangen und Datteln*) und XI (*Am Stillen Ocean*) stellte May für Fehsenfeld nur noch einmal 1897 mit Bd. XXIII *Auf fremden Pfaden* eine Sammlung „kleiner Sachen“ zusammen. Die Bände XII bis XIV wurden *Am Rio de la Plata*, *In den Cordilleren* und *Old Surehand I*.

[65] Offenbar war May sich zu diesem Zeitpunkt auch über den Inhalt von Bd. XI noch nicht klar. Die *Hausschatz*-Erzählung *Der Boer van het Roer* (1879) erschien erst in *Auf fremden Pfaden*.

P. Monsignore Klein[66], der Beichtvater unsers Königs war bei mir und hat sich außerordentlich beifällig über unsern Verlag ausgesprochen; er will sich zur Verbreitung alle Mühe geben, hat aber eine Bitte. Er hat nämlich mehrere Vereine gegründet, katholische Gesellen-, Arbeiter-, Mägdevereine u.s.w. Diese sind arm und sollen doch unsere Werke lesen, weil diese Bücher die besten sind, die es für diese Zwecke giebt, sagte er. Da soll ich Sie fragen, ob Sie ihm nicht soviel Exemplare, wie er braucht, etwas billiger ablassen wollen.

Ich glaube, Sie können es thun. Wenn Sie sie ihm so ablassen, wie sie der Buchhändler bekommt, verlieren Sie keinen Pfennig, und wir gewinnen die ganze sächsische katholische Geistlichkeit und Lehrerschaft für uns. Das hat Etwas zu sagen. Uebrigens ist Monsignore der Herausgeber der kathol. Kirchen- und auch der Schulzeitung und will uns in beiden Blättern empfehlend besprechen.[67] Ich bitte Sie dringend,

[66] Gemeint ist der spätere Prälat Eberhard Klein (1850–1931), der zur Dresdner Hofgeistlichkeit gehörte und wohl auch Beichtvater von König Albert von Sachsen (1828–1902) war. 1887 war Klein zum Hofkaplan des Prinzen Georg von Sachsen (1832–1904) ernannt worden, 1895 wurde er Hofkaplan seines königlichen Bruders. Klein war selber literarisch und wissenschaftlich tätig und fühlte sich May, den er für einen katholischen Schriftsteller hielt, besonders verbunden.

[67] Eberhard Klein, der von 1891 bis 1903 auch Schriftleiter des *St-Benno-Kalenders* (Bistum Meißen) war, hatte 1886 in Dresden das sonntäglich erscheinende *Katholische Kirchenblatt für Sachsen* neu gegründet und es zwei Jahre lang herausgegeben. Auch später schrieb er, meist anonym, für das *Katholische Kirchenblatt*, das zu den ersten katholischen Zeitungen in Sachsen gehörte und 1902 zur täglich erscheinenden *Sächsischen Volkszeitung* erweitert wurde. Am 21.2.1892 hatte dem *Katholischen Kirchenblatt* der erste Fehsenfeld-Prospekt beigelegen; fortan wurde dort (zumeist wohl auf der Grundlage von „Waschzetteln" des Verlags) mehrfach in sehr positiver Weise über Freiburger Neuerscheinungen berichtet. So hieß es am 3.12.1893, in der nächsten auf Mays Brief folgenden Besprechung, die Lieferungen der Bände *Winnetou III* und *Orangen und Datteln* galt: „Wir freuen uns aufrichtig über das rüstige Fortschreiten des schönen Werkes, dessen Ausstattung von Anfang an bis jetzt den gleichen guten und soliden Eindruck macht, wofür wir der Verlagsbuchhandlung wiederholt unseren großen Beifall aussprechen müssen."

seinen Wunsch zu erfüllen und mir umgehend mitzutheilen, wieviel <Bde> pro Bd. er zu bezahlen hat. Wenn wir es nicht thun, bekommt er andre Werke zum Buchhändlerpreis oder gar geschenkt; dann sind wir hintenan!

Ferner: Es war doch ausgemacht, daß Peschels Buch in meinen Werken und meine Werke wieder in Peschels Buch angekündigt werden sollen, also Gegenseitigkeit. Nun aber finde ich zwar in Winnetou Peschels Werk, aber in seinem „Körner etc. etc." steht nichts von mir. Wer ist Schuld an dieser Unterlassung? Sie jedenfalls nicht, denn es kann Ihnen als Verleger nur daran liegen, daß meine Sachen auch im Peschel angezeigt werden. Ich denke vielmehr, daß Peschel dies so gewollt hat. Bitte, mir aufrichtig zu sagen, ob dies so ist, und welchen Grund er dazu angegeben hat. Sie haben doch gewollt, daß meine Werke in seinem Buche angekündigt werden, und ihm wahrscheinlich das Manuscript dazu geschickt. Hat er deshalb an Sie geschrieben oder es hinter Ihrem Rücken bei Meinhold verhindert?[68] Ich bitte Sie dringend, mich auch darüber umgehend zu benachrichtigen.

Das Conto, welches Sie mir senden ist richtig. Quittungen sandte ich nicht, weil bisher kein Verleger sie verlangte, kann sie Ihnen aber senden, wenn Sie wollen.

Hat Herr Krämer die Mrk 50 für Abschrift und Mrk. 100 als Hochzeitsgeschenk erhalten? Meine Gattin braucht nichts davon zu wissen.

Also bitte, umgehend nur einige Worte über

1.) Zu welchem Preise kann P. Klein die Bücher bekommen. (broch. oder geb.)

2.) Warum steht die Ankündigung meiner Bücher nicht in Peschels Buch?

Sonnabend schreibe ich Ihnen über Bd. XI.

Sie wollten eine kurze Notiz für Zeitungsreclame „Orangen u. Datteln". Offen gestanden, es widerstrebt mir das. Ich

[68] Peschels Körner-Edition war nicht in Stuttgart, sondern von der Dresdner Hofbuchdruckerei C. C. Meinhold & Söhne gedruckt worden.

Sebastian Krämer

müßte mich doch loben. Thun Sie das lieber! Sie bringe[n]s ebenso gut und noch viel besser fertig als ich.

Herzliche Grüße von meiner Frau! Empfehlen Sie uns Ihrer verehrten Frau Gemahlin!

Ihr
alter
May.

MAY AN FEHSENFELD • 26. November 1893
Brief, hs.

Oberlössnitz-Dresden, d. 26./11. 93

Liebster Freund.

Auf Ihr letztes, w. Schreiben, in welchem Sie sich so schwer über mich beklagen, kann ich nicht anders antworten, als daß Sie sich von A bis Z im Irrthum befinden.

Sie schreiben, Sie hätten Ihre Pflicht gethan, und nun solle ich auch die meinige thun. Wann habe ich sie nicht gethan?

Wollen Sie nur bedenken, daß jährlich 3 Bände ausgemacht sind und zwar nur von schon gedruckten Erzählungen. Es sind aber schon mehr Bände erschienen, und ich habe Ihnen auch geschriebenes Manuscript geliefert. Daß ich diese hunderte von Seiten geschrieben habe, kann mir also nicht als Nachlässigkeit sondern muß mir als Coulanz angerechnet werden.

Nun sollte ich von den kleinen Erzählungen drei Bände füllen; da hätte ich ca. 2500 Seiten neu hinzuzuschreiben, was mir von Spemann verboten ist. Für diese 2500 Seiten würde ich von ihm 9000 Mark bekommen. Vorige Woche war Herr Freund, der Director der „Union", Stuttgart bei mir. Ich soll, um das „Buch für Alle" emporzubringen, an Stelle von Balduin Möllhausen Reiseerzählungen schreiben, und Freund hat mir da pro Spalte wenigstens 50 Mark verheißen; das würde für die 2500 Seiten, welche Sie von mir erwarten, 25000 Mark ergeben. Erkundigen Sie sich bei ihm; es ist wahr![69]

Dennoch und obgleich ich für Sie nur schon Gedrucktes zu liefern habe, wollte ich Ihnen diese 2500 neu schreiben; da kam Dreierlei dazwischen, nämlich

1.) mein Augenleiden, wegen dem ich kürzlich 2 mal in Leipzig gewesen bin.[70]

2.) Daß mir „Der Hausschatz" VI fehlte.[71] Ich habe ihn verborgt und nicht wiederbekommen. Sie aber haben ihn; ich weiß es ganz genau, denn Sie haben mir aus demselben „Dêadly dust" für „Winnetou" geschickt und mir gesagt, daß Sie die Hefte wiederhaben wollten, um den Jahrgang complet zu haben. Daher telegraphirte ich Ihnen. Anstatt des Hausschatzes aber kam die Frage, ob ich ihn brauche. Na, selbstverständlich, sonst hätte ich nicht telegraphirt! Ich habe mir auch seitdem alle Mühe gegeben, ihn zu erhalten; er ist erst gestern gekommen (von Franz v. Stokar, Regensburg[72], im Auftrage von einem Andern), und ich habe mich sofort darüber gemacht.

3.) die Hauptsache: Sie warfen mir Fehler vor, mir völlig unbegreiflich! Es kann mir doch kein Verleger und kein Leser

[69] Dr. Theodor Freund war Direktor des Verlags der Union Deutsche Verlagsgesellschaft, der sich 1889 durch einen Zusammenschluss des Verlags von Wilhelm Spemann mit den ebenfalls in Stuttgart ansässigen Firmen Hermann Schönlein und Gebrüder Kröner gebildet hatte (1891 war noch der Berliner Verlag F. u. P. Lehmann hinzugekommen) und Mays *Kamerad*-Erzählungen in Buchform herausgab. In der Familienzeitung *Das Buch für Alle* des Schonlein-Verlags hatte May 1877 die erzgebirgische Dorfgeschichte *Der „Samiel"* veröffentlicht; zu einer erneuten Mitarbeit an der Stelle von Balduin Möllhausen (1825–1905) kam es nicht.

[70] Über diese Aufenthalte in Leipzig ist nichts bekannt.

[71] May brauchte den 6. Jg. des *Deutschen Hausschatzes*, der die Erzählungen *Der Girl-Robber*, *Der Ehri* und *Der Brodnik* enthielt, für die Zusammenstellung des Bandes *Am Stillen Ocean*.

[72] Franz von Stokar besaß eine Antiquariatsbuchhandlung am Sankt Georgenplatz in Regensburg.

zumuthen, in chronologischer Reihenfolge zu schreiben! Ich bin doch keine Chronometeruhr und schreibe nicht Kalendarien sondern Novellen. Es kann mir Niemand verbieten, heut Etwas zu beschreiben, was vor zwei Monaten passirte, und in fünf Jahren Etwas, was vor zehn Jahren geschah! Soll ich etwa Halef, Amad el Ghandur, Rih etc. gar nicht mehr bringen dürfen? Wenn ich heut wieder von Rih schreibe, so ist dies eben geschehen, als er noch lebte und mein Eigenthum war. Wer sich das nicht erklären kann!!!

Sodann tadelten Sie, daß Bd. X mit der „Gum", der „alten" beginnt. Sie schrieben, daß schon Hunderte deshalb abbestellt hätten. Nun, wenn Hunderte 5 Wochen vorher abbestellen, ehe das Buch überhaupt erschienen ist, so wollen wir doch lieber keines mehr erscheinen lassen!!! Wenn Mays Bände fünf Wochen, ehe sie ein Leser in die Hand bekommt, so abfällig beurtheilt werden, so mag er Steine klopfen oder Stiefel putzen gehen, aber nicht länger schriftstellern!!! Das ists! Ich habe natürlich sofort die Feder hingeworfen! Wenn an deutschen Universitäten May-Clubbs gegründet werden, wenn berühmte Professoren meine Werke ihren Schülern als Muster vorlesen und meine Briefe einrahmen lassen, wenn meine Bände sogar am Nigger [sic] im Innern Afrikas gelesen werden, so möchte ich die „Hunderte" doch kennen lernen, welche einen Band abbestellen, ehe ihn überhaupt ein Leser gesehen hat. Howgh!

Sie werden übrigens zugeben, daß „Der Ehri", der „Kiang-lu", der „Brodnik" und der „Girl-robber" nicht getrennt werden können sondern zusammen gehören. Wollte ich jede dieser kleinen Erzählungen zu einem Bande ausdehnen, so würde das geschehen, wessen Sie mich ohne mein Verschulden anklagen: die Leser würden in Masse über mich herfallen und mit vollem Rechte behaupten, daß die Sache nicht mehr stimmt und daß ich mich an ihnen versündige, indem ich ihnen ihre lieb gewordene und heilig gehaltene Illusion zerstöre.

Darum erhalten Sie diese Erzählungen jetzt zusammen, in Band XI, unter dem Titel „Am stillen Ocean“, weil die Schauplätze an den Küsten desselben liegen. Sollten Sie, liebster Freund, auch da wieder glauben, daß „Hunderte“ abbestellen, wenn sie von dem Bande noch gar nichts wissen, nun, so wollen wir es in Gottes Namen sein lassen; ich will nicht, daß Sie Schaden von mir haben.

Der nächste Band würde der „Sendador“ sein[73], und dann könnten wir einige Bände von Ihnen noch unbekannten Erzählungen füllen, obgleich die Bearbeitung dieser Reisesachen mir große Mühe machen würde.

In Beziehung auf die englische Ausgabe haben Sie meine Zustimmung, und bin ich in Beziehung des Honorares bereit, Ihnen als Freund entgegenzukommen.[74] Vielleicht haben Sie die Güte, mir baldigst Ihre darauf bezüglichen Vorschläge zu machen.

Auf den Einband von „Orangen & Datteln“ bin ich neugierig. Hoffentlich gefällt er besser als die vorigen, von denen mir so oft geschrieben wird, daß sie zwar für Bardtenschlager, Franz Neugebauer, Werner Grosse etc. aber nicht für Fehsenfeld passen.[75]

Also ich habe genug geliefert und wohl auch gut, wenigstens nach den ca. 1200 Briefen, die ich schon über „Winne-

[73] Die *Hausschatz*-Erzählung *El Sendador* ergab schließlich die Bände XII und XIII.

[74] Über eine englische Ausgabe der Reiseerzählungen wurde auch noch in den folgenden Jahren vergeblich verhandelt.

[75] Im Stuttgarter Verlag von Franz Neugebauer waren 1879 Mays erste Bücher *Im fernen Westen* und *Der Waldläufer* erschienen; 1887 hatte Robert Bardtenschlager (Reutlingen) den Verlag übernommen und 1889 ohne Mays Zustimmung Neuauflagen der beiden Bücher veranstaltet. Zum Berliner Verlag Werner Grosse sind keine Kontakte Mays bekannt. Das durchaus ansprechende, eine Oasenszene zeigende Deckelbild zu dem Band *Orangen und Datteln*, der Anfang Dezember 1893 erschien, schuf Fritz Bergen (1857–1941), dessen Sohn Claus ab 1907 einer der wichtigsten May-Illustratoren werden sollte.

Deckelbild von Fritz Bergen (1893)

tou" erhalten habe. Mußten Sie einmal warten, so war es da, wo ich neu schreiben mußte, wozu ich nicht verpflichtet war.

Hoffentlich befinden Sie sich wieder wohl, besser als ich. Meine Frau sendet Grüße an Sie, Ihre Frau Gemahlin und die Prinzessinnen; ganz dasselbe thut auch

Ihr
ergebenster
May.

MAY AN FEHSENFELD • 10. Dezember 1893
Brief, hs.

Oberlössnitz-Dresden, d. 10/12. 93.

Mein lieber, langer Freund und kurzer Besuch![76]

Anbei sende ich Ihnen das Manuscript zu Bd. 12 u. 13.[77] Beide füllen je 40 Bogen. Wenn dies bei Bd. 13 nicht so scheint, so ist es doch so, denn das letzte Kapitel hat sehr engen Druck, und die 31 Spalten Hausschatz gehen über 40 gewöhnliche Spalten. Sie haben also nun soviel Manuscript, wie Sie bis Weihnacht zu haben wünschten.

Vielleicht schreiben Sie mir, wann Bd. 14 bei Ihnen sein muß. Er wird „Aus allen Zonen" betitelt sein und, ebenso wie die 2 oder 3 nächsten Bände, diejenigen ausgewählten Reiseerzählungen enthalten, welche Sie noch nicht kennen und die Ihnen sehr gefallen werden.[78]

Gleichzeitig erhalten Sie den mir freundlichst übersandten Hausschatzband mit bestem Dank zurück.

[76] Über diesen Aufenthalt Fehsenfelds in Oberlößnitz (auf dem Weg nach Berlin) ist nichts bekannt.

[77] *El Sendador* (*Am Rio de la Plata* / *In den Cordilleren*)

[78] Ein Band *Aus allen Zonen* wurde nicht realisiert; stattdessen erschien 1897 *Auf fremden Pfaden.* Bd. XIV wurde der neu geschriebene Band *Old Surehand I.*

Dank auch für Ihre liebe Karte aus Berlin! Sind Sie gut nach Haus gekommen?

Herzliche Grüße von Haus zu Haus! „Orangen und Datteln“ geht hier in Dresden außerordentlich gut, wie ich allseitig von den Buchhändlern höre. Vivat Geschäft!!!

Ihr

May.

1894

April
Carl May's gesammelte Reiseromane. Band XI: *Am Stillen Ocean. Reiseerlebnisse*. Erstausgabe. 1.-10. Tausend.

April
Carl May's gesammelte Reiseromane. Band XII: *Am Rio de la Plata. Reiseerlebnisse*. Erstausgabe. 1.-10. Tausend.

Juni
Carl May's gesammelte Reiseromane. Band XIII: *In den Cordilleren. Reiseerlebnisse*. Erstausgabe. 1.-10. Tausend.

Dezember
Karl May's gesammelte Reiseromane. Band XIV: *Old Surehand. 1. Band. Reiseerlebnisse*. Erstausgabe. 1.-10. Tausend.

* * *

Carl May's gesammelte Reiseromane. Band II: *Durchs wilde Kurdistan. Reiseerlebnisse*. Dritte Auflage. 11.-13. Tausend.

Carl May's gesammelte Reiseromane. Band III: *Von Bagdad nach Stambul. Reiseerlebnisse*. Mit einem Porträt des Verfassers. Dritte Auflage. 11.-13. Tausend.

Lewis Wallace (Übs. E[mil] Albert Witte): *Der Prinz von Indien oder der Fall von Konstantinopel.* 2 Bde.

MAY AN FEHSENFELD • 5. Januar 1894
Brief, hs.

Oberlössnitz-Dresden, d. 5/1. 94.

Liebster Freund.

Habe leider erst durch Ihre Karte erfahren, daß noch Manuscript fehlt. H. Krais konnte mir eine Karte senden. Ich habe hin und her überlegt. Boer van het Roer paßt nicht. Der Schauplatz liegt nicht am stillen Meere. Habe also eine vollständig neue Erzählung begonnen, was auch deshalb besser ist, weil sie den Lesern mehr gefallen wird als etwas Altes. Bin fast fertig damit; habe nur noch eine Nacht daran zu arbeiten.[1]

Nehmen Sie unsern herzlichsten Dank für Ihre freundlichen Wünsche! Wir erwiedern Ihnen dieselben in aufrichtigster Weise, freilich etwas spät; aber ich wollte Sie nicht mit einer Karte abfertigen sondern einen Brief schreiben und wußte noch nicht genau, welche Nachricht ich über Bogen 30–38 geben konnte.

Evchens Karte hat uns sehr erfreut. Dank auch dafür. Habe seit Neujahr nur immer Gratulationen von Lesern zu beantworten gehabt; es war rein toll.[2] „Orangen und Datteln" scheinen Effect zu machen. Ueberall wird Bd X betont.

Herzlichste Grüße von Emma
und
Ihrem
May

[1] Fehsenfeld hatte May geschrieben, dass für Bd. XI (*Am Stillen Ocean*) noch Manuskript für 9 Bogen fehle. May begann daraufhin die neue Erzählung *An der Tigerbrücke*, die er aus Krankheitsgründen jedoch erst im März fertig stellen konnte.

[2] Die damals 11-jährige Eva Fehsenfeld hatte den Mays eine Neujahrskarte geschickt. An Babette Hohl schrieb May am selben Tag, er habe „über 1100 Weihnachts- und Neujahrsbriefe zu beantworten" gehabt.

Familie Fehsenfeld (um 1894)

MAY AN FEHSENFELD • 21. März 1894
Brief, hs.

Oberlössnitz-Dresden, den 21./3. 94.

Mein dräuender Herr Verleger.

Sie scheinen unsere Krankheit nicht ernst zu nehmen.[3] Soll ich Ihnen ein ärztliches Zeugniß einsenden, daß ich eine Zeitlang mit dem Tode gerungen habe und noch jetzt fiebere? Es war Influenza mit Rückenfellentzündung. Ich kann den Schluß des XI^ten^ Bandes nur mit Anstrengung zusammenbringen.

Sie beklagen sich über meinen Ton.[4] Er würde ruhiger gewesen sein, wenn ich nicht im Fieber geschrieben hätte, doch war und bin ich auch überhaupt zornig auf Sie, und zwar mit vollstem Rechte. Ich habe Ihnen mitgetheilt, daß ich arme Verwandte unterstütze, was meine Frau nicht will. Ich bin also gezwungen, zuweilen eine Einnahme oder Ausgabe vor ihr geheim zu halten. Ein Mann hat ja überhaupt oft Ausgaben, für welche die Frau kein Verständniß hat. Wie oft z. B. kaufe ich mir theure Bücher, deren Preis ich meiner Frau auf das Viertel oder Fünftel angeben muß, damit sie nicht zankt! Da muß man eine Reserve haben, und ich habe Sie deshalb brieflich und auch mündlich um Discretion gebeten. Sie aber sind nicht verschwiegen gewesen. Sie haben bei Ihrem letzten Hiersein meiner Frau hinter meinem Rücken gesagt, daß ich Ihnen Geld schuldig bin (das für den Geheimko-

[3] Ende Februar war Mays Frau Emma an Influenza erkrankt; May selbst erkrankte daraufhin ebenfalls und musste wochenlang von Emma gepflegt werden. An Carl Jung schrieb er am 2.11.1894: „die Influenza, welche mit Lungenentzündung verbunden war, brachte mich dem Tode nahe und knickte meine sonst so eiserne Gesundheit so zusammen, daß ich fast ein halbes Jahr gerungen habe, um wieder aufzukommen“.

[4] May bezieht sich hier auf nicht überlieferte Briefe und Telegramme, u. a. auf einen Brief Fehsenfelds vom 12.3.1894.

miker). Ich gab Ihnen die 150 Mrk. heimlich.[5] Das hat mir über Weihnacht hinaus Zank, Verdruß und schlechte Zeit gemacht. Meine Frau hat nun einmal kein Verständniß für Schriftstellerleben und Schriftstellernoblesse. Und jetzt, am 12ten März, richten Sie wieder einen Brief an sie, in welchem Sie ihr mein ganzes Soll und Haben mittheilen, so daß mir alle Hände gebunden sein würden und ich in pecuniärer Beziehung gradezu auf lange Zeit hinaus ihr Sklave wäre, wenn das Hausmädchen nicht so gnädig gewesen wäre, den Brief mir statt meiner Frau zu geben!

Ich sage Ihnen, meine Frau leidet keine Noth; dafür sorge ich schon; ich aber leide geistige resp. intellectuelle Noth, wenn Sie mich durch solche Mittheilungen an meine Frau zum Leibeigenen des Pfennigs machen. Dann geht eben die Begeisterung zur Arbeit flöten.

Sie werfen mir vor, ich hätte nicht einmal Ihre Depesche beantwortet. Sie telegraphirten: „Bekomme ich Schluß oder nicht.“ Ich antwortete: „Bekomme ich Etwas oder nicht.“ Das war doch congruent? Es ist doch wohl nicht ersprießlich, wenn ich die Exemplare eines Bandes, der im November erscheint, erst im März erhalte. Ich habe sie nämlich heut noch nicht, denn Ihr Stuttgarter Buchbinder hat falsch adressirt. Werde sie wahrscheinlich erst nach den Feiertagen erhalten.[6]

Den Wein haben wir erhalten und sind Ihnen herzlich dankbar dafür, können ihn aber nach Dem, was und wie ich Ihnen über die eine Flasche schrieb und auch aus einem andern Grunde, den ich nicht erwähnen darf, unmöglich als Geschenk annehmen. Wenn Sie mir einen großen Gefallen

[5] May bezieht sich hier auf Fehsenfelds Kurzbesuch Anfang Dezember 1893, bei dem er seinem Verleger das noch ausstehende Honorar für Sebastian Krämer zahlte.

[6] Offenbar wartete May durch ein Verschulden des Buchbinders C. H. Schwabe immer noch auf gebundene Exemplare des Bandes *Orangen und Datteln*. Mit den „Feiertagen“ ist Ostern gemeint, das 1894 auf den 25./26.3. fiel.

Deckelbild von 1894

Deckelbild von 1900

Deckelbild von 1894

erweisen wollen, so haben Sie die Güte, mir den Preis anzugeben.

Was Band XIV „Aus allen Meeren"[7] betrifft, so ist der Inhalt zwar hochinteressant, aber er muß mühsam zusammengesucht und umgearbeitet werden. Da mir nun der Arzt[8] für die nächste Zeit die größte Schonung auferlegt, so möchte ich Sie fragen, ob es Ihnen aus diesem Grunde recht sein würde, daß wir zunächst den „Mahdi" bringen.[9] Inzwischen würde ich mich wahrscheinlich erholen. Jetzt vergehen mir die Gedanken so, daß ich pro Stunde 2 Seiten fertig bringe.

Bitte, schreiben Sie mir darüber recht bald!

Anbei folgt endlich der Schluß des XI. Bandes.[10] Ich habe es hundertmal berechnet und bringe es hundertmal heraus, daß das Manuscript grad und genau 38 Bogen füllt. Dafür hat Band X fast 42 und Band XII über 42 Bogen.[11]

Sie hatten die Liebenswürdigkeit, mir sofort nach Eingang dieses Schlusses 2000 Mark und 14 Tage nach Ausgabe des Bandes wieder 2000 Mark zu verheißen. Besten Dank! Thun Sie Ihre milde Hand auf, und erhöhen Sie uns die Osterfreude durch die Zusendung des ersterwähnten Betrages!

Es liegt keinesweges in der Absicht, zwischen uns ein unge-

[7] Alternativtitel zu *Aus allen Zonen*, wurde nicht realisiert.

[8] Mays Hausarzt war Dr. Curt Mickel (1858–1939).

[9] Auch dieser Plan zerschlug sich vorerst. Mays Überarbeitung des *Mahdi*-Romans erschien erst 1895-96 unter dem Titel *Im Lande des Mahdi* (Bde. XVI-XVIII).

[10] May schickte Fehsenfeld das Manuskript der neuen Erzählung *An der Tigerbrücke.* Der Sammelband *Am Stillen Ocean* konnte bereits im April 1894 als Bd. XI der „Gesammelten Reiseromane" erscheinen.

[11] Der Band *Am stillen Ocean* umfasste schließlich tatsächlich 38 Bogen (607 Seiten); *Orangen und Datteln* hatte 665 Seiten (42 Bogen), der erste Band des *Sendador*-Romans (Bd. XII, *Am Rio de la Plata*), der ebenfalls im April 1894 fertig vorlag, sogar 676 Seiten. Im Juni 1894 folgte der zweite Band des *Sendador*-Romans (Bd. XIII, *In den Cordilleren*) mit nur noch 584 Seiten.

müthliches Verhältniß einschleichen zu lassen; aber es giebt leider eben sogenannte Imponderabilien,* welche in die Wage fallen, obgleich sie nicht zu wägen sind.

Seien Sie gegrüßt, und grüßen Sie auch Ihre verehrte Frau Gemahlin und die lieben, kleinen Prinzessinnen

von Ihrem
ergebenen
May.

MAY AN FEHSENFELD • 9. Mai 1894
Brief, hs.

Blankenburg am Harz, d. 9/5. 94.[12]

Lieber Freund.

Ihre Karte ist mir nachgesandt worden. Sie ist Donnerstag Abend[13] in Oberlößnitz angekommen, und Sie wollten bis „Ende der Woche" Nachricht von mir, wo ich sei. Das ging natürlich nicht. Haben Sie sich denn nicht ausgerechnet, daß ich die Karte später erhalten mußte, als Sie Antwort haben wollten.

Auch die 2200 Mark kamen nach. Herzlichsten Dank! Quittung liegt bei.

Welche Resultate hat die Messe gebracht?[14] Bitte, schreiben Sie mir das nach Oberlößnitz. Der Brief wird mir nachgeschickt. Ihnen meine Adresse während der Reise anzugeben, wäre zwecklos, da ich kein festes Absteigequartier habe sondern Fußtouren machen muß und ich, um von Ihnen Ant-

x unberechenbare Ereignisse

[12] Um durch Waldwanderungen die Folgen seiner Influenza auszukurieren, war May Anfang Mai mit seiner Frau Emma in den Harz gereist.

[13] Gemeint ist der 3.5.1894.

[14] Wie nahezu jedes Jahr, war Fehsenfeld auf der Leipziger Buchhändlermesse gewesen, die 1894 vom 15.4. bis 22.4. stattgefunden hatte.

Eva Fehsenfeld (um 1894)

wort zu erwarten, doch wenigstens 4–5 Tage liegen bleiben müßte; von zu Hause aus geht es schneller.

Was die nächsten Bände betrifft, so werde ich vor dem Mahdi versuchen, Etwas zu sammeln; nur muß es umgearbeitet werden, wozu ich mich bei meinem jetzigen Gesundheitszustande eines Schreibers bedienen muß. Werde Ihnen, sobald ich Ihre Antwort erhalten habe, ausführlich darüber schreiben.[15]

Sollten Sie, wie Sie für „nach der Messe" wollten, den Rest von 1500 Mrk senden, so bitte, adressiren Sie Oberlößnitz, Dresden; ich erhalte es sicherer.

Beste Grüße & Empfehlungen an Sie, Ihre werthe Frau Gemahlin und Evchen und Dorle

von
Ihrem
May.

[15] May änderte seine Pläne und begann bereits im Juni mit einer neuen Reiseerzählung, die er unmittelbar für Fehsenfeld schrieb (*Old Surehand*).

Deckelbild von 1894

MAY AN FEHSENFELD • 17. Juli 1894
Brief, hs.

Oberlößnitz, d. 17/7 94.

Liebster Freund!

Schrecklich, daß dieser May nicht antwortet! Nicht wahr? Ueber 2 Wochen ist es her, und Sie wollten umgehend Nachricht haben! Aber das ging nicht, denn ich mußte erst selbst erfahren, was und wann ich es leisten konnte. Die „Union" drückt mich nämlich außerordentlich mit „Der schwarze Mustang" und „El Mumija".[16] Zugleich bittet Pustet mich inständigst um eine Arbeit von ca. 4000 Seiten. Ich will diese letztere liefern (natürlich hinter Spemanns Rücken) weil wir, Sie nämlich, dadurch dann drei neue Bände bekommen. Das hat den Titel „Im Reiche des silbernen Löwen" und spielt [in] Persien.[17]

[16] Im März 1894 hatte May für den *Guten Kameraden* seinen achten und letzten Jugendroman *Der schwarze Mustang* begonnen, den er dann jedoch trotz zahlreicher Mahnungen aus Stuttgart erst im November 1895 fortsetzte; nach einer weiteren Schreibpause griff er den Roman erst im Sommer 1896 wieder auf. Mays kürzester Jugendroman erschien dann vom September 1896 bis März 1897 im *Guten Kameraden.* Der Roman *El Mumija* wurde nie geschrieben.

[17] Die Entstehung des Romans *Im Reiche des silbernen Löwen*, der in der Fehsenfeld-Ausgabe schließlich vier Bände umfasste, sollte sich als äußerst problematisch erweisen. Im *Deutschen Hausschatz* erschienen zwischen September 1896 und September 1898 lediglich die erste Abteilung *Die Rose von Schiras* und das erste Kapitel *Am Turm zu Babel* (in der Fehsenfeld-Ausgabe *Im Reiche des silbernen Löwen I* und *II*); ein mehrjähriger Bruch mit Pustet führte im Sommer 1898 dazu, dass May den Roman nicht für den *Hausschatz* weiterschrieb und ihn erst nach der Jahrhundertwende, unter veränderten Vorzeichen, unmittelbar für Fehsenfeld fortsetzte. Die symbolistischen Bände *Im Reiche des silbernen Löwen III* und *IV* knüpften jedoch nur noch vordergründig an die abenteuerliche Handlung des *Hausschatz*-Textes an, da May nach seiner desillusionierenden Orientreise (1899/1900) höhere literarische und ethische Ziele verfolgte.

„Schwarze Mustang“	muß 1. Octbr.	fertig sein.
„El Mumija“	muß 1. Novbr.	” ”
„Silb. Löwe“	muß 1. Januar	” ”

Sie sehen, daß es leider so ist, wie Sie in Ihrem Briefe sagen: Andre Arbeiten hindern mich sehr. Ich glaubte, diese Termine hinausschieben zu können, es ging aber nicht, weil diese Arbeiten für Journale bestimmt sind und also fertig sein müssen. Ich schrieb an Pustet und die Union, habe erst jetzt Antwort erhalten und kann Ihnen also heut erst welche geben.

Ich freue mich sehr über die coulanten Honorarvorschläge, die Sie mir machen und bin Ihnen außerordentlich dankbar dafür, muß aber doch einige Fragen aussprechen. Ich beabsichtige, nicht 2 sondern 3 Bde „Old Firehand“ zu schreiben.[18] Muß da Bd. II noch dieses Jahr fertig sein? Die Termine, die Sie mir angeben, sind zu kurz. Ich habe „Schwarze Mustang“, „El Mumija“, „Silb. Löwe“ und „Firehand“ neben einander zu schreiben, kann also Firehand Bd. I unmöglich bis 1. Sptbr. fertig machen. Könnten wir das nicht folgendermaßen gestalten:

Firehand Bd I	8 Druckbogen bis	1ten August
	20 Bogen bis	20” August.
	Schluß bis	1. October.
Firehand Bd. II	8 Druckbogen bis	15. Octbr.
	20 Bogen bis	10. Novbr.
	Schluß bis	1. Dezbr.
Firehand Bd. III	dann baldmöglichst Januar und Februar 94.	

[18] Gemeint ist der Roman *Old Surehand*; zwar wurden es dann tatsächlich drei Bände, doch stellte May für den zweiten Band im Wesentlichen nur ältere Erzählungen (*Three carde monte*, *Vom Tode erstanden*, *Auf der See gefangen*, *Unter der Windhose*, außerdem einen Auszug aus dem Kolportageroman *Das Waldröschen*) zusammen, die er in eine Rahmenhandlung einfügte. Die Haupthandlung des Romans wäre auch in zwei Bänden unterzubringen gewesen, wie es heute in der Ausgabe des Karl-May-Verlags der Fall ist.

Das ist es, was ich mit gutem Gewissen bieten kann, wenn ich Wort halten und Sie nicht warten lassen will. Ich kann diese Arbeit nicht so schnell herunterfluschen, weil sie uns Ehre machen und wo möglich noch besser werden soll als „Winnetou". In Beziehung auf das Honorar könnten wir es ja so lassen, wie Sie sagen: 500 Mrk. nach dem 8ten Druckbogen, 500 Mrk nach dem 20ten 500 Mrk beim Schluß. Und die mir für den 1. Novbr. und 1. Dezbr. so freundlich angebotene à Contozahlungen von je 2000 Mrk. könnten wir auf den 15. Novbr. und 15. Dezember verlegen. Bitte, schreiben Sie mir umgehend einige Worte, ob Sie einverstanden sind; dann beginne ich sofort.

Mein Befinden ist, Gott sei Dank, nun endlich wieder so, daß ich überzeugt bin, die oben angegebenen Termine einhalten zu können. Bitte, verhandeln Sie wegen „Firehand" mit keinem Zeichner. Ich habe einen ersten Ranges und werde Ihnen denselben vorschlagen. Sehen Sie sich einmal die beifolgende Karte an, welche ich bitte, mir zurückzusenden. Der Künstler ist Albert Richter, der „deutsche Doré", unstreitig der beste Illustrateur Deutschlands.[19]

Herzl. Grüße an Alle von Emma und Ihrem
May.

[19] Der in Langebrück bei Dresden lebende Maler und Illustrator Albert Richter (1845–1898) wurde vor allem durch zahlreiche Bilder mit Jagdszenen und Motiven aus der Dresdner Heide bekannt. In Langebrück erinnern eine nach ihm benannte Straße und ein Denkstein am Kannenhenkelweg an ihn. Richter schuf dann tatsächlich das Deckelbild für *Old Surehand.* Für den französischen Graphiker und Maler Gustave Doré (1832–1883), der berühmt geworden war u. a. für seine Illustrationen zu Rabelais' *Gargantua et Pantagruel*, Balzacs *Contes drôlatiques* und Dantes *Divina Commedia*, hatte May eine besondere Vorliebe.

MAY AN FEHSENFELD • 27. Juli 1894
Brief, hs.

Oberlößnitz-Dresden, den 27./7. 94.

Liebster Freund.

Anbei, damit Sie mit dem Setzen beginnen können, die ersten 60 Seiten, welche über 2 Bogen ergeben. Sonntag[20] geht Bogen 3–5 und Dienstag Bogen 6–8 ab, wie ich es versprochen habe.

Ich habe den Titel geändert, nicht Old Fire- sondern Old Surehand, weil Surehand als Westmann und Mensch noch bedeutend höher steht als Firehand, den wir später bringen können. Surehand ist unter den Weißen das, was Winnetou unter den Rothen war, die Verkörperung des Rassenideales. Haben Sie keine Sorge; diese drei Bände werden mehr wie Winnetou gefallen und uns Ehre machen.

Von Richter erwarte ich Antwort.

Der Brief muß fort, darum Eile.

Die herzlichsten Grüße von Haus zu Haus!

Ihr

May.

[20] Gemeint ist der 29.7. Da May Besuch erhielt, konnte er erst am Dienstag weitere 60 Seiten für *Old Surehand* schicken.

MAY AN FEHSENFELD • 31. Juli 1894
Brief, hs.

Oberlössnitz-Dresden, d. 31./7. 94.

Liebster Freund.

Dieses verdammte Dresdener Vogelschießen[21] hat mir Gäste gebracht, die vom Sonnabende bis zum Dienstag[22] bei mir gesessen haben, so daß ich nicht arbeiten konnte. Darum heut nur wieder 60 Seiten. Entschuldigen Sie! Ich hole es schnell ein. Das zum 8ten Bogen Fehlende kommt schnellstens nach.

Albert Richter muß, wenn die Zeichnung gut werden soll, umgehend wissen, welche Herstellungsweise (ob Zinkographie u.s.w.) Sie beabsichtigen. Bitte, schreiben Sie mir postwendend eine Karte darüber! Ueber das Sujet haben wir uns besprochen: Ein Tomahawkkampf zu Pferde; nur zwei Personen; ein Indianerhäuptling hoch im Sattel, zum Schlage ausholend, und die prächtige Gestalt Old Surehands siegreich noch höher über ihm.

Herzlichsten Gruß von Haus zu Haus!
Ihr
May.

Lassen Sie getrost setzen; ich bleibe nicht zurück!

[21] Das alljährliche „Dresdner Vogelschießen“, ein traditionelles Schützenfest, dessen Hauptattraktion das Schießen mit Armbrüsten auf einen Holzvogel war, fand auf den Elbwiesen in Johannstadt statt. Die Vogelwiese war 1894 am Sonntag, dem 29.7., eröffnet worden, nachdem bereits am Samstag der Markt aufgebaut und der Vogel errichtet worden war; am 30.7. hatte König Albert von Sachsen das Vogelschießen eröffnet. Am 1.8. wurde noch das Damenschießen durchgeführt.

[22] Das waren die Tage vom 28. bis 31.7.

MAY AN FEHSENFELD • 16. August 1894
Brief, hs.

Oberlößnitz-Dresden, d. 16./8. 94.[23]

Liebster Freund.

Indem ich Ihnen die 500 Mrk. mit bestem Danke quittire, sende ich Ihnen Richters Zeichnung und lege seinen Brief mit bei. Ich frug nach dem Preise; er sprach von 120 Mrk. Manuscript sende direct an Druckerei.

Herzl. Grüße!!!

May.

MAY AN FEHSENFELD • 8. September 1894
Brief, hs.

Oberlössnitz-Dresden, d. 8./9. 94.

Liebster Freund.

Besten Dank für Ihre Karte aus den Bergen! Ich hätte Ihnen sehr gern nach der Schweiz geantwortet, doch wußte ich nicht, ob mein Brief Sie dort auch erreichen würde. Hoffentlich ist Ihnen der Ausflug gut bekommen. Sind Sie jetzt wieder daheim?

Ich habe der Kürze wegen das Manuscript direct an H. Krais gesandt.[24] Haben Sie die Correctur erhalten? Gefällt es Ihnen? Es wird hoch-, hochinteressant. Herr Krais hat Manuscript bis mit dem stipulirten Bogen 20 erhalten. Soll ich von 21 an weiter an ihn oder an Sie schicken? Endlich „fleckt" es jetzt gut. Sie erhalten den Schluß von Bd. I noch vor dem 1. October,

[23] Auf demselben Blatt eine Nachricht von Sebastian Krämer, der Richters Zeichnung an Felix Krais oder C. H. Schwabe weitersandte: „Anbei erhalten Sie Gewünschtes. Bild von May traf soeben ein; Geld an Herrn Fehsenfeld habe ich heute früh abgesandt. Fakturen [Warenrechnungen] über Heft 131 sind heut abgegangen. Hier ist auch kaltes regnerisches Wetter. Frdl. Grüße S. Krämer."

[24] Gemeint ist das Manuskript für *Old Surehand I.*

also eher, als ich es versprochen habe. Bd II sicher bis 1. Dezember. Bd. III wird bis Ende Februar fertig. Dann nehmen wir die Sklavenkaravane vor.[25]

Sie wollten doch recht ins Zeug gehen mit „Surehand". Ist das geschehen? Ist das Bild fertig? Ich möchte gern einen Abzug sehen. A propos, 120 Mark schienen Ihnen zu viel, mir nicht. Richter ist ein Künstler ersten Ranges, und ich reflectire auf ihn bei der spätern Pracht- oder illustrirten Ausgabe, die doch einmal erfolgen wird, wenn auch Norddeutschland resp. die Nichtkatholiken Geschmack gewonnen haben, denn da werden sich die Käufer mehren.[26] Wenn Sie nur 100 Mark geben wollen, werde ich die 20 Mark zulegen. Hat er das Geld schon? Oder wollen Sie es mir gleich mit den jetzt fälligen 500 Mrk. senden? Ich verkehre persönlich mit ihm und kann es ihm geben, so daß Sie Porto sparen. Wollen Sie aber direct senden, so ist die Adresse

Jagdmaler Albert Richter
Langebrück bei Dresden.

Empfehlen Sie mich den Herren Radlern!

„Schaut nur wie's im Corso fahr'n,
Diese Narr'n, auf dem Karrn!" u.s.w.

Ist unser Geheimkomiker mit seiner zweiten Hälfte so einverstanden wie mit der ersten?[27]

Die herzlichsten Grüße von uns Beiden an Sie & Ihre Lieben!!![28]

Ihr
May.

[25] May konnte den Schluss von *Old Surehand I* erst am 2.12.1894 nach Freiburg schicken, dafür lag bereits am 18.12. auch das Manuskript für den zweiten Band vollständig vor. Der neu zu schreibende dritte Band verzögerte sich dann jedoch um fast zwei Jahre. Mit der „Sklavenkaravane" ist nicht der gleichnamige Jugendroman gemeint, sondern die *Hausschatz*-Erzählung *Der Mahdi*.

[26] Zu einer illustrierten Ausgabe der Reiseerzählungen kam es erst ab 1907.

[27] Scherzhafte Anspielung auf Sebastian Krämers junge Ehefrau

[28] Einige Wochen nach diesem Brief, vermutlich im Oktober, besuchte das Ehepaar Fehsenfeld die Mays in Oberlößnitz.

MAY AN FEHSENFELD • 2. Dezember 1894
Brief, hs.

Oberlössnitz, den 2./12. 94.

Lieber Freund!

Zunächst und vor allen Dingen herzlichen Dank für Ihr hübsches Geschenk an meine Frau! Ich habe es ihr erst am 22/11 gegeben, der ihr Geburtstag war, und sie freute sich riesig darüber. Sie wird selbst an Ihre werthe Frau Gemahlin schreiben, was sie in diesen Tagen nicht thun konnte, weil Besuch, große Wäsche etc. ihre Zeit ganz in Anspruch nahm. Sie wissen ja, wie die weiblichen Femininums sind!

Und nun zum Geschäft! Sie werden meine Drahtantwort erhalten haben. Ich war frappirt von Ihrer Depesche: „Ist Schluß abgegangen?[29] Sonst nicht mehr zu gebrauchen!" Ja, wie soll ich das verstehen? Wozu oder wann ists nicht mehr zu gebrauchen? Wenn Herr Krais soviel Manuscript in den Händen hat, daß er nicht auf mich zu warten braucht, so kann mich doch kein Vorwurf treffen, gleichviel, ob er den Schluß auch hat oder nicht. Den Schluß kann ich doch nicht lange vorher schreiben, weil ich mich so einzurichten habe, daß 40 Bogen werden. Das will von Bogen zu Bogen berechnet sein, weil eine Manuscriptseite nicht soviel ergiebt wie die andere. Darum habe ich mit dem Schlusse so lange gezögert, obgleich ich dann 1500 Mrk. erhalten soll.

Jetzt sende ich Ihnen denselben und bitte Sie dringend, ihn sofort und mit nächster Post an Herrn Krais zu schicken; er wird ihn brauchen, denn während er letzthin in 9 Tagen nur einen Bogen Correctur sandte, bekomme ich heut eine ganze, schwere Menge.

Was Band II betrifft, so gehe<n>t schon Dienstag[30] Manuscript für volle acht Bogen nach Stuttgart ab. Es kann also

[29] Gemeint ist der Schluss von *Old Surehand I.*

[30] Gemeint ist der 4.12.1894.

sofort daran gesetzt werden, und ich denke, noch vor Weihnacht fertig zu sein.

Ich weiß recht wohl, daß es für den Verleger eine Qual ist, zwischen Schriftsteller und Drucker laviren zu müssen, aber ich will doch keinen Schund schreiben und habe jetzt wirklich nicht auf mich warten lassen. Also bitte noch einmal, den beifolgenden Schluß sofort an die Setzerei abgehen zu lassen!

Mit ergebener Empfehlung an Ihre Frau Gemahlin und 1000 Grüßen für Sie

Ihr

May.[31]

MAY AN FEHSENFELD • 6. Dezember 1894
Brief, hs.

Oberlössnitz, d. 6./12. 94.

Lieber Freund!

Soeben erhalte ich die 1500 Mrk., deren Empfang ich Ihnen herzlichst dankend quittire, und zugleich Ihren Brief.

Es ist mir außerordentlich unangenehm, daß Bd. I nur 33 Bogen enthalten soll. Das Manuscript für 40 Bogen ist fort, und es ist gradezu unmöglich, an der Stelle, wo es 33 Bogen füllt, einen Schluß anzubringen; der Inhalt läßt das nicht zu, und außerdem hat ganz kurz vorher ein neues Kapitel begonnen. Dazu arbeite ich jetzt schon kräftig am 2ten Bande und müßte Alles fortwerfen, was davon fertig ist; das sind über 200 Seiten. Wie wenig erwünscht mir das sein kann, brauche ich Ihnen nicht zu sagen.[32]

Und was hier am Meisten zu berücksichtigen ist, das ist der

[31] Auf der letzten Seite Berechnungen von Fehsenfeld

[32] *Old Surehand I* umfasste schließlich doch über 40 Bogen (644 Seiten); der Band erschien kurz vor Weihnachten 1894 als Bd. XIV der „Gesammelten Reiseromane".

Werth des Werkes. „Old Surehand" soll wo möglich noch besser sein als „Winnetou". Grad darum habe ich nicht leichtsinnig drauflos geschrieben und mir infolge dessen Ihren Zorn zugezogen. Und nun soll das umsonst sein?

Der erste Band mit vollen 40 Bogen wird jeden Leser hoch befriedigen. Wird er aber bei Bogen 33 abgebrochen, so taugt er gar nichts; er ist ein Champagner ohne Moussaux, ein Calummet ohne Pfeifenkopf, und das ganze Werk wird verdorben.

Ich habe auf Ihren Wunsch einen vorläufigen Abschluß gemacht, den der Band nun nicht bekommen soll. Ich habe von Bd II schon über 200 Seiten fertig, und es ist wirklich nicht möglich, Bogen 34–40 von Bd I und diesen Anfang von Bd. II zu vereinigen, da sie ganz andere Personen und Verhältnisse bringen und in den entgegengesetztesten Gegenden spielen.

Ich denke, wenn Herr Krais alle seine Setzerkräfte zusammennimmt, so ist die Sache in wenigen Tagen gemacht. Und wenn Sie sparen wollen, so können Sie es ja von Bd. II an thun. Es genügt eine Bemerkung von Ihnen, so richte ich mich darauf ein; aber dies müßte sehr bald geschehen, denn der Inhalt ist auch schon auf 40 Bogen angelegt.[33] Ich versichere Ihnen, daß dieser Bd. I mir noch weit mehr Sorge gemacht hat als Ihnen. Herr Krais hat in der 2ten Hälfte nicht zu warten brauchen, und ich habe vom November an 20 Bogen geschrieben, trotzdem mir die Krankheit noch schwer in den Gliedern liegt. Gut bekommen ist mir das nicht. Mein Arzt raisonnirt sehr darüber!

Ich habe von Lieferungsabonnenten über „Surehand" Bd. I schon über sechzig Briefe bekommen. Die Hefte sprechen außerordentlich an, und es sollte mir leid thun, wenn infolge der Fermate[34], die Sie bei Bogen 33 anbringen wollen, die Begeisterung der Leser einen Eisguß erleidet. Das wäre nicht

[33] Tatsächlich umfasste *Old Surehand II* schließlich sogar 647 Seiten.

[34] Haltezeichen in der Musik

wieder gut zu machen. Es handelt sich nicht blos um jetzt sondern noch viel mehr um später!

Unter herzlichen Grüßen an Sie und die lieben Ihrigen, auch von meiner Frau, bin ich

Ihr
um meinen schönen 1ten Band
höchst besorgter
May.

KARL MAY • 1894
Briefpapieraufdruck[35]

<u>*Entschuldigung und Bitte.*</u>

Wegen der durch meine weiten Reisen bedingten öfteren und längeren Abwesenheit ist es mir leider nicht möglich, alle die vielen an mich gelangenden Zuschriften umgehend zu beantworten, was man mir gütigst verzeihen wolle.

In Anbetracht der innigen Geistesbeziehung, in welcher ich zu meinen geehrten und lieben Leserinnen und Lesern stehe, würde es mich herzlichst freuen, wenn sie die Freundlichkeit hätten, mir für mein Leseralbum ihre Photographie beizulegen.[36]

Oberlössnitz-Dresden.

Dr. Karl May.

[35] In seiner Korrespondenz mit Fehsenfeld benutzte May dieses Briefpapier, auf das im Folgenden nicht mehr hingewiesen wird, erstmals am 15.12.1894.

[36] Spätestens seit 1894 führte May ein „Leseralbum" mit Fotos seiner Leserinnen und Leser; seit 1997/98 ist es im Faksimiledruck zugänglich.

Deckelbild von Albert Richter (1894)

MAY AN FEHSENFELD • 15. Dezember 1894
Brief, hs.

Oberlössnitz-Dresden, d. 15/12 94.

Lieber Freund!

„Old Surehand" giebt 4 Seiten über 40 Bogen. Wir hätten uns das sparen können, wenn es mir möglich gewesen wäre, den Schluß bis zuletzt zu behalten, um ihn genau anzupassen.

Von Bd. II sind 3 Kapitel, 850 Manuscriptseiten fertig und zu Herrn Krais geschickt. Das 4te Kapitel mit dem Schlusse des Bandes werden Sie Mittwoch bekommen.[37] Sie sehen, daß es jetzt schnell vorwärts geht. Ich bat Sie, es mir umgehend mitzutheilen, wenn Bd. II kürzer werden soll. Da keine Weisung erfolgt ist, habe ich es so eingerichtet, daß auch er 40 Bogen füllt.

Habe wieder verschiedene Zuschriften bekommen, daß „Surehand" sehr anspricht. Auch in Braunschweig giebt es nun einen „May-Verein". Diese „May-Clubs" ernennen mich stets zum Ehrenmitglied, wofür ich mich mit einer „großen, schönen" Photographie abzufinden habe. Ich glaube, eine Vergnügungsreise darf ich nicht mehr machen, wenigstens nicht unter meinem Namen. Ich würde überall bei der Parabel genommen und ohne Gnade und Barmherzigkeit in den Club geschafft. In Leer giebt es sogar zwei May-Vereine, einen männlichen und einen weiblichen. Meine Emma sagt, sie würde den männlichen vorziehen; mir aber wäre wahrscheinlich der weibliche lieber, denn Dick Hammerdull (siehe Bd. II) sagt: „Was sich abstößt, das zieht sich an!"[38]

Meine Frau wird sich noch vor Weihnacht hören lassen und sendet herzliche Grüße, was hiermit ebenso thut

Ihr
May,
mit Bd. III im Kopfe!

[37] Das vierte, neu hinzugeschriebene und die Handlung von *Old Surehand I* aufgreifende Kapitel *Die verkehrten Toasts* schickte May bereits am Dienstag, dem 18.12., nach Freiburg.

[38] Das Zitat konnte in *Old Surehand II* nicht nachgewiesen werden.

MAY AN FEHSENFELD • 18. Dezember 1894
Brief, hs.

Oberlössnitz, d. 18/12. 94.

Liebster Freund!

Meinem Versprechen im letzten Briefe gemäß sende ich heut den Schluß des II^ten^ Bandes, welcher 40 Bogen ergeben wird. Das übrige Manuscript hat, wie ich bereits sagte, Herr Krais schon bekommen. Nun wird Bd. III begonnen.[39] Ich freue mich königlich, daß ich so weit bin, noch mehr aber auf dic 3500!

Herzlichen Gruß
Ihr
May.

[39] *Old Surehand II* erschien im März 1895 als Bd. XV der „Gesammelten Reiseromane". Den neu zu schreibenden Band *Old Surehand III* konnte May dagegen erst Ende 1896 abschließen. Da Fehsenfeld es versäumte, für diesen Band die Nummer XVI zu reservieren, der dann *Im Lande des Mahdi I* wurde, erschien er als Bd. IXX, was bei den Lesern zu einiger Verwirrung führte.

1895

März

Karl May's gesammelte Reiseromane. Band XV: *Old Surehand. 2. Band. Reiseerlebnisse*. Erstausgabe. 1.-10. Tausend.

* * *

Karl May's gesammelte Reiseromane. Band I: *Durch die Wüste. Reiseerlebnisse*. Vierte Auflage. 16.-20. Tausend (5300 Exemplare).

Karl May's gesammelte Reiseromane. Band II: *Durchs wilde Kurdistan. Reiseerlebnisse*. Vierte Auflage. 14.-18. Tausend (5300 Exemplare).

Karl May's gesammelte Reiseromane. Band IV: *In den Schluchten des Balkan. Reiseerlebnisse*. Zweite Auflage. 11.-15. Tausend (5300 Exemplare).

Karl May's gesammelte Reiseromane. Band V: *Durch das Land der Skipetaren. Reiseerlebnisse*. Zweite Auflage. 11.-15. Tausend (5300 Exemplare).

Karl May's gesammelte Reiseromane. Band VI: *Der Schut. Reiseerlebnisse*. Zweite Auflage. 11.-15. Tausend (5300 Exemplare).

Karl May's gesammelte Reiseromane. Band VII: *Winnetou, der Rote Gentleman. 1. Band*. Zweite Auflage. 11.-15. Tausend.

Karl May's gesammelte Reiseromane. Band VIII: *Winnetou, der Rote Gentleman. 2. Band*. Zweite Auflage. 11.-15. Tausend.

Karl May's gesammelte Reiseromane. Band IX: *Winnetou, der Rote Gentleman. 3. Band*. Zweite Auflage. 11.-15. Tausend.

MAY AN FEHSENFELD • 10. Januar 1895
Brief, hs.

Oberlössnitz-Dresden, d. 10./1. 95.

Liebster Freund!

Das war eine Hatz! Solche Feiertage! Denken Sie, ich habe zum Feste über 3000 Briefe und Karten von Lesern resp. Leserinnen erhalten, welche alle Antwort haben wollen. Ich weiß nicht, wo mir der Kopf steht, denn ich antworte wirklich, weil ich das noch mehr Ihnen als mir schuldig bin. Dazu hatte ich immerfort Besuch, der mir keinen Augenblick zum Schreiben ließ, und dann mußte ich einer wichtigen Familienangelegenheit [wegen] in die Heimath und hierauf zum Begräbnisse eines sehr lieben Freundes nach Zeitz. Ich finde wirklich erst jetzt die Muße für einen Brief an Sie.

Herzlichsten Dank für die 3500 Mrk.! Quittung liegt bei. Ebenso herzlichen Dank sagt meine Frau Ihrer geschätzten Frau Gemahlin für den Brief.

Sie sollten die Briefe lesen, welche ich bekomme! Meine Werke haben ja geradezu eine geistige Aufregung in Deutschland hervorgebracht. Wenn ich nur noch „Zeitungsstimmen" und „Bischöfliche Aussprüche" zum Versenden hätte; die würden wirken![1]

Auch viele Weihnachtsgeschenke habe ich von Lesern bekommen, unter Anderem ein Kunstwerk aus Marzipan von einer Leserin in Hamburg.[2] Darf ich mir gestatten, dasselbe Ihnen für Ihre Frau Gemahlin und die lieben kleinen Damen zu senden? Der Verleger muß doch auch Etwas von den Geschenken haben, welche der Autor bekommt.[3]

[1] Gemeint sind Werbeflugblätter Fehsenfelds.

[2] Vermutlich handelte es sich um ein Geschenk von Lisbeth Felber geb. Lechner, der Frau des aus Österreich stammenden Hamburger Caféhausbesitzers Carl Felber (1853–1917).

[3] An dieser Stelle Textverlust durch einen herausgeschnittenen Streifen (ca. 5 cm)

Eben kommt wieder Besuch, eine Dame aus Lorch am Rhein.[4] Ade!

Herzl. Grüße und Empfehlungen
Ihr
May.

MAY AN FEHSENFELD • 3. November 1895
Brief, hs.

Oberlössnitz-Dresden, d. 3./11. 95.

Lieber Herr Fehsenfeld.

Herr Krais hat den Anfang von Bd. III „Surehand" erhalten, und werde ich so schnell Manuscript liefern, wie er setzen lassen kann. Da er sehr wünscht, den „Mahdi" zu gleicher Zeit in Arbeit zu nehmen, sende ich Ihnen die 2 fertiggestellten Bände desselben. Da Sie einen andern Titel wünschten, habe ich ihn „Der Sklavenjäger" benamst.[5] Das Honorar dafür (3000 M.) bitte ich, baldigst an mich gelangen zu lassen.

Was meinen Besuch in Freiburg betrifft, so hat meine Frau darüber soeben an Ihre Frau Gemahlin geschrieben, so daß ich mich auf die Bemerkung[6] beschränken kann, daß man mir in Stuttgart sagte, es seien viel mehr Bände verkauft worden, als Sie mir angegeben haben. Ich habe mich aber über-

[4] May erhielt Besuch von Maria Jung, der Frau des Winzers und Weinhändlers Carl Jung.

[5] May entschied sich schließlich für den Titel *Im Lande des Mahdi*. Ursprünglich waren nur zwei Bände geplant.

[6] Der Rest des Absatzes ist mit einem Randstrich versehen, vermutlich von Fehsenfeld.

zeugt, daß der Mann, der es übrigens gut mit mir meinte, sich getäuscht hat.[7]

Mit herzl. Grüßen von Haus zu Haus
Ihr
Freund und Autor
May.

MAY AN FEHSENFELD • 5. November 1895[8]

Brief, hs.

[Oberlößnitz, 5. November 1895]

Liebster Freund!

Lassen Sie mir wegen meinen Augen noch bis Dienstag Zeit; dann schreib ich ausführlich.

Band soll bis 10. November hier abgehen.
Ihr
May.

Grüße!!!

[7] May war misstrauisch gegenüber Fehsenfeld geworden, den er im Verdacht hatte, heimlich die ihm genannten Auflagenzahlen zu überschreiten, und war deshalb Anfang Oktober 1895 mit Emma zu näheren Erkundigungen nach Stuttgart gereist, wo Felix Krais ihn halbwegs beruhigen konnte. In Freiburg soll May anschließend versucht haben, heimlich Fehsenfelds Mitarbeiter Sebastian Krämer für sich zu gewinnen, um mit dessen Hilfe seine Bücher in eigenen Verlag zu nehmen. Mays unbegründetes Misstrauen dürfte auf spiritistische Sitzungen zurückgehen, die sein nach Amerika ausgewanderter Schulfreund Ferdinand Pfefferkorn M. D. (1841–1916) zuvor bei einem Besuch mit seiner Frau Therese Pfefferkorn verw. oder gesch. Drescher geb. Oeser (1845–1919) in Oberlößnitz veranstaltet hatte. Bei diesen Séancen, an denen auch das befreundete Ehepaar Richard Plöhn (1853–1901) und Klara Plöhn geb. Beibler (1864–1944) teilgenommen hatte, dürfte es zu entsprechenden Einflüsterungen der „Geister“ gekommen sein.

[8] Das Datum dieses Briefes ist unsicher.

Denken Sie, vor einigen Tagen habe ich aus Norderney von einer Dame einen Brief mit der umstehenden Adresse erhalten![9] Die Post hat gleich gewußt, wer gemeint ist und ihn, ohne erst zu fragen, mir in den Kasten gesteckt.

KARL MAY • 15. November 1895
Vertragsnachtrag, hs.

Nachtrag
zum Verlagsvertrag vom 17ten Novbr. 1891.[10]

Zwischen den Unterzeichneten ist Folgendes nachträglich vereinbart worden:

§ 4 des Vertrages wird dahin abgeändert, daß Herr Dr. May das Honorar für jede Auflage von fünftausend Exemplaren im Voraus zu erhalten hat, sobald er die Genehmigung zur Auflage ertheilte. Es dürfen im Ganzen für jeden Band und alle Auflagen 300 Recensionsexemplare honorarfrei ge-

[9] Gesonderte Abschrift Mays (incl. einer Zeichnung der „Marke"): „An / !!! Ihn !!! / in der Dresdener / Lössnitz. / frei." Von unbekannter Hand ergänzt: „ist Marie Hannes gewesen." Die May-Verehrerin Marie Hannes (1881–1953) berichtet in ihrer erst 1997 veröffentlichten Schrift *Allerlei von Karl May* (1902), dass sie 1896 von der Insel Borkum aus einen Brief nur mit der Angabe „An ‚Ihn', Radebeul" adressierte. Vgl. *Leben im Schatten des Lichts. Marie Hannes und Karl May. Eine Dokumentation.* Hrsg. von Hans-Dieter Steinmetz und Dieter Sudhoff. Bamberg, Radebeul 1997, S. 81. Die örtlichen und zeitlichen Widersprüche lassen es allerdings zweifelhaft erscheinen, dass der hier genannte Brief tatsächlich von Marie Hannes stammte.

[10] Der große Erfolg der „Gesammelten Reiseromane" ermöglichte es May, bei seinem Verleger eine wesentliche Verbesserung des Vertrags vom 17.11.1891 zu seinen Gunsten durchzusetzen. Nur zwei Tage nach diesem Vertragsnachtrag und genau vier Jahre nach dem Ursprungsvertrag, am 17.11.1895, schloss May mit der Baumeisterfirma Gebr. Ziller einen Kaufvertrag (37.300 Mark) über ein 1893-94 bebautes Villengrundstück in Radebeul, Parzelle 570 (Kirchstraße 5), ab. Ende 1895 zog May mit Emma in sein neues Domizil ein, das er Villa „Shatterhand" nennt.

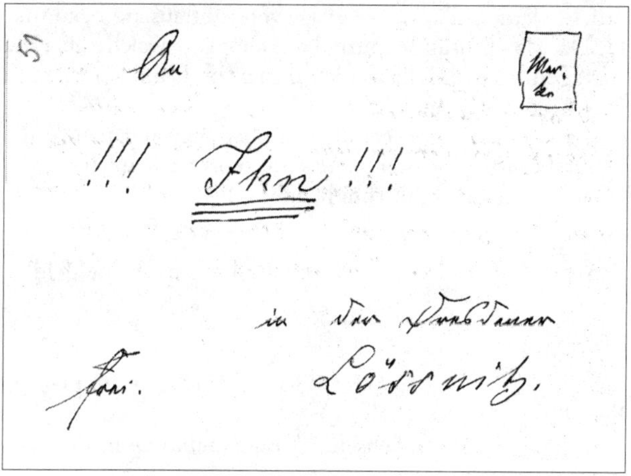

51

An

Mar-
ken

!!! Ihn !!!

in der Dresdener

Frei. Lößnitz.

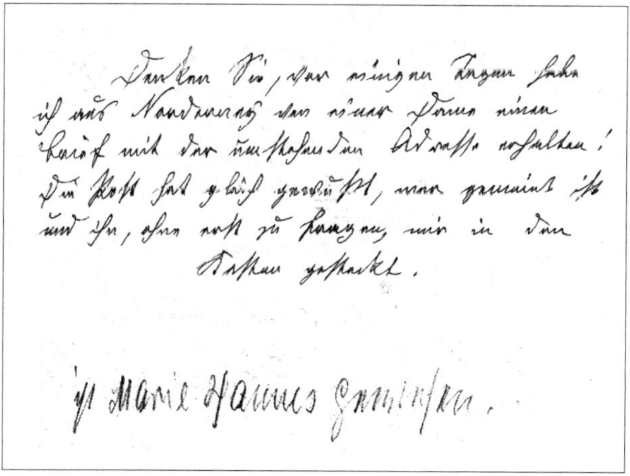

Denken Sie, vor einigen Tagen habe ich auf Wanderung von einer Dame einen Brief mit der umstehenden Adresse erhalten! Die Post hat gleich gewusst, wer gemeint ist und ihn, ohne erst zu fragen, mir in den Kasten gesteckt.

ist Marie Hannes gewesen.

druckt werden. Für jede Auflage von fünftausend bekommt H. Dr. May fünfundzwanzig Freiexemplare, welche über die Auflageziffer gedruckt werden dürfen und ihm sofort nach Fertigstellung zugesendet werden.

Die von den schon gedruckten oder angefangenen Auflagen restirenden Freiexemplare sind sofort nachzuliefern.

Dieser Nachtrag gilt vom heutigen Tage an.

Oberlössnitz, den 15ten Novbr. 1895

Dr. Karl May.
Fr. Ernst Fehsenfeld[11]

EVA UND DORA FEHSENFELD AN MAY • 20. Dezember 1895

Karte (Atelierfoto, Fehsenfeld mit Eva und Dora auf Fahrrädern; Leseralbum), hs.

Ihrem lieben Onkel May

20 XII 95 Eva & Dora

[11] Eigenhändige Unterschrift

C. CLARE
FREIBURG i/BADEN.

1896

Januar
Karl May's gesammelte Reiseromane. Band XVI: *Im Lande des Mahdi. I. Band. Reiseerlebnisse.* Erstausgabe. 1.-5. Tausend.

April
Karl May's gesammelte Reiseromane. Band XVII: *Im Lande des Mahdi. II. Band. Reiseerlebnisse.* Erstausgabe. 1.-5. Tausend.

August
Karl May's gesammelte Reiseerzählungen. Band XVIII: *Im Lande des Mahdi. III. Band. Reiseerlebnisse.* Erstausgabe. 1.-5. Tausend.

Dezember
Karl May's gesammelte Reiseerzählungen. Band XX: *Satan und Ischariot. I. Band. Reiseerlebnisse.* Erstausgabe. 1.-10. Tausend (10.300 Exemplare).

* * *

Karl May's gesammelte Reiseerzählungen. Band I: *Durch die Wüste. Reiseerlebnisse.* Fünfte Auflage. 21.-25. Tausend (4800 Exemplare).

Karl May's gesammelte Reiseerzählungen. Band II: *Durchs wilde Kurdistan. Reiseerlebnisse.* Fünfte Auflage. 19. und 20. Tausend.

Carl May's gesammelte Reiseromane. Band III: *Von Bagdad nach Stambul. Reiseerlebnisse.* Mit einem Porträt des Verfassers. Vierte Auflage. 14. und 15. Tausend (2050 Exemplare).

Carl May's gesammelte Reiseerzählungen. Band III: *Von Bagdad nach Stambul. Reiseerlebnisse.* Mit einem Porträt des Verfassers. Fünfte Auflage. 16.-20. Tausend (5350 Exemplare).

Karl May's gesammelte Reiseerzählungen. Band IV: *In den Schluchten des Balkan. Reiseerlebnisse.* Dritte Auflage. 16.-20. Tausend (5300 Exemplare).

Carl May's gesammelte Reiseerzählungen. Band V: *Durch das Land der Skipetaren. Reiseerlebnisse.* Dritte Auflage. 16.-20. Tausend.

Karl May's gesammelte Reiseerzählungen. Band VI: *Der Schut. Reiseerlebnisse.* Dritte Auflage. 16.-20. Tausend.

Karl May's gesammelte Reiseerzählungen. Band VII: *Winnetou, der Rote Gentleman. 1. Band.* Dritte Auflage. 16.-20. Tausend (5350 Exemplare).

Carl May's gesammelte Reiseromane. Band X: *Orangen und Datteln. Reisefrüchte aus dem Oriente.* Zweite Auflage. 11.-13. Tausend (3300 Exemplare).

Carl May's gesammelte Reiseromane. Band X: *Orangen und Datteln. Reisefrüchte aus dem Oriente.* Dritte Auflage. 14. und 15. Tausend.

Karl May's gesammelte Reiseerzählungen. Band XI: *Am Stillen Ocean. Reiseerlebnisse.* Zweite Auflage. 11.-15. Tausend (5300 Exemplare).

Karl May's gesammelte Reiseerzählungen. Band XII: *Am Rio de la Plata. Reiseerlebnisse.* Zweite Auflage. 11.-15. Tausend (5300 Exemplare).

Karl May's gesammelte Reiseerzählungen. Band XIII: *In den Cordilleren. Reiseerlebnisse.* Zweite Auflage. 11.-15. Tausend (5300 Exemplare).

Karl May's gesammelte Reiseerzählungen. Band XIV: *Old Surehand. 1. Band. Reiseerlebnisse.* Zweite Auflage. 11.-15. Tausend (5300 Exemplare).

Karl May's gesammelte Reiseerzählungen. Band XV: *Old Surehand. 2. Band. Reiseerlebnisse.* Zweite Auflage. 11.-15. Tausend (5350 Exemplare).

Karl May's gesammelte Reiseromane. Band XVI: *Im Lande des Mahdi. I. Band. Reiseerlebnisse.* Zweite Auflage. 6.-10. Tausend (5300 Exemplare).

Karl May's gesammelte Reiseerzählungen. Band XVI: *Im Lande des Mahdi. I. Band. Reiseerlebnisse.* Dritte Auflage. 11.-15. Tausend.

Karl May's gesammelte Reiseromane. Band XVII: *Im Lande des Mahdi. II. Band. Reiseerlebnisse.* Zweite Auflage. 6.-10. Tausend (5300 Exemplare).

Karl May's gesammelte Reiseerzählungen. Band XVIII: *Im Lande des Mahdi. III. Band. Reiseerlebnisse.* Zweite Auflage. 6.-10. Tausend (5300 Exemplare).

H[enry] Rider Haggard (Übs. E[mil] A[lbert] Witte): *Das unerforschte Land* (Die Welt der Fahrten und Abenteuer. Band I). 1.-5. Tausend.

Robert Louis Stevenson (Übs. E[mil] A[lbert] Witte): *Die Schatzinsel* (Die Welt der Fahrten und Abenteuer. Band II). 1.-5. Tausend.

FEHSENFELD AN MAY • 4. Januar 1896
Brief, ms. Kopie

[Freiburg i. Br.] 4. I. 96

Lieber Herr Dr.

Am 15ten Januar wird Mahdi I fertig und dann sogleich Ihre Frei Ex. von Schwabe an Sie gesandt werden.[1] Am gleichen Tage sende ich von hier für den 2ten Band 3500 Mk ab, und bitte bei Uebersendung der Quittung auch die für die 3000 Mk von Herbig, sowie über die 3500 Mk für Band I Mahdi (500 M. erhielten sie im Aug., 3000 im Nov.).

Nachträglich noch unsre allerbesten Glückwünsche zum neuen Jahre. Ich war leider von Weihnachten bis gestern unwohl, doch ist es jetzt wieder besser.

Die herzl. Grüße von uns Allen
Ihr treuergebener
Fehsenfeld.

Was macht Surehand III?

FEHSENFELD AN MAY • 5. Februar 1896
Brief, ms. Kopie

[Freiburg i. Br.] 5 II 96.

Lieber Herr Dr.

Gleichzeitig empfangen Sie 2000 Mk für die 3te Aufl. von Surehand I, dessen Vorräthe zu Ende gehen. Bitte um telegr. oder briefl. Antwort, auch darüber, ob ich von Band XI[2] die

[1] Tatsächlich erschien *Im Lande des Mahdi I* am 15.1.1896 als Bd. XVI der „Gesammelten Reiseromane". Der zweite Band folgte im April 1896 als Bd. XVII.

[2] *Am Stillen Ocean*

Deckelbild von 1896

3te Aufl. jetzt schon drucken darf und das Honorar Ihnen erst am 15 April schicken. Soeben erfahre ich von Herrn Krais, daß Mahdi II 48 Bogen giebt. Was machen wir da? Das ist doch arg viel für den billigen Preis von 3 Mk. Und theurer können wir ihn nicht verkaufen. Könnten Sie nicht noch z. B. die südafrik. Geschichte[3] noch als Erzählung einflechten, daß es dann 3 Bände Mahdi gäbe?[4] Wenn das zus. etwas über 60 Bogen gäbe, so könnten wir 3 Bände aus Mahdi machen und Sie hätten doppeltes Honorar für den 2ten Band.

Bitte, geben Sie mir doch gleich mögl. telegr. Antwort, da ich sonst gar nicht weiß, was anfangen.

Bis wann wird Surehand III fertig?

Ihrer baldgefl. Antwort sehe ich, mit besten Grüßen an Frau Emma von uns allen, entgegen.

Ihr ergebener Freund
Fr. Ernst Fehsenfeld.

MAY AN FEHSENFELD • 12. Februar 1896
Brief, hs.

Oberlössnitz-Dresden, d. 12/2 96.[5]

Lieber Herr Fehsenfeld.

Eine längere Reise nach Ungarn, wo meine Werke jetzt ungarisch erscheinen sollen, ein Umzug mit Neueinrichtung,

[3] Die Erzählung *Der Boer van het Roer* erschien erst 1897 in dem Band *Auf fremden Pfaden.*

[4] May entschloss sich zur Erweiterung des *Mahdi*-Romans und verfasste für den Schlussband von April bis Juni zwei neue, umfangreiche Kapitel: *Thut wohl Denen, die Euch hassen!* und *Die letzte Sklavenjagd.*

[5] Fehsenfeld hat den Brief an Felix Krais weitergeleitet und mit der Notiz versehen: „Retour erbeten“. Als Absenderadresse gab May auch nach seinem Umzug zunächst noch „Oberlössnitz“ an.

dem unvermeidlichen Troubel, Unordnung etc. etc. haben mich nicht zur Feder kommen lassen.[6]

Was Bd. III Mahdi betrifft, haben mich die von Ihnen angegebenen Schwierigkeiten nachträglich bestimmt, ihn zu schreiben, falls Sie mir dafür das Honorar für nachfolgende Auflagen, also 2000 Mrk. gewähren. Sind Sie einverstanden, so telegraphiren Sie mir sofort, damit ich beginnen kann, und geben Sie Herrn Krais, dem ich auch heut schreibe, folgende Weisung:

Er soll mir Correctur von den Bogen 34 bis 37 schleunigst senden (Band II.), damit ich da an passender Stelle schließen kann; der Ueberschuß geht nach Bd. III über.

Es wird eine sehr schwierige Arbeit für mich, doch denke ich, daß ich sie schnell bewältigen werde. Dann folgt Surehand III.

Ihr Vater besucht uns sehr häufig, und wir sprechen sehr viel mit ihm.[7]

Indem ich freundliche Grüße von Haus zu Haus übermittle, bin ich

Ihr
ergebener
Dr. Karl May.

[6] Am 14.1.1896 hatte May sich polizeilich in der Kirchstraße 5 in Radebeul angemeldet. Eine Reise nach Ungarn ist auszuschließen, doch war am 17.1.1896 der ungarische Pfarrer und Übersetzer Lajos Szekrényi (1858–1915) einer der ersten Gäste in der Villa „Shatterhand" gewesen. Bei dieser Gelegenheit waren erste Vereinbarungen über eine ungarische May-Übersetzung getroffen worden, zu der es jedoch erst 1898 kam.

[7] Johannes Fehsenfeld war bereits 1883 gestorben; gemeint ist in spiritistischem Sinn sein Geist.

MAY AN FEHSENFELD • 8. März 1896
Brief, hs.

Oberlössnitz-Dresden, d. 8./3. 96.

Lieber Herr Fehsenfeld.

Gestatten Sie mir, Evchen und Dorchen als Gegengabe für das hübsche Weihnachtsbild[8] heut meine Photographie zu senden. Ganz dasselbe Bild wird der Litteraturkalender und auch Professor Szekrényi in seiner ungarischen Uebersetzung bringen.[9] Im „Hausschatz" wird nächstens „Old Shatterhand" zu sehen sein.[10]

Beziehentlich „Mahdi" III warte ich auf Correctur der ersten Bogen, um mit der Lieferung des Manuscriptes zu beginnen. Ich höre, daß „Mahdi" ausgezeichnet geht; freut mich sehr. Wird auch in Dresden viel gekauft.

Mit Bd 12 u. 13[11] in III^{ter} Auflage, 2000 Mrk. am 15ten Juli und 2000 Mrk am 15ten Sept. bin ich einverstanden und werde, falls Schwierigkeiten dabei eintreten sollten, Rücksicht nehmen. Nur bitte ich, mich mit den vorhergehenden Zahlungen nicht warten zu lassen (15/3 u. 15/4 je 2000 Mrk, 1/5 10,000 Mrk. Mahdi III und Surehand III je 4000 Mrk.) nicht warten zu lassen [sic]. Ich habe mich nämlich hier angekauft und Zahlungen zu leisten, betreffs deren ich auf den

[8] Gemeint ist das Atelierfoto vom 20.12.1895.

[9] Mit dem „Litteraturkalender" ist vermutlich der von Joseph Kürschner herausgegebene *Deutsche Literaturkalender* gemeint, in dem May seit 1883 vertreten war; allerdings enthielt der Kalender keine Autorenfotos. Auch den Übersetzungen Szekrényis wurde kein Porträtfoto Mays beigegeben.

[10] Im September und Oktober 1896 erschien im *Deutschen Hausschatz* die zweiteilige autobiographische Skizze *Freuden und Leiden eines Vielgelesenen*, illustriert mit Kostümfotos von May als Old Shatterhand und Kara Ben Nemsi, die der aus Linz in Oberösterreich stammende Rechnungspraktikant und Amateur-Fotograf Alois Schießer (1866–1945) in Mays Auftrag im April 1896 angefertigt hatte.

[11] *Am Rio de la Plata* und *In den Cordilleren*

Friedrich E.

senfeld (um 1896)

pünktlichen Eingang dieser Posten rechnen muß, falls ich nicht riesig blamirt sein soll.

Lieb wäre es mir, wenn ich aus Ihrem Cassenbuche einen Auszug aller Zahlungen, die mir von Ihnen bisher geworden sind, erhalten könnte, Datum, Band und Auflage dabei angegeben, auch durch ein Zeichen dabei gesagt, welche Posten ich noch nicht quittirt habe.

Indem ich die besten Grüße von Haus zu Haus mitsende, bin ich

Ihr
sehr ergebener
May.

FEHSENFELD AN MAY • 3. April 1896
Brief, ms. Kopie

[Freiburg i. Br.] 3 IV 96

Lieber Herr Dr.

Soeben schreibt mir Krais, daß von Band III[12] die Vorräthe der 3 Aufl. zu Ende gehen. Ich möchte also demnächst die 4te Aufl drucken und Ihnen den Betrag am 15 Juni zahlen.

Sind Sie damit einverstanden?

Sie erhalten also jeweils 2000 Mk am 15/4, am 15/6, 15/7, 15/9.

Ihrer baldgefl. Antwort harrt
mit herzl Gruße
Ihr ergebener
Fehsenfeld.

[12] *Von Bagdad nach Stambul*

KARL MAY • 1896
Briefpapieraufdruck[13]

Ergebenste Bitte.

Bei meinen oft sehr lange währenden Reisen, welche mich von der Heimath fern halten, ist es mir unmöglich, die zwar in sehr erfreulicher aber oft auch überwältigender Zahl einlaufenden Sendungen *sofort* zu erledigen. Ich muss daher um gütige Nachsicht bitten, wenn einmal die Antwort nicht sogleich erfolgt.

Und bei den innigen Geistes- und auch seelischen Beziehungen, in welche sich meine freundlichen Leserinnen und Leser zu mir gestellt haben, würde es mir sehr lieb sein, wenn ich recht oft durch Beilegung der Photographie für mein Leser-Album erfreut würde.

Radebeul-Dresden,
Villa „Shatterhand".

Dr. Karl May.

MAY AN FEHSENFELD • 9. April 1896
Brief, hs.

Leipzig, d. 9./4. 96.

Lieber Herr Fehsenfeld.

Wie Sie sehen, bin ich heut in Leipzig. Sie machen mir eine Menge Vorwürfe, an denen ich keine Schuld trage. Dringende Geschäfte führten mich erst nach Berlin und dann nach hier; daran bin ich nicht allein schuld.[14] Sodann schüttelt

[13] In seiner Korrespondenz mit Fehsenfeld benutzte May dieses Briefpapier, auf das im Folgenden nicht mehr hingewiesen wird, erstmals am 9.4.1896.

[14] Über Mays Aufenthalte in Berlin und Leipzig ist nichts Näheres bekannt.

Ergebenste Bitte.

Bei meinen oft sehr lange währenden Reisen, welche mich von der Heimath fern halten, ist es mir unmöglich, die zwar in sehr erfreulicher aber oft auch überwältigender Zahl einlaufenden Sendungen **sofort** zu erledigen. Ich muss daher um gütige Nachsicht bitten, wenn einmal die Antwort nicht sogleich erfolgt.

Und bei den innigen Geistes- und auch seelischen Beziehungen, in welche sich meine freundlichen Leserinnen und Leser zu mir gestellt haben, würde es mir sehr lieb sein, wenn ich recht oft durch Beilegung der Photographie für mein Leser-Album erfreut würde.

Radebeul-Dresden,
Villa „Shatterhand".

Dr. Karl May.

man sich die Bände nicht so aus den Aermeln, wie die Herren Verleger denken. Zwischen meiner Reise nach Berlin und nach hier gab es wieder fünf Tage, in denen ich einen Photographen aus Linz bei mir hatte, welcher 9 Dutzend Platten von mir und meiner Wohnung bebildet hat, weil der „Hausschatz" entweder eine ganze „Maynummer" oder den illustrirten „Besuch bei unserm May" in drei Nummern bringen will.[15]

Sie sehen, daß ich auch ohne mein Verschulden abgehalten werden kann.[16] Doch werde ich von nächsten Montag[17] an unausgesetzt an Bd. III „Mahdi" arbeiten und mich durch nichts stören lassen. Selbst wenn ein naher Verwandter kommen sollte, wird er abgewiesen. Mehr kann ich nicht sagen. Ich bin überzeugt, daß „Mahdi" III bis 6–10 Mai in Ihren Händen sein wird, und dann geht es gleich an „Old Surehand III." Um mich zur Arbeit zu zwingen, habe ich sogar einen Stenographen engagirt, dem ich jährlich 2000 Mrk. zahle.[18] Also wird es nun wohl „fluschen".

„Mahdi" III konnte schon vor Wochen erscheinen, weil ich drei Bände festgestellt hatte. Wenn Sie den Betrag dieses Bandes zur Zahlung der 10,000 Mrk. am 1. Mai (auf die ich sicher rechnen muß) brauchen, so bin ich also nicht schuld, wenn er ausbleibt. Heut hörte ich, daß Sie wahrscheinlich erst nach dem 1. Mai nach hier kommen werden; ich bitte aber dringend die Zahlung für 1. Mai festzuhalten.

Mit Zahlung für Bd. III bin ich einverstanden; nur ersuche ich ganz ergebenst, mir nicht nur anzugeben, was Sie

[15] Gemeint ist die spätere Skizze *Freuden und Leiden eines Vielgelesenen.* Alois Schießer hatte insgesamt 101 Aufnahmen angefertigt, darunter auch Zivilporträts und Privatszenen.

[16] Doppelter Randstrich, vermutlich von Fehsenfeld

[17] Gemeint ist der 13.4.1896.

[18] Gemeint ist Alois Schießer, der auf Mays Einladung hin etwa ein Jahr lang in dessen Nähe wohnte und in dieser Zeit u. a. als Stenograph im sächsischen Landtag tätig war.

drucken lassen wollen sondern auch wieviel.[19] Ich möchte Sie doch nicht gern dadurch beleidigen, daß ich einen Notar an die Maschinen des Herrn Krais stelle.

Alle Welt klagt darüber, daß Sie in der Bandirung keinen Raum zwischen „Surehand" II und „Mahdi" I gelassen haben; ich kann nicht dafür.

Sollten Sie zur Buchhändlermesse nach Leipzig kommen, so denke ich, Sie auch in meiner „Shatterhand" sehen zu dürfen.[20]

Mit herzlichstem Gruße
Ihr
May.

MAY AN FEHSENFELD • 30. April 1896
Brief, hs.

Radebeul, d. 30./4. 96.

Lieber Herr Fehsenfeld!

Hier das Bild, welches wohl noch in „Mahdi" Bd. III Platz finden kann, wohin es außerordentlich gut paßt.[21] Der Zeichner müßte den Haïk rechts herunter (vom Beschauer aus) etwas schärfer nehmen.

Ihr
mit bestem Gruß
ergebener
May.

[19] Von May vierfach unterstrichen, zwei Ausrufezeichen von Fehsenfeld am Rand.

[20] Die Leipziger Buchhändlermesse fand 1896 vom 26.4. bis 3.5. statt. Zu einem Besuch in Radebeul kam es nicht.

[21] Für eine Verwendung dieses Schießer-Fotos, das May als Kara Ben Nemsi zeigte, im Band *Im Lande des Mahdi III* war es bereits zu spät. Stattdessen wurde dann ein „Porträt Old Shatterhands" als Frontispiz zu *Old Surehand III* veröffentlicht.

MAY AN FEHSENFELD • 4. Juni 1896
Brief, hs.

Radebeul, den 4./6. 96.

Lieber Freund.

Nachdem ich von Ihrer Frau Gemahlin Ihre Londoner Adresse erfahren hatte, schrieb ich an Sie, Hôtel Victoria, Northumberland-Avenue (es liegt doch dort?). Die Sache war für mich eilig. Da ich aber keine Antwort bekommen habe, wiederhole ich jetzt, wo Sie vielleicht zu Hause sein werden, nach Freiburg diesen Brief.[22]

Meine Leser drängen nach Photographien; ich ließ mir darum einen Verehrer (natürlich Photograph) kommen, der 101 Aufnahmen von mir gemacht hat. Er will die Sache in eigenen Verlag nehmen, und zwar so daß er mir für jede verkaufte (durch den Buchhandel) 50 Pf und für jede direct von ihm bezogene 75 Pf zusichert, bei einem Preise von 1 Mark.[23] Wenn die wohlhabenderen Leser befriedigt sind (auch mit Albums zu 6–12 Bildern), sollen billigere Druckausgaben hergestellt werden. Es versteht sich ganz von selbst, daß ich, ehe ich zusage, erst Sie, meinen Verleger darüber höre. Was sagen Sie dazu? Aber bitte, bald Antwort! Der Mann drängt; er will sogar herkommen, um den Vertrag abzuschließen.[24]

Es ist derselbe, welcher die Photographie angefertigt hat,

[22] Vermutlich war Fehsenfeld nach London gereist, um seine neue Reihe „Die Welt der Fahrten und Abenteuer“ vorzubereiten. Auch Gespräche über eine englische Übersetzung der May-Romane sind denkbar.

[23] Die Kostümfotos wurden nicht von Alois Schießer in Verlag genommen, sondern von dem in Linz-Urfahr ansässigen, mit diesem bekannten Fotografen und Atelierinhaber Adolf Nunwarz (1868–1931, Firma Franz Nunwarz).

[24] An Alois Schießer schrieb May am selben Tag: „Übrigens geht heut’ ein Brief an [Nunwarz] ab, in welchem ich ihn bitte, mich in geschäftlicher Beziehung hier zu besuchen, doch vor dem 15ten nicht, aber gewiß zwischen dem 15ten und dem 20ten. Sie können die Reise dann zusammen machen und mich noch einmal photographisch belinsen.“

nach der Sie mein Bild anfertigen ließen. Die Photographie war gut; auf dem Bilde aber ist mein Gesicht ganz verdorben. Herr Krais sagt das auch. Ich schrieb das dem Photographen, und da schickte er mir den beifolgenden geharnischten Brief, der so kräftige Ausdrücke bringt, daß ich die Firma abgeschnitten habe, sonst könnten Sie oder Ihr Künstler den Herrn vor die Pistole verlangen.[25] So, wie das Bild ist, können wir es unmöglich bringen! Bitte auch da um Ihren Bescheid!

Bei dieser Gelegenheit lege ich die fehlenden Quittungen bei und gestatte mir die leise Anfrage, ob es vielleicht erlaubt ist, eine ganz, ganz leise Andeutung in Betreff der Zinsen zu machen.

Wenn es zu einem Bilde in Mahdi Bd. III zu spät ist, können wir vielleicht Old Shatterhand in „Surehand" III bringen. Meinen Sie nicht?

Mit freundlichen Grüßen von Haus zu Haus
Ihr
ergebener
May.

B. Mahdi III wird in 10 Tagen fertig.[26]

MAY AN FEHSENFELD • 17. August 1896
Brief, hs.

Radebeul-Dresden, d. 17./8. 96.

Lieber Herr Fehsenfeld!

Herr Krais schreibt mir, daß er die Bände 7, 15, 16 und 17[27] gern drucken möchte, aber nicht damit beginnen könne, weil

[25] Dieser Brief ist nicht überliefert.

[26] Mays Brief wurde von Paula Fehsenfeld an ihren Mann weitergeleitet: „Bitte beantworte doch den Brief von Bonn aus, damit die arme Seele Ruhe hat. Mit herzl. Gruss Paula".

[27] Das sind die Bände *Winnetou I*, *Old Surehand II*, *Im Lande des Mahdi I* und *Im Lande des Mahdi II*.

meine Erlaubniß dazu fehle. Ihre darauf bezügliche Anfrage vom 15ten Juli[28] wurde nicht beantwortet, weil mir fast gleich mit diesem Datum eine Angelegenheit zu Gesicht kam, über welche ich erst Klarheit haben mußte. Es schrieb mir nämlich ein Buchhändler, Sie hätten die May-Serie abgeschlossen und beabsichtigten nun, eine Serie von Bänden unter dem Titel „Die Welt der Fahrten & Abenteuer" herauszugeben und zwar ganz genau im Formate und Gewand von meinen Bänden.[29]

Ich war natürlich starr! Meine Bände in Form einer „Serie" abzuschließen, ohne mich zu fragen, das hielt ich für unmöglich, zumal ich auf meine Frage, ob Ihnen drei Bände Marah Durimeh und 2 Weihnachtsbände lieb seien, von Ihnen die Antwort erhielt „Ei natürlich und wie!"[30] Ich glaubte es ein-

[28] Dieser Brief Fehsenfelds ist nicht überliefert.

[29] Am 24.7.1896 hatte Fehsenfeld im *Börsenblatt* (mit Datum vom 20.7.) eine ähnlich wie die Reiseerzählungen ausgestattete Reihe „Die Welt der Fahrten und Abenteuer" angekündigt. Auf Mays Drängen hin gab er ihr schließlich eine andere Ausstattung (brauner Untergrund mit schwarzer Vignettenzeichnung und Titel in Silberdruck) und verwendete das ursprünglich für den ersten Band, Henry Rider Haggards (1856–1925) *Das unerforschte Land* (*Allan Quatermain*, Übersetzung Emil Albert Witte), gedachte Deckelbild von Adolf Wald 1897 für Mays *Auf fremden Pfaden.* Bis 1912 gab Fehsenfeld in der Reihe „Die Welt der Fahrten und Abenteuer", in der vor allem englische und amerikanische Autoren erschienen, acht Romane in neun Bänden heraus: I. *Das unerforschte Land* von Henry Rider Haggard (1896), II. *Die Schatzinsel* von Robert Louis Stevenson (1897, recte 1896), III./IV. *Die Erbin von Nevers* (2 Bde.) von Paul Féval (1897), V. *Der Zauberer im Sululande* von Henry Rider Haggard (1898, recte 1897), VI. *Im Dschungel* von Rudyard Kipling (1898, ab 1912 unter dem Titel *Das Dschungelbuch*), VII. *Der Hexenmeister* von Stanley John Weyman (1900), VIII. *Der Spion am Yalu* von Herbert Strang (Pseud. für George Herbert Ely und Charles James L'Estrange) (1910), IX. *Wolfsblut* von Jack London (1912, recte 1911).

[30] Eine (zunächst zweibändige) Reiseerzählung *Marah Durimeh* hatte May bereits am 22.6.1895 in einem Brief an den Leser Jacques Martini angekündigt. Obwohl May auch in den folgenden Jahren an diesem Projekt festhielt, wurde der Roman nie realisiert. An welche „Weihnachtsbände" May dachte, ist unklar.

fach nicht, zumal ich es Ihnen ganz und gar nicht zutraute, die neuen Autoren sogar ganz genau in dem Gewande auszuführen, welches ich bisher getragen habe und also für nur mir gehörend betrachten darf.

Da aber kamen im Verlaufe des letzten Monates zahlreiche Briefe und Karten von Lesern und Buchhändlern mit theils verwunderten, theils entrüsteten Anfragen. Ich erhielt z. B. 21 Exemplare Ihrer Bekanntmachung vom 20ten April, auf deren letzter Seite „die Welt der Fahrten & Abenteuer“ und Karl Mays Werke zwar dos à dos[31] aber doch in vollständig gleich ausgestatteten Chambres neben einander wohnen.[32] Ferner bekam ich mehrere Exemplare des Börsenblattes vom 24/7. wo ich die Ehre habe, auf Seite 4460 meinen Nachfolger[33] kennen zu lernen, der meinen Anzug tragen soll. Eine Dame (Leserin), ebenso ungläubig wie ich, schrieb sogar direct an Sie und schickte mir dann Ihre Karte. Nun war freilich nicht mehr daran zu zweifeln, daß Sie mit May Serienschluß gemacht haben, ohne auch nur daran zu denken, sich bei mir zu erkundigen, ob ich überhaupt an Serien denke.

Die Leser, welche mir schrieben, sind besonders entrüstet darüber, daß dem neuen Autor das Gewand „ihres May“ angezogen werden soll; ich gebe ihnen sehr Recht! Die Buchhändler glauben nicht, ein Geschäft machen zu können. Erstens getrauen sie sich wegen des gleichen Gewandes (also eine Täuschung!) nicht, den neuen Autor anzubieten, und zweitens stoßen sie sich daran, daß dem Käufer für dasselbe Geld viel weniger geboten wird (25 Bogen anstatt 40!), nur ein Wenig über die Hälfte. Endlich nun bestürmen mich verschiedene Verleger, da Sie die Serie abgeschlossen haben, ihnen die neue zu übergeben. Einer von ihnen, der sich nicht an mich getraut, läßt mir durch einen seiner Bekannten schreiben, der ein Freund von mir ist. Um Ihnen zu zeigen,

[31] Frz. Rücken an Rücken

[32] Die „Bekanntmachung“ vom 20.4.1896 konnte bisher nicht ermittelt werden.

[33] Henry Rider Haggard

wieviel man mir bietet, lege ich Ihnen den betreffenden Ausschnitt bei.

Nun will ich aufrichtig und als Freund zu Ihnen sprechen: Es kann mir natürlich nicht im Traume einfallen, in die Frage, was und wen Sie verlegen sollen, hineinzusprechen. Ich wünsche sogar, daß Sie recht viel verlegen und recht gute Geschäfte machen. Es sollte mich herzlich freuen, wenn Ihnen die Autoren von „Welt der F. & A.", besonders Henry Haggard, viel goldenen Gewinn brächten, den ich Ihnen und Ihrer lieben Familie ehrlich gönne, aber ich bitte Sie, dabei nicht so zu handeln, als ob ich mich nicht mehr unter den Lebenden befände und meine Erben und Rechtsnachfolger auch bereits alle gestorben seien.

Ob ein Serienabschluß stattfinden und der nächste Band erst 1898 erscheinen soll, darüber habe doch auch ich mitzubestimmen. Oder bin ich Ihnen vollständig Luft geworden? Erinnern Sie sich des Gespräches in meiner frühern Wohnung, im Verlaufe dessen ich nur andeutete, daß meine späteren Bände bei einem andern Verleger erscheinen könnten. Sie fuhren zornig auf: „Ja, nachdem ich weder Mühe noch Kosten gescheut habe, May bekannt zu machen, soll ein Anderer die Früchte ernten!"[34] Lieber Herr Fehsenfeld, May war schon längst bekannt, und jeder Verleger hätte mit ihm Geschäfte gemacht; aber mein Verleger war, als ich ihm meine Werke gab, noch unbekannt. Sie haben ja selbst in den „Blättern für christliche Erziehung" gelesen: „Wir beglückwünschen die Verlagshandlung zu diesem Unternehmen."[35] Und während die Schlesische Schulzeitung mich schon damals den

[34] Fehsenfelds letzter Besuch in Oberlößnitz war vermutlich im Herbst 1894 erfolgt; nach der Erinnerung Paula Fehsenfelds (1942) soll die „wechselnde Stimmung des Hausherrn" damals nicht zum „Wohlbehagen" beigetragen haben.

[35] Das Zitat findet sich auch in einem Verlagsprospekt Fehsenfelds (ca. 1895): „Wir beglückwünschen die Verlagshandlung zu diesem Unternehmen und sind überzeugt, daß May's herrliche Erzählungen künftig in *jedem christlichen Hause* zu finden sein werden".

„berühmten Schriftsteller Karl May“ nannte, schrieb ein anderes, Ihnen auch bekanntes Blatt: „Einen glücklichen Griff hat ein bisher unbekannter, süddeutscher Verleger gethan, indem er etc. etc.“[36] Doch, das nur nebenbei. Ich weiß, daß Sie ein tüchtiger Verleger sind und ein anderer die Sache vielleicht nicht so eifrig in die Hand genommen hätte; ich will nur auf das erwähnte Gespräch zurückkommen und wiederholen, daß Sie bei meiner blosen Andeutung schon zornig wurden. Wie soll denn ich jetzt werden, und was soll denn ich jetzt thun, wo es sich nicht um eine Andeutung sondern um die vollzogene Thatsache handelt, daß ein anderer Autor mein Kleid anziehen, also mit meinen Federn geschmückt werden soll? Und da spreche ich nur von dem Äußeren, nicht vom Inhalte; vielleicht steht Henry Haggard weit über May! Wie ich über den Serienabschluß und das Erscheinen fernerer Bände mitzusprechen habe, so steht nach meinem Ermessen und auch nach Ansicht der beiden Rechtsanwälte, die ich in dieser Angelegenheit gesprochen habe, auch mein Recht in Beziehung auf die Ausstattung fest, zumal unser Contract hier in Sachsen abgeschlossen und unterzeichnet wurde und darum die Bestimmungen des „bürgerlichen Gesetzbuches für das Königreich Sachsen“ Geltung haben, welche klar und deutlich sagen, daß die Ausstattung einer Bandreihe eines Autors nicht ohne seine Erlaubniß für die Werke eines andern benutzt werden dürfe, auch nicht eine ähnliche Ausstattung, welche auf die Gleichwerthigkeit des Inhaltes schließen lassen könne. Ich muß also sehr energisch Einspruch erheben gegen die Ausstattung irgend eines bei Ihnen oder einem andern Verleger erscheinenden Buches, falls dieselbe derjenigen eines meiner Werke gleicht oder auch nur so ähnlich ist, daß meine Leser zum Glauben nicht nur an

[36] Auch diese beiden Zitate sind in dem genannten Verlagsprospekt wiedergegeben; allerdings lautet das zweite, aus dem *Litterarischen Jahresbericht* stammende Zitat dort begreiflicherweise etwas anders: „Einen glücklichen Griff that F. E. Fehsenfeld in Freiburg, indem er eine Sammelausgabe von *Karl May's Reiseromanen* veranstaltete.“

eine innere, sondern auch an eine sich auf die Menge des Gebotenen (Bogenzahl) beziehende Gleichwerthigkeit geführt werden können. Mit andern Worten, ich halte es für meine Pflicht als ehrlicher Mann, durch diesen Einspruch meine Leser, die mich lieb haben und mit ganzem Herzen an mir hangen, davor zu bewahren, daß sie einer Manipulation oder Täuschung zum Opfer fallen, deren Zweck nur sein kann, die Erfolge meiner Feder einem Andern zu gute kommen zu lassen, ganz so, wie Sie damals annahmen, daß Ihre Erfolge einem andern Verleger zu gute kommen würden.

Ich befinde mich keineswegs in einer feindlichen Stimmung gegen Sie, denn ich bin von Ihrer Coulanz und Ehrenhaftigkeit vollständig überzeugt, daß Sie die von mir gewünschten Aenderungen sofort eintreten lassen werden, und ersuche Sie höflichst um eine möglichst umgehende Benachrichtigung, worauf Ihnen meine Zustimmung in Beziehung auf die Bände 7, 15, 16 und 17 sogleich zugehen wird.

Des Curiosums wegen theile ich Ihnen mit, daß Herr E. A. Witte noch vor Ihrer Reise nach England sich in einer Angelegenheit an mich wendete, welche es mir nahelegt, ihm zur Mitarbeiterschaft Ihres Verlages zu gratuliren. Ich habe ihm nicht geantwortet.

Um nun von etwas Freundlicherem zu sprechen, sage ich Ihnen für die Pünktlichkeit der Zahlungen meinen besten Dank und bin gern bereit, die Zinsen, welche, da nichts ausgemacht worden ist, nach dem hiesigen Rechte vierteljährlich fällig sind, bis zum Jahrestage unserer Vereinbarung zu stunden, wie ich überhaupt wünsche, daß Mißhelligkeiten zwischen uns nach Möglichkeit vermieden werden möchten.

Da ich nächstes Jahr unbedingt wieder einmal nach Amerika gehen werde, wo meine Frau bei Freunden in Lawrence bleibt[37], während ich über die Felsenberge bis Californien streifen will, war es meine Absicht, Ihnen soviel Stoff, daß er

[37] In Lawrence, Mass. lebte das Ehepaar Ferdinand und Therese Pfefferkorn. Zur einzigen Amerika-Reise Mays (mit seiner zweiten Frau Klara) kam es erst im Herbst 1908.

bis zu meiner Rückkehr ausreicht, zu übermitteln; da kommt der leidige Serienschluß und die ärgerliche Gleichheit oder Aehnlichkeit der Ausstattung! Dann die vielen, vielen Zuschriften von Buchhändlern und <Verle> Lesern, dagegen einzuschreiten! Diese gehässigen, uncollegialischen, weil vom Neide und der Concurrenz dictirten Ausdrücke und Aufforderungen! Ich weiß ja selber am besten, was ich zu thun habe, und brauche keine Rathgebereien von andern Leuten, die dabei doch nur „das Fett für sich selbst abschöpfen" wollen.

Also heraus mit den „Fahrten und Abenteuern"! Ich sage: „Glück auf den Weg, mein Feldherr!"[38] Aber geben Sie Haggards Bänden nicht die Ausstattung meiner Werke sondern eine solche, welche diesem bekannten Verfasser wundersamer und wunderbarer Geschichten angemessener ist! Bei der Tendenz seiner und der humanitär-religiösen Aufgabe meiner Bücher ist selbst eine Aehnlichkeit, die sich nur auf die Ausstattung bezieht vollständig ausgeschlossen. Ich werde sogar neidlos seine illustrirten Erzählungen in die Hand nehmen, obgleich den meinen dieser Vorzug versagt geblieben ist. Die Illustrationen zu meinen Werken brauchen nicht gezeichnet und gedruckt zu werden; sie gehören dem Leben an; es sind die vielen Menschen, welche durch sie zum Glauben, zur Zuversicht und Lebensfreudigkeit geführt worden sind.

Und noch Eins: Lassen Sie doch endlich einmal das Titelwort „Reiseromane" in „Reiseerzählungen" umändern! Tausende stoßen sich an das Wort Roman, und wenn Sie, ohne mich zu fragen, beim ersten Bande die Worte „und Harem" wegfallen ließen, denke ich, daß Sie nun auch diese meine Bitte berücksichtigen können. Es ist auch geschäftlich besser; es werden sich mehr Käufer einstellen, welche Romane partout nicht wollen.[39]

[38] May zitiert hier den heimlichen Wunsch des Ich-Erzählers für den „Jurisconsulto" aus seiner Reiseerzählung *Die Felsenburg*, die er in dieser Zeit für die Buchausgabe *Satan und Ischariot* vorbereitete.

[39] Auf Mays Wunsch hin erschien Ende August 1896 bereits *Im Lande des Mahdi III* nicht mehr als „Reiseroman", sondern als Bd. XVIII der „Gesam-

Nochmals um eine möglichst postwendende Antwort ersuchend, bin ich unter Grüßen von Haus zu Haus
Ihr
ergebener
May.

MAY AN FEHSENFELD • 6. Oktober 1896
Brief, hs.

Radebeul-Dresden, den 6./10. 96.

Lieber Freund.

Indem ich Ihnen für die freundliche Zusendung von Rider Haggard herzlichen Dank sage[40], theile ich Ihnen mit, daß das Anfangs-Manuscript zu „Old Surehand" III morgen zu Herrn Krais abgeht. Das wird der 19te Band, den ich auf das Schnellste vollenden werde.[41]

Hierauf sollte „Marah Durimeh" kommen, 3 Bände, mein Hauptwerk, welches meine ganze Lebens- und Sterbensphilosophie enthalten wird. Ich habe aber eingesehen, daß es ein großer Fehler wäre und schädlich für uns beide, dies schon jetzt zu bringen, denn es würde möglicher Weise die folgenden Bände in Schatten stellen, und ein Autor soll doch nicht zurückgehen sondern sich steigern. Deshalb bitte ich Sie um die gütige Erlaubniß, diese 3 Bände später bringen zu dürfen!

melten Reiseerzählungen". Ebenso wie die Kostümfotos sollte diese Änderung dazu dienen, die geschilderten Abenteuer als authentische Erlebnisse des Ich-Autors auszuweisen.

[40] Fehsenfeld hatte May ein Widmungsexemplar von Haggards Roman *Das unerforschte Land* geschickt: „Ehrfurchtsvoll überreicht vom Verleger".

[41] Im September 1896 hatte May nach zweijähriger Unterbrechung den *Surehand*-Stoff wieder aufgegriffen, um in großer Eile bis Jahresende den dritten Band fertig zu stellen, der dann (erneut verspätet) im Januar 1897 als Bd. XIX der „Gesammelten Reiseerzählungen" erschien.

Dafür werden wir jetzt „Satan und Ischarioth" in Angriff nehmen, 3 Bände, also Band 20–22. Sie glaubten, das könne noch nicht geschehen; aber der Anfang ist schon vor 3 Jahren erschienen, und der Redacteur des „Hausschatz" hat die Herausgabe ganz eigenmächtig so verzögert, daß Pustet mir bei seinem letzten Besuche erklärte, gegen die schon jetzige Buchausgabe weder Etwas haben zu können noch zu wollen, zumal Keiter mir Bd. III so verdorben hat, daß ich ihn umarbeiten muß.[42]

Ich sende Ihnen hiermit Bd. I. Der zweite Band wird in einigen Tagen folgen, und den dritten können Sie, wenn Sie wollen, bis zum 20ten d. M. haben. Ist Ihnen das so recht? Das würde vor Weihnacht mit „Surehand" III vier Bände ergeben, welche alle rechtzeitig auf dem Weihnachtstische erscheinen werden.[43]

In meinem nächsten Briefe werde ich Ihre Vorschläge in Beziehung auf die illustrirte Ausgabe beantworten; muß erst den Brief eines Zeichners finden, der sich im vorigen Jahre (gratis) unter Beilegung einer Probe dazu angetragen hat.

Herzlichsten Dank für die so pünktliche Zusendung der 10,000 Mark, mit denen ich am 1ten Octbr. gleich die Villa

[42] Die Textgrundlage der Trilogie *Satan und Ischariot* bildeten die *Hausschatz*-Erzählungen *Die Felsenburg* (1893-94), *Krüger-Bei* (1894-95) und *Die Jagd auf den Millionendieb* (1895-96). Aus der Erzählung *Krüger-Bei* hatte der May wenig gesonnene Redakteur Heinrich Keiter (1853–1898) eigenmächtig das autobiographische Kapitel *In der Heimath* (444 Manuskriptseiten) gestrichen, was zu erheblichen Verstimmungen führte. Die Erzählung *Die Jagd auf den Millionendieb* hatte May bereits im Sommer 1892 abgeschlossen; durch Keiters Verschulden war die letzte Folge jedoch erst im August 1896 erschienen. Im Juli 1896 war Karl Pustet (1839–1910) im Auftrag seines Bruders Friedrich in Radebeul gewesen, um May wieder zu versöhnen, hatte jedoch nur wenig Erfolg gehabt.

[43] Während der erste Band der Trilogie *Satan und Ischariot* tatsächlich bereits im Dezember 1896 als Bd. XX der „Gesammelten Reiseerzählungen" vorlag, konnten die Bände XXI und XXII erst im März bzw. Juli 1897 erscheinen.

abbezahlt habe! Nehmen Sie die freundlichsten Grüße von Haus zu Haus!

Ihr
stets treu ergebener
May.[44]

Quittung.[45]

Von Herrn Verlagsbuchhändler F. E. Fehsenfeld, Freiburg, Breisgau
am 15ten September a. c.
2000 Mark, sage zweitausend Mark
und am 1ten October a. c.
10,000 Mark, sage zehntausend Mark
erhalten zu haben, bescheinigt dankend

Radebeul, d. 1ten Octbr. 1896. Dr. Karl May.

[44] Antwortnotiz Fehsenfelds: „geschr. daß Honorar XX am 15/10 bezahle und daß Sureh. III (XIX) gleich 15000 drucken will, dann andern Titel erbeten für Jud[as] [*sic*] & Isch[ariot].“ Mit einer Änderung des biblischen Titels „Satan und Ischariot“, der dem freigeistigen Verleger nicht gefiel, zeigte sich May nicht einverstanden.

[45] Auf einem gesonderten Blatt

Deckelbild von 1896

1897

Januar
Karl May's gesammelte Reiseerzählungen. Band XIX: *Old Surehand. 3. Band. Reiseerlebnisse.* Mit einem Porträt Old Shatterhands. Erstausgabe. 1.-15. Tausend (15.300 Exemplare).

März
Karl May's gesammelte Reiseerzählungen. Band XXI: *Satan und Ischariot. II. Band. Reiseerlebnisse.* Erstausgabe. 1.-10. Tausend (10.300 Exemplare).

Juli
Karl May's gesammelte Reiseerzählungen. Band XXII: *Satan und Ischariot. III. Band. Reiseerlebnisse.* Erstausgabe. 1.-10. Tausend (10.300 Exemplare).

August
Karl May's gesammelte Reiseerzählungen. Band XXIII: *Auf fremden Pfaden. Reiseerlebnisse.* Erstausgabe. 1.-10. Tausend (10.300 Exemplare).

Dezember
Karl May's gesammelte Reiseerzählungen. Band XXIV: *„Weihnacht!" Reiseerzählung.* Erstausgabe. 1.-15. Tausend (15.300 Exemplare).

* * *

Karl May's gesammelte Reiseerzählungen. Band I: *Durch die Wüste. Reiseerlebnisse.* Sechste Auflage. 26. 30. Tausend.

Karl May's gesammelte Reiseerzählungen. Band II: *Durchs wilde Kurdistan. Reiseerlebnisse.* Sechste Auflage. 21.-25. Tausend.

Karl May's gesammelte Reiseerzählungen. Band III: *Von Bagdad nach Stambul. Reiseerlebnisse.* Mit einem Porträt des Verfassers. Sechste Auflage. 21.-25. Tausend.

Karl May's gesammelte Reiseerzählungen. Band VII: *Winnetou, der Rote Gentleman. 1. Band.* Vierte Auflage. 21.-25. Tausend.

Karl May's gesammelte Reiseerzählungen. Band VIII: *Winnetou, der Rote Gentleman. 2. Band.* Dritte Auflage. 16.-20. Tausend.

Karl May's gesammelte Reiseerzählungen. Band IX: *Winnetou, der Rote Gentleman. 3. Band.* Dritte Auflage. 16.-20. Tausend.

Carl May's gesammelte Reiseromane. Band X: *Orangen und Datteln. Reisefrüchte aus dem Oriente.* Vierte Auflage. 16.-20. Tausend.

Karl May's gesammelte Reiseerzählungen. Band XII: *Am Rio de la Plata. Reiseerlebnisse.* Dritte Auflage. 16.-20. Tausend.

Karl May's gesammelte Reiseromane. Band XVII: *Im Lande des Mahdi. II. Band. Reiseerlebnisse.* Dritte Auflage. 11.-15. Tausend.

Karl May's gesammelte Reiseerzählungen. Band XVIII: *Im Lande des Mahdi. III. Band. Reiseerlebnisse.* Dritte Auflage. 11.-15. Tausend.

Karl May's gesammelte Reiseerzählungen. Band XX: *Satan und Ischariot. I. Band. Reiseerlebnisse.* Zweite Auflage. 11.-15. Tausend.

Karl May's gesammelte Reiseerzählungen. Band XXI: *Satan und Ischariot. II. Band. Reiseerlebnisse.* Zweite Auflage. 11.-15. Tausend.

Karl May's gesammelte Reiseerzählungen. Band XXII: *Satan und Ischariot. III. Band. Reiseerlebnisse.* Zweite Auflage. 11.-15. Tausend.

Karl May's gesammelte Reiseerzählungen. Band XXIII: *Auf fremden Pfaden. Reiseerlebnisse*. Zweite Auflage. 11.-15. Tausend.

Paul Féval: *Die Erbin von Nevers*. 2 Bde. (Die Welt der Fahrten und Abenteuer. Band III/IV). 1.-5. Tausend.

H[enry] Rider Haggard (Übs. G[ertrude] [Hildebrandt-] Eggert): *Der Zauberer im Sululande* (Die Welt der Fahrten und Abenteuer. Band V). 1.-5. Tausend.

MAY AN FEHSENFELD • 22. Januar 1897
Brief, hs.

Radebeul, d. 22./1. 97.

Lieber Freund!
Herzlichen Dank für die 4000 Mrk! Quittung liegt bei. Wollte schon am 20ten „Satan" III schicken; da kam Pustet.[1] Er ist erst jetzt fort; darum erst heut der Band. „Auf fernen Pfaden" folgt binnen einer Woche. Die freundlichsten Grüße v. Haus zu Haus!
Ihr
May.

MAY AN FEHSENFELD • 2. Februar 1897
Brief, hs.

Radebeul, d. 2/2. 97.

Lieber Freund!
Hier Manuscript zu „Auf fremden Pfaden". Es giebt 40 Bogen.[2]
In aller Eile, weil Post abgeht: Ja, ich werde es möglich zu machen suchen, eher nach Stuttgart zu kommen. Da ich vorher nach Regensburg reise und meine Frau mitgeht, wäre es mir lieb, wenn Sie die 17000 schon am 10ten senden könnten, weil wir am 15ten nicht mehr daheim sind. Werde Ihnen meine

[1] Um May wieder mit dem *Deutschen Hausschatz* zu versöhnen, war Friedrich Pustet jun. (1867–1947), der Sohn des Verlegers, am 20.1.1897 nach Radebeul gereist und hatte dem Schriftsteller versichert, Keiter habe strengste Anweisung zur Unterlassung aller Privatkorrekturen erhalten.

[2] Der im August 1897 als Bd. XXIII der „Gesammelten Reiseerzählungen" erschienene Sammelband *Auf fremden Pfaden* umfasste schließlich nur 598 Seiten (knapp 38 Bogen).

Ankunft in Stuttgart 2 Tage vorher telegraphiren. Freue mich sehr auf das Wiedersehen.[3]

Grüße an Alle!

Ihr

May.

MAY AN FEHSENFELD • 26. März 1897
Brief, hs.

Radebeul, d. 26./3. 97.

Lieber Herr Fehsenfeld!

Nehmen Sie meinen Dank für die Honorarsendung! Quittung liegt bei; ich hätte sie eher geschickt, war aber nicht daheim.

Mit dem Drucke der Bde. 1, 2, 3, 7, 10, 20 u. 23 bin ich natürlich einverstanden.[4] Ueber die Prachtausgabe sprechen wir im Mai persönlich.

Bezüglich der englischen Uebersetzung hat es vielleicht auch bis dahin Zeit. Der Englishman wird jedenfalls ein gutes Geschäft machen.[5]

Sie wissen, daß ich Contract mit Spemann habe; ich hoffe, jetzt von ihm loszukommen. Dem guten Manne ist es eingefallen, mich von oben herab zu haranguiren[6], weil ich nichts für ihn schreibe; ich habe ihn aber kalt gestellt. Wenn ich Alles leiden kann, nur diese affectuirte Vornehmthuerei nicht.

[3] Die geplante Reise verzögerte sich bis Mai 1897.

[4] Randnotiz Fehsenfelds: „bestellt 29/3 97". Gemeint sind Neuauflagen der Bände *Durch die Wüste*, *Durchs wilde Kurdistan*, *Von Bagdad nach Stambul*, *Winnetou I*, *Orangen und Datteln*, *Satan und Ischariot I* und der Erstdruck von *Auf fremden Pfaden*.

[5] Mit welchem englischen Verleger Fehsenfeld verhandelte, ist unbekannt.

[6] Frz.: eine feierliche Ansprache halten

Es ist natürlich blos der Neid! Er schickte mir vorher seinen Director (H. Freund), um eine Bestellung von 6 neuen Bänden und große Honoraranerbietungen zu machen, und ich habe mich mit keiner Zeile darüber geäußert. Das ärgert ihn gewaltig. Ich bin nicht Derjenige, der große Freudensprünge macht, wenn die durchlauchtigste „Union“ sich einmal in Gnaden zu ihm herniederläßt.[7]

Bitte, dies als vertraulich zu behandeln!

Es thut uns leid, daß Italien sich Ihnen so unfreundlich gezeigt hat.[8] Da ist mir sogar der Nordpol lieber. Hoffentlich erholen Sie sich bald.

Gehen Sie zur Buchhändlermesse nach Leipzig? Ich möchte hin, um mir dort meinen Herrn Spemann zu kaufen.[9] Dann bin ich die geistige Sklaverei los, was auch Ihrem Verlage Vortheile bringen wird.

Wünschen Sie außer „Auf fremden Pfaden“ einen interessanten Weihnachtsband?

Herzliche Grüße von Haus zu Haus!

Ihr

May.

[7] Am 24.2.1897 hatte Theodor Freund, der Direktor der Union Deutsche Verlagsgesellschaft, May vorgeschlagen, die alte Idee einer Buchreihe *Ein Weltläufer* wieder aufzugreifen. May war jedoch entschlossen, das Vertragsverhältnis mit Spemann aufzulösen.

[8] Offenbar war Fehsenfeld in Italien gewesen und hatte sich bei schlechtem Wetter erkältet.

[9] Die Leipziger Buchhändlermesse fand 1897 vom 9.5. bis 16.5. statt. Vom 10.5. bis 13.5. hielt May sich dann zu Beginn einer längeren Rundreise tatsächlich in Leipzig auf und dürfte in dieser Zeit auch die Messe besucht haben.

MAY AN FEHSENFELD • 2. Mai 1897
Brief, hs.

Radebeul, d. 2./5. 97.

Lieber Herr Fehsenfeld!

Da Sie mir nichts darüber schreiben, nehme ich an, daß Sie in diesem Jahre nicht nach Leipzig zur Messe gehen. Ich möchte Sie aber wegen illustr. Ausgabe, engl. Uebersetzung etc. persönlich sprechen, und so wird Muhammed zum Berge kommen, da dieser nicht zu ihm kommt.

Betreffs des Weihnachtsbandes muß ich auch mit Ihnen reden. Ich habe da 2 Sujets, nämlich entweder einen Hadschi Halef-Band oder einen „Christmas" betitelten, welcher hochinteressant zu werden verspricht.[10] Wählen Sie, welchen Sie wollen; den andern werden wir ja dann später bringen.

Jetzt muß ich endlich wenigstens einigen von den hunderten von Einladungen, welche an mich ergehen, Folge leisten. Wir reisen am 8ten dieses Monates ab, Berlin, Hamburg, Westfalen, Rhein, Stuttgart etc. Bayern, Oesterreich, Ungarn.[11] Die Fahrbücher sind schon bestellt. Die Leser lassen mir keine Ruhe mehr; ich will also an verschiedenen Orten

[10] Während der „Hadschi Halef-Band" nie realisiert wurde, schrieb May von September bis November 1897 unmittelbar für Fehsenfeld die Reiseerzählung *„Weihnacht!"*, die am 20.12.1897 als Bd. XXIV der „Gesammelten Reiseerzählungen" erschien.

[11] Vom 10.5. (nicht 8.5.) bis zum 15.7.1897 unternahm May mit seiner Frau Emma eine Rundreise durch Deutschland und Österreich, die vor allem dem Besuch befreundeter Leser galt. Die tatsächliche Route war: Radebeul – Leipzig – Wernigerode – Hamburg – Kassel – Wiesbaden – Mainz – Köln – Bonn – Königswinter – Deidesheim – Stuttgart – Bodensee – Innsbruck – Achensee – München – Regensburg – Böhmen – Radebeul. In Stuttgart traf das Ehepaar am 22.6. für zwei Tage ein. In Gesprächen mit Spemann im Hotel Viktoria konnte May eine gütliche Trennung von der Union erreichen. Da es May angeblich nicht möglich war, nach Freiburg zu kommen, reiste Fehsenfeld nach Stuttgart, wo es (möglicherweise bereits am 22.6.) bei Felix Krais in der Rothebühlstraße 77 zu einem Wiedersehen kam.

Vorträge halten. Da habe ich eine Bitte. Am 15ten wollen Sie 6000 Mark schicken; da bin ich nicht mehr daheim, weiß auch vorher nicht, wo ich mich an diesem Tage befinden werde. Ist es Ihnen nicht möglich, sie mir jetzt gleich zu senden? Das wäre das Einfachste und mir außerordentlich lieb. Bitte, bitte!

Wenn ich es ermöglichen kann, komme ich von Stuttgart aus nach Freiburg; drängt mich aber die Arbeit zur Beschleunigung der Reise, so können wir uns vielleicht in Stuttgart treffen. Ich werde Ihnen während meiner Tour noch darüber schreiben.

Herzliche Grüße an Sie und Ihre Lieben von meinem „Hausengel" und

Ihrem
stets ergebenen
May.

MAY AN FEHSENFELD • 19. Juni 1897
Telegramm

[Deidesheim, 19. 6. 1897, 15.30 Uhr][12]

Zeit ist für uns zu kurz nach Freiburg zu kommen ist Ihnen ein Rendezvous bei Krais in Stuttgart möglich? Vielleicht Dienstag Nachmittag bitte Antwort telegraphisch morgen Sonntag an mich bei Herrn Kommerzienrath Seyler Deidesheim

Herzliche Grüße
Dr May

[12] In Deidesheim waren die Mays zu Gast bei dem Weingutsbesitzer Emil Seyler.

MAY AN FEHSENFELD • 27. Juli 1897
Brief, hs.

Radebeul-Dresden, d. 27./7. 97.[13]

Lieber Herr Fehsenfeld!

Anbei Quittung, deshalb so verspätet, weil wir erst vorgestern nach Hause gekommen sind.[14]

Das war eine schreckliche Reise! Ich bin halb todt. In Innsbruck war es die reine Rebellion, bin ausgerissen. Am Achensee beim Grafen Jankoviĉ auch keine Ruhe; massenhaft Besuche; es war der ganze dort weilende Adel von nah und fern herbeigetrommelt worden. Die Dampfschiffverwaltung stellte mir ein Extraschiff zur Verfügung.[15] Dann werden Sie in Münchener Blättern gelesen haben: „Karl May in München": Erster Tag: über 900 Besuche, zweiter Tag über 600, dritter wieder über 800. Bin gegen Abend zur Seitenthür hinaus entflohen. Dann standen die Gymnasiasten, um Autogramms zu erjagen, in solchen Massen vor dem Hôtel Trefler, daß die Tramway nicht hindurchkonnte und der Portier sie mit dem Schlauch auseinanderspritzen mußte. Thatsache!!![16] In dieser Weise ging es überal[l], durch Bayern und Böhmen bis heim.[17]

[13] Notiz Fehsenfelds: „3/8 97 geschr[ieben]".

[14] Tatsächlich war May bereits am 15.7. von der Reise zurückgekehrt.

[15] In Innsbruck waren die Mays am 26.6.1897 eingetroffen; am 27.6. waren sie zum Achensee (Tirol) gereist, wo sie im Hotel Zur Scholastika wohnten, den größten Teil der Zeit aber auf dem Kreuzhof der gräflichen Familie Jankovics (Julius, 1820–1904, und Louise geb. Montbel, 1836–1923, mit ihrer Tochter, der begeisterten May Leserin Anna Elisabeth Jankovics, 1859–1937) am gegenüberliegenden Westufer des Achensees verbracht hatten.

[16] In München war May vom 4. bis 10.7.1897 gewesen und hatte hier als „Dr. Karl May" alias „Old Shatterhand" die absurdesten Interviews gegeben. Bei Massenaudienzen im Hotel Trefler hatte er die unsinnigsten Behauptungen aufgestellt und u. a. behauptet, er beherrsche ca. 1200 Sprachen und Dialekte, er sei bei den Apachen als Nachfolger Winnetous Befehlshaber von 35.000 Kriegern und erst kürzlich in Mekka gewesen.

[17] Von München aus waren die Mays über Regensburg, Eger und Komotau nach Radebeul zurückgekehrt.

Später, wenn ich mich erst ausgeruht habe, mehr.
Herzl. Grüße von Haus zu Haus!
Ihr May.

MAY AN FEHSENFELD • 12. August 1897
Brief, hs.

Dresden, Leipziger Bahnhof[18], d. 12./8. 97.

Lieber Herr Fehsenfeld.
Im Bahnhofrestaurant sitze ich und denke über den Weihnachtsband nach, den ich mit wahrer Begeisterung schreibe. Er wird fluschen; mehr will ich nicht sagen.

Nur muß die Ausstattung mir behülflich sein. Ich verlange von Ihnen nicht zu viel. Alles genau wie bisher, doch ohne Umschlag-Bild. Dafür aber Folgendes: Titel:

„Wei[h]nacht“

Darunter einfach, deutlich und ungekünstelt die 4 Zeilen:

Ich verkünde große Freude,
Die Euch widerfahren ist,
Denn geboren wurde heute
Euer Heiland Jesus Christ.

Können Sie das machen? Bitte, bald Antwort, weil ich nicht eher schreiben kann. Diese Strophe nämlich dominirt den ganzen Inhalt, zieht sich wie ein goldener Faden durch das ganze Buch und beherrscht in ergreifender Weise den Schluß desselben. Wenn es möglich ist, bitte, so thun Sie es! Ueber Einband der gesendeten Bücher nächstens. Habe jetzt keine Zeit; der Zug geht ab.
Herzl. Gruß!
Ihr
May.

[18] Heute Neustädter Bahnhof.

Die Strophe vielleicht in Goldschrift. Geht das, ohne daß es zu theuer wird oder sonstige Unbequemlichkeiten verursacht? Ich gebe Ihnen mein Wort, der Band wird großartig und wird größern Absatz haben als alle bisherigen.
May.

MAY AN FELIX KRAIS • August 1897
Notiz, hs.

Und so lege ich die Hände
Segnend Dir aufs kalte Haupt.
Selig ist, wer bis ans Ende
An die ewge Liebe glaubt.

==

Ich verkünde große Freude,
Die Euch widerfahren ist,
Denn geboren wurde heute
Euer Heiland Jesus Christ!

Diese Zeilen sind auf der 1. Seite des ersten Bogens gedacht. Die 2te Seite bleibt leer. Dann erst beginnt mit Seite 3 die Erzählung.

==

Noch besser ist es, diese Zeilen auf den Einband zu setzen.

==

„Weihnacht."

==

Deckelbild von Adolf Wald (1897)

MAY AN FEHSENFELD • 22. September 1897
Brief, hs.

Radebeul, d. 22./9. 97.

Lieber Herr Fehsenfeld!

Es freut uns ungemein, daß Ihnen Heyst[19] so gut gefallen hat. Unsere Reise durch Oesterreich hat uns noch mehr angegriffen als vorher. In München war es ganz toll. Ein Buchhändler ließ es in die Blätter setzen, daß ich da sei.[20] Die Folge war 1ter Tag von Nachmittag 2 – Nachts 1 Uhr über 900 Besuche, 2ter Tag über 600, dritter Tag wieder ca. 900, außer den Klöstern und Gymnasien, wohin ich eingeladen wurde. Es war kein Platz mehr im Saale; auf der Straße standen die Leser zu hunderten; ich mußte alle 10 Minuten auf den Balkon, um die Leute wie ein König zu begrüßen. Endlich konnte keine Pferdebahn mehr durch; der Polizei achtete man nicht, so daß die Menge schließlich per Schlauch auseinandergespritzt werden mußte. Das ist keine Unwahrheit; ich kann Ihnen die Zeitungsberichte vorlegen, in denen dies erzählt und dann gesagt wird, daß kein König und kein Prinzregent in seiner Residenz München solches Aufsehen erregt habe wie dieser eine Privatmann Dr. May.

„Weihnacht" schreitet schnell vorwärts. Nächstens geht ein ganzer Schub an Krais ab. Anfang November letztes Manuscript. Dieser Band wird kostbar. Drucken Sie nur so viel wie möglich! Titel nur Goldschrift. Silber würde wie Trauer- oder Begräbnißsache aussehen. Für die Prospecte lasse ich mich Freitag extra photographiren und sende das Bild, sobald es fertig ist, also nächste Woche. Konnen Sie mir den Wortlaut der Prospecte etc. vorher mittheilen? Wollen Sie vielleicht

[19] Vermutlich ist die belgische Stadt Heyst-sur-Mer gemeint.

[20] Bisher nicht ermittelt; in den *Münchner Neuesten Nachrichten* war am 5.7. eine Annonce mehrerer Verehrer mit dem Hinweis erschienen, dass der „berühmte Weltreisende und Schriftsteller" im Hotel Trefler abgestiegen „und auf unsere Bitte dort, aber nur nach vorheriger Anmeldung per Postkarte [...] für seine Leserinnen und Leser zu sprechen" sei.

eine Stelle des Buches in den Katalogen abdrucken lassen? Ich würde sie darnach einrichten.

Wie steht es mit den mir in Stuttgart angegebenen Bänden?[21] Sie wollten von ihnen doch gleich mehrere Auflagen drucken lassen.

Nach Weihnacht bekommen Sie den neuen Band „Hadschi Halef", ein Thema, welches ziehen wird.

Und nun eine Bitte:

Während unserer Reise sind mir die Mädchen unerlaubter Weise in meine Zimmer gerathen, um reine zu machen (!!!). Die verrückten Geschöpfe haben da alle Papiere ausgemärzt, die sie für Maculatur hielten, und haben dabei auch mein Auflagen-Verzeichniß erwischt, wie es scheint; ich habe sie aus Grimm beide fortgejagt. Dieses Verzeichniß muß natürlich erneuert werden, was leider nur mit Ihrer gütigen Hülfe geschehen kann. Ich bin also gezwungen, Sie mit der Bitte zu belästigen, mir die betreffenden Daten etc. aufzeichnen zu lassen und mir baldigst zuzustellen. Ich füge die Prota eines Schema bei, dessen Ausfüllung Ihrem Schreiber nur wenig Mühe machen wird. Also bitte!!!

Sehr dankbar würde ich Ihnen sein, wenn Sie mir ebenso umgehend die Frage beantworteten, ob Sie vielleicht gewillt wären, den Verlag meiner Photographieen zu übernehmen. Nunwarz in Linz ist kein Geschäftsmann und bringt nicht soviel fertig, wie verlangt werden; auch ist es wegen der Zollwiderwärtigkeiten besser, wenn der Verleger ein Deutscher anstatt ein Oesterreicher ist. Die Platten etc. gehören nicht ihm sondern mir. Ihren Bescheid muß ich, der Kündigung wegen, bis spätestens den 27ten in den Händen haben.[22]

[21] In Stuttgart waren bei Krais verschiedene Neuauflagen vereinbart worden.

[22] May war mit Adolf Nunwarz unzufrieden und kündigte daher am 28.9.1897 den Vertrag mit dem Fotografen. Der Vertrieb der Kostümfotos wurde später von Max Welte übernommen, der hierzu eigens einen „Photographie-Verlag" gründete.

Und schließlich noch die Frage: Laut Ihres Schreibens vom 19./3. c. hatte ich am 15ten Juli 4000 Mrk. für Bd. 3 u. 7 zu bekommen; ists nicht so?

Mit herzlichen Grüßen v. Haus zu Haus

Ihr

stets ergebener

May.

MAY AN FEHSENFELD • 5. Oktober 1897

Brief, hs.

Radebeul-Dresden, d. 5./10. 97.

Lieber Herr Fehsenfeld.

Anbei die neuen Photographieen, von denen Ihnen die Wahl zum Prospecte freisteht.[23] Könnte ich das Concept zu demselben vielleicht bald bekommen? Wenn Sie das Brustbild wählen, so muß der schwarze Punkt im Schnurrbart unter der Nase erst wegradirt werden. Wie der hingekommen ist, ist mir ein Räthsel: ich bin doch kein Schnupfer; liegt wahrscheinlich an der Platte.

In Eile mit Gruß von Haus zu Haus

Ihr

May.

[23] May hatte sich am 24.9.1897 für einen neuen Verlagsprospekt Fehsenfelds fotografieren lassen.

MAY AN FEHSENFELD • 12. Oktober 1897
Brief, hs.

Radebeul, d. 12./10. 97.

Lieber Herr Fehsenfeld!

Herzlichen Dank für die 6000 Mark! Quittung liegt bei. Erstes Kapitel von „Weihnacht“ geht morgen an H. Krais ab; die weiteren folgen schnell nach.

Was den Einband betrifft, so bin ich, aufrichtig gestanden – – enttäuscht und von meiner Idee ganz und gar zurückgekommen. Ich hatte mir das ganz schön gedacht, und nun es vor mir liegt, sehe ich ein, daß diese Einbände nicht „ziehen“ würden.[24]

Die Hauptsache ist der Name May, der muß besonders in die Augen fallen, denn er ist es allein, welcher zieht. Steht er blos auf dem Rücken, so ist es nichts. Die Käufer wollen zu Weihnachten weniger einen Weihnachts- als vielmehr einen Mayband haben; daß dieser Band ein Weihnachtsthema behandelt, kommt in zweiter Linie; der Name des Verfassers muß also auch vorn, nicht nur auf dem Rücken stehen, damit er im Schaufenster gleich auffällt.

Sodann kommt mir erst jetzt, da ich die frommen Verse stehen sehe, der Gedanke, daß sie wohl Manchen abhalten würden, das Buch zu kaufen; sie verrathen zu sehr, daß der Inhalt gottesfürchtig ist. Daran habe ich vorher nicht gedacht. Was sagen Sie dazu.

Auch würde sich dieser Band in dieser Ausstattung den andern nicht gut anreihen. Ich habe mir einen Absatz von wenigstens 30,000 gedacht und möchte nichts vorschlagen, was diese Zahl vermindern könnte. Es sind schon hunderte von Anfragen bei mir eingegangen.

[24] Fehsenfeld hatte May einen Einbandentwurf mit der von ihm gewünschten Weihnachtsstrophe geschickt. Als Vorlage für das Deckelbild der Reiseerzählung *„Weihnacht!“* diente schließlich Antonio Allegri da Correggios (1489–1534) Gemälde *Die Heilige Nacht* aus der Dresdner Gemäldegalerie.

Bitte, überlegen Sie sich die Sache doch einmal, und wenn Sie mir dann Ihren Bescheid mittheilen, werden Sie wohl das Richtige getroffen haben. Was an mir liegt, wird gethan, und ich bin, ohne mich überheben zu wollen, überzeugt, daß dieser Band die vorhergehenden übertreffen wird. Da Sie den Inhalt noch nicht kennen, gestatten Sie mir vielleicht, dem Prospecte einige darauf bezügliche Mittheilungen beizufügen.

Das Concept dazu mit Spannung erwartend, bin ich mit 1000 Grüßen von Haus zu Haus

Ihr
stets ergebener
May.

MAY AN FEHSENFELD • 22. Oktober 1897
Brief, hs.

Radebeul, d. 22./10. 97.

Lieber Herr Fehsenfeld!

Dank für die Zusendung des Prospectes. Das Bild ist gut; aber der Inhalt – – –? Ich dachte nicht, daß Sie die Arbeit von Frenken bringen würden; sie ist so alt und trifft nicht mehr das Richtige, denn meine Aufgaben sind über Frenkens Ansicht hinausgewachsen.[25] Ich dachte, Sie würden selbst – oder irgend ein Anderer, den Text verfassen, und ich wollte dann einige Hauptpointe dazugeben. Das hätte gezogen.

[25] Fehsenfelds neuer Prospekt, der im November u. a. dem *Deutschen Hausschatz* beilag, enthielt längst überholte Auszüge aus den alten Flugblättern *Die Reiseromane Karl May's* von Hermann J. Frenken (1892) und den *Empfehlenden Worten Deutscher Bischöfe* (1894). Da May sich zu Recht unzufrieden zeigte, brachte Fehsenfeld bereits 1898 einen anderen, den ethischen Intentionen seines Autors eher angemessenen Prospekt heraus, der einen aktuellen Essay von Prof. Dr. Weise enthielt.

Und die Hauptsache: Dieser Prospect ist für die Katholiken, die wir doch schon fest haben. Was thun wir mit den Millionen Protestanten? Sie haben auch schon angefangen, müssen aber noch mehr heran. Dresden z. B. ist jetzt begeistert.

Der Prospect mußte so ausgearbeitet werden, daß er für Alle, ohne Unterschied der Confession, zugkräftig war, und besonders den Weihnachtsband hervorheben, denn wer May noch nicht kennt und den liest, kauft auch die andern Bände.

Doch, wie Sie wollen!

Herzl. Grüße v. Haus zu Haus!

Haben Sie schon Correctur v. „Weihnacht" bekommen? Das Manuscript wächst schnell.

Ihr

May.

MAY AN FEHSENFELD • 25. November 1897
Brief, hs.

Radebeul, d. 25./11. 97.

Lieber Herr Fehsenfeld!

Hiermit sende ich Ihnen den Prospect zurück. Ich habe das wiederkehrende Wort „Romane" angestrichen; bitte, lassen Sie das ändern; es stoßen sich viele daran.

Jammerschade, daß dieser Prospect nicht fertig wird; ich hatte darauf gerechnet! Ist es denn nicht möglich, einige hundert, die ich aber sehr bald bekommen müßte, auf meine Kosten für mich zu fertigen? Ich will sie an Herren senden, welche Einfluß auf weite Leserkreise haben.

Auch in Beziehung auf München würden mir diese Prospecte sehr nützlich sein und viele, viele neue Leser machen.

Leider erfahre ich von dort, daß Sie dem Ausstellungscomitee gar nicht geantwortet haben. Das thut mir herzlich leid, denn die beabsichtigte Weihnachtsausstellung (Bücher) wird ganz sicher von vielen Tausenden besucht werden, welche unsere Bücher dann daheim empfehlen würden. Man will dort grad mit „May" Staat machen, wie man mir schreibt. Ich will natürlich selbst auch hin; das macht Eindruck![26]

Da Sie nicht ausstellen zu wollen scheinen, bin ich gezwungen, es zu thun, denn eine solche Gelegenheit, an welcher sich die ganze kathol. Leserwelt betheiligt, darf man nicht unbenützt vorübergehen lassen. Natürlich würde Ihre Betheiligung viel mehr Eindruck als die meinige machen und auch viel mehr Erfolg haben, weil Ihnen ein ganz anderes Material zur Verfügung steht als mir (Bücher, Prospecte, Preislisten, Ankündigungen etc. etc.) Es kostet ja nichts, und man bekommt Alles wieder!

Ich freilich kann nichts weiter thun als die 23 Bände hinschicken. Das ist so nüchtern, so eindruckslos! Könnte ich nicht wenigstens einige hundert des neuen (inliegenden) Prospectes beilegen? Bitte, umgehend Antwort! Herzl. Gruß daheim!

Ihr
May.

[26] May beabsichtigte, zu einer „Weihnachts-Ausstellung empfehlenswerter Bilderbücher, Jugendschriften, Musikalien für Kinder" nach München zu reisen, wo sich nach seinem letzten Besuch im Juli inzwischen ein „May-Club" unter der Leitung des Arztes Dr. Josef Weigl (1870–1933) gegründet hatte. Die Reise nach München verzögerte sich jedoch bis März 1898. Die vom Bezirkslehrerverein München (Josef Sixt) organisierte Ausstellung wurde am 13.12.1897 im Turnsaal des Schulhauses an der Blumenstraße eröffnet; im Katalog sind keine Werke Mays vertreten.

MAY AN FEHSENFELD • 28. November 1897
Brief, hs.

Radebeul, d. 28./11. 97.

Lieber Herr Fehsenfeld.

Hier umgehend die Münchener Adresse.[27] Ich fahre hin, und es sollte mich freuen, wenn wir gut vertreten wären. In München giebt es mehrere May-Clubbs. Am letzten Male mußten die Gymnasiasten vor meinem Hôtel mit der Spritze auseinandergetrieben werden; es konnte keine Tramway durch.[28]

Ich erhielt auch erst Bogen 27 Correctur.[29] Das Manuscript ist dort, nur die letzten Seiten Schluß behielt ich zur Abrundung zurück, bis ich Bogen 34 bekomme.

Herzl. Grüße!

May.

[27] Die Adresse, die May wohl auf einem gesonderten Blatt notierte, ist nicht überliefert. Wahrscheinlich handelte es sich um die Adresse des Bezirkslehrervereins.

[28] Wie sehr dieses Erlebnis May beeindruckt haben muss, zeigt der Umstand, dass er es hier bereits zum dritten Mal in seiner Korrespondenz mit Fehsenfeld erwähnt.

[29] Gemeint sind die Stuttgarter Korrekturbogen zu „*Weihnacht!*“. Die Reiseerzählung erschien noch rechtzeitig für das Weihnachtsgeschäft.

Deckelbild nach einem Gemälde von Correggio (1897)

1898

September
Karl May Postkarten. Serie 1. (10 Motive und ein Deckbild mit einem Zivilporträt Mays).

November
Karl May's gesammelte Reiseerzählungen. Band XXVI: *Im Reiche des silbernen Löwen. 1. Band. Reiseerlebnisse.* Erstausgabe. 1.-15. Tausend.

Dezember
Karl May's gesammelte Reiseerzählungen. Band XXVII: *Im Reiche des silbernen Löwen. 2. Band. Reiseerlebnisse.* Erstausgabe. 1.-15. Tausend.

* * *

Karl May's gesammelte Reiseerzählungen. Band I: *Durch die Wüste. Reiseerlebnisse.* Siebte Auflage. 31.-35. Tausend.

Karl May's gesammelte Reiseerzählungen. Band II: *Durchs wilde Kurdistan. Reiseerlebnisse.* Siebte Auflage. 26.-30. Tausend.

Karl May's gesammelte Reiseerzählungen. Band IV: *In den Schluchten des Balkan. Reiseerlebnisse.* Vierte Auflage. 21.-25. Tausend.

Carl May's gesammelte Reiseerzählungen. Band V: *Durch das Land der Skipetaren. Reiseerlebnisse.* Vierte Auflage. 21.-25. Tausend.

Karl May's gesammelte Reiseerzählungen. Band VI: *Der Schut. Reiseerlebnisse.* Vierte Auflage. 21.-25. Tausend.

Karl May's gesammelte Reiseerzählungen. Band VII: *Winnetou, der Rote Gentleman. 1. Band.* Fünfte Auflage. 26.-30. Tausend.

Karl May's gesammelte Reiseerzählungen. Band VIII: *Winnetou, der Rote Gentleman. 2. Band.* Vierte Auflage. 21.-25. Tausend.

Karl May's gesammelte Reiseerzählungen. Band IX: *Winnetou, der Rote Gentleman. 3. Band.* Vierte Auflage. 21.-25. Tausend.

Karl May's gesammelte Reiseerzählungen. Band XI: *Am Stillen Ocean. Reiseerlebnisse.* Dritte Auflage. 16.-20. Tausend.

Karl May's gesammelte Reiseerzählungen. Band XIII: *In den Cordilleren. Reiseerlebnisse.* Dritte Auflage. 16.-20. Tausend.

Karl May's gesammelte Reiseerzählungen. Band XIV: *Old Surehand. 1. Band. Reiseerlebnisse.* Dritte Auflage. 16.-20. Tausend.

Karl May's gesammelte Reiseerzählungen. Band XV: *Old Surehand. 2. Band. Reiseerlebnisse.* Dritte Auflage. 16.-20. Tausend.

Karl May's gesammelte Reiseerzählungen. Band XIX: *Old Surehand. 3. Band. Reiseerlebnisse.* Mit einem Porträt Old Shatterhands. Zweite Auflage. 16.-20. Tausend.

Karl May's gesammelte Reiseerzählungen. Band XVI: *Im Lande des Mahdi. I. Band. Reiseerlebnisse.* Vierte Auflage. 16.-20. Tausend.

Karl May's gesammelte Reiseerzählungen. Band XVII: *Im Lande des Mahdi. II. Band. Reiseerlebnisse.* Vierte Auflage. 16.-20. Tausend.

Karl May's gesammelte Reiseerzählungen. Band XVIII: *Im Lande des Mahdi. III. Band. Reiseerlebnisse.* Vierte Auflage. 16.-20. Tausend.

Karl May's gesammelte Reiseerzählungen. Band XX: *Satan und Ischariot. I. Band. Reiseerlebnisse.* Dritte Auflage. 16.-20. Tausend.

Rudyard Kipling (Übs. Curt Abel-Musgrave): *Im Dschungel* (Die Welt der Fahrten und Abenteuer. Band VI). 1.-5. Tausend.

Rudyard Kipling (Übs. Curt Abel-Musgrave): *Im Dschungel* (Die Welt der Fahrten und Abenteuer. Band VI). Zweite Auflage. 6.-9. Tausend.

Gertrud Prellwitz: *Oedipus oder das Rätsel des Lebens. Tragödie in fünf Akten.*

M. RHEINBOLDT • 16. Januar 1898
Gästebucheintrag, hs.[1]

16. Januar 1898

Flamme et vent du „May“,
vous êtes irresistibles![2]
(frei nach Alphonse Daudet)

Dr. M. Rheinboldt
Halle a. S.

FRIEDRICH ERNST FEHSENFELD • 16. Januar 1898
Gästebucheintrag, hs.

Dem Erforscher jetzt, dem Großen,
Will ich diese Zeilen weih'n:
Unter allen irdschen Loosen
Deines wird das schönste sein.

Wahrlich, deines Namens Schimmer
Wird unsterblich sein im Lied,
Wenn das ird'sche Leben flieht –
Doch die Geister dauern immer.

Zur frdl. Erinnerung an Ihren
Verleger Fehsenfeld.

Radebeul 16 Januar 1898.

[1] M. Rheinboldt aus Halle an der Saale hielt sich mit seiner Schwester Paula und seinem Schwager drei Tage in Radebeul auf und trug sich am letzten Tag mit Fehsenfeld in das Gästebuch der Villa „Shatterhand“ ein. Zu den Plänen, die May und Fehsenfeld in Radebeul besprachen, gehörte die Herausgabe einer Werbepostkarten-Serie mit Szenen aus den Reiseerzählungen.

[2] Zitat aus dem Roman *Numa Roumestan* (1881) von Alphonse Daudet (1840–1897), eigentlich: „Flamme et vent du Midi vous êtes irrésistibles“ (Flamme und Wind des Midi, ihr seid unwiderstehlich).

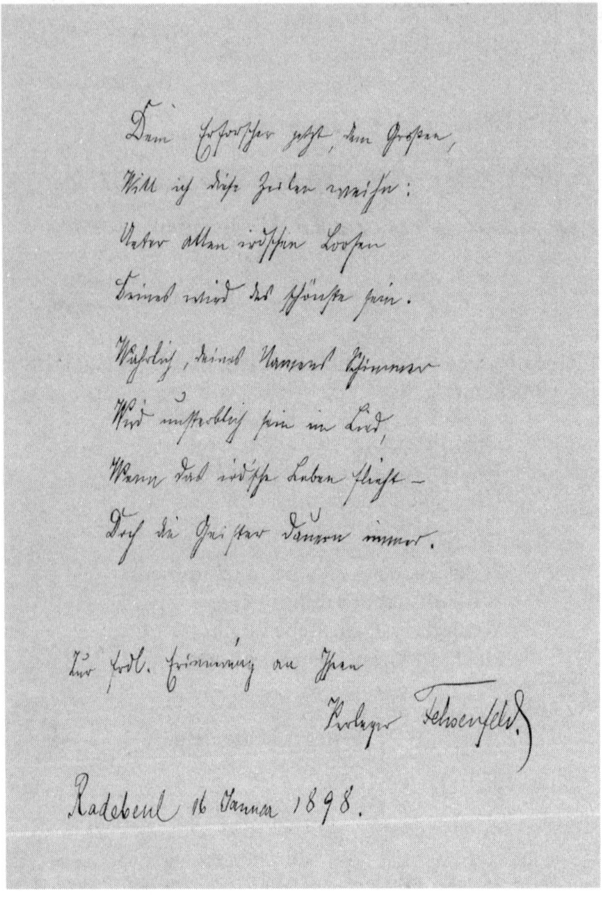

Dem Erforscher jetzt, dem Großen,
Will ich diese Zeilen weihen:
Unter allen irdischen Loosen
Deines wird das schönste sein.
Wahrlich, deines Namens Schimmer
Wird unsterblich sein im Lied,
Wenn das irdische Leben flieht –
Doch die Geister dauern immer.

Zur freundl. Erinnerung an Ihren
Verleger Fehsenfeld.

Radebeul 16 Januar 1898.

Gästebucheintrag Fehsenfelds vom 16. Januar 1898

MAY AN FEHSENFELD • 4. Februar 1898
Brief, hs.

Radebeul-Dresden, d. 4./2. 98.

Lieber Freund!

Sie empfangen hiermit die gewünschten Cigarren, welche von derselben Sorte sind, welche Ihnen bei mir gefiel. Ich hatte 1 Kistchen für Herrn Plöhn, wenn er bei mir ist; er raucht meine starken nicht.

Herzlichen Gruß von Haus zu Haus!

Ihr
ergebener
May.

MAY AN FEHSENFELD • 19. Mai 1898
Brief, hs.

Radebeul-Dresden, d. 19./5. 98.

Lieber Freund!

Endlich erhalten Sie den Brief, endlich – weil ich nicht eher konnte. Bitte, lachen Sie nicht! Dafür habe ich heut umso mehr „Schreibepunkte". Aber hübsch der Reihe nach!

Wien. Wollte drei Tage da sein; es wurden fünf Wochen. Audienzen am Kaiserhof, Dejeuners, Diners, Soupers bei Prinzen, Fürsten, Grafen, Marschällen etc. Tausende von Lesern kommen; fast täglich 2–3 lange Vorträge extemporiren; Leser bis 3 und 4 Uhr im Hôtel. Ueberanstrengt; 3 Wochen krank im Bette, aber auch da von der höchsten Aristokratie an meinem Lager besucht. Endlich ausgerissen![3]

[3] Von Prag kommend, wohin sie am 13.2.1898 gereist waren, waren die Mays am 20.2. in Wien eingetroffen, wo sie im Hotel Goldene Ente, in der Nähe des Stefansdoms, wohnten. Der Höhepunkt des Wiener Aufenthalts, der sich wegen einer Erkrankung Mays über vier Wochen erstreckt hatte, war am 23.2. ein Empfang durch die Erzherzogin von Österreich Maria Theresia geb. Infantin von Portugal (1855–1944) im Palais Carl Ludwig gewesen. Am 21.3. waren die Mays nach Linz gereist, am 24.3. waren sie in München eingetroffen.

München. Ganz ebenso. Kaum bin ich ins Hôtel getreten, so kommt der Adjutant, mich an den Königlichen Hof zu bitten. Großartige Audienz, mehrere Stunden lang; sämmtliche Mitglieder des Königshauses da. Alles liest May! Einladungen zum Diner beim Fürsten v. Oettingen, der Fürstin Metternich etc. May-Klubb, wieder tausende von Lesern etc. etc. nach 8 Tagen heimlich ausgerissen.[4]

Regensburg. Kommerzienrath Pustet trommelt alle Honoratioren und Offiziere zusammen; wieder Sturmlauf der Leser; werde als Wunderthier behandelt, gerathe nach einigen Tagen in Wuth darüber und reiße wieder aus.[5]

Nur wenige Tage daheim. Drei Grafen von Radetzky, Enkel des Feldmarschalls, Graf Schwerin, Prinzessin Windisch-Gräz u.s.w. Gehe nach Dessau zum Geburtstag des Herzogs. Von da Reise durch Nordddeutschland, und damit Old Shatterhand doch auch einmal Etwas erlebt, wird er in Gartow, dem welfischen Erdenwinkel, als französischer Spion arretirt. Darüber allgemeine Entrüstung in den Blättern. Graf von Bernstorff, der Besitzer des dortigen Schlosses, ladet mich ein etc. etc.[6]

[4] In München, wo sie wieder im Hotel Trefler wohnten, hatten sich die Mays vom 24.3. bis 28.3.1898 aufgehalten. Am 26.3. waren sie im Wittelsbacher Palais empfangen worden. Die Audienz hatten die Töchter des Prinzen Ludwig von Bayern (1845–1921) und der Prinzessin Marie Therese geb. von Österreich-Este (1849–1919) arrangiert, die begeisterten May-Leserinnen Wiltrud (1884–1975), Helmtrud (1886–1977) und Gundelinde (1891–1983) von Bayern. Weitere Einladungen hatten die Mays u. a. von Fürst Albrecht von Oettingen-Spielberg (1847–1916, verheiratet mit Fürstin Sophie geb. Prinzessin von Metternich-Winneburg, 1857–1941) und der Fürstin Pauline Metternich-Winneburg geb. Gräfin Sándor-Slavnica (1836–1921, Schwiegermutter des Fürsten von Oettingen-Spielberg) erhalten.

[5] In Regensburg waren die Mays am 29.3. eingetroffen; die genaue Dauer des Aufenthalts ist nicht bekannt.

[6] Die Urenkel des österreichischen Feldmarschalls Johann Joseph Wenzel Graf Radetzky von Radetz (1766–1858), die Grafen Joseph Franz Johann

Doch genug; ich bin seit 5 Tagen wieder heim, und nun kann ich in Ruhe den wohl längst erwarteten Brief an Sie richten.[7]

Zunächst: Der nächste Band ist der 25te, also ein Jubiläumsband; da muß ich etwas Vorzügliches bringen, weiche also von meiner bisherigen Absicht ab und werde einen Band schreiben, der entweder den Titel

„Vom Tode erstanden"[8] oder

„Am Jenseits"

hat. Welches von beiden gefällt Ihnen besser? Ich hoffe, recht bald anfangen zu können. Vielleicht werden es gar 2 Bände.[9]

Hierauf erwähne ich die Musikalien. Alle Welt bestürmt mich um mein Ave Maria. Es muß gedruckt werden. Jeder Gesangverein kauft es; es ist für Männerchor; gebe ich noch ein Lied für gemischten Chor dazu[10], so ist das ein Geschäftscoup, durch welchen Derjenige, der nur das eine braucht,

(1884–1966), Theodor Franz Leopold (1885–1917) und Egon Alfred Johann (1887–1927) Radetzky von Radetz hatten May erst am 16.5. besucht. Nach Dessau war May bereits Ende April allein gereist, um dort und in der Umgebung Studien für ein Stück über den „alten Dessauer" zu betreiben; am 29.4. hatte er vermutlich an der Geburtstagsfeier des Herzogs Friedrich I. von Anhalt-Dessau (1831–1904) teilgenommen. Anfang Mai hatte er sich dann in dem kleinen Ort Gartow aufgehalten, wo er nach seiner Angabe bei dem Grafen, Rittergutsbesitzer und Reichstagsabgeordneten Berthold von Bernstorff (1842–1917) zu Gast war. Verbürgt ist, dass May tatsächlich am 6.5. im Gartower Hotel Krug kurzfristig arretiert wurde, weil er sich u. a. durch verschwenderische Trinkgelder als Hochstapler verdächtig gemacht hatte.

[7] Tatsächlich hatte das Gartower Erlebnis May den weiteren Aufenthalt im östlichen Niedersachsen verleidet, sodass er bereits am 7.5. von Gartow abgereist war und seit dem 8.5. wieder in Radebeul war.

[8] Dieser Titel ist von Fehsenfeld durchgestrichen; Randnotiz zu „Am Jenseits": „Fein!"

[9] Den „Jubiläumsband" *Am Jenseits* verfasste May von August 1898 bis März 1899 unmittelbar für Fehsenfeld. Ein mehrfach angekündigter Folgeband *Im Jenseits* wurde nie geschrieben.

[10] Randstrich zu diesem Absatz bis hierhin

gezwungen wird, auch das andere mitzukaufen. Da habe ich denn ein „Gebet" gedichtet und componirt, welches in Wien bei der hohen und höchsten Aristokratie und in allen Vereinen außerordentlich angesprochen hat, fast noch mehr als das Ave Maria, welches die Blätter doch kaum anders bezeichnen als „Dr. Karl May's berühmtes Ave Maria". Ich selbst halte beide für gleichwerthig und bin überzeugt, daß wir viel verkaufen werden.[11] Der Text des Gebetes lautet:

„Vergiß mich nicht; ich steh im dunkeln Land!
Führ mich zur Klarheit, Herr, an Deiner Hand;
Ich sehne mich nach deinem Licht.
Vergiß mich nicht, o Herr, vergiß mich nicht!

Vergiß mich nicht; Herr, hör mein Flehen an!
Hinüber schaut mein Aug nach Kanaan.
Gieb mir, was Dein Prophet verspricht;
Vergiß mich nicht, o Herr, vergiß mich nicht!

Vergiß mich nicht; es winkt mir Zion schon!
Ich seh den Himmelsglanz um deinen Thron.
Wenn drob mein Aug im Tode bricht,
Vergiß mich nicht, o Herr, vergiß mich nicht!"

Sie sehen, das Gedicht ist dem Ave Maria ebenbürtig, und so ist es auch mit der Composition. Ich werde zum Drucke gedrängt, und da fragt es sich, ob Sie noch gewillt sind, den Verlag zu übernehmen. Wenn ja, dann sende ich Ihnen die beiden Lieder, welche die No. 1 der „Ernsten Klänge"[12] bilden sollen, unter welchem Titel ich eine Reihe meiner Compositionen in zwangloser Folge veröffentlichen will. Käufer

[11] Im Frühjahr 1897 hatte May zum *Ave Maria*, dem Sterbelied Winnetous, eine Partitur komponiert, die im Juni des Jahres als *Komposition für* [vierstimmigen] *Männerchor* [in Es-Dur] im *Deutschen Hausschatz* erschienen war. Die Komposition *Vergiß mich nicht* dürfte spätestens Anfang 1898 entstanden sein. Entgegen dem hier skizzierten Plan entschied May sich später dazu, auch das *Ave Maria* für gemischten Chor einzurichten.

[12] Der Titel ist zusätzlich doppelt unterstrichen, vermutlich von Fehsenfeld; Randstrich zum Rest des Absatzes.

sind ja da; sie brauchen nur zu erfahren, daß die Lieder auch da sind.[13]

Sodann: die May-Postkarten.[14] Soviel ich an- und herumgefragt habe, ich habe kein Geschäft gefunden, welches, selbst bei einem Auftrage von hunderttausend, das Stück zu 1 Pfennig liefern will. In Oesterreich vielleicht, ja; aber da kann man wegen den Zollscheerereien gleich gar nicht daran denken. – Kein solcher Mensch will ein Probebild[15] anfertigen, und doch will man erst sehen, ob es gelungen ist. Ein einziger, ein Dresdener, wollte eines liefern und ging auch bei 50,000 auf 14 Mrk. pro Tausend herunter. Ich lege Ihnen Einiges bei. Am Besten gefällt mir die von Griese, Hamburg (Bismark).[16] Ich schlage vor, Sie suchen selbst nach einem solchen Geschäft; das ist das Allereinfachste. Ihnen als gewandten Buchhändler kann es ja gar nicht fehlen.

Ueberall, wo ich davon gesprochen habe, waren die Leser ganz entzückt von dem Gedanken, May-Karten bekommen zu können. Ganze Institute werden gar keine andern mehr kaufen. Es giebt Institute (wie das berühmte Kalksburg bei Wien, wo nur Söhne adeliger Eltern erzogen werden, jetzt ca. 400 und wo ich auch einen Tag war und wie ein Fürst gefeiert worden bin), die gleich 1000 kaufen werden.[17]

[13] Das Heft *Ernste Klänge*, mit zwei Partituren für gemischten Chor (*Ave Maria* in B-Dur und *Vergiß mich nicht*), erschien verspätet erst im April 1899; zu einer Fortsetzung der Reihe kam es nicht.

[14] Gemeint sind die Werbepostkarten mit Szenen aus den Reiseerzählungen, über die May und Fehsenfeld im Januar 1898 gesprochen hatten. May hatte sich zwar zunächst wenig begeistert von dieser Idee gezeigt, schließlich aber doch eingewilligt, nachdem Fehsenfeld ihm versprochen hatte, auch drei Porträtbilder von ihm in Zivil, als Old Shatterhand und als Kara Ben Nemsi herstellen zu lassen.

[15] Wort unterstrichen

[16] May hatte u. a. eine Bismarck-Karte der Graphischen Kunstanstalt Carl Griese beigelegt.

[17] Der ganze Absatz ist mit einem Randstrich versehen, die Zahl „1000" ist unterstrichen. – Am 22.2.1898 hatte May im Theatersaal des Konvikts Kalksburg einen Vortrag über das Thema: *Winnetou, der „Adelsmensch"* gehalten.

Sonderbar war es mit Kirsch in Wien. Der machte mir die Offerte, als ich bei ihm soupirte,x Postkarten von mir zu verlegen und mir gleich 2000 Gulden anzuzahlen. Er war ganz Feuer und Flamme und hing dann sehr den Kopf, als er hörte, daß Sie der Mann sein würden, welcher.[18] Auch Steurer in Linz fing davon an, der arme Junge![19]

Also bitte, suchen Sie das richtige[20] Geschäft! Ich werde dann für gute Bilder sorgen; aber nur schwarz[21], nicht bunt. Papageikarten dürfen es nicht sein.

Was erdreistet sich denn diese „Litterarische Agentur" (O. Georgi) in Berlin?[22] Wollen Sie sich das gefallen lassen, lieber Freund? Als mein Verleger dürfen Sie das nicht. Der Kerl muß wegen unlauterm Wettbewerb verklagt und bestraft werden. Meine Werke als Vorspann für seinen Schund zu gebrauchen! Das dürfen wir ganz unmöglich dulden. Bitte, schreiben Sie mir umgehend, was Sie zu thun gedenken![23]

Wie ist die Messe abgelaufen? Hat sich nicht herausgestellt, daß wir neue Auflagen brauchen?[24]

Es hat mir sehr leid gethan, daß wir nicht daheim waren und Krämer nicht empfangen konnten.[25] Wir hätten ihn so

x ein festliches Abendessen einnehmen

[18] Am 21.2.1898 hatten die Mays den Wiener Buchhändler Heinrich Kirsch (1851–1917) in dessen Buchhandlung, Singerstraße 7, besucht. Bei dieser oder einer späteren Gelegenheit hatte Kirsch den genannten Vorschlag gemacht.

[19] Der Buchhändler Fidelis Steurer (1853–1907) hatte sich am Vertrieb der Kostümfotos beteiligt. May hatte ihn am 23.3.1898 zusammen mit Emma in Linz, Schmidtorstraße 5, besucht.

[20] Wort unterstrichen

[21] Die letzten beiden Wörter sind mehrfach unterstrichen.

[22] Fehsenfeld hatte May einen Prospekt der Berliner Agentur O. Georgi geschickt, in dem für Werke des Mittelschullehrers Carl Cassau (1840–1909) mit dem Namen Mays geworben wurde.

[23] Am Rand des Absatzes drei Fragezeichen

[24] Der Absatz ist durchgestrichen. Die Leipziger Buchhändlermesse hatte 1898 vom 1.5. bis 8.5. stattgefunden.

[25] Fehsenfelds Prokurist Sebastian Krämer war vergeblich in Radebeul gewesen.

gern einmal bei uns gehabt! Aber da ich einmal nach Dessau mußte (der Herzog und die Herzogin sind begeisterte Leser[26]), so benutzte ich das, um gleich weiterzufahren und wegen meines nächst erscheinenden Theaterstückes in Gartow, Lüchow, Lenzen etc. Studien zu machen. Dabei zeichnete ich Wege, den Lauf der Elbe etc. und wurde, wie schon erwähnt, als franz. Spion arretirt.

Wie steht es mit Ihrer Gesundheit? Wieder wohl? Ich hoffe es! Grüßen Sie Freiburg, vorher aber natürlich Ihre verehrte Frau Gemahlin und die lieben Töchterleins! Meine Frau schließt sich von Herzen diesen Grüßen an.

Nun aber Gruß, Kuß, Schluß, denn sonst Verdruß!

Ihr
May.

MAY AN FEHSENFELD • 20. Mai 1898
Brief, hs.

Radebeul-Dresden, d. 20./5. 98.

Lieber Freund!

Habe Ihnen einen 9 Seiten langen Brief geschickt und da Alles erörtert. Lassen Sie sich ihn schicken.[27] Ich muß jetzt in die Stadt; darum so kurz. Lieb würde es mir sein, wenn Sie mir das Honorar für Bd. I und II umgehend schicken könnten. Geht es? Bitte!

Sie und Ihre Lieben herzlichst grüßend, natürlich auch von meiner Frau, bin ich

Ihr
alter
May.

[26] Friedrich I. von Anhalt-Dessau und Herzogin Antoinette geb. Prinzessin von Sachsen-Altenburg (1838–1908)

[27] Fehsenfeld war mit seiner Familie nach Bad Kissingen gereist. Mays Brief vom 19.5. erreichte ihn daher verspätet.

FEHSENFELD AN MAY • 23. Mai 1898
Brief, ms. Kopie

Bad Kissingen 23/V 98.

Theuerster Freund!

Ihr langer Brief hat mich sehr erfreut, ebenso wie die Ehrbezeigungen, die Ihnen die ganze Welt mit Recht entgegenbringt. Mit großer Freude sehe ich die köstliche, thatkräftige Frische, die aus dem Briefe spricht. Also ans Werk!

Erst Postkarten! Ich habe sofort geschrieben & hoffe in wenig Tagen das Günstigste gefunden zu haben. Ich habe Ihnen 3 Pf. für das Stück offeriert, würden Sie sich nicht mit 2 Pf. begnügen?

Sehen Sie: 2 Pf an Sie
1 ½ " Herstellung
½ " Spesen dann bleibt für mich 1 bis 2 Pf,
davon muß ich alles tragen, Inserate, Umschläge für die Collection, Porto, Comission etc. denn die Händler sind gewohnt, das dutzend für 1 Mk im Umschlag zu verkaufen, einzeln 10 Pf. Ich würde Ihnen ja sehr gern 3 Pf zahlen, aber dann, glaube ich, leidet der Verkauf durch d. Händler, die bei dem geringen Verdienst nichts riskieren wollen. In vielen Fällen nehmen die Käufer, wenn die Leute keinen Vorrath haben, andere Karten. Ich glaube, Sie werden doppelt so viel verdienen, wenn Sie sich mit 2 Pf. begnügen. Doch wie Sie wollen. Bitte senden Sie sofort 15 Bilder, die Sie gemacht zu sehen wünschen. Bitte sofort, ich kann dann sofort Proten[28] machen lassen.

Wegen der Musikalien habe ich auch sofort geschrieben.

Bitte schicken Sie die Mnscpte auch gleich und teilen Sie mir Ihre Wünsche betr. Format und allem mit, ebenso die Honorare. Ich biete 50 Pf für je 3 Mk Ladenpreis; das können wir aber wohl nicht für so ein kleines Heft verlangen. Wieviel kosten denn gewöhnlich die Stimmen? Ich habe keine Ahnung, doch habe ich schon angefragt und werde dem Brauch Andrer folgen.

[28] Gemeint sind Prototypen.

Der Titel von Bd 25
Am Jenseits
ist ganz ausgezeichnet. Wann denken Sie mit dem Band fertig zu sein? Mitte August? Oder ist das zu früh.

Wegen der litterarischen Agentur (O. Georgi) Berlin, weiß ich wirklich nicht mehr, was mit ihr los ist. Bitte geben Sie mir doch gleich Auskunft, damit ich die nötigen Schritte tun kann.

So, das wärs in aller Kürze! Also bitte recht bald: Bilder, möglichst viel verschiedene, dann Text & Composition von Heft I der „Ernsten Klänge".

Der pekuniäre Erfolg wird, hoffe ich, ebenso groß sein, wie [der] moralische unserer Bücher.

Noch eins: Spemann's Bände?[29]

Tausend Grüße von meiner Frau & den Kindern Ihnen Beiden, besonders aber von Ihrem

Treuergebenen
Fr. Ernst Fehsenfeld.

4000 Mk werden heute von Frbg abgeschickt!

MAY AN FEHSENFELD • 28. Mai 1898
Brief, hs.

Radebeul, d. 28./5. 98.

Lieber Freund!

Hier sende ich Ihnen die Partitur des ersten Heftchens (od. No. 1) der „Ernsten Klänge". Ob Sie nur die Partitur oder auch die Stimmen drucken, steht in Ihrem Belieben. Beides hat seine Vor- und Nachtheile.

Die Bilder zu den Postkarten sende ich Ihnen nach den Feiertagen.[30] Lassen Sie die Karten gesetzlich schützen! Da

[29] Nachdem May sich von Spemann getrennt hatte, dachte Fehsenfeld daran, auch die Jugendromane in seiner Reihe zu veröffentlichen. Hierzu kam es jedoch erst nach Mays Tod im Karl-May-Verlag.

[30] Gemeint sind die Pfingsttage (29./30.5.1898).

Sie es sind, will ich mit zwei Pfennigen zufrieden sein, damit Ihr Reichthum sich vermehre.

Ueber „Am Jenseits“ werde ich mich baldigst machen, damit Ihr Wunsch erfüllt werde: zu Weihnachten Bücher, Postkarten und Lieder von May. „Ernste Klänge“ werden in zwanglosen Nummern erscheinen.

Sie haben vergessen, was mit O. Georgi ist? Da sende ich Ihnen d. Prospect, den Sie mir schickten, zurück. Bitte, verklagen Sie ihn, entweder wegen unlauterm Wettbewerb oder etc. etc. Wir dürfen es uns unmöglich gefallen lassen, daß er uns für seinen Schund als Vorspann benutzt. Er stellt damit Cassaus Nachtretereien von May als gleichwerthig hin und schädigt uns. Es ist ja richtig, wer nicht nachgeahmt wird, der ist kein guter Schriftsteller; aber man braucht es sich doch nicht gefallen zu lassen, daß so ein Mensch in unsern Geldschrank greifen und auf unsern Lorbeeren sein Dolce far niente[31] halten will.

Herzliche Grüße von Haus zu Haus
und gesunde, frohe Feiertage!
Ihr
May.

MAY AN FEHSENFELD • 7. Juni 1898
Telegramm (nach Bad Kissingen)

[Dresden, 7. 6. 1898, 16.50 Uhr]

Photographien gehen ab. Civil donnerstag old schatterhand und nemsi sonntag[32], Gruss
Dr. May
(Nemsi undeutlich)

[31] Ital.: süßes Nichtstun

[32] Gemeint sind die Vorlagen für die geplanten drei Porträt-Postkarten, an denen May besonders lag. Der Donnerstag fiel auf den 9.6., der Sonntag auf den 12.6.

FEHSENFELD AN MAY • 2. Juli 1898
Brief, ms. Kopie (Original laut einer Notiz in der Handschrift von Sebastian Krämer)

[Freiburg B., den] 2. Juli [189]8

Herrn Dr. Carl May
Radebeul

Liebster Freund!

In Betreff der Postkarten habe ich folgenden Plan gefaßt, der hoffentlich Ihre Beistimmung finden wird umsomehr, da er eine ungeheuere Reklame für unsere Ausgabe macht und gleichzeitig, wie ich bestimmt glaube, einen bedeutenden Nutzen abwerfen wird.

Ich habe mich mit einer Anzahl von Künstlern in Verbindung gesetzt, welche bereit sind, Illustrationen zu unseren Bänden zu machen und zwar rechne ich: 25 Bände, jeden Band mit 4 Bildern, zusammen also 100 Bilder, resp. Karten. Diese werden fortlaufend numeriert werden und unter dem Titel „May-Postkarten" in Serien von je 10 Bildern in einem Umschlag ausgegeben werden.[33]

Gehen diese 100 Karten, wie ich erwarte, in großem Maßstab, so steht es uns frei, jeder Zeit die Sammlung fortzusetzen. Die Bilder werden Scenen aus Ihren Werken bringen und in ganz kleiner Schrift unter jedem Bilde würde stehen z. B.:

und sie ritten über den Salzsee.

Aus Carl May's ges Reiseerzählungen Bd. I. Seite

[33] Dieser Plan wurde im Herbst realisiert, doch blieb es nach Protesten Mays bei der „Serie 1." der *Karl May Postkarten*, obwohl es von einer zweiten Serie bereits Probedrucke gab; die veröffentlichte Mappe enthielt ein exotisch umranktes Brustbild von Old Shatterhand (von May nur für die Porträtreihe vorgesehen), neun gezeichnete Handlungsmotive aus den Bänden I (Nr. 2), IV (Nr. 3), VI (Nrn. 4 und 5), IX (Nr. 6), X (Nr. 7), XVII (Nr. 8) und XVIII (Nrn. 9 und 10) im Format 9 x 14 cm sowie ein Deckbild mit Mays Zivilporträt.

Die erste Serie wird erstens Ihr Portrait enthalten, ferner 9 Karten aus den ersten 3 Bänden, dann kommen 10 Bilder aus Bd III. IV. V, dann Ihr Bild als Old Shatterhand und 11 Bilder aus Winnetou u.s.w. Sowie einzelne Bilder fertig sind und ich Probe Abzüge habe, sende ich Ihnen solche; ich hoffe, daß die Geschichte recht schnell vorwärts geht, daß wir diesen Sommer noch recht gute Geschäfte damit machen.

Sie erhalten von jeder Postkarte 2 Pfennig und habe ich Krais beauftragt, Ihnen jeden Druck Auftrag direkt mitzuteilen, sodaß Sie stets auf dem Laufenden erhalten sind. Ich werde vorläufig von jeder Karte 20,000 drucken, sodaß ich Ihnen, sobald die erste Serie (200,000 Bilder) fertig ist, 4000 Mk übersenden werde.

Indem ich hoffe, daß dieses eigenartige Unternehmen Ihren Werken recht viele neue Freunde zuführen und uns beiden einen reichen pekuniären Erfolg bringen wird, bin ich mit den besten Grüßen von Haus zu Haus Ihr noch immer nicht ganz gesunder, nichts destoweniger aber ganz fideler

Freund, Vetter und Reichstagswähler[34]

Fr. Ernst Fehsenfeld.

Nach eigenem Stenogramm.[35]

[34] Die Wahl zum 10. Deutschen Reichstag hatte am 16.6.1898 stattgefunden. Nach Stimmen bildeten die Sozialdemokraten die stärkste Partei. Durch die für Massenparteien ungünstige Wahlkreiseinteilung wurden sie aber nur zweitstärkste Fraktion hinter dem Zentrum, das tatsächlich rund 9 % hinter der SPD lag.

[35] Unterschrift und Postskriptum in der Handschrift Fehsenfelds. Fehsenfeld hat Briefe, die er von anderen Personen schreiben ließ (nach Diktat oder Stenogramm) gewöhnlich persönlich unterzeichnet. Dies wird im Folgenden nicht mehr besonders vermerkt.

FEHSENFELD AN MAY • 4. Juli 1898
Brief, ms. Kopie (Original in der Handschrift von Sebastian Krämer)

[Freiburg B., den] 4. Juli [189]8

Herrn Dr. Carl May
Radebeul

Sehr geehrter Herr Doktor!
Sie wollten mir s. Zt. die Platten zu Ihren Photographien überweisen. Wie mir mitgeteilt wird, liefert weder der Photograph noch der Linzer Buchhändler die Bilder mehr[36], sodaß es sich wohl lohnen dürfte, wieder Abzüge zu machen, um die eingehenden Bestellungen erledigen zu können.
Ganz ergebenst
Ihr F E Fehsenfeld

MAY AN FEHSENFELD • 8. Juli 1898
Brief, hs.

Radebeul, d. 8./7. 98.

Lieber Freund!
Ihr Vorschlag vom 2ten d. M. hat meinen Beifall. Machen wir es so! Nur geht aus Ihrem Briefe nicht hervor, ob Sie blos diese Serien herausgeben wollen oder ob es auch außerdem bei den drei Portraitpostkarten bleibt (Old Shatterhand, Kara Ben Nemsi und Civil, welch letzteres ich Ihnen heut beilege). Bitte Antwort![37]

[36] May hatte sowohl Adolf Nunwarz als auch Fidelis Steurer den Weitervertrieb der Kostümfotos untersagt.

[37] Fehsenfeld hat den Brief an Felix Krais weitergeleitet, der ihn auf einem gesonderten Blatt unter der Überschrift „Bemerkungen von Felix Krais zu Herrn Dr. K May's Brief v 8/VII 98" kommentierte. Die Bemerkungen sind im Folgenden nach den Bezugsstellen eingefügt.

[Felix Krais: Es giebt im Ganzen 100 Postkarten, je 10 in 1 Mäppchen, vorläufig für Bd. I – XXIV à 4 = 96 Stück
Portrait Kara Ben Nemsi Postkarte No 1 (Bd I)
" Old Shatterhand " 29 (Bd VIII Winnetou II)
" Civil hat noch keine No., da bis jetzt nicht vorgesehen gewesen, kann evtl. als Bild 1 zu Bd 25 also No 97 werden.

Ich schrieb darüber auch gestern an Hrn Krämer ob das Bild (Civil) nicht an Roeder f den Titel Ernste Klänge zu verwenden sei. Bitte darüber Verfügung da Roeder unbedingt rasch eine gute Photogr. haben muss.[38]]

Hauptsache ist, daß in den Serienbildern Old Shatterhands und Kara Ben Nemsis Gesicht in jeder Stellung gut getroffen ist. Wenn Sie es wünschen, sende ich Ihnen Photographieen zum Studium für die Künstler ein. Bitte Antwort!

[Krais: Bitte ja möglichst umgehend mir diese Photos zu senden, wenn May darauf besondern Wert legt, ich brauche f. d. versch. Künstler:
4 Kara Ben Nemsi
2 Shatterhand]

Ebenso möchte Winnetou ähnlich sein. Ich bin bereit, Ihnen eine Zeichnung anzufertigen, welche ähnlich ist. Bitte Antwort!

Wie steht es mit den Compositionen? Ist damit schon begonnen worden? Bitte Antwort!

[Krais: Jawohl Dr. May möge diese Zeichnung anfertigen und sie an Carl Henckel, Kunstmaler Pirna b. Dresden 10 Kamenzer Str. senden, der das Portrait v. Winnetou in Auftrag hat und es am Besten nach Dr. Mays Skizze ausführt.[39]

[38] Die *Ernsten Klänge* wurden nicht von der Hoffmannschen Buchdruckerei, sondern von der Lithographischen Anstalt von Carl Gottlieb Röder in Leipzig (Reudnitz) gedruckt.

[39] Eine Winnetou-Postkarte wurde nicht realisiert. Überliefert sind jedoch unveröffentlichte Postkarten von Carl Henckel (1862–1929) zur *Winnetou*-Trilogie.

Ja, es ist auf der ganzen Linie begonnen worden, die meisten Szenen habe ich selbst angegeben.]

Aus Ihren Zeilen vom 4ten d. M. werde ich nicht klug. Habe ich Ihnen wirklich Platten versprochen? Wozu? Haben Sie etwa, ohne daß ich davon wußte, die Absicht, auch die Photographieen zu verlegen? Das wäre mir sehr lieb. Platten bekommt natürlich nur der Verleger vom Photographen. Bitte Antwort!

[Krais: Das geht mich wohl nix an.[40]]

Nunwarz in Linz ist geschaßt. Meine Lieben theilten mir mit, daß er mich betrügt; sie dictirten mir seine ganze, heimliche Buchführung und klärten mich auch über alle andern Heimlichkeiten auf.[41] Da reiste ich hin, überführte ihn und nahm ihm den Verlag. Es stimmte Alles, was sie mir gesagt hatten; er ist ein Lump.

Wenn Sie die Photographieen auch übernehmen wollen, so bitte, telegraphiren Sie mir sofort, weil ich schon in anderweitiger Unterhandlung stehe.

Im Uebrigen bin ich auch deutscher Reichstagswähler, außerdem Ihr Freund, Vetter, Onkel und Urahne und bitte Sie, Ihre Lieben herzlich zu grüßen von meiner Frau und

Ihrem

May.

[40] Die beiden folgenden Absätze hat Krais mit dem Zeichen „δ" für „dito" versehen.

[41] Vor wichtigen Entscheidungen pflegte May seine „Lieben", d. h. die Geister der Verstorbenen, zu befragen. Den Vertrag mit Adolf Nunwarz hatte May schriftlich gelöst.

FEHSENFELD AN MAY • 10. Juli 1898
Brief, ms. Kopie (Original in der Handschrift von Sebastian Krämer)

[Freiburg B., den] 10. VII. [189]8

Herrn Dr. Carl May
Radebeul

Liebster Freund!

Soeben erhalte ich Ihre frdl. Zeilen und beeile mich, sie sofort zu beantworten.

Die mitgesandte Photographie gefällt mir sehr gut; sie ist sehr hübsch. Selbstverständlich beabsichtige ich, die 3 Portraits Karten auch zu bringen und zwar immer als Hauptbilder der 3 ersten Serien. Es wird mir sehr lieb sein, wenn Sie mir sofort noch Photographien zum Studium für die Künstler schicken, denn ich habe nur diejenigen zur Verfügung, die wir in der Collektion bringen wollen.[42]

Wenn Sie mir eine Zeichnung von Winnetou machen wollen, die ähnlich ist, so bitte ich es aber gleich zu tun. Das würde dann von großer Zugkraft für das Unternehmen sein.

Die Compositionen sind bei Roeder in Druck für den Fall, daß Sie ihm schon ein Bild geschickt haben, sonst wartet er darauf. Es sind vorläufig 5000 Exemplare in Druck-Auftrag gegeben; über den Preis und andere Dinge sprechen wir, sobald 1 Exemplar vorliegt, da man ohne ein Heft zu sehen, keinen Preis-Anschlag machen kann.

Was Ihre Photographien anbelangt, so haben Sie s. Zt. als wir in Stuttgart waren, gesagt, daß Sie solche dem Nunwarz genommen hatten und daß die Platten Ihnen gehören; das

[42] Wahrscheinlich schickte May in der Folge tatsächlich weitere Fotos nach Freiburg oder Stuttgart, denn es sind fünf (von ursprünglich wenigstens acht, vermutlich aber neun) Nunwarz-Fotos überliefert, die ihn als Old Shatterhand und Kara Ben Nemsi zeigen und von einem Künstler (wahrscheinlich von Adolf Wald) nachträglich retuschiert und mit malerischen Kulissen versehen wurden.

kann ich aber auch mißverstanden haben.[43] Wir haben auch schon darüber correspondiert[44]; ich habe aber auf meinen diesbezügl. Brief damals keine Antwort von Ihnen erhalten und dachte, es wäre Ihnen vielleicht unangenehm. Selbstverständlich wäre es für alle Teile das beste, wenn die Photographien auch in meinem Verlage erschienen; es wird dann auch ganz anders dafür gearbeitet, als bei einem so obscuren Photographen.

Meine telegraphische Antwort ging soeben ab.

Dies in aller Kürze; es ist Sonntag Vormittag und meine Leute wollen spazieren gehen.

Mit herzlichen Grüßen von Haus zu Haus

Ihr Fr. Ernst Fehsenfeld.

MAY AN FEHSENFELD • 2. August 1898
Brief, hs.

Radebeul, d. 2./8. 98.

Lieber Freund!

Anbei empfangen Sie von „Im Reiche des Silberlöwen" Bd. 1. und das erste Kapitel von Bd. II.[45] Es würde mir lieb sein, wenn H. Krais recht bald beginnen könnte, damit wir

[43] Fehsenfeld bezieht sich hier auf das Zusammentreffen mit May bei Felix Krais in Stuttgart im Juni 1897.

[44] Dieser Brief Fehsenfelds ist nicht überliefert.

[45] Die beiden ersten Bände des *Silbernen Löwen* erschienen im November und Dezember 1898 als Bde. XXVI und XXVII der „Gesammelten Reiseerzählungen". Den ersten Band hatte May wenig plausibel zusammengestellt aus dem 1893 entstandenen *Hausschatz*-Text *Die Rose von Schiras*, der 1895 entstandenen Kurzgeschichte *Scheba et Thar* und den Anfangspartien des 1897 entstandenen *Hausschatz*-Textes *Am Turm zu Babel*; der zweite Band entsprach dem Hauptteil von *Am Turm zu Babel*, verknüpft mit der vermutlich erst im Oktober/November 1898 entstandenen, mit der *Silberlöwen*-Handlung kaum zusammenhängenden Erzählung *Ein Rätsel.*

mit diesen beiden Bänden und „Am Jenseits" schnell fertig werden, weil ich im Spätherbst nach Mossul, Bagdad etc. zu Hadschi Halef reise.[46]

Herzlichste Grüße v. H. zu H!

Ihr

May.[47]

MAY AN FEHSENFELD • 20. August 1898

Telegramm

[Olbernhau-Grünthal, 20. 8. 1898]

wir sind verreist[48] haben sie keine sorge um manuskript montag[49] ausfuehrlicher brief = dr. may. +

MAY AN FEHSENFELD • 1./2. Oktober 1898

Brief, hs.

Radebeul, d. 1./10. 98.

Lieber Freund!

Wie Sie aus meinen Karten ersehen haben, war ich nicht daheim sondern wegen den lästigen, täglichen Leserbesuchen nach dem einsamen Orte geflohen, um ungestört an Band 25

[46] May trat seine große Orientreise erst im März 1899 an. Einer der Gründe für diese Verzögerung war, dass er zuvor die Reiseerzählung *Am Jenseits* abschließen wollte.

[47] Notiz, vermutlich von Fehsenfeld: „6000 M bez[ahlt]".

[48] Spätestens seit dem 17.8.1898 hielten die Mays sich mit dem Ehepaar Plöhn und ihrem Hausarzt Curt Mickel im böhmischen Schwefelbad Grünthal auf. Der Aufenthalt hing vermutlich damit zusammen, dass Richard Plöhn sich hier eine Linderung seines Nierenleidens (Morbus Brightii) erhoffte.

[49] Gemeint ist der 22.8.1898.

„Am Jenseits" arbeiten zu können.[50] Damit ist auch Ihre Frage erledigt: Diesen Band schreibe ich neu; „Im Reiche des silbernen Löwen" wird Band 26 und 27. Zu 27 hat Herr Krais das 1. Kapitel schon, und heut sende ich Ihnen die übrigen 4 Kapitel, womit Bd. 27 voll ist, auch 39 Bogen wie 26.[51]

Bitten Sie H. Krais, diesen Bd. 27 recht schnell zu setzen, damit dann „Am Jenseits" nicht zu spät erscheint. An mir soll es nicht liegen; ich arbeite fleißig drauf los. Dieses „Am Jenseits" wird noch weit interessanter als „Weihnacht"; Sie werden sehen!

Für die gesandten 6000 Mark danke und quittire ich herzlichst. Wir erhielten sie gestern bei unserer Heimkehr.[52]

Uebrigens wird mir heut unter den ehrenvollsten Ausdrükken mitgetheilt, daß I. D. Majestäten der Kaiser, die Kaiserin etc. zu unsern begeistertsten Lesern gehören; die Prinzen[53] haben voriges Jahr nicht eher geruht, als bis sie arabische Anzüge à la Hadschi Halef bekommen haben.

[50] Da die von May erwähnten Karten nicht überliefert sind, lässt sich der „einsame Ort" nicht eindeutig bestimmen. Anfang September waren die Mays zur Sommerfrische im erzgebirgischen Kurort Mulda bei Freiberg gewesen; vermutet wird, dass sie anschließend im württembergischen Kirchheim unter Teck, südöstlich von Stuttgart, das befreundete Ehepaar Carl Max Weise (1855–1931) und Emma Weise geb. Brehmer (1854–1940) besucht hatten.

[51] Nachdem May am 2.8.1898 das erste Kapitel des Bandes *Im Reiche des silbernen Löwen II*, *Beim Turm von Babel*, an Fehsenfeld geschickt hatte, folgten nun die Kapitel *Vor Gericht*, *Osman Pascha*, *Wieder im Turm* und *Frohe Heimkehr*. Über 39 Bogen (628 Seiten) ergaben sich erst durch die spätere Hinzufügung des Schlusskapitels *Ein Rätsel*.

[52] Vermutlich waren die Mays in den Morgenstunden des 30.9.1898 aus Kirchheim zurückgekehrt.

[53] Die Söhne des Kaiserpaares Wilhelm II. (1859–1941) und Auguste Viktoria (1858–1921), Wilhelm (1882–1951), Eitel Friedrich (1883–1942), Adalbert (1884–1948), August Wilhelm (1887–1949), Oskar (1888–1958) und Joachim (1890–1920).

Nun zu den Postkarten![54]

Sie werden Lob erwarten; ich muß Sie aber leider betrüben. Zunächst verlangen die Leser mündlich und in hunderten von Briefen die drei Hauptbilder: Civil, Old Shatterhand und Kara Ben Nemsi. Die Photographieen dazu habe ich Ihnen geschickt und fest geglaubt, daß diese 3 Portraits zunächst erscheinen werden. Tausende und Abertausende würden sofort verkauft. Diese 3 Bilder sind doch die Hauptsache und für meine Verehrer etc. etc. viel wichtiger als die Bücherscenen. Sogar Prinzen, Prinzessinnen etc. warten längst mit Schmerzen auf sie. Also bitte, so schnell wie möglich diese drei, aber nicht so groß wie Karte No. 1, die keinen Platz zum Schreiben läßt; der Absender will doch schreiben! Das heißt, das Portrait muß größer sein als bei dieser No. 1 – wenigstens so groß wie auf der beigefügten, allerdings verdorbenen Probekarte. Die viel Platz raubende Umrahmung kann fortfallen.

Ueber die 10 Postkarten ist meine Ansicht folgende:

No. 1 Bild ist nicht übel, doch kein Raum zum Schreiben. Und was soll der dumme Papagei? Gab es kein anderes, bezeichnenderes Thier als diesen Schwätzer, dessen Symbolik doch beleidigend ist? Bitte dringend, weg damit![55]

No. 10. Die Pferde liegen, wie ich schreibe, auf der Wiese. Woher also die Büsche und Bäume? Jedenfalls um die Unkenntniß der arabischen Pferdefigur zu maskiren. Woher die Scheuleder bei Halefs Gaul? Der war doch kein eingeschirr-

[54] Bei seiner Rückkehr hatte May die erste und einzige veröffentlichte Serie der *Karl May Postkarten* vorgefunden, die er im Folgenden einer detaillierten Kritik unterzieht. Die Künstler waren Adolf Wald, Carl Henckel, Fr. Ronfort, A. S. und H. G.

[55] Die erste Karte war ein Brustbild von Old Shatterhand, das May eigentlich für die Porträtreihe vorgesehen hatte; Fehsenfeld hatte es von Fr. Ronfort mit einem exotischen Rahmen versehen lassen, zu dem auch ein Papagei gehörte. Zu den folgenden Kartenkritiken vgl. auch den Beitrag *Papageienbilder. Fehsenfelds „Karl May Postkarten“* von Dieter Sudhoff im zweiten Band der *Karl-May-Welten*, Bamberg, Radebeul 2006, S. 24-66, Bildteil S. I-IV.

tes Droschkenpferd! Und Rihs Kopf ist kein Araberkopf! Der Zeichner muß mehr studiren! Auch hatte Rih keine Blässe. Kein Beduine reitet ein Pferd mit einer Blässe, weil sie für ihn die Vorbedeutung des baldigen Todes hätte.

No. 9. Warum stehe ich hier im Freien? Die Scene spielt doch in der Kapelle! Wie kann ein Gewehr wie mein schwerer Bärentödter freiliegende Läufe haben? Dieses Bild ist überhaupt wüthend. Der Zeichner hat es sich mit meinem Gesichte sehr leicht gemacht. Er verdeckt es, während die Leser doch grad dieses sehen wollen!

No. 8. Wohin hat der Baqquara die Hiebe denn bekommen? Ich schreibe, daß Hafid Sichar sich auf seinen Rücken setzte; auf dem Bilde aber sitzt er grad da, wohin die Hiebe fallen sollen – sonst nicht übel.

No. 7. Was für Pantoffelhufe hat da mein Pferd, besonders der vordere, linke! Wie kann ich den Meisterschuß thun, von welchem die Rede ist, wenn mein Pferd, grad als ich schieße, das Bein hebt! Das ist ein gradezu unverzeihlicher Pudel. Der Stutzen ist viel, viel zu lang, wie ein arabisches Gewehr; der Bärentödter aber auch! Weiß der Zeichner nicht, daß es keinen Stutzen über 95 bis höchstens 100 Centimeter giebt? Und wohin ziele ich? Nicht auf die Kurden sondern viel weiter links!

No. 6. Ich habe extra gesagt, daß es da nur Gras, keine Bäume gab. Warum die Herren Künstler doch keinen Indianer ohne Feder zeichnen können! Das ist doch unwahr! Sonst gut. Aber kein Platz zum Schreiben.

No. 5. Das bin ich, der da liegt? Pfui! Die Leser wollen doch vor allen Dingen mein Gesicht sehen. Der Zeichner macht es sich doch gar zu leicht, obgleich Sie mit den Honoraren jedenfalls nicht knausern. Ich schäme mich dieses Bildes, denn ich sehe aus wie ein vom Esel gestürzter dummer August. Sonst aber gut!

No. 4. Ist gut!

No. 3. Mag passiren, obgleich die Räume anders liegen, als ich sie angegeben habe. Warum setzt man doch immer

Bäume dahin, wohin keine gehören? Ich spreche spreche [sic] doch nur von Mauern!

No. 2. Mag auch gehen, nur bedaure ich lebhaft, daß ich eine Larve vor dem Gesicht habe. Wenn man mich nicht ähnlich zeichnet, mich nicht trifft, so ist es besser, der Künstler zeichnet nur solche Scenen, wo mitten in der finstern Nacht nichts als Mauern stehen; das giebt Schwarz auf Schwarz und stimmt auf alle Fälle. Der Leser aber will mein Gesicht haben. Wer das nicht bringt, darf sich nicht Zeichner resp. Künstler nennen.

Soeben kommt Ihre Depesche, 2 Uhr Mittags. Die während meiner Abwesenheit eingegangenen Sachen habe ich noch gar nicht; die sind bei Plöhns, und die sind nach der Stadt gefahren.

Was ist das mit Silberlöwe und Bd. 25? Ich habe doch gesagt und geschrieben, daß „Am Jenseits" Bd. 25 wird! Wir wollen doch das Dings mit „Old Surehand" (14, 15, 19) nicht wiederholen. „Am Jenseits" wird zur rechten Zeit fertig. Der Sprung einstweilen über eine Nummer ist doch kein Unglück und wird binnen 4 Wochen ausgefüllt, wenn „Am Jenseits" schneller gesetzt wird, als „Silberlöwe" Bd. 1 jetzt gesetzt wurde.

Sonntag, d. 2./10. 98.

Ich wurde gestern verhindert, weiterzuschreiben, und sehe jetzt, daß ich mit meinem Urtheile über die Karten zwar wahr gesprochen habe, aber etwas höflicher hätte sein können. Verzeihen Sie das, lieber Freund! Aber meine Nerven sind herunter; Alles regt mich zehnfach auf; Sie ahnen nicht, wie ich von Hoch und Niedrig schriftlich und persönlich überlaufen werde und selbst im entlegensten Ortchen, nachdem man mich entdeckt hat, keine Ruhe und Erholung finde. Zudem ist es im höchsten Grade ärgerlich für mich, daß Sie mich mit den Karten vor ein Fait accompli[56] gestellt haben, ohne mich die Entwürfe erst sehen zu lassen. Wäre dies geschehen, so hätte ich die nöthigen Fingerzeige gegeben und die Ausführung hätte befriedigt. Denken Sie doch, daß alle Fürstenhöfe, sogar die italienische Kronprinzessin[57], obgleich sie geborene Montenegrinerin ist, uns mit Begeisterung lesen und daß nicht nur sie sondern Fürsten, Generale etc. unsere Karten kaufen werden. Die österr. Erzherzöge, bayer. und preuß. Prinzen, Turn und Taxis, Mecklenburg, Schönburg, Montecuculi, Esterhazy, Gallas, Wende, Radziwill etc. warten schon darauf; sogar Graf Deym, österr. Gesandter in London, war bei mir und sagte, daß er sich riesig darauf freue.[58] Das sind lauter Kenner, und aber nun!!!

Wenn ein Oberlandesstallmeister Halefs Pferd mit Scheuleder oder gar meinen vollständig verzeichneten Rih sieht, der keine Spur von Araber an sich hat! Diese Leute haben unsere Bände förmlich studirt; sie besitzen meine Bilder; sie kennen die Waffen, die Kleidung, die betreffenden Situationen ganz genau, und nun stimmt auf den Karten nichts, gar nichts. Das erregt, gelinde gesagt, ein Schütteln des Kopfes, welches durch unsern ganzen Leserkreis geht. Wer solche Karten zeichnen will, und zwar richtig zeichnen, der muß alle, aber auch alle unsere Bände intus und sich vollständig in sie hineingelebt haben. Er darf es sich nicht dadurch leicht machen, daß er mein Gesicht nicht mitbringt, denn grad das ist die Hauptsache, grad das will man haben. Er muß sich genau an jede Situation halten, die er illustrirt; er darf nicht Bäume setzen, wo keine sind, oder eine Scene aus dem Innern der Musallah el Amwat nach außen verlegen, um sich die Sache leichter zu machen. Er hat überhaupt auf alle Eselsbrücken

[56] Frz.: vollendete Tatsache

[57] Elena (1872–1952), verheiratet mit Kronprinz Viktor Emanuel (1869–1947), ab 1900 König von Italien

[58] Der österreichische Diplomat Constantin Graf Deym von Střítež (1873–1955) hatte May am 10.9.1898 seinen Besuch angekündigt, der jedoch erst nach dessen Rückkehr aus der Sommerfrische erfolgt sein kann.

zu verzichten und für sein Honorar etwas Gutes zu liefern. Auch muß ihm nicht erlaubt sein, Scenen selbst zu wählen, weil sie ihm keine Mühe machen. Es kommen doch wahrhaftig genug Situationen vor, die hoch-actuell sind! Warum also solche wie No. 2 wählen, die mich noch dazu meines Gesichtes wegen schämen macht. Seine erste und höchste Aufgabe ist, zu characterisiren; weiß oder kann er das nicht, so ist er unbrauchbar für uns und wir machen keine Geschäfte. Der Zeichner darf um Gotteswillen nicht denken, daß er nur für unwissende Schüler arbeitet, die mit Allem zufrieden sind! Meine Werke sind für die Jugend und das erfahrene, kritische Alter geschrieben[59], und so hat auch er zu arbeiten. Uebrigens haben grad unsere jugendlichen Leser mir tausendmal bewiesen, welch eine haarscharfe Kritik sie üben. Der Künstler darf nicht schleudern; er muß sich Mühe geben; er hat sich zu sagen, daß selbst der deutsche, der österreichische Kaiser[60] sich im Privatgebrauche unserer Karten bedienen werden[61], wie ich ganz genau weiß. Wir müssen uns also bemühen, Ehre einzulegen, zumal vorauszusehen ist, daß sich die Zeitungen dieses Unternehmens bemächtigen werden. Diese Kartenausgabe ist keine häusliche Arbeit am Strickstrumpfe, die Niemand sieht, sondern ein ganz bedeutend öffentliches Unternehmen, welches von hunderttausend oder millionen kritischen Augen beurtheilt wird. Wir dürfen also nur absolut Gutes bieten. Wie man Respect vor meinen Werken hat und mit Begeisterung von ihnen spricht, so müssen auch diese Postkarten-Illustrationen vor allen Dingen Achtung erwecken, wenn sie mit der von uns erwarteten Begeisterung aufgenommen und verbreitet werden sollen.

Ich wiederhole: Die Käufer wollen vor allen Dingen meine Züge sehen. Wie prächtig ist z. B. in den „Fliegenden Blättern“ oft ein Gesicht in den verschiedensten Haltungen und

[59] Randanstreichung

[60] Franz Joseph I. (1830–1916)

[61] Randanstreichung

Stimmungen getroffen![62] Es giebt also Leute, die das können! Winnetous Gesicht darf ich für diese Karten unmöglich einsenden, denn wenn es so verzeichnet würde wie das meinige in No. 2, ich müßte gradezu weinen! Die Personen meiner Erzählungen sind zu Idealen geworden und dürfen vom Zeichner nicht travestirt werden.

Also bitte, mein lieber Freund, haben Sie die Güte, mir folgende Wünsche zu gewähren:

Geben Sie vor allen Dingen baldigst folgende Karten (einzeln, nicht in Serie) heraus: May in Civil, Old Shatterhand und Kara Ben Nemsi. Ich sage Ihnen, wir machen Bombengeschäfte, wenn die Bilder gut getroffen sind! Ferner, lassen Sie mich die Bilder erst sehen! Oder meinen Sie nicht, daß Jemand, dessen Bild in vieltausend Exemplaren veröffentlicht wird, das Recht besitzt, vorher nachzuschauen, ob nicht vielleicht das Abbild des dummen August daraus gemacht worden ist? Meine Frau ist wüthend darüber. Als ich ihr die Karten zeigte, war sie erst ganz still; bei No. 8 u. 10 schüttelte sie den Kopf; bei No. 9 sagte sie nur: „Faxen!“ und aber bei 5 u. 2 rief sie: „Alberner Quatsch!“ warf die Karten in die Stube und lief fort. – Gestern Abend kamen Gäste, unsere Rückkehr zu feiern.[63] Ich zeigte ihnen die Karten. Wenn Sie hätten sehen und hören können! Der Inspector der Gemäldegalerie war dabei; er ist Frau Plöhns Pflegevater. „Haben Sie dieses Zeug vorher zu sehen bekommen?“ fragte er mich. – „Nein!“ – – „Warum nicht?“ – – Ich zuckte die Achsel. Er schob die Karten von sich weg und sagte kein Wort weiter. Das war genug! – Und so mag auch hier brieflich es genug sein des

[62] Die humoristisch-satirische Zeitschrift *Fliegende Blätter*, zu deren Mitarbeitern u. a. Wilhelm Busch und Th. Th. Heine gehörten, erschien von 1844 bis 1944 in München. May selbst hatte dem früheren Redakteur Kaspar Braun (1807–1877) bereits am 23.2.1877 vergeblich seine Humoreske *Die verwünschte Ziege* angeboten.

[63] Die abendlichen Gäste, die am 1.10.1898 Mays Rückkehr gefeiert hatten, waren u. a. das Ehepaar Plöhn und der Dresdner Galerie-Inspektor Gustav Otto Müller (1827–1922) gewesen.

grausamen Spieles. Ich entschließe mich, Ihnen eine Anzahl von Photographieen zu senden, meist unschöne Probebilder, aber zum Studium für den Zeichner sehr gut geeignet.

Und nun zum Schluß!

„Am Jenseits" wird also Bd. 25. „Silberlöwe" jetzt 26 u. 27. und übers Jahr 28 u. 29 also vier Bände, wozu dann „Hadschi Halef" oder „Mara Durimeh" kommt.[64]

Weihnacht bietet also 3 Bände, Postkarten v. May (Civil) Old Shatterhand und Kara Ben Nemsi, außer der Serie, ferner 1 Heft „ernste Klänge", wozu ich, wenn es fertig wäre, schnell noch Heft II gegeben hätte. Der Mann macht ungeheuer langsam!

Sobald ich mit der Arbeit fertig bin, geht es nach Arabien zu Halef etc. vielleicht an Freiburg vorüber. Ich freue mich königlich, daß ich meine Haddedihn wiedersehe!

Ich wünsche nur, daß H. Krais schnell arbeiten läßt, damit ich die Correcturen schnell lesen kann. Bitte, senden Sie ihm ohne Verzug Cap. 2, 3, 4 u 5 (Schluß) von Bd. II „Silberlöwe"!

Erst gestern, als Plöhns aus der Stadt kamen, erhielt ich die während meiner Abwesenheit eingegangenen Sachen und sah, daß Sie auch telegraphirt haben. Ich hatte mir natürlich auch die Nachsendung v. Depeschen verbeten, weil diese doch nur Anmeldungen von hohen Besuchen enthalten, die mir plötzlich und störend in das Haus zu platzen pflegen. Na, jetzt ist ja Alles geordnet!

Bitte, empfehlen Sie mich und meine Herrin Ihrer verehrten Frau Gemahlin, grüßen Sie recht herzlich das junge und das jüngste Töchterlein, und nehmen Sie einen freundschaftlichen, wenn auch imaginären Händedruck von Ihrem

stets
treu ergebenen
May.

[64] Während die Romane *Hadschi Halef* und *Marah Durimeh* nie geschrieben wurden, setzte May den *Silberlöwen* tatsächlich ab 1902 fort.

MAY AN EVA FEHSENFELD • 1. Oktober 1898
Karte (Karl May Postkarte No. 9[65]), hs.[66]

[Radebeul, 1. Oktober 1898]

Mein liebes Evchen!

Der gewünschte Gruß soll so groß und herzlich sein und es ist doch so wenig Platz dazu. Papa möchte das ändern lassen.

Also: Grüß Gott!

Dr. May.

KARL MAY • 1898
Briefpapieraufdruck[67]

Datum des Poststempels.

P. P.

Bei den vielen Tausenden von Zuschriften, mit denen ich seitens meiner Leserinnen und Leser förmlich überschwemmt werde und deren grössere Hälfte Bitten enthält, welche ich erfüllen soll, ist es mir unmöglich, die an mich gestellten Wünsche zu befriedigen, wenn nicht folgende Bedingungen berücksichtigt werden:

1. *Man frankire richtig!* Die jährliche Summe der Strafporti, welche ich für ungenügend frankirte Zusendungen bezahlte, hat nachgerade eine solche Höhe erreicht, dass ich die Annahme von jetzt an verweigern muss.

[65] Das Motiv (Zeichnung Adolf Wald) zeigt eine Szene aus der Reiseerzählung *Im Lande Mahdi III*, den Kampf Kara Ben Nemsis mit einer Bärin.

[66] Quelle: *Jahrbuch der Karl-May-Gesellschaft 1978*, Hamburg 1978, S. 161

[67] In seiner Korrespondenz mit Fehsenfeld benutzte May dieses Briefpapier, auf das im Folgenden nicht mehr hingewiesen wird, erstmals am 7.11.1898.

2. *Man unterschreibe deutlich.* Ist es schon höchst ärgerlich, wenn ich gezwungen werde, meine kostbare und mir karg zugemessene Zeit an einen langen, schlechtgeschriebenen Brief zu verschwenden, so muss es doppelt peinlich für mich sein, Jemandem antworten zu sollen, der gerade die Hauptsache, seinen Namen, so unleserlich hingeworfen hat, dass ich ihn nicht entziffern kann. Schon die einfachste Rücksicht verbietet, die Zeit des Adressaten durch schlechte Schrift unnütz zu verkürzen. Ich thue das auch nicht, obwohl ich der Beantwortung der fast zahllos zu nennenden Eingänge sogar meine Nächte opfern muss.

3. *Man gebe den Stand an.* Es ist doch selbstverständlich, dass ich wissen will, was Derjenige ist, der an mich schreibt. Man sollte es nicht für möglich halten, dass man sehr häufig die Erfüllung höchst anspruchsvoller Bitten (meist um Geld, Stellenbesorgung etc.) ohne Angabe des Namens und Standes unter postlagernder Chiffre von mir verlangt!

4. *Man gebe die Adresse auf jedem folgenden Briefe wieder an*, weil ich keine Zeit habe, um Monate nach einer alten Adresse zurückzuschlagen.

5. *Damen werden höflichst ersucht*, mich nicht in Unklarheit darüber zu lassen, ob ich *„Frau"* oder *„Fräulein"* zu adressiren habe.

6. *Manuscripte* zum Durchlesen und *Zeugnisse* als Unterlagen zu Bittschriften schicke man mir nicht, weil ich keine Zeit für die Arbeiten angehender Schriftsteller habe und die umgehende Rücksendung von Dokumenten nicht garantiren kann.

7. *Man melde sich* bei beabsichtigten persönlichen Besuchen einige Tage *vorher* an, damit ich Zeit zu der Benachrichtigung habe, *ob* und *wann* ich zu sprechen bin.

Radebeul-Dresden,
Villa „Shatterhand".

Dr. Karl May.

MAY AN FEHSENFELD • 7. November 1898
Brief, hs.

Radebeul, d. 7/11. 98.

Mein lieber Freund!

Als wir uns über die Herausgabe von Postkarten einigten, hatte ich folgende Ansicht, die ich noch habe, und welche die allein richtige ist:

Zunächst die 3 Portraits Shatterhand, Kara und Civil. Dazu sandte ich Ihnen die 3 Photographieen, also dazu, nicht zu den Serien.

Sodann war ich nicht gegen die Serien, vorausgesetzt, daß die Auswahl der Scenen eine angemessene und die Ausführung eine genau dem Texte entsprechende und künstlerisch gute sei.

Da kam Serie I; ich erschrak! Also die 3 Bilder nicht, die ich wollte und mit denen wir ein Pompositätsgeschäft gemacht hätten. Die hiesigen Bekannten, denen ich sie zeigte, waren empört, und hunderte von Briefen, resp. Zuschriften auf diesen total mißlungenen Maykarten machten mich entweder verantwortlich für diese „Entwürdigung Ihrer Ideale", wie Einer es bezeichnete, oder gaben – der Wahrheit gemäß, ihrer Ueberzeugung Ausdruck, daß diese Ausgabe ganz ohne mein Wissen geschehen sei, da ich, der wegen seiner hohen Ziele Allverehrte, mein Ja jedenfalls nicht dazu gegeben hätte. Sehr richtig!

Ich schrieb, ganz unter dem Eindrucke meines Zornes, in diesem Sinne an Sie. Sie antworteten und gaben mir die Schuld: Es sei kein Brief von mir zu bekommen; ich sei nie daheim, wenn es nöthig wäre u.s.w. Lieber Freund, Sie kennen die Grundlosigkeit dieser Vorwürfe genau so gut wie ich. Ich hatte nichts zu schreiben, denn ich wurde einfach nicht gefragt. Hätten Sie mir mitgetheilt, daß nicht die 3 Bilder sondern sofort die Serie erscheinen sollte, so hätte ich mich dagegen gewehrt resp. die Scenen zu der Serie vorgeschlagen. Ich befand mich in der vollständigen Gewißheit, daß Sie zunächst die 3 Bilder fertigen lassen und mir zur Ansicht schicken würden. Darauf wartete ich. Es verstand sich doch ganz von selbst, daß ich sie vorher sehen und beurtheilen mußte. Statt dessen kam die fertige Serie. Ich war paff, meine Frau wüthend, und Jeder, der die Bilder sah, im höchsten Grade verwundert. Das Old Shatterhandbild mit in der Serie! Das Civilbild <mit> auf dem Umschlage, so daß es Niemand zu bezahlen brauchte! Die Scenen ohne mich gewählt und schlecht ausgeführt! Meine Frau warf das dafür erhaltene Geld in die Stube, denn ihr steht ebenso wie mir meine Ehre höher als das Geld.

Und nun weiter:

Wenn wir Serien herausgeben, müssen wir uns doch wohl fragen, warum, wozu und wie? Um Geld zu verdienen? Ja. Das ist für mich auch ein Grund, doch nicht der oberste. Diese Illustrationen müssen sich vor allen Dingen und unbedingt nach dem Leitgedanken richten, der sich durch alle meine Bücher zieht: Mein Zweck ist, meine Leser zu Gott zu führen und sie für alles Gute, Edle, Schöne und Erhabene zu begeistern. Hieran haben sich auch die Bilder zu halten. Es sind nur Scenen zu wählen, welche diesen Zweck bezeichnen und unterstützen. Es ist jedes Bild zu verwerfen, welches gegen diesen Grundgedanken verstößt. Geschieht das, so machen wir doppelt Geschäft, denn im Gegentheile wird kein vernünftiger Mann die Bilder kaufen oder von seinen Kindern, Schülern etc. kaufen lassen. Solche Scenen bieten meine Werke massenhaft, und hätte ich wählen dürfen, so würden Sie jetzt den Beweis haben, daß grad diese guten Scenen die aktuellsten sind.

Da platzte wie eine Bombe die Mittheilung Herrn Krais' zu mir herein, daß 90, sage neunzig Originale angefertigt worden seien.[68] Mein Schreck! Die Entrüstung meiner Frau!

[68] Ohne Mays Wissen hatte Fehsenfeld insgesamt mindestens 96 Motive für die Postkartenserien in Auftrag gegeben (außer bei den bereits genannten Künstlern auch bei dem Münchener Illustrator Julius Zuber, *1861). Mays Brief ist seine Antwort und zugleich sein Begleitschreiben zur Rücksendung dieser unwillkommenen Bilder. Einige Beispiele sind abgebildet im Beitrag *Papageienbilder* im zweiten Band der *Karl-May-Welten*.

„Bist Du denn ein Lump, ein Nichts, ein Garnichts, daß man das so über Deinen Kopf hinweg thun kann?" fragte sie mich. Sie hatte Recht! Die Bilder kamen. Mein Herr und Gott, und was für welche! Wer hat denn nur die Sujets ausgesucht? Könnte ich den Mann zwischen meine Hände kriegen! Aber wahrscheinlich hat es ganz im Belieben der „Künstler" gestanden, und die sind alle gradezu auf Mord und Todtschlag ausgegangen! Es ist auch nicht ein einziges Bild dabei, welches sich an den oben ausgesprochenen Grundgedanken hält; aber wenigstens 90 Prozent <könnten> legen klar und bündig dar, daß meine Erzählungen in die Klasse der Schund-, Schauer-, Blut- und Hintertreppengeschichten gehören. Würgen, schlagen, hauen, schießen, fesseln, stechen, auf alle mögliche Weise einander abwürgen – das ist da mit erkennbarer Vorliebe ausgesucht worden!

Haben Sie im Westf. Merkur gelesen, was der hervorragendste katholische Recensent, Hochwürden Dr. Hülskamp, päpstlicher Geheimkämmerer, schreibt?[69] „Mays Erzählungen sind Schauergeschichten; das beweisen die Postkartenbilder!" Und in dem jetzt erschienenen Buche von Veremundus wird dasselbe behauptet und vor ihnen gewarnt![70] Der Verfasser war ein eifriger Mayleser und hat mich stets emp-

[69] Der katholische Schriftsteller Dr. Franz Hülskamp (1833–1911), Hilfsgeistlicher und seit 1886 päpstlicher Geheimkämmerer in Münster, hatte 1861 mit Dr. Hermann Rump den für das katholische Schrifttum wichtigen *Literarischen Handweiser* (Münster) gegründet, den er von 1875 bis 1904 alleine herausgab und der ihm den Ruf eines „Diktators der katholischen Literatur" einbrachte. Die Tageszeitung *Westfälischer Merkur* in Münster stand ganz unter Hülskamps Einfluss.

[70] In seiner im August 1898 unter dem Pseudonym Veremundus erschienenen Schrift *Steht die Katholische Belletristik auf der Höhe der Zeit?* (Mainz, Franz Kirchheim) hatte der angesehene Reformkatholik Carl Borromäus Johann Baptist Muth (1867–1944) May u. a. „litterarische Geschmacksverderbnis" vorgeworfen; seine „reiseliterarische Taxiliaden [Bezug auf den Hochstapler Leo Taxil] mit ihren als captationes benevolentiae eingeflochtenen religiösen Phrasen" seien „auch vom erzieherischen Standpunkt aus nicht ganz einwandfrei".

fohlen – jetzt nicht mehr! Wenn die Bilder, welche ich Ihnen zurücksende, zu Postkarten verarbeitet würden, wäre es mit mir als Schriftsteller aus!

Und selbst wenn die Scenenauswahl eine gute wäre, wie hat man gearbeitet?! Niemand hat sich nach meinen Angaben gerichtet sondern Jeder nach Belieben gezeichnet, seine Phantasie walten lassen und sich die Sache möglichst leicht gemacht. Interieurs ins Freie verlegen, Rappen in Schimmel verwandeln, die Ebene zum Gebirge, die Nacht zum Tage, das Wasser zum Lande, die Wiese zum Walde zu machen, den Figuren auf jedem Bilde andere Kleidung geben, den Orient ins Abendland verwandeln etc. das Alles, Alles und noch viel Schwierigeres hat man mit der größten Leichtigkeit fertig gebracht. Und dies trotz der gradezu peinlichen Genauigkeit meiner betr. Angaben im Texte! Habe doch ich selbst, wenn keine Seitenzahl angegeben war, die Bilder nicht erkannt und in mehreren Bänden nachschlagen müssen, um die Stellen zu finden! Das ist höchst bezeichnend! Und welche Menge von Gestalten, welche Vegetationsfülle auf manchen Bildern, besonders den großen! Einer kleinen Postkarte wegen, bei der doch die Einfachheit und Deutlichkeit nothwendig geboten ist. Wenn die Blätter (also Nebensachen) des Vordergrundes 3mal größer sind als der Elephant und Tiger (also Hauptfiguren) des Mittelgrundes, was soll da bei der Verkleinerung zur Postkarte werden? Haben denn die Herren Zeichner nicht nachgedacht? Es handelt sich nicht um große Rundpanoramen sondern um kleine Correspondenzkarten, welche Treue und Deutlichkeit der Figuren und Vermeidung alles unnützen Beiwerkes verlangen!

Es ist da fast Unmögliches geleistet worden. Scheuklappen bei den Pferden der Naturvölker! Besonders auch der Federschmuck bei Indianern. Man denke sich so einen Rothen beim nächtlichen Anschleichen im dichten Gebüsch! Daheim bei festlichen Tänzen und Umzügen, zum Repräsentiren, ja – aber auf der Jagd, beim Marsche, im Kriege – wie würde das hindern! Winnetou war übrigens stets ohne Feder.

Bis jetzt habe ich getadelt. „Das ist keine Kunst", werden Sie sagen; „aber besser machen!" Bon!

Zunächst bedaure ich aufrichtig und herzlich Ihre resultatlosen, großen Geldausgaben und ebenso die bittre Enttäuschung. Seelische Verluste sind ja stets schlimmer als materielle. Aber, lieber Freund, wir kommen ihnen sehr schnell wieder bei. Ich bitte nur, und zwar recht herzlich, mir zu folgen; Sie können sich darauf verlassen, daß ich es gut meine, und wenn ich auf meine schriftstellerische Ehre halte, ist Ihre buchhändlerische mit <I> inbegriffen. Spemann etc. etc. sollen ja nicht sagen dürfen, daß wir uns auf Wege begeben, welche in punkte dieser Ehre abwärts führen! Diese Befriedigung bereiten wir ihnen nicht! Wir wollen und können, wenn nicht vornehm, so doch anständig sein, und halten das, was wir moralisch und geschäftlich errungen haben, fest! Wir wissen ja, daß wir nicht nur für den Augenblick arbeiten sondern für die Zukunft. Ein Recensent sagt: „Wenn die Ibsen, Hauptmann, Sudermann etc. längst vergessen sind, wird May in jeder neuen Generation auch neu erstehen!"[71] Und vorgestern schrieb mir der Dirigent einer der bedeutendsten Erziehungsanstalten: „So lange es einen deutschen Knaben geben wird, wird man Sie mit ungeminderten Eifer lesen und werden Sie und Ihre Ideale lebendig und wirksam bleiben!"[72] Und ein hessischer Regierungsrath schrieb: „Sie schreiben

[71] Am 28.1.1897 hatte der Berliner Lehrer, Germanist, Folklorist und Historiker Prof. Dr. Ludwig Freytag (1842–1916) in einem persönlichen Brief an May geschrieben, seiner Überzeugung nach würden dessen Werke auch dann noch „praktisch fortleben, d. h. gelesen werden, wenn die Wildenbruch und die Ibsen und die Hauptmann etc etc längst in den Literaturgeschichten wesenlos spuken". Ernst von Wildenbruch (1845–1909), Henrik Ibsen (1828–1906), Gerhart Hauptmann (1862–1946) und Hermann Sudermann (1857–1928) sind als Hauptvertreter des Naturalismus genannt, dem May in dieser Zeit ablehnend gegenüberstand.

[72] Der Brief konnte nicht ermittelt werden. Der Absender war möglicherweise Ludwig Auer (1839–1914), der Direktor des Donauwörther Cassianeums, einer Anstalt zur Hebung und Verbesserung des katholischen Erziehungs- und Unterrichtswesens.

nicht Reiseerzählungen sondern Predigten an die Völker, welche noch nach Jahrhunderten nicht verhallen werden!“[73]

Ist das nicht schön? Und von diesem Ruhme gehört Ihnen auch Ihr Theil! Wollen wir ihm entsagen, ihn durch Schauerbilder beschmutzen? Nein, nie! Sie haben Kinder, die noch nach Ihrem Tode stolz auf die Reinheit des Verlages F. E. F. sein sollen. Wenn wir uns auf diesen Grundsatz stellen, verdienen wir nicht weniger sondern mehr von dem Mammon, der zum Leben nun doch einmal nöthig ist. Wie es nun anfangen? Nicht anders als so:

= Herausgabe der 3 Postkarten Shatterhand, Kara und Civil. Hierüber sind wir ja schon einig. Vielleicht bekomme ich sie bald zur Ansicht. Das <W> wird Weihnachtsgeschäft.

= Herausgabe von Serien, zu denen ich die Scenen aus den Bänden vorschlage. Wenn wir aus jedem Bande 2–3 nehmen, ists genug. Hauptsache ist da, daß jeder Künstler nur dieselben Personen etc. also stets Gleichartiges zu behandeln hat und der Gegenstand ihm also so vertraut ist, daß Fehler, wie die gerügten, nicht vorkommen können.

= Vor dieser Serienausgabe können Sie eine Ausgabe von Postkarten mit Einzelportraits veranstalten. Es hätte das mehrfachen Nutzen. Erstens würden Sie damit den Lesern einen großen Dienst erweisen und sehr viel verkaufen. Ich meine Bilder z. B. von Sam Hawkens, Hammerdull, Old Wabble, Old Surehand, Apanatschka, Halef, Ben Nil, Quimbo etc. Das wäre doch höchst interessant! Und zweitens würde das den Künstlern Gelegenheit geben, sich portraitlich auf die Serien einzuüben. Ich meine nämlich: Jeder Künstler, der das betr. beste Portrait erfindet, behält es, so zu sagen, im Privilegium; d. h. er hat die Scenen, in denen es vorkommt, zu zeichnen. Also: Wer die beste Hadschi Halef-Karte liefert,

[73] Den hier zitierten Brief des Regierungsrats Dr. Karl Emil Gättelmann (1858–1928) nahm May 1902 in seine anonyme Verteidigungsschrift *„Karl May als Erzieher“ und „Die Wahrheit über Karl May“* auf, doch heißt es dort: „Ihre Schriften sind nicht in erster Linie ‚Reiseerzählungen‘, sondern ‚Reden an die Völker‘, Predigten des Gottvertrauens und der Menschenliebe“.

hat dann in den Serien die Karten zu zeichnen, auf denen Halef vorkommt. Nur dadurch kann die Portraitähnlichkeit, Gleichheit in Tracht etc. erreicht werden, welche auf den bisherigen Bildern fehlt. Ich könnte überhaupt von meiner jetzigen Reise (Anfang Dezember geht's fort![74]) ein Bild Halefs mitbringen.

Die Sache ist so wichtig, daß eine persönliche Besprechung nothwendig wäre; aber ich habe keine Zeit, zu Ihnen zu kommen, obgleich es sich um so ein Hauptgeschäft handelt. Ich habe „Am Jenseits" noch nicht fertig und 4 Nachdrucksprozesse zu führen, die mich nach Brünn, Berlin, Leipzig und Prag bald hin- und bald hertreiben. Der Prager ist nun gewonnen.[75] Das nimmt viel, sehr viel Zeit weg.

Wenn es noch Zeit wäre, könnten Sie zu Weihnacht noch das 2te Heft „Ernste Klänge" herausgeben. Die Compositionen sind fertig und vorzüglich gelungen.[76] Welche Preise Sie

[74] Mays Orientreise sollte sich weiter verzögern.

[75] Am 12.10.1898 war May mit Emma nach Prag gereist, um mit dem Verleger Josef Vilímek (1860–1938) zu verhandeln, der im September unautorisiert mit einer tschechischen Ausgabe von *Durch die Wüste* begonnen hatte. Am 18.10. hatte May Vilímek das alleinige Übersetzungsrecht in die tschechische Sprache für die bei Fehsenfeld erschienenen Werke erteilt. Ebenfalls im September 1898 hatte auch der Brünner Verlag der Päpstlichen Druckerei der Benediktiner des Klosters Groß-Raigern (Rajhrad) eine unberechtigte Übersetzung des Orientzyklus begonnen, die aber Fragment blieb, da May die Autorisation verweigerte. Zu „Nachdrucksprozessen" war es in beiden Fällen nicht gekommen. Welche Verlage in Berlin und Leipzig gemeint sein könnten, ist unklar; möglicherweise handelt es sich hier um eine leere Behauptung, denn in einem Brief an Pauline Münchmeyer vom 28.10.1898 heißt es davon abweichend: „Jetzt nun richten wir unsere weiteren gerichtlichen Klagen gegen einen Brünner, einen Wiener, einen Luxemburger und einen Dresdner Verleger. Dieser Letztere ist die Verlagsfirma H. G. Münchmeyer."

[76] May legte seinem Brief die Gedichte *Nun gehst du hin in Frieden* und *Ich fragte zu den Sternen* bei; zu einer zweiten Folge der *Ernsten Klänge* sollte es nicht kommen, obwohl er tatsächlich zu beiden Texten Kompositionen für Männerchor geschrieben hatte.

da stellen etc. das sind Fragen, deren Beantwortung ich mir abzunehmen bitte. Sie sind ja ein so vorzüglicher Verlagsbuchhändler, daß Sie unbedingt das Richtige treffen werden. Billig aber möchte es sein. Je mehr Käufer, desto sicherer der Erfolg. Billig und viel ist besser als theuer aber wenig! Den Text der beiden für Männerchor componirten Lieder lege ich Ihnen zur freundlichen Kenntnißnahme bei. Sie sehen da, wofür ich auch in dieser Weise wirke!

Nachträglich noch eine Bemerkung: Sollten Sie, bevor meine obigen Vorschläge erfüllt werden könnten, zu der schon ausgegebenen 1ten Serie der Postkarten doch eine 2te veranstalten wollen, so habe ich nichts dagegen, daß Sie es thun, doch bitte ich, die besten von den Bildern auszuwählen, welche ich Ihnen im Packet als passabler bezeichnet und besonders mit Papier umklebt habe.

Und nun noch eine wohl eigenthümlich klingende Anfrage: Der Buchbinder[77] ist mir, ohne daß ich mahnte, mit nun grad tausend Freiexemplaren in Rückstand geblieben. Jetzt schreibt er mir, daß er, von H. Krais darauf aufmerksam gemacht, sie mir jetzt schicken will. Ich habe die Freibücher stets als Geschenk und zwar in der Weise verwendet, daß ich damit Reklame machte. Nun plötzlich tausend könnte ich zwar in derselben Weise herrlich verwenden, ohne daß Sie einen einzigen Käufer einbüßten, vielmehr würde es viele, viele neue bringen; aber da ich nach dem Oriente gehe, kommt mir die Sendung, welche nach so langem Warten zur Ueberschwemmung wird, doch nicht gelegen, und ich mache Ihnen, um nicht in dieser Fluth zu ertrinken, den mir für Sie und mich praktisch scheinenden Vorschlag: Behalten Sie sie gegen eine Zahlung von 1 Mrk. pro Band. Da machen wir beide ein Geschäft, und es wäre eine willkommene Bereicherung meines Reisegeldes. Sagen Sie ganz aufrichtig, ob oder nicht.[78]

[77] C. H. Schwabe in Stuttgart

[78] Fehsenfeld schickte May daraufhin im Dezember 1150 Mark „für nicht erhaltene Freiexemplare".

Und noch eine Frage: Am 15./9. benachrichtigten Sie mich über den Neudruck von Bdd.: 7, 17, 18 u. 20, wofür ich für je 5000 am 15. Octbr. und am 1ten Novbr. je 4000 Mrk. erhalten sollte. Nun ist es mir aber, als ob mir während meiner jetzigen Prozeßreisen ein Brief von Ihnen nachgeschickt worden sei, den ich aber verlegt haben muß und wo Sie wünschen, daß die Zahlung 1 November, der nun vorüber ist, auf ein späteres Datum verlegt werden soll.[79] Bitte, haben Sie doch die Güte, mich zu informiren! Ich thue das, weil meine Orientreise bei den jetzt dortigen Verhältnissen keine ungefährliche ist und ich nicht weiß, ob ich wiederkomme. Ich habe Testament gemacht[80] und muß auch geschäftlich Alles klar und glatt machen. Hoffe aber, daß Gott mich beschützen werde. Wenn es nach meinen Lieben geht, werde ich herrlichen Stoff für neue Bände mitbringen.

Und nun nehmen Sie tausend herzliche Grüße für sich selbst, Ihre verehrte Frau Gemahlin und die beiden lieben Comtessen! Hoffentlich ist Alles wieder gesund und wohl bei Ihnen!

Zwar habe ich erst gewaltig raisonnirt, aber dann, wenn Punkto Ehre erledigt ist, bin ich doch immer wieder

in alter Liebe und Freundschaft
Ihr
ergebener
Dr. Karl May

[79] Die erwähnten Briefe, in denen es um Nachdrucke der Bände *Winnetou I*, *Im Lande des Mahdi II* und *III* und *Satan und Ischariot I* ging, sind nicht überliefert.

[80] Das früheste bisher bekannte Testament, in dem er Emma als seine Universalerbin einsetzte, hinterlegte May erst im August 1900 beim Dresdner Amtsgericht.

Ernste Klänge Heft 2.

Nun gehst du hin —

Nun gehst du hin in Frieden,
Du schöner, goldner Tag.
Bist du von uns geschieden,
Ich das nicht trauern mag.
Du kehrst doch morgen wieder;
Nicht immer währt die Nacht;
Dann steigst du vom Himmel hernieder
In neuer, uns segnender Kraft.

So werd auch ich in Frieden
Von hinnen scheiden gehn.
Ich weiß, uns winkt hienieden
Ein geistig Wiedersehn.
Am Firmament geschrieben
Steht mein und Euer Glück:
Als schützender Engel, Ihr Lieben,
Kehr täglich zu Euch ich zurück!

K. May.

Ernste Klänge Heft 2.

„Nun gehst du hin –“

Nun gehst du hin in Frieden,
Du schöner, goldner Tag.
Bist du von uns geschieden,
Ich doch nicht trauern mag.
Du kehrst doch morgen wieder;
Nicht immer währt die Nacht;
Dann steigst du vom Himmel hernieder
In neuer, uns segnender Pracht.

So werd auch ich in Frieden
Von hinnen scheiden gehn.
Ich weiß, uns winkt hinieden
Ein geistig Wiedersehn.
Am Firmament geschrieben
Steht mein und Euer Glück:
Als schützender Engel, Ihr Lieben,
Kehr täglich zu Euch ich zurück!

K May.

Ernste Klänge Heft 2.

„Ich fragte zu den Sternen."

Ich fragte zu den Sternen
Wohl auf in stiller Nacht,
Ob in den lichten Fernen
Die Liebe mein gedacht.
Da stieg ein Strahl hernieder,
Hell leuchtend, in mein Herz
Und nahm all meine Lieder
Zu Dir, Gott, himmelwärts.

Ich fragte zu den Sternen
Wohl auf in stiller Nacht,
Warum in jenen Fernen
Er sie umsonst gebracht.
Da klang die Antwort nieder:
„Denk nicht an irdischen Ruhm;
Ich lieh Dir diese Lieder;
Sie sind mein Eigenthum!"
Ich fragte zu den Sternen
Wohl auf in dunkler Nacht:
„Gilt in den lichten Fernen
Ruhm nur die Himmelspracht?"

Ernste Klänge Heft 2.

„Ich fragte zu den Sternen."

Ich fragte zu den Sternen
Wohl auf in stiller Nacht,
Ob in den lichten Fernen
Die Liebe mein gedacht.
Da stieg ein Strahl hernieder,
Hell leuchtend, in mein Herz
Und nahm all meine Lieder
Zu dir, Gott, himmelwärts.

Ich fragte zu den Sternen
Wohl auf in stiller Nacht,
Warum in jene Fernen
Er sie emporgebracht.
Da klang die Antwort nieder:
„Denk nicht an irdschen Ruhm;
Ich lieh dir diese Lieder;
Sie sind mein Eigenthum!"

Ich fragte zu den Sternen
Wohlauf in dunkler Nacht:
„Gilt in den lichten Fernen
Auch mir die Himmelspracht?"
Da klang es heilig nieder:
„Du gingst von mir einst aus
Und kehrst, wie deine Lieder,
Zurück ins Vaterhaus!"

K May.

Ernst Kreing-
Heft 2/2

Entschuldigung und Bitte.

Wegen der durch meine weiten Reisen bedingten öfteren und längeren Abwesenheit ist es mir leider nicht möglich, alle die vielen an mich gelangenden Zuschriften umgehend zu beantworten, was man mir gütigst verzeihen wolle.

In Anbetracht der innigen Geistesbeziehung, in welcher ich zu meinen geehrten und lieben Leserinnen und Lesern stehe, würde es mich herzlichst freuen, wenn sie die Freundlichkeit hätten, mir für mein Leseralbum ihre Photographie beizulegen.

Oberlössnitz-Dresden.

Dr. Karl May.

Da klang es heilig nieder:
„Du gingst von mir nicht aus
Und kehrst, wie deine Lieder,
Zurück ins Vaterhaus!“

K. May.

KARL MAY • November 1898
Illustrationskritik (Fragment), hs.[81]

No. 66.[82] mag gehen, obgleich das Loch viel zu groß gezeichnet ist. Ich sage ja Zeile 4 v. o. daß es so eng war, daß wir uns kaum bewegen konnten.

No. 68. mag auch passiren, obgleich es vollständig verzeichnet ist. Man würde, wäre nicht die Seite angegeben, die Situation nicht erkennen. Ich liege doch hinter dem Sandhaufen, so daß die Feinde mich gar nicht sehen können. Pag. 466 Zeile 13 v. u. springe ich erst wieder auf. Auch stimmt die Zahl der Personen und Kameele nicht.

[81] Quelle: Universitätsbibliothek Freiburg. – Mays Notizen zu diesen nicht realisierten Motivpostkarten von Adolf Wald begleiteten wahrscheinlich die Rücksendung der Entwürfe an Fehsenfeld am 7.11.1898. Vgl. dazu den Beitrag *Papageienbilder* im zweiten Band der *Karl-May-Welten*. Drei weitere Kommentare auf der Rückseite heute verschollener Zeichnungen von Adolf Wald und H. G. sind abgedruckt im *Jahrbuch der Karl-May-Gesellschaft 1978* (S. 165f.; dort fälschlich der illustrierten Fehsenfeld-Ausgabe zugeordnet): „Weg damit. Mein herrlicher Winnetou und so ein Schnupftabakgesicht! Famose Frisur!“ (*Satan und Ischariot III*) – „Ich trage nur Fez. Das ist keine Doppelpistole! Wo habe ich meine Brust, auf die er die Waffe richtet? Im Gesicht? Und immer, immer anderer Anzug.“ (*Im Lande des Mahdi III*) – „Wunderbare Mühle! Nicht. Von was wird sie getrieben? Wahrscheinlich vom Müller mit dem Munde geblasen. Unterschlachtig ist sie nicht; das sieht man ja. Also oberschlächtig? Es tropft von den Balken. Woher kommt das Wasser? Wahrscheinlich aus einem gewissen pot in der Schlafstube. Der Zeichner hat sich da einen famosen Witz geleistet! Wohin die Brücke nur führen und woher der Bach nur kommen mag? Eines von beiden ist verrückt.“ (*„Weihnacht!“*) – In der Universitätsbibliothek Freiburg sind außerdem 15, von May zum Teil kommentierte Bilder aus Reisewerken überliefert, die den Zeichnern als Vorlage dienen sollten, u. a. *Brücke aus Flechtwerk über den Zab bei Lizan* („Brücke, über welche wir damals geritten sind.“) und *Bagdad* („Ist nach dem Gedächtnisse gezeichnet und darum unvollständig. Viel zu klein. Nur hervorragende Gebäude angegeben, Privatwohnungen mit ganzen Straßen weggelassen, ebenso die Gärten u.s.w.“).

[82] Die ersten vier Nummern beziehen sich auf Zeichnungen zu *Im Lande des Mahdi I*.

No. 65. kann mitlaufen, obgleich mein Gesicht nicht wiederzukennen ist.

No. 70. Mag gehen, wenn es mir auch nicht eingefallen wäre, mich so hinzustellen, wie ich hier stehe.

Elkbild. Old Surehand I pag. 28 geht. Nur ist das Maul verzeichnet, denn die Unterlippe des Elk tritt gegen die obere stets ca. 8 Centimeter zurück, und die letztere ist Ramsnasen-artig gebogen.[83]

Old Surehand pag. 265 (nicht 264) gut.

Old Surehand III pag. 259 würde gehen, wenn der Zeichner aufmerksamer gewesen wäre. Apanatschka ist hier zu alt; Haar falsch; Federn müssen fort, auch die nackten Füße! Wie kann man überhaupt auf diesen Gedanken kommen! Old Wabbles Haar ist handgreiflich weiß; die reine Kalktünche. Die langen Stiefel sehen gar nicht wabbelig aus!

Satan u. Ischariot I pag. 524 geht.

" " I pag. 531 würde auch gehen, doch bin ich mit Winnetous Bild nicht einverstanden.

" " II pag. 94. Würde gehen, doch falsche Pferdestellung, da wir doch in gleicher Richtung reiten.

" " II pag. 131. würde nicht übel sein, doch stimmt der Anzug des Athleten mit den vorigen Abbildungen nicht, und der Judith in der Wildniß einen Küchenanzug und nackte Arme zu geben, ist doch wenigstens sonderbar!

" " III pag. 596. Im Text steht, daß der Lasso nicht nur um den Leib sondern auch um die Arme geschlungen ist.

[83] Der Begriff „Ramsnase“ bezeichnet einen gewölbten Nasenrücken (z. B. bei Pferden, Hunden oder Schafen).

No. 89 Auch verzeichnet. Ich habe die Spalte als ganz schmal <g> bezeichnet. Der Spieß hat sich eingeklemmt und den Lappen festgehalten. Hier aber liegt er auf festem Boden.

No. 90. leidlich.

MAY AN C. H. SCHWABE • 25. November 1898
Brief, hs.

Radebeul, d. 25./11. 98.

Hochgeehrter Herr Schwabe!

Sie wollen gütigst verzeihen, daß das Bild erst jetzt zurückkommt.[84] Da Sie es mir schickten, mußte ich annehmen, Herr Fehsenfeld habe es noch gar nicht gesehen, und da er seinen Besuch bei mir angesagt hat, wollte ich es ihm gern zeigen. Er zögert aber so lange, zu kommen, und so sende ich es Ihnen denn wieder.[85]

Der Zeichner hat das, was ich wollte, verstanden, doch sind aus den Lichtstrahlen, die doch wohl durchsichtig sind, viel zu lange, undurchsichtige Bretter geworden, welche unbedingt duftiger gemacht werden müssen. Der linke Vorderarm des Engels ist unschön lang, und die Arme und Hände des Beduinen machen den Eindruck von Schildkrötenflossen oder langen Eidechsenbeinen.

Nebenbei bemerkt, wie hat sich der „Künstler" wohl die Beine des Engels gedacht? Wo legt sich das Gewand nach hinten? Und wo stecken da wohl die Kniee? Das ist es, was ich jetzt an ca. 90 Postkarten-Entwürfen zu tadeln hatte: Es war kein einziger dabei, der seinen Künstler als Künstler bestätigte. Ein wirklicher Künstler hat die Anatomie des

[84] Gemeint ist ein Entwurf für das Deckelbild zu *Am Jenseits*, auf dem ein über dem knieenden Münedschi schwebender Engel zu sehen ist.

[85] Zu einem Besuch Fehsenfelds in Radebeul, bei dem u. a. die Postkartenserien besprochen wurden, kam es erst am 3.12.1898.

menschlichen (auch des Engels-) Körpers so untrüglich im Stifte, daß er solche Pudels gar nicht schießen kann. Vor allen Dingen weiß er auch, daß Lichtstrahlen keine undurchsichtigen Latten oder Pfosten sind. Die Palmen sind nothwendig, weil characteristisch,

stehen aber, Allah, siehste,
grade mitten in der Wüste,
wo, das weeß mer hier in Sachsen,
niemals kann e Beemchen wachsen!

Ich hatte geglaubt, daß doch wenigstens das Bild dieses Jubiläumsbandes sich über das gewöhnliche Niveau etc. etc. etc. Was sieht man bei andern Werken oft für hübsche, sogar schöne Sachen!

Mit vorzüglicher Hochachtung und freundlichem Gruße
Ihr
ergebener
Dr. Karl May.

MAY AN FEHSENFELD • 29. November 1898
Brief, hs.

Radebeul, d. 29./11. 98.

Lieber Freund!

Herzlichen Dank für Ihre schon so lange erwartete Nachricht! Mir ist es ja recht, daß Sie erst Sonnabend[86] kommen, doch drängt das Manuscript ja später desto mehr (zu Band 25), wodurch die Ihnen <gern> so gern gewidmete Zeit zusammenschrumpft, und ich bedaure, daß so lange Zeit seit der Ankündigung Ihres lieben Besuches nutzlos vergangen ist, weil doch keine Postkarten gedruckt werden können, ehe wir uns darüber besprochen haben, auch die letztgeschickten nicht, betreffs deren Sie mich auch wieder vollständig mißverstanden haben.

[86] Gemeint ist der 3.12.1898.

Ich begreife nicht, warum Herr Krais die Correctur zum Schluß des 27ten Bandes nicht schickt; er hat das Manuscript dazu schon seit dem 10ten in den Händen.[87] Wann soll da „Am Jenseits" fertig werden! Ob er etwa gar schon wieder Postkarten druckt, über die ich mich noch nicht ausgesprochen habe (Shatterhand, Kara und Civil mit inbegriffen) weil Sie noch nicht bei mir waren und alle brieflichen Äußerungen nutzlos sind, da sie mit constanter Energie mißverstanden werden?[88]

Bitte, haben Sie doch die Güte, mich Frau Dr. Julian Schmidt recht herzlich zu empfehlen! Mein Harem schließt sich dieser Bitte an.[89]

Einstweilen ein voranlaufendes
„Grüß Gott in Radebeul!"
von
Ihrem
alten
May.

[87] Offenbar hatte May kurz vor dem 10.11. Krais das Schlusskapitel *Ein Rätsel* zum zweiten Band des *Silberlöwen* geschickt; vermutlich im Oktober hatte sich herausgestellt, dass der Umfang dieses Bandes sonst zu gering ausfallen würde. Der erste Band, der eine ganzseitige Werbung für die „Karl-May-Postkarten" enthielt, war am 19.11. erschienen; der zweite Band folgte rechtzeitig vor Weihnachten.

[88] Am 8.12.1898, nach seinem Besuch in Radebeul und mit Datum vom 5.12., kündigte Fehsenfeld im *Börsenblatt* „3 Karten mit dem Bilde des berühmten Reiseschriftstellers" an, „und zwar: Civilbild, als Old Shatterhand und als Kara Ben Nemsi". Die Karten erschienen noch im Dezember.

[89] Vermutlich war Fehsenfelds Halbschwester Elisabeth Schmidt zu Besuch in Freiburg; anzunehmen ist, dass seine Reise nach Radebeul sich deshalb verzögerte.

MAY AN EVA FEHSENFELD • Dezember 1898
Gedicht (vermutlich mit Brief), hs.[90]

Schau auf zu Gott, Du liebe Menschenblume!
Es blickt ja jede Blume himmelan.
Blühst Du und duftest Du zu seinem Ruhme,
Ist Dir das Glück des Lebens unterthan.

Schau auf zu Gott! Nicht immer ist es Frieden,
Den Dir das Erdenleben bringen wird.
Scheint's dann, als sei das Glück von Dir geschieden,
Er gibt's Dir wieder, er, der gute Hirt.

Schau auf zu Gott! Dann wirst Du bald erfahren,
Wie segensreich Dir seine Pfade sind;
Sein starker Arm wird allzeit Dich bewahren
Und Dich beschützen, als sein Lieblingskind.[91]

[90] Quelle: *75 Jahre Verlagsarbeit für Karl May und sein Werk*, Bamberg 1988, S. 18

[91] May widmete dieses Gedicht (mit Varianten) später auch noch anderen jungen Mädchen, so während seiner Orientreise am 3.5.1899 Valerie Arlt in Kairo und am 23.7.1899 Martha Heselschwerdt in Nazareth.

1899

April
Karl May's gesammelte Reiseerzählungen. Band XXV: *Am Jenseits. Reiseerlebnisse*. Erstausgabe. 1.-15. Tausend.

April
Karl May: *Ernste Klänge. Heft I. Ave Maria. Vergiß mich nicht.* Gedichtet und componiert von Karl May. Erstausgabe (1000 Exemplare).

* * *

Karl May's gesammelte Reiseerzählungen. Band I: *Durch die Wüste. Reiseerlebnisse*. Achte Auflage. 36.-40. Tausend.

Karl May's gesammelte Reiseerzählungen. Band II: *Durchs wilde Kurdistan. Reiseerlebnisse*. Achte Auflage. 31.-35. Tausend.

Karl May's gesammelte Reiseerzählungen. Band III: *Von Bagdad nach Stambul. Reiseerlebnisse*. Mit einem Porträt des Verfassers. Siebte Auflage. 26.-30. Tausend.

Karl May's gesammelte Reiseerzählungen. Band IV: *In den Schluchten des Balkan. Reiseerlebnisse*. Fünfte Auflage. 26.-30. Tausend.

Karl May's gesammelte Reiseerzählungen. Band VI: *Der Schut. Reiseerlebnisse*. Fünfte Auflage. 26.-30. Tausend.

Karl May's gesammelte Reiseerzählungen. Band VII: *Winnetou, der Rote Gentleman. 1. Band*. Sechste Auflage. 31.-35. Tausend.

Karl May's gesammelte Reiseerzählungen. Band VIII: *Winnetou, der Rote Gentleman. 2. Band*. Fünfte Auflage. 26.-30. Tausend.

Karl May's gesammelte Reiseerzählungen. Band IX: *Winnetou, der Rote Gentleman. 3. Band.* Fünfte Auflage. 26.-30. Tausend.

Karl May's gesammelte Reiseerzählungen. Band X: *Orangen und Datteln. Reisefrüchte aus dem Oriente.* Fünfte Auflage. 21.-25. Tausend.

Karl May's gesammelte Reiseerzählungen. Band XI: *Am Stillen Ocean. Reiseerlebnisse.* Vierte Auflage. 21.-25. Tausend.

Karl May's gesammelte Reiseerzählungen. Band XII: *Am Rio de la Plata. Reiseerlebnisse.* Vierte Auflage. 21.-25. Tausend.

Karl May's gesammelte Reiseerzählungen. Band XIII: *In den Cordilleren. Reiseerlebnisse.* Vierte Auflage. 21.-25. Tausend.

Karl May's gesammelte Reiseerzählungen. Band XIV: *Old Surehand. 1. Band. Reiseerlebnisse.* Vierte Auflage. 21.-25. Tausend.

Karl May's gesammelte Reiseerzählungen. Band XV: *Old Surehand. 2. Band. Reiseerlebnisse.* Vierte Auflage. 21.-25. Tausend.

Karl May's gesammelte Reiseerzählungen. Band XIX: *Old Surehand. 3. Band. Reiseerlebnisse.* Mit einem Porträt Old Shatterhands. Dritte Auflage. 21.-25. Tausend.

Karl May's gesammelte Reiseerzählungen. Band XXI: *Satan und Ischariot. II. Band. Reiseerlebnisse.* Dritte Auflage. 16.-20. Tausend.

Karl May's gesammelte Reiseerzählungen. Band XXII: *Satan und Ischariot. III. Band. Reiseerlebnisse.* Dritte Auflage. 16.-20. Tausend.

Karl May's gesammelte Reiseerzählungen. Band XXIII: *Auf fremden Pfaden. Reiseerlebnisse.* Dritte Auflage. 16.-20. Tausend.

Karl May's gesammelte Reiseerzählungen. Band XXIV: *„Weihnacht!" Reiseerzählung.* Zweite Auflage. 16.-20. Tausend.

Karl May's gesammelte Reiseerzählungen. Band XXVI: *Im Reiche des silbernen Löwen. 1. Band. Reiseerlebnisse.* Zweite Auflage. 16.-20. Tausend.

Karl May's gesammelte Reiseerzählungen. Band XXVII: *Im Reiche des silbernen Löwen. 2. Band. Reiseerlebnisse.* Zweite Auflage. 16.-20. Tausend.

Oskar Römer: *Zahnhistologische Studie. I. Die Kölliker'schen Zahnbeinröhrchen und Tomes'schen Fasern. II. Nerven im Zahnbein.*

Bernhard Schmidt: *Die Insel Zakynthos. Erlebtes und Erforschtes.*

Alemannia. Zeitschrift für Sprache, Kunst und Alterthum besonders des alemannisch-schwäbischen Gebietes, begründet von Anton Birlinger, fortgeführt von Fridrich Pfaff, 27. Jg. (begründet als: *Alemannia. Zeitschrift für Sprache, Litteratur und Volkskunde des Elsasses und des Oberrheins*, hrsg. von Anton Birlinger, 1.-6. Jg., 1872-78, Bonn: A. Marcus; fortgeführt unter dem Titel *Alemannia. Zeitschrift für Sprache, Litteratur und Volkskunde des Elsasses und des Oberrheins und Schwabens*, 7.-26. Jg., 1879-1898; ab 15. Jg. 1887 erschienen bei P. Hanstein, Bonn; ab 19. Jg. hrsg. von Fridrich Pfaff); zahlreiche Sonderdrucke (im Folgenden nur in Auswahl aufgeführt).

MAY AN C. H. SCHWABE • 2. März 1899
Brief, hs.

Radebeul, d. 2./3. 99.

Hochgeehrter Herr!

Gestern bekam ich von H. Fehsenfeld das neue Deckenbild.[1] Der sofortige Entschluß war, mir von meinem Freunde, dem Inspector der Dresdener Gemäldegalerie, selbst eins anfertigen zu lassen[2], denn dieser Jubiläumsband ist, wie Sie auch lesen werden, derjenige, auf welchen alle andern zugespitzt waren, das eigentliche Ziel meines literarischen Strebens. Er wird ungeheures Aufsehen erregen, und so sollte auch der Einband ein wirklich gutes Bild bringen. Aber es würde zur Anfertigung desselben wieder Zeit vergehen, und da das Manuscript in nächster Woche beendet sein wird, so wollen wir bei dem von mir bezeichneten bleiben. Daß die starke Querfalte grad über dem Punkte liegt, den man verbirgt, und ihn also scheußlich hervorhebt, das stört ungemein; das hätte der Zeichner wissen sollen. Vielleicht tritt dies aber in der Ausführung nicht so hervor oder ist vorher noch zu ändern.

Mit herzl. Grüßen, auch an Ihre liebe Familie

Ihr

May.

[1] Fehsenfeld hatte May eine überarbeitete Fassung des Deckelbilds zu *Am Jenseits* geschickt.

[2] Gustav Otto Müller war Historienmaler.

MAY AN FEHSENFELD • 13. März 1899
Brief, hs.

Radebeul, d. 13./3. 99.

Mein hochverehrter und lieber Freund!

Lesen Sie die Correcturen von Band 25?[3] Ja? Dann werden Sie gemerkt haben, daß Karl May jetzt beginnt, mit seinen eigentlichen Absichten herauszurücken.[4] Es handelt sich um eine wohlvorbereitete, großartige Bewegung auf religios-ethisch-sozialem Gebiete, an deren Spitze sich der Königl. Hof in München mit allen Gliedern des Wittelsbacher Hauses stellen wird.[5] Diese Herrschaften sind Mitglieder meines Münchener May-Klub geworden und von meinen Ideen ganz

[3] Der „Jubiläumsband" *Am Jenseits*, den May im August 1898 begonnen hatte, stand kurz vor dem Abschluss.

[4] Diese und weitere Stellen belegen, dass May bereits *vor* seiner Orientreise an eine literarisch-ethische Neuorientierung dachte.

[5] May hatte im Februar eine Einladung an den bayerischen Königshof erhalten. An Emil Seyler schrieb er am 4.3.1899: „Ich war an den Königl. Hof nach München zu Besprechungen berufen, welche sich auf den Hauptgedanken meines Lebens und Wirkens beziehen, an dessen Veröffentlichung ich nun endlich – Gott sei Dank! – angelangt bin. Der Zar [Nikolaus II.] hat [am 24.8.1898] einen Vorschlag zu einer Abrüstungs- und Friedensconferenz erlassen; er wird nichts erreichen. Dein Charley erläßt nun aber einen weithin schallenden Ruf zu einer andern Friedensconferenz, welche den Zweck hat, der am tödtlichen Unglauben schwer darniederliegenden Menschheit Hülfe zu bringen und den unter dem lieblosen Interessenkampfe Leidenden den Frieden zu bringen. Am Königl. Hofe zu München interessirt man sich mit Begeisterung für diese meine Idee, welcher der herrlichste Erfolg sicher ist, wenn sie nicht von meinem armen Schreibtische sondern vom Throne ihren Ausgang nimmt und von den Inhabern fürstlicher Macht getragen und verbreitet wird. Ohne von diesem hohen Beifalle Etwas zu ahnen, erhielt ich diese Einladung, der ich aber leider aus Mangel an Zeit nicht folgen kann. Ich habe in eiligster, fürchterlichster Anstrengung den Band ‚Am Jenseits' zu fertigen, um das Schiff, auf welchem ich meine große Reise antrete, rechtzeitig zu erreichen."

und gar begeistert.[6] Ich werde auch während meiner Reise in regstem Briefwechsel mit ihnen bleiben – so gut es nämlich geht. Des Kaiserl. Hofes in Wien bin ich auch sicher, und erst kürzlich hatte ich eine Audienz auch hier in Dresden.[7] Ebenso telegraphirte mir vor einigen Tagen Herr von Rümelin, der Oberbürgermeister von Stuttgart[8], wo man nun endlich auch einzusehen beginnt, daß K. May keine Indianergeschichten sondern „Predigten an die Völker" schreibt. Ich sage Ihnen, die Namen Fehsenfeld und May werden der Zeitgeschichte so tief eingegraben sein, daß wir ruhig sterben können und doch weiterleben werden. Doch dies einstweilen nur privatim, also vertraulich, bis ich selbst komme!

Nach „Am Jenseits" ist so große Anfrage, schon jetzt, daß Sie unbesorgt eine bedeutende Auflage drucken lassen können. Uebermorgen geht das letzte Manuscript zu Krais. Nächste Woche muß ich fort, um das Schiff rechtzeitig zu erreichen, sonst verliere ich einen ganzen Monat Zeit. Um Sie für einige Stunden zu sehen, reise ich über Freiburg und werde Ihnen vorher telegraphiren. Doch wünsche ich, ganz unbelästigt zu sein.[9]

Und nun eine ganz nothwendige Bitte, liebster Freund!

[6] Josef Weigl hatte May am 28.2.1899 mitgeteilt, Prinzessin Marie Therese von Bayern wolle mit ihrer Familie dem „May-Club München" beitreten.

[7] Über diese Audienz am Dresdner Hof ist nichts bekannt. Möglicherweise bezieht May sich auf eine Einladung vom 9.11.1898, in der Karoline Auguste Friederike Isabella Lydia Freiin von Gaertner, die Hofdame der Prinzessin Mathilde von Sachsen (1863–1933), ihn zum Empfang einer Mitteilung der Fürstin Mathilde von Windisch-Grätz (1836–1918) ins Palais Prinz Georg gebeten hatte.

[8] Emil von Rümelin (1846–1899), seit 1893 Oberbürgermeister von Stuttgart, starb unerwartet am 24.3.1899, nur wenige Tage nach diesem Brief.

[9] May begann seine große Orientreise erst am 26.3.1899 und reiste zunächst in Begleitung von Emma und Klara Plöhn über Frankfurt a. M. nach Freiburg, um dort mit seinem Verleger u. a. die Neuauflagen während seiner Abwesenheit zu besprechen.

Ich gehe nach Arabien zu Hadschi Halef, dann durch Persien u. Indien nach China, Japan und Amerika zu meinen Apatschen.[10] Da ich meine eigene Art, zu reisen, habe und keiner Gefahr ausweichen darf, um Stoff für meine Bücher zu erleben, so kann mir sehr leicht etwas Menschliches passiren, und ich habe darum mein Testament gemacht. In Folge einiger darin enthaltenen Punkte muß ich einen genauen Nachweis über unser Verlagsgeschäft, vom ersten Tage an bis heut, gerichtlich deponiren, damit bei meinem etwaigen Tode die nothwendige Klarheit und Ordnung von der Behörde vorgefunden wird. Die meisten dieser Herren, sogar in der Amts- und Kreishauptmannschaft, sind Leser von mir und interessiren sich riesig für das Testament von Old Shatterhand, welches seinem ganzen Inhalte nach schon jetzt keine geheime sondern eine öffentliche Angelegenheit ist.

Aus diesem Grunde muß ich Sie dringend ersuchen, mir doch gütigst diesen nothwendigen Geschäftsauszug so bald wie möglich zu senden, da die Sache vor meiner Abreise geordnet sein muß. Er soll enthalten: vom ersten bis zum letzten Bande Datum, Ziffer jeder Auflage und Datum, Ziffer der Honorare. Ich weiß zwar, es ist das eine Belästigung, die aber durch das Testament Begründung und Entschuldigung findet, und bei Ihrer Buchführung wird Herr Krämer ja in sehr kurzer Zeit die Aufstellung ausgezogen haben. Sie haben dann nur die Unterschrift hinzuzufügen. Und bitte, auch die erste Postkarten-Serie und die Karten Shatterhand u. Kara mit zu bemerken!

Da diese Angelegenheit in kürzester Zeit geordnet sein muß, wiederhole ich meine dringende Bitte um Beschleunigung und versichere Sie des herzlichsten Dankes Ihres May und seiner Erben, von denen ich aber hoffe, daß sie noch

[10] Es ist unwahrscheinlich, dass May ernsthaft daran dachte, seine touristische Reise bis nach China, Japan und Amerika auszudehnen. Offenbar wollte er seinen Verleger aber weiterhin im Glauben halten, seine Reiseabenteuer seien Erlebnisberichte.

lange, lange warten müssen, denn ich will wenigstens noch 30 Bände schreiben, nun, da ich erst eigentlich mit meiner Aufgabe beginne. Die bisherigen Bände waren nur dazu geschrieben, mir eine möglichst große Zahl von Lesern als Arbeitsfeld zu schaffen.

Herzlichen Dank sage ich Ihnen für die mir so hochwillkommene Geburtstagsgabe! Sie haben mir damit eine große Freude bereitet, für welche ich Ihnen auch noch mündlich danken werde.

Herzlichste Grüße v. Haus zu Haus!

Bitte ja um baldigste Zusendung des Auszuges,

Ihr

alter, treuer

May.

MAY AN FELIX KRAIS • 13. März 1899

Brief, hs. (Fragment)

Radebeul, d. 13./4. 99.[11]

Hochgeehrter, lieber Herr Krais!

Donnerstag geht das letzte Manuscript an Sie ab.[12] Am 24ten dieses Monates muß ich von hier fort[13], sonst erreiche ich das Schiff nicht und versäume einen ganzen Monat. Ich möchte aber grad bei diesem Bande die Correcturen bis zum

[11] Das Monatsdatum ist falsch, denn am 13.4.1899 befand May sich bereits im Orient (Ismailija). Oben Notiz von Felix Krais, offenbar für Fehsenfeld: „Zurückerbeten".

[12] Wenn May sein Versprechen hielt, schickte er den Schluss von *Am Jenseits* am 16.3.1899 nach Stuttgart. In seinem Brief an Fehsenfeld hatte er dies bereits für den 15.3. angekündigt. Laut einer Ankündigung Fehsenfelds im *Börsenblatt* vom 28.3. erschien *Am Jenseits* dann am 15.4.1899 als Bd. XXV der „Gesammelten Reiseerzählungen".

[13] Tatsächlich reiste May erst am 26.3.1899 ab. Dennoch war die Zeit zu knapp, um noch die Schlusskorrekturen lesen zu können.

letzten Worte auch selbst lesen. Bitte, ermöglichen Sie es, daß ich das kann!

„Am Jenseits“ liegt mir so am Herzen, weil dieses Buch eine große, tief und weitgehende, sozial-ethische Bewegung einzuleiten hat, an deren Spitze sich der Königl. Hof von Bayern mit sämmtlichen Gliedern des Wittelsbacher Hauses stellen wird. Sie sind Mitglieder meines Münchener May-Klub geworden.

Und nun noch eine zweite, große Bitte!

Meine jetzige Reise geht nach Arabien zu den Haddedihn, und von dort aus über Persien, Indien, China und Japan nach Amerika zu den Apatschen. Sie wissen, daß ich meine eigene Art, zu reisen, habe. Es erwarten mich Gefahren, von denen ich nicht weiß, ob ich sie überstehen werde. Ich mache also vor der Abreise mein Testament, welches ich gerichtsamtlich hinterlege. Dazu ist nun nothwendig ein genauer Nachweis über die Erfolge unsers Verlagsgeschäftes bis auf den heutigen Tag, und so sehe ich mich, obgleich ich mich nur schwer entschließe, Sie damit zu belästigen, gezwungen, Sie um die Freundlichkeit zu bitten, mir recht baldigst zu senden:

> eine genaue Aufstellung der von Ihnen gedruckten Exemplare, vom ersten Bande und ersten Datum bis jetzt, also eine genaue Angabe des Datums mit der betreffenden Auflageziffer jedes einzelnen Intervalles, nach der Reihe zusammengestellt.[14]

Da dieser Nachweis mit dem Testamente erst notariell geprüft und dann dem Gerichte vorgelegt wird, ich aber am 24ten dieses M[onats] abreise, so bitte ich dringendst um freundliche Beschleunigung.

Wie bereits gesagt, belästige ich Sie, Verehrtester, nicht gern damit, fühle mich aber durch [Fragment]

[14] Eine ähnliche Aufstellung hatte May von Fehsenfeld verlangt; offenbar wollte er beide Listen vergleichen und auf Unstimmigkeiten prüfen.

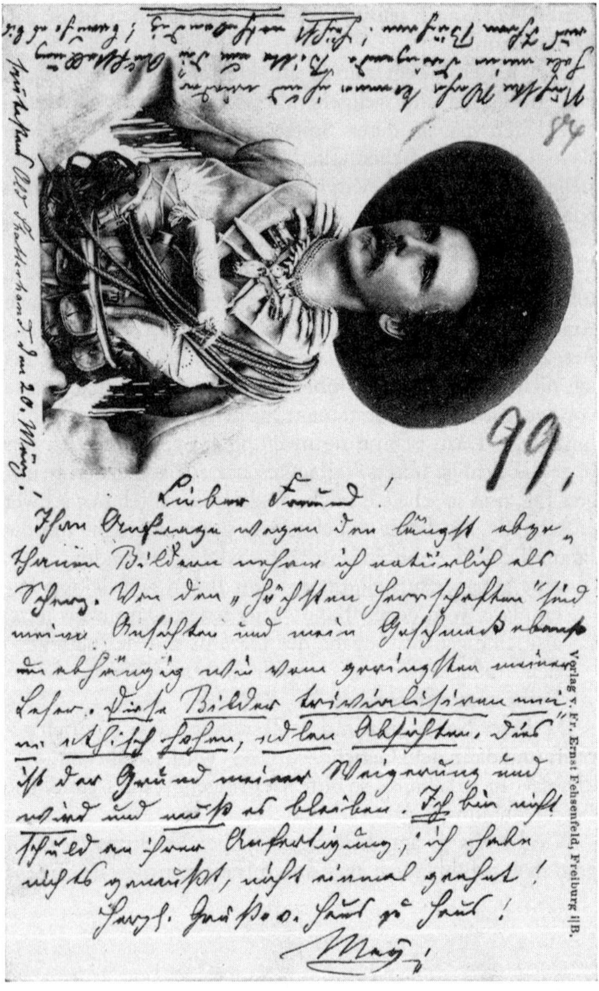

Radebeul, Villa Shatterhand, den 20. März.

99.

Lieber Freund!

Ihre Anfrage wegen der kürzlich abgedruckten Bildern nehme ich natürlich als Scherz. Von den „höchsten Herrschaften" sind meine Ansichten und mein Geschmack ebenso unabhängig wie vom geringsten meiner Leser. Diese Bilder krystallisiren mir „ethisch hohen, edlen Absichten." Dies ist der Grund meiner Neigung und wird und muß es bleiben. Ich bin nicht Schuld an ihrer Anfertigung; ich habe nichts gemacht, nicht einmal gehabt!

Herzl. Grüße v. Haus zu Haus!

May.

Nächste Woche komme ich und wiederhole meine dringende Bitte um die Aufstellung aus Ihren Büchern! Höchst nothwendig! brauche es bis

Verlag v. Fr. Ernst Fehsenfeld, Freiburg i/B.

MAY AN FEHSENFELD • 16. März 1899
Karte (Old Shatterhand), hs.

[Poststempel: Radebeul, 16. 3. 99][15]

Lieber Freund!

Ihre Anfrage wegen den längst abgethanen Bildern nehme ich natürlich als Scherz.[16] Von den „höchsten Herrschaften" sind meine Ansichten und mein Geschmack ebenso unabhängig wie vom geringsten meiner Leser. Diese Bilder trivialisiren meine ethisch hohen, edlen Absichten. Dies ist der Grund meiner Weigerung und wird und muß es bleiben. Ich bin nicht schuld an ihrer Anfertigung; ich habe nichts gewußt, nicht einmal geahnt!

Herzl. Grüße v. Haus zu Haus!

May.

Nächste Woche komme ich und wiederhole meine dringende Bitte um die Aufstellung aus Ihren Büchern! Höchst nothwendig! Brauche es bis spätestens den 20. März![17]

[15] Der 16.3.1899 sollte sich für May als verhängnisvoller Tag erweisen. An diesem Tag verkaufte die Witwe Pauline Münchmeyer (1840–1928) ihren Dresdner Verlag für 175.000 Mark an den ehemaligen Möbelhändler und Leipziger Verlagsbuchhändler Johannes Adalbert Fischer (1855–1907), der entschlossen war, Mays überwiegend anonym erschienene Kolportageromane nun unter dem Namen des inzwischen berühmten Schriftstellers wiederzuveröffentlichen. Für May begann damit das Unglück seines Alters.

[16] Offenbar hatte Fehsenfeld seinen Plan der Postkartenserien noch immer nicht aufgegeben.

[17] Im Gegensatz zum folgenden Druckverzeichnis von Felix Krais ist die von May gewünschte „Aufstellung" Fehsenfelds nicht überliefert.

Verzeichnis der
sämtlichen seit Anbeginn (1892) gedruckten May'schen Reise-Erzählungen
angefertigt von der Hoffmann'schen Buchdruckerei Felix Krais Stuttgart den 16. März 1899.

Band	1892	1893	1894	1895	1896	1897	1898	1899	Gesamtaufl. bis Anfang 1899	Bd.	1897	1898	1899	Gesamt Auflage bis Anfang 1899
I.	10000	5250		5300	4800	5000	5000		35350	XXIV.	15300		5000	20300
II.	7000	3000	3000	5300	2000	5000	5000		30300	XXVI.		15000		15000
III.	7000	3000	3000		2050 5350	5000		5000	30400	XXVII.		15000		15000
IV.	10000			5300	5300		5000		25600	XXV.			15000	15000
V.	10000			5300	5000		5000		25300					
VI.	10000			5300	5000		5000		25300					
VII.		10000		5000	5350	5000	5000		30350					
VIII.		10000		5000		5000	5000	5000	30000					
IX.		10000		5000		5000	5000	5000	30000					

X.		10000 ✓			✓{13300 / ✓2000}	5000 ✓		5000 ✓	✓25300
XI.		10000 ✓			5300 ✓		5000 ✓		✓20300
XII.			10000 ✓		5300 ✓	5000 ✓			✓20300
XIII.			10000 ✓		5300 ✓		5000 ✓		✓20300
XIV.			10,000 ✓		5300 ✓		5000 ✓	5000 ✓	✓25300
XV.				10000 ✓	5350		5000 ✓		✓20350
XVI.				10300 ✓	5000 ✓		5000 ✓		✓20300
XVII.					10300 ✓	5000 ✓	5000 ✓		✓20300
XVIII.					10300 ✓	5000 ✓	5000 ✓		✓20300
XIX.					15300 ✓		5000 ✓		✓20300
XX.					10300 ✓	5000 ✓	5000 ✓		✓20300
XXI.					10300 ✓	5000 ✓		5000 ✓	✓20300
XXII.						✓{10300 / ✓5000}			✓15,300
XXIII.						15300 ✓		5000 ✓	✓20,300

Bemerkungen:
Die rot angekreuzten Posten
sind fertig gedruckt, die
im Jahr 1899 blau angezeich-
neten Auflagen sind im Druck
aber noch nicht vollendet

Felix Krais
15/III 1899.

FELIX KRAIS • 16. März 1899
Druckverzeichnis 1892-99, hs.

Verzeichnis der sämtlichen seit Anbeginn (1892)
gedruckten May'schen Reise-Erzählungen
angefertigt von der Hoffmannschen Buchdruckerei
Felix Krais Stuttgart den 16. März 1899.

[siehe das Faksimile auf den vorangehenden Seiten]

Bemerkungen:
Die rot angekreuzten Posten sind fertig gedruckt, die im Jahr 1899 blau angezeichneten Auflagen sind im Druck aber noch nicht vollendet[18]
Felix Krais
16/III 1899.

MAY AN FEHSENFELD • März 1899
Brief, hs.

[Radebeul, nach dem 19. März 1899]

Liebster Freund!

Herzl. Dank für 6000 Mark! Die andern so freundl. angebotenen 6000 nehme ich auch mit, doch ohne Wissen meiner Frau, bitte. Sie darf nicht wissen, wie theuer diese Reise wird (wenigstens 40,000 Mark!)[19] Es würde mir lieb sein, wenn ich englisches Geld dafür haben könnte. Geht das bei Ihrer rheinischen Bank?
Sonnabend od. Sonntag geht es fort[20], über Frankfurt Main,

[18] Aus dem Druckverzeichnis ergibt sich eine Gesamtauflage von 617.150 Exemplaren.

[19] Durch einen Kreditbrief standen May für seine Reise 50.000 Mark zur Verfügung.

[20] Mays Abreisetag war dann der Palmsonntag (26.3.1899).

um meinen herrlichen May-Klub dort, die „Khalifen“ zu besuchen, dann zu Ihnen.[21]

Inzwischen die herzl. Grüße v. H. z. H.

Ihr

May.

MAY AN FEHSENFELD • 22. April 1899
Brief (Hotel Bavaria), hs.

[Caire, le] 22./4 [189]9
Scharia Kâmel.

Lieber Freund!

Nicht wahr, es ist schrecklich, daß man nicht einmal seinem Verleger schreibt? Pardon! In Lugano wurde ich entdeckt; in Genua wurde ich im Hôtel entdeckt.[22] Auf dem Schiffe entdeckte mich Professor Lesser[23] aus Berlin auf der Schiffsliste. Seit diesem Augenblicke war es aus mit meiner Freiheit. Alle wollten mit Kara Ben Nemsi Afrika betreten und mit ihm von Port Said nach Kairo fahren, sogar hier mit in seinem Hôtel wohnen. Ich habe mich bisher nur einmal freimachen können, zu einem zweitägigen Ritte in die lybische Wüste. Noch nicht einmal die Pyramiden bestiegen, und nur

[21] In Frankfurt a. M., wo er u. a. Mitglieder der Gesellschaft „Khalifia“ besuchte, hielt May sich mit Emma und Klara Plöhn vom 26. bis zum 29.3.1899 auf.

[22] Von Freiburg aus war May am 31.3.1899 mit Emma und Klara Plöhn nach Lugano gereist; in Genua (Hotel Royal), wo am 3.4. Richard Plöhn zu der Gruppe gestoßen war, hatte man die Ostertage (2./3.4.) verbracht. Am 4.4. hatte May sich dann von seiner Frau und den Plöhns verabschieden müssen und war mit dem Reichspostdampfer „Preussen“ des Norddeutschen Lloyd nach Port Said aufgebrochen. Dort hatte May am 9.4.1899 erstmals außereuropäischen Boden betreten; am 14.4. war er mit der Eisenbahn nach Kairo gereist, wo er sich im Hotel Bavaria (Bayerischer Hof), Shâri'a Kâmel, einquartiert hatte und noch bis zum 24.5. blieb.

[23] Der Dermatologe Prof. Edmund Lesser (1852–1918) war Direktor der Klinik für syphilitische Krankheiten an der Berliner Charité.

2 Moscheen besucht. Erst in Oberegypten wird das anders, weil es da glücklicher Weise keine Leser giebt. Jeder gebildete Deutsche, der sich hier in Kairo befindet, kennt leider May.

Wir haben jetzt eben, Nachmittag 3 Uhr, 32 Grad Réaumur; das genügt![24] Wie geht es Ihnen, mein Freund? Sind Sie wieder einmal dreispännig ausgefahren? Das war ein schöner Tag![25] Wir sind Ihnen überhaupt so herzlich dankbar für Ihre liebe Gastlichkeit. Schade nur, daß ich das letzte, großartige Abendbrot so an mir vorübergehen lassen mußte!

Ist Band 25 erschienen?[26] Man erwartet ihn mit Schmerzen, besonders in München, wo es vorige Woche einen großartigen Karl May-Abend gegeben hat. Der Bericht liegt mir schon vor.[27] Königl. Hoheit, Prinzessin Ludwig[28] hat die Einladungen ergehen lassen. Erschienen waren der Hof mit allen Militair- und Civilcharchen in Uniform, der Magistrat, Professoren, bedeutende Künstler etc. Den Saal hatte K. H. Herzogin Karl[29] aus ihren Gewächshäusern schmücken lassen. Erst ein Lied gesungen mit Harmoniumbegleitung; dann der Vortrag Dr. Weigls über das Thema „Dr. Karl May und die religiöse Friedensidee". Da ist mein ganzer Lebensgang und da sind auch die Grundideen und die Ziele, welche meine

[24] 32 Grad Réaumur entspricht 40 Grad Celsius.

[25] Laut seinem Reisetagebuch war May am 30.3.1899 mit Fehsenfeld sogar vierspännig durch die Waldstraßen von Freiburg gefahren, entweder bis nach dem Dorf Ehrenstetten, wo der Verleger seit 1898 ein Jagdhaus, den „Lehenhof", besaß, oder nach St. Märgen, wo er bereits 1897 ein Landhaus erworben hatte. Angeblich soll Fehsenfeld seinem Autor anlässlich des bevorstehenden Jubiläumsbandes der „Gesammelten Reiseerzählungen" bei dieser Gelegenheit ein eigenes Jagdschloss im Schwarzwald versprochen haben. – Nach einer bisher nicht verifizierten Überlieferung soll Karl May sich ins Gästebuch des Hotels „Goldene Krone" in St. Märgen eingetragen haben.

[26] *Am Jenseits* war am 15.4.1899 erschienen.

[27] Näheres über diesen „Karl May-Abend", von dem May durch einen Bericht Josef Weigls erfahren hatte, ist nicht bekannt.

[28] Marie Therese von Bayern

[29] Marie Josepha (José), Herzogin in Bayern und Infantin von Portugal (1857–1943)

Bücher verfolgen, in solcher Weise geschildert worden, daß am Schlusse die ganze Versammlung begeistert gewesen ist. Prinzessin Ludwig hat ausgerufen: „Ich bin stolz darauf, ein Mitglied unsers lieben Karl May-Klub zu sein." Ein alter General hat ebenso laut erklärt, er bitte, sofort auch beitreten zu dürfen. Lieber Freund, das sind Erfolge, welche auch dem Verleger dieser Werke zu gute kommen werden!

Jetzt meine heutige Bitte. Wahrscheinlich haben Sie die Briefe noch nicht an Professor Freytag geschickt. Ich hatte wirklich noch nicht Zeit, den Begleitbrief zu schreiben. Erst heut komme ich dazu. Ich richte ihn an Ihre Adresse und bitte, ihn mit dem Couverte beizulegen, denn Freytag ist Sammler, und ein Brief von mir mit egyptischen Marken ist ihm werth. Er wird nun mit Bd. 25 wohl einsehen, daß er sich irrte, als er mich für einen Jugendschriftsteller hielt.[30]

Bitte, haben Sie doch die Güte, auch dem Chefredacteur der „Tremonia" in Dortmund, Joh. Dederle, Pottgasse 4 den 25. Band zur Besprechung zu senden. Die ganze kathol. Presse von Rheinland und Westfalen richtet sich nach der Tremonia.[31]

Haben Sie schon an unserer englischen Uebersetzung arbeiten lassen?

Ist das erste Heft der Lieder heraus? Sie scheinen das als eine verlorene Sache zu betrachten, ich nicht![32]

Könnten Sie mir vielleicht einen Band 25 hierhersenden (mit gewöhnlicher Decke)? Ich mache, ehe ich nach dem

[30] Ludwig Freytag hatte seit 1893 nahezu jede Neuerscheinung Mays bei Fehsenfeld besprochen, zunächst im *Central-Organ für die Interessen des Realschulwesens*, seit 1897 im *Pädagogischen Archiv*. Den „Jubiläumsband" *Am Jenseits* besprach er im Juli 1899 zusammen mit den ersten beiden Bänden des *Silberlöwen*: „Man kann sagen, daß der Wert der prachtvollen Schriften mit jedem Bande zunimmt."

[31] An Johannes Dederle (1850–1913), den Redakteur des Dortmunder Zentrums-Blatts *Tremonia*, schrieb May am selben Tag: „Jetzt gehe ich nach dem Sudan; dann über Mekka nach Arabien zu Hadschi Halef, Persien, Indien". Nach den späteren Angriffen der *Frankfurter Zeitung* trat Dederle für May ein und öffnete ihm auch die *Tremonia* für Entgegnungen.

[32] Das Heft *Ernste Klänge* war vermutlich kurz zuvor erschienen.

Sternwaldstraße 19 in Freiburg i. Br.

Fehsenfelds Villa in St. Märgen (Giesker-Villa, um 1923)

Sudan aufbreche, erst einen Exkursionsritt nach dem Fayum und würde ihn bei meiner Rückkehr finden, wenn er gleich aufgegeben wird. Meine Adresse ist Kairo Hotel Bavaria, Scharia Kâmel. Und nun rathen Sie, wer hier jetzt auf meinem Divan sitzt und seinen Namen auch unterschreiben wird![33] Ein Rechtsanwalt in Zeitz[34] schrieb mir, er habe Ben Nil in Kairo getroffen; er sei jetzt Besitzer von 2 Dahabijen. Das ist richtig.

Tausend Grüße an Sie und alle Ihre Lieben!

Ihr

May.

MAY AN EVA FEHSENFELD • vermutlich April 1899
Karte, hs.[35]

Meiner lieben Nachbarin während der schönen Heimfahrt einen Gruß aus Kairo.[36]

Dr. Karl May.

MAY AN EVA FEHSENFELD • 24. April 1899
Karte (Souvenir du Cairo), hs.[37]

Unter Palmen Niemand sicher wandelt,
auch mich hat die Sonne braun gebranntelt,

Dr. Karl May.

[33] Am Schluss des Briefes steht in arabischer Schrift eine angebliche Unterschrift von „Ben Nil", einer fiktiven Gestalt aus der anfangs in Kairo handelnden Trilogie *Im Lande des Mahdi*.

[34] Gemeint ist wahrscheinlich Rudolf Reiling.

[35] Quelle: *Jahrbuch der Karl-May-Gesellschaft 1978*, Hamburg 1978, S. 161

[36] May bezieht sich hier auf die Rückkehr vom Freiburger Ausflug am 30.3.1899.

[37] Quelle: *Jahrbuch der Karl-May-Gesellschaft 1978*, Hamburg 1978, S. 161

Deckelbild von 1899

Heftumschlag von 1899

MAY AN FELIX KRAIS • 1899
Karte (Le Caire-Kafr près les Pyramides de Sakkarah), hs.

[Poststempel unleserlich,
Kairo, April oder Mai 1899]

Herzliche Grüße aus Egypten sendet
Ihr ergebener
Dr. Karl May.

MAY AN FELIX KRAIS • 6. Juni 1899
Karte, ms. Kopie[38]

Schellal in Nubien, d. 6./6. 99

Lieber Herr Krais,
bevor ich von hier aus in den Sudan verschwinde[39], sende ich Ihnen und Ihrem Hause noch diesen Gruß
Ihr ergebener
Dr. Karl May

[38] Quelle: Nachlass Hans Zesewitz, Hohenstein-Ernstthal

[39] Nachdem May am 23.5.1899 in Kairo den von ihm Sejjid Omar genannten arabischen Diener Sejd Hassan engagiert hatte, war er mit diesem zunächst am 24.5. nilaufwärts nach Siut und am 28.5. weiter nach Luxor gereist; am 6.6. war er in Assuan eingetroffen und hatte eine Viertelstunde östlich der Stadt ein Lager der Bischari-Beduinen besucht. Am 6.6.1899 schrieb er an Nikolaus Müller, den Chefredakteur der *Pfälzer Zeitung* in Speyer, mit der Adressangabe: „Bischari-Lager. Sechs Reitstunden von Schellal in Nubien entfernt." Nachgewiesen ist, dass May am 7.6. von Assuan nach Schellal fokani (Challal), einem Nildorf gegenüber der Insel Philae, ritt und am 9.6. nach Assuan zurückkehrte. Am 12.6. brach er zu einer Nilfahrt auf, die ihn bis nach Minyet Ibn Chasib führte, am 18.6. war er wieder in Kairo.

FEHSENFELD AN FEDOR MAMROTH • Juni 1899
Offener Brief (Frankfurter Zeitung, 9. Juni 1899)[40]

Herr Dr. Karl May befindet sich seit Ende März in Egypten, jetzt wahrscheinlich im Sudan, von wo er nach Arabien zu dem ihm befreundeten Stamme der Haddedihn-Araber zu reiten beabsichtigt. Aus diesem Grunde kann er nicht auf die Bemerkung in Ihrem Feuilleton vom 3. Juni sogleich antworten. Ich habe dafür gesorgt, daß die betreffende Nummer der „Frankf. Ztg." ihm sobald als möglich zugestellt wird. Sie würden mich verbinden, wenn Sie dies Ihren Lesern, zu denen ich seit vielen Jahren zähle, zur Kenntniß bringen wollten.

Hochachtungsvoll
Fr. Ernst Fehsenfeld – Freiburg i. B.

[40] Anlässlich der Aussonderung von May-Büchern aus bayerischen Mittelschulen, über die am 31.5.1899 im *Bayerischen Courier* berichtet worden war, hatte Dr. Fedor Mamroth (1851–1907), der Leiter des Feuilletons der liberalen *Frankfurter Zeitung*, am 3.6. anonym seinen ersten Angriff (*Karl May!*) gegen May veröffentlicht, der in den Sätzen gipfelte: „Auf die Gefahr hin, die zahlreichen Anhänger des Autors aufs schmerzlichste zu verletzen, geben wir schließlich noch der Meinung Ausdruck, daß Karl May die fernen Länder, die er so anschaulich schildert, mit keinem Fuß betreten hat." Weitere und schärfere Artikel schlossen sich an, von denen May jeweils erst sehr verspätet durch Richard Plöhn erfuhr. Den Brief Fehsenfelds druckte Mamroth am 9.6. unter der ironischen Überschrift *Der „Freund der Haddedihn"* ab, mit einem Kommentar („Es wird uns sehr interessiren, von dem kühnen Reiter und dem noch kühneren Erzähler selbst zu hören, daß alle seine Abenteuer auf Wahrheit beruhen.") und zusammen mit der Zuschrift eines jetzt in Coblenz lebenden, früher aber „mehrjährigen Bewohners des südlichen Texas und nördlichen Mexiko", der May verschiedene Fehler im *Winnetou* vorwarf: „Ein Mann, der jene Gegenden wirklich bereist hat, kann unmöglich in die Lage kommen, derartige Irrthümer zu begehen."

MAY AN FEHSENFELD • 23. September 1899
Karte, hs.

Massaua in Abyssinien, 23./9. 99.

Aus dem glühenden Aethiopien sendet Ihnen diesen Gruß Ihr glücklich durchgekommener und noch frisch reiselustiger Freund. Von hier aus nun Arabien, Persien und Indien. Lassen Sie doch die Lügner schwatzen! Mich stört das nicht im Mindesten. Habe hier Briefe und eine Menge solcher Zeitungen vorgefunden. Sie lassen mich vollständig kalt. Lächerliche Bemühungen ohnmächtiger Geister. Weiter nichts![41]
Ihr May.

MAY AN FELIX KRAIS • 23. September 1899
Karte, ms. Kopie[42]

Massaua in Abyssinien 23. 9. 99

Bin glücklich durch den Sudan und Aethiopien gekommen. Bringe herrlichen Stoff mit. Nun geht es nach Arabien, Persien und Indien, herzliche Grüße Ihrem ganzen Hause
Ihr May

[41] Mays Gelassenheit war nicht echt. Tatsächlich hatte er in Jerusalem, wo er sich vom 29.7. bis 20.8.1899 aufhielt, ab dem 9.8. eine scharfe Entgegnung auf die Artikel der *Frankfurter Zeitung* geschrieben, die am 27., 28. und 29.8. mit dem Titel *Karl May und seine Gegner* unter dem Namen seines Freundes Richard Plöhn in der Dortmunder *Tremonia* erschienen war. – Am 22.9.1899 war May, mit dem Schiff „Palestina“ von Aden kommend, in Massaua (Ostafrika, italienische Kolonie Eritrea) angekommen, wo er bis zum 25.9. blieb.

[42] Quelle: Nachlass Hans Zesewitz, Hohenstein-Ernstthal

MAY AN FELIX KRAIS • 10. Oktober 1899
Karte (Mount Lavinia Hotel), hs.

I. Colombo auf Ceylon, d. 10./10. 99.

Lieber Herr Krais.
Diese Reise ist von großem tiefsten Erfolge gekrönt. Habe freilich eine Wunde am Oberschenkel erhalten, dafür aber bis jetzt Stoff für mehr als 10 Bände.[43] Das Wunderbarste aber ist die Entdeckung eines außerordentlich [Fortsetzung auf Karte II.]

Bin trotz der Wunde forellenmunter!

MAY AN FELIX KRAIS • 10. Oktober 1899
Karte (Ceylon: Native Family, Devil Dancers, Rodiya Women), hs.

II.
reichen Goldlagers. Habe die Erze schon zur Untersuchung nach Deutschland gesandt. Muß von hier schleunigst nach Sumatra. Es handelt sich um ein Menschenglück.[44] Herzlichen Gruß Ihnen und allen Ihren Lieben!
Ihr
May.

[43] Am 6.10.1899 war May, mit der „Bayern“ von Aden kommend, in Colombo eingetroffen, wo er bis zum 28.10. blieb. Er wohnte nicht im luxuriösen Mount Lavinia Hotel, sondern im Grand Oriental Hôtel. Ob May tatsächlich eine „Wunde am Oberschenkel“ erlitten hatte, ist zweifelhaft.

[44] Ähnlich abenteuerliche Berichte gingen am 10.10.1899 an zahlreiche Empfänger, so an Carl Jung: „Habe bisher großartige Reiseerfolge gehabt. Im Sudan nie krank trotz Reitens zur glühendsten Tageszeit. In Massaua seltene Ehrungen gefunden. Habe zwar eine Wunde erhalten, dafür aber ein reiches Goldlager entdeckt. Erzproben sind schon nach Deutschland unterwegs. Muss von hier nach Sumatra. Es gilt ein Menschenglück. Sie sehen, Ihr May ist trotz seiner 60 Jahre noch lange nicht kaput, und es wird ihn auch keine Zeitung kaput machen.“ Nach Sumatra brach May erst am 28.10.1899 auf.

MOUNT LAVINIA HOTEL.
A. W. A. PLÂTÉ & CO.

II.
CEYLON
RODIYA WOMEN.
NATIVE FAMILY.
DEVIL DANCERS.

MAY AN FEHSENFELD • 15. Oktober 1899
Brief, hs.

Colombo auf Ceylon, d. 15./10. 99.

Mein lieber Freund!

Natürlich wollen Sie vor allen Dingen wissen, was ich zu den Angriffen meiner Feinde sage und wie ich mich zu ihnen verhalten werde. Ich habe jetzt und hier nicht Zeit, mich eingehend darüber zu verbreiten, und bitte Sie nur, ja nicht wieder Etwas selbst zu thun, sondern ganz allein mich walten zu lassen! Ihr Ausdruck, daß ich „vom Sudan zu den Haddedihn reiten" werde, ist leider durch ganz Deutschland belacht worden, hat mir ungeheuren Schaden gemacht, denn nichts schadet mehr als die Lächerlichkeit, zumal wenn sie Einem so öffentlich durch die Journale ins Gesicht geworfen wird![45]

Es haben sich ja Viele meiner angenommen, aber keiner in der rechten Weise, und Jeder hat mir mehr geschadet als genützt. May ist nun einmal eine Ausnahme, und seine Sachen liegen so, daß nur er selbst sprechen darf![46]

Sie kennen Ursachen und Folgen nicht. Es sind großartige Nachforschungen vorgenommen worden, und meine Gegner haben sich übertölpeln und ausforschen lassen. Die Sache liegt so:

„May ist eine große Macht, mit welcher man zu rechnen hat!" Diese Worte erklangen in einer Conferenz von Redacteuren, in welcher beschlossen wurde, daß May „ausgemärzt" werden solle. Wer waren sie, und wo ist es gewesen? Das war in – – – ah! Da fällt mir grad noch zur <R> rechten Zeit ein, daß Sie ja selbst auch dieser Richtung angehören! Silentium

[45] May bezieht sich hier auf Fehsenfelds Brief an Mamroth, der am 9.6. in der *Frankfurter Zeitung* erschienen war.

[46] Mays Entgegnung in der *Tremonia* war allerdings unter dem Namen von Richard Plöhn erschienen.

also![47] Natürlich ist alles Lüge, was man gegen mich vorbringt, auch die geographischen Schnitzer, die ich gemacht haben soll. Ein namenloser Schulmeister, ein namenloser Sachse im Rheinland und ein namenloser „mehrjähriger Texaner" im Hunsrück! Was diese Jungens sagen, das nennt die Frankfurter Zeitung „Urtheil der Zeitgenossen!"[48] In Wien machte man mich syphilitisch, um mich vom Kaiserhofe auszumärzen; dann machte man mich wahnsinnig, um mich aus den Zeitungen zu märzen; dann setzte mich die Frankfurter „auf den Index", und als das Alles vergeblich war, schickte man mich in das Jodbad für Phenerische nach Tölz.[49] Dabei

[47] May hielt die Angriffe der *Frankfurter Zeitung* fälschlich für eine antiklerikal motivierte Verschwörung größeren Ausmaßes. Fehsenfeld verstand sich als liberaler Freigeist und war Abonnent der ihm geistig eigentlich nahe stehenden *Frankfurter Zeitung*.

[48] Am 17.6.1899 hatte Fedor Mamroth in der *Frankfurter Zeitung* einen umfangreichen Artikel *Karl May im Urtheil der Zeitgenossen* veröffentlicht, der neben einem berichtigenden Brief Richard Plöhns vom 11.6. und einer glossierenden Zusammenfassung der „Selbstbiographie" *Freuden und Leiden eines Vielgelesenen* weitere kritische Zuschriften enthalten hatte, darunter die Ausführungen eines im Rheinland lebenden Sachsen, der gefährliche Details über Mays Biographie zu kennen schien.

[49] Der Vorwurf, May sei syphilitisch, dürfte (wenn überhaupt) im März 1898 erhoben worden sein, als May in Wien erkrankt war; tatsächlich hatte es sich vermutlich um ein Hämorrhoidalleiden gehandelt. Bereits am 28.11.1897 hatte der Lehrer Carl Blümlein (1863–1945) in der *Frankfurter Zeitung* in einer Sammelrezension, in der er auch die Jugenderzählung *Der Oelprinz* besprach, geschrieben: „Es ist neuerdings viel über das Elend unserer Jugendliteratur geklagt worden: May's Buch wie all seine andern Erzeugnisse kann man ruhig auf den Index setzen." Am 29.6.1899 hatte die *Pfälzische Presse* (Kaiserslautern) infolge einer Fremdenbuch-Fälschung (ein Unbekannter hatte sich unter dem Datum vom 31.3., zwischen Eintragungen vom 23. und 24.6., im Tölzer Hotel Bürgerbräu als „Karl May, alias Old Shatterhand" aus „Oberlösnitz b. Dresden", Stand „allbekannt" eingetragen) das Gerücht verbreitet, May sei nicht im Orient, sondern im oberbayerischen Tölz-Krankenheil, einem Jodbad, das auch von Geschlechtskranken aufgesucht wird. Die *Frankfurter Zeitung* (*Bei den bayerischen Haddedihn*) hatte das Gerücht am 1.7. aufgegriffen: „Sollte der Araberstamm der Haddedihn, mit welchem Karl May befreundet ist, am Ende gar in Oberbayern hausen?"

wußte man aber ganz genau, daß ich im Sudan war, doch grad diese Abwesenheit mußte ausgenutzt werden!

Mich läßt das Alles vollständig kalt. Alle, alle diese Leute können gegen mich nichts machen, dafür aber eine Reclame, wie sie noch gar nicht dagewesen ist. Wenn sie wüßten, was für Briefe, und von wem, ich in Massaua, Aden und hier vorgefunden habe! May steht jetzt fester als je vorher! Ich fürchte alle Journale der Welt nicht im Geringsten. Man mag nur warten, bis ich nach Hause komme!

Ich bitte aber dringend, in diesen Brief Niemand schauen zu lassen. Sie sind auch freisinnig, und so muß ich leider verschweigen, was ich Ihnen als meinem Verleger eigentlich am allerersten zu sagen hätte. Ich muß aufrichtig sagen, daß mir das wehe thut!

In den gestern fortgesandten Karten erwähnte ich, daß wir 1 Band Liebesgedichte herausgeben werden. Der Titel soll aber doch anders lauten, nämlich

„Liebes-Psalmen"
von
Karl May.[50]

Innen eine Abbildung in schöner, feiner Zeichnung: Ein Engel, welcher Harfe spielt. Einband mitteldunkle Nuance von Blau, ja kein Bild, nur den Titel. Der Band muß ein hochfeines Aussehen haben.

Um Ihnen zu zeigen, welcher Art diese „Liebesgedichte" sind, sende ich Ihnen No. 1.[51] Das Buch wird ein Schlag sein, und wir werden damit einen Schlag machen.

[50] Während seiner Orientreise verfasste May zahlreiche religiöse Gedichte, von denen die meisten Ende 1900 in dem Sonderband *Himmelsgedanken* bei Fehsenfeld erschienen. Ursprünglich hatte May im April 1899 den Plan zu einer Gedichtsammlung mit dem Titel *Eine Pilgerreise in das Morgenland* gehabt.

[51] Das erste Gedicht der Sammlung *Eine Pilgerreise in das Morgenland* sollte das am 10.4.1899 in Port Said geschriebene Gedicht *Abschied von der Heimath* sein; ob May Fehsenfeld dieses oder ein anderes Gedicht schickte, ist jedoch unklar.

Außerdem sind 2 neue Bände „Reise" unterwegs in Arbeit. Der Druck muß im Frühjahr (April) beginnen.[52] Ich habe vor, noch viel, sehr viel zu schreiben. Stoff ist mehr als genug da, zumal neuer, hoch interessanter. Bin auf Menschenjäger gestoßen, welche Zwangsarbeiter für die Outlanders in Transvaal pressen wollten.[53] Bei dieser Gelegenheit war es, daß ich die Goldfelder entdeckte.

Gehe von hier nach Sumatra, Indien, Persien, Arabien = Haddedihn. Den westlichen Zugang nach Arabien versperrte mir leider die Pest. Muß dann nach Egypten zurück, eines neuen, inhaltsschweren Bandes wegen in die lybische Wüste. Da sehe ich mich nun gezwungen, eine Bitte auszusprechen.

Mein Reisegeld wird wahrscheinlich grad nur bis Egypten reichen, und da das eine Summe von gegen 30,000 Mark beträgt, so möchte ich meiner sparsamen Hausfrau nicht den Schmerz bereiten, direct noch tiefer greifen zu müssen. Sie soll gar nichts davon merken, und so darf das, was ich noch entnehme, nicht von den neuen Auflagen sein. Bitte, haben Sie die Güte, und kreditiren Sie mir 6000 Mark auf die beiden neuen Bände, welche ich vorhin erwähnte! Die schreibe ich so, daß Emma nichts weiß.

Senden Sie diese 6000 Mark in Form einer Anweisung oder noch besser, als Circular Letter of Credit durch Ihre Filiale der Rheinischen Creditbank für mich (Dr. Karl May) an den Crédit Lyonnais nach Cairo, und zwar, daß ich sie Anfang

[52] May begann erst 1901 mit *Et in terra pax* eine neue Reiseerzählung, in der er die Erfahrungen seiner Orientreise verarbeitete. Die Desillusionierungen dieser Reise und die Angriffe seiner Gegner, zu denen sich im Juli 1899 noch Dr. Hermann Cardauns (1847–1925), der Hauptschriftleiter der katholischen *Kölnischen Volkszeitung*, gesellt hatte, machten es May unmöglich, seine Reiseerzählungen in der herkömmlichen Weise fortzuschreiben. Bei den „2 neuen Bänden" dachte May vielleicht an die Fortsetzung der beiden *Silberlöwe*-Bände; konkrete Planungen gab es zu diesem Zeitpunkt jedoch noch nicht, vielmehr wollte May auf diese Weise von Fehsenfeld einen Vorschuss von 6000 Mark erwirken.

[53] Auf diesen Plan kam May nicht mehr zurück.

Januar sicher dort finde.[54] Es darf nicht gut weniger als 6000 Mark sein, weil ich mit dem Umstande zu rechnen habe, daß ich aus der lybischen [Wüste] noch nach Tripolis, Tunis und gar Algier spritze. Aber bitte, bitte, ja gewiß Anfang Januar! Sonst bin ich wie Old Wabble in den Baum geklemmt.[55] Der Erzählerstoff, den ich mir für dieses Geld hole, kommt auch Ihnen zu gute!

Indem ich Sie bitte, mich der Frau Gemahlin zu empfehlen und Evchen und Dorchen zu grüßen,

bin ich

zwar mit einer Wunde am rechten Oberschenkel aber sonst ganz und gar

Ihr

frohgesunder

May.

MAY AN FEHSENFELD • 23. Oktober 1899

Karte (Colombo: Native Market, Colombo Lighthouse, Ceylon Elephants, Native Shop), hs.

[Colombo] 23/10. 99.

Lieber Freund!

Erhalte soeben die Ansichtspostkarte mit der Unterschrift Dr. Karl May.[56]

[54] Nicht zuletzt wegen dieser Angelegenheit reiste May bereits am 13.12.1899 für kurze Zeit nach Kairo, wo er im Savoy Hotel übernachtete; das Bankinstitut Crédit Lyonnais befand sich im Palais Coronel, gegenüber dem Esbekije-Garten.

[55] May spielt hier auf den grausamen Tod Old Wabbles im letzten Band der *Surehand*-Trilogie an.

[56] Fehsenfeld hatte May die Zivilpostkarte mit der Unterschrift „Dr. Karl May." geschickt; in späteren Auflagen wurde der Doktortitel auf Mays Wunsch fortgelassen. Andererseits bemühte er sich in den folgenden Jahren noch mehrfach darum, seinen vermeintlichen Doktortitel zu legitimieren.

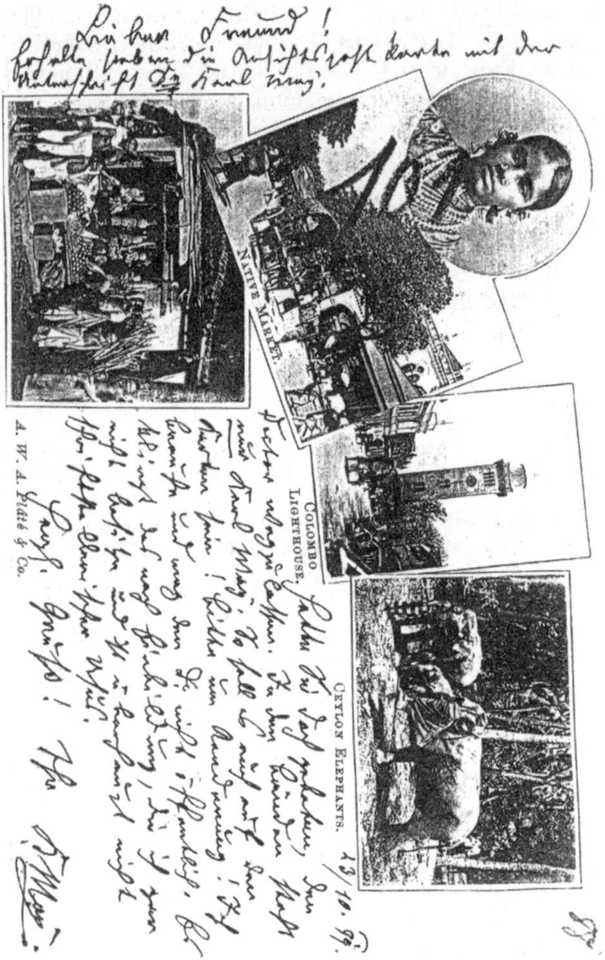
NATIVE MARKET
COLOMBO LIGHTHOUSE.
CEYLON ELEPHANTS.
A. W. A. Platé & Co.

Hatte Sie doch gebeten, den Doctor wegzulassen. In den Bänden steht nur Karl May. So soll es auch auf den Karten sein! Bitte um Aenderung! Ich brauche und mag den Dr. nicht öffentlich. Es klingt das nach Einbildung, die ich gar nicht besitze und ist überhaupt nicht schriftstellerischer Usus.

Herzl. Gruß!
Ihr K May.

MAY AN FEHSENFELD • 11. November 1899
Brief, hs.

Padang auf Sumatra, den 11ten Novbr. 1899.

Mein lieber Freund!

Gestern bin ich geistig und körperlich frisch und munter hier angekommen[57], und heut ergreife ich mit dem bekannten Ausdrucke die ebenso bekannte Feder, um Ihnen zu melden, daß ich eine fast unendliche Fülle von Material für neue Bände mit nach Hause bringe. Weihnacht 1900 wird ein großartiges Geschäft für Sie ergeben; des bin ich jetzt schon so vollständig überzeugt, als ob Sie es schon gemacht hätten.

Ich schreibe Ihnen hierüber von hier aus noch ausführlicher. Jetzt habe ich natürlich Correspondenz und Arbeit und andere Dinge in Hülle und Fülle, so daß ich mich für heut nur ganz kurz fassen kann.

Natürlich begnügt sich Karl May nicht damit, nur den Rand, die Küste von Sumatra platt zu treten. Sie haben keine Ahnung, was im Innern dieser herrlichen und doch nicht glücklichen Insel für Sujets nur so aufzulesen sind. Gleich der erste Tag im Sultanate Atjeh brachte mir den Anblick gefesselter Empörer. Ich ahne, welchen Reichthum ich hier finden werde.

[57] Am 10.11.1899 war May mit seinem Diener in Padang auf Sumatra eingetroffen, wo er bis zum 24.11. blieb.

Die Vorsicht räth mir, auf die Bitte zurückzukommen, welche ich in meinem von Colombo gesandten Briefe aussprach. Bei solchen Entfernungen und der bekannten orientalischen Nachlässigkeit gehen Briefe ja leicht verloren. Die Gründe ausführlich zu wiederholen, ist mir unmöglich; ich bat Sie um 6000 Mark, von denen meine Frau nichts wissen darf, und darum nicht a conto von bisher sondern auf die 2 neuen Bände, welche nach meiner Rückkehr begonnen werden. Haben Sie diesen Brief erhalten und die Erfüllung meines Wunsches beschlossen?

Bitte, senden Sie diesen Betrag an d. Credit Lyonnais in Kairo, Egypten, in einer Form, welche mir die Erhebung nicht erschwert; als Anweisung, Circular Lettre etc. etc. das entscheiden Sie. Aber so, daß es Anfang Januar (höchstens bis 15ten) dort ist. Und haben Sie die Güte, mich in einem Briefe über die Art der Einzahlung und die Weise der Erhebung zu benachrichtigen. Dieser Brief ist ein <u>einfacher</u>, ja nicht eingeschrieben, weil er sofort zurückgehen würde, wenn ich noch nicht dort bin. Die Adresse lautet

Savoy-Hôtel Kairo, Egypten.

Meine Reise würde ohne die Erfüllung dieser Bitte in ihrem Abschlusse nicht so verlaufen, wie es in unserm beiderseitigen Interesse liegt!!!!!!!!!

Und nun noch etwas Hochinteressantes. Haben Sie geahnt, daß die Sunda-Inseln Java, Sumatra und Borneo schon vor meinem jetzigen Besuche im Bilde von mir besucht und durchstrichen worden sind. Ich sende Ihnen von hier aus Ihren Kara Ben Nemsi Effendi. Was sagen Sie dazu? Daß ich auf den Gewässern Hinterindiens, der Sunda-, Celebes- und Banda-See als Lichtspender importirt werde?[58] Es ist doch wahr, was die Gegner ausgesprochen haben: „Karl May ist eine Macht!"

Finde ich irgendwo Ansichtskarten, so denke ich natürlich auch an Sie. Bitte, mich Ihrer werthen Frau Gemahlin zu

[58] Am 13.11.1899 schickte May ein Paket an Fehsenfeld, das vermutlich diesen ominösen „Lichtspender" enthielt.

empfehlen und Evchen und Dorchen jeder 1000 Grüße zu übermitteln. Erst das dritte Tausend ist für den Papa, denn die Damen gehen stets vor.

In alter Freundschaft
Ihr
immer jünger werdender
May.

RHEINISCHE CREDITBANK AN MAY • 20. November 1899
Brief, Vordruck mit hs. Eintragungen

[Freiburg i. Br., den] 20. Nov. 1899

Herrn Dr. Carl May

Cairo.

[Aus Auftrag und für Rechnung] des Herrn Fr. Ernst Fehsenfeld / Hier
[übermachen] wir Ihnen einliegend einen Creditbrief gültig bis 31. Dec. 1900
No 587 über Fs 7500.- zu Ihren Gunsten
auf den Crédit Lyonnais, dort
[welche] Sie [unter Empfangsanzeige zu Gunsten de]s genannten Herrn [verwenden] wollen.

[Hochachtungsvoll
Filiale der Rheinischen Creditbank]
[zwei unleserliche Unterschriften]

1 Creditbrief

FEHSENFELD AN MAY • 12. Dezember 1899
Brief, ms. Kopie

[Freiburg i. B.,] 12 Dec 99[59]

Liebster Freund!

Die gewünschten Mk 6000 habe ich sofort nach Empfang Ihres Telegramms angewiesen.[60] Sie werden sie ohne Schwierigkeiten an der von Ihnen bestimmten Bank erhalten.

Hier geht alles gut, der Absatz Ihrer Werke ist unvermindert. Ich freue mich sehr, daß Sie sich wohl befinden, und wir alle wünschen Ihnen ein frohes Weihnachts & Neujahrsfest und glückliche Heimkehr.

Eben sehe ich noch, daß Sie über die Art der Einzahlung etc. Auskunft wünschen. Sie empfangen das Geld gegen Vorzeigung Ihres Reisepasses u. Quittung ohne Weiteres, wie man mir auf der Rhein. Creditbank sagte. Also nochmals, Gottbefohlen!

Ihr treuer
Freund & Verleger
Fehsenfeld

Die Union bringt 3 M Bände von „Schwarzer Mustang“ u später noch andere. Sie hatten mir doch gesagt, daß Sie mit den Herren fertig seien? Oder haben Sie sich später wieder breitschlagen lassen? Ich hatte gedacht, wir würden 1900 mit der Jugendserie anfangen.[61]

[59] Der Brief ist an das Savoy Hotel in Kairo adressiert, wo May sich jedoch nur am 13. und 14.12.1899 aufhielt. Am 18.12. reiste er von Port Said nach Arenzano an der italienischen Riviera, um dort mit seiner Frau Emma und dem Ehepaar Plöhn zusammen zu treffen, mit denen er dann im April 1900 seine Orientreise fortsetzte.

[60] Vermutlich hatte May Fehsenfeld seinen Kurzaufenthalt in Kairo angekündigt und dringend den Vorschuss erbeten.

[61] Bereits im Oktober 1899 war im Verlag der Union Deutsche Verlagsgesellschaft (Stuttgart, Berlin, Leipzig) Mays Jugendroman *Der schwarze Mustang* als Bd. 1 der „Kamerad-Bibliothek“ erschienen. Es blieb Mays einzige Veröffentlichung in dieser Reihe. Da die Union die Rechte an Mays Jugenderzählungen nicht frei gab, konnten sie erst posthum im Rahmen der „Gesammelten Werke“ erscheinen.

1900

Dezember
Himmelsgedanken. Gedichte. Erstausgabe. 1.-5. Tausend (5100 Exemplare).

* * *

Karl May's gesammelte Reiseerzählungen. Band I: *Durch die Wüste. Reiseerlebnisse.* Neunte Auflage. 41.-45. Tausend.

Karl May's gesammelte Reiseerzählungen. Band II: *Durchs wilde Kurdistan. Reiseerlebnisse.* Neunte Auflage. 36.-40. Tausend.

Karl May's gesammelte Reiseerzählungen. Band III: *Von Bagdad nach Stambul. Reiseerlebnisse.* Mit einem Porträt des Verfassers. Achte Auflage. 31.-35. Tausend.

Karl May's gesammelte Reiseerzählungen. Band V: *Durch das Land der Skipetaren. Reiseerlebnisse.* Fünfte Auflage. 26.-30. Tausend.

Karl May's gesammelte Reiseerzählungen. Band VIII: *Winnetou, der Rote Gentleman. 2. Band.* Sechste Auflage. 31.-35. Tausend.

Karl May's gesammelte Reiseerzählungen. Band IX: *Winnetou, der Rote Gentleman. 3. Band.* Sechste Auflage. 31.-35. Tausend.

Karl May's gesammelte Reiseerzählungen. Band XI: *Am Stillen Ocean. Reiseerlebnisse.* Fünfte Auflage. 26.-30. Tausend.

Karl May's gesammelte Reiseerzählungen. Band XVI: *Im Lande des Mahdi. I. Band. Reiseerlebnisse.* Fünfte Auflage. 21.-25. Tausend.

Karl May's gesammelte Reiseerzählungen. Band XXIII: *Auf fremden Pfaden. Reiseerlebnisse.* Vierte Auflage. 21.-25. Tausend.

Karl May's gesammelte Reiseerzählungen. Band XXIV: *„Weihnacht!" Reiseerzählung.* Dritte Auflage. 21.-25. Tausend.

Karl May's gesammelte Reiseerzählungen. Band XXV: *Am Jenseits. Reiseerlebnisse.* Zweite Auflage. 16.-20. Tausend.

Stanley J[ohn] Weyman (Übs. Curt Abel-Musgrave): *Der Hexenmeister* (Die Welt der Fahrten und Abenteuer. Band VII). 1.-5. Tausend.

Ernst Remin: *Sigrid Bang. Roman.* 2 Bde. (Fehsenfelds Romansammlung. Bibliothek zeitgenössischer Schriftsteller, 1. Jg., Bd. 1/2).

Mrs. Alexander [Annie Hector] (Übs. Gertrude Hildebrandt-Eggert): *Um Seinetwillen. Roman.* 2 Bde. (Fehsenfelds Romansammlung, 1. Jg., Bd. 3/4).

Artur Zapp: *Zwischen Himmel und Hölle. Aus dem modernen Schriftstellerleben.* 2 Bde. (Fehsenfelds Romansammlung, 1. Jg., Bd. 5).

F[rancis] Marion Crawford (Übs. Gertrude Hildebrandt-Eggert): *Corleone. Roman.* 2 Bde. (Fehsenfelds Romansammlung, 1. Jg., Bd. 6/7).

Clara v. Sydow: *Miteinander. Erzählung* (Fehsenfelds Romansammlung, 1. Jg., Bd. 8).

B[ithia] M[ary] Croker (Übs. Gertrude Hildebrandt-Eggert): *P. P. C. Roman.* 2 Bde. (Fehsenfelds Romansammlung, 1. Jg., Bd. 9/10).

O'Connor (Übs. Curt Abel-Musgrave): *Fräulein Eulalias gräßliches Abenteuer* (Fehsenfelds Romansammlung, 1. Jg., Bd. 11).

F[rancis] Marion Crawford (Übs. Gertrude Hildebrandt-Eggert): *Pietro Ghisleri. Roman.* 2 Bde. (Fehsenfelds Romansammlung, 1. Jg., Bd. 12/13).

Miß Meadows: *Unschuldig verurteilt* (Fehsenfelds Romansammlung, 1. Jg., Bd. 14).

John A. Stuart: *Der Staatsminister.* 2 Bde. (Fehsenfelds Romansammlung, 1. Jg., Bd. 15/16).

M. F. Baly: *Der rote Stern. Roman* (Fehsenfelds Romansammlung, 1. Jg., Bd. 17).

M. E. Francis [Mary E. Blundell] (Übs. Gertrude Hildebrandt-Eggert): *Ihr Sorgenkind. Roman.* 2 Bde. (Fehsenfelds Romansammlung, 1. Jg., Bd. 18/19).

Robert Wild-Queisner: *Die Goldräuber.* 2 Bde. (Fehsenfelds Romansammlung, 1. Jg., Bd. 20/21).

F. Marion-Crawford: *Marion Darche* (Fehsenfelds Romansammlung, 1. Jg., Bd. 22).

Hermann Heiberg: *Am Marktplatz. Roman in Kleinstadtbildern.* 2 Bde. (Fehsenfelds Romansammlung, 1. Jg., Bd. 23/24).

Peter P[aul] Albert: *Zur Geschichte des deutschen Buchhandels im 15. Jahrhundert.*

K. Arnold: *Volkskunde von Mückenloch bei Neckargemünd.* Nach den Fragebogen zur Badischen Volkskunde bearbeitet.

Charles Grant (Übs. J. B. Capper): *Neapolitanisches Volksleben in vier Erzählungen.*

John H[omer] Huddilston (Übs. Maria Hense): *Die Griechische Tragödie im Lichte der Vasenmalerei.* Neue durchgesehene Ausgabe.

L[uise] Jung: *Badische Geschichte für Schule und Haus.* 1.-5. Tausend.

Rudyard Kipling (Übs. Curt Abel-Musgrave): *Diener der Königin.*

Bertha Krais: *Fräulein Schwalbe und andere Frühlingsgeschichten.*

August Meitzen: *Über die Uhren-Industrie des Schwarzwalds.*

Merlin: *Rügande und andere Märchen.*

Thomas Murner: *Die Kindermorde zu Benzhausen und Waldkirch im Breisgau. Ein Gedicht aus dem Anfang des 16. Jahrhunderts.* Hrsg. von Fridrich Pfaff.

August Rock: *Das Vormundschaftswesen in Baden. Nach den Bestimmungen des bürgerlichen Gesetzbuches über die Vormundschaft und Pflegschaft unter Berücksichtigung der badischen Ausführungsvorschriften zum Gebrauche für Vormünder, Gegenvormünder, Familienräte, Waisenräte, Staats- und Gemeindebehörden.*

Oskar Römer: *Die Bedeutung der Zahnpflege für das Wohlbefinden des ganzen Menschen in allgemein verständlicher Darstellung.*

Alemannia. Zeitschrift für alemannische und fränkische Geschichte, Volkskunde, Kunst und Sprache. Zugleich Zeitschrift der Gesellschaft für Geschichtskunde in Freiburg im Breisgau. Hrsg. von Fridrich Pfaff. Neue Folge. 1. Band (der gesamten Reihe 28. Band).

MAY AN FEHSENFELD • 7. Juni 1900
Karte, hs.[1]

[Poststempel: Damaskus, 7. 6. 1900][2]

II.
Muß hochfeinen, edlen Eindruck machen, einfach und gut, wie die Gedichte selbst. Preis ca. 3 Mark. Druck kann sofort losgehen, wenn ich heimkomme. Gedichte sind fertig, blos noch zusammenstellen.

Haben Sie die Güte, eine Titelprobe anfertigen zu lassen und nach Radebeul zu senden, damit ich sie gleich vorfinde, wenn ich heimkomme.[3] Es eilt. Ich bin so voller Sujets. Mein eigentliches Wirken beginnt erst jetzt. Das Bisherige war nur die Einleitung.

Herzliche Grüße, auch von Emma und Plöhns, an Ihr ganzes Haus!

Ihr
alter
unverwüstlicher May.

FEHSENFELD AN MAY • 14. Juli 1900
Brief, ms. Kopie

[Freiburg i. B.,] 14. Juli 1900[4]

Verehrter Freund!

Anbei erhalten Sie die gewünschte Satzprobe, sowie Deckenmuster.

[1] Fragment; eine vorangegangene Karte I. fehlt.

[2] Vom 4.6. bis 12.6.1900 hielt May sich mit seiner Frau und den Plöhns in Damaskus auf, wo er sich bereits mit konkreten Gestaltungsfragen zu der Gedichtsammlung *Himmelsgedanken* befasste.

[3] Am 31.7.1900 waren die Ehepaare May und Plöhn zurück in Radebeul.

[4] An diesem Tag befand May sich noch auf der Heimreise in Athen. Fehsenfelds Brief mit Deckenmustern und einer Satzprobe zu den *Himmelsgedanken* fand er erst bei seiner Rückkehr vor. May ließ seinen Verleger dann über fünf weitere Wochen auf eine Antwort warten.

Folgende Bände müssen nachgedruckt werden und zwar im Lauf der nächsten Monate. Wir beginnen mit dem Druck von

Band	1	am	1. August	
"	2	"	15. "	ist nicht gekommen.
"	8	"	1. September	
"	3	"	15. "	
"	9	"	1. Oktober	
Band	10	am	15. Oktober	
"	11	"	1. November	
"	14	"	15. "	
"	16/17	"	1. Dezember und	
"	23/24	"	15. "	

Die Honorare gehen Ihnen jeweils an diesen Tagen zu.[5]

Indem ich Sie schon auf der Heimreise wähne und Ihnen und Ihrer werten Frau Gemahlin frohe und gesunde Rückkehr wünsche, zeichne ich

In alter treuer Freundschaft

Ihr

Fr. Ernst Fehsenfeld.

MAY AN FEHSENFELD • 10. September 1900

Brief, hs.

Radebeul-Dresden, d. 10./9. 00.

Lieber Herr Fehsenfeld!

Nach anderthalb Jahr endlich wieder daheim! Nun bin ich wieder Sklave meiner Leser! Und wie, wie fällt man über

[5] Nachgedruckt werden mussten die Bände *Durch die Wüste*, *Durchs wilde Kurdistan*, *Winnetou II*, *Von Bagdad nach Stambul*, *Winnetou III*, *Orangen und Datteln*, *Am stillen Ocean*, *Old Surehand I*, *Im Lande des Mahdi I* und *II*, *Auf fremden Pfaden* und *„Weihnacht!"*

mich her, den so Ruhebedürftigen! Dazu Dauerbesuch aus Amerika, der mich keine Minute allein läßt![6]

Darum heut nur ganz kurz einen Manuscripttheil zu „Himmelsgedanken“. Im nächsten Briefe mehr, auch über die Einbände, welche meinen Beifall natürlich nicht haben.

Zu Ihrer Orientirung kurz Folgendes:

Alle meine bisherigen Bände sind nur Einleitung, nur Vorbereitung.

Was ich eigentlich will, weiß außer mir kein Mensch, auch Sie nicht.

Es ist also Unsinn, über mich und meine Werke schon jetzt zu urtheilen, weil jedes jetzige Urtheil später lächerlich erscheinen wird. Ich trete erst jetzt an meine eigentliche Aufgabe, und zwar mit diesem Gedichtsbande, welcher das Thor zu meinem Tempel bildet. Er steht außerhalb unserer Reisebände und erfordert also ein besonderes Uebereinkommen. Ich sende Ihnen zunächst ca. 70 Gedichte und 70 Aphorismen ein, zum Anschauen. Senden Sie es mir getrost zurück, wenn Sie diesen Band nicht verlegen wollen; ich nehme es Ihnen nicht übel. Aber bitte, umgehend, weil dieser Band vor Weihnacht erscheinen muß. Verleger sind mehr als genug da.

Wollen Sie ihn aber nehmen, so bitte, welches Honorar bestimmen Sie? Ca. 400 Seiten, starkes, gutes Papier, schöner Druck und natürlich ein Einband, welcher dem Inhalte und der Zukunft eines solchen Werkes entspricht.

Ich vertraue Ihnen unter vier, höchstens sechs Augen an, daß wir Epoche machen werden. Man hat zu früh über Old Shatterhand gelacht. Er ist kein Nebelbild. Seine eigentlichen Jagdhiebe kennt man noch gar nicht. Ich weiß, ich sterbe nicht eher, als bis ich meine Aufgabe erfüllt habe, und die gegenwärtige Zahl der May-Leser wird sich mehr als verzehnfachen.

[6] Vermutlich waren Ferdinand Pfefferkorns Stiefsohn Carl Henry Drescher (1867–1924) und dessen Frau Flora Ida geb. Wiesner (1874–1955) zu Besuch in Radebeul.

Paula Fehsenfeld mit Eva und Dora (um 1900)

Ueber Winnetou, der schon jetzt das Ideal ungezählter Seelen ist, wird man später staunen.[7]

Die Angriffe gegen mich lassen mich vollständig kalt. Ich bin überzeugt, daß man sich später ihrer schämen wird. Es ist nur eine einzige Seite eines spätern Bandes nöthig, um alle diese Lästerer und Verleumder zum Schweigen zu bringen. Die Waffen habe ich mir auf meiner letzten Reise geholt.

Also bitte: Erst kommen „Widmung“ und „Meine Legitimation“. Dann hat auf jedes fernere Gedicht stets eine Aphorisme zu folgen, und zwar gehört ihr eine ganze Seite, auch wenn sie nur eine einzige Zeile betragen sollte.[8]

Und bitte, lassen Sie ja nichts verloren gehen. Ich habe weder Zeit zum Vor- noch zum Nachschreiben gehabt und könnte also nichts ersetzen.

Antworten Sie mir so bald wie möglich! Indem ich Sie bitte, mich sämmtlichen Perlen Ihres lieblichen Harems zu empfehlen, erhalten auch Sie selbst die Grüße

Ihres
von jetzt an doppelt fleißigen
K May.

[7] Möglicherweise dachte May bereits zu dieser Zeit daran, nach Amerika zu reisen und einen weiteren *Winnetou*-Band zu schreiben. Gemeint sein könnte aber auch sein verschiedentlich geäußerter Plan, den Winnetou-Stoff zu dramatisieren.

[8] Tatsächlich haben May und Fehsenfeld sich dann an diesen Plan gehalten. Die *Himmelsgedanken* wurden (noch vor dem Inhaltsverzeichnis) von den Gedichten *Widmung* (*Ich fragte zu den Sternen*) und *Meine Legitimation* (*Grüß Gott, du liebes Tröpflein Thau!*) eingeleitet, dann wechselten sich Gedichte und Aphorismen ab.

MAY AN FEHSENFELD • 1. Oktober 1900
Brief, hs.

Radebeul, d. 1./10. 00.

Lieber Freund!

Anbei weiteres Manuscript. Ich war 11 Tage zu Studienzwecken in Weimar.[9] Darum erst jetzt meine Antwort. Habe von dort aus Herrn Krais betreffs von „Himmelsgedanken" geschrieben.

Sie nehmen diese Angelegenheit im Sinne einer „Probe". Gut, so bin auch ich „probeweise" mit Ihren Vorschlägen einverstanden. Natürlich aber nehme ich Ihre Bemerkung, es mit 5000 „versuchen" zu wollen, als Scherz. Da kämen ja nur auf die Leihbibliotheken je nicht ganz ein Exemplar! „Gedichte von Karl May"! Passen Sie auf, was wird![10]

Aber die Ausstattung muß dem Inhalte selbstverständlich angemessen sein. Denken Sie ja nicht, daß ich mich als Dichter aufblasen will! Das fällt mir ganz und gar nicht ein! Ich habe weder Lust noch Zeit, zu denken, daß ich ein gescheidter Kerl bin. Aber wenn es Ihnen gelingt, auch nur ein ganz klein Wenig in das Innere, in den Geist und in den hochernsten, heiligen Zweck dieser Gedichte einzudringen, so werden Sie erkennen, daß Sie etwas viel Höheres, für die Menschheit Kostbareres zu verlegen haben, als blos das, was man im gewöhnlichen Sinne eine „Sammlung von Gedichten" nennt.

Was der Menschheit verloren ging, weil sie es nicht festzuhalten wußte – – was die Gegenwart braucht, wenn sie nicht dem Schicksale der Vergangenheit verfallen soll – – – was wir der Zukunft zu vererben haben, um zu vermeiden, daß sie uns ihre Vorwürfe auf die Gräber pflanzt – – – kurz, das so

[9] Vermutlich am 14.9.1900 war May mit Emma nach Weimar gereist, wo er sich mindestens bis zum 24.9. aufgehalten hatte, um auf den Spuren der Klassiker Goethe und Schiller zu wandeln.

[10] Tatsächlich wurden die *Himmelsgedanken* dann in der für Mays Verhältnisse geringen Auflage von 5000 Exemplaren gedruckt.

oft angezogene und niemals recht verstandene „Menschheitsproblem" wird Blatt für Blatt in diesem Buche aufgeschlagen und in theils ernsten, theils liebevollen, stets aber eindringlichen und oft sogar erschütternden Erläuterungen Denen, die es nöthig haben, und das sind Alle, an das Herz gelegt.

Sie lächeln? Sie denken, daß ich schwärme? Ich thue nichts weniger als das! Ich arbeite zwar begeistert, aber mit kaltem Verstande und zielbewußt. Ich bilde mir nichts ein; aber ich weiß und bin überzeugt, daß dieser Band eine große, große Zukunft hat. Sie können das bezweifeln, weil Sie nicht wissen, was ich noch zu schreiben habe; aber ich gebe Ihnen die Versicherung, daß der Name Fehsenfeld berühmter sein wird, als Sie denken. Diese Versicherung persönlich für Sie, weil ich glaube, Sie zu kennen.

Nun haben Sie aber auch die Güte, für einen entsprechenden Deckel zu sorgen! Ganz einfach, kein Prassel, besonders solid und rein. Keine Zwanzigpfennig-Waare!

Von den mir zur Ansicht gesandten bitte ich, abzusehen! Was für schöne, gediegene und dabei doch so billige Deckel werden z. B. in Leipzig gemacht! (Hofbuchbinder etc. etc.).

Es ist nicht nur dem Vertriebe schädlich, sondern auch intellectuell peinlich, wenn man einem solchen Buche sofort ansieht und mit den Händen anfühlt, daß man neben dem Werke auch noch mit dem Einbande ein besonderes „Geschäft" machen will. Dazu geben wir doch unsere beiden Namen nicht mehr her! Habe ich Recht?

Ich sende Ihnen also die Deckel mit Dank zurück und lege Ihnen zur gefälligen Ansicht und Beachtung „Julius Göbel" bei. Piersons Verlag, denken Sie![11] Und wird in hiesigen und auswärtigen Putz- und Schnittwaarengeschäften jedem Käufer, der für drei Mark Waare kauft, zu dieser gratis beigegeben! Darf unser Deckel auch nur das Geringste gemein haben mit dem Gedanken an eine solche Werthlosigkeit und Schleuderei? Auf keinen Fall und um keinen Preis! Man soll uns weder Unsolidität noch Geschmacklosigkeit vorwerfen,

[11] *Gedichte* (Dresden, Leipzig: Pierson, 1895) von Julius Göbel

und wenn wir ein Buch herausgeben, welches mehr noch für die Zukunft als für den heutigen Tag geschrieben ist, so darf in Beziehung auf den Einband unser Geschmack nicht der sein, der schon vor 10 Jahren keine hohe Geltung hatte!

Hierzu bitte ich, wiederholen zu dürfen, was ich Ihnen schon schrieb. Der Deckel soll nichts, weiter gar nichts enthalten als:

Himmelsgedanken, Gedichte v. K. M.

Ich habe Ihnen noch viel, noch viel Geschäftliches mitzutheilen, denn meine eigentliche Arbeit beginnt erst jetzt. Stecke aber so tief und so unausgesetzt in Vorstudien, daß ich sogar mit der einzelnen Minute geize. Das Nothwendige wird also nach und nach gesagt werden.

Der Unglücksfall mit Fräulein Eva hat uns tief betrübt.[12] Gott sei Dank, daß er nicht noch schwerer war, was doch sehr leicht hätte sein können. Wie mag besonders Ihre verehrte Frau Gemahlin mitgelitten haben! Meine Frau läßt Sie ihrer ganz besondern Theilnahme versichern.

Die herzlichsten Grüße Ihnen und Ihrem ganzen Hause sendend, bin und bleibe ich

Ihr
gegenwärtig ungeheuer fleißiger
May.

MAY AN FEHSENFELD • 21. Oktober 1900
Brief, hs.

Radebeul-Dresden, d. 21./10. 00.

Lieber Herr Fehsenfeld!

Anbei weiteres Manuscript. Warum erhalte ich noch keine Correcturen? Es wird die höchste Zeit! Wahrscheinlich muß ich verreisen, sobald ich das Manuscript zu Ende gestellt

[12] Näheres nicht ermittelt

habe und könnte dann die Correcturen nicht lesen, was ich der Wichtigkeit grad dieses Bandes wegen doch unbedingt thun muß. Warum zögert Herr Krais so unnöthig lange?

Mit bestem Gruße
Ihr
May.

SEBASTIAN KRÄMER AN FEHSENFELD • Oktober 1900
Brief, ms.

[Freiburg, Oktober 1900[13]]

Geehrter Herr Fehsenfeld!

Das Manuscript (13 Gedichte) sende ich sofort an Krais; ich habe ihm bereits am Montag geschrieben, dass er sofort einen Abzug des ersten Bogens auf gewähltem oder ähnlichem Papier an May schicken und den Satz sehr beschleunigen soll. Gestern habe ich noch 400 Mk. auf die Bank getan; geschäftlich liegt nichts vor.

Ergebenst
S. Krämer

MAY AN FEHSENFELD • 2. November 1900
Brief, hs.

Radebeul, d. 2./11 00.

Lieber Herr Fehsenfeld!

Ihr letzter Brief gab mir die begründetste Hoffnung u.s.w. u.s.w. Nun hat der Berg gekreißt, und was wurde für meine

[13] Krämer leitete Mays Brief vom 21.10.1900 an Fehsenfeld weiter, der verreist war.

„Himmelsgedanken" geboren? Eine Maus, und zwar eine uralte! Denn in diesem Einbande stecken ja schon meine Reisebücher, und der Rudolf Baumbach, den ich vom Jahre 1877 besitze[14], trägt ganz genau dasselbe Kleid mit ganz genau demselben Muster!

Ihr armen, lieben Himmelsgedanken, was habe ich über Euch nachgedacht! Jede einzelne Zeile kostet mich Hirn! Und nun stellt es sich heraus, daß ihr buchhändlerisch gar keines Nachdenkens werth seid! Meiner Liebe und Fürsorge aber könnt ihr sicher sein!

Auch hatte ich geschrieben: nur dunkelblau, nicht anders! Grad das wird nicht erfüllt! Es ist kein Scherz, sondern es ist die volle Wahrheit, daß ich Ihnen in Wehmuth sage:

Machen Sie, was und wie Sie es wollen! Die Gedichte müssen heraus, und die Zeit, über die Schale nachzudenken, ist vorüber. Aber nehmen Sie kein ganz so starkes Papier, damit der Band nicht „klotzig" wird! Die Schrift ist auch zu klein. Man kann sie am Schaufenster nicht lesen.

Ich lege Ihnen einen Band aus meiner Bücherei mit bei. Noch etwas dunkler als diesen, hatte ich es gewünscht. Die genaue Veilchenfarbe. Wie einfach diese Schale, und doch genügend. Der Engel freilich weg – nur Schrift. Aber ja nichts weiter, als nur

Himmelsgedanken, Gedichte v. K. M.

Mit ergebenstem Gruß

Ihr

May.

[14] *Zlatorog. Eine Alpensaga* (1877), Versepos von Rudolf Baumbach (1840–1905); in Mays Bibliothek ist eine spätere Auflage (Leipzig 1885) überliefert.

MAY AN FEHSENFELD • 7. Dezember 1900
Karte, hs.

[Poststempel: Radebeul, 7. 12. 00]

Lieber Herr Fehsenfeld!
Bitte, lassen Sie mir die Freiexemplare zu „Himmelsgedanken" ja so neubacken wie möglich senden; ich brauche sie höchst nothwendig.[15] Leider weiß ich nicht, an wen Sie Recensionsexemplare senden. Wahrscheinlich kommt es da vor, daß Jemand 2 Bücher bekommt. Und bitte, lassen Sie mir sechs brochirte mit beilegen, natürlich auf meine Rechnung. Ich will sie in Prachtband binden lassen.
Ist in Ihrem Hause Alles wieder wohl?
Ihr
schon wieder anderweit fleißiger
May.

MAY AN FEHSENFELD • 17. Dezember 1900
Brief, hs.

Radebeul, d. 17./12. 00.

Lieber Herr Fehsenfeld!
Abermals eine Beschwerde betreffs der „Himmelsgedanken".[16]
In der Frage, ob andre Sterne bewohnt seien, liegt die Pointe meiner Antwort grad darin, daß ich die Bevölkerung der Erde grad so anzweifele, wie die Menschen die Bewohner der Sterne in Frage stellen. Die Aphorisme lautet und hat

[15] Die *Himmelsgedanken* erschienen Mitte Dezember 1900.

[16] May bezieht sich im Folgenden auf einen Aphorismus in den *Himmelsgedanken*, S. 208: „Ob sich wohl die Bewohner der Sterne, wenn es welche giebt, in derselben Weise mit den Bewohnern der Erde beschäftigen, wie diese mit ihnen?"

zu lauten, wie ich sie Ihnen hier beilege und wie sie in allen Correcturen und Revisionen gestanden hat.

Nun ist aber noch im letzten Augenblicke der allerdümmste Ihrer Setzer, der sich trotzdem für klüger als May gehalten hat, über diese Aphorisme hergefallen und hat mir grad das herausgenommen, was die Hauptsache war, nämlich die Wiederholung der Worte „wenn es welche giebt". Da dieser Mensch jedenfalls vom Geiste keine Ahnung hat, ist ihm grad das Geistreiche als falsch erschienen.

Leider hat er meine Aphorisme dadurch zu einem Gemeinplatze gemacht, über den jeder denkende Leser den Kopf schütteln wird. Ich muß also bitten, die Platte pag. 208 sofort ändern zu lassen.[17]

Aber nun kommt die Consequenz:

In meinen nunmehrigen Werken ist jedes Wort, jeder Buchstabe genau überlegt; es muß Alles genau so gesetzt werden, wie ich schreibe. Es sind Werke, welche Bahn zu brechen haben. Die kleinste Aenderung kann schaden. Ich habe darum Sie und Herrn Krais gebeten, ja recht treu zu sein. Nun steckt aber unter den Setzern so ein Traugott Nudelmüller, der sich nicht nur für klüger als die Autoren hält, sondern sich sogar erdreistet, meine Arbeit durch eigenmächtiges Auswerfen eines ganzen Satzes total zu verschimpfiren. Denn hier liegt kein Versehen, kein Zufall sondern eine Absicht vor. Warum wurde mit der Aenderung gewartet, bis es mir nicht mehr möglich war, sie rückgängig zu machen?

Kann ich aber Werke, in denen jeder einzelne Satz seinen Werth, seine Absicht, seine Bedeutung hat, auf einem Wege veröffentlichen lassen, an welchem irgendwo versteckt so ein fataler Mensch sitzt, der sich für berechtigt hält, ohne vorherige Anfrage sogenannte Verbesserungen anzubringen, die aber nach der geistigen Stufe, auf welcher er steht, nur Verschlechterungen sein können?

[17] Eine korrekte Wiedergabe des Aphorismus erfolgte erst 2003; vgl. *Zwischen Himmel und Hölle. Karl May und die Religion.* Hrsg. von Dieter Sudhoff. Bamberg, Radebeul 2003, S. 238.

Die Aphorisme hat genau so zu lauten, wie sie meine Revision passirt hat, die ich Ihnen beilege, und ich bin überzeugt, lieber Freund, daß Sie diesen Brief Herrn Krais schicken werden, damit er pag. 208 ändere und die Geistesgröße ersten Ranges zu entdecken sucht, die mich um meine Trics und besten Pointen bringt und wahrscheinlich auch später weiter „verbessern" würde, wenn ich ihr nicht vorsichtig aus dem Wege gehe.

Mit bestem Gruße von
Haus zu Haus
Ihr
May.[18]

[18] Notiz Fehsenfelds für Krais: „Lieber Vetter! Kannst du das cruiren? Ernst".

1901

Karl May's gesammelte Reiseerzählungen. Band I: *Durch die Wüste. Reiseerlebnisse.* Zehnte Auflage. 46.-50. Tausend.

Karl May's gesammelte Reiseerzählungen. Band IV: *In den Schluchten des Balkan. Reiseerlebnisse.* Sechste Auflage. 31.-35. Tausend.

Karl May's gesammelte Reiseerzählungen. Band VI: *Der Schut. Reiseerlebnisse.* Sechste Auflage. 31.-35. Tausend.

Karl May's gesammelte Reiseerzählungen. Band VII: *Winnetou, der Rote Gentleman. 1. Band.* Siebte Auflage. 36.-40. Tausend.

Karl May's gesammelte Reiseerzählungen. Band X: *Orangen und Datteln. Reisefrüchte aus dem Oriente.* Sechste Auflage. 26.-30. Tausend.

Karl May's gesammelte Reiseerzählungen. Band XII: *Am Rio de la Plata. Reiseerlebnisse.* Fünfte Auflage. 26.-30. Tausend.

Karl May's gesammelte Reiseerzählungen. Band XIII: *In den Cordilleren. Reiseerlebnisse.* Fünfte Auflage. 26.-30. Tausend.

Karl May's gesammelte Reiseerzählungen. Band XIV: *Old Surehand. 1. Band. Reiseerlebnisse.* Fünfte Auflage. 26.-30. Tausend.

Karl May's gesammelte Reiseerzählungen. Band XV: *Old Surehand. 2. Band. Reiseerlebnisse.* Fünfte Auflage. 26.-30. Tausend.

Karl May's gesammelte Reiseerlebnisse. Band XVII: *Im Lande des Mahdi. II. Band. Reiseerlebnisse.* Fünfte Auflage. 21.-25. Tausend.

Karl May's gesammelte Reiseerzählungen. Band XVIII: *Im Lande des Mahdi. III. Band. Reiseerlebnisse.* Fünfte Auflage. 21.-25. Tausend.

Karl May's gesammelte Reiseerzählungen. Band XX: *Satan und Ischariot. I. Band. Reiseerlebnisse.* Vierte Auflage. 21.-25. Tausend.

Karl May's gesammelte Reiseerzählungen. Band XXI: *Satan und Ischariot. II. Band. Reiseerlebnisse.* Vierte Auflage. 21.-25. Tausend.

Heinrich Finke: *Die Freiburger Dominikaner und der Münsterbau.*

Emil Gött: *Edelwild. Ein dramatisches Gedicht in fünf Akten.*

Rudyard Kipling (Übs. Curt Abel-Musgrave): *Im Dschungel* (Die Welt der Fahrten und Abenteuer. Band VI). Dritte Auflage. 10.-14. Tausend.

André Lichtenberger (Übs. Agnes Born-Temme): *Mein kleiner Trott.*

Gertrud Prellwitz: *Weltfrömmigkeit und Christentum.*

Gertrud Prellwitz: *Zwischen zwei Welten. Eine Weltanschauung im dramatischen Bilde.* Fünf Akte.

W. K. Salfeini: *Unsere jungen Mädchen. Studien nach dem Leben.*

Adolf Seiler: *Die Ortsnamen Lys und Lysbüchel.*

H[einrich] von Strauch: *Am Grenzwall. Eine Geschichte aus dem Dekumatenlande (138–140 n. Chr.).*

Lewis Wallace (Übs. E[mil] Albert Witte): *Der Prinz von Indien oder der Fall von Konstantinopel.* 2 Bde. Zweite Auflage. 6.-7. Tausend.

Johanna Wittum: *Sieben Monate im Burenkriege. Erlebnisse der ersten deutschen Ambulanz.*

Verlagskatalog von Friedrich Ernst Fehsenfeld in Freiburg i. Br. 1879–1901.

Alemannia. Zeitschrift für alemannische und fränkische Geschichte, Volkskunde, Kunst und Sprache. Zugleich Zeitschrift der Gesellschaft für Geschichtskunde in Freiburg im Breisgau. Hrsg. von Fridrich Pfaff. Neue Folge. 2. Band (der gesamten Reihe 29. Band).

MAY AN FEHSENFELD • Januar 1901
Briefkarte, hs.

[Berlin, Anfang Januar 1901][1]

Tausend Herzenswünsche von Haus zu Haus, von denen aber, wie Sie sehen, das eine, wenn auch nicht den allerersten, so doch mehrere der ersten Tage des neuen Jahrhunderts[2] sich gezwungen sieht, die erquickende Ruhe der Weltstadt zu genießen. Es gehen Briefe über „Himmelsgedanken“ ein, welche gradezu köstlich lauten.

Ihre treuen May's.

MAY AN FEHSENFELD • 16. Januar 1901
Karte, hs.

[Radebeul] 16./1. 1.

Lieber Freund!

Wenn wir „die Rose von Kaïrwan“ bringen wollen, so muß sie erst beschnitten und oculirt werden, und dazu ist jetzt in diesem kalten Winter nicht die rechte Zeit.[3]

Nun gehen hier von meinem Haus
Viel Grüße an das Ihre aus,
Wobei es gar nicht ist zu schildern,
Wie man entzückt ist von den Bildern,

[1] Ab dem 3.1.1901 hielt May sich mit Emma einige Tage in Berlin (Central-Hotel) auf.

[2] Tatsächlich begann das neue Jahrhundert nicht (wie vielfach angenommen) am 1.1.1900, sondern am 1.1.1901.

[3] Zu einer Wiederveröffentlichung des Sammelbandes *Die Rose von Kaïrwan. Erzählung aus drei Erdtheilen,* der 1893 bei Wehberg in Osnabrück erschienen und rasch vergriffen gewesen war, kam es nicht.

x veredeln

Die in dem neuesten Jahrhundert
Hier Jeder, der sie sieht, bewundert![4]

Ihr May.

MAY AN FEHSENFELD • 1. Februar 1901
Karte, hs.

[Poststempel: Radebeul, 1. 2. 01]

Lieber Freund!

Besten Dank für die Zusendung des Münchener Briefes! Habe gegen das betreffende Geschäft Prozeß angestrengt. Solche Sachen sind aber entsetzlich langwierig! Und keiner von diesen Briefschreibern ist so klug, mir den betreffenden Beweis beizulegen, den ich doch so nothwendig brauche![5]

Herzl. Gruß v. Haus zu Haus!

May.

[4] Fehsenfeld hatte May Familienfotos geschickt.

[5] Von März 1900 bis März 1901 veröffentlichte Adalbert Fischer gegen Mays Willen innerhalb seiner Reihe „Allgemeine Unterhaltungs-Bibliothek" (Dresden, Münchmeyer) eine illustrierte Neuausgabe des Kolportageromans *Die Liebe des Ulanen*. Da der Roman schon in der Erstausgabe (1883-85) unter Mays Namen erschienen war, hatte er keine Klage wegen Bruchs des Pseudonyms zu befürchten. Im Januar 1901 kündigte Fischer dann auch das Erscheinen der vier pseudonym veröffentlichten Kolportageromane als „Karl May's Illustrierte Werke" an. Noch im Februar 1901 begannen die ersten Hefte des Romans *Deutsche Herzen und Helden* zu erscheinen. Trotz verschiedener Drohungen erhob May erst am 10.12.1901 beim Landgericht Dresden eine Unterlassungs- und Schadensersatzklage wegen unbefugten Nachdrucks und Verletzung des Urheberrechts.

KARL MAY AN EVA FEHSENFELD • 25. Februar 1901[6]
Widmung, hs.[7]

Das Leben ist ein Kampf
Der Tod ist der Sieg.
Ich lebe um zu kämpfen
Und sterbe, um zu siegen.

Dr. Karl May

MAY AN FEHSENFELD • 1. Juli 1901
Brief, hs.

Radebeul, d. 1./7. 1.

Lieber Herr Fehsenfeld!

Wir sind beide, wie es scheint, schweigsamer geworden, und das ist auch das Richtige. In privater Beziehung giebt es ja nichts zu berichten, und Geschäftliches erledigt man nur dann, wenn die geschäftliche Pflicht es eben erfordert.

Ich arbeitete an einem besondern Lebenswerke, welches, wenn ich sterbe, vollendet sein muß, und da der Mensch die Zeit seines Todes nicht kennt, so mußte ich mich zunächst über diese Arbeit machen, welche zwar nicht vollendet ist, mir aber doch erlaubt, nun bald „Im Reiche des silbernen Löwen" fortzusetzen.[8]

[6] Eva Fehsenfeld besaß ein „Christliches Album", in das sie die Geburtstage von Freunden und Verwandten eintrug. Mays Widmung steht unter dem Datum seines Geburtstages, der Eintrag dürfte jedoch an einem anderen Tag erfolgt sein.

[7] Quelle: *75 Jahre Verlagsarbeit für Karl May und sein Werk*, Bamberg 1988, S. 19

[8] Mit der Fortsetzung seiner Reiseerzählung *Im Reiche des silbernen Löwen* begann May erst Anfang 1902. Immerhin hatte er sich aber bereits im Juni 1901 von Pustet die letzten 100 (1898 verfassten, aber noch nicht publizierten) Manuskriptseiten zurück erbeten, die dann das erste Kapitel des dritten Bandes bildeten.

Dabei war seit Januar meine Zeit durch die Regulirung einer Erbschaftssache außerordentlich in Anspruch genommen. Es starb ein reicher Freund von mir.[9] Ich hatte die Erbschaft zu reguliren, den Nachlaß, Bibliothek etc. zu ordnen und zu verkaufen, und da mein Mündel, der Universalerbe, in Godesberg am Rheine, andre Verwandten aber in Düsseldorf[10] und Westfalen[11] wohnen, so gab es ein so oftmaliges Hin und Her, daß ich für etwas Anderes nicht zu haben war.

Auch starb unser guter Herr Plöhn, und auch diese Erbschaft brachte mir Arbeit.[12] Er hat Verwandte in Berlin und Westpreußen.

Da ist nun Ihr Herr Krämer dagewesen. Meine Frau lag schwerkrank zu Bette. Der Arzt war schwer besorgt um sie.[13] Einen Besuch zu empfangen rein unmöglich. Hätte dieser Herr uns eine Vorhernachricht gegönnt, so wäre ich telegraphisch gerufen worden, da mir der Osterabschluß doch überaus wichtig ist.

Sie schreiben mir nichts hierüber, und so nehme ich an, daß Sie jetzt den Druck ruhen lassen. Gönnen wir unserm guten Herrn Krais diese Erholungszeit!

[9] Am 18.1.1901 war Mays Freund Dr. August Wilhelm Ernst Witting (1824–1901) in Serkowitz gestorben. Nachdem am 2.2.1901 auch seine Witwe Antonie geb. Amelunxen (*1833) verstorben war, hatte May sich um die Hinterlassenschaft des Ehepaares gekümmert und die Vermögenspflegschaft für den erbenden Enkel Curt Witting (1888–1947) übernommen.

[10] Gustav Meyer (1827–1901) in Düsseldorf, der Großvater mütterlicherseits, hatte zunächst die Hauptvormundschaft über Curt Witting übernommen.

[11] Im westfälischen Peckelsheim wohnten die Nichte und der Neffe von Antonie Witting, Baronesse Maria Elisabeth Charlotte von Amelunxen (1882–1957) und ihr Bruder Adolf Wilhelm Paul von Amelunxen (1866–1957).

[12] Mays Freund Richard Plöhn war am 14.2.1901 in Radebeul gestorben.

[13] Emma May war im April 1901 an Influenza erkrankt gewesen und von Curt Mickel behandelt worden.

Nachdem im vorigen Jahre das eine Feindesheer zurückgeschlagen worden ist, regt man sich in dem Lager des andern umso mehr.[14] Mich läßt das sehr kalt. Diese Leute sind nichts als Thoren, welche mich nur halb und sich selbst fast gar nicht kennen. Zwischen uns wird die Zukunft entscheiden, und da diese meine zuverlässige Freundin ist, habe ich mit der wunderlichen, wetterwendischen Gegenwart nichts zu schaffen. Mehr als genug, daß ich öffentlich meinen Standpunkt genau gekennzeichnet habe. Wer mehr verlangt, mag sich eben an die Zukunft wenden. Ich habe weder Zeit noch Lust, mich auf Angriffe einzulassen, bei denen der Angreifer mir gar nichts schadet sondern in den eigenen Säbel rennt.

„Himmelsgedanken" gehen nicht gut! Ja, wohin ich komme, klagt man über den Ladenpreis von 4 Mark 50. Grad diese 50 liegt so zarg und quer; sie macht uns zu schaffen!

Wenn ich nur erst wieder angefangen habe; dann reihen sich an „silb. Löwen" sofort „Am Jenseits"[15] und „Marah Durimeh". Ich habe von meiner Reise eine solche Fülle des Stoffes mitgebracht, daß ich bis jetzt noch nicht damit zu Ende bin, ihn litterarisch zu sichten, obgleich schon einiges Hochinteressantes, wie „Et in terra pax!" geschrieben wurde, welches später in die „Gesammelten" aufgenommen wird.[16]

[14] May unterscheidet hier zwischen den liberalen Gegnern um Fedor Mamroth und die *Frankfurter Zeitung*, die ihm vor allem Unwahrhaftigkeit vorgeworfen hatten, und den Anfeindungen von katholischer Seite, die besonders von Hermann Cardauns und der *Kölnischen Volkszeitung* ausgingen und May wegen der Fischer-Ausgaben der Unsittlichkeit beschuldigten. Am 1.6.1901 hatte zudem der Benediktinerpater Ansgar Pollmann (1871–1933) in den *Historisch-politischen Blättern für das katholische Deutschland* (München) einen Artikel *Neuestes von Karl May* veröffentlicht, in dem er bezweifelte, dass Mays Romane durch Münchmeyer bearbeitet worden seien.

[15] Gemeint ist die nicht realisierte Reiseerzählung *Im Jenseits*.

[16] Für den von Joseph Kürschner herausgegebenen Sammelband *China. Schilderungen aus Leben und Geschichte, Krieg und Sieg. Ein Denkmal den Streitern und der Weltpolitik*, der die Niederschlagung des chinesischen Boxer-Aufstands feiern sollte, verfasste May von Mai bis September 1901 die

Mein „liebes" Harem[17] hat sich noch nicht ganz von der Krankheit erholt und läßt, noch immer stark hustend, schön grüßen. Frau Plöhn und ihre gute Mutter[18] schließen sich diesem Gruße an, und ich, nun, ich umarme Fehsenfeld mit Haus und Hof, mit Haut und Haar aus meiner leider weiten Ferne, bitte, meine Salutation in Güte aufzunehmen und bin,

wie stets,
Ihr
alter
May.

pazifistische Reiseerzählung *Et in terra pax*. Vom 15.8.1901 bis Februar 1902 erschien das Werk in Lieferungsheften im Leipziger Verlag von Hermann Zieger (1856–1916). 1904 überarbeitete und erweiterte May den Roman und veröffentlichte ihn unter dem Titel *Und Friede auf Erden!* als Bd. XXX der „Gesammelten Reiseerzählungen".

[17] Die Anführungszeichen hat May sehr bewusst gesetzt: Spätestens im Frühjahr 1901 war es, nicht zuletzt unter dem Einfluss von Klara Plöhn, die sich bereits während der Orientreise May angenähert hatte, zu einer dauernden Ehekrise gekommen, die im Januar 1903 schließlich zur Scheidung von Emma führte.

[18] Klara Plöhns Mutter Wilhelmine Beibler geb. Höhne (1837–1909) lebte mit ihrer Tochter zusammen.

MAY AN FEHSENFELD • 10. Juli 1901
Karte, hs.

[Poststempel: Radebeul, 10. 7. 01]

Lieber Freund!

Habe „Jugendschriften-Warte" erhalten.[19] Grandiose Geister! Wer ist Köster? Und wer Wolgast? Diese Herren kommen übrigens beim 35. Tausend sehr post festum! Daß sie das nicht merken, läßt tief blicken! Diese Alphabetklassen-Ansicht geht mich gar nichts an. Sie stellen sich aber mit dem Worte „Warte" außerordentlich hoch. Bitte, gönnen wir ihnen dieses Vergnügen! Kindern darf man nicht jeden Spaß verderben!

Herzl. Gruß von Haus zu Haus!
Ihr
May.

[19] Im Juli-Heft der *Jugendschriften-Warte*, hrsg. vom Hamburger Prüfungsausschuß für Jugendschriften (Hermann Leopold Köster, Redaktion Heinrich Wolgast, 1860–1920) war eine vernichtende Beurteilung von *Durch die Wüste* (31.-35. Tsd., 1898) erschienen: „Das Buch ist aufs entschiedenste abzulehnen, denn es ist noch gefährlicher als die gemeinen Indianergeschichten, da es, wie diese einer wilden Abenteuerlust frönend, auf die Lesewut der Jugend und der Erwachsenen spekuliert und dabei doch, zumal bei wohlhabenden Eltern, den Eindruck eines ernsten, bildenden Buches zu erwecken sucht, und zwar äußerlich durch Ausstattung und Preis, inhaltlich durch den Umstand, daß der Verfasser die tollen Ausgeburten seiner ausschweifenden Phantasie auf dem Hintergrund geographischer und ethnographischer Schilderungen, sowie eingestreuter Abschnitte aus der heil. Schrift erscheinen läßt. Jene Täuschung wird noch größer, weil der Verfasser selber der Held ist und selber erzählt, so daß unerfahrene Gemüter glauben müssen, hier die wirkliche orientalische Welt und kein jahrmarktmäßiges Zerrbild zu finden. Der Held ist ein Monstrum von Gemüt und Genialität, er trieft von Edelmut. Mittels seiner gewaltigen Geist- und Leibesgaben vollbringt er niegesehene Wunderthaten, so daß hier der orientalische Zauberer in neuer, aber gefährlicher Gestalt aufersteht. Es ist bedauerlich, daß ein Erzähler von so hoher Begabung auf eine derartige abschüssige Bahn gerät. Die Pflicht aller ernst denkenden Erzieher ist es, die Jugend vor den wilden Ausgeburten der Phantasie eines May zu bewahren und sich nicht betören zu lassen durch den Wert etwaiger geographischer und ethnographischer Aufschlüsse."

MAY AN FEHSENFELD • 24. Juli 1901
Brief, hs.

Radebeul, d. 24./7. 1.

Lieber Herr Fehsenfeld!

Die Entscheidung ist gefallen! „Im Reiche des silbernen Löwen“ wird 4 Bände stark. Ich schrieb dieses Werk bekanntlich für den „Hausschatz“ und kam bis zu 100 Seiten des 3ten Bandes. Da beging Pustet einen faux pas, und ich erklärte ihm, kein Wort weiter für ihn zu schreiben.[20] Er wollte mich bis vor Kurzem gerichtlich zwingen, die Erzählung für ihn zu Ende zu schreiben. Ich weigerte mich absolut. Da versuchte er, sich öffentlich in den Zeitungen zu rechtfertigen.[21] Es

[20] Die genauen Hintergründe des Bruchs mit dem *Deutschen Hausschatz* im Sommer 1898 sind unbekannt. May selbst hatte hierzu am 17.4.1901 (mit Datum vom 15.4.) in der Wiener *Reichspost* erklärt: „Ich befand mich mitten in der vierbändigen Arbeit ‚Im Reiche des silbernen Löwen‘, als mir von verschiedenen ehrlichen, wohlmeinenden Redactionen Waschzettel gesandt wurden, welche sie vom ‚Hausschatze‘ zur Aufnahme in ihre Spalten erhalten hatten. Diese Zettel enthielten einen Passus über mich, welcher mit den persönlichen Versicherungen der Besitzer und des Redacteurs dieses Blattes in solchem Widerspruch stand, daß ich [...] Herrn Commerzienrath Pustet augenblicklich meinen nunmehr festen Entschluß kundgab, von nun an kein Wort mehr für den ‚Hausschatz‘ zu schreiben, obwohl diese Arbeit für vier Bände berechnet war.“

[21] Am 9.5.1901 hatte Karl Pustet (mit Datum vom 29.4.) in der *Reichspost* erklärt: „Wie unsere verehrlichen Leser wissen, hat der ‚Deutsche Hausschatz‘ seit Beginn des XXV. Jahrganges aufgehört, Beiträge von Dr. Karl May zu bringen. Bis dahin schätzten wir seine Mitarbeiterschaft sehr hoch und gerne haben wir ihm jeden Wunsch erfüllt [...]. Ob zuerst er mit uns oder wir mit ihm gebrochen haben, ist völlig gleichgiltig. [...] Die Fortsetzung seiner Erzählung ‚Im Reiche des silbernen Löwen‘ strebten wir aber aus Rücksicht für unsere Abonnenten an, dazu hatten wir um so mehr ein Recht, als Herr Dr. Carl May den Anfang zu dieser Fortsetzung thatsächlich geliefert und das dafür treffende Honorar auch in Empfang genommen hat. Nachdem aber Dr. Carl May auf unsere wiederholte bezügliche Aufforderung erklärte: ‚Diese Fortsetzung sei eine derartige, daß sie für den Hausschatz ganz ungeeignet sei,‘ gedenken wir von unserem Rechte keinen Gebrauch mehr

gelang ihm nicht. Nun hat er klein beigegeben und mir die 100 Seiten[22] zurückschicken müssen. Ich vollende Bd. 3 u. 4 also direct für Sie.

Ferner halte ich die Zeit nun für gekommen, für Weihnacht auch die ersten zwei Bände von

„Karl May's Jugendwerke"[23]

herauszugeben, dasselbe Honorar, dasselbe Format, doch nicht bunte Einbände. Sind Sie bereit dazu, oder soll ich sie einem andern Verleger geben? Unser Contract verpflichtet Sie nur für Reiseerzählungen, welche bereits erschienen sind.

Vielleicht haben Sie die Güte, mir Ihre Antwort umgehend zu senden!

Freundlichsten Gruß von Haus zu Haus
Ihr
May.

MAY AN FEHSENFELD • 25. Juli 1901
Brief, hs.

Radebeul, d. 25./7. 1.

Lieber Freund!

Mit dem Weiterdrucke der angegebenen 10 Bände und der Honorarzahlung am 1./8., 1./9., 1./10. und 1./11. bin ich einverstanden.[24]

zu machen. Gründe sehr ernster Natur zwangen uns, auf die fernere Mitarbeiterschaft des genannten Herrn zu verzichten. Wir waren nämlich von verschiedenen Seiten darauf aufmerksam gemacht worden, daß Carl May [...] Hintertreppen-Romane der allerbedenklichsten Sorte herausgegeben habe."

[22] Das Eingangskapitel des dritten *Silberlöwen*-Bandes, *Der Löwe von Farsistan*, später *In Basra*

[23] Gemeint sind die sieben Jugendromane, die May für Spemann geschrieben hatte.

[24] Um welche der im Jahre 1901 nachgedruckten Bände es sich handelte, ist unbekannt.

Die Reise hat ca. 50,000 Mark gekostet, dabei auch das bei Ihnen vorentnommene Honorar. Da Sie dieses Honorars Erwähnung thun, was mir lieb und recht ist, so bitte ich Sie, mir für mein Kassenbuch gütigst und umgehend mitzutheilen, ob und welchen Betrag Sie nun noch von mir zu fordern haben. Ich würde Ihnen für die Beantwortung dieser Frage sehr verbunden sein.

Was nun den Freiburger Gerichtsfall betrifft, so lassen mich solche ungerechte Angriffe vollständig kalt.[25] Sie gehen theils von der Unwissenheit und theils von der feindlichen Mache aus.

Was zunächst diese Unwissenheit betrifft, so weiß auch ich, wie verderblich eine gewisse Indianerlitteratur auf die Jugend wirken muß, aber meine Werke gehören nicht zu ihr. Es ist im Gegentheile meine Aufgabe gewesen und wird es auch bleiben, grade diesen Schund vollständig todtzuschreiben, und das ist die einzige Art, wie man ihm beikommen kann. Ich bin gradezu der Reformator dieser Litteratur geworden. Ich bin in diese Tiefen hinabgestiegen, um meine Leser aus ihnen emporzuführen. Ich übe ihre Intelligenz; ich gebe ihnen reiches, interessantes Bildungsmaterial; ich sporne sie zum guten Gebrauche ihrer Kräfte, zum Fleiße und zur Pflichttreue an; ich zeige ihnen die Nothwendigkeit der Menschenliebe und der Dankbarkeit; ich ermahne sie zum Gehorsam gegen Eltern, Lehrer, Vorgesetzte und die Obrig-

[25] Vor der Freiburger Strafkammer waren am 20.7.1901 die Schüler Karl Ganzmann (*1886) aus Konstanz und Eugen Vogt (*1888) aus Freiburg u. a. wegen Brandstiftung in ihrem Gymnasium verurteilt worden; gestützt auf den Sachverständigen, Medizinalrat Dr. Alfred Fritschi, hatte der Verteidiger Vogts, Rechtsanwalt Karl Mayer, entlastend die für kindliche Gemüter angeblich verderbliche Lektüre der Mayschen Erzählungen vorgebracht. Am 22.7. hatte der Redakteur Hermann Voget (*1832) über diesen Fall unter der Überschrift *Gymnasiasten auf dem „Kriegspfad". (Karl May als Erzieher.)* in der *Frankfurter Zeitung* berichtet; am 23.7. war dieser Artikel unter der Überschrift *Die Folgen einer Lüge und ungeeigneter Lektüre* in der *Freiburger Zeitung* nachgedruckt worden. Vermutlich hatte Fehsenfeld May diesen Nachdruck zugeschickt.

keit; ich biete ihnen Ideale, an denen ihre Seelen sich zum Edeln, Schönen, Reinen, also zu Gott emporranken sollen. Welchen Erfolg ich habe, zeigen mir die ungezählten Besucher, welche persönlich kommen, um mir zu danken, und die Abertausende von Zuschriften, in denen mir ehrlich gestanden wird, daß man durch meine Bücher zum Guten, zur Besserung, zur Selbsterkenntniß geführt worden sei.

Diese Erfolge genügen mir vollständig. Etwaige Mißerfolge sind nur scheinbar; sie gehen mich nichts an, sie sind von andern Verfassern verbrochen worden, um welche man sich aber nicht bekümmert, weil man sich gewöhnt hat, dieses Genre in seinem ganzen Umfange mit „Karl May“ zu bezeichnen. Unter diesem Decknamen werden sämmtliche Vorwürfe und Klagen angesammelt, und der eigentlich und wirklich Schuldige duckt sich vorsichtig hinter diesem Busch zusammen, um nicht gesehen und erkannt zu werden.

Zu diesen Schuldbewußten zählen ganz besonders Eltern, welche ihre Kinder schlecht erzogen haben. In dem beklagenswerthen Falle, daß ein Vater mit seinem verwahrlosten Jungen vor Gericht zu erscheinen hat, ist es eine sehr beliebte und billige Manier, die Schuld von sich hinweg- und auf etwa gelesene Bücher abzuwälzen; aber so erklärlich dieses Bestreben, sich zu entsündigen, für mich ist, so wenig kann ich begreifen, daß die Herren Richter auf solche Spiegelfechtereien eingehen und sich von ihnen täuschen lassen können. Schlechte Lectüre hat es stets gegeben und wird es immer geben; die Erziehung hat da streng zu unterscheiden, und wenn sie das nicht thut, so haben die Folgen nicht auf diese Lectüre sondern eben auf Diejenigen zu fallen, welche ihren Kindern solches Gift gestatteten! Jeder <Gerechtdenkende> Einsichtsvolle weiß, daß überall, wo die Vorbedingungen dazu gegeben sind, jedes gute Buch, sogar die heilige Schrift, Gift anstatt Manna bieten kann, und wenn die Erziehung in der Weise falsch gearbeitet hat, daß unter ihren Händen sich das Mannah in Gift verwandelt, so scheint mir nicht der mindeste Zweifel darüber vorzuliegen, wen der Tadel gerechter Weise zu treffen hat. Wer seine Kinder zur moralischen Kräftigkeit erzieht, der wird trotz aller schlechten Jugendschriften niemals das fürchterliche Unglück erleben, eines von ihnen auf der Anklagebank sitzen zu sehen. Und nun kommt die Hauptsache, nämlich meine Frage: Wer hat die Stirn, mir in das Gesicht zu sagen, daß meine Reiseerzählungen aus ethischen Rücksichten zu verwerfen seien? Er würde mit diesem Urtheile die Ethik selbst verwerfen! Man bringe mir ein einziges, ein allereinziges Wort aus diesen meinen Büchern, auf welches ein solcher Fall, wie der jetzt in Freiburg vorgekommene, zurückgeführt werden könnte![26]

MAY AN FEHSENFELD • 27. Juli 1901
Karte, hs.

Radebeul, d. 27./7. 1.

Lieber Freund!

Dem Weiterdruck der betr. 10 Bände stimme ich bei, auch der Honorarzahlung am 1./8. 9. 10. 11.[27] Herzlichen Dank für die Bilder; haben uns sehr erfreut!

Die Freiburger Gerichtsverhandlung hat meinen Gegnern Gelegenheit gegeben, wieder einmal zu zeigen, daß sie mich nur hassen, aber nicht verstehen. Nun geht ein Sturm künstlich gemachter Entrüstung durch alle ihre Blätter. Mich läßt das kalt, berührt mich nicht! Meine Zeit ist noch nicht gekommen. Ich handle nach einem festen Plane, von welchem nicht abgewichen wird, und wenn ich tausendmal verleitet werden sollte, diese Kläffereien zu beachten. Viel-

[26] May hat den Brief offenbar an dieser Stelle abgebrochen und nicht abgesandt. Hierfür spricht auch der Umstand, dass er die in diesem Brief erteilte Bewilligung zum Nachdruck von 10 Bänden der „Gesammelten Reiseerzählungen" am 27.7.1901 wiederholte.

[27] May hat die Daten als Bruch geschrieben. $\frac{1.}{8.\ 9.\ 10.\ 11}$

leicht schreibe ich Ihnen nächster Tage hierüber noch einige besondere Zeilen. Was haben Sie in Beziehung auf „K. Mays Jugendwerke" beschlossen?

Herzl. Gruß!

May.

MAY AN FEHSENFELD • 14. August 1901

Brief, hs.

Radebeul, d. 14./8. 1.

Sehr geehrter Herr Fehsenfeld!

Sie beantworten meine Offerte dahin, daß Sie zwar die Herausgabe meiner Jugendwerke übernehmen wollen, doch erst nach Vollendung der Reiseerzählungen, weil die Leser nach diesen verlangen. Ich antworte:

Die Jungens, welche meine Reisesachen als Radaugeschichten betrachten und sie nur als solche verschlingen, sind für mich nicht maßgebend. Man hat mich ganz absichtlich zum „Jugendschriftsteller" gestempelt, weil dies meinen Gegnern einen hochwillkommenen und fieberhaft ausgebeuteten Angriffspunkt bietet. Der Fall in Ihrem eigenen Freiburg hat Ihnen ja zur Evidenz zeigen und beweisen müssen, was man will. Diese Arbeiten sind alle im „Deutschen Hausschatze" erschienen, welcher nicht von Jungens sondern von sehr ernsten Männern gelesen wird. Sie wurden von sittlich strengen Redacteuren gut geheißen und von dem „Typographen Seiner Heiligkeit, des Papstes" gedruckt.[28] Dieser hat mich sogar gerichtlich zwingen wollen, weiter für ihn zu schreiben. Wenn nun Staats- und Rechtsanwälte sogar in öffentlicher

[28] Redakteure des *Deutschen Hausschatzes* während Mays Mitarbeit waren Venanz Müller (1831–1906) und ab 1888 Heinrich Keiter gewesen; mit dem „Typographen Seiner Heiligkeit" dürfte Karl Pustet gemeint sein. Seit Dezember 1898 leitete Otto Denk (1853–1918) die Redaktion des *Deutschen Hausschatzes*.

Gerichtssitzung die große Lüge meiner Feinde benutzen, nachlässige Eltern und Erzieher weiß zu waschen, so ist es für mich die allerhöchste Zeit, wenigstens meinem Verleger zu sagen und zu zeigen, daß ich keineswegs die Absicht habe, mir grad von denjenigen Lesern, welche mich am allerwenigsten verstehen, vorschreiben zu lassen, was ich zu arbeiten und zu veröffentlichen habe!

Ich verfolge meine Aufgabe nach einem festen Plane, und dieser fordert jetzt das Erscheinen meiner Jugendwerke. Ich habe sie Ihnen für jetzt angeboten. Sie weisen sie für jetzt ab. So ziehe ich also meine Offerte zurück! Die Ausgabe dieser Bände hat mit der Ausgabe der Reisewerke nicht das Mindeste zu thun. Ich habe Zeit für beides, aber keine Lust, grad die Zeit zu wählen, welche inferioren Lesern beliebt.

Ich weiß gar wohl, daß Ihre geistige Welt eine ganz andere als die meinige ist, doch muß und wird nur die letztere für mich maßgebend sein.

Indem mein Haus das Ihre grüßt,
bin ich
Ihr
May.

MAY AN FEHSENFELD • 7. September 1901
Brief, hs.

Radebeul, d. 7./9. 1.

Sehr geehrter Herr Fehsenfeld.

Ein Leser von mir läßt mir keine Ruhe. Er meint, daß es mir schade, daß ich die Thorheiten und Böswilligkeiten meiner Gegner nicht beantworte. Er will eine Brochure gegen diese Leute schreiben, und er hat die Gabe dazu.[29] Er will

[29] Motiviert durch den Freiburger Schüler-Prozess, bereitete May eine anonyme Broschüre (*„Karl May als Erzieher“ und „Die Wahrheit über Karl May“ oder Die Gegner Karl Mays in ihrem eigenen Lichte von einem dankbaren May-Leser*) mit Verehrerzitaten vor, in der er sich vor allem mit den Angrif-

besonders dem Schwindel, welcher unter dem Titel „May als Erzieher" jüngst in den Zeitungen cursirte, durch Veröffentlichung einer Anzahl meiner Correspondenzen entgegentreten. Nun liegt mir zwar die Welt meiner Feinde so unendlich fern, daß es mir niemals einfallen kann, auf ihr Gebell direct einzugehen; aber ich sehe doch ein, daß meine Freunde das Recht besitzen, beweisen zu dürfen, daß ich ein ganz Anderer bin, als ich von jener Seite so dumm und lügnerisch verschrieen werde. Darum habe ich mich bewegen lassen, zur Veröffentlichung dieser Brochure meine Einwilligung zu ertheilen, zumal ich mir sage, daß ihr Erscheinen vor Weihnacht vom besten Einflusse auf das „Geschäft" sein werde. Ich liefere dem Verfasser das Material und bin überzeugt, daß sie brillant ausfallen wird.

Nur versteht es sich ganz von selbst, daß der Verleger dieser Bochure auf Gewinn verzichten muß, wenigstens auf directen; der indirecte aber wird Ihnen zufallen. Sie muß so billig werden, daß jeder arme Schüler sie kaufen kann (vielleicht 50 Pfennig). In großer Masse vertrieben, ein Object auch für Leihbibliotheken (Mayleser) u.s.w. u.s.w. Da Sie an dem erwähnten indirecten Gewinn vorzugsweise participiren und diese Brochure zugleich als beste und erfolgreichste Reclame für Ihren Verlag zu betrachten ist, so liegt natürlich der Gedanke nahe, den Verlag derselben Ihnen zu übergeben. Aber Sie haben sich bei einem ähnlichen Angebote dahin geäußert, daß Sie grad als Verleger von Mays Werken sich doch unmöglich mit so Etwas befassen könnten.[30] Ich halte es aber für meine Pflicht, Ihnen mitzutheilen, daß ich und der Verfasser uns bis zum 12ten dieses Monates (September) entschieden haben müssen, wem wir den Verlag übertragen. Man scheint zu glauben, daß Derjenige, der sich ohne augen-

fen der *Frankfurter Zeitung* (Fedor Mamroth) und der *Kölnischen Volkszeitung* (Hermann Cardauns) auseinander setzte. Seine Autorschaft verheimlichte er sogar Fehsenfeld. Das nicht überlieferte Manuskript soll teilweise in einer unbekannten Handschrift geschrieben gewesen sein. Vgl. Bd. 86 der „Gesammelten Werke", *Meine dankbaren Leser* (2005).

[30] Um welches „Angebot" es sich handelte, ist unbekannt.

blicklichen Gewinn mit Fleiß auf diese Brochure wirft, dann später meinerseits auf gute Compensation zu rechnen habe.

Ich mache Ihnen diese Mittheilung als Geschäftsfreund. Vielleicht halten Sie es trotz Ihrer oben erwähnten Äußerung doch für opportun, diese Angelegenheit in keine andre Hand gehen zu lassen. Ein Geldopfer wird nicht verlangt. Die Brochure muß sich selbst bezahlen; aber auf Gewinn ist zu verzichten, denn auch der Aermste muß den Preis erschwingen können, und die Sortimenter haben auch ihre Rechnung zu finden, wenn auch nur eine kleine, sonst nehmen sie sich der Sache nicht an. Der Titel wird so gewählt, daß ein Massenvertrieb in Aussicht steht.

Indem ich mir zu bemerken gestatte, daß die für den 1ten September fälligen 4000 Mark noch nicht angekommen sind[31], bitte ich, mir möglichst mit wendender Post Ihren Bescheid zugehen zu lassen und bin

mit vorzüglicher Hochachtung
Ihr
sehr ergebener
May.

FEHSENFELD AN MAY • 12. September 1901
Brief, ms. Kopie

[Freiburg i. B.,] 12 Sept 1901.

Hochverehrter Herr Dr.

Aus meinem Telegramm werden Sie gütigst ersehen haben, daß ich von ganzem Herzen Ihr Angebot annehme, um so mehr, als dies Unternehmen meinem ureigensten Wunsche entgegenkommt. Wie gerne hätte ich selbst schon die Feder ergriffen, um meinem Herzen Luft zu machen gegen die Thoren. Ich hatte auch schon 2 mal ein Elaborat fertig,

[31] Gemeint ist die zweite vereinbarte Honorarzahlung für Nachdrucke der „Gesammelten Reiseerzählungen", die sich durch das Verschulden der Bank verzögert hatte.

aber als ich es vor mir liegen hatte, kam es mir so fad und nichtssagend vor gegen die flammende Empörung in meinem Innern, daß ich mich schämte und es zerriß. Ich sprach auch mit mehreren meiner Freunde, die hier an der Universität lehren und die ebenso empört waren über den Blödsinn auf der einen und die Gemeinheit auf der andern Seite; aber ich wagte nicht, sie aufzufordern, darüber zu schreiben, weil ich aus Ihren Briefen ersah, daß Sie dies Gewäsch für viel zu dumm hielten, um darauf irgend wie einzugehen. Ich freue mich daher ungemein darüber, daß Sie sich entschlossen haben, dem Drängen Ihrer Freunde nachzugeben u. eine mit Ihrer Billigung versehene Schrift herauszugeben. – Ich weiß nicht, wodurch ich bei Ihnen in den Geruch gekommen bin, als ob ich nur an Geldverdienen dächte. Von mir aus würde ich die Schrift viel lieber umsonst ausgeben, als nur einen Pfennig daran verdienen. Und ich bin gern dazu bereit, sie völlig umsonst in 100 000 Ex. zu vertreiben. Daß ich mich geäußert hätte, ich als Verleger könne mich mit so etwas nicht befassen, hat mich ganz starr gemacht. Entweder hat Kraemer Blödsinn geschrieben oder der betr. Berichter hat sich stark geirrt. Ich gebe Ihnen mein Manneswort, daß ich keine Silbe davon weiß. Ich war sehr oft verreist in diesem Jahre, so blieb die Beantwortung geschäftlicher Dinge sehr oft Kr[ämer] überlassen und da hat er sich vielleicht noch nicht zu helfen gewußt oder falsch ausgedrückt.

Das Geld werden Sie inzwischen erhalten haben. Die Bank hatte es [unleserliches Wort] auf den 15ten abschicken wollen, sie wird sich bei Ihnen entschuldigt haben, andernfalls erbitte ich für das Versehen Ihre gütige Nachsicht.

Ich war die letzte Zeit nicht recht wohl, doch jetzt geht es wieder besser, seit meine Familie wieder daheim ist.

In steter Verehrung Ihr ganz ergebener
Fehsenfeld

Bitte, teilen Sie mir Ihre besonderen Wünsche die Schrift betr. mit, Format, Ausstattung etc. Ich richte mich ganz danach, es sei denn, daß Sie es mir überlassen.

MAY AN FEHSENFELD • 22. September 1901
Karte („Gruss aus Einsiedeln", Gnadenkapelle), hs.

Hôtel Rigi-Kulm, 22./9. 1.

Sehr geehrter Herr Fehsenfeld.

Ich mußte in dringender Geschäftsangelegenheit nach Einsiedeln, Schweiz.[32] Nun sind wir für einige Zeit hier, Rigi Kulm. In einigen Tagen werde ich Ihnen ausführlich über die Brochure schreiben. Für heut nur die Mittheilung, daß der Verfasser sich bereit erklärt hat, Ihnen den Verlag zu übergeben.

Besten Gruß!
Ihr
May.

MAY AN FEHSENFELD • 29. September 1901
Brief (Hotel Schreiber), hs.

Hôtel Rigi-Kulm, den 29./9. 1.

Sehr geehrter Herr Fehsenfeld!

Daß Sie bereit sind, 100,000 Ex. der Brochure gratis auszugeben, hat den Verfasser für Sie eingenommen. Er ist einverstanden. Das Werkchen wird zwei Abtheilungen haben: 1.) den eigentlichen Text und 2.) die Briefstellen, welche der Verfasser gegen die über mich ausgestreuten Lügen veröffentlichen will. Mit Abtheilung 1 will er nächstens beginnen. Was Abtheilung 2 betrifft, so kann natürlich nicht er

[32] Am 18.9.1901 war May mit Emma und Klara Plöhn zu Verhandlungen mit dem Verlag Eberle & Rickenbach in den Marien-Wallfahrtsort Einsiedeln gereist. Vom 21.9. bis spätestens 7.10. hielt er sich mit den Frauen im Rigi-Kulm-Hotel (Dr. Friedrich Schreiber) auf der Rigi am Vierwaldstättersee auf, wo er den Schluss des Romans *Et in terra pax* verfasste und die Verehrerbriefe für seine geplante Verteidigungsbroschüre zusammenstellte und bearbeitete.

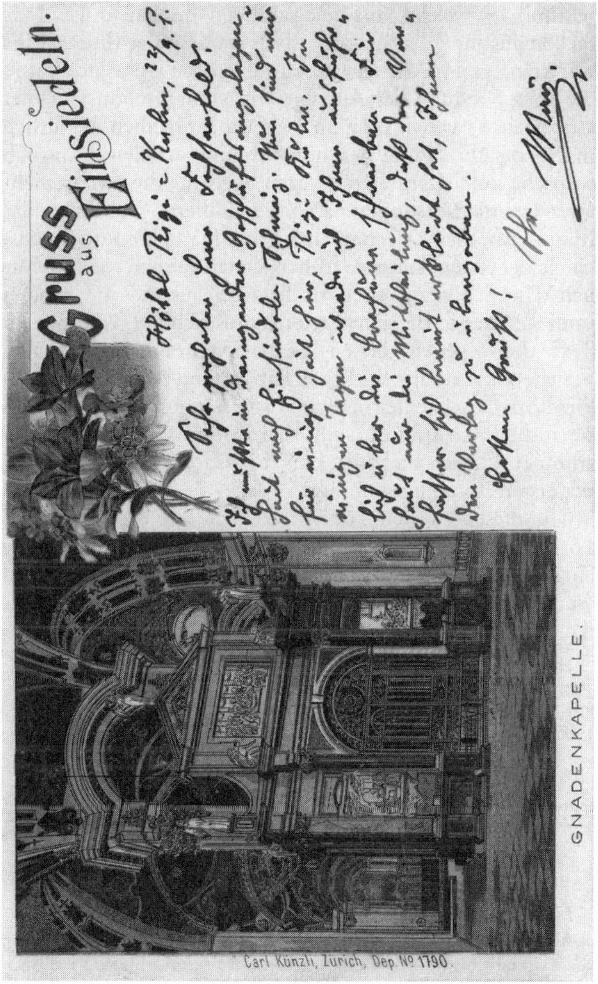
Gruss aus Einsiedeln.
GNADENKAPELLE.
Carl Künzli, Zürich, Dep. No 1790.

bestimmen, welche von den zahllosen Briefen und welche Stellen aus ihnen zu nehmen sind, sondern das thue ich. Es war keine geringe Arbeit, auszuwählen; sie ist beendet, und die erste Sendung der Auszüge wird Ihnen schon von hier aus zugehen, wo wir bis zum 5ten October bleiben. Natürlich muß jede Abtheilung besonders paginirt x werden[33], und ich wünsche der Leserlichkeit wegen auch für die zweite nicht etwa lateinische sondern arabische Ziffern. Da Ihnen das Manuscript dieser zweiten eher in die Hand kommt, als dasjenige der ersten, kann sie früher gesetzt werden, was hoffentlich keine Schwierigkeiten macht. Auch aus andern Gründen muß sie eher fertig sein: Erstens muß sich der Verfasser im Texte der <zweiten> ersten auf die Seitenzahlen der zweiten beziehen und sie also vorliegen haben. Und zweitens muß ich diese Briefauszüge dem Notar zur Bestätigung vorlegen, daß sie authentisch sind und mit den Briefen wörtlich übereinstimmen.[34] Auch hierzu ist der Vorausdruck der zweiten vor der ersten Abtheilung nöthig.

Mit dieser zweiten können Sie baldigst beginnen. Das Format etc. bleibt Ihnen überlassen; am besten alles Andere ebenso. Aber Bilder giebt es nicht dabei. Der Billigkeit wegen würde sich für die 2te Abtheilung ein engerer Druck empfehlen, doch undeutlich dürfte auch er nicht sein.

Der Verfasser ist ein Mann, welcher fertig bringt, was er will. Er verfolgt zwei Zwecke:

1.) Die Zurückweisung der Thoren, welche durch ihre Angriffe gegen mich nur zunächst sich selbst und dann auch Andern schaden, nicht aber mir.
2.) Eine Reclame für Ihren Verlag, wie es besser und erfolgreicher wahrscheinlich noch keine gegeben hat.

x mit Seitenzahlen versehen

[33] Der Band wurde schließlich doch durchgehend paginiert.

[34] Am 22.12.1901 bestätigten die Rechtsanwälte Rudolf Bernstein (1858–1932), Ernst Klotz (1858–1908) und Dr. Hans Langenhan (1873–1964), „dass sämmtliche, zu den vorersichtlichen 178 Briefen gehörige Urschriften in unserer Kanzlei in Dresden, Amalienstrasse 5, zu Jedermanns Einsicht verwahrt werden". Die Formulierung wurde bewusst so offen gewählt, weil die Briefe in Wahrheit keineswegs „authentisch" wiedergegeben waren.

Ich denke, daß er beide Zwecke vollständig erreichen wird. Vielleicht haben Sie die Güte, einige Zeilen der Zustimmung zu senden

Ihrem
hochachtungsvoll
ergebenen
May.

MAY AN FEHSENFELD • 3. Oktober 1901
Telegramm

[Rigi-Kulm, 3. 10. 1901, 14.20 Uhr]

Meine Reisetour, welche sehr ernste geschäftliche Zwecke verfolgt, führt jetzt nur meine Gedanken, nicht mich selbst zu ihnen [sic][35]

May

MAY AN FEHSENFELD • 12. Oktober 1901
Telegramm

[Stuttgart, 12. 10. 1901, 12.30 Uhr]

war bei krais, koch[36] schwabe und buchbinder fischer. bitte um telegraphische anweisung an diese firmen, mir über alles

[35] Auf der Rückseite Berechnungen Fehsenfelds. – Der Verleger hatte erwartet, dass May wegen der Broschüre *„Karl May als Erzieher“* nach Freiburg kommen werde. Stattdessen reiste May einige Tage später mit Emma und Klara Plöhn über Luzern und Basel nach Stuttgart, um dort unmittelbar mit Druckerei, Binderei und Sortiment strategische Vorbereitungen zur Herausgabe seiner Broschüre zu treffen.

[36] Gemeint ist vermutlich Alfred Koch, der Inhaber der Buchbinderei Heinrich Koch, Sophienstraße 28. Es gab jedoch auch noch einen Buchbinder Heinrich Koch in der Steinstraße 1.

was von anfang an durch ihre hände gegangen ist, genaue schriftliche aufstellung zu geben, welche ich amtlich vorzulegen habe[37]

dr. may

MAY AN FEHSENFELD • 28. Oktober 1901
Brief, hs.

Stuttgart, Hôtel Marquardt, d. 28./10. 1.

Sehr geehrter Herr Fehsenfeld!

Da die mir von Herrn Krämer in Ihrem Namen versprochenen Aufstellungen, außer der ungenügenden von H. F. Krais, selbst nach einer Frist von zwei Wochen nicht eingegangen sind, ist es nicht mehr anders möglich, als daß Sie zunächst zu beschwören haben werden, daß außer den an mich honorirten Auflagen kein Exemplar irgend eines Bandes gedruckt resp. verkauft worden ist. Mehr kann ich wegen nunmehriger Abreise nicht schreiben. Wohne bis 2ten Novbr. im Hôtel „Godesberger Hof", Godesberg am Rhein.[38]

Hochachtungsvoll
ergebenst
May.

[37] Verspätet eingegangene Honorarzahlungen hatten May misstrauisch gegen seinen Verleger gestimmt. Er vermutete, wahrscheinlich zu Unrecht, Fehsenfeld habe ohne sein Wissen Nachauflagen veranlasst.

[38] Tatsächlich reiste May am 28.10.1901 mit Emma und Klara Plöhn nach Godesberg, wo es zu einem Wiedersehen mit der Familie Seyler kam. Die weitere Reise führte nach Köln, Düsseldorf, Wiesbaden, Weimar und Leipzig; Ende November waren die drei wieder in Radebeul.

MAY AN FEHSENFELD • 27. Dezember 1901
Karte, hs.

Radebeul, d. 27. 12. 1.

Sehr geehrter H. Fehsenfeld!

Bitte, lassen Sie auf den Umschlag der Brochure zu den „Himmelsgedanken“ die Dr. Professor Freitagsche Recension* setzen.[39] Wegen des Prozesses gegen Münchmeyer[40], in welchem ich auch diese Brochure vorlege, ist es von höchster Wichtigkeit, wenigstens ca. 20 Exemplare sehr bald zu haben! Bitte, schreiben Sie mir eine Zeile, wann das spätestens geschehen kann! Müßte sonst Termin verschieben und das würde ungeheuern Schaden machen. Wenn Sie es schnell ermöglichen, sende ich sofort Manuscript zu „Silberlöwe“.

Ihr
ergebener
May.[41]

x Buchbesprechung

[39] Der Umschlag der Broschüre „*Karl May als Erzieher*“ brachte dann tatsächlich eine Annonce der *Himmelsgedanken* mit der vollständigen Kritik, die Ludwig Freytag im Juli/August 1901 im *Pädagogischen Archiv* veröffentlicht hatte.

[40] Am 10.12.1901 hatte May endlich beim Landgericht Dresden durch Rechtsanwalt Paul Brückner (1870–1937) eine Unterlassungs- und Schadensersatzklage gegen Adalbert Fischer eingereicht. Es war der Beginn einer Prozesslawine, deren Ende er nicht mehr erleben sollte. Vertreten wurde May zunächst durch die Anwaltsfirma Bernstein, Klotz & Dr. Langenhan. Fischer blieb unbeeindruckt von der Klage und publizierte in der Folgezeit weitere Münchmeyer-Romane unter Mays Namen in illustrierten Neubearbeitungen. Unfreiwillig trug auch Hermann Cardauns zur Popularität dieser Ausgabe bei, indem er etwa am 6.11.1906 in Dortmund einen noch mehrfach wiederholten Vortrag über *Literarische Curiosa. Leo Taxil, Robert Graßmann und Karl May* hielt, in dem er Mays Münchmeyer-Romane als „gräuliche Kolportage-Fabrikate“ bezeichnete, „in denen sich die tollste Erfindung mit abgründlicher Unsittlichkeit der Darstellung“ vereine.

[41] Notiz, vermutlich von Sebastian Krämer: „bei Krais um telegr. Nachricht an uns gebeten“.

MAY AN FEHSENFELD • 29. Dezember 1901
Brief, hs.

Radebeul, d. 29. 12. 1.

Sehr geehrter Herr Fehsenfeld.

Ich schreibe Ihnen in aller Eile, um Sie zur Vorsicht zu mahnen. Ich höre, daß unsere Gegner aufpassen! Sprechen Sie mit keinem Menschen ein Wort über die Brochure, bevor sie ausgegeben ist! Zeigen Sie Niemandem einen Correcturbogen! Wenn es vorher verrathen wird, so werden die Gegner Alles thun, die Herausgabe zu hintertreiben. Wenigstens werden sie vorläufige Beschlagnahme beantragen. Wir bekämen sie zwar wieder frei, hätten aber die kostbare Zeit verloren, während welcher die „Fr. Ztg." und „K. Vztg." uns in ihren Spalten vorausgekommen wäre und uns um die ganze Wirkung gebracht hätte.[42]

Also Schweigsamkeit und Vorsicht! Wenn die Brochure dann einmal heraus ist, kann uns Niemand Etwas thun!

Sie muß mit einem Schlage heraus, wenn es möglich wäre, alle 100,000 an einem Tage! Warten Sie ja nicht auf Bestellung, sondern senden Sie unbestellt, jedem Ihrer Abnehmer je nach seiner Effectuirung!x Diese Liste muß vorher genau aufgestellt sein. Es wäre mir außerordentlich lieb, wenn ich sie sehen könnte. Dieser Hieb muß die Gegner vollständig ahnungslos treffen, sonst ist das Geld umsonst hinausgegeben! Also, ja verschwiegen sein!

Mit vorzügl. Hochachtung
Ihr
May.

Noch Eins: Sie wissen ja, mit welchen Leuten wir es grad in Ihrem Freiburg zu thun haben![43]

x Ausführung, Wirksamkeit

[42] Mays Broschüre richtete sich vor allem gegen die *Frankfurter Zeitung* und die *Kölnische Volkszeitung*.

[43] May spielt hier auf die Begleitumstände des Freiburger Schülerprozesses an, die der eigentliche Anlass seiner Broschüre gewesen waren.

MAY AN FELIX KRAIS • 29. Dezember 1901
Brief, hs.

Radebeul, d. 29./12. 1.[44]

Hochgeehrter Herr Krais!

Herzlichen Dank für Ihre Depeschennachricht! Diese Exemplare werden als Prozeßunterlage dienen. Aber bitte, drukken und verausgaben Sie ja kein einziges weiteres Exemplar[45], bevor ich das Ganze nochmals durchgesehen habe. Denn:

1.) ist der Herr Verfasser zuweilen etwas spitz gewesen, und wenn ein Preßprozeß vermieden werden soll, habe ich vielleicht noch einige zu gravirende Ausdrücke zu ändern.

2.) muß die Ausgabe der 100,000 ein Schlag für die Gegner sein, der sie gänzlich ahnungslos trifft. Ein unvorsichtig vorhergegebenes Exemplar aber könnte das sehr leicht zu nichte machen.

Ich weiß genau, daß man aufpaßt! Es ist den Gegnern jedes Mittel recht, und sie haben sehr gute Verbindung in Stuttgart. Erfahren sie vorher Etwas, so verhindern sie die Ausgabe ganz gewiß durch die Arrestklage. Und wenn wir die Brochüren auch später vom Arrest befreien, so sind sie uns in ihren Blättern dann doch so vorangekommen, daß wir nicht die geringste Wirkung haben!

Also lassen Sie Niemand etwas ahnen! Passen Sie auf, daß keiner Ihrer Leute einen Bogen mit fortnimmt! Sodann müssen alle Exemplare mit einem Schlage ausgegeben werden. In der Druckerei Darf [sic] nichts liegen bleiben! Warten Sie ja nicht, bis Bestellungen einlaufen! Sondern senden Sie an jeden Ihrer Abnehmer directement[x] und unbestellt, je nach der Höhe seiner Effectuirung! Nur der Satz darf bei Ihnen liegen bleiben, weiter nichts!

Die beiden angegriffenen Parteien werden Alles thun, die

[44] Notiz für Fehsenfeld, an den Krais den Brief weiterleitete: „Gelegentlich zurückerbeten Krais".

[45] Halbsatz von Krais oder Fehsenfeld unterstrichen und mit doppeltem Randstrich versehen

x unmittelbar

Ausgabe zu verhüten. Ist sie aber geschehen, so können <S> sie nichts machen.

Bitte, schreiben Sie auch Herrn Fehsenfeld sofort, daß er schweigen und ja nichts verrathen soll! Ich halte das für höchst nothwendig! Sie wissen, was für Gegner wir grad in Freiburg haben!

Mit bestem Gruße
Ihr
May.

1902

Januar
Anonym (Karl May): *„Karl May als Erzieher" und „Die Wahrheit über Karl May" oder Die Gegner Karl Mays in ihrem eigenen Lichte von einem dankbaren May-Leser.*

August
Karl May's gesammelte Reiseerzählungen. Band XXVIII: *Im Reiche des silbernen Löwen. 3. Band. Reiseerlebnisse.* Erstausgabe. 1.-5. Tausend.

* * *

Karl May's gesammelte Reiseerzählungen. Band II: *Durchs wilde Kurdistan. Reiseerlebnisse.* Zehnte Auflage. 41.-45. Tausend.

Karl May's gesammelte Reiseerzählungen. Band III: *Von Bagdad nach Stambul. Reiseerlebnisse.* Mit einem Porträt des Verfassers. Neunte Auflage. 36.-40. Tausend.

Karl May's gesammelte Reiseerzählungen. Band V: *Durch das Land der Skipetaren. Reiseerlebnisse.* Sechste Auflage. 31.-35. Tausend.

Karl May's gesammelte Reiseerzählungen. Band VII: *Winnetou, der Rote Gentleman. 1. Band.* Achte Auflage. 41.-45. Tausend.

Karl May's gesammelte Reiseerzählungen. Band VIII: *Winnetou, der Rote Gentleman. 2. Band.* Siebte Auflage. 36.-40. Tausend.

Karl May's gesammelte Reiseerzählungen. Band IX: *Winnetou, der Rote Gentleman. 3. Band.* Siebte Auflage. 36.-40. Tausend.

Karl May's gesammelte Reiseerzählungen. Band XIX: *Old Surehand. 3. Band. Reiseerlebnisse.* Vierte Auflage. 26.-30. Tausend.

Karl May's gesammelte Reiseerzählungen. Band XXII: *Satan und Ischariot. III. Band. Reiseerlebnisse.* Vierte Auflage. 21.-25. Tausend.

Karl May's gesammelte Reiseerzählungen. Band XXV: *Am Jenseits. Reiseelebnisse.* Dritte Auflage. 21.-25. Tausend.

Karl May's gesammelte Reiseerzählungen. Band XXVI: *Im Reiche des silbernen Löwen. 1. Band. Reiseerlebnisse.* Dritte Auflage. 21.-25. Tausend.

Karl May's gesammelte Reiseerzählungen. Band XXVII: *Im Reiche des silbernen Löwen. 2. Band. Reiseerlebnisse.* Dritte Auflage. 21.-25. Tausend.

Karl May's gesammelte Reiseerzählungen. Band XXVIII: *Im Reiche des silbernen Löwen. 3. Band. Reiseerlebnisse.* Zweite Auflage. 6.-10. Tausend.

Karl May's gesammelte Reiseerzählungen. Band XXVIII: *Im Reiche des silbernen Löwen. 3. Band. Reiseerlebnisse.* Dritte Auflage. 11.-15. Tausend.

Ernst Fabricius: *Ein Limesproblem.*

Hans Heiling [Henny Hack]: *Märchen aus dem alten und neuen Jahrhundert.*

W. K. Saffeini: *Die Nixe von Ostende. Sommerbilder.*

Alemannia. Zeitschrift für alemannische und fränkische Geschichte, Volkskunde, Kunst und Sprache. Zugleich Zeitschrift der Gesellschaft für Geschichtskunde in Freiburg im Breisgau. Hrsg. von Fridrich Pfaff. Neue Folge. 3. Band (der gesamten Reihe 30. Band).

„Karl May als Erzieher"

und

„Die Wahrheit über Karl May"

oder

Die Gegner Karl Mays in ihrem eigenen Lichte

von

einem dankbaren May-Leser

Freiburg i. Br.
Friedrich Ernst Fehsenfeld
1902

MAY AN FELIX KRAIS • 8. Januar 1902
Telegramm

[Radebeul, 8. 1. 1902, 12.50 Uhr]

Bitte Drahtantwort, ob tausend Stück Brochuren freitag nachmittag[1] bei Ihnen zum Versand bereit liegen können unendlich wichtiger Schachzug! Werde Ihnen hierüber schreiben[2]

May

MAY AN FELIX KRAIS • 14. Januar 1902
Brief (Breidenbacher Hof), hs.[3]

[Düsseldorf, den] 14ten Januar [190]2.[4]

Sehr geehrter Herr Krais.

Zunächst die Mittheilung, daß Ihr Eilbrief mich hier in die größte Verlegenheit gebracht und den Erfolg meines Vorhabens vollständig in Frage gestellt hat. Kein Mensch darf wissen, daß ich hier bin. Ich kämpfe von hier aus incognito und gehe gar nicht zum Vortrag nach Elberfeld.[5] Da erhebt

[1] Der Freitag war der 10.1.1902.

[2] Antwortnotiz: „Antwort 8/I 02 1000 Broch. Freitg Nachm. fertig Krais". Nach Erhalt dieser Nachricht entschloss May sich, am 9.1.1902 mit Emma und Klara Plöhn nach Stuttgart zu reisen, um für die Verbreitung der Broschüren in Elberfeld zu sorgen, wo Hermann Cardauns am 14.1.1902 seinen Vortrag *Literarische Curiosa. Leo Taxil, Robert Graßmann und Karl May* wiederholte. Die ersten Exemplare nahm er am 10.1. in der Hoffmannschen Buchdruckerei in Empfang. Anschließend reiste er nach Düsseldorf; den Elberfelder Vortrag besuchten nur die beiden Frauen.

[3] Quelle: Universitätsbibliothek Freiburg

[4] Notiz für Fehsenfeld, an den Krais den Brief weiterleitete: „Nach Kenntnisnahme zurück erbeten F. Krais 17/I 02".

[5] Immerhin hatte May aber am 12.1.1902 von Düsseldorf aus einen Abstecher nach Elberfeld gemacht und dafür gesorgt, dass u. a. in der *Elberfelder*

sich des Nachts auf den Corridoren des Hotels ein Fragen, wer von den ca. 160 Gästen der „berühmte“ Schriftsteller Karl May ist; es sei ein Eilbrief da, auf dem aber nicht stehe, daß er nicht des Nachts auszutragen sei. Welch ein Lärm! Ich bin verrathen! Muß nun fast ganz verzichten!

Was das Schreiben des Herrn Fehsenfeld betrifft, so war ja dieser Aerger zu erwarten. Mein persönliches Kommen hat ihn um das beabsichtigte Minus gebracht, welches freilich dem bisherigen, gewaltigen Plus nicht ganz ebenbürtig gewesen wäre![6] Es wird ihm aber nicht erlassen. Er hat meine in Leipzig in der Betrunkenheit maltraitirte Ehre jetzt nun auf diese Weise wenigstens einigermaßen wieder herzustellen.[7] Das vollständig wieder gutzumachen, wird er nie im Stande sein! Dafür sorgen seine Herren Collegen, welche dabeigesessen haben und mir Alles, was er gesagt hat, immer wieder, wenn auch indirect, zu wissen thun. Das ist es ja, was ich in meinen Büchern lehre: Das Schicksal schenkt dem Menschen keinen Fehler; er hat ihn unbedingt zu sühnen. Hier in diesem Falle sind es 100,000 Freiexemplare! Ich habe das Wort „diesem“ absichtlich unterstrichen. In weiteren Fällen wird es aber baare Münze und höchst wahrscheinlich auch noch etwas Weiteres sein. Ich habe ihm bei meiner vorigen Anwesenheit Gelegenheit gegeben, einzulenken. Er hat sie nicht benützt. Nun halte ich nichts auf!

Zeitung ein Inserat *Zu dem Vortrag des Herrn Chefredacteurs Dr. Cardauns über Karl May* erschien: „Wer diesen Vortrag besuchen will, der lese vorher die Broschüre: ‚Die Wahrheit über Karl May.‘“

[6] Fehsenfeld hatte sich vermutlich darüber beklagt, dass May in Stuttgart direkt mit Krais verhandelt hatte. Wie aus dem weiteren Brief hervorgeht, war vereinbart worden, dass Krais am 18.1.1902 30.000 (oder 50.000?) Exemplare und wohl den Rest am 24.1. auf Kosten Fehsenfelds ausliefern sollte. Dieser wollte aber die Verbreitung von 70.000 Exemplaren seinem Autor aufbürden, obwohl er sich am 12.9.1901 bereit erklärt hatte, die Broschüre „völlig umsonst in 100 000 Ex. zu vertreiben“.

[7] Offenbar hatte Fehsenfeld sich in einer Verlegerrunde bei der letztjährigen Leipziger Buchmesse, die vom 28.4. bis 5.5.1901 stattgefunden hatte, verärgert über seinen Autor geäußert, was diesem hinterbracht worden war.

Es ist ja außerordentlich pfiffig von ihm, die 70,000 mir aufhalsen zu wollen! Welch eine liebenswürdige Bequemlichkeit! May, welcher so schon Tag und Nacht zu arbeiten hat, bekommt auch noch die Arbeit eines Expeditionsjungen zugeworfen! Ich weiß es sehr genau, woran es fehlt, ob am Geschick oder am guten Willen! Man sagt, die Sortimenter^x nehmen keine Sendung an, nicht einmal gratis! Sonderbar! Wenn H. Fehsenfeld in so schlechtem Renommée steht, daß man ihm nicht traut, so muß seine Kenntniß doch wenigstens so weit ausreichen, daß er das kleine Wörtchen „Avis"y kennt. Das ist nämlich ein gedrucktes Kärtchen, welches nur 3 Pfennige Porto kostet. Darauf steht <gesch> gedruckt, was der Sortimenter zu wissen hat, und dann nimmt er die Sendung nicht nur ganz gewiß, sondern sogar mit geküßten Fingerspitzen an!

Oder scheut er die Mühe und die Kosten dieses Avisirens? Ich werde nächstens ca 3000 Postkarten, sogar mit bezahlter Rückantwort, drucken lassen und versenden. Die jetzige Reise kostet mich auch ca. 2000 Mark. Sie sehen, ich scheue weder Geldausgabe noch Arbeit, weiß dann aber auch, daß ich meinen Zweck gewiß erreiche. Freilich weiß ich, daß dieser mein Zweck Herrn Fehsenfeld vollständig unsympathisch ist.

Sie sehen ja wohl ein, geehrter Herr Krais, daß es bei dem zu bleiben hat, was wir mit einander besprochen haben. Und sollte mich diese Reise anstatt 2 sogar 10 Tausend Mark kosten, ich dehne sie so weit wie möglich aus, selbst wieder zurück nach Süddeutschland, Schweiz und Oesterreich, um zu sehen, daß die 50,000 am 18ten abgegangen sind. Ich halte es sogar für nicht ausgeschlossen, daß ich sogar bis zur 2ten Expedition, am 24ten, unterwegs bleibe.[8] Ich verlasse mich auf Ihren Handschlag und Ihr Ehrenwort! Es handelt sich

x Buchhändler y Ankündigung

[8] Am 15.1.1902 reiste May mit den Frauen nach Koblenz, am 17.1. nach Leipzig und am 18.1. zurück nach Dresden. Die Absicht, seine Reise weiter auszudehnen, um die Auslieferung der Broschüre zu kontrollieren, dürfte May zu keinem Zeitpunkt gehabt haben, doch wusste er sicherlich, dass Krais seinen Brief an Fehsenfeld weiterleiten würde und hoffte, den Verleger durch diese Drohung einschüchtern zu können.

hier um weit, weit mehr, als Sie denken, nämlich um Ehre und Existenz! Doch nicht um die meinige!

Es thut mir unendlich leid, immerfort solche Briefe wie den heutigen schreiben zu müssen. Glücklicher Weise aber kann ich mir sagen, daß dieser Zwiespalt der Auflösung nun schnell entgegengeht.[9]

Mit altgewohntem Gruße
Ihr
ergebener
May.

W. SEYFARTH AN FEHSENFELD • 30. Januar 1902
Brief, hs.

Berlin, 30. Januar 02

Herrn Friedr. Ernst Fehsenfeld
Freiburg i. Br.

Antwortlich Ihres ^{w}Briefes /. 28. ds. sagte mir ein Verkäufer der Firma Selmar Hahne, Berlin, Prinzenstr.[10], daß Herr May sich mit Ihnen überworfen habe, & seine Bücher in einem anderen Verlage herauskämen.

Betreffs der Geisteskrankheit[11] habe ich es von dem Buchhändler Hugo Schildberger, Berlin Flensburgerstr[12] erfahren.

Ergebenst
W Seyfarth

[9] Hiermit drohte May seinem Verleger mit der Vertragsauflösung. Wie der nachfolgende Brief von W. Seyfarth zeigt, verbreitete sich das von May wohl gezielt ausgestreute Gerücht eines Verlagswechsels auch im Buchhandel.

[10] Buchhandlung und Antiquariat Selmar Hahne, Berlin S 14, Prinzenstraße 54

[11] Näheres konnte nicht ermittelt werden. Der Vorwurf der Geisteskrankheit war May in der Vergangenheit schon mehrfach gemacht worden.

[12] Buch-, Papier- und Verlagsbuchhandlung Hugo Schildberger, Berlin NW, Flensburger Straße, Stadtb. Bog. 412

MAY AN FEHSENFELD • 6. Februar 1902
Karte, hs.

Radebeul, d. 6./2. 2.

Sehr geehrter Herr Fehsenfeld.

Endlich kann ich Sie benachrichtigen, dass wahrscheinlich schon nächste Woche Manuscript von Bd III des „Silberlöwen“ abgehen wird. Vielleicht werden es zusammen 5 Bände.[13]

Ihr
May.

MAY AN FELIX KRAIS • 6. Februar 1902
Karte, hs.

Radebeul, d. 6./2. 2.

Sehr geehrter Herr Krais.

Vergeblich erwartete ich das mir versprochene Buch – – Adressenverzeichniß.[14] Wenn es bis nächste Woche eintrifft, sende ich umgehend Manuscript von Bd. III des „Silberlöwen“, welcher wahrscheinlich 5 Bände haben wird. Bitte also, Wort halten!

Ihr
ergebener
May.

[13] Am 16.1.1902 hatte May dem Redakteur Johannes Dederle in Koblenz den Beginn der neuen *Silberlöwen*-Erzählung *Am Tode* als Vorabdruck im *Rhein- und Moselboten* versprochen; den Anfang der Erzählung schickte er am 9.2. nach Koblenz. Die Manuskriptlieferung für Fehsenfeld verzögerte sich durch diesen Vorabdruck, der vom 15.2. bis 30.4.1902 erfolgte. Einen fünften Band des *Silberlöwen* sollte es nicht geben.

[14] May benötigte das „Adressenverzeichniß“ für die Versendung der Postkarten, mit denen er für seine Broschüre werben wollte.

MAY AN FEHSENFELD • 14. Februar 1902
Karte, hs.

Radebeul, d. 14./2. 2.

Sehr geehrter Herr Fehsenfeld.

Ich arbeite fleißig am „Silberlöwen" und hoffe, daß Band 3 und 4 bis Ostern geschrieben sind.[15] Band 5 kommt bis Pfingsten nach.

Die bisherigen Bände werden eine Umstellung und Bearbeitung erfahren.[16] Schon jetzt aber ersuche ich, bei etwaigen Neuauflagen alle Vor- und Nachworte einfach wegzulassen. Ich meine da besonders den Doctortitel. Lehre [sic] Prahlerei! Muß heraus! Ich bin „Karl May"; nach Weiterem trachte ich nicht!

Mit Gruß von Haus zu Haus
Ihr
May.

MAY AN FEHSENFELD • 16. Februar 1902
Brief, hs.

Radebeul, d. 16./2. 2.

Sehr geehrter Herr Fehsenfeld!

Ihr Eingeschriebener ist angekommen. Meine Karte werden Sie inzwischen erhalten haben. Heut schreibe ich einen langen, wichtigen Brief an Sie. Die Kölner Klage kann ich Ihnen erst Dienstag[17] von hier absenden, da ich sie meinem

[15] Mays Hoffnung, bis zum 30./31.3.1902 fertig zu werden, erfüllte sich nicht. Selbst den dritten *Silberlöwen*-Band konnte er erst im Juli 1902 abschließen.

[16] Hierzu kam es erst ab 1907 bei der illustrierten Ausgabe der Reiseerzählungen.

[17] Das war der 18.2.1902.

Rechtsanwalte vorlegen muß.[18] Die vorliegenden Zeilen schicke ich voraus, damit Sie wissen, wie Sie sich in der Fischerschen Angelegenheit verhalten möchten.[19]

Beim Königl. Landgericht Dresden schwebt meine Klage wegen unberechtigten Nachdruckes gegen Fischer. Dieser Prozeß wird beweisen, daß Fischer nicht das mindeste Verlags- oder Druckrecht an irgend einem meiner Werke besitzt, also auch gar keine Spur von Recht, gerichtlich oder polizeilich gegen Sie aufzutreten. Mein Contract mit Ihnen lautet auf alle meine schon gedruckt gewesenen Sachen, also auch auf die, welche ich dem Münchmeyerschen Verlage vorübergehend überließ. Sie gehören also Ihnen, falls ich nicht von diesem Contracte zurücktrete. Sie haben in der Brochure also Ihr Eigenthum vertheidigt, und der bekannte Paragraph (wohlberechtigte Interessen) steht Ihnen zur Seite.[20]

[18] In der *Elberfelder Zeitung* war am 14.1.1902 ein „Eingesandt“ (*Karl May und der Chefredakteur der Kölnischen Volkszeitung Herr Dr. Cardauns. Eine zeitgemäße Betrachtung*) des Elberfelder Volksschulrektors Fritz Jorde (1856–1941) erschienen, in welchem der Verlag Bachem, der auch die *Kölnische Volkszeitung* herausgab, wegen des zuerst vom „dankbaren Leser“ behaupteten angeblich unerlaubten Abdrucks der Erzählung *Die Wüstenräuber* (1885) des „litterarischen Freibeutertums“ beschuldigt worden war. Der Verlag hatte daraufhin Ende Januar Beleidigungsklagen gegen Jorde, die *Elberfelder Zeitung* und gegen Fehsenfeld als Herausgeber der Broschüre erhoben.

[19] Nach der Kölner Klage fürchtete Fehsenfeld, auch von Fischer wegen der Broschüre verklagt zu werden. Tatsächlich veröffentlichte Fischer im März 1902 in den *Mittheilungen für Colportage-Geschäfte* eine *Erklärung*, in der es hieß: „*Selbstverständlich ist*, daß ich gegen Herrn Buchhändler Fehsenfeld wegen Beleidigung in dieser Broschüre Strafantrag gestellt habe. *Dies bin ich schon meinem Stande schuldig*, denn neben anderen Beleidigungen werde ich darin der *verachtete Kolportagemann* genannt.“

[20] Der § 193 des *Reichs-Strafgesetzbuches* sah vor, dass „tadelnde Urteile über wissenschaftliche, künstlerische oder gewerbliche Leistungen“ nur bedingt strafbar waren, wenn sie „zur Ausführung oder Verteidigung von Rechten oder zur Wahrnehmung berechtigter Interessen“ gemacht worden waren.

Hieraus folgt die Erklärung, welche Sie abzugeben haben: Alles, was Fischer gegen Sie vorbringen mag, wird durch meinen Prozeß mit ihm erledigt. Vor Beendigung dieses Prozesses, welcher das Unrecht Fischers beweisen wird, ist kein Rechtsboden zu einer Klage Fischers gegen Sie vorhanden. Etwaige Auskünfte hierüber wird Ihnen von meinen in der Brochure genannten Rechtsanwälten (Bernstein u.s.w. Dresden-A. Amalienstraße 5) gern ertheilt werden.

In Beziehung auf Köln wird Ihnen der erwähnte längere Brief zugehen.[21]

Mit Gruß von Haus zu Haus
Ihr
Karl May.

MAY AN FEHSENFELD • 18. Februar 1902
Telegramm

[Radebeul, 18. 2. 1902, 8.45 Uhr]

in angelegenheit koeln bitten sie durch einen schneidigen, confessionell unbefangenen rechtsanwalt[22] noch um einen achttaegigen aufschub, sich zu aeussern, wobei aber meine person aus dem spiele zu bleiben hat.

brief und akten gehen morgen ab. gruss = may

[21] Diesen Brief hat May nicht geschrieben.

[22] Fehsenfeld ließ sich dann durch den Freiburger Rechtsanwalt Dr. Moritz Sinauer vertreten, der sich jedoch als wenig „schneidig" erwies.

MAY AN FEHSENFELD • 19. Februar 1902
Brief, hs.

Radebeul, d. 19./2. 2.

Sehr geehrter Herr Fehsenfeld!

Habe so unendlich nothwendig. Gestern den ganzen Tag Besprechung mit meinem Rechtsanwalt über Prozeß Münchmeyer-Fischer.[23] Weil Sie die Klageschrift so nöthig zu brauchen scheinen, sende ich sie Ihnen einstweilen ohne Begleitschreiben. Morgen früh geht dann Brief ab. Gestern depeschirte ich Ihnen. Haben Sie Aufschub erreicht? Hauptsache ein schneidiger Rechtsanwalt, dem die übermäßige Heiligkeit gewisser Personen nicht zu imponiren vermag.

In Eile Gruß!

Ihr

May.

MAY AN FEHSENFELD • 2. März 1902
Telegramm

[Radebeul, 2. 3. 1902, 17.05 Uhr]

Eilbrief unterwegs besten Gruß von Haus zu Haus

Ihr May

[23] May hatte sich am 18.2.1902 mit Rudolf Bernstein besprochen. Er beabsichtigte, nach Fischer nun auch Pauline Münchmeyer zu verklagen. Tatsächlich reichte er am 12.3.1902 beim Landgericht Dresden durch die Rechtsanwälte Bernstein und Langenhan eine Klage gegen die Verlegerswitwe „wegen Forderung“ ein. Dabei ging es um die Rechnungslegung für die bis zum Verkauf des Verlags gedruckten und verkauften Exemplare der Kolportageromane *Das Waldröschen*, *Deutsche Herzen, deutsche Helden*, *Der verlorne Sohn* und *Der Weg zum Glück* und um eine richterlichem Ermessen unterstellte „Entschädigung in baarem Gelde“ für unbefugte Auflagenüberschreitungen. May besaß jedoch keine Beweise für seine Rechte, weder gegen Frau Münchmeyer noch gegen Fischer. Der Prozess durchlief alle drei Instanzen und wurde erst am 9.1.1907 mit einem Reichsgerichtsurteil beendet.

MAY AN FEHSENFELD • 22. März 1902
Karte, hs.

Radebeul, d. 22./III. 2.

Lieber Herr Fehsenfeld.

Warum so still über den Ausgang der bewussten Angelegenheit am 15ten d. M.?[24] Ich hatte natürlich ganz bestimmt eine, wenn auch nur kurze, Nachricht erwartet. Ihr Schweigen kann ich mir nicht recht erklären.

Die besten Ostergrüße von Haus zu Haus!

Ihr

May.

MAY AN FEHSENFELD • 30. März 1902
Karte, hs.

[Poststempel: Radebeul, 30. 3. 02]

Lieber Freund!

Bin mit den Arbeiten nun so weit, Ihnen melden zu können, daß Manuscript zu „Silberlöwe" Bd. III diese Woche zu Krais gehen wird.

Gruß von Haus zu Haus!

Ihr

May.

[24] Für den 15.3.1902 war ein Termin in der Kölner Klage anberaumt gewesen.

MAY AN FEHSENFELD • 4. April 1902
Brief, hs.

Radebeul, d. 4./IV. 2.

Lieber Freund!

Morgen geht Manuscript von „Silberlöwen“ Bd. III an Krais ab. Es kommt dem Werke sehr zu gute, daß mehr Bände werden, als ich erst dachte.

Werde den Gegnern durch schnelle Reihenfolge ein Paroli biegen [sic]. Das ist ja gar nicht mehr zum Aushalten, wie dieser „Silberlöwe“, „Jenseits“ und „Mara Durimeh“ verlangt werden!

Herzlichen Gruß!
Ihr
May.

Quittung

Von Herrn Verlagsbuchhändler F. E. Fehsenfeld, Freiburg 3000 Mark sage dreitausend Mark erhalten zu haben, bescheinigt dankend

Radebeul,
d. 3./IV. 2.
May.

MAY AN FELIX KRAIS • 4. April 1902
Brief, hs.

Radebeul, 4./IV. 2.

Lieber Herr Krais!

Anbei das erste Kapitel. Schon morgen sende ich noch einmal soviel.[25] Es geht nun so rüstig vorwärts, wie Sie es nur wünschen können. Es liegt ja mir auch selbst daran, diese 3–5 Bände so gut und rasch wie möglich hinauszubringen. Also bitte, lassen Sie recht fleißig setzen![26]

Mit Gruß
Ihr
May.

MAY AN FELIX KRAIS • 24. April 1902
Brief, hs.

Radebeul, 24./IV. 2.

Lieber Herr Krais!

Soeben habe ich im Prozesse gegen Münchmeyer erreicht, daß in einer einstweiligen Verfügung dem Fischer verboten worden ist, die Romane unter meinem Namen oder illustrirt oder bearbeitet zu verbreiten. Er hat also alle bei den Sortimentern stehenden Exemplare einzuziehen.[27]

In die durch diesen Sieg entstehende Lücke seines kolossalen Vertriebes müssen wir sofort eintreten. Bitte, setzen Sie alle

[25] May schickte Krais das Kapitel *In Basra*, eine Überarbeitung des Manuskripts *Der Löwe von Farsistan* von 1898. Am 5.4.1902 folgten die bis zum 26.3. erschienenen ersten 31 Folgen des Koblenzer Vorabdrucks *Am Tode*, die zusammen mit den 24 weiteren, unmittelbar nach dem Abschluss am 30.4. geschickten Folgen schließlich das zweite Kapitel *Ueber die Grenze* und die erste Hälfte des Kapitels *Am Tode* bildeten.

[26] Notiz von Krais: „S. 1–104 erhalten 2 Cap. gedr. Mspt 1.-31 Fortsetzg".

[27] Genaueres über die einstweilige Verfügung, die es Adalbert Fischer untersagte, weitere Werke von May zu drucken, ist unbekannt.

Hebel in Bewegung, die 3 Bände „Löwe“ möglichst schnell zu drucken. Besonders muß Bd. III in allerkürzester Zeit heraus. Ich werde so arbeiten, daß Sie nicht zu warten brauchen.

Besten Gruß!
Ihr
May.

MAY AN FEHSENFELD • 5. Juli 1902
Quittung, hs.

Quittung.

Von Herrn Verlagsbuchhändler F. E. Fehsenfeld durch die Filiale der Rhein. Creditbank heut 2000 Mrk.
sage zweitausend Mark
erhalten zu haben, bescheinigt dankend

Radebeul-Dresden,
d. 5./7. 2.
May.

MAY AN FELIX KRAIS • 12. Juli 1902
Telegramm

[Radebeul, 12. 7. 1902, 11.22 Uhr]

Dienstag geht Schluß für Band 3 hier ab.[28] Bitte um größte Eile. Besten Gruß
May

[28] Wahrscheinlich handelte es sich um das Schlusskapitel *Ahriman Mirza*, das zunächst jedoch *Ein At jaryschy* (Pferderennen) hieß; vorausgegangen waren nicht zu datierende Manuskriptlieferungen zu den Kapiteln *Am Tode* (Schluss) und *Ein Bluträcher*. Der Dienstag war der 15.7.1902. May muss den Schluss (einer bevorstehenden Reise wegen) relativ übereilt geschrieben haben, denn am 8.7. arbeitete er noch am vorletzten Kapitel.

MAY AN FEHSENFELD • 1902
Telegramm

sind die buecher nach augsburg und muenchen abgegangen? +[29]

MAY AN FEHSENFELD • 2. August 1902
Brief (Central-Hotel), hs.

[Berlin, den] 2ten August 1902.

Sehr geehrter Herr Fehsenfeld!

Ihren Brief vom 21ten Juli bekomme ich erst heut, weil ich nicht daheim bin.[30] Die Quittung über das Honorar sende ich, sobald ich von Radebeul aus Nachricht habe. Es freut mich herzlich, daß Sie den Band so beeilen.[31] Es beginnt in ihm, zu wetterleuchten. Wo mag das in den nächsten Bänden sich entwickelnde Gewitter wohl auftreffen? Arme Bauern, die schuld am eigenen Hagelschaden sind!

Jetzt eine Bitte. Ich brauche umgehend:

1.) alle 28 Bände in besserem Bande, der 28te aber auch schon mit, weil ohne ihn mein Zweck nicht erreicht würde.

[29] Notiz: „Ja! Krämer". Das Aufnahmedatum des Telegramms ist nicht eindeutig zu bestimmen; die auf dem Original nachgetragene Datierung (19.7.1902) ist falsch, da May sich an diesem Tag bereits in Berlin aufhielt.

[30] Am 18.7.1902 hatte May mit Emma und Klara Plöhn eine Erholungsreise begonnen, die sie über Berlin, Hamburg, Leipzig und München nach Bozen und zur Mendel führte. Bereits in Berlin kam es zu Eifersuchtsszenen und Streitereien zwischen den Eheleuten, die sich im weiteren Reiseverlauf steigerten und schließlich am 29.8. auf der Mendel im Hotel Penegal zum offenen Bruch führten. Am 10.9.1902 reichte May in Dresden die Scheidungsklage ein; am 14.1.1903 wurde die Ehe geschieden. Am 30.3.1903 heiratete May die Witwe Klara Plöhn.

[31] *Im Reiche des silbernen Löwen III* erschien bereits wenige Tage später als Bd. XXVIII der „Gesammelten Reiseerzählungen".

2.) Sechs gebundene „Himmelsgedanken“ und 3.) Sechs Bände 28, gewöhnlicher Einband. Bitte, haben Sie die Güte, mir dies nach Hamburg, Hôtel St. Petersburg, am Jungfernstieg, zu senden![32] Ist von Bd. 28 noch kein besser gebundenes Exemplar vorhanden, so kann der Buchbinder ja schnell eines einhängen. Ich brauche diese Bücher sehr eilig und sehr nöthig!

Zum Schlusse eine Frage. Ueber Ihren Vergleich mit Bachem habe ich bis heut noch nichts gelesen.[33] Zeitungen existiren für mich nicht mehr. Aber ich bin doch natürlich überzeugt[34], daß Bachem Ihnen, dem Verleger meiner Gesammelten Werke, zu denen auch die „Wüstenräuber“ gehören, seinen Contract mit Karl May[35] resp. sein schriftliches Uebereinkommen[36] hat vorlegen müssen. Bitte, haben Sie die Güte, mir nach obenstehender Adresse mitzutheilen,

[32] Vom 8.8. bis Mitte August 1902 hielt May sich mit den beiden Frauen in Hamburg auf.

[33] Während der Verlag Bachem die Klagen gegen Fritz Jorde und die *Elberfelder Zeitung* Anfang März 1902 zurückgezogen hatte, nachdem Jorde am 27.2. erklärt hatte, „das Opfer einer Täuschung geworden zu sein“, war es im Verfahren gegen Fehsenfeld wegen unrichtiger Darstellungen zum Abdruck der *Wüstenräuber*-Erzählung in der Schrift *„Karl May als Erzieher“* am 24.6. in Freiburg zu einer öffentlichen Sitzung des Schöffengerichts unter dem Vorsitz von Oberamtsrichter Hermann Merkel gekommen. Der Verlag Bachem wurde vertreten durch den Kölner Rechtsanwalt Carl Sieger und dessen Freiburger Kollegen Constantin Fehrenbach, Fehsenfeld durch Moritz Sinauer. Auf Anraten Sinauers und ohne Mays Wissen willigte Fehsenfeld in einen Vergleich ein, bei dem er die (tatsächliche) Unrichtigkeit anerkannte und die Beleidigungen bedauernd zurücknahm, der Veröffentlichung des Protokolls zustimmte und die Verfahrenskosten übernahm, woraufhin der Verlag die Privatklage zurückzog.

[34] Die letzten beiden Wörter sind unterstrichen, vermutlich von Fehsenfeld.

[35] Unterstreichung der letzten drei Wörter und Randnotiz: „Inserat anfragen!“

[36] Unterstreichung der letzten drei Wörter

Emma May und Klara Plöhn

ob dies geschehen ist und wie das Uebereinkommen[37] resp. der Contract gelautet hat. Ich muß das wissen, weil er zwar glaubt, nun mit Ihnen fertig zu sein, es aber doch Jemand giebt, der noch nicht mit ihm fertig ist.

Mit herzlichen Grüßen von Haus zu Haus
Ihr
alter
May.[38]

MAY AN FEHSENFELD • 6. September 1902
Brief, hs.

Radebeul, den 6./9. 2.

Sehr geehrter Herr Fehsenfeld.

Von einer Reise für nur ganz kurze Zeit nach hier zurückgekehrt, theile ich Ihnen mit, daß ich wegen langjähriger, fortgesetzter Unterschlagung ganz bedeutender Summen und damit zusammenhängenden Gründen gegen meine Frau die Scheidungsklage erhoben habe.[39]

Nie werde ich eine Zahlung anerkennen, welche ohne meine besondere Genehmigung direct an sie gemacht wird oder gemacht worden sein sollte. Darum richte ich an Sie

[37] Unterstreichung der letzten beiden Wörter

[38] Notiz von Fehsenfeld, wohl für Sebastian Krämer: „Die Antwort hat nicht so furchtbare Eile! Fragen Sie bei Bachem an, wie der Vertrag lautet mit May, dafür wollen wir event. das Inserat loslassen."

[39] Am 29.8.1902 hatte May seine Frau Emma auf der Mendel allein zurückgelassen und war zunächst mit Klara nach Radebeul zurückgekehrt, wo er am 3.9. ein neues Testament aufsetzte, in dem er statt Emma nun Klara als Universalerbin einsetzte, und mit Rechtsanwalt Andreas Merkel die Scheidungsklage besprach, die dieser dann am 10.9. einreichte. Bereits am 9.9. reiste May mit Klara nach München, von dort aus Mitte September nach Bad Tölz und für eine Woche an den Achensee, Ende September schließlich über Innsbruck, Reith bei Seefeld, Mittenwald und Kochel wieder zurück nach Radebeul, wo er vermutlich am 4.10. für einen erneut nur kurzen Aufenthalt eintraf.

die Bitte, ihr, falls sie sich um Geld an Sie wenden sollte, ja nichts zu senden.

Sollte es sich aber zu irgend einer Zeit schon ereignet haben, daß sie hinter meinem Rücken Geld von Ihnen bezogen oder sonstige Verfügungen getroffen hat, so bitte ich dringend, mir dies umgehend und aufrichtig mitzutheilen, da ich glaube, in diesem Falle zu einer nachträglichen Genehmigung bereit zu sein. Das hat Eile, denn ich reise nach den gerichtsamtlichen Einleitungen sofort wieder ab.

Mit bestem Gruße
Ihr
May.

Habe Professor Freytags Karte gelesen.[40] Auch er kennt mich noch nicht. Ich achte ihn sehr hoch!
May.

MAY AN FELIX KRAIS • 15. November 1902
Brief, hs.

Trento, d. 15./11. 2.

Sehr geehrter Herr Krais!

Bin auf Auslandsreisen.[41] Studienzwecke für spätere Arbeiten. Ihr Brief hat mich eingeholt. Beginne jetzt den Schluß des „Löwen". Trete in größter Frische und voller Lust an ihn heran. Verfolge mit ihm nebenbei auch noch einen Zweck, der Sie im höchsten Grade interessiren wird.

Wahrscheinlich fördert diese Arbeit schnell. Kann aber leider nicht eher an sie gehen, als bis in den Bänden 1–3 einige

[40] Diese Karte Ludwig Freytags ist nicht überliefert.

[41] Am 8.10.1902 war May mit Klara Plöhn zu einer Reise über Linz, Salzburg, Innsbruck und Bozen nach Riva am Gardasee aufgebrochen. Vom 13.10. bis 15.12.1902 hielt er sich (bis Anfang Dezember mit Klara, die er als seine Frau ausgab) in Riva auf, wo er zunächst im Grand Hotel Sole, später im Hotel du Lac et du Parc wohnte. Im November begann er dort den vierten Band des *Silbernen Löwen*. Ausflüge führten ihn u. a. nach Trient (Trento) und Mori.

Aenderungen vorgenommen sind. Für Sie unbedeutend, für mich aber von größter Wichtigkeit. Habe auf dem persönlichen Wege zum Schlusse hinter mir eine überwundene Gegend wegzuschaffen. Werde das aber so thun, daß möglichst wenig Stereotypplatten erneut resp. geflickt werden müssen.

Bitte dringend, sich sogleich über diese Aenderungen zu machen und die Correcturabzüge der betreffenden Seiten möglichst bald an meine Radebeuler Adresse zu senden! Da man dort weiß, wo ich mich von Ort zu Ort befinde, so ist dies der schnellste Weg zu mir.

Der Inhalt des neuen Bandes ist derart von diesen Abänderungen abhängig, daß ich ihn nicht eher beginnen kann, als bis mir die Correcturen derselben vorliegen, die ich als Ausgangspunkt für nothwendige Evolutionen vorzunehmen habe. Daher noch einmal: Je baldiger Sie den Schluß des „Löwen“ wünschen, umso dringender ist mir die Zusendung der Correctur dieser Aenderungen, deren Manuscript ich Ihnen hiermit sende.[42]

Ihnen für das in Aussicht gestellte Werk schon jetzt Dank sagend, bin ich wie immer

Ihr
hochachtungsvoll ergebener
May.

MAY AN FELIX KRAIS • 26. November 1902
Brief, hs.

Mori, d. 26./11. 2.

Sehr geehrter Herr Krais.

Es kommt mir der Gedanke nahe, daß vielleicht, falls Manuscript vorhanden wäre, der Gedanke entstehen könnte, noch vor Weihnacht wenigstens No. 1 der Heftausgabe von Band

[42] Die gewünschten Änderungen betrafen u. a. die Ersetzung des Namens „Emmeh“ durch „Dschanneh“, die jedoch erst im Sommer 1905 erfolgen konnte.

IV „Löwe" erscheinen zu lassen. Ich sende Ihnen also die 3 ersten Bogen.[43] Ferneres folgt schnell nach.

Ich habe während dieser Studienreise, die sich sehr lange Zeit hinziehen kann, da eine Tour rund um die Erde geplant ist, keinen bleibenden, bequemen Ort zum Arbeiten.[44] Das ist natürlich dem Manuscripte anzusehen. Sie werden das aber wohl entschuldigen.

Die Correctur wollen Sie an meine Radebeuler Adresse senden.

Nun noch eine Sache von Wichtigkeit. Es ist mir wegen der geplanten Welttour nothwendig, möglichst umgehend zu erfahren, welche Bände von jetzt innerhalb ca. eines Jahres neu gedruckt werden müssen. Ich möchte mir diese Mittheilung vom Verleger erbitten.[45] Auch sie ist an meine Radebeuler Adresse zu richten.

Ich habe vor dieser Reise, auf welcher ja Unvorhergesehenes geschehen kann, alle meine Angelegenheiten derart zu ordnen, daß Alles stimmt. Dies ist der Hauptgrund meines Wunsches bezüglich dieser Bände.

Indem ich hoffe, diesen Wunsch recht bald in Erfüllung gehen zu sehen, da ich nirgends lange weilen kann, bin ich

in alter Hochachtung
Ihr
ergebener
May.

[43] Es handelte sich um die ersten Bogen zum ersten Kapitel *Im Grabe*, mit dem „Nachtgespräch" zwischen Kara Ben Nemsi und dem Ustad.

[44] Als Beleg dafür, dass May tatsächlich einen längeren Auslandsaufenthalt plante, kann ein Brief an Robert Werner (1862–1932) vom 8.10.1902 gelten, in dem er dem Radebeuler Gemeindevorstand mitteilte, das Verhalten seiner Frau habe es ihm „unmöglich gemacht, länger in Radebeul zu wohnen, wenigstens für die nächsten Jahre", weshalb er sich gezwungen sehe, sich „für das Ausland abzumelden". Das *Radebeuler Adreßbuch* von 1903 vermerkte daraufhin zum Eigentümer des Anwesens Kirchstraße 5: „May, Carl F., Schriftsteller (Ausland)".

[45] Satzteile unterstrichen, vermutlich von Krais, der den Brief an Fehsenfeld weiterleitete.

MAY AN FELIX KRAIS • 6. Dezember 1902
Brief, hs.

Trento, den 6./12. 2.

Sehr geehrter Herr Krais!

Hier neues Manuscript. Könnten doch vor Weihnacht mehrere Hefte heraus, anstatt nur eines! Sie sehen: Sobald Sie das Buch wünschten, habe ich sofort begonnen. Wortlosigkeit kann nie Erfolge haben!

Bitte, über den neuen Band IV nachzudenken, aber tief! Er enthält meine Abrechnung mit jenen Würmern, von denen Halef träumte.[46] Zugleich so viel Autopsychologisches, wie ich für nöthig halte.[47] Ich mache reine Arbeit. Man wird einzusehen haben, daß ich nicht aus Angst geschwiegen habe, sondern aus grad entgegengesetzten Gründen.

Band IV bringt allerdings den Schluß. Dann kommt B. II. „Jenseits" und hierauf „Marah Durimeh".

Dann habe ich über 30 Bände „Skizzen", flüchtige Federzeichnungen, Studien, Vorarbeiten, wie der Maler sie fertigt, um sich auf sein Hauptwerk vorzubereiten.

Daß man so dumm war, diese „Skizzen und Uebungen" für vollfertige Werke zu halten und mich als einen Schriftsteller für die unreife Jugend zu bezeichnen, das hat mir heimlich oftmals Spaß gemacht.

Es waren flüchtige Ustadwerke.[48] Was später kommt, und wer es schreibt, das wird Ihnen Band IV verrathen.

Ja, Ihr Werk konnte mir leider nicht nachgeschickt werden. Ich sage Ihnen nochmals Dank dafür![49]

[46] Vgl. Halefs „Madentraum" im dritten Band des *Silberlöwen*.

[47] Die beiden letzten Bände des *Silberlöwen* lassen sich als verschlüsselte Autobiographie und als eine Auseinandersetzung mit Gegnern wie Fedor Mamroth und Hermann Cardauns lesen.

[48] Der Ustad erscheint im *Silberlöwen* als Alter Ego des Autors und repräsentiert ein früheres, „überwundenes" Stadium seiner Ich-Entwicklung.

[49] Möglicherweise hatte Krais bereits Einbanddecken für den vierten *Silberlöwen*-Band geschickt.

Bitte recht schnell setzen und drucken zu lassen und die Correcturen an meine Radebeuler Adresse zu senden.

Haben Sie gelesen, daß ich aus Scham nach Amerika ausgewandert bin?[50] Nur lügen, lügen, lügen! Und zwar so frech wie möglich! Napoleon sagte stets nur: „Au Vicêtre!“[51] Das war das Richtige!

Mit bestem Gruße
Ihr
May.

MAY AN FEHSENFELD • 24. Dezember 1902
Brief, hs.

Radebeul-Dresden, d. 24./12. 2.

Lieber Herr Fehsenfeld!

Zur Ordnung gewisser Verhältnisse für kurze Zeit nach hier gekommen, sende ich Ihnen und Ihrer lieben Familie die fröhlichsten meiner Weihnachts- und Neujahrsgrüße.[52]

[50] Am 25.10.1902 hatte die *Kötzschenbrodaer Zeitung* gemeldet: „Der bekannte Reiseschriftsteller Carl May, der mehrere Jahre in Niederlößnitz wohnte und dessen Schriften über die ganze Erde verbreitet sind und dem Autor ein Vermögen eingebracht haben, hat seine Besitzung in Serkowitz verkauft. Wie verlautet, beabsichtigt Carl May, trotz seiner 60 Jahre, nach Amerika überzusiedeln.“ Ähnliche Meldungen erschienen auch in anderen Zeitungen, u. a. der *Frankfurter Zeitung*: „Herrn Karl May scheint der Boden Deutschlands zu heiß zu werden. Wie uns aus Dresden berichtet wird, hat der berühmte Aufschneider seine Besitzung in Radebeul verkauft, da er angeblich nach Amerika übersiedeln will.“

[51] „Vicêtre“ meint das spätere Staatsgefängnis Bicêtre bei Paris, das zur Zeit Napoleons als Irrenhaus diente. In dem Aufsatz *Die Helden des Dampfes. Robert Fulton* (*Schacht und Hütte*, Oktober 1875), lässt May Napoleon den Spruch gegenüber Robert Fulton äußern, der ihm das „Projekt, Schiffe mit Hilfe des Dampfes zu bewegen“, vorgeschlagen hat, und übersetzt ihn mit „Geh' in's Irrenhaus!“ bzw. „Ins Irrenhaus mit ihm!“ Ebenfalls in der falschen Schreibweise „Vicêtre“ wird das Gefängnis in der Kriminalnovelle *Wanda* (*Der Beobachter an der Elbe,* Mai-Juli 1875) erwähnt.

[52] Mit der „Ordnung gewisser Verhältnisse“ ist die Ehescheidung gemeint. An eine erneute Reise dachte May zu diesem Zeitpunkt nicht.

Bemerken Sie, daß mit Band IV eine neue Aera angebrochen ist? Der bisher so schweigsame „Silberlöwe“ tritt endlich, endlich aus seiner Felsenverborgenheit hervor. Das drohende „Rrrrad!“ erklingt.[53] Auf wen hat er es wohl abgesehen? Seine Zeit ist gekommen. Wird er wohl hinabspringen in jenes „Paradies“, vor dessen Thür der „Baum des Geschwätzes“ steht? Die armen Esel und Kameele! Was wird er mit den „lammesblickenden“ Füchsen und schleichenden Hyänen machen? Mit den „Seligen“, die Einlaßkarten hatten? Mit den „Fischern“, die im Trockenen angeln, obgleich sie an der Elbe und am Rheine wohnen? Diese Thoren glauben, gewonnen zu haben! Es hing nur ein Fröschlein niedrigster Instanz am Haken! Da posaunen sie von gewonnenen Beleidigungsprozessen! Nur warten! Im „hohen Hause“ ist ganz Anderes beschlossen! Da stehen Todte auf, die nie gestorben sind! Es werden von dort aus die Geister niedersteigen, die man so thöricht war, aus ihrer Ruhe aufzustören. Das giebt dann andere Beleidigungsprozesse, geführt vor jener höheren Instanz, die jeden ärmlichen „Vergleich“ vernichtet und nichts verschenkt, auch keine „fünfzig Mark“!

Bitte, lesen Sie Band IV aufmerksam. Und wenn Sie ihn gefunden haben, so sagen Sie mir, wie mein Verleger Fehsenfeld in diesem „Fausthieb“ heißt![54]

Vielleicht wird meine Leserwelt, die „Dschamikun“, nun endlich klug! „Jugendschriftsteller“! Lächerlich! „Bärentödter“, „Henrystutzen“? Tausende kamen, um sie bei mir zu sehen. Keiner dachte an eine höhere Bedeutung! Wehe, wenn der Ustad sie mir wiedergeben muß! Man hat Kara Ben Nemsi nicht gekannt. Man glaubte, kurzen Prozeß mit ihm machen zu können. Man überlieferte ihn dem „Löwen der

[53] Im Folgenden führt May Motive aus dem *Silbernen Löwen* an, ohne ihre biographische Bedeutung aufzudecken. So ist mit dem „Baum des Geschwätzes“ die Presse gemeint oder mit dem „Fröschlein niedrigster Instanz“ die Niederlage gegen Bachem.

[54] Eine Spiegelung Fehsenfelds im *Silberlöwen* ist der Pedehr der Dschamikun; auch die Freiburger Niederlage findet sich dort im „Da' wa'l Ihana“ in verfremdeter Gestaltung wieder.

Blutrache". Er stieg getrost den Todesweg hinauf. Doch was geschah da oben und dann unten? Weissagung!

Merken nun auch endlich Sie, wie Karl May gelesen werden muß? Schreibt er nur für dumme Jungens? Bitte, lesen Sie ihn ja noch einmal! Von vorn, von ganz vorn! Aber geistig! Sie werden dann finden, daß Sie etwas ganz Anderes drucken ließen, als Sie glaubten! Unsere Bücher sind für Jahrhunderte bestimmt. Man wird das endlich zuzugeben haben. „Am Jenseits", zweiter Band, „Et in terra pax" und „Marah Durimeh" müssen selbst der Blindheit beide Augen öffnen.

Also: Meine Zeit ist endlich da!

Bitte, senden Sie diesen Brief Herrn Krais! Ich möchte haben, daß er dies erfährt, und habe keine Zeit, mich zu wiederholen.

Ich mache mich jetzt an den Baum El Dscharanil. Die Wurzel desselben stand in meinem eigenen Hause. Sie haben sie bedauert, doch mußte sie heraus.[55] Grad Sie hätten sich am Meisten darüber freuen sollen!!!

Ihr
Dr. phil. hon. causa[56]
May.

[55] Gemeint ist Mays Frau Emma, die auf seinen Befehl hin nach der Trennung in Südtirol bleiben musste und erst Anfang März 1903 aus Bozen zurückkehrte. Sie zog im Mai oder Juni nach Weimar.

[56] Auf Betreiben von Klara Plöhn erhielt May im Januar 1903 von der obskuren Deutsch-Amerikanischen Universität zu Chicago, Illinois ein auf den 9.12.1902 datiertes (wertloses) Ehrendoktordiplom der Philosophie für seinen *Silberlöwen*-Roman.

MAY AN FELIX KRAIS • 24. Dezember 1902
Brief, hs.

Radebeul, d. 24./12. 2.

Sehr geehrter Herr Krais!

Für kurze Zeit nach hier zurückgekehrt, sende ich Ihnen und Ihren Lieben die besten Weihnachts- und Neujahrsgrüße.

Ich hätte so gern je 6 Stück von Heft 1 u. 2 des IV Bandes „Silberlöwe". Ist es Ihnen vielleicht möglich, mir diesen Gefallen zu erweisen?

Die Hierherreise unterbrach die Arbeit. Doch hole ich es schnellstens wieder ein.[57]

In alter Hochachtung
Ihr
ergebener
Dr. K May.

[57] Tatsächlich unterbrach May in der ersten Januarhälfte 1903, wohl im Zusammenhang mit der Scheidung von Emma und der bevorstehenden Heirat mit Klara, die Arbeit am vierten *Silberlöwen*-Band nach dem ersten Kapitel *Im Grabe* und setzte sie erst im Mai fort.

1903

Oktober
Karl May's gesammelte Reiseerzählungen. Band XXIX: *Im Reiche des silbernen Löwen. 4. Band. Reiseerlebnisse.* Erstausgabe. 1.-5. Tausend.

* * *

Karl May's gesammelte Reiseerzählungen. Band I: *Durch die Wüste. Reiseerlebnisse.* Elfte Auflage. 51.-55. Tausend.

Karl May's gesammelte Reiseerzählungen. Band IV: *In den Schluchten des Balkan. Reiseerlebnisse.* Siebte Auflage. 36.-40. Tausend.

Karl May's gesammelte Reiseerzählungen. Band VI: *Der Schut. Reiseerlebnisse.* Siebte Auflage. 36.-40. Tausend.

Karl May's gesammelte Reiseerzählungen. Band VIII: *Winnetou, der Rote Gentleman. 2. Band.* Achte Auflage. 41.-45. Tausend.

Karl May's gesammelte Reiseerzählungen. Band XXIV: *„Weihnacht!" Reiseerzählung.* Vierte Auflage. 26.-30. Tausend.

Karl May's gesammelte Reiseerzählungen. Band XXIX: *Im Reiche des silbernen Löwen. 4. Band. Reiseerlebnisse.* Zweite Auflage. 6.-10. Tausend.

Karl May's gesammelte Reiseerzählungen. Band XXIX: *Im Reiche des silbernen Löwen. 4. Band. Reiseerlebnisse.* Dritte Auflage. 11.-15. Tausend.

Karl May: *Ernste Klänge. Heft I. Ave Maria. Vergiß mich nicht.* Gedichtet und componiert von Karl May. Zweite Auflage (1000 Exemplare).

S. Gumpel: *Die Spekulation in Goldminenwerten. Praktische Ratschläge und Belehrungen.*

Erwin Rothenhäusler: *Zur Baugeschichte des Klosters Rheinau.*

Alemannia. Zeitschrift für alemannische und fränkische Geschichte, Volkskunde, Kunst und Sprache. Zugleich Zeitschrift der Gesellschaft für Geschichtskunde in Freiburg im Breisgau. Hrsg. von Fridrich Pfaff. Neue Folge. 4. Band (der gesamten Reihe 31. Band).

Dorf und Hof. Hrsg. vom Verein für Volkskunde, Ländliche Wohlfahrtspflege und Heimatschutz Badische Heimat. 1. Jg. (1903).

FRIEDRICH ERNST FEHSENFELD • Januar 1903
Erklärung, Druck

Erklärung!

In einer beim Unterzeichneten verlegten Broschüre „KARL MAY als Erzieher“ und „Die Wahrheit über Karl May“ sind über den Inhaber der Firma H. G. Münchmeyer, Herrn Adalbert Fischer in Dresden (Niedersedlitz) Behauptungen aufgestellt, die ihn in Bezug auf seine Person und seinen allgemeinen Geschäftsbetrieb beleidigen. Diese Behauptungen nimmt der Unterzeichnete mit dem Ausdrucke des Bedauerns zurück.[1]

Freiburg i. Br., im Januar 1903.

Friedrich Ernst Fehsenfeld.

[1] Weshalb Fehsenfeld sich zu dieser Erklärung genötigt sah, die u. a. am 12.2.1903 im *Börsenblatt* erschien, ist unbekannt. Vermutlich hatte Adalbert Fischer ihm erneut eine Beleidigungsklage (u. a. wegen der Bezeichnung als „verachteter Kolportagemann“) angedroht. May selbst schloss wenig später mit Fischer einen für ihn ungünstigen Vergleich ab, der am 11.2. schriftlich niedergelegt wurde und am 17.2. u. a. im *Dresdner Anzeiger* und *Berliner Tageblatt* und am 19.2. im *Börsenblatt* erschien. Fischer, dem es darum ging, die einstweilige Verfügung zu beenden, die es ihm seit April 1902 verbot, weitere May-Werke zu drucken, hatte zuvor gedroht, bei einer Prozessniederlage Mays Vorstrafen in die Zeitungen zu bringen. In dem Vergleich, durch den Fischer das nahezu uneingeschränkte Verfügungsrecht über die fünf Kolportageromane erhielt, bestätigte May, „daß Herr Verlagsbuchhändler Adalbert Fischer bei Ankauf der Fa. H. G. Münchmeyer sich nach seinem Kaufvertrage in dem Glauben befunden hat, alle Rechte an meinen bei dieser Firma erschienenen Werken mit erworben zu haben“. Fischer erklärte lediglich, dass, „dafern in den bei H. G. Münchmeyer erschienenen Schriften des Herrn Karl May etwas Unsittliches enthalten sein sollte, dies meiner Überzeugung nach nicht aus der Feder des Verfassers stammt, sondern von dritter Seite früher hinein getragen worden ist“. Außerdem vereinbarte May mit Fischer u. a. die Herausgabe seiner *Erzgebirgischen Dorfgeschichten* in einer neu zu gründenden „Litterarischen Verlagsanstalt“ (später „Belletristischer Verlag“). Fehsenfeld dürfte davon erst sehr verspätet erfahren haben.

MAY AN FEHSENFELD • 25. März 1903
Brief, hs.

Radebeul, d. 25./3. 3.

Sehr geehrter Herr Fehsenfeld!

In meinem letzten Briefe theilte ich Ihnen mit, daß ich eine neue, längere Reise beabsichtige.[2] Ich bat Sie um Auskunft, welche Bände Sie neu aufzulegen gedenken. In Ihrer Antwort sind die „Himmelsgedanken“ nicht mit erwähnt. Ich bitte Sie, mir, wenn auch nur per Karte, mitzutheilen, ob resp. wann die gedruckten fünftausend zu Ende gehen werden, so daß eine neue Auflage nöthig ist. Sie wissen ja, ich liebe dieses Schmerzenskind ganz besonders.

Mit bestem Gruß
Ihr
alter
May.

FEHSENFELD AN MAY • 26. März 1903
Brief, ms. Kopie

[Freiburg i. Br., den] 26. März [190]3
[Sternwaldstrasse 27]

Sehr geehrter Herr Doktor!

In höflicher Erwiderung auf Ihr Geehrtes vom 25. ds. Mts. teile ich Ihnen mit, dass von den Himmelsgedanken noch ca. 2400 Exemplare am 1. Januar unter Berücksichtigung der Disponenden vorrätig waren; es sind im Jahre 1902 ungefähr 800 Exemplare verkauft worden. Es dürfte also nach dem seitherigen Absatz schliessend noch Vorrat für mindestens zwei Jahre vorhanden sein.

[2] Der erwähnte Brief ist nicht überliefert.

Ihre freundlichen Grüße bestens erwidernd, verbleibe ich, mit Sehnsucht auf die Fortsetzung des Silbernen Löwen harrend,

Ihr stets ergebener

Fr. Ernst Fehsenfeld.

MAY AN FEHSENFELD • 29. März 1903

Brief, hs.

Radebeul, d. 29./3. 3.

Sehr geehrter Herr Fehsenfeld!

Auf Ihr Gütiges in Beziehung der „Himmelsgedanken“ theile ich Ihnen mit, daß ich Sie von diesem Schmerzenskinde erlösen will. Dieses arme Wesen leidet offenbar an der englischen Krankheit, auf anderem Gebiete „Rachitis“ genannt. Es hat sich mir ein Haus empfohlen[3], in welchem solche Patienten, die eigentlich ganz gesund geboren worden sind, mit Liebe sehr schnell aufgepflegt werden. Ich schicke es da hinein, und zwar sofort. Sie werden diesen Entschluß des geistigen Vaters sehr begreiflich finden und sich darüber freuen, den Kranken los zu sein![4]

Mit freundlichem Gruß

Ihr

May.

[3] Gemeint ist vermutlich der Verlag von Adalbert Fischer.

[4] Bezeichnend für das inzwischen distanzierte Verhältnis zwischen May und Fehsenfeld ist der Umstand, dass May mit keinem Wort erwähnt, dass er einen Tag vor der Heirat mit Klara Plöhn stand.

FEHSENFELD AN MAY • 1. April 1903
Brief, ms. Kopie

[Freiburg i. Br., den] 1. April [190]3
[Sternwaldstrasse 27]

Sehr geehrter Herr Doktor!

Aus Ihrem eingeschriebenen Brief vom 29. März entnehme ich, dass Sie den verhältnismässig geringen Absatz, den die Himmelsgedanken gefunden haben, der mangelhaften Tätigkeit der Verlagsbuchhandlung für dieses Werk zuschreiben.

Ohne in den Fehler verfallen zu wollen, mich selbst als einen hervorragenden Verleger anzupreisen, so kann ich doch nicht umhin, der Wahrheit gemäss (wie ich es schon wiederholt getan habe) zu versichern, dass für das Buch alles geschehen ist, was ein rühriger Verlag für ein Buch tuen kann. Abgesehen von den vielen Tausend Prospekten, durch die das Buch vor und nach seinem Erscheinen angekündigt wurde, ist es auf 250,000 Buchzeichen, die jedem Bande beiliegen und auch sonst verteilt werden, aufgeführt. Es ist in 20,000 Verlagskatalogen, die an das Publikum verteilt worden sind, an hervorragender Stelle mit der Freytag'schen Besprechung angezeigt[5], in vielen Hunderttausenden von Prospekten, die zu Weihnachten und das Jahr über zur Verteilung kommen, ist es in derselben Weise empfohlen; ausserdem ist es ja auch in der in einer Auflage von 100,000 gedruckten Broschüre „Karl May als Erzieher" angezeigt und so ebenfalls allen Interessenten bekannt geworden.

Dass das Buch trotzdem nicht so geht, wie Sie es erwartet haben, muss also einen anderen Grund haben, einerseits wohl darin, dass Gedichte im Allgemeinen nicht gangbar

[5] Gemeint ist der *Verlagskatalog von Friedrich Ernst Fehsenfeld in Freiburg i. Br. 1879–1901*. Bereits auf der vierten Seite des 32-seitigen Katalogs (nach den Reiseerzählungen auf der zweiten und dritten Seite) sind Mays *Himmelsgedanken* fast ganzseitig mit Ludwig Freytags Rezension aus dem *Pädagogischen Archiv* (Juli/August 1901) angezeigt.

sind, zweitens dass Gedichte mit frommem, ernsten Inhalt noch weniger gehen und drittens endlich, dass dasselbe zu einer Zeit erschien, als der Verfasser desselben von allen Seiten auf das heftigste angegriffen wurde.

Ausserdem: habent sua fata libelli.[6] Ich habe in meinem Verlage ein anderes Buch, von dem ich mir sehr viel versprochen habe und für das ich gerade wie für die Himmelsgedanken in der wärmsten Weise eingetreten bin. Die Kritiken der ersten Zeitungen und Zeitschriften waren so günstig, es war kein einziges Wort des Tadels erhoben worden, im Gegenteil eine Fülle des Lobes darüber ergossen. Das Buch (Sie kennen es ja, ich habe es Ihnen seiner Zeit vor Erscheinen der Himmelsgedanken wegen der Decke gesandt) „Neapolitanisches Volksleben" ist vornehm ausgestattet, kurz es musste einen Erfolg geben.[7] Und was war das Resultat? Es sind trotz dreijähriger energischer Verwendung c. 300 Exemplare abgesetzt. Deshalb werfe ich aber die Flinte noch nicht ins Korn, denn ich bin fest überzeugt, dass es gehen wird.

Auch für die Himmelsgedanken werde ich mich nach wie vor energisch verwenden, denn es ist schon oft vorgekommen, dass die erste Auflage eines Buches 3, 4, 5, und 6 Jahre fast keinen Absatz fand und ganz plötzlich einen ganz ungeahnten Erfolg hatte. Sie werden begreifen, dass ich mit der Abgabe an einen anderen Verlag durchaus nicht einverstanden sein kann.

Ihren freundlichen Gruss bestens erwidernd, bin ich
Ihr stets ergebener
Fr. Ernst Fehsenfeld.

[6] Lat.: Bücher haben ihr Schicksal.

[7] Das Buch *Neapolitanisches Volksleben in vier Erzählungen* von Charles Grant war 1900 bei Fehsenfeld erschienen. Im *Verlagskatalog 1879–1901* wurde es nicht nur als Spitzentitel auf der ersten Seite angezeigt, als Textprobe enthielt der Prospekt auch „unter dem Strich" Grants Erzählung *Peppiniello*.

MAY AN FELIX KRAIS • 17. Juli 1903
Brief, hs.

Radebeul-Dresden, d. 17./7. 3.

Sehr geehrter Herr Krais!
Hier neues Manuscript für „Silberlöwe".
Bitte, die paar Seiten, die Ihnen blieben, wegzuwerfen und pag. 177 hier mit der ersten Seite fortzufahren: „ich meine Feinde aufzufordern, sich um ihre eigenen etc. etc."[8]
Weil dieser Band von allergrößter Wichtigkeit ist (er enthält die Hiebe für gewisse Leute!) und ich kein Concept zum Zurücksehen habe, bitte ich um immer möglichst schleunige Zustellung der Correcturen, da es sonst möglich wäre, daß ich längere Zeit nicht vorwärts könnte, ich dieses Buch aber nun in einem schnellen Ritte beenden will.[9]
In alter Hochachtung
Ihr
May.

MAY AN FEHSENFELD • 18. Juli 1903
Brief, hs.

Radebeul, d. 18./7. 3.

Sehr geehrter Herr Fehsenfeld.
Dank für die 4000 Mark. Quittung liegt bei.
Mit gleicher Post gehen 272 Manuscript (13 Druckbogen) „Silberlöwe" nach Stuttgart ab. Er konnte nicht eher kommen, weil sein Inhalt mit den Ereignissen läuft. Jetzt habe ich bei der Oberstaatsanwaltschaft gegen Pustet Strafantrag

[8] Zu diesem Manuskriptteil gehörte „Der Große Traum", aus dem zweiten Kapitel *Unter den Ruinen*.

[9] Notiz von Krais: „20/7 1–272 an".

wegen Meineides gestellt.[10] Der Löwe regt also die Tatzen, und nun bitte ich, Band 4 schleunigst setzen zu lassen. An Manuscript wird es nun nicht mehr fehlen.

Mit besten Grüßen von Haus zu Haus
Ihr
May.

MAY AN FELIX KRAIS • 29. Juli 1903
Brief, hs.

Radebeul, d. 29./7. 3.

Sehr geehrter Herr Krais.

Hier sende ich Ihnen das vorletzte Kapitel.[11] Sie sehen, ich eile.

Ich beabsichtige einen Weihnachtsband über Winnetou, der unbedingt einschlagen wird. Je schneller der „Löwe" herauskommt, desto sicherer wird dieser Weihnachtsband erscheinen. Sie hängen geistig so eng zusammen, daß der eine durch den andern vorbereitet wird. Darum erhoffe ich umgehend Korrectur.

Mit bestem Gruß.
Hochachtungsvoll
Ihr
May.

[10] Näheres ist nicht bekannt.

[11] Es handelte sich um das Kapitel *Vor dem Rennen.* Notiz von Krais: „Drittes Kapitel S. 273–420".

MAY AN FELIX KRAIS • 30. Juli 1903
Brief, hs.

Radebeul-Dresden, d. 30./7. 3.

Sehr geehrter Herr Krais!

Anbei die 2 Bogen Correcturen. Ich sehe, daß die Setzer mein Manuscript verbessern.

Ich habe nämlich Ursache, zuweilen zu skandiren. Dieses Sprechen in Versfüßen hat tiefe Gründe, Zwecke, von denen die Setzer nichts wissen. Sie denken darum wohl, daß ich nachlässig schreibe, und verbessern mich, natürlich in guter Absicht, verderben mir damit aber Alles. Ich schreibe z. B. pag. 181:

Giebt es nicht auch andre Morgen etc. und
andre Nebel, die grad jetzt sich ballen etc.
oder:
Glaubst Du, daß es vermessne Menschen gebe etc.
und füge zu der so entstandnen Finsterniß etc.
es wird geschehn was unausbleiblich ist etc. etc.

Jeder Leser merkt da, daß ich das e auslasse, um in Versfüßen zu reden. Die Setzer aber fügen es wieder hinzu und bringen mir dadurch nur in dieser einen Alinea[12] schon sechs Metrumfehler! Da ich nun aber späterhin nicht nur zuweilen, sondern sehr oft skandire, um hierdurch auf Tieferes resp. Höheres zu deuten, so würden die Correcturen sehr bunt ausfallen, wenn Sie nicht die Güte hätten, die Herren Setzer besonders hierauf aufmerksam zu machen.

Gestatten Sie mir auch in Beziehung auf Ihre neue Orthographie eine Bemerkung.[13] Ich bin keinesweges ein Gegner

x Versmaß y Hebungen von Versen stark betonen

[12] „Alinea" meint eigentlich eine mit Absatz beginnende neue Druckzeile; hier im Sinne von „Absatz" gebraucht.

[13] Am 1.1.1903 war die 1901 während des zweiten Orthographiekongresses in Berlin beschlossene und 1902 veröffentlichte Rechtschreibreform (u. a. „tun" statt „thun") in Kraft getreten, die erstmals eine einheitliche Schreibnorm für die deutschsprachigen Länder bot. Während Fehsenfeld die neue Orthographie übernahm, blieb May seiner gewohnten Schreibweise treu.

von ihr; aber sie ist noch nicht reif, noch Backfisch. Für andere Sachen mag sie auch ganz leidlich passen, aber nicht für jene bei mir so oft vorkommende Inhaltstiefe, welche sofort für seicht gelesen wird, wenn Sie kleine Buchstaben an Stelle der großen setzen lassen. Die wichtige Persönlichkeit wird dadurch zur gleichgültigen Sache degradirt, besonders wo es sich um geistige Existenzen handelt. Siehe pag. 177, 183 etc. etc. Beziehendlich des Wortes „anders“ ist das sehr häufig der Fall. „Der Andere“, „das Andere“, „Ein Anderer“, „etwas Anderes“ ist doch unbedingt Dingwort. Ich weiß, die neue Orthographie schreibt es klein; mir aber wird dadurch der Nachdruck geraubt, den ich so oft auf dergleichen Worte zu legen habe. Haben Andere das Recht, sie klein zu schreiben, so müßte ich doch wohl dasselbe Recht besitzen, sie groß drucken zu lassen. Oder hat sich ein 61jähriger, klar und tief denkender und scharf berechnender Autor denselben Äußerlichkeiten zu fügen, zu welchen man den unerwachsenen Knaben zwingt, um etwas Ordnung in sein Gehirn zu schaffen?

Bitte also, lieber Herr Krais, lassen Sie mir meine großen Buchstaben, wenn es möglich ist! Sie geben doch wohl zu, daß zwei so große Menschen wie Kaiser Augustus[14] und Kieselack[15] nicht klein gesetzt werden dürfen, der Eine wie der Andere!

Mit bestem Gruß
Ihr
May.

[14] Augustus (ursprünglich Gaius Octavius, 63 v. Chr. – 14 n. Chr.), erster römischer Kaiser

[15] Gemeint ist der Wiener Alpinist und Hofkammerbeamte Joseph Kyselak (1799–1831), ein Sonderling, der dadurch bekannt wurde, dass er in unstillbarer Manie auf schwer ersteigbare Felswände und auf weithin sichtbare Stellen seinen Namen in Großbuchstaben malte; Kyselak gilt als Vorläufer des modernen Graffiti.

MAY AN FELIX KRAIS • 10. September 1903
Brief, hs.

Radebeul, d. 10./9. 3.

Sehr geehrter Herr Krais!

Hier der Schluß des „Löwen".[16] Ich bitte um möglichste Beschleunigung. Dieser Band ist die Vorbereitung auf Wichtiges, welches noch vor Weihnacht herauskommt, aber seine ganze Wirkung einbüßt, wenn er zu spät erscheint.[17]

Mit bestem Gruß von Haus zu Haus
Ihr
May.

Hatte gestern vergessen, diese Zeilen dem Manuscripte beizulegen.[18]

MAY AN FEHSENFELD • 11. September 1903
Brief, hs.

Radebeul, d. 11./9. 3.

Sehr geehrter Herr Fehsenfeld.

Indem ich Ihnen hiermit die letzte Geldsendung quittire, bemerke ich, daß der Schluß zum „Löwen" gestern von hier nach Stuttgart abgegangen ist. Dieser Band wird wahrscheinlich in bedeutenderer Zahl gekauft werden, als die andern. Vielleicht haben Sie die Güte, mir mitzutheilen, wie hoch Sie die Auflage machen werden.

[16] May schickte Krais das Schlusskapitel *Zusammenbruch*. Der Roman *Im Reiche des silbernen Löwen IV* erschien bereits Anfang Oktober 1903 als Bd. XXIX der „Gesammelten Reiseerzählungen".

[17] May hatte begonnen, die Reiseerzählung *Et in terra pax* für die Buchausgabe *Und Friede auf Erden!* zu überarbeiten, die sich dann aber aus Krankheitsgründen bis Herbst 1904 verzögerte.

[18] Offenbar wurde das Manuskript am 10.9.1903 abgesandt, dieser Begleitbrief aber erst am 11.9.

Ich beabsichtige vor Weihnacht noch mehrerlei, was wirken soll, aber nicht wirkt, wenn dieser Bd. IV nicht sofort herauskommt. Er ist die Unterlage, auf welche sich das Andere baut. Bitte, zögern Sie ja nicht! Und schreiben Sie mir möglichst umgehend, ob Sie einen besondern Weihnachtsband bis 10ten November herausbringen können, wenn ich mit dem Manuscript nicht warten lasse.

Dann folgen „Jenseits", Schluß, „Marah Durimeh" und „Winnetou's Testament".[19] Sie sehen, May ist noch lange nicht todt, ja sogar „mausetodt", wie die Taki-Kurden der Menschheit weißmachen wollen.[20]

Mit Gruß von Haus zu Haus
Ihr
May.

MAY AN FELIX KRAIS • 14. September 1903
Brief, hs.

Radebeul, den 14./9. 3.

Sehr geehrter Herr Krais!

Ihr Brief kam soeben. Ich danke Ihnen und sende das erste Kapitel der neuen Erzählung, die bis 10ten November herauskommen möchte.[21] Herr Fehsenfeld ist einverstanden. Wenn auch Sie eilen, bekommen Sie vor Weihnacht wahrscheinlich noch Etwas.

Mit bestem Gruß
Ihr
May.

[19] Gemeint ist die spätere Reiseerzählung *Winnetou IV*.

[20] Die Taki-Kurden repräsentieren im *Silberlöwen* Mays ultramontane Gegner.

[21] May schickte Krais das erste Kapitel von *Und Friede auf Erden!*, *Ein Eiferer*. Das zweite Kapitel, *Civilisatoren*, folgte wenig später.

MAY AN FELIX KRAIS • 17. Oktober 1903
Brief, hs.

Radebeul-Dresden, d. 17./10. 3.

Sehr geehrter Herr Krais!
Anbei das dritte Kapitel zu „Friede“.[22]
Bei Ihren Korrectursendungen zieht sich die Feuchtigkeit des nassen Abzuges so in das gekleisterte Manuscript, daß dieses zusammenklebt und einem einzigen festgeleimten Stück Holze gleicht.[23] Das thut nichts, denn man braucht es ja nicht mehr. Doch hoffe ich, daß nicht auch meine Sendungen in diesem „compacten“ Zustande bei Ihnen ankommen![24]
Mit bestem Gruße
Ihr
May.

MAY AN FEHSENFELD • 17. Oktober 1903
Brief, hs.

Radebeul, d. 17./10. 3.

Sehr geehrter Herr Fehsenfeld!
Heut endlich komme ich dazu, Ihnen zu schreiben. Und zu gleicher Zeit geht Manuscript bis zu Bogen 22 von „Friede“ an Krais ab. Gesetzt sind erst 8 Bogen. Es geht also weit langsamer, als ich wünschte: Ein Weihnachtsgeschäft und keine Verspätung dessen, was ich überdies bezwecke.
Im Vertrauen gesagt, will nämlich Herr Dr. med. Weigl in München ein Werkchen über mich schreiben, welches ein

[22] May schickte Krais das zum Teil neu geschriebene Kapitel *Die „Shen“*.

[23] May hatte Teile des Textes von *Et in terra pax* aus dem *China*-Sammelband in sein neues Manuskript eingeklebt.

[24] Notiz von Krais: „Kap. 3 S. 1–106“.

Weihnachtsschlager zu werden verspricht.[25] Dieser Herr ist einer unserer hervorragendsten Biologen, in den weitesten Kreisen hochgeachtet, geistreich und – – – ein tiefdenkender Mayleser, vielleicht der beste und ernsteste, den ich habe. Er schreibt für viele Journale in populärärztlicher Weise und war persönlich wiederholt bei mir, um sich die Approbation zu holen und die Sache mit mir zu besprechen. Natürlich erscheint das Werkchen nicht pseudonym, sondern unter seinem vollen Namen etc. etc., denn er ist erstens ein wahrer Freund, der sich nicht versteckt, und zweitens wird jede Polemik, jeder Unfriede auf das Allerstrengste vermieden, wie ich mir ganz besonders bedingte. Das Werk soll aufklären, aber nicht aufregen, nicht angreifen oder vertheidigen, sondern guten, lieben, fröhlichen Sonnenschein bringen – – – ein wahres „Sonnenscheinchen" sein! (Siehe Band I meiner „Erzgebirgischen Dorfgeschichten", die Sie sich leider haben entgehen lassen!)[26]

Es wird eine hochinteressante Arbeit, die sich wohl alle Leser kaufen werden, da sie nicht groß, also nicht theuer ist. Der Verfasser will Bd. IV „Löwe" und vor allen Dingen „Friede auf Erden" zu Grunde legen und kann darum nicht eher beginnen, als bis dieses Buch heraus ist. Darum eile ich so damit, denn die Brochure soll rechtzeitig erscheinen, um für uns den Weihnachtsverkauf zu beleben und den Concurrenten ein Schnippchen zu schlagen.

Was den Verleger dieses Werkchens betrifft, so hat sich Herr Dr. Weigl noch nicht bestimmt geäußert. Ich vermu-

[25] Josef Weigl war Anfang August 1903 eine Woche lang mit seiner Frau Marie geb. Geitner (1872–1935) zu Gast in der Villa „Shatterhand" gewesen. Zu dem geplanten „Werkchen" kam es nicht, doch veröffentlichte sein Bruder, der Pädagoge Franz Weigl (1878–1952), 1908 eine Broschüre über *Karl Mays pädagogische Bedeutung*.

[26] Notiz Fehsenfelds am Seitenende: „Krais schreiben!" – Für die bei Fischer erschienenen *Erzgebirgischen Dorfgeschichten*, die er Fehsenfeld vermutlich gar nicht angeboten hatte, hatte May im Frühjahr 1903 heimlich zwei neue Erzählungen geschrieben, *Sonnenscheinchen* und *Das Geldmännle*.

the, daß Sie ihm der liebste sein würden, da Sie nun doch einmal meine Sachen haben, aber er scheint anzunehmen, daß Sie so reich sind, daß Ihnen an solchen Kleinigkeiten nichts liegt.

Was nun „Friede auf Erden" betrifft, so sind nur die beiden ersten Kapitel gleich mit „Et in terra pax". Die Folge bekommt eine ganz andere Wendung und ist auch um ca. 14 Bogen länger. Sie sprechen von einer kolossalen Auflage des Chinawerkes. Ich weiß nichts davon. Kürschner bekam mein „Pax" nur auf zwei Jahre und auch nur für den 24-25 Mark kostenden, gelben Band.[27] Sollte man geschmuggelt haben? Ich bitte, mir umgehend hierüber zu schreiben, was Sie wissen, und mir, falls Sie Unterlagen in den Händen haben, mit wendender Post zu leihen!

Aber falls das so wäre, bin ich doch überzeugt, daß der Band „Friede", falls wir uns beeilen, wenigstens ebenso viel, wenn nicht mehr gekauft werden wird wie jeder andere, neu herausgegebene. Fünfzehntausend ist keinesweges zu viel. Es wird ein wahrer Weihnachtsband, der auf der Flur von Bethlehem, wo die Engel sangen, endet. Das will ich Ihnen im Voraus verrathen. Ein lichtes, klares, schönes, hochbefriedigendes Pendant zu meinem „Weihnacht" im Urwalde.[28] Ich bin überzeugt, es wird nicht nur für mich ein persönlicher, geistiger Erfolg, sondern auch, zu Ihnen gesagt, ein – – – Geschäft!

Um möglichst schnelle Antwort bittend
Ihr
May.

[27] Die genaue Auflagenhöhe des *China*-Bandes ist nicht bekannt, doch muss sie sehr hoch gewesen sein. Mit den Nachauflagen wird der Absatz auf gut 100.000 Exemplare geschätzt.

[28] Diesen Plan hat May nicht realisiert. Offenbar beabsichte er in dieser Zeit, in *Und Friede auf Erden!* auch seine Aufenthalte im „Gelobten Land" zu verarbeiten.

FEHSENFELD AN KLARA MAY • 17. November 1903
Brief, ms. Kopie

[Freiburg i. Br., den] 17 Nov 1903

Sehr verehrte gnädige Frau!

Von der Druckerei habe ich die höchst betrübende Nachricht erhalten, daß Ihr Herr Gemahl so schwer erkrankt ist.[29] Ich würde Ihnen nun sehr dankbar sein, wenn Sie mir – sobald es irgend Ihre jetzt doppelt kostbare Zeit erlaubt – Nachricht über sein Befinden geben würden, wäre es auch nur auf einer Postkarte.

Meine Frau & ich nehmen den allerinnigsten Anteil an dem Befinden unseres verehrten Freundes, sowie an den Sorgen, die Ihnen aus seiner Krankheit erwachsen.

Hoffentlich trägt seine kräftige Natur bald den Sieg über die Krankheit davon, und Sie wie alle Freunde & Verehrer Ihres Herrn Gemahls können wieder ruhig athmen.

In steter Verehrung
bin ich
Ihr ergebener
Fr. Ernst Fehsenfeld.

[29] May war am 8.11.1903 an Influenza erkrankt, zu der eine doppelseitige Lungenentzündung kam; hohes Fieber mit Herzschwäche brachte ihn dem Tode nahe. Die Neubearbeitung von *Et in terra pax* musste er unterbrechen; erst nach Monaten konnte er wieder schriftstellerisch tätig sein. Ursächlich für den Krankheitsausbruch dürfte eine von Pauline Münchmeyers Anwalt Oskar Gerlach (1870–1939) veranlasste Scheinklage der jüngsten Münchmeyer-Tochter Flora Böhler (1873–1961) gewesen sein, durch die es ihm gelang, Mays Strafakten, die dieser vernichtet glaubte, gerichtlich registrieren zu lassen. – Wegen Mays Erkrankung musste Fehsenfeld am 25.11.1903 (mit Datum vom 24.11.) eine Anzeige im *Börsenblatt* aufgeben: „Wegen schwerer Erkrankung des Herrn Dr. Karl May kann der angekündigte Band XXX vor Weihnachten nicht erscheinen. Ich hoffe, solchen Anfang des nächsten Jahres ausgeben zu können."

PAULA FEHSENFELD AN KLARA MAY • 27. November 1903
Brief, ms. Kopie

[Freiburg i. Br.,] 27. 11. 03.

Meine liebe u. verehrte Frau Doctor!

Ich danke Ihnen für die mir übersandten Grüsse und erwidere sie in herzlichster Weise.

Mein Mann, der den Arm verstaucht hat, bittet mich, Ihnen zu schreiben und seinen besten Dank für die freundliche Nachricht über das Befinden des Herrn Doctor May auszusprechen. Mit herzlicher Freude haben wir gehört, dass er sich wieder auf der Besserung befindet und hoffen, dass er bald wieder die alte Frische und Kraft finden möge.[30]

Der Abzug des Umschlagbildes wird Ihnen von der Buchbinderei Schwabe zugegangen sein.[31] Nachricht von der Absendung hat mein Mann noch nicht erhalten.

Mit dem Vorwurf der Lieblosigkeit gegen Herrn Dr. May, thun Sie meinem Manne Unrecht, verehrte Frau Doctor. Er war damals über die Nachricht so entsetzt, dass Herr Doctor May solche Enttäuschungen erleben musste und dies scheinbar gute Verhältnis so auseinandergerissen werden musste, dass er sich gar nicht darüber aussprechen konnte. Darüber hatte bei meinem Manne nie ein Zweifel bestanden, dass diese Frau seiner nicht ebenbürtig war.[32]

Mit den besten Grüssen an Herrn Doctor begrüsst Sie
Ihre ergebene
P. Fehsenfeld.

P.S. Noch soll ich mittheilen, dass Ernste Klänge Heft I zu Ende geht und mein Mann einen Neudruck von 1000

[30] Eine tatsächliche „Besserung" trat erst Mitte Dezember 1903 ein.

[31] Dieses Umschlagbild zu *Und Friede auf Erden!* wurde nicht realisiert.

[32] Offenbar hatte Klara May sich darüber beschwert, dass Fehsenfeld sich nicht zu Mays Trennung von Emma und seiner Wiederheirat geäußert hatte.

Exemplaren bestellt hat. Das Honorar von 250 Mk. geht Herrn Doctor Montag[33] zu, ebenso die Freiexemplare nach Fertigstellung.

KLARA MAY AN PAULA FEHSENFELD • Dezember 1903
Karte (Oase), hs.

Herzlichen Dank für Ihre freundlichen Zeilen. Der Buchumschlag ging noch nicht ein. – Unserem verehrten Meister geht es täglich besser. Die besten, allseitigen Grüße sendet Ihnen

Ihre ergeb.
K. May

KLARA MAY AN FELIX KRAIS • 18. Dezember 1903
Brief, hs.

Radebeul, d. 18. 12. 03.

Sehr geehrter Herr Krais!

Herzlichen Dank für Ihre freundlichen Wünsche. Das Befinden meines guten Mannes hat sich, Gott sei Dank, soweit gebessert, daß er hofft, nach Weihnachten wieder an die so jäh unterbrochene Arbeit gehen zu können.

Jetzt ist er schon mehrere Stunden täglich außer dem Bett; wenn er auch noch nicht zu arbeiten vermag, so wird doch der nimmer müde Geist bald wieder seine alte Kraft offenbaren.

Mit vorzüglicher Hochachtung
Klara May

[33] Das war der 30.11.1903.

1904

September
Karl May's gesammelte Reiseerzählungen. Band XXX: *Und Friede auf Erden! Reiseerzählung*. Erstausgabe. 1.-5. Tausend.

* * *

Karl May's gesammelte Reiseerzählungen. Band I: *Durch die Wüste. Reiseerzählungen*. Zwölfte Auflage (fälschlich als elfte Auflage bezeichnet). 56.-60. Tausend.

Karl May's gesammelte Reiseerzählungen. Band II: *Durchs wilde Kurdistan. Reiseerzählung*. Elfte Auflage. 46.-50. Tausend.

Karl May's gesammelte Reiseerzählungen. Band III: *Von Bagdad nach Stambul. Reiseerzählung*. Mit einem Porträt des Verfassers (neues Bildnis). Zehnte Auflage. 41.-45. Tausend.

Karl May's gesammelte Reiseerzählungen. Band V: *Durch das Land der Skipetaren. Reiseerzählung*. Siebte Auflage. 36.-40. Tausend.

Karl May's gesammelte Reiseerzählungen. Band VII: *Winnetou. 1. Band*. Neunte Auflage. 46.-50. Tausend.

Karl May's gesammelte Reiseerzählungen. Band IX: *Winnetou. 3. Band*. Achte Auflage. 41.-45. Tausend.

Karl May's gesammelte Reiseerzählungen. Band X: *Orangen und Datteln. Reisefrüchte aus dem Oriente*. Siebte Auflage. 31.-35. Tausend.

Karl May's gesammelte Reiseerzählungen. Band XI: *Am Stillen Ocean. Reiseerzählungen*. Sechste Auflage. 31.-35. Tausend.

Karl May's gesammelte Reiseerzählungen. Band XII: *Am Rio de la Plata. Reiseerzählungen.* Sechste Auflage. 31.-35. Tausend.

Karl May's gesammelte Reiseerzählungen. Band XIII: *In den Cordilleren. Reiseerzählungen.* Sechste Auflage. 31.-35. Tausend.

Karl May's gesammelte Reiseerzählungen. Band XIV: *Old Surehand. 1. Band. Reiseerzählungen.* Sechste Auflage. 31.-35. Tausend.

Karl May's gesammelte Reiseerzählungen. Band XVI: *Im Lande des Mahdi. 1. Band. Reiseerzählung.* Sechste Auflage. 26.-30. Tausend.

Karl May's gesammelte Reiseerzählungen. Band XXIII: *Auf fremden Pfaden. Reiseerzählungen.* Fünfte Auflage. 26.-30. Tausend.

Karl May's gesammelte Reiseerzählungen. Band XXVIII: *Im Reiche des silbernen Löwen. 3. Band. Reiseerlebnisse.* Vierte Auflage. 16.-20. Tausend.

Karl May's gesammelte Reiseerzählungen. Band XXX: *Und Friede auf Erden! Reiseerzählung.* Zweite Auflage. 6.-10. Tausend.

Karl May's gesammelte Reiseerzählungen. Band XXX: *Und Friede auf Erden! Reiseerzählung.* Dritte Auflage. 11.-15. Tausend.

Peter P[aul] Albert: *Die Schloßruine Burkheim am Rhein. Geschichte und Beschreibung.*

Eduard Blocher: *Aus dem Sprachleben des Wallis.*

Alfons de Bourg: *Wie ich in Monte Carlo Millionär wurde.* Mit Roulettetafel (deutsche und französische Ausgabe).

Adolf Eiermann: *Lazarus von Schwendi, Freiherr von Hohenlandsberg. Ein deutscher Feldoberst und Staatsmann des XVI. Jahrhunderts. Neue Studien.*

Konrad Guenther: *Der Darwinismus und die Probleme des Lebens. Zugleich eine Einführung in das einheimische Tierleben.* 1. Tausend.

Konrad Guenther: *Der Darwinismus und die Probleme des Lebens. Zugleich eine Einführung in das einheimische Tierleben.* Zweite Auflage. 2. Tausend.

Rudyard Kipling (Übs. Curt Abel-Musgrave): *Im Dschungel* (Die Welt der Fahrten und Abenteuer. Band VI). 15.-16. Tausend.

Robert Kraft: *Ein moderner Lederstrumpf. Roman.* Zweite Auflage (Nachdruck der Ausgabe: Berlin: Buchdruckerei und Verlagsanstalt „Strauss" GmbH, 1903).

Robert Kraft: *Ein moderner Lederstrumpf. Erzählung.* Zweite Auflage (bei Fehsenfeld).

Fridrich Pfaff: *Die Schneeburgen im Breisgau und die Snewelin von Freiburg.*

Alemannia. Zeitschrift für alemannische und fränkische Geschichte, Volkskunde, Kunst und Sprache. Zugleich Zeitschrift der Gesellschaft für Geschichtskunde in Freiburg im Breisgau. Hrsg. von Fridrich Pfaff. Neue Folge. 5. Band (der gesamten Reihe 32. Band).

Dorf und Hof. Hrsg. vom Verein für Volkskunde, Ländliche Wohlfahrtspflege und Heimatschutz Badische Heimat. 2. Jg. (1904).

MAY AN FELIX KRAIS • 1904
Notiz, hs.

Bitte, von jetzt an die Worte „der rothe Gentleman“ fallen zu lassen. Eine Idealgestalt wie Winnetou darf nicht von der Terminologie Onkel Sams[1] berührt werden. Und ich habe mit Winnetou noch Wichtiges vor, wobei mir „der rothe Gentleman“ ein häßliches Hinderniß sein würde.[2]

May.

MAY AN FEHSENFELD • 27. Januar 1904
Brief, hs.

Radebeul, d. 27./1. 4.

Lieber Herr Fehsenfeld!

Ich fühle mich in meiner Genesung so weit vorgeschritten, daß ich es wohl wagen darf, die Arbeit an „Friede auf Erden“ wieder aufzunehmen.[3]

Meine Krankheit meinte es im höchsten Grade ernst. Ich hing wochenlang zwischen Leben und Tod. Das, was Sie das Leben nennen, wollte mich partout vernichten. Da aber nahm der, den Sie als Tod bezeichnen, mich liebend in seine Arme und gab mir Gotteszeit, nun endlich, endlich mit der Lösung meiner Lebensaufgabe zu beginnen. Denn das, was man bisher von mir gesehen und gelesen hat, das waren

[1] Uncle Sam, die USA und ihre Regierung symbolisierende Figur, hervorgegangen wohl aus der amerikanisches Bundeseigentum betreffenden amtlichen Abkürzung U.S.-Am.

[2] Im Jahr 1904 erschien die *Winnetou*-Trilogie erstmals ohne den Zusatz *der Rote Gentleman* und mit einem neuen, symbolistischen Nachwort, in dem May auch bereits den Mount Winnetou erwähnt, einen Hauptschauplatz seines letzten Romans *Winnetou IV*. Die undatierte Nachricht an Felix Krais notierte er auf einem Titelblatt zum dritten *Winnetou*-Band (36.-40. Tsd.), auf dem er zugleich den Zusatz strich.

[3] May nahm diese Arbeit am 2.2.1904 wieder auf.

weiter nichts als Vorübungen und Studien, abseits von allen Euren litterarischen Gewohnheiten und Dogmen – – emporgeworfene Papierschnitzel, um die Luftströmung zu studiren, welche den Aëronauten zu tragen hat – – leichte, anspruchslose Schwalben, welche meiner Hand entflogen sind, weil sie den Frühling des begonnenen Jahrhunderts nahen hörten. Auf ihn, den Frühling, habe ich gewartet, und nun gehe ich mit Freuden an mein Werk.

Diese meine Schwälblein hatten wohl Etwas zu viel gewagt. Die Lüfte waren noch zu rauh für solche Frühlingsboten. Das Federkleid hielt zwar getreulich aus, muß aber wieder in Ordnung gebracht werden. Es gilt, Toilette zu machen. Und dabei wollen wir ihnen behülflich sein, nämlich Sie und ich, mein lieber Herr Fehsenfeld.

Ich habe die bisherigen Bände von heute an vorzunehmen, um ihren Wortlaut bezüglich des Zusammenhanges mit den kommenden Werken zu prüfen. Darum ist es nöthig, einen andern als den jetzigen Modus eintreten zu lassen. Ich bitte, mich von heute an ein Vierteljahr, also drei Monate vorher zu benachrichtigen, wenn die Neuauflage eines Bandes nöthig wird, und diese ja nicht eher vorzunehmen, als bis ich ihn gründlich durchgesehen und sodann meine Einwilligung ertheilt habe. Es hängt von der Erfüllung dieser Pflicht das Fortbestehen der bisherigen Bände ab.

Hieran schließe ich die nothgedrungene Bitte um die gütig baldigste Zusendung eines

General-Conto-Auszuges,[4]

den ich im Münchmeyer-Prozeß als Beweismaterial gerichtlich vorzulegen habe. Sie sehen, die Kolportage vertheidigt sich gegen mich mit allen, selbst den rücksichtslosesten Mitteln!

Im Uebrigen bin ich ein unendlich glücklicher Mann. Ich würde selbst mit dem hohen Herrn nicht tauschen, zu dessen Geburtstag man heut im ganzen Reiche flaggt.[5] Und dieses

[4] Nicht überliefert

[5] Kaiser Wilhelm II. feierte an diesem Tag seinen 45. Geburtstag.

Glück, dieser Sonnenschein wird aus allen Werken strahlen, die ich von jetzt an schreibe.

Mit herzlichem Gruß von Haus zu Haus

Ihr

May.

MAY AN FEHSENFELD • 6. Februar 1904
Brief, hs.

Radebeul, d. 6./2. 4.

Lieber Herr Fehsenfeld!

Ja, schicken Sie mir von den neu aufzulegenden Bänden Rohexemplare; es hanthiert [sic] sich besser damit.[6]

Den Einband zu „Friede" sende ich Ihnen mit Dank zurück. Lassen wir Stern und Engel ganz weg. Der Inhalt erfordert einen Buchschmuck allerersten Ranges, und da wir das nicht können, so wollen wir lieber ganz verzichten.[7]

In Beziehung auf den „Generalcontoauszug" wurde ich nicht richtig verstanden. Mit dem Worte „general" war gemeint: Auszug über Alles, nicht blos über die Bücher, sondern auch über die Karten etc. etc. Sie aber haben dieses Wort im Sinne von „überhaupt" oder „im Allgemeinen" genommen und mir eine Aufstellung geschickt, welche wegen ihrer Unklarheit zurückgewiesen worden ist und mir beinahe Schaden als Nutzen [sic] gebracht hätte.

Das Gericht hat nämlich meinen Prozeßgegner[8] einer mangelhaften Buchführung zu überführen. Ihr Auszug soll ihm als das Muster einer ehrlichen, genauen, tadellosen Eintragung vorgelegt werden. Er behauptet, einen genauen Aus-

[6] Notiz Fehsenfelds: „erle[digt] 9/2 04".

[7] May bezieht sich auf das von Paula Fehsenfeld bereits am 23.11.1903 erwähnte Umschlagbild. Auf die Grundidee „Stern und Engel" griff später Sascha Schneider bei seinem Deckelbild zurück.

[8] Gemeint ist Pauline Münchmeyer.

zug für mich zu machen sei unmöglich. Ich habe ihm durch den Ihrigen das Gegentheil zu beweisen. Nun haben Sie aber keine Daten angegeben und bei jedem Bande die Auflageziffern und Honorare zusammengezogen. Das bewirkt ja grad das Gegentheil von dem, was ich beweisen will!

Es handelt sich in meinem Prozesse gegen M. um ganz bedeutende Summen, und ich bitte Sie darum dringend um einen minutiös genauen Auszug, der Alles bringt, bis auf den heutigen Tag, und zu jeder einzelnen Auflage- und Honorarziffer auch das genaue Datum setzt. Das brauche ich aber sehr, sehr bald -- umgehend, möchte ich fast sagen.

Wissen Sie, daß wir mit unsern Gegnern das Wettrennen um den See der Dschamikun begonnen haben? Wissen Sie, welches Pferd im 30ten Bande siegt? Den Syrr halte ich natürlich bis zuletzt zurück.[9] Passen Sie auf, wie genau Alles geschehen wird, was ich im 4ten Band „Löwe" erzähle! Wissen Sie, wer Pekala ist, die Schwätzerin, Diebin und Verleumderin? Sie mußte fort. Nur Kepek paßt für sie! Wissen Sie, wer Schakara ist?[10]

Marah Durimeh, die Menschheitsseele, führt unter Gottes Schutz noch Alles herrlich hinaus!

Herzliche Grüße von Haus zu Haus!

Ihr

May.

[9] Der 30. Band war *Und Friede auf Erden!*, an dem May gerade arbeitete. Die symbolische Anspielung auf die Pferde Kiss-y-dar (Schundroman) und Syrr (Geheimnis) ist wie die weiteren Beispiele dem 29. Band, *Im Reiche des silbernen Löwen IV*, entnommen.

[10] Pekala und Schakara sind Spiegelungen von Emma Pollmer und Klara May.

MAY AN FEHSENFELD • 11. März 1904
Brief, hs.

Radebeul-Dresden, d. 11./3. 4.

Lieber Herr Fehsenfeld!

Sende Ihnen hiermit dankend Quittung und gestatte mir, hieran Zweierlei zu schließen.

Zunächst eine Bemerkung wegen der außenstehenden Pflichtexemplare. Es ist eine ganze Reihe von Jahren her, daß ich keine erhalten habe. Nur die neu geschriebenen wurden mir gesandt, die Neuauflagen aber nicht. Verschiedene Bände sind mir schon ganz ausgegangen, und es kommt doch häufig vor, daß Redacteure etc. sich an mich wenden. Natürlich will ich nur diese Lücken ausfüllen, das Uebrige aber Ihnen in alter Weise überlassen. Bitte also, diesem Bücherconto einmal nachzuschauen!

Das Zweite ist wichtiger, sogar von größter Wichtigkeit.

Erst waren wir Raupe. Kein Blättlein wurde uns versagt, selbst kein papierenes! Dann aber begannen alle diese Blätter sich plötzlich zu wenden. Da puppten wir uns ein und arbeiteten zwar heimlich aber mit Fleiß an unserer Metamorphose. Wir sind zwar die alte Raupe noch, aber nicht mehr ganz genau. Die frühere Gestalt genügt uns nicht mehr. Auch wollen wir nicht mehr Blätter verzehren, sondern den Nektar trinken, der in Blumenkelchen duftet. Da müssen wir freilich fliegen lernen, und das ist es eben, was wir wollen und was wir werden! Es soll Alles eine höhere Bewegung und ein höheres Aussehen bekommen, der May, die Bücher und auch der Herr Verleger, besonders aber der Letztere, und zwar vor allen Dingen bildlich!

Die Vergangenheit liegt hinter uns; die Zukunft will beginnen. Die Puppe platzt; wir fühlen schon die Schwingen. Die Leser werden sich wundern! Es kommt die Zeit, und sie ist gar nicht fern, wo unsere bisherigen Bände plötzlich so gelesen werden, wie sie noch gar nicht gelesen worden sind. Es ist nichts, weiter gar nichts dazu erforderlich, als daß wir sie an unserer Metamorphose theilnehmen lassen. Diese Bücher

Sascha Schneider (Aufnahme Hugo Erfurth, 1904)

werden genau das sein und bleiben, was sie gewesen sind, und doch den Anschein haben, als ob sie sich innerlich gewandelt hätten. Der sie geschrieben hat, war ja ein Anderer, als man dachte, und nun man ihn wohl kennen lernen wird, will er auch endlich zeigen, was sie sind, und wünscht für sie ein anderes Gewand, welches unser würdiger ist als das bisherige.

Man wird erkennen, daß der Geist dieser Werke zwar kindlich, deutlich und leicht verständlich zu sprechen vermag, aber keinesweges die Absicht hat, unerwachsenen Jungens als Unterhaltungskarnickel zu dienen. Für Jeden, der das erkennt, wirkt das Jugendschriftenhabit gradezu abstoßend. Es zieht die Leihbibliothekleser heran, nicht aber die besser Situirten, welche kaufen. Für die erste Zeit mochte das einen geschäftlichen Zweck haben, aber doch wohl jetzt nicht mehr. Heut gilt es, das Äußere mit dem Innern in Einklang zu bringen. „Das Testament des Apatschen", „Marah Durimeh" u.s.w. sollen als ganz eigene Gedankenwelten hoch emporzuragen haben und den vorhergehenden Bänden Licht, Klarheit und Verständniß bringen. Da reichen diese Einbände nicht heran, denn die Seele, die hier zu dem deutschen Volke sprechen will, ist es wirklich werth, vor solchen allzu substanziellen Auffassungen bewahrt zu werden.

Und wir haben ja, Gott sei Dank, noch ächte und wahre Künstler, welche Geniales leisten, ohne gleich unerschwingliche Preise zu stellen. Sascha Schneider, der Berühmte, ist mein Freund. Er, der größte, der begabteste, der gewaltigste unter den jetzigen Malern, verkehrt in meinem Hause. Er ist der „deutsche Michel Angelo". Er liest mich nicht nur, sondern er begreift mich auch, und gradezu köstlich sind die Gedanken, die ihm dabei kommen. Lassen Sie sich von Webers Verlag, Leipzig, seine Mappe für 6 Mark kommen, damit Sie sehen, wer er ist. Dann begreifen Sie mich.[11]

[11] Im Juni 1903 hatte May den symbolistischen Maler Sascha Schneider (1870–1927) erstmals in seinem Atelier in Meißen besucht. Danach war es zu einem intensiven Briefwechsel und zur Freundschaft mit dem Maler

Einbanddecken von der Hand eines solchen Meisters hat noch nie ein Verleger gehabt und wird auch nie wieder einer [be]kommen. Ich sehe schon voraus, wie man Sie beneiden würde! Und welch einen großartigen, künstlerischen Schatz bekäme jeder Käufer unserer Bücher, so zu sagen, gratis zu! Das häßliche Wort Reclame gehört zwar nicht hierher, aber etwas Besseres als einen Buchschmuck von so begnadeter Künstlerhand kann ich mir gar nicht denken!

Ich habe also mit ihm gesprochen. Eigentlich hat er keine Zeit für so kleine Sachen. Er liebt das Gewaltige. Aber als mein Freund ist er trotzdem bereit, mir das erbetene Opfer zu bringen. Er will nicht nur die künftigen Bände zeichnen, sondern auch die bisherigen, so, wie sie nach und nach neu aufgelegt werden, also gleich jetzt mit 5, 11, 12, 13, 14, 7 und 28 beginnen, so daß wir binnen ca. 3 Jahren zu einer Verlagserscheinung allerersten Ranges kommen[12], und zwar ohne große Opfer, denn die Forderung lautet nur: 100 Mark pro Zeichnung, aber das Originalblatt zurück.

Das gleicht dem großen Loose. Ich hätte so Etwas nicht für möglich gehalten. Es kam gestern völlig unerwartet über

gekommen. Am 8.3.1904 hatte Schneider den Mays bei einem erneuten Besuch in Meißen vorgeschlagen, Mays „Bücher mit anderen Titelbildern [zu] versehen, damit man Karl endlich verstehen lerne und der alberne Name ‚Jugendschriftsteller' schwinde" (Tagebuch Klara May). 1897 war bei J. J. Weber in Leipzig die Mappe *Zeichnungen von Sascha Schneider* mit 18 Holzschnitten erschienen, die bald darauf eine erweiterte Auflage als Nr. 3 der *Meisterwerke der Holzschneidekunst* erfahren hatte.

[12] Neuauflagen standen also an von den Bänden *Durch das Land der Skipetaren, Am Stillen Ocean, Am Rio de la Plata, Old Surehand I, Winnetou I* und *Im Reiche des silbernen Löwen III*. Tatsächlich wurden ab 1904 alle bis dahin erschienenen Reiseerzählungen mit symbolistischen Deckelbildern von Sascha Schneider ausgestattet, wobei die Bände *Am Rio de la Plata* und *In den Cordilleren*, die *Surehand*-Trilogie und die *Satan*-Trilogie jeweils dasselbe Deckelbild erhielten, sodass ein Zyklus von insgesamt nur 25 Zeichnungen entstand. Die beiden Bände *Ardistan und Dschinnistan* (1909) sowie *Winnetou IV* (1910) wurden später mit Zeichnungen versehen, die ursprünglich nicht als Deckelbilder gedacht gewesen waren.

mich herein, als ich ihn in seinem Atelier besuchte. Besonders freut es mich um „Friede“ willen, für den es also doch noch etwas wahrhaft Edles geben wird, denn daß Schneider mit „Frieden“ beginnen möchte, ist ja selbstverständlich. Es ist zwar zu bedauern, schon Andere damit bemüht zu haben, aber kleinliche Dinge zählen ja bei dieser Art von Dingen nicht.

Ich bin natürlich überzeugt, daß Sie sich nicht einen Augenblick besinnen werden, hierauf einzugehen. Es wird Keinem wieder etwas Aehnliches geboten. Wenn ich Ihnen sage, daß ich stolz auf diesen Zeichner bin, so sage ich damit mehr, als Sie jetzt ahnen.

Bitte, haben Sie die Güte, diesen Brief umgehend zu beantworten, weil es mit der Decke für „Friede“ eilt. Ich werde an Schwabe telegraphiren, daß er mit seinem goldenen Stern für dieses Buch noch warten soll.[13] Falls Ihnen diese Sache etwas überhastet vorkommen sollte, so hat sie dafür mir schon längst im Sinne gelegen und ich habe es nur nicht für möglich gehalten, einen Mann wie Sascha Schneider gewinnen zu können. Nun er aber Ja gesagt hat, will ich keinen Augenblick säumen, ihn für immer für uns festzunehmen.

Hoffentlich erfüllt der Süden alle Ihre Wünsche.[14] Meine Frau läßt herzlichst grüßen, ganz ebenso von Haus zu Haus wie auch

Ihr
alter
May.

[13] Vermutlich hatte Schwabe vorgeschlagen, statt „Stern und Engel“ nur einen goldenen Stern als Ornament zu bringen.

[14] Fehsenfeld reiste mit seiner Frau nach Italien.

MAY AN FEHSENFELD • 15. März 1904
Telegramm

[Radebeul, 15. März 1904]

= bravo werde zeichnung zu band zehn und dreiszig bestellen.[15] doch bitte. melden sie das sofort an schwabe es gruesst ihr = May. +[16]

MAY AN FEHSENFELD • 15. März 1904
Brief, hs.

Radebeul-Dresden, d. 15./3. 4.

Lieber Herr Fehsenfeld.

Das Jawort Ihres Herrn Krämer macht mir Freude.

„Sascha Schneider!"

Mit diesem Namen kommen wir augenblicklich allen Andern weit voran. Merken Sie, daß das Wettrennen um den See der Dschamikun begonnen hat? Und wir beginnen nur erst! Wie wird es sein, wenn der „Syrr" des Schah-in-Schah zu laufen beginnt! Es ist nicht so ganz leicht, meinen „Kissy-darr" zum Schundroman zu machen. Wer wird ihn wohl noch drucken?[17]

Ich habe Herrn Krais gebeten, auf das Titelblatt von Band 10 zu setzen:

„Buchschmuck von Sascha Schneider",

[15] Wie aus Mays Brief vom selben Tag hervorgeht, hatte Fehsenfeld durch Sebastian Krämer seine Zustimmung zu den geplanten Deckelbildern Sascha Schneiders gegeben. Am 18.3.1904 besuchte Schneider May in Radebeul, um die Deckelbilder zu besprechen, und übernachtete auch in der Villa „Shatterhand". Bereits am 21.3. schickte er May die Zeichnung für *Und Friede auf Erden!*, am 23.3. folgte die Zeichnung für *Orangen und Datteln*.

[16] Auf dem Blatt Berechnungen Fehsenfelds

[17] May beabsichtigte, nach gewonnenem Prozess auch die Münchmeyer-Romane in seine Werkausgabe aufzunehmen.

denn die Zeichnungen zu Bd. 30 und 10 sind bestellt. Sie werden bis Ende dieses Monates fertig werden, die Bde. 23. 5. 11. 12. 13. 14. 7. 28[18] dann nach und nach bis Ende September.

Bitte, schreiben Sie es an Schwabe, damit er weiß, daß seine Decke zu Bd. 30 nicht genommen wird.

Besten Gruß von Haus zu Haus

Ihr

May.

MAY AN FEHSENFELD • 20. März 1904

Brief, hs.

Radebeul, d. 20./3. 4.

Lieber Herr Fehsenfeld.

„Orangen und Datteln" und „Land der Skipetaren" sind auch bereits druckfertig gemacht.[19] Beide schon mit der Bemerkung auf dem Titel „Buchschmuck von Sascha Schneider". Wahrscheinlich haben Sie noch keine Ahnung von der Bedeutung dieses Namens für uns. Er bedeutet für uns ein überlegenes Lächeln gegen jede Feindseligkeit und Concurrenz.

Die Zeichnung für „Friede" wird Donnerstag[20] fertig, für „Orangen" noch in diesem März. Von „Friede" plane ich 20 extrafeine Bände für gekrönte Häupter.

Die bisherige grüne Farbe der Bände paßt nicht für den Stift von Sascha Schneider. Wir bitten Sie um ein dunkle-

[18] Die Bandnummern (*Auf fremden Pfaden, Durch das Land der Skipetaren, Am Stillen Ocean, Am Rio de la Plata, In den Cordilleren, Old Surehand I, Winnetou I, Im Reiche des silbernen Löwen III*) sind unterstrichen, wohl von Fehsenfeld.

[19] Die Zeichnung *Durch das Land der Skipetaren* verzögerte sich.

[20] Das war der 24.3.1904.

res Blau oder noch besser um Violett.[21] Wir würden Ihnen herzlich dankbar sein, wenn Sie die Güte hätten, uns einige Muster zur Auswahl zu senden. Wenn Schneider mit seinem Künstlernamen für unsere Bände eintritt, müssen wir ihm, dem Meister der Farben, die Berechtigung zuerkennen, diese Farbe zu bestimmen.

Auch der gemusterte Schranz[22] ist störend. Warum nicht einfarbig und hell?

Bitte, lassen Sie sich ja nicht durch diese Menge von Wünschen deprimiren! Wir stehen vor einer neuen Aera, die Alles aufwiegen wird, was uns jetzt als Opfer erscheint.

Ich sende diesen Brief trotz des Klexes ab.[23] Denken Sie, das gehöre mit zur „neuen Richtung"!

Wie ist Ihnen und Ihrer Frau Gemahlin Italien bekommen?

Besten Gruß an Alle!

Ihre

May's.

[21] Stattdessen erhielten die Einbände dann eine graue Farbe.

[22] Gemeint ist das Vorsatzpapier.

[23] Der Brief weist einen kleinen Tintenfleck auf.

MAY AN FELIX KRAIS • März 1904
Notiz, hs.[24]

Herr Sascha Schneider tritt mit seinem Künstlernamen für unsere Bände ein. Er bittet um Violett anstatt des bisherigen Grün und um hellen, einfarbigen Schranz (Vorsatz) anstatt des gemusterten. Ihre verehrte Frau Gemahlin, welche als Künstlerin die Eigenheiten der Farben kennt, wird diese Wünsche gewiß sehr begreiflich finden.[25] Habe sie auch H. Fehsenfeld mitgetheilt.

Besten Gruß!

Ihr May.

MAY AN FEHSENFELD • 30. März 1904
Brief, hs.

Radebeul, d. 30./3. 4.

Lieber Herr Fehsenfeld!

Sie können nicht kommen, weil Sie auch krank sind? Schade, jammerschade! So kann ich Ihnen über meine Zukunfts-

[24] Die Nachricht notierte May auf der Rückseite eines Titelblatts zu *Durch das Land der Skipetaren* (21.-25. Tsd., 1898). Auf der Vorderseite ergänzte er „Buchschmuck von Sascha Schneider", korrigierte den Reihentitel „Reiseerzählungen" in „Reiseromane" und den Untertitel „Reiseerlebnisse" in „Reiseerzählung". Auf einem gesonderten Blatt vermerkte er: „Einverstanden auch mit: ‚Einbandzeichnung von Sascha Schneider.' und Reiseerzählungen. Reiseerzählung." Mays Änderungswunsch ist bemerkenswert; an die Stelle der früheren Authentizitätsbehauptung war ein neuer literarischer Anspruch getreten. Abgesehen von dem nun zumeist verwendeten Untertitel „Reiseerzählung" (statt „Reiseerlebnisse") blieben Mays Wünsche unberücksichtigt. Insbesondere gab es bei der Schneider-Ausgabe, abgesehen von den Signaturen auf den Deckelbildern selbst, keinerlei Hinweise auf den „Buchschmuck von Sascha Schneider".

[25] Felix Krais war seit 1883 mit Annie Dorothea Wilhelmine geb. Bücking (1861–1909) verheiratet.

pläne nichts sagen, denn dem Papiere vertraut man solche Wichtigkeiten nicht an. Ich habe Ihnen also nur von Fall zu Fall so wenig oder so viel davon zu zeigen, wie grad am Platze ist. Nur kann ich mich da nicht auf dilatorische[26] Verhandlungen einlassen: erst Weigerung und dann schließlich doch Zustimmung. Dazu ist meine Zeit zu kostbar.

Sie stimmen dem Violetten doch noch bei. Gut! Das Alte kann ja nebenher gehen, bis man es nicht mehr will. Ich wiederhole also meine Bitte um schnelle Zusendung von violetten Proben, damit der Künstler das Passende bezeichne!

Und nun kommt, was ich nicht schriftlich sondern mündlich mit Ihnen abmachen wollte. Ich sage es kurz und bündig. Mündlich hätte es gewiß weniger abrupt geklungen:

Sascha Schneider hat jetzt noch für Ausstellungen etc. zu arbeiten.[27] Juni wird er frei. Ich beabsichtige, ihn zu veranlassen, dann ganz ausschließlich nur für unsere Werke zu arbeiten und bis Weihnacht wo möglich die Zeichnungen für alle vorhandenen Bände fertig zu stellen. Die Herren Gegner haben uns in den letzten Jahren stets den Weihnachtsmarkt verdorben, indem sie grad um diese Zeit ihre Artikel gegen mich losließen. Heuer soll es einmal anders sein. In diesem Jahre lasse ich die Artikels los und bringe dazu als buchhändlerisches fait accompli die Thatsache, daß alle 30 Maybände in Sascha Schneiderschem Gewand zu haben sind. Die Sortimenter werden mit Freuden zugreifen, und in ganz Deutschland und Oesterreich werden ihre Ladenfenster wochenlang im Bilderschmuck von Sascha Schneider prangen. Das giebt eine Reclame, wie man sie sich anständiger gar nicht denken kann!

[26] aufschiebende

[27] So wurde am 30.4.1904 die Große Kunstausstellung Dresden im Städtischen Ausstellungspalast eröffnet, bei der Sascha Schneider eine eigene Halle für seine Arbeiten erhielt und 24 zum Teil große Arbeiten zeigen konnte. Bis Ende Oktober war hier auch Schneiders Bild *Offenbarung* (*Der Chodem*) aus dem „Besitz von Dr. K. May" zu sehen.

Was sagen Sie dazu? Natürlich ja! Einverstanden! Gut, schön, abgemacht! Alles Uebrige ist nichts, als blos nur Nebensache!

An „Frieden“ wird tapfer gearbeitet. Bald bin ich fertig. Nur schnell violette Proben, damit der Buchbinder beginnen kann!

Mit dem Zahlungsmodus vom 15./4. an bin ich einverstanden.

Ein kranker Autor und ein kranker Verleger! Beide können nicht reisen! Und geben doch Reiseabenteuer heraus! Lassen Sie das Herrn Cardauns nicht wissen oder Ihrer Freundin, der Frankfurter![28] Sonst heirathen die sich wieder einmal, und die Hochzeit bezahlen aber wir!

Herzlichen Ostergruß
von Haus zu Haus![29]
Ihre
May's.

MAY AN FEHSENFELD • 20. April 1904
Brief, hs.

Radebeul-Dresden, d. 20./4. 4.

Lieber Herr Fehsenfeld!

Das habe ich nicht gewußt. Ich dachte, die Einbände würden auch von H. Krais gedruckt.[30] Darum schickte ich ihm die Schneiderschen Kartons direct, weil sie nicht so oft unterwegs sein dürfen sondern geschont werden müssen, denn sie sind für das Museum bestimmt. Eine Beschädigung resp. Fleck etc. ist mit 1500 Mark belegt. Und darum macht es

[28] Gemeint ist die *Frankfurter Zeitung*.

[29] Ostern fiel 1904 auf den 3./4.4.

[30] Für die Fertigung der Einbände und den Druck der Deckelbilder Sascha Schneiders, die nicht auf den Einband geprägt, sondern auf Papier gedruckt und dann aufgeklebt wurden, war die Firma C. H. Schwabe zuständig.

mich in hohem Grade besorgt, daß die beiden Zeichnungen noch nicht zurückgeschickt worden sind, obgleich sie nicht mehr gebraucht werden.[31]

Also von jetzt an direct an Sie? Gut. Dann muß ich allerdings Ihnen selbst diese Garantie von 1500 Mark auferlegen. Sende also heut „Winnetou" Band III. Herrliche Apotheose.[32] x

Herr Schneider ist in Sorge um das Gelingen von „Friede auf Erden" und Christus und Muhammed.[33] Wir hatten um Probeabzüge gebeten, um sein künstlerisches Gewissen zu beruhigen. Er muß sich doch überzeugen, ob vielleicht noch ein guter Rath von Nöthen ist. Man hat aber nichts geschickt. Er läßt bitten, ja nicht eher zu drucken, als bis er die Proben gesehen hat!

Ueber Band 30 und Weiteres kann ich erst Anfang nächster Woche Bestimmtes mittheilen. Es geht in diesem Frühjahr hier sehr stürmisch zu, nämlich in der geistigen Welt, deren Bürger ich bin. Altes wird vernichtet, Neues begonnen. Vielleicht im nächsten Brief hierüber mehr.

Mit bestem Gruß
von hier nach dort
Ihr
alter
May.

x Vergöttlichung, Verherrlichung

[31] Es handelte sich um die Zeichnungen *Und Friede auf Erden!* und *Orangen und Datteln*.

[32] Am 31.3.1904 hatte Schneider an May geschrieben: „Ich zeichne an Winnetou III. [...] Band I Winnetou erhält als Zeichnung: Kain und Abel (Brudermord), Band II: Der Engel Gottes trauert über die kämpfenden Racen. Band III: Winnetous Himmelfahrt." Das Bild „Winnetous Himmelfahrt" schickte Schneider am 11.4. an May.

[33] Das Deckelbild zu *Orangen und Datteln* zeigt Christus und Mohammed.

C. H. SCHWABE AN FEHSENFELD • 16. Juni 1904
Brief, ms. Kopie

[Stuttgart,] den 16. Juni 1904
[Tübingerstrasse 83.]

Herrn
Fr. Ernst Fehsenfeld
Freiburg

Anschließend an die heutige telephonische Unterredung, übersende ich Ihnen anbei nochmals je 2 Musterdecken von „Friede auf Erden" und Orangen & Datteln. Trotzdem die Platten verbessert wurden, ist es mir nicht möglich, bessere Drucke zu erzielen, da der Graveur die Platten nicht besser herstellen kann, denn sämtliche Platten auf Messing graviert sind, was ich schon vermutete, da ich Sie hierauf bereits am 4 Juni aufmerksam machte.

Von der Zeichnung „Winnetou" ließ ich nun Lichtdruckbilder herstellen, und zwar in Einfarb- und Zweifarbdruck. Hiervon erhalten Sie 6 Decken. Auf den Decken ist es vermerkt, welcher Druck darauf ist, es ist dies auch leicht zu unterscheiden, da bei dem Einfarbdruck die Bilder weniger scharf sind, wogegen bei dem Zweifarbdruck die Konturen bedeutend schärfer hervortreten. Von den Lichtdruckbildern habe ich die Drucke in grün und braun zur Probe herstellen lassen, wovon Sie dann wählen können, wenn Sie diese Ausführung wünschen. Ich müßte Sie dann auch bitten von Herrn Dr. May die beiden Originale „Frieden auf Erden" und „Orangen und Datteln" nochmals zu verlangen, um hiervon Aufnahmen machen zu können.

Von den Decken bitte ich diejenigen, welche mit I gezeichnet sind für sich selbst benützen zu wollen und diejenigen mit No. II an Herrn Dr. May zu senden.

Ihrer geschätzten Nachricht gern gewärtig,
zeichnet
hochachtungsvollst
C. H. Schwabe.

FEHSENFELD AN MAY • 16. Juni 1904
Brief, ms. Kopie

[FREIBURG i. Br.,] den 16. Juni 1904
[Sternwaldstrasse 27]

Sehr geehrter Herr Doktor!

Soeben im Begriff, mich reisefertig zu machen, erhalte ich von Schwabe die Nachricht, dass die neuen Musterdecken in den zweierlei Ausführungen in Arbeit und bis morgen Abend, spätestens Samstag[34] früh fertig seien.

Ich fahre nun am Samstag Vormittag nach Stuttgart, wo gerade Junimesse ist[35], und erwarte dort, nachdem Ihnen die Musterdecken zugegangen sind, telegraphischen Bescheid, ob und wann ich mit Schwabe zu Ihnen kommen soll.

Mit freundlichen Grüssen von Haus zu Haus
bin ich
Ihr ergebener
Fr. Ernst Fehsenfeld.

Adr Felix Krais Stuttgart.

SEBASTIAN KRÄMER AN MAY • 17. Juni 1904
Brief, ms. Kopie

[Freiburg i. Br., den] 17. Juni [190]4
[Sternwaldstrasse 27]

Sehr geehrter Herr Doktor!

Anbei erhalten Sie neue Musterdecken, sowie den Originalbrief Schwabes.[36] Herr Fehsenfeld ist also Sonntag und Montag in Stuttgart bei Herrn Krais und erwartet Ihre tele-

[34] Der Samstag war der 18.6.1904.

[35] Vermutlich handelte es sich um keine Buchmesse, sondern eine Kunstgewerbemesse.

[36] C. H. Schwabes Brief vom 16.6.1904

Gruss aus Gyssa-Nordböhmen
Frosch u. Helm
Gyssa
Felsen
gesetzlich geschützt No 2206.
Kunstanstalt Karl Schwidernoch, Wien II. Pillersdorfg. 4.
Nachahmung verboten
Klara May

graphische oder schriftliche Mitteilung dahin, um eventuell mit Schwabe zu Ihnen zu kommen.

Hochachtungsvoll ergebenst
ppa. Friedrich Ernst Fehsenfeld[37]
Krämer

MAY AN SASCHA SCHNEIDER • Juni 1904
Brief, ms. Kopie

[Radebeul, ca. 18. Juni 1904]

Soeben ging Beifolgendes ein. Originalbrief von Schwabe nicht dabei. Sende es Ihnen ohne alle Bemerkungen. Bitte mir gleich zu telegraphiren, damit ich nach Stuttgart depeschire.

Herzlichsten Gruß von Heim zu Heim!
Ihr
May.

FEHSENFELD, KARL UND KLARA MAY AN FELIX KRAIS • 24. Juni 1904
Karte (Gruss aus Tyssa-Nordböhmen: Tyssa, Felsen, Frosch u. Helm), hs.

[Poststempel: Herrnskretschen, 24. 6. 04][38]

Kreuzvergnügt mit's [sic] Dr. May's
denken wir an Felix Krais

[37] Stempelaufdruck

[38] Am 22.6.1904 hatten in Radebeul Besprechungen zwischen May, Fehsenfeld, (vermutlich) Schwabe und Schneider über die neuen Deckelbilder stattgefunden. Im Anschluss unternahmen Fehsenfeld und das Ehepaar May eine Tour in die Böhmische Schweiz. Adressiert ist die in Herrnskretschen (Hřensko) aufgegebene Karte von Fehsenfeld.

finden es jedoch sehr schad',
daß heut fehlt der Commerzienrath
Ihm sei unser Gruß gesandt
aus dem schönen Böhmerland.
gedichtet v. E. F.[39]

Fr E Fehsenfeld.

Herzl. Gruß! Ihr
alter May.

Klara May

KLARA MAY AN FEHSENFELD • 29. Juni 1904
Brief, hs.

R[adebeul] d. 29. 6. 04.

Lieber Herr Fehsenfeld!

Anbei sende ich Ihnen 2 Karten, eine Bestellung, die ich Sie zu erledigen bitte und eine Ansichtskarte; diese und alle ihres gleichen bitte ich Sie herzlich, von ihren Abnehmern zurück zu erbitten und ihnen dafür neue Karten, wie besprochen, zu senden.[40] Es ist die erste Bitte im Leben, die ich an Sie richte, und ich hoffe, Sie erfüllen Sie [sic] mir.

Hoffentlich kamen Sie gut heim und fanden all' Ihre Lieben froh und gesund vor. Wir freuen uns, Sie bald wieder bei

[39] Gedicht in der Handschrift Klara Mays

[40] Dem Brief lag eine Old-Shatterhand-Karte bei, mit einer Notiz Mays: „So viel Platz müßte sein, wenigstens bei den drei Portraits, bei den andern vielleicht die Hälfte." In Radebeul war auch eine neue Serie von Porträtpostkarten mit Fotos von Erwin Raupp besprochen worden, von denen jedoch nur eine realisiert wurde.

uns zu sehen und begrüßen Sie in dieser Erwartung auf das Herzlichste, als

Ihre
May's

Herzl. Gruß!
Ihr
May.

FRIEDRICH ERNST UND PAULA FEHSENFELD AN KLARA MAY • 1. Juli 1904
Brief, ms. Kopie

[Freiburg i. Br., den] 1. Juli [190]4
[Sternwaldstrasse 27]

Meine liebe und sehr verehrte Frau Dr.

Eben erst zu Hause angelangt, finde ich Ihren lieben Brief vor, für den ich wie besonders noch für Ihre herzliche Gastfreundschaft vielmals danke.

Ich habe die Photogr. Ihres Gemahles sofort weggeschickt und hoffe, bald schöne Abdrücke zu erhalten. Dann werde ich mit Vergnügen Ihrem Wunsch entsprechen.

Für heute noch die allerbesten Grüße an Sie Beide vom ganzen Hause F.

Ihr treuergebener
Fehsenfeld.

Liebste Frau Doctor!

Erlauben Sie, dass auch ich Ihnen und Herrn Doctor danke für die freundliche Aufnahme, die mein Mann bei Ihnen gefunden hat. Er kann nicht genug erzählen, wie wohlthuend ihn der Geist anwehte, der in Ihrem Hause herrscht.

Ich bedaure sehr, zur Zeit der Abreise meines Mannes so wenig entschlussfähig gewesen zu sein, die Reise mitzumachen. Wir wären uns sicher recht nahe getreten, was mein Wunsch schon lange war.

In der Hoffnung, Sie früher oder später auch einmal bei uns zu sehen verbleibe ich Ihre Sie verehrende

Paula Fehsenfeld.

MAY AN FEHSENFELD • 14. Juli 1904

Brief, hs.

Radebeul-Dresden, d. 14./7. 4.

Lieber Herr Fehsenfeld!

Die beiden Abzüge sind sehr gut.[41] Bitte, nun die alten, scheußlichen Dinger wegzubringen, schleunigst! Hoffentlich gelingen die Postkarten ebenso!

Bitte, senden Sie mir 1 Dutzend gebundene „Himmelsgedanken".[42] Wir bringen sie bei der Berechnung der Freiexemplare mit in Anschlag.

H. Schwabe mag sich mit dem Einband zu „Friede auf Erden" beeilen.[43] Ich habe mit dem letzten Kapitel begonnen und werde es schnell beenden.[44]

Sachsen grüßt Schwaben!

Ihr

May.[45]

[41] Fehsenfeld hatte Abzüge für die geplanten neuen Postkarten geschickt.

[42] Randnotiz Fehsenfelds: „15/7" (erledigt). Fehsenfeld hat (offenbar danach) den ganzen Absatz durchgestrichen.

[43] Der Satz ist unterstrichen und mit zwei Randstrichen versehen.

[44] Am 10.7.1904 hatte May das neue Schlusskapitel *Der Shen-Ta-Shi* für *Und Friede auf Erden!* begonnen, das er im August beendete.

[45] Unten auf der Seite Honorarnotizen Fehsenfelds:

„15/4	an May	2000	„beordert"
15/8	" "	2000	
15/9	" "	2000	
15/10	" "	2000."	

MAY AN KONRAD GUENTHER • 25. Juli 1904
Brief, hs.[46]

[Villa Shatterhand]
[Radebeul-Dresden.] d. 25./7. 4.

Sehr geehrter Herr Doctor!

Herzlichen Dank für die Uebersendung Ihres prächtigen Werkes.[47] Ich freue mich darauf, durch die Lectüre desselben Sie geistig und seelisch kennen zu lernen. Ich bitte, Ihre gute Frau Gemahlin von der meinigen und mir zu grüßen, und bin, Herr Doctor, in Aufrichtigkeit Sie hochachtend,

Ihr
dankbarer
May.

MAY AN FEHSENFELD • 25. Juli 1904
Brief, hs.

Radebeul-Dresden, d. 25./7. 4.

Lieber Herr Fehsenfeld!

„Himmelsgedanken" sind angekommen; soeben auch das Werk Ihres Herrn Schwiegersohnes, für welches ich mich lebhaft interessire. Herzlichen Dank!

Letztes Kapitel „Frieden" ist bereits über halb in Stuttgart. Wird diese Woche ganz fertig, unbedingt! Wie aber steht es da mit dem Einbande? Ich höre da gar nichts mehr! Bin

[46] Quelle: Universitätsbibliothek Freiburg

[47] Fehsenfelds Schwiegersohn Dr. Konrad Guenther (1874–1955), der Mann seiner Tochter Eva, war seit 1902 Privatdozent der Zoologie in Freiburg (Albert-Ludwigs-Universität) und hatte May sein Werk *Der Darwinismus und die Probleme des Lebens. Zugleich eine Einführung in das einheimische Tierleben* (Freiburg i. Br.: Fehsenfeld, 1904) gewidmet.

zum Amerikanistencongreß in Stuttgart geladen.[48] Wollte es da mit vorlegen. Bitte, sagen Sie mir, an welchem Tage ich spätestens mit den gebundenen Exemplaren die von mir für dieses Buch beabsichtigten Manipulationen beginnen kann. Möglichst bald, bald, bald!

Zu diesen Manipulationen gehören auch 100 besondere Exemplare, vielleicht auf besonderes Papier gedruckt, jedenfalls aber ganz besonders eingebunden, die ich nicht nur sämmtlichen deutschen Fürsten, sondern auch allen andern überreichen will, auch sogar dem Sultan, dem Schah und den Kaisern von China und Japan.[49] Bitte, sagen Sie mir in aller Aufrichtigkeit, aber umgehend, denn es hat keine Zeit, wie Sie sich als Verleger zu den Kosten dieser 100 Exemplare stellen! Sie sehen, wir beginnen uns jetzt zu regen und gehen in das Volle, denn unsere Zeit, auf die ich wartete, ist doch nun endlich da!

Mein Klärchen läßt herzlich grüßen!
Ihr
alter
May.

[48] May hatte eine Einladung des Grafen Karl Heinrich von Linden (1838–1909) zum XIV. Internationalen Amerikanisten-Kongress (18.8. – 23.8.1904) in Stuttgart erhalten, die er dann jedoch nicht wahrnehmen konnte.

[49] Abd el Hamid II. (1842–1918), türkischer Sultan 1876-1909; Muzaffaraddin (1853–1907), Schah von Persien 1896-1907; Guangxu (1871–1908), Kaiser von China 1875-1908, eigentliche Regentin Kaiserinwitwe Cixi (1835–1908); Mutsuhito (1852–1912), Kaiser von Japan 1867-1912

MAY AN FEHSENFELD • 29. Juli 1904
Brief, hs.

Radebeul-Dresden, d. 29./7. 4.

Lieber Herr Fehsenfeld.

Frappant geantwortet, sehr frappant![50] – – – Diese 100 Bücher sollten für die Potentaten sein. Meine Freiexemplare wollte ich außerdem den betreffenden Unterrichtsministerien senden, um eingeführt und empfohlen zu werden. Zusammengenommen ein Coup, der von der vortrefflichsten Wirkung sein mußte.

Ich habe da ca. zweihundert höchst schwierige Eingaben an Monarchen und Minister zu schreiben, wofür ich sicher einen Monat Arbeitszeit opfere, also keine geringe baare Summe. Ich habe ferner sämmtliche Porti zu tragen, bis in das fernste Ausland hin, gewiß auch eine sehr erhebliche Ziffer für 175 Sendungen. Dazu die Kosten der Deckel?

Für wen? Für mich? Nein! Sondern um des Verlages F. E. Fehsenfeld willen, der sich allen diesen Adressaten in anständiger Weise als Derjenige vorstellen soll, der das verlegt, was Karl May nach den bisherigen Vorstudien von jetzt an nun als Künstler veröffentlichen wird. Sie wissen ja, daß mein eigentliches Wirken nun erst beginnt.

Da Sie aber nur die nackten Hefte dazu beitragen wollen und ich zu dem bedeutenden Zeitverlust die Porti und die Einbände zu tragen habe, so sehe ich nicht ein, warum ich, wenn ich bei diesem Plane bleibe, nicht auch noch die Bücher bezahlen soll! Wahrscheinlich aber lasse ich ihn nun fallen.[51] – – –

[50] Wie aus dem weiteren Brief hervorgeht, hatte Fehsenfeld May angeboten, bei den für die „Potentaten" bestimmten, besonders gebundenen Ausgaben der Reiseerzählung *Und Friede auf Erden!* zwar die Kosten für die „nackten Hefte", nicht aber für die Einbände zu übernehmen.

[51] Den Plan, besondere Exemplare von *Und Friede auf Erden!* an „Potentaten" zu schicken, ließ May tatsächlich fallen. Er sandte jedoch im September 1904 zahlreiche normale Exemplare an verschiedene Ministerien für Kultus und Unterricht, um den Band an Bibliotheken empfehlen zu lassen.

Sonntag geht das letzte Manuscript zu „Friede auf Erden“ nach Stuttgart ab.[52]

Mit besten Grüßen,
auch an Ihre liebe Familie,
Ihre
beiden, alten
May's.

MAY AN FEHSENFELD • 1. August 1904
Brief, hs.

Radebeul-Dresden, d. 1./8. 4.

Lieber Herr Fehsenfeld!

Das ist allerdings etwas Anderes! Wenn Sie glauben, daß es mit den Einbänden klappt![53] Die sind allerdings die besten auch für diesen meinen Zweck. Aber als ich die letzten Zeilen schrieb, schwieg H. Schwabe sich noch immer so beharrlich aus, daß ich annahm, diesen Vorauswurf des Friedensbandes mit andren Deckeln thun zu müssen, denn das Herausbringen der Zeichnung konnte ja noch Monate lang dauern.

Wahrscheinlich gehe ich zum Amerikanisten-Congreß nach Stuttgart, natürlich mit Schakara, der Seele. Wir haben längst schon Mitgliedkarten und sind auch schon zum Grafen von Linden geladen. Zum König[54] soll es auch gehen.

Da sollte in allen Stuttgarter Buchhandlungen unser Friedensband ausliegen, und zwar an sichtbarster Stelle!

[52] Der Sonntag war der 31.7.1904. Vermutlich schickte May tatsächlich weiteres Manuskript, den Schluss erhielt Krais jedoch erst am 13.8.1904.

[53] Fehsenfeld hatte May mitgeteilt, dass die Schneider-Einbände für *Und Friede auf Erden!* rechtzeitig fertig werden würden und er 100 Exemplare kostenfrei zur Verfügung stelle.

[54] Wilhelm II. (1848–1921), König von Württemberg 1891-1918

Der Congreß beginnt am 18ten. Wäre das zu ermöglichen?
Vielleicht ergiebt sich da ein Wiedersehen mit Ihnen und Ihrer verehrten Frau Gemahlin, welche mit Ihnen gegrüßt wird vom Herzle[55] und von

Ihrem

May.

MAY AN FELIX KRAIS • 13. August 1904
Brief, hs.

Radebeul-Dresden, d. 13./8. 4.

Sehr gehrter Herr Kommerzienrath!

Anbei den Schluß von „Friede auf Erden". Sie werden Athem holen. Herzlichen Dank für Ihre Geduld!

Bitte, Herrn Fehsenfeld zu melden, daß wir am Ende sind!

Mit bestem Gruß

Ihr

alter

May.

[55] „Herzle" war der Kosename Mays für seine Frau, nach der gleichnamigen Figur in der Dorfgeschichte *Das Geldmännle*; der Name wurde auch von Klara für ihren Mann benutzt.

FELIX KRAIS AN FEHSENFELD • August 1904
Brief, hs.

[Stuttgart, ca. 14. August 1904]

Herrn Fr. Ernst Fehsenfeld
Verlagsbuchhandlung
Freiburg

Auf Wunsch von Herrn D. Karl May teile ich Ihnen mit, dass heute der Schluss des Mspts zum
XXX. Bd
eingetroffen ist.

Der Satz wird sofort beendet & der Druck wird nächste Woche fertig, wenn ich die Schluss Korr. umgehend zurück erhalte, woran wohl kein Zweifel sein wird.[56]

Ganz ergebenst
Felix Krais.

MAY AN FEHSENFELD • 23. August 1904
Brief, hs.

Radebeul-Dresden, d. 23./8. 4.

Lieber Herr Fehsenfeld!

Wie Sie aus oben ersehen, bin ich nicht in Stuttgart. Es thut mir unendlich leid, abgehalten worden zu sein; aber mein großer Beleidigungsprozeß spaltete ganz sonderbarer Weise plötzlich nach Steiermark ab, wo man sich hinter einen Strohmann stecken will, und so hatte ich, anstatt mich am Amerikanisten-Congreß betheiligen zu können, diese zweifelhafte Person festzustellen, was mir grad noch am letz-

[56] Bereits am 22. und 26.8.1904 kündigte Fehsenfeld im *Börsenblatt* für den 1.9. das Erscheinen der Reiseerzählung *Und Friede auf Erden* (Bd. XXX der „Gesammelten Reiseerzählungen") mit einer „Deckenzeichnung von Sascha Schneider" an.

ten Tage vor der Verjährung gelang.[57] Aber, wenn ich auch gezwungen war, auf Stuttgart zu verzichten, so doch wohl nicht auch auf Sie. Besonders meine Frau freut sich auf Ihre Frau Gemahlin, und so hoffen wir, daß Sie Wort halten werden![58]

Die 100 Stück „Friede" erbitte ich mir samt meinen Pflichtexemplaren möglichst bald. Ich habe den Versandt von ca. 200 Stück schon vorbereitet. Es erscheinen zwei neue May-Brochuren; die eine schon nächste Woche.[59] Da ist „Friede" erwähnt und soll darum zu gleicher Zeit versandt werden. Bitte, lassen Sie mir diese Exemplare im Futteral zugehen, denn ich kann sie den hohen Herren etc. doch unmöglich anders senden.

In kurzer Zeit wird man sich schämen, unsere Bücher für die Schülerwelt verboten zu haben! Die Vorbereitungen zu der betreffenden Ohrfeige sind bereits getroffen.

[57] Am 12.12.1903 hatte der Benediktinerpater Willibrord Beßler (1875–1926), Lehrer an der Oblatenschule der Benediktinerabtei Seckau bei Leoben (Steiermark), in der von Pfarrer Dr. Johannes Praxmarer (1853–1934, Friedberg/Hessen) im Verlag von Ludwig Auer herausgegebenen katholischen Zeitschrift *Stern der Jugend* (Donauwörth), behauptet, es sei „vor ein paar Jahren öffentlich nachgewiesen worden", dass Mays „Taten und Abenteuer pure Erfindung seien", dass er „nicht [...] Katholik, sondern Protestant sei" und dass er „unsittliche Schriften verfaßt und unter anderm Namen veröffentlicht habe"; daraufhin hätten sich bei May „Irrsinnserscheinungen" gezeigt und er sei tatsächlich „in eine Irrenanstalt verbracht" worden. Am 11.5.1904 hatte May durch Rechtsanwalt Bernstein Strafantrag gegen Beßler, Praxmarer und Auer gestellt. Das Verfahren gegen Auer war am 17.8. eröffnet worden, einen Grund, deshalb auf die Reise nach Stuttgart zu verzichten, gab es jedoch eigentlich nicht, da als erster Verhandlungstermin vom Amtsgericht Donauwörth erst der 19.9. festgesetzt worden war.

[58] Ende September 1904 besuchte Fehsenfeld mit seiner Frau für einige Tage die Mays in Radebeul.

[59] Im September 1904 veröffentlichte Mays Freund Max Dittrich die von ihm selbst beeinflusste Broschüre *Karl May und seine Schriften. Eine literarisch-psychologische Studie für Mayfreunde und Mayfeinde* (C. Weiskes Buchhandlung), die erste Monographie über Mays Leben und Werk.

Das bringt mich auf das, was ich mein Haupt- und Lebenswerk zu nennen pflege. Die Vorübungen, Etuden etc. hierzu sind meine Reiseerzählungen. Die werden fortgesetzt, denn ich darf niemals aufhören, Studien zu machen. Aber die Zeit, daß ich mein eigentliches Werk beginne, ist nun da. Die Mitternacht ist vorüber; der Hammer hob sich gestern, und heute schlug es endlich, endlich Eins – – – meine erste Tagesstunde. Gott segne diesen Tag![60]

Sie werden fragen: Was ist das wohl, was er nun schreibt? Bitte, lassen Sie es noch für kurze Zeit Geheimniß bleiben! Ich will Ihnen dafür lieber die Ihnen jedenfalls angenehme Mittheilung machen, daß die nun folgenden Reisebände wieder so aktuell und flüssig geschrieben sein werden, wie die früheren. Es galt nur leider einmal, für kurze Zeit zu anticipiren,x damit doch wenigstens die Klugen einsehen, wie dumm die Andern sind. Nun erzählen wir wieder wie erst!

Nicht wahr, Sie haben die Güte, Herrn Professor Sascha Schneider auch einige Exemplare „Frieden" zu senden?[61] Er wird noch länger für Sie thätig sein, als Sie vielleicht denken.

Mit bestem Gruß
Ihr
May.

Quittung.

Von Herrn Verlagsbuchhändler F. E. Fehsenfeld, Freiburg, 6000 Mark, sage sechstausend Mark für die ersten 15,000 Stück „Und Friede auf Erden" erhalten zu haben, bescheinigt dankend

Radebeul-Dresden,
d. 23./8. 4.
May.

x vorwegnehmen

[60] May befasste sich mit Plänen zu einem durch die babylonisch-assyrischen Ausgrabungen angeregten Drama (*Babel und Bibel. Ein dramatisches Vorspiel aus zwei Welten*) und mit der Dramentheorie.

[61] Randnotiz Fehsenfelds: „an Prof. S. Schneider 5 Ex. senden."

Deckelbild von Sascha Schneider (1904)

KARL UND KLARA MAY AN FEHSENFELD • 16. September 1904
Brief, hs.

Radebeul-Dresden, d. 16./9. 4.

Lieber Herr Fehsenfeld!

Da kamen die Weinproben. Maschallah! So splendid war das nicht gedacht! Und das „Forster Ungeheuer" wurde sofort bei dem Schopf genommen.[62] Brillant! Das ist Klärchens Lieblingstropfen. Weiter sage ich nichts, wenigstens nicht schriftlich, denn bekanntlich muß alles Trinkhafte „mündlich" abgemacht werden, und Sie kommen nun ja doch.

Ich konnte nach den hundert Versandtexemplaren doch unmöglich noch mehr verlangen, darum erbat ich mir die weiteren gegen Bezahlung und forderte Klara auf, Ihnen einen Gruß und 100 Mark zu senden. Nun kennen Sie aber doch wohl das Ewigweibliche. Das grüßt zwar gern, aber der Versandt von Hundertmarkscheinen geht ihm gewöhnlich nicht sehr flott von statten. Darum erfuhr ich, als ich mich auf Ihr Schreiben hin erkundigte, daß der „Blaue" noch daliege, weil Sie ja doch persönlich kämen. Das Porto könne man ja sparen. Finden Sie das nicht allerliebst und auch ein Bischen logisch?

Also einstweilen Herzensdank für die Weinproben. Mündlich mehr! Dank auch für die schnelle Besorgung der Bücher! Jetzt gährt es durch ganz Deutschland. Man braut die Recensionen zusammen. Was wird dann kommen? Ich habe am 20ten September einen Gerichtstermin in Friedberg, Hessen. Hoffe, ihn verschieben zu können. Gelingt mir das aber nicht, so werde ich dafür sorgen, am 22ten wieder daheim zu

[62] „Forster Ungeheuer" ist eine pfälzische Riesling-Sorte (Einzellage in der Gemeinde Forst im Bereich Mittelhardt), benannt nach dem Deidesheimer Stadtschreiber Johann Adam Ungeheuer (1699). Bismarck soll von diesem Wein gesagt haben: „Dieses Ungeheuer schmeckt mir ungeheuer."

Friedrich Ernst und Paula
Fehsenfeld zu Besuch
bei Karl und Klara May
(1904)

sein.[63] Also bitte, kommen Sie. Ich telegraphire Ihnen noch hierüber.

Prof. Schneider hat seine Bände erhalten und sich sehr gefreut.

Wie man den Band aufnehmen wird? Gut! Die paar notorischen Schufte werden gröhlen wie immer. Den Narren und Idioten ist überhaupt nicht zu helfen. Im Uebrigen aber wird man Respect bekommen, und das ist es ja, was ich für jetzt bezwecke.

Mit den herzlichsten Grüßen von Haus zu Haus
Ihr
alter
May.

Lieber Herr und Frau Fehsenfeld!

Von ganzem Herzen freue ich mich darauf ein paar Tage mit Ihnen verleben zu dürfen. Hoffentlich haben wir noch so gutes Wetter, daß wir unsere, bei Ihrem letzten Hiersein so schön geschmiedeten Pläne mit der Schweiz noch zur Ausführung bringen können. Wir wollten schon seit unserem gemeinsamen Besuch auf der Schweizermühle dieselbe wieder besuchen, kamen aber bis heute nicht dazu.[64]

[63] Der Termin wegen Pater Beßlers Irrsinnsvorwurf im *Stern der Jugend* fand am 20.9.1904 vor dem Amtsgericht in Friedberg, Oberhessen, dem Wohnsitz des Herausgebers Pfarrer Praxmarer, in Mays Anwesenheit statt. Die Fehsenfelds trafen am 22.9. oder einem der nächsten Tage in Radebeul ein.

[64] Welche gemeinsamen Ausflüge in der Sächsischen Schweiz Mays und Fehsenfelds Ende September unternahmen, ist unbekannt. Wegen Fehsenfelds Besuch versäumte May einen wichtigen Gerichtstermin. Am 26.9.1904 erreichte er durch seine Prozessbevollmächtigten Rudolf Bernstein und Hans Langenhan vor der 6. Zivilkammer des Landgerichts Dresden in erster Instanz ein bedingtes Teilurteil im Zivilprozess gegen Pauline Münchmeyer (Prozessbevollmächtigte Theodor Wolff und Oskar Gerlach). Die Verlegerswitwe wurde zur Rechnungslegung verurteilt, sobald May als Wahrheitsbeweis für seinen Klageanspruch den Parteieid leiste; sie legte jedoch Berufung ein. Am 4.10. reiste May mit Klara zur Verhandlung gegen Willibrord Beßler nach Leoben in der Steiermark.

Also auf frohes Wiedersehen und viele, herzliche Grüße Ihnen und Ihren lieben Kindern von

Ihrer ergebenen
Klara May

FEHSENFELD AN MAY • 7. Oktober 1904
Brief, ms. Kopie

[FREIBURG i. Br., den] 7. Oktober [190]4
[Sternwaldstrasse 27]

Herrn Dr. Karl May in Radebeul.

Lieber Freund!

Herr Krämer war gestern in Stuttgart, da ich selbst durch eine starke Erkältung verhindert war. Nach genauer Calculation und Besprechung schlage ich Ihnen folgendes vor:

Es ist an und für sich nicht daran zu zweifeln, dass beide Namen „Karl May" und „Sascha Schneider" eine grosse Anziehungskraft ausüben, andererseits darf man davor die Augen nicht zuschliessen, dass eine grosse Zahl der begeistertsten Verehrer von Karl May Sascha Schneider nicht nur nicht verstehen, sondern sogar direkt verabscheuen werden; ferner wird eine Anzahl von Verehrern Sascha Schneiders sich durch den Namen Karl May, der ihnen in den letzten Zeiten gehässig verunglimpft wurde, abgestoßen fühlen. Diese Erwägung, die auch von anderer Seite mir vorgehalten wurde, hat meine Hoffnungen auf grossen Erfolg mit der Mappe erheblich herunter gestimmt, so dass ich vorläufig mit einem nicht zu grossen Absatz rechnen muss. Eine Auflage von 1000 Exemplaren wird hoffentlich abgesetzt werden.[65]

Es wäre sehr wünschenswert, die erste Lieferung mit 5 Blatt, die Sie mit Herrn Professor Schneider auswählen wol-

[65] In Radebeul hatten Fehsenfeld und May die Herausgabe einer Mappe mit Sascha Schneiders Titelzeichnungen besprochen. Sebastian Krämer hatte in Fehsenfelds Auftrag bei Felix Krais eine Kalkulation eingeholt.

len, Mitte November auszugeben; über den Titel des Ganzen bitte ich Sie um Vorschläge.

Den Text zu der Lieferung, der sehr präcis zu halten ist, müsste ich in aller denkbarsten Kürze hier haben.[66] Die Mappe für das Ganze wird erst am Schluss den Subscribenten gratis verabfolgt. Dieselbe darf nicht mehr wie 2 Mark Herstellungspreis kosten.

An Honorar würde ich Ihnen Mk. 1750.- im Voraus und Mk. 1750.- nach Verkauf der Auflage zahlen, wobei es dann nicht darauf ankommt, wenn auch der Absatz 100 Exemplare weniger ist.

Wenn der Text und die Auswahl der Bilder recht schnell gemacht werden, können wir auch die zweite Lieferung noch vor Weihnachten herausbringen. Ich bitte um recht umgehende Erledigung der in Betracht kommenden Fragen, wenn Ihnen daran gelegen ist, dass die Lieferungen noch vor dem Feste erscheinen.

Das Fest in Hannover war sehr schön. Als wir früh an Ihrem Hause vorbei fuhren, sahen wir noch Ihre Grüsse mit den Handtüchern. Wir danken Ihnen nochmal für all Ihre Liebe und hoffen, sie bald hier erwidern zu können. Meine Frau bedauert lebhaft, Herrn Professor Schneider nicht kennen gelernt zu haben.

Für heute nur noch die besten Grüsse von Haus zu Haus

Ihr

alter

Fehsenfeld.

[66] Die ursprüngliche Idee, dass May einen Text zu der Mappe schreiben sollte, wurde wieder aufgegeben.

PAULA FEHSENFELD AN KLARA MAY • 16. November 1904
Brief, ms. Kopie

[Freiburg i. B.,] 16. 11. 04.

Liebste Frau Doctor!

Sie haben mir durch die Uebersendung der Abbildung des Mausoleums eine grosse Freude gemacht. Seien Sie herzlichst bedankt dafür, ebenso für die Gruppenbilder, die uns eine liebe Erinnerung sind, als auch für Ihren lb. Brief.[67]

Die Marmorgruppe erscheint uns jeden Tag schöner[68], man kann das Bild immer wieder anschauen, und ist stets neu beglückt dadurch, es wird aber auch einen Ehrenplatz in unserem Hause bekommen, ich bin eben auf der Suche nach einem mit dem Bilde übereinstimmenden Rahmen.

Durch unsere Anfrage nach den Grössenverhältnissen des Sascha Schneiderschen Bildes haben wir Ihnen hoffentlich nicht viel Mühe gemacht.[69] Glauben Sie nicht, uns fehlt das Interesse für das herrliche Gemälde, doch etwas kaufen, an dem man nicht seine Freude haben soll, indem man keinen passenden, seiner würdigen Raum und Platz dafür hat, das gefiele uns nicht. – Eine lange Wand haben wir in meines Mannes Zimmer, vielleicht würde diese genügen.

Recensionen sind keine weiteren eingegangen, sonst hätten Sie dieselben sofort zugeschickt erhalten. Mein Mann behält sich vor, Herrn Dr. nächstens zu schreiben.

Dass Sie eine so schöne genussreiche Zeit auf Ihrer Reise verbracht haben, freut uns sehr, besonders dass der „gute

[67] Klara May hatte den Fehsenfelds ein Foto des für die Familien Plöhn und May bestimmten Grabmals auf dem Radebeuler Friedhof (der späteren Ruhestätte auch Karl Mays) und Aufnahmen vom letzten Besuch in Radebeul geschickt. Fehsenfeld schickte den Mays am 7.12.1904 seinerseits ein Familienbild.

[68] Das Marmorhalbrelief im Hintergrund des Grabmals hatte der mit May befreundete Bildhauer Selmar Werner (1864–1953) geschaffen.

[69] Welches Bild die Fehsenfelds erwerben wollten, ist unbekannt.

Mann“ auch wieder einmal „ausgespannt“ und sich hoffentlich noch recht erholt hat.[70] Mögen ihm noch recht viele Jahre des segensreichen Schaffens vergönnt sein. Wie oft bedaure ich, liebste Freundin, dass wir so weit räumlich getrennt sind. Man hat wohl viel Bekannte, doch wenig Freunde. Ihnen möchte ich so recht nahe treten, wie eine Schwester.

Herzlichste Grüsse von Haus zu Haus, besonders von Ihrer treu ergebenen

Paula Fehsenfeld.

Ich habe mich doch wohl schon für den „Handtuch-Gruss“ bedankt als wir in früher Morgenstunde an Ihrem Heim vorbeifuhren. Das treugemeinte Winken hat uns gerührt.

[70] Von Leoben aus, wo sie sich vom 5. bis 19.10.1904 aufgehalten hatten, waren die Mays über Salzburg, Donauwörth, Nürnberg, Frankfurt a. M. und Bad Nauheim heimgereist; am 1.11. waren sie wieder in Radebeul eingetroffen.

Deckelbild von Sascha Schneider (1904)

1905

November
Sascha Schneider: *Titelzeichnungen zu den Werken Karl Mays.* Mit einführendem Text von Johannes Werner. (Mappe mit 25 Deckelbildern, 1000 Exemplare).

* * *

Karl May's gesammelte Reiseerzählungen. Band VII: *Winnetou. 1. Band.* Zehnte Auflage. 51.-55. Tausend.

Karl May's gesammelte Reiseerzählungen. Band VIII: *Winnetou. 2. Band.* Neunte Auflage. 46.-50. Tausend.

Karl May's gesammelte Reiseerzählungen. Band IX: *Winnetou. 3. Band.* Neunte Auflage. 46.-50. Tausend.

Karl May's gesammelte Reiseerzählungen. Band XV: *Old Surehand. 2. Band. Reiseerzählung.* Sechste Auflage. 31.-35. Tausend.

Karl May's gesammelte Reiseerzählungen. Band XIX: *Old Surehand. 3. Band. Reiseerzählungen.* Fünfte Auflage. 31.-35. Tausend.

Karl May's gesammelte Reiseerzählungen. Band XVII: *Im Lande des Mahdi. II. Band. Reiseerzählung.* Sechste Auflage. 26.-30. Tausend.

Karl May's gesammelte Reiseerzählungen. Band XVIII: *Im Lande des Mahdi. III. Band. Reiseerzählungen.* Sechste Auflage. 26.-30. Tausend.

Karl May's gesammelte Reiseerzählungen. Band XX: *Satan und Ischariot. I. Band. Reiseerzählungen.* Fünfte Auflage. 26.-30. Tausend.

Karl May's gesammelte Reiseerzählungen. Band XXVI: *Im Reiche des silbernen Löwen. 1. Band. Reiseerlebnisse.* Vierte Auflage. 26.-30. Tausend.

Karl May's gesammelte Reiseerzählungen. Band XXVII: *Im Reiche des silbernen Löwen. 2. Band. Reiseerlebnisse.* Vierte Auflage. 26.-30. Tausend.

Peter P[aul] Albert: *Die Schiller von Herdern. Ein Beitrag zur hundertjährigen Wiederkehr von Friedrich Schillers Todestag.* Denkschrift der Stadt Freiburg i. Br. zum 9. Mai 1905.

Carl Baas: *Gesundheitspflege im mittelalterlichen Freiburg im Breisgau. Eine kulturgeschichtliche Studie.*

Konrad Guenther: *Der Darwinismus und die Probleme des Lebens. Zugleich eine Einführung in das einheimische Tierleben.* Volksausgabe. 3.-12. Tausend.

Bernhard Kahle: *Über einige Volksliedervarianten.*

Rudyard Kipling (Übs. Curt Abel-Musgrave): *Im Dschungel* (Die Welt der Fahrten und Abenteuer. Band VI). 17.-20. Tausend.

A[age] H. v. Kohl (Übs. Wilhelm Thal, d. i. Lilienthal): *Die roten Namen. Erzählungen aus dem russisch-japanischen Krieg.*

Gertrud Prellwitz: *Michel Kohlhas. Ein Trauerspiel in fünf Akten.*

Viktoria Zähringer: *Frau Viktoria Zähringer's Kochbuch für gewöhnliche und feinere Küche, zum Haushaltungsbuch erweitert.* Vollständig überarbeitet von Pauline Krone geb. Wörner. Wohlfeile Ausgabe (ursprünglich: Freiburg i. Br.: P. Waetzel, 1897-1905).

Alemannia. Zeitschrift für alemannische und fränkische Geschichte, Volkskunde, Kunst und Sprache. Zugleich Zeitschrift der Gesellschaft für Geschichtskunde in Freiburg im Breisgau. Hrsg. von Fridrich Pfaff. Neue Folge. 6. Band (der gesamten Reihe 33. Band).

Dorf und Hof. Hrsg. vom Verein für Volkskunde, Ländliche Wohlfahrtspflege und Heimatschutz Badische Heimat. 3. Jg. (1905).

MAY AN FEHSENFELD • 28. Februar 1905
Brief, hs.

Radebeul-Dresden, d. 28./II. 5.

Lieber Freund!

Die Anmeldung der neuaufzulegenden drei Bände habe ich erhalten und bin mit dem Zahlungsmodus ganz natürlich einverstanden.[1]

Ueber Bd. 31 werde ich mich bei nächster Gelegenheit äußern.[2] Für heut möchte ich über die Schneidersche Mappe mit Ihnen sprechen. Heut hat mir der Künstler die Zeichnungen zum Schut und zu Bd. IV „Silberlöwen“ geschickt.[3] Wenn Sie gestatten, sende ich sie direct an H. Schwabe, damit keine Zeit verloren geht, zumal diese köstlichen Blätter nicht ganz fixirt werden konnten und also durch das öftere Versenden leicht beschädigt werden könnten.

Mein Plan war zunächst, einen erklärenden Text dazu zu schreiben. Davon bin ich abgekommen. Wie kann ich Schneiders Zeichnungen erklären, die doch mich erklären sollen!

Dann dachte ich, für jedes Blatt ein Gedicht zu schreiben, funkensprühend, leuchtend, wie Sternschnuppen aus der Höhe. Aber das wäre ja Wasser auf sämtliche Mühlen unserer Feinde. Schneider und May haben beide sowohl Freunde wie auch Gegner. Wir wollen unsere Freunde vereinigen, nicht aber die Widersacher zusammentrommeln! Man würde über ungeheure Reclame schreien. „May brüllt für Schneider, und Schneider brüllt für May!“ So würde man rufen, und darum lasse ich auch diesen Vorsatz fallen.

Unter vier Augen gesagt, ist es allerdings richtig, daß die Schneiderschen Bilder meine Bücher nicht nur <empfehlen

[1] Um welche Neuauflagen es sich handelte, ist unbekannt.

[2] Konkrete Planungen für Bd. XXXI bestanden zu diesem Zeitpunkt vermutlich noch nicht.

[3] Schneider hatte May die beiden Titelzeichnungen am 25.2.1905 geschickt.

sondern auch erklären> erklären sondern auch empfehlen sollen, aber diese Empfehlung soll eine ruhige, anständige, unauffällige sein. Darum halte ich es für richtig, daß die Mappe für sich selbst spricht, indem die Zeichnungen nur von einem einleitenden Vorwort des Verlegers begleitet werden. Dieses Vorwort würde sehr wahrscheinlich Herr Professor Kreis in Dresden gern schreiben, der berühmte neudeutsche Architekt und Erbauer der Bismarkthürme.[4]

Auf diese Weise halten wir beide, Sie und ich, uns rein von allem Reclamehaften, und wer dann trotzdem gegen uns spricht, der wird nur sich selbst blamiren. Ich bitte Sie, lieber Freund, mir Ihre Meinung hierüber mitzutheilen.

Daß Sie die Mappe in Theilen herausgeben wollen, also nach und nach, halte ich für richtig. Wieviel Blätter die einzelnen Theile enthalten, das steht in Ihrem Belieben. Nur müssen wir nicht Heterogenes zusammenthun. Die ersten 6 Bände bis „Schut“ und die 4 Bände „Silberlöwe“ z. B. würden vortrefflich zu einem Zehner zusammenpassen. Ebenso hätten Sie die amerikanischen Sachen zusammenzuthun.[5]

Was das Honorar betrifft, so will ich aufrichtig mit Ihnen sein. Professor Schneider ist ein großer Künstler, aber kein großer Geschäftsmann. Als sein älterer und erfahrenerer Freund halte ich es für meine Pflicht, mich da seiner anzunehmen. Die Blätter sind mein, für immer mein, mit allen Rechten. Was ich ihm dafür gezahlt habe, kommt hier nicht in Betracht. Ich kann reproduciren etc. etc. so viel ich will, er hat nichts mehr zu bekommen. Aber dennoch gebe ich ihm Alles, freiwillig; ich würde es ihm geben, auch wenn ich nicht sein Freund wäre, aus Noblesse, aus sittlichem Schönheitsgefühl. Und ich wünsche, daß er meinen Verleger genau so ehrt und achtet wie mich selbst.

Sie wissen, was Sie für eine Auflage von 5000 geboten ha-

[4] Der mit May befreundete Dresdner Architekt Wilhelm Kreis (1873–1955) war seit 1902 Professor an der Kunstgewerbeschule. Zu einem Vorwort von Kreis kam es nicht.

[5] Der Plan, die Mappe in Teilen herauszugeben, wurde nicht realisiert.

ben, und zwar die Hälfte sofort. Mein Freund, bitte, gehen Sie erstens in sich und zweitens in Ihren Schrank! In sich finden Sie eine ganze Menge von Menschenfreundlichkeit, Verstand und Herzensgüte. Im Schrank aber giebt es eine ebenso große Menge von blauen und andern Scheinen, mit denen man grad jetzt Herrn Professor Schneider eine herzliche Freude machen würde, da er sich in Weimar „großherzoglich einzurichten" hat, ohne einen ähnlichen Schrank zu besitzen, nicht einmal einen kleinen.[6]

Erhöhen Sie Ihr Angebot um 500 Mark, und zahlen Sie es gleich und ganz, nicht blos zur Hälfte, so will ich Sie loben und preisen auf dem Psalter von 12 Saiten und vor Ihnen hertanzen durch sämtliche Straßen und Gassen von Jerusalem! Ich kenne Sie und weiß: Sie sind nicht nur der Mann, der das kann, sondern Sie sind auch der Mann, der das thut! Ich täusche mich da nicht! Und einem Künstler wie Sascha Schneider eine Freude bereitet und ihn sich verpflichtet zu haben, das kann einem Verleger selbst dann leicht unerwarteten Segen bringen, wenn er an die Nothwendigkeit solchen Segens eigentlich gar nicht mehr denkt. Und May ist auch ein Mann, der eine anständige That nicht so leicht vergißt.[7]

Heut schicke ich diesen Brief noch fort. Von übermorgen an will ich dann lauschen, was <für> Sie als Antwort mir wohl senden werden. Treffen Sie das Richtige, so bleibt es keinen Augenblick hier, sondern es geht sofort nach Weimar, um dort die Sympathie hervorzurufen, die ich so herzlich gern für Sie erwecken möchte.

Mit den besten Grüßen von Haus zu Haus, besonders auch an Ihren Herrn Schwiegersohn,

Ihr
alter
May.

[6] Sascha Schneider war am 15.10.1904 nach Weimar gezogen, wo er auf Anregung von Max Klinger eine vierjährige Professur für Aktzeichnen an der Großherzoglich Sächsischen Kunstschule erhalten hatte.

[7] Der Satz ist mit einem Randstrich versehen.

MAY AN FEHSENFELD • 8. April 1905
Brief, hs.

[Villa Shatterhand]
[Radebeul-Dresden.] d. 8./4. 5.

Lieber Freund!

Erlauben Sie mir, eine Bitte in persönlicher Angelegenheit vorzutragen.

Meine Steuerbehörde schraubt mich mit dem Zoll auf Einkommen so hoch, daß ich mich gezwungen sehe, Sie als meinen Verleger als Herkules auf dem Scheidewege zu betrachten: entweder – oder!

Nämlich entweder schicken Sie mir augenblicklich die Summe, welche diese Behörde zu viel behauptet, oder Sie wählen den weniger kostspieligen Weg, indem Sie die Güte haben, mir kein Geld, sondern nur einige Zeilen zu senden, welche die drei Beträge angeben, die ich in den drei Jahren 1902–4 von Ihnen bezogen habe. Den Durchschnitt, was dies jährlich macht, finden wir Sachsen dann schon selber.

Indem ich Sie anflehe, mich möglichst umgehend aus den hiesigen Polypenarmen zu erretten, sende ich Ihnen Dank und Gruß für Sie und alle Ihre Lieben von

ihr und mir.
Ihr
May.

KONRAD GUENTHER AN MAY • 6. Juni 1905
Brief, ms. Kopie

Freiburg i. B. 6. Juni 1905.

Hochverehrter Herr Doktor!

Von dem schon längst gefühlten, sehnlichsten Wunsche getrieben, Ihre werte Bekanntschaft und die Ihrer lieben Frau Gemahlin zu machen, erlaube ich mir ergebenst die Anfrage, ob wir, meine Frau und ich, am Montag d. 12 Nachmittags, wo wir in Dresden auf der Durchreise sind, <Ihnen> Sie in Ihrer Villa besuchen dürfen.[8]

In ergebenster Hochachtung
Ihr
Dr. Konrad Guenther.

Auch Eva grüsst herzlichst.

KONRAD GUENTHER AN MAY • 1. Juli 1905
Brief, ms Kopie

[Freiburg i. B.] 1. 7. 5.

Hochverehrter Herr Doktor!

Von unserer lehr- und genussreichen Reise zurück denken wir dankbar an die schönen, unvergesslichen Stunden in Ihrem Heim. Ihre Ansichten, die mir in so hohem Maasse interessant waren, beschäftigen mich noch immer, und unsere Übereinstimmung war und ist mir eine hohe Freude.

Indem wir, meine Frau und ich, Ihnen und Ihrer lieben Frau Gemahlin, herzlichst für Ihre so liebe Gastfreundschaft danken

sind wir in der Hoffnung auf ein baldig frohes Wiedersehen

Ihre ergebenen
Konrad und Eva Guenther.

[8] Tatsächlich waren Konrad und Eva Guenther am 12.6.1905, dem Pfingstmontag, zu Gast in der Villa „Shatterhand“.

MAY AN FELIX KRAIS • 12. Juli 1905
Brief, hs.

[VILLA SHATTERHAND]
[RADEBEUL-DRESDEN.] 12./7. 5.

Hochgeehrter Herr Kommerzienrath!
Hier die Abänderungen für „Weihnacht" und „Mahdi" III.[9] Ich hätte zu demselben Zwecke auch gern noch die ungebundenen 2 und 3 Bände[10] „Satan und Ischarioth". Ich bin sehr viel verreist gewesen und in Beziehung auf diese Correcturen nicht mehr ganz im Bilde. Ich würde Ihnen herzlich dankbar sein, wenn Sie mir sagen könnten, welche Bände ich noch nicht durchgesehen habe. Vielleicht haben Sie die Güte, mir dieselben ungebunden zu schicken.
Mit bester Empfehlung an Ihre verehrte Frau Gemahlin
grüßt Sie
Ihr
alter
May.

MAY AN FEHSENFELD • Ende Juli 1905
Brief, hs.

Herrn Verlagsbuchhändler Fehsenfeld, Breisgau-Freiburg.

Lieber Freund.
Hier Professor Schneiders Brief. Ich bin mit dem Titel einverstanden.

[9] Notizen von Krais über den Titeln: „Bd 24" und „Bd 18". Am oberen Briefrand hat Krais zu „*Weihnacht!*" notiert: „24. Juli gedr. 1903. 26–30 Ta[use]nd" (d. i. die 3. Auflage). Zu den „Abänderungen" gehörte der Wegfall des Nachworts zu Bd. XVIII.

[10] Notizen: „Bd 21" und „22". May hat „2 und" nachträglich ergänzt; er benötigte nur noch den zweiten und dritten Band der Trilogie.

Ebenso bin ich damit einverstanden, daß Professor Werner den Text schreibt.[11] Damit umgehe ich den sonst sichern Vorwurf, daß ich meine Werke selbst lobe. Zur Zahlung der 150 Mark sind Sie, wie ich weiß, sehr gern bereit.

Auch die Conferenz „aus drei Welttheilen" leuchtet mir und meiner Seele ein.[12]

Bitte, theilen Sie mir umgehend mit, was Sie über diese Punkte beschließen!

Ich bin sehr froh, daß diese Mappenangelegenheit sich nun der Vollendung naht. Es ist das – im Vertrauen unter uns gesagt – ein Schachzug, der uns den Sieg in sichere Nähe bringt. Sobald ich weiß, daß die Mappe ganz sicher auf dem Weihnachtsmarkt erscheint, thue ich noch einen zweiten Zug, der, schon längst vorbedacht, noch wichtiger als dieser erste ist und unbedingt zu Weihnacht fallen muß. Ich spreche noch nicht davon; es ist Geheimniß. Aber ich frage Sie unter vier Augen: Würden Sie mir ein Drama verlegen, in welchem ich zeige, wer Marah Durimeh ist? Wo nicht, so gebe ich es weiter oder nehme es in Selbstverlag. Ich beginne damit mein eigentliches Lebenswerk, den „Anschauungsunterricht für neue Psychologie".[13] Die Reiseerzählungen werden nebenbei weitergehen.

Diese Geschäftsfrage läßt mich sehr wünschen, daß jene Conferenz aus 3 Welttheilen zu stande komme. Es sind da Dinge zu besprechen, die ich dem Papier nicht anvertrauen kann.

[11] Den Kommentar zur Mappe *Titelzeichnungen zu den Werken Karl Mays* verfasste der Leipziger Theologieprofessor Johannes Werner (1864–1937) auf Wunsch Sascha Schneiders, von dem offenbar auch der Titel der Mappe stammte. Schneiders Brief ist nicht überliefert.

[12] Schneider hatte eine gemeinsame Besprechung zwischen ihm, May und Fehsenfeld vorgeschlagen, zu der es jedoch nicht kam. Mit der „Seele" ist Klara gemeint.

[13] May bezieht sich hier auf das Drama *Babel und Bibel*, zu dem er in dieser Zeit intensive Vorstudien betrieb. Eine erste Vorfassung verwarf er Anfang 1906.

Herzlichsten Gruß von Haus zu Haus
Ihr
alter
May.

Soeben sind die beiden letzten Kartons fertig geworden. Schneider hat also seine Aufgabe gelöst.[14] Nun bitte, frisch und fleißig an das Werk! Weihnacht muß die Mappe sehen!!!

FEHSENFELD AN MAY • 22. August 1905
Brief, ms. Kopie

[FREIBURG i. Br., den] 22. August [190]5
[Sternwaldstrasse 27]

Lieber Freund!
Ihre verschiedenen Zuschriften habe ich bestens dankend erhalten. Ich wäre gern mit Ihnen und Herrn Professor Schneider zusammen gekommen, um über die Decken und speziell die Mappe mit Ihnen zu sprechen, und hatte meine ausführliche Antwort deshalb verschoben. Da ich aber durch verschiedene Umstände verhindert war (meine Frau war zur Kur weg, meine Tochter und mein Schwiegersohn sind nach Russland verreist, sodass ich meinen Enkel[15] bei mir habe, ausserdem habe ich in meinem Hause einen kleinen Umbau, der meine Anwesenheit erfordert), so will ich versuchen, Ihnen durch diesen Brief meine Ansicht über die Mappe kund zu tun.

Leider finden die neuen Decken nicht den erhofften und gewünschten Anklang, im Gegenteil, schon Band 30 wurde in der jetzigen Ausstattung von einem grossen Teil der Buch-

[14] Sascha Schneider hatte May „die beiden letzten Zeichnungen; Weihnacht und Satan und Ischarioth", am 23.7.1905 geschickt, zusammen mit Instruktionen, die May an Fehsenfeld weiterleiten sollte.

[15] Harald Guenther (1903–1927), der älteste Sohn von Eva und Konrad Guenther. Harald wurde später Verlagskaufmann und sollte den Verlag übernehmen, was durch seinen frühen tragischen Tod verhindert wurde.

händler und des Publikums zurückgewiesen[16]; ich erwähne besonders den Borromäus Verein in Bonn, der erklärte, die Bücher mit diesem Umschlage unter keinen Umständen zu vertreiben.[17] Dieser Verein, der einen sehr grossen Absatz in unseren Büchern hat, wird natürlich die übrigen neuen Einbände mit den nakten Gestalten erst recht nicht verkaufen. Ebenso sandten mir schon eine grössere Anzahl Firmen, denen ich einen Teil der Bände in neuen Einbänden sandte, solche zurück und verlangten die alten. Und ich fürchte, wenn erst einmal die Massenversendung in den neuen Einbänden erfolgt, wird sich dies täglich und stündlich wiederholen.

Wenn ich nun von diesem auf den Absatz der Mappe schliesse, so gehe ich mit Zagen an die Herausgabe derselben. Unter keinen Umständen aber kann ich das Risiko übernehmen, die ganze Mappe auf einmal erscheinen zu lassen. Die Herstellung von 1000 Exemplaren der completen Mappe beträgt incl. Honorar ca. 15,000 Mark, ich komme also bei einem Absatz der ganzen Auflage knapp auf die Kosten.

Was die von Herrn Professor Schneider gewünschten Probedrucke betrifft, so habe ich Ihnen seiner Zeit doch einen solchen gesandt, der Ihren und Herrn Professor Schneiders Beifall gefunden hat. Weitere Probedrucke zu liefern ist unmöglich, alle anderen Bilder werden in der gleich guten Weise reproduziert.

Teilen Sie mir gefl. postwendend mit, dass Sie damit einverstanden sind, dass ich die Mappe in 5 Lieferungen a Mk. 5,- herausgebe, ich werde dann sofort mit der Herstellung der ersten beginnen.

Mit herzlichen Grüssen von Haus zu Haus bin ich
Ihr alter
Fehsenfeld.

[16] Während die früheren Bände auch noch in der alten Ausstattung zu haben waren, gab es von Bd. XXX nur die Schneider-Ausgabe.

[17] Der noch heute bestehende Borromäus-Verein, die größte katholische Volksbildungsorganisation zur „Verbreitung guter Bücher", wurde 1844 in Bonn gegründet und belieferte alle katholischen Pfarrbibliotheken in Deutschland (außerhalb Bayerns).

MAY AN SASCHA SCHNEIDER • August 1905
Briefzusatz, ms. Kopie

[Radebeul, ca. 23. August 1905][18]

Soeben geht dieser Brief ein. Bitte, sagen Sie mir umgehend, was ich thun soll!
Herzlichsten Gruß!
Ihr
May.

MAY AN FEHSENFELD • 24. August 1905
Brief, hs.

Radebeul, d. 24./8. 5.

Lieber Freund!
Sie wünschen Antwort mit wendender Post. Hier ist sie.
Sie wissen, daß die Fluth der Schmähungen mich flußabwärts gerissen hat. Da lernte Sascha Schneider mich kennen, und von Stund an faßte er den Entschluß, mir wieder emporzuhelfen. Er sagte mir das zwar nicht, aber ich fühlte es. Seine Zeichnungen sollten sein litterarisches Bekenntniß sein, und von der Mappe hoffte er, daß sie sich für mich zum Kahn gestalten werde, in dem ich mich wieder aufwärtsrudern könne.
Ich schulde ihm für diese Hochherzigkeit unendlichen Dank. Keiner hat mich so verstanden wie er! Aber er kennt mein Fatum nicht: Mein ganzes Leben beweist, daß ich keinem andern Menschen etwas verdanken darf. Nur Gott ist mein Helfer; auf andere, auf menschliche Hülfe habe ich zu verzichten. So auch hier! Der Schneidersche Kahn wird mir entzogen. Ich habe mich ganz allein auf mich selbst zu verlassen; ich habe zu schwimmen, aufwärts, durch alle die Klippen hindurch, die man mir in das Leben hereingeworfen

[18] May sandte Fehsenfelds Brief vom 22.8.1905 mit diesem Zusatz an Sascha Schneider, der sich jedoch zur Erholung in Südtirol aufhielt.

hat. Und ich weiß, ich werde es erreichen, und zwar eher, als man denkt!

Zunächst bin ich überzeugt, daß der Verlag meiner Bücher nicht an Auszehrung sterben wird. Es ist sehr naturgemäß, daß sich die neuen Deckel nicht durch einen Gewaltakt einführen. Im Uebergangsstadium müssen die alten noch zu haben sein. Ich finde es ganz selbstverständlich, daß gewisse Leute bei den alten bleiben wollen; das ist doch kein Grund, larmoyant zu sein! Man giebt ihnen einfach, was sie wollen; sie verlangen es doch nicht umsonst, sondern sie bezahlen es! Wir haben uns beide nach dem Geschmack unserer Leser zu richten, den wir nicht plötzlich, sondern nur langsam veredeln können und der „Bestellschein" Ihres illustrirten K. May-Kataloges zeigt ja, daß Sie das Richtige schon längst getroffen haben, nämlich, Sie bieten Ihren Lesern die Auswahl. Very well!!![19]

Was nun die Mappe betrifft, so sagen mir Ihre Ziffern, daß ich, wie bereits erwähnt, auf diese mir so edelmüthig angebotene Hülfe zu verzichten habe. Nun soll der Preis gar 25 Mark sein; da bringen Sie es gewiß wohl kaum auf 100 Käufer!

Die Firma Callwey sagt in ihrem „Geleit" zur Böcklinmappe[20]: „Die Werke unserer großen Künstler müßten in guten Nachbildungen aber zu ganz billigen Preisen als edelstes Saatkorn ausgesäet und verbreitet werden!" Sie giebt jedes ihrer Meisterbilder im Einzelverkauf mit Text und Umschlag für 25 Pfennige.

[19] Zur Einführung der Schneider-Ausgabe hatte Fehsenfeld im Sommer 1905 eine 20-seitige illustrierte Werbeschrift für *Karl May's Reise-Erzählungen* herausgegeben, die neben einem schon 1898 verwendeten Aufsatz von Prof. Dr. Weise und Pressestimmen auch acht Schneider-Bilder enthielt. Auf dem angefügten Bestellschein konnte wahlweise die herkömmliche Ausgabe oder die Schneider-Ausgabe bestellt werden. Die meisten Leser entschieden sich für die alte Ausstattung.

[20] Gemeint ist wohl die vom „Kunstwart" herausgegebene *Böcklin-Mappe* (7 Blätter), die 1904 bei Callwey in München erschienen war. Der schweizerische Maler Arnold Böcklin (1827–1901) vermittelte in seinem Werk zwischen Spätromantik und Symbolismus.

Böcklin ist en vogue; wir sind das nicht. Darum müßten wir eigentlich noch billiger sein. Anstatt dessen verlangen wir aber genau das Vierfache. Das ist grad so, als ob wir den geschäftlichen Mißerfolg absolut wünschten! Von dem ganz sicher darauf kommenden öffentlichen Fiasco will ich schon gar nicht reden!

Muß denn grad die theuerste Herstellungsweise gewählt werden? Giebt es keine Möglichkeit, die Sache durch eine höhere Auflage zu verbilligen? Das von Ihnen extra erwähnte Honorar ist doch nicht hinderlich, denn Sie wissen nur zu gut, daß es für mich noch Höheres giebt als blos nur Geld!

Und wenn die Bilder in langsamen Lieferungen verzettelt werden sollen, so hätten wir doch schon längst damit beginnen müssen. Wir könnten da wohl schon an der vierten Lieferung stehen und die fünfte noch vor Weihnacht erscheinen lassen. Der Coup, den ich vorhatte, war ja für Weihnacht berechnet. Im vorigen Jahre wurde nichts daraus; heuer wieder nicht, obgleich Alles so schön beisammen ist. Nun kann ich nicht länger warten, und ich verzichte also auf diese Hülfe!

Sie ersehen hieraus, lieber Freund, daß Sie sich von nun an nicht mehr zu beeilen brauchen. Nehmen Sie sich Zeit zum ruhigen Erwägen! Aber bitte, halten Sie bei dieser Erwägung das Eine fest, was ich betonen muß, nämlich: Schneider und May sind nicht als buchhändlerische Versuchskarnickel zu betrachten. Sie werden niemals dulden, daß man mit Probelieferungen an ihnen herumexperimendirt [sic], obs wohl auch gehen oder ob es fehlschlagen werde. Eine Lieferung erscheinen und das Werk dann fallen lassen, weil es zu theuer ist, das liegt uns fern. Uebrigens hat Schneider complet geliefert, und ich sagte bereits: Die Mappe ist eine That, und Thaten zerreißt man nicht![21]

[21] Die zweite Hälfte des Absatzes ist am Rand fett angestrichen, wohl von Fehsenfeld. May selbst hat den letzten Satz durch eine Randmarkierung hervorgehoben. – Noch am 28.2.1905 hatte May es für richtig gehalten, „die Mappe in Theilen herauszugeben". Sein Sinneswandel dürfte auf den Einfluss Schneiders zurückzuführen sein.

Indem ich also darauf verzichte, von dieser Mappe etwas für mich zu erwarten, bekomme ich Raum für meine eigene Kraft; ich werde ellbogenfrei. Bis hierher wurde ich im Fluß herabgetrieben; nun aber lasse ich die alten Wasser laufen und drehe mich um; ich schwimme; ich kehre zurück. Und, lieber Freund, bis ich da oben ankomme, wohin ich will, brauchen Sie sich nicht um mich zu sorgen. Wenn ich mein Ziel erreiche, werden Sie es hören, ohne daß ich es Ihnen melde.[22]

Dann wird eine bessere Zeit auch für die Mappe sein. Man wird sie freilich auch dann noch als Kahn zu betrachten haben, doch nicht zu meiner Rettung, der ich das nicht mehr brauche, sondern für alle, für die ich gegen den Strom schwimme, damit sie mir dann recht behaglich nachkommen können.

Unter Bergen von Arbeit fast erdrückt, doch glücklich und jugendfrisch, grüßt

von Haus zu Haus
Ihr
alter
May.

MAY AN FEHSENFELD • August oder September 1905
Brief, hs.[23]

[Radebeul, August oder September 1905]

Mein lieber Freund!

Hier sende ich Ihnen einen Brief Schneiders; es ist ein vertraulicher.[24] Ich habe ihm gesagt, daß Sie zu bestimmen haben. Ich bitte, mir umgehend Nachricht zukommen zu

[22] Von diesem Satz an ist der Rest des Briefes mit einem fetten Randstrich versehen.

[23] Quelle: Universitätsbibliothek Freiburg

[24] Der Brief Schneiders ist nicht überliefert.

lassen, ob und welche Bedenken Sie etwa gegen diese Sache haben.

Vor allen Dingen möchte ich gern wissen, wie es mit der Mappe steht. Ich erfahre nichts und bekomme auch die Originale nicht zurück, die doch nun nicht mehr gebraucht werden. Das macht mir Sorge!

Bitte, grüßen Sie Ihren Herrn Schwiegersohn von uns. Ihr „Kleinstes" sagte einst von sich: „Ich bin brav; mit mir kann man reisen!"[25] Nach diesem liebenswürdigen Vorbilde kann er von sich sagen: „Ich bin brav; mit mir kann man reden!" Wir wünschen sehr, ihn bald wiederzusehen.

Mit herzlichem Gruß an Alle

Ihr May

MAY AN FEHSENFELD • 8. September 1905

Brief, hs.

[Villa Shatterhand]
[Radebeul-Dresden.] 8./9. 5.

Lieber Freund!

Ich finde Ihren Entschluß im höchsten Grade vernünftig, und Herr Professor Schneider freut sich, wie er mir schreibt, auch darüber. Wir bezweifeln nicht, daß Sie die angegebenen Daten einhalten werden, und legen Ihnen hierfür unsern Dank bereit.

Was das Honorar betrifft, so bin ich selbstverständlich zu jedem Entgegenkommen bereit[26], möchte aber damit nicht derart, wie es Ihr Vorschlag mit sich bringt, in der Luft hängen bleiben. Die 4000 Mark[27], welche Herr Professor Schnei-

[25] May erinnert sich hier an seine Schweiz-Reise mit den Fehsenfelds im Sommer 1893 und einen Ausspruch der damals vierjährigen Dora Fehsenfeld.

[26] Bis hierhin ist der Satz am Rand markiert, wohl von Fehsenfeld.

[27] Honorarsumme unterstrichen

der bekommen hat, sind für einen Ladenpreis von 12 Mark und 1000 Auflage allerdings nicht festzuhalten, aber der „Verzicht auf Gewinn und Honorar für das erste Tausend" stellt die Sache einfach so ganz unerledigt auf die Seite, wie es zwischen Geschäft und Geschäft wohl nicht ganz üblich ist. Ich bitte darum doch lieber um Klarheit und um einen festbestimmten Satz.

Nehmen wir diese 4000 Mark, die doch nun einmal ausgezahlt worden sind, als Honorar für die erste Auflage an, und bitte, theilen Sie mir mit, wie hoch Sie sich dann diese Auflage denken. Berechnen Sie. Sie werden finden, daß dies das Beste ist.[28] Vor allen Dingen wird dadurch von dem Künstler das höchst unangenehme Gefühl genommen, in pekuniärer Schuld zu stehen.

Was nun die Pflichtexemplar-Frage betrifft, so werden Sie sich besinnen, daß ich bereits vor längerer Zeit einmal hieran erinnerte. Ich habe seit einer ganzen Reihe von Jahren wohl die Pflichtexemplare für die neugeschriebenen, nicht aber für die neuaufgelegten alten Bände bekommen. Ausgenommen hiervon sind nur die kürzlich hier eingegangenen Bände 1, 2, 3 und 15 im neuen Gewande.[29]

Es ist also ein nicht ganz unbedeutender Rückstand an Pflichtexemplaren, der seit Jahren erwachsen ist, und da mir in Folge meiner öfteren Reisen und häuslicher Ereignise die hierauf bezüglichen Ziffern fehlen, bat ich Sie um eine Aufstellung, da Sie ja nur in die Bücher zu schauen brauchen, um zu sehen, von welchem Jahre an diese Sendungen unterblieben. Wahrscheinlich ist es von 1898 an, daß ich nur die neuen, nicht auch die alten Bände bekommen habe.

Ich verwende diese Exemplare nur im Nutzen des Verlages, und es ist mir höchst unangenehm, daß ich seit schon so langer Zeit die Wünsche der Kritik etc. etc. nicht mehr erfüllen konnte. Herr Schwabe schrieb mir zwar einmal hierüber, er

[28] Bis hierhin ist der Absatz am Rand markiert.

[29] Gemeint sind die Bände *Durch die Wüste*, *Durchs wilde Kurdistan*, *Von Bagdad nach Stambul* und *Old Surehand II* in der Schneider-Ausstattung.

habe geglaubt, daß ich nur für neue Bücher Pflichtexemplare bekomme, aber er hat doch schon von Anfang an das Gegentheil gethan und trotz dieser Entschuldigung das Versäumte bis heut noch nicht nachgeholt. Ich wiederhole also meine damalige Bitte um ein Verzeichniß der Bücher, die ich nachzubekommen habe, und werde Ihnen dann umgehend mittheilen, welche ich in natura haben möchte und welche nicht. Gegenwärtig ist der Bestand ganz blitzgenau grad 000!

Ueber die nächste Neuheit schreibe ich Ihnen noch besonders, sobald es Zeit ist, den Druck zu beginnen. Ich armes, altes kleines Kind möchte mir gern einmal die Freude gönnen, im Schachspiel gegen mich einen Zug zu thun, den Niemand vorher ahnt.[30]

Mit herzlichem Gruße an Alle, besonders auch Herrn Doctor Guenther,

Ihr
alter
May.

MAY AN FEHSENFELD • 18. September 1905
Brief, hs.

[VILLA SHATTERHAND]
[RADEBEUL-DRESDEN.] 18./9. 5.

Lieber Freund.

Dank für den Brief! Das ist die Klarheit, die ich wollte; Sie irgendwie zu benachtheiligen, gedachte ich nicht.

Freiexemplare sind nach Ihrer Aufstellung 1850 rückständig. Ich bitte, mir umgehend von jedem Band 10 zu senden, also 300 Stück. Bleiben 1550 in Form von Taschengeld für Klärchen, natürlich abzüglich dessen, was Sie zu subtrahiren haben.

[30] In dem Drama *Babel und Bibel* spielt das Schachspiel eine besondere Rolle.

Man ist nun allüberall überzeugt, daß die Mappe an dem von Ihnen angegebenen Tag erscheinen wird.[31]

Immerwährend grüßend
Ihr
alter
May
nebst ihr!

FEHSENFELD AN KLARA MAY • 13. Oktober 1905
Brief, ms. Kopie

[FREIBURG i. Br., den] 13. Oktober [190]5
[Sternwaldstr. 27]

Sehr geehrte Frau Doktor!

Durch ein unliebsames Versehen sind noch von den alten Lesezeichen in die Bände gekommen; ich werde sofort für Aenderung Sorge tragen.

Was die Klage der Leser, man gebe ihnen Münchmeyersche Sachen, betrifft, so liegt dies meines Erachtens daran, dass seit längerer Zeit kein neuer Band erschienen ist.[32] Die Leser, die alle 30 Bände besitzen oder gelesen haben, fragen, ob nichts Neues von Karl May erschienen ist, und da geben ihnen die Buchhändler eben die Münchmeyerschen Bände. Die fragen nicht, ob ächt oder nicht, die wollen nur verkaufen. Sie werden sehen, dass nach Erscheinen eines neuen Bandes der Absatz wieder bedeutend steigen wird.

Mit ergebensten Grüssen bin ich
Ihr
Fr. Ernst Fehsenfeld.

[31] Sascha Schneiders Sammelmappe mit 25 *Titelzeichnungen zu den Werken Karl Mays* (späterer Titel *Empor zum Licht*), kommentiert von Johannes Werner, erschien Mitte November 1905. Als Erscheinungstermin hatte Fehsenfeld den 21.11.1905 genannt.

[32] *Und Friede auf Erden!* (Bd. XXX) war im September 1904 erschienen.

MAY AN FEHSENFELD • 17. Oktober 1905
Brief, hs.

Radebeul, d. 17./10. 5.

Lieber Freund!

Hier das Wernersche Manuscript.[33] Ich finde kein Wort daran zu ändern und bitte auch Sie, es genau so zu lassen, wie es ist. Dabei setze ich voraus, daß die Nummern, die er den Blättern giebt, mit den Ihren stimmen.

Herr Prof. Dr. Werner hat mit Herrn Prof. Schneider ein Honorar von 150 Mark vereinbart. Das ist sehr wenig, wenn man bedenkt, wer und was er ist und was er alles mit seinem Namen deckt. Wenn ein Leipziger Professor der Theologie in dieser Weise öffentlich für uns eintritt, so ist das mehr werth, als wenn ein König sich privatim für uns interessirte. Es ist ein offenbarer Sieg der feindseligen Geistlichkeit gegenüber, die uns verwirft, ohne uns zu lesen und zu kennen. Ich habe absichtlich gebeten, mich in dieser Begleitschrift so wenig wie möglich zu erwähnen.

Die beiden Herren Professoren nehmen natürlich an, daß diese 150 Mark sofort bei Empfang des Manuscriptes gezahlt werden, und ich bitte Sie, dies zu thun!!!

Mein nächstes Werk[34] schreitet rüstig vorwärts; es folgt der Mappe unmittelbar. Ich schreibe Ihnen nächstens mehr hierüber.

Ich hatte Ihnen notirt, mir von den bisherigen Bänden je 10 zu senden, also 300. Herr Schwabe aber schickt nur einige wenige Bände, dafür aber von jedem 25. Ich muß ihm das also zurücksenden. Hoffentlich macht er das mit den Schneiderschen Originalen, deren Rücksendung nun fällig ist, nicht auch anders, als er soll. Ich müßte ihn für jede Schädigung dieser kostbaren Blätter ganz unbedingt haften lassen.

[33] Sascha Schneider hatte May den Kommentar Johannes Werners am 17.10.1905 geschickt; May sandte ihn unverzüglich weiter.

[34] Gemeint ist das Drama *Babel und Bibel.*

Indem ich nun nicht den geringsten Zweifel mehr habe, daß die Mappe an dem von Ihnen angegebenen Tage erscheinen und der Buchhandel in wirksamer Weise bereits vorher davon unterrichtet wird[35], bin ich mit den herzlichsten Grüßen von Radeburg in Bachsen nach Freibeul in Saden

Ihr
alter
May.

MAY AN FEHSENFELD • 28. Oktober 1905
Brief, hs.

[Radebeul] 28./10. 5.

Lieber Freund!

Da Herr Professor Werner den Tag kommt, für den Sie das Erscheinen der Mappe bestimmt haben, und er trotz der Kürze des Manuscriptes die Correctur noch nicht bekommt, wird es ihm bange, man könne drucken, ohne ihn die Correctur lesen zu lassen, obwohl er jedes seiner Worte vor der feindseligen Oeffentlichkeit zu vertreten habe.[36] Natürlich habe ich ihn damit beruhigt, daß Sie viel zu gewissenhaft seien, ihn derart zu übergehen, und daß bei einem solchen Drucke ganz unmöglich so schnell verfahren werden kann wie mit einem Zeitungsbericht, der heut geschrieben wird und morgen schon im Blatte steht.

Hoffentlich zürnen Sie nicht, daß ich trotzdem die vorliegenden Zeilen an Sie richte; ich habe es ihm versprochen.

[35] Fehsenfeld kündigte die Schneider-Mappe u. a. am 18.10.1905 im *Börsenblatt* für Anfang November an.

[36] Notiz Fehsenfelds: „gleich antworten". – Werner hatte am 27.10.1905 an May geschrieben: „Ich bin sehr froh, daß meine Arbeit Ihren und Freund Sascha's Beifall gefunden hat. Das Geschäftliche hat Fehsenfeld prompt erledigt. Hingegen bin ich etwas in Sorge wegen des Ausbleibens der Correctur." Am 21.11. besuchte Werner May in der Villa „Shatterhand".

Haben Sie die Güte, mein „Herzle“ mit allen unsern Grüßen in die Arme Ihrer Frau Gemahlin zu legen. In die Ihrigen aber lege ich mich selber.

Immer
Ihr
alter
May.

MAY AN FELIX KRAIS • 28. Oktober 1905
Brief, hs.

28./10. 5.

Hochgeehrter Herr Kommerzienrath!

Herr Professor theol. Dr. Werner, Leipzig-Schleußig, Paußnitzstr. 1, der Verfasser des Begleitschreibens zur Mappe, befindet sich in Sorge darüber, daß man drucken werde, ohne ihm die Correctur geschickt zu haben – – weil die Zeit so kurz geworden ist. Ich weiß, daß dies vollständig ausgeschlossen ist, und habe ihm beruhigend geschrieben, daß er diese Correctur ganz unbedingt zu lesen bekommen werde. Ich richte die vorliegenden Zeilen trotzdem an Sie, weil ich es ihm versprochen habe.

Auch abgesehen davon, daß dieser Herr die bei Ihnen gebräuchliche Sorgfalt und Gewissenhaftigkeit natürlich noch nicht kennt, ist sein Eintreten für May und Schneider eine That von solcher Kühnheit, daß es gewiß selbstverständlich ist, wenn er wünscht, vor dem Drucke die Correctur lesen zu können, weil er ja der feindlichen Oeffentlichkeit gegenüber für jedes seiner Worte persönlich einzustehen hat.

Mit der Bitte, mich und mein „Herzle“ der verehrten Frau Kommerzienräthin bestens zu empfehlen,

grüßt herzlichst
Ihr
alter
May.

MAY AN FEHSENFELD • 8. November 1905
Brief, hs.

[Radebeul] 8./11. 5.

Lieber Freund!
Bin mit Ihren Zahlungsvorschlägen einverstanden.
Herzl. Grüße!
Ihr
alter
May.

MAY AN FEHSENFELD • 18. November 1905
Brief, hs.

[VILLA SHATTERHAND]
[RADEBEUL-DRESDEN.] 18./11. 5.

Lieber Freund.
Gestatten Sie mir, heut auf das Drama zu kommen! Der Titel ist jetzt noch Nebensache, wird aber <u>höchst</u> <u>zugkräftig</u> sein.[37]

Länge: die eines abendfüllenden Stückes. 3–6 Bogen, je nach Schrift, Satz u.s.w. Im Ganzen nicht mehr als 2100 ungereimte Jambenverse, also 2100 Zeilen. Hierzu kommt der Raum für gebrochene Zeilen, Ueberschriften, Fingerzeige u.s.w. Es kommt da ganz darauf an, was Sie für Format, Ausstattung etc. wählen, ob Sie <u>nur</u> <u>eine</u> Ausgabe machen wollen oder eine billige und eine bessere. Ca. 200 Exemplare brauche nur ich allein.

Ich habe so lange gewartet meiner Herren Gegner wegen. Es soll ein fait accompli sein, ganz kurz vor Weihnacht, wenn es keine Zeit mehr giebt, ihre Gifte auszuspritzen.

[37] Der Haupttitel *Babel und Bibel* stand zu diesem Zeitpunkt bereits fest.

Es ist noch nicht begonnen[38]; aber sobald ich Ihre Ansichten über Format und Sonstiges gehört habe, werde ich mit der Niederschrift beginnen. Großer Vorbereitungen bedürfen Sie ja nicht, und die paar Bogen sind schnell gedruckt. Ich rechne mit dem Umstande, daß die zweite Auflage vielleicht mit Schneiderscher Ausstattung gegeben werden kann.[39] Bitte, haben Sie die Güte, zu schreiben, was Sie beschlossen haben, denn nachgedacht haben Sie jedenfalls schon längst darüber. Nur ja kein dickes, starres, hölzernes Buch. Ich gebe geistige Schätze. Marah Durimeh als Menschheitsseele. Der Einband sei ihrer würdig – – einfach, ernst, doch hell und freundlich. Keine Schmierlinien und Verrenkungen, aber auch keinen steifen Cigarrenkistendeckel.

Was macht die Mappe? Warum kommt sie nicht? Professor Schneider war vorgestern hier. Der ist gewohnt, sich an das Wort zu halten.[40]

Mit der Bitte, Ihr Daheim von meinem Daheim bestens zu grüßen,

Ihr
alter
May.

[38] Am 17.10.1905 hatte May Fehsenfeld noch geschrieben, sein Drama schreite „rüstig vorwärts"; der Widerspruch löst sich dadurch auf, dass May eine erste Fassung weitgehend verworfen hatte.

[39] *Babel und Bibel* erschien mit einem schlichten Einband; zu einer zweiten Auflage „mit Schneiderscher Ausstattung" kam es nicht. Schneider hatte May am 24.10.1905 geschrieben, er sei zwar bereit, ein Titelbild für das Drama anzufertigen, fühle sich aber nicht in der Lage, eine „Menschenseele" (die „Menschheitsseele" Marah Durimeh) zu zeichnen: „Wie sieht die aus? Ich kann doch nur das Gefäß dazu zeichnen, wenn ich nämlich den Kopf einer alten Frau gebe. Es wird immer nur eine alte Matrone werden. Sie verlangen etwas ganz Unmögliches!" Zwei Jahre später fertigte Schneider die Zeichnung *Marah Durimeh* an, die aber nicht für *Babel und Bibel*, sondern für *Ardistan und Dschinnistan* Verwendung fand.

[40] Schneider hatte May am 16.11.1905 besucht und dabei mit ihm wohl auch über die Möglichkeit gesprochen, zumindest für eine zweite Auflage des Dramas eine Zeichnung anzufertigen.

MAY AN FEHSENFELD • 23. November 1905
Brief, hs.

Radebeul, d. 23./11. 5.

Lieber Freund!

Herzlichen Dank für Ihre Vorschläge.[41] Ich antworte folgendermaßen:

Sie drucken 1000. Darum gilt unsere jetzige Abmachung nur für diese 1000. Keiner von beiden ist darüber hinaus gebunden oder verpflichtet.

Ich sagte Ihnen bereits, daß die nächste Ausgabe wahrscheinlich eine Schneidersche sein werde. Darum wäre es Verschwendung an Zeit und Geld, sich für diese 1000 von anderen Leuten Probezeichnungen machen zu lassen. Wir geben diese Auflage einfach nicht im Einband von Holz u.s.w. heraus, sondern genau so, wie das beifolgende Heft von Professor Kittel.[42] Wir nehmen genau denselben <Be> Deckel und genau dasselbe Format. Sollte es gar nicht anders gehen, da aber nur ganz wenig schmaler u. kürzer. Ich wünsche nämlich eine große, deutliche Schrift!

Die Wahl des Papieres steht bei Ihnen; ich weiß, Sie sind da nobel!

Das verkürzt das ganze Verfahren. 1000 solche Hefte sind sehr schnell gedruckt und gebunden. Im Uebrigen stimme ich Ihnen bei; bitte Sie also, Ihre Vorbereitungen[43] so zu treffen,

[41] Fehsenfeld hatte Vorschläge zur Gestaltung des Drameneinbands gemacht.

[42] Als Vorbild für den Einband schickte May Fehsenfeld das Heft *Die babylonischen Ausgrabungen und die biblische Urgeschichte* (4. Aufl., Leipzig 1903, „Buch 2024“ in Mays Bibliothek) des evangelischen Alttestamentlers Rudolf Kittel (1853–1929). Im Gespräch war offenbar auch ein Einband in der Art eines (nicht zu ermittelnden) Werkes von Arno Holz (1863–1929) gewesen.

[43] Bis hierhin ist der Satz, vermutlich von Fehsenfeld, unterstrichen; außerdem ist der Absatz mit einem doppelten Randstrich versehen.

daß der Druck beginnt, sobald ich das Manuscript sende. Morgen beginne ich mit der Arbeit.

Der Krankheitsfall in Ihrer Familie thut uns herzlich leid, zumal ich weiß, was Sie an Ihrem Herrn Schwiegervater verlieren würden.[44] Hoffentlich ist es aber nur ein kurzer Gruß, nicht aber ein ernster Besuch jenes geheimnißvollen Engels, den wir leider so unberechtigter Weise als „Tod" bezeichnend [sic].

In alter Gesinnung
Ihr
May

(Das Buch 2024 bitte ich mir umgehend retour. Die Arbeit handelt nämlich von diesen Ausgrabungen.)

SASCHA SCHNEIDER AN FEHSENFELD • 24. November 1905
Brief, hs.[45]

Sehr geehrter Herr Fehsenfeld!

Habe Mappen erhalten, sehen soweit recht gut aus. Schade, daß doch noch meistens der schwarze Rand um die Blätter stört. – Wegen der Kritiker fragen Sie mich zuviel, ich kenne keine persönlich. Mit der Illustrirten Zeitung, Leipzig, will ich mich selbst ins Einvernehmen setzen, wenn es nicht schon geschehen ist, ich bin dort gut bekannt und habe gerade wegen eines Artikels über mich zu verhandeln.[46] Versäu-

[44] Fehsenfelds Schwiegervater Josephus Rheinboldt starb ausgerechnet am 23.11.1905, am Tag von Mays Brief, in Baden.

[45] Quelle: Universitätsbibliothek Freiburg

[46] Durch Vermittlung Schneiders erschien dann am 21.12.1905 in der Leipziger *Illustrirten Zeitung* ein Aufsatz über *Sascha Schneiders Titelzeichnungen zu den Werken Karl Mays* von P. K. mit dem Titelblatt zu *Am Rio de la Plata*.

men Sie nicht hiesigen, Weimarer Buch und Kunsthandlungen die Mappen anzubieten:
Thelemann, Schillerstraße
Huschke, Frauentorstraße
beides Hofbuchhandlungen.[47]
Ebenso senden Sie mehrere Exemplare meinem Kunsthändler E. Richter, Dresden Hofkunsthandlung Pragerstraße.[48]

Ich bin sehr gespannt wie das Werk geht. Wenn Sie es nicht an Energie fehlen lassen, so bin ich des Erfolges sicher.

Hochachtungsvoll
ergeben
Prof. S. Schneider

24./II. 05 Weimar

MAY AN FEHSENFELD • 28. November 1905
Brief, hs.

Radebeul, d. 28./11. 5.

Lieber Freund!

Herr Krämer schickte mir Umschlagpapier. Ich finde es passend.[49] Dafür, daß er Prof. Schneider und Prof. Werner Freiexemplare gesandt hat, bin ich ihm herzlich dankbar. Besonders ist Werner für die Verbreitung in den akademischen

[47] Es handelte sich um die Hof-, Buch- und Musikalienbuchhandlung von Ludwig Thelemann, Schillerstraße 15, und um die Hof-, Buch- und Kunstbuchhandlung Alexander Huschke Nachf. (Rudolf Buchmann), Frauentor 17.

[48] In der Kgl. Hof-Kunsthandlung Emil Richter, Prager Straße 13, Ecke Ferdinandstraße, hatte May am 5.3.1902 Schneiders Monumentalgemälde *Um die Wahrheit* gesehen und war so erstmals auf den Maler aufmerksam geworden. Die bekannte Kunsthandlung wurde nach dem Tod von Emil Richter im Jahre 1892 von Hofrat Hermann Holst geleitet.

[49] Das Umschlagpapier der Schneider-Ausgabe unterscheidet sich nicht wesentlich von dem Papier der grünen Ausgabe.

Kreisen von allergrößter Wichtigkeit. Er hat vor Leipzig schon an andern Universitäten Theologie, Kirchengeschichte, Ethik u.s.w. gelesen[50] und einen so bedeutenden Einflußkreis, daß es mir leid thut, ihn, der in dieser Weise für uns eingetreten ist, mit nur einem einzigen Exemplar abgefunden zu sehen.

Bitte, haben Sie die Güte, mir umgehend noch 12 Stück senden zu lassen und dafür den von Ihnen angegebenen Preis zu berechnen. Zugleich bitte ich um 12 „Himmelsgedanken" und noch 20 „Friede auf Erden".

Daß Sie an Schneider und Werner je eine volle Zahl meiner Bücher sandten, finde ich vornehm und sehr richtig. Es wird Ihnen gute Zinsen tragen. Grad hierfür danke ich Ihnen ganz besonders.

Mit den besten Grüßen
von hier zu Ihnen
Ihr
May.

SEBASTIAN KRÄMER • November 1905
Notizen, hs.

Drama May
1100 Ex Satz bleibt stehen
(100 f. Rez. Ex)
Einband soll er selbst besorgen
Papier vornehm. 100 Ex auf Büttenpapier nummerirt
Honorar 1. Aufl keins
2. Auf n. Übereinkunft
Preis 1.50. Bütten 3 –
Einband apart.

[50] Johannes Werner, der sich vor allem mit kirchen-, kultur- und kunstgeschichtlichen Studien beschäftigte, wirkte in Leipzig lediglich als Privatgelehrter. Von 1894 bis 1899 war er zuletzt als Professor an der Theologischen Fakultät in Marburg tätig gewesen, hatte mit dem Umzug nach Leipzig dann aber die akademische Laufbahn verlassen.

200 f. May gratis, Einbände berechnet.
Mappe 3 abgesandt
Bestellungen 3
Leipz. Ill wird ill. Bespr[echung] bringen

MAY AN FELIX KRAIS • 2. Dezember 1905
Brief, hs.

[VILLA SHATTERHAND]
[RADEBEUL-DRESDEN.] d. 2./12. 5.

Hochgeehrter Herr Kommerzienrath!

Herr Fehsenfeld wird Sie benachrichtigt haben, daß Ihnen nächstens ein Manuscript zu einem Drama von mir zugeht.

Ich wünsche für dasselbe eine besonders reine, gut lesbare Schrift, deutliche Schrift, auch für ältere Augen, und zwar deutsch, nicht lateinisch. Darum sende ich Ihnen einige Zeilen dieses Drama mit der Bitte, sie mir in einigen derartigen Schriften setzen zu lassen und dann zuzuschicken, damit ich wählen kann. Das möchte schon jetzt geschehen, da es dann, wenn das Manuscript fertig ist, wohl ganz besonders eilt.

Unter vier Augen noch die vertrauliche Mittheilung, daß Sie sich die ganz besondere Hochachtung der Herren Professoren Schneider und Werner gewonnen haben.

Mit herzlichem Gruß,
alles Liebende und Geliebte eingeschlossen,
Ihr
alter
May.

Giebt es nicht auch kürzere Gedankenstriche in dieser Schrift, die keinen so großen Raum erfordern. Es wird sonst vorkommen, daß Sie derartige Verse nicht ganz auf eine Zeile bringen, und das kann die Regie resp. den Darsteller leicht irr machen.

MAY AN FELIX KRAIS • 8. Dezember 1905
Brief, hs.

[Radebeul] d. 8./12. 5.

Hochgeehrter Herr Kommerzienrath!

Herzlichen Dank für die Schriftproben. Erst nach der zweiten Sendung war die Entscheidung möglich. Ich bin ganz Ihrer Ansicht und möchte gern die mir von Ihnen vorgeschlagene Wahl treffen. Aber ich habe Rücksicht auf Die zu nehmen, für welche der Druck vor allen Dingen bestimmt ist. Das Künstlerauge, dessen Blick alltäglich mehrere Stunden lang aus dem grellsten Bühnenlicht hinaus in das Dunkel des Zuschauerraumes zu fallen hat, ist unendlich dankbar für eine Schrift, die schlicht, scharf, bestimmt und deutlich ist und das gequälte Auge nicht durch Erker, Balkone, Thürmchen und ähnliche Sapperloterreien in Verzweiflung bringt. Ich kenne gar wohl den Werth des Styles, doch höher als er muß mir die Rücksicht auf die Augen Derer stehen, die mich zu lesen haben. Auch schon bei einfacher Lektüre läßt eine stylisirte Schrift den Eindruck nicht so unmittelbar zur Wirkung kommen wie bei Typen, die man während des Lesens einfach gar nicht sieht. Ich wähle also die beifolgende Nummer 3. Sie ist von geringer Distinktion, nicht mehr modern, wohl gar ein wenig unschicklich, aber einfach, ehrlich, bieder, rechtschaffen und tugendhaft. Man mag über sie lächeln, ich aber bin ein alter, treuer Kerl und habe sie gern.

An den 10 von Ihnen gedruckten Zeilen wird Ihnen die Fremdartigkeit aufgefallen sein. Das Stück spielt in den Ruinen von Babylon bei den dortigen Arabern. Man gräbt aus. Hauptperson ist Marah Durimeh, die Menschheitsseele. Daß meine lieben Haddedihn und Dschamikun vorkommen, versteht sich ganz von selbst.

Mit herzlichem Gruß
Ihr
ergebener
May.

1906

August
Karl May: *Babel und Bibel. Arabische Fantasia in zwei Akten.* Erstausgabe (1200 Exemplare).

* * *

Karl May's gesammelte Reiseerzählungen. Band I: *Durch die Wüste. Reiseerzählungen.* Dreizehnte Auflage. 61.-65. Tausend.

Karl May's gesammelte Reiseerzählungen. Band IV: *In den Schluchten des Balkan. Reiseerzählung.* Achte Auflage. 41.-45. Tausend.

Karl May's gesammelte Reiseerzählungen. Band VI: *Der Schut. Reiseerzählung.* Achte Auflage. 41.-45. Tausend.

Karl May's gesammelte Reiseerzählungen. Band XXI: *Satan und Ischariot. II. Band. Reiseerlebnisse.* Fünfte Auflage. 26.-30. Tausend.

Karl May's gesammelte Reiseerzählungen. Band XXII: *Satan und Ischariot. III. Band. Reiseerzählung.* Fünfte Auflage. 26.-30. Tausend.

Karl May's gesammelte Reiseerzählungen. Band XXIV: *„Weihnacht!" Reiseerzählung.* Fünfte Auflage. 31.-35. Tausend.

Konrad Guenther: *Erhaltet unserer Heimat die Vogelwelt!* Mit einem Anhang: *Empfehlenswerte Stubentiere.*

Onno Klopp: *Geschichten, charakteristische Züge und Sagen der deutschen Volksstämme.* Nach den Quellen erzählt. Nach dem Tode des Verfassers durchgesehene 2. Auflage. 3 Bde.

(1. *Aus der Zeit der Völkerwanderung*; 2. *Aus der Zeit der Frankenherrschaft*; 3. *Die Karolingisch-sächsisch-fränkische Kaiserzeit vom Vertrage zu Verdun* (843) bis 1125).

Alemannia. Zeitschrift für alemannische und fränkische Geschichte, Volkskunde, Kunst und Sprache. Zugleich Zeitschrift der Gesellschaft für Geschichtskunde in Freiburg im Breisgau. Hrsg. von Fridrich Pfaff. Neue Folge. 7. Band (der gesamten Reihe 34. Band).

Dorf und Hof. Hrsg. vom Verein für Volkskunde, Ländliche Wohlfahrtspflege und Heimatschutz Badische Heimat. 4. Jg. (1906).

KARL UND KLARA MAY AN FEHSENFELD • 8. Februar 1906
Brief, hs.

Radebeul, d. 8./2. 6.

Lieber Freund!

Endlich, endlich beginnt es! Der Frühling ist da. Es grünt und sproßt. Das Heer der Feinde beginnt den Rückzug. Ich zaudere keinen Augenblick, die Verfolgung so energisch zu schärfen, daß der Sieg ein vollständiger ist. – – Soeben habe ich den großen Münchmeyerprozeß auch in zweiter Instanz, beim Oberlandesgericht gewonnen, und zwar glänzend.[1] Und nun heraus mit dem Ziethen aus dem Busch[2], um den Feinden keine Ruhe zu gönnen, bis sie aufgerieben sind!

Mit diesem Ziethen meine ich das Drama. Der Titel lautet:

Babel und Bibel
arabische Fantasia in zwei Akten
von
Karl May.[3]

Sie sehen, der Titel ist im höchsten Grade aktuell, ein besserer, zugkräftigerer gar nicht zu finden![4] Schon das allein

[1] Am 5.2.1906 hatte May den Prozess gegen Pauline Münchmeyer auch in zweiter Instanz vor dem 2. Zivilsenat des Dresdner Oberlandesgerichts gewonnen. Die Witwe, die erneut zur Rechnungslegung über die verkauften May-Romane verurteilt worden war, legte jedoch am 10.4.1906 beim Reichsgericht in Leipzig Berufung ein.

[2] Der sprichwörtliche Vergleich geht zurück auf den preußischen Reitergeneral Hans Joachim von Zieten (1699–1786), der sich 1744 den Namen „Zieten aus dem Busch“ erwarb, weil es ihm gelungen war, den Feind durch sein plötzliches Erscheinen zu überraschen.

[3] Hier handelt es sich um die Neufassung des Dramas.

[4] Der Titel geht auf die damals viel diskutierte „Babel-und-Bibel-Diskussion“ zurück, die im Drama selbst aber keine Rolle spielt. Der Assyriologe Prof. Dr. Friedrich Delitzsch (1850–1922) hatte ab 1902 Vorträge gehalten, in denen er die These vertrat, dass wesentliche Bibeltexte auf babylonische Quellen zurückgehen, die bei den durch den Kaiser Wilhelm II. seit 1900 geförderten deutschen Ausgrabungen in Baalbek entdeckt worden waren. Das Thema interessierte May auch deshalb, weil er Pfingsten 1900 selber in Baalbek gewesen war.

läßt hoffen, daß es ein Schlager wird. Hierzu kommt mein Name! Der Hohn meiner Gegner, der die Leute förmlich in das Theater treiben wird! Und was man da sieht und hört, ist etwas noch niemals Dagewesenes! Ich verrathe heut noch nichts, aber das Manuscript werden Sie nun baldigst erhalten. Ich hatte erst vor, es als Einleitung zu Späterem zu schreiben. Da wäre es zu Weihnacht herausgekommen. Aber der Stoff und die Gestalten wuchsen mir zu so riesenhafter, geistiger, dramatischer und aktueller Höhe empor, daß es nicht eine Einleitung, sondern ein

„Werk an sich“

geworden ist, wie sicher noch kein zweites existirt. Damit will ich nicht etwa loben, sondern nur sagen, daß es in keinem der gegenwärtigen Schrankfächer unterzubringen ist. Da es so wuchs und ich so streng wie noch nie gegen den Verfasser war, konnte es nicht eher fertig werden. Nun aber um so frischer und um so vertrauensvoller vorwärts!

Hierzu ist eine Aenderung Ihrer kleinen Prospekte nöthig. Ich bitte Sie, den Aufsatz von Prof. Dr. Weise sofort herauszuwerfen und den beifolgenden Brief von mir an dessen Stelle zu setzen![5]

Ebenso bitte ich Sie, und zwar dringend, die „Urtheile der Presse“ so hineinzunehmen, wie ich sie Ihnen hier schicke. Die Kölnische Volkszeitung gleich obenan, und fett gedruckt! Ich schone nicht mehr! Bitte, ja keine von den 15 Nummern wegzulassen![6]

Und drittens ersuche ich Sie, für die beiliegende Ankündigung des Drama eine ganze Seite zu gestatten!

[5] Bereits im Frühjahr 1906 brachte Fehsenfeld auf Mays Wunsch hin eine Neufassung der im Sommer 1905 erschienenen Werbeschrift *Karl May's Reise-Erzählungen* (*Karl Mays Reise-Erzählungen*) mit den Bildern Sascha Schneiders heraus. Der Aufsatz von Prof. Dr. Weise wurde durch den im Anschluss abgedruckten Offenen Brief Mays ersetzt, die Pressezitate wurden neu zusammengestellt und auf einer Sonderseite wurde für *Babel und Bibel* geworben.

[6] Fehsenfeld brachte dann doch nur 14 Pressestimmen, wunschgemäß zuerst das (ungezeichnete) Zitat von Hermann Cardauns aus der *Kölnischen Volkszeitung* vom 24.6.1892.

Ich weiß, daß der Prospect in dieser Weise wenigstens zehn ganze Vermögen mehr herzustellen kostet, aber „wir“ können uns das leisten, weil „wir“ im Annonciren für K. Mays Werke doch gewiß höchst sparsam verfahren, so sparsam wie wohl kaum ein anderer Verlag; sie wurden auch kürzlich in keinem Weihnachtskatalog gefunden.

Und was Sie hier etwa mehr ausgeben, da<ß>s bringt das Drama selbstverständlich zehnfach wieder ein. Denn wenn es klappt – und ich bin höchst überzeugt, daß es klappt – so werden die Theater-Vorstellungen eine solche Nachfrage nach diesen Werken erregen, wie noch nicht dagewesen ist, seit sie bestehen!

Ich bitte Sie von ganzem Herzen, mit der Herstellung dieses neuen Prospectes sofort zu beginnen und mir eine Partie davon gütigst zuzustellen, damit beim Erscheinen des Drama, dessen Druck etc. etc. doch nur ca. 2 Wochen in Anspruch nimmt, der Boden schon vorbereitet ist! Ich bin überzeugt, daß die Auflage von 1000, die Sie beabsichtigen, in allerhöchstens 10–20 Jahren vergriffen ist!

Mit den besten Grüßen
von hier nach dort
Ihr alter, treuer
May.

Lieber Herr Fehsenfeld!

Zum 25 Januar[7] kommen immer einige hundert Briefe und Sendungen in's Haus, da möchte ich den Danksagungen neue Prospecte beilegen. Bitte, sorgen Sie, bis zu dieser Zeit für 1000 Stück für mich.

Annonciren müssen Sie aber, bitte, ganz aufstecken können wir's nicht, zumal doch nun endlich wieder Sonnenschein zu kommen scheint.

Ihnen und Ihren Lieben, viele, viele herzliche Grüße von
Ihrer ergebenen
Klara May

[7] Gemeint ist der 25. Februar, Mays Geburtstag.

MAY AN FEHSENFELD • Februar 1906
Offener Brief, Prospekt „Karl Mays Reise-Erzählungen" (Friedrich Ernst Fehsenfeld in Freiburg i. B.)[8]

[Februar 1906]

Herrn Verlagsbuchhändler
F. E. Fehsenfeld
Freiburg (Baden).

Sehr geehrter Herr Fehsenfeld!

Sie haben recht: Es ist besser, ich erteile diese Auskünfte selbst. Daher dieser offene Brief. Ich bitte, ihn mit abzudrukken.

Punkt 1. Vor den Romanen, welche die Kolportagefirma H. G. Münchmeyer (Inhaber Adalbert Fischer) in Niedersedlitz bei Dresden jetzt mit ungeheurer Reklame unter meinem Namen verbreitet, muß ich ernstlich warnen! Sie erscheinen erstens gegen meinen Willen und zweitens ganz anders, als ich sie vor nun über zwanzig Jahren geschrieben habe. Sie sind Fälschungen meiner Originale. Sie wurden von der gesamten Presse Deutschlands als abgrundtief unsittlich gebrandmarkt. Ich prozessiere nun schon vier Jahre lang gegen den frühern und den jetzigen Besitzer der Firma, um das Verschwinden dieser Machwerke zu erzwingen, aber besonders der letztere wendet alle möglichen Mittel an, sich die Einnahmequelle, welche so eine moralische Eiterbeule bildet, zu erhalten. Ich gewann den Prozeß May-Münchmeyer schon in erster Instanz; soeben habe ich ihn nun auch in zweiter Instanz, beim Oberlandesgericht, gewonnen; ich werde auch nicht eher ruhen und rasten, als bis diese vergiftende Beule verschwunden ist. Inzwischen ist es meine heilige Pflicht, alle Leser vor ihr, also vor diesen Münchmeyerschen sogenannten „Karl May-Romanen" zu warnen! Sie bilden eine Gefahr für jeden,

[8] Das Original, das Mays Brief vom 8.2.1906 beilag, ist nicht überliefert. Fettdruck erscheint kursiv *und* gesperrt.

der sie liest. Sie sind Gift und vor Gift soll sich ein jeder hüten!

Punkt 2. Das Nachschlagewerk „*Unsere Zeitgenossen*" berichtet über mich:

„Geboren den 25. Februar 1842 in Ernstthal – der Vater war Weber – Bildungsgang: Lehrerseminar, dann Selbstunterricht – Werke: Figürliche Reisebeschreibungen als Studien und Uebungen für Späteres – Lebensberuf: Studium des sogenannten ‚inneren Menschen' – Wohnung: Radebeul-Dresden, Villa Shatterhand."[9]

Und das wichtigste Nachschlagewerk auf diesem Gebiete: „*Bildende Geister*"[10], sagt:

„Karl May ist ein Kind der bittersten Armut, des Elends. Er wurde als der Sohn eines blutarmen Webers in Hohenstein-Ernstthal geboren, am 25. Februar 1842. Er wurde Lehrer und ist stolz darauf, es noch heute zu sein; nur ist seine Schulstube bedeutend größer, als sie früher war. Fast bis zu seinem 30. Jahre rang er mit widrigen Geschicken[11]; von da an aber ging es ununterbrochen aufwärts. Heute hat er wohl den bedeutendsten Leserkreis, und Tausende von Zuschriften legen Zeugnis dafür ab, daß er nicht vergeblich schrieb. Dabei ist er das stille, bescheidene Kind der Armut geblieben, mit stets offenem Herzen und offener Hand für die Bedürftigen."

„Er hat ein hohes, festes Ziel, nach dem er strebt, und nichts wird imstande sein, ihn davon abzubringen. Trotz aller

[9] Der Eintrag im „Zeitgenossenlexikon" „*Wer ist's?*" *Unsere Zeitgenossen*, das Herrmann A. L. Degener (†1943) erstmals im Juli 1905 in seinem eigenen Verlag in Leipzig herausgegeben hatte, stammt von May selbst und wurde von ihm für den Prospekt noch zusätzlich ausformuliert.

[10] Das May-Porträt in dem von Fritz Abshoff (*1859) im September 1905 herausgegebenen Nachschlagewerk *Bildende Geister. Unsere bedeutendsten Dichter und Schriftsteller der Gegenwart und Vergangenheit* (Berlin-Schöneberg, Oestergaard) ist von „Frau Klara May" gezeichnet, stammt aber ebenfalls von May selbst.

[11] Der Satz ist in jeder Hinsicht eine Untertreibung. Im Mai 1874, mit 32 Jahren, war May aus dem Zuchthaus Waldheim entlassen worden.

bisher von ihm erschienenen Bände behauptet er, eigentlich noch nichts geschrieben, sondern nur skizziert, geübt und vorbereitet zu haben; die Kritik habe das nicht erkannt und darum sich bis heute in ihm geirrt. Noch sei er kein Literat; er hoffe aber, es zu werden, sobald er gelernt habe, was und wie man schreiben muß. Jetzt nun, im Alter von über sechzig Jahren, glaube er, es zu wissen."

„Das vierbändige Werk ‚Im Reiche des silbernen Löwen' enthält einen psycho-biographischen Versuch über sein bisheriges inneres Leben. In dem Buche ‚Und Friede auf Erden' ist seine geistige Welt in kurzen, kräftigen Strichen angedeutet. Ueberhaupt sind seine sogenannten ‚Reiseerzählungen' zwar allerdings zunächst das, was der Titel sagt, in Beziehung auf ihren eigentlichen, tieferen Inhalt aber doch etwas ganz Anderes, vielleicht noch nie von irgend wem Geschriebenes. Vor allen Dingen ist es ihm niemals eingefallen, diese Bücher für die urteilslose, unerwachsene Jugend zu schreiben. Das ist es, was ich hier noch besonders betonen muß!"

Damit ist denn doch wohl mehr als deutlich genug gesagt, daß ich erstens der nicht bin, für den die Oberflächlichen mich zu halten belieben, daß ich zweitens noch gar nichts sein will und daß ich drittens aber hoffe, etwas zu werden. In meinem ersten Bande „Durch die Wüste" erscheint mein „Ich". Es ist die Menschheitsfrage. Das erste, was es erkennt, ist Halef, der sich Hadschi nennt, aber keiner ist. Das ist die Anima, die sich als Geist bezeichnet, doch ohne es zu sein. Wir suchen diesen Geist durch alle dreißig Bände, die ich bisher geschrieben habe. Ich schreibe hierzu noch „Im Jenseits", einen vierten Band von „Winnetou" und ca. drei Bände „Marah Durimeh". Und erst dann, wenn diese Bände erschienen sind, werden wir am Ende unserer Forschung sein, aber selbst dann erst am Ende der Vorstudien, der Vorarbeiten, wo mein eigentliches Werk erst zu beginnen hat.

Ich bin von Ungeduldigen wiederholt gefragt worden, von welcher Art dieses eigentliche Werk denn sei. Wer dreißig

Bände liest und dann zu seinem Erstaunen hört, daß er nun erst am Schlusse der Einleitung stehe, der hat ein Recht zu dieser Frage. Ich bin es ihm schuldig, eine wenn auch nicht vollständige, so aber doch genügende Antwort zu erteilen. Ich gebe sie in dem soeben jetzt erscheinenden Drama

„Babel und Bibel“
eine arabische Phantasie in zwei Akten
von Karl May.

Wer da sieht, daß es sich hier um den Unterschied zwischen Gewalt- und Edelmenschen handelt und daß die allen meinen Lesern so wohlbekannte Marah Durimeh die Menschheitsseele ist, dem muß es unglaublich erscheinen, daß es Leute gegeben hat, die behaupteten, ich habe, und zwar nur zur Unterhaltung unfertiger Menschen, weiter nichts als ganz gewöhnliche Indianer- und Beduinengeschichten geschrieben!

Punkt 3. Ich bin Christ, und zwar von ganzem Herzen und mit unerschütterlichem Glauben. Aber grad darum bin ich überzeugt, daß man kein guter Christ sein kann, ohne vorher ein guter Mensch zu sein. So fällt es mir nicht ein, Theologie zu treiben, sondern mein Weg führt zur großen „Shen“ empor.[12] Nur wer zu ihr gehört, ist fähig, Christ zu sein, und ich wünsche, daß alle meine Leser sich diese Fähigkeit erringen. Werdet Menschen!

Punkt 4. Daß Herr Professor Sascha Schneider neue Buchdeckel zu meinen Werken zeichnete, geschah lediglich aus freundschaftlicher Hochherzigkeit, keineswegs um irgend eines Geschäftsgrundes oder gar eines Honorars willen. Es ist mir geradezu ein Herzensbedürfnis, dies hiermit zu konstatieren! Er gehört schon längst zu meinen Lesern, und die Freundschaft, welche uns verbindet, ist so rein und so selbstlos, wie ich eine gleiche in den drei Bänden „Winnetou“ beschrieben habe.

[12] Die „Shen“ ist in der Reiseerzählung *Und Friede auf Erden!* der Bund der „Menschlichkeit“.

Er war einer der Ersten, die mich verstanden. Er sah tiefer als Andere. Und er sah auch vorwärts nach dem Ziele, welches ich erreichen will. Es tat ihm, dem ungewöhnlichen Künstler und ungewöhnlichen Menschen, wehe, daß mir so viele und so schwere Hindernisse in den Weg geworfen wurden. Er sprang herbei, aus eigenem Entschluß, ohne daß ich ihn darum gebeten hatte, und widmete seine kostbare Zeit und Kraft der freiwilligen, opfermutigen Aufgabe, durch neue Titelzeichnungen dem unberechtigten Vorurteile entgegenzuwirken und besseres Verständnis anzubahnen. Sie war nicht leicht, diese Aufgabe, aber sie gelang ihm, denn sie mußte ihm gelingen, grad ihm, dem es niemals eingefallen ist, sich nach dem Exerzierreglement der subalternen Kunst zu richten.

Ob diese neuen Zeichnungen den überhaupt Subalternen gefallen oder nicht, das darf weder ihn noch mich beeinflussen. Und ebensowenig, wie er nach meinen Gegnern gefragt hat, bin ich gewillt, mich nach den seinigen zu richten. Es gibt da zwei Männer, die ihre Wege einsam gehen müssen. Ihm wurde es nie leicht gemacht und mir wohl gar noch schwerer. Diese Wege sind zwar nicht dieselben, aber sie treffen zuweilen und an gewissen künstlerischen Punkten zusammen, und da soll uns Niemand hindern, uns grüßend die Hände zu reichen. Das begonnene Jahrhundert stellt große und schwere Aufgaben. Der Mensch muß jetzt in zehn Jahren weiter kommen, als früher in hundert. Wer das Vorurteil an dem einen und die Engherzigkeit an dem anderen Arme führt, der bleibt zurück, und schon nach kurzer Zeit wird ihn von all den Vorüberstrebenden keiner mehr kennen. Wer von den Zurückbleibenden weiß, welche Ziele ein Sascha Schneider hat und auf welchem Berge er in fünf, in zehn Jahren stehen wird? Möglich, daß grad seine jetzigen Gegner diejenigen sind, die ihn dann am begeistertsten loben. Das Genie steht außerhalb des kleinen Einmaleins!

Immer Ihr alter

May.

MAY AN FEHSENFELD • 19. Februar 1906
Brief, hs.

[Radebeul] d. 19./2. 6.

Mein lieber Freund!

Soeben kommen die Korrecturen zum neuen Prospektchen an.[13] Ich danke Ihnen herzlichst für diese schnelle Erfüllung meines Wunsches. Zum Geburtstage gehen hier unzählige Gratulationen ein. Ich möchte meinen Antworten je ein Exemplar dieses neuen Prospektchens beilegen – – die beste Reclame, die es giebt. Könnte ich trotz der kurzen Zeit welche bekommen?

Und nun eine hochwichtige Angelegenheit. Ich habe nämlich den großen Prozeß May-Münchmeyer auch in zweiter Instanz d. i. vor dem Königl. Oberlandesgericht gewonnen. Nun ist es Zeit, sich die hieraus entspringenden Folgen zu sichern.

Ich habe Ihnen seinerzeit und wiederholt gesagt, daß diese Romane mir gehören, daß ich sie Münchmeyer nicht für immer gegeben habe, sondern daß sie für meine „Gesammelten Werke" bestimmt sind und daß Sie es also sind, der sie bekommen wird. Ich hoffe, daß Sie sich bestimmt und deutlich hierauf besinnen können. Ist dies der Fall, so erfolgt sofort ein energischer Angriff auf Herrn Fischer, der nun 30 Bände gemacht hat und auch noch 10 machen will.[14] Bedenken Sie! Aber ich muß durch Sie nachweisen können, wenn auch nur durch einen Brief von Ihnen, daß ich die oben angestri-

[13] Fehsenfeld hatte May die Korrekturen zur neuen Werbeschrift *Karl Mays Reise-Erzählungen* geschickt.

[14] Bereits am 21.12.1904 hatte May beim Landgericht Dresden im Zuge einer Widerklage den Vergleich mit Adalbert Fischer vom 11.2.1903 angefochten, weil der Verleger die Kolportageromane weiterhin mit den „anstößigen Stellen" vertrieb. Auch glaubte May, dass Fischer seinem seit 1904 größten Gegner, dem Journalisten Rudolf Lebius (1868–1946), belastendes Material geliefert hatte. Der Prozess konnte erst nach Fischers Tod im Herbst 1907 beendet werden.

chenen Worte wiederholt zu Ihnen gesagt habe, so oft von Münchmeyer die Rede war. Bitte, antworten Sie mir sofort. Dieser Brief muß bis Mittwoch[15] Abend in meinen Händen sein.

Mit
herzlichstem Gruß
Ihr
May.

MAY AN FELIX KRAIS • 20. Februar 1906
Brief, hs.

Radebeul-Dresden, d. 20./2. 6.

Hochgeehrter Herr Kommerzienrath.

Beifolgend die Korrectur.[16] Für „Babel und Bibel" will ich folgende Namen nochmals herschreiben:

Abū Kitāl
Ān'allāh
Bēn Tesālah
Kādi
Imām

Wir müssen unbedingt den Dehnungsstrich über die langen Vocale setzen! Und zwar nicht nur des Wohlklanges wegen, sondern auch weil im Arabischen das Wort durch die Betonung am falschen Orte sehr leicht auch einen falschen Sinn bekommt. Der wichtigste Grund aber ist, daß „Babel und Bibel" weder vorgelesen noch gar gespielt werden könnte, wenn diese Dehnungszeichen fehlten. Sie bieten durch das ganze Werk hindurch dem Künstler den höchst nothwen-

[15] Der Mittwoch war der 21.2.1906.

[16] Es handelte sich um die Korrektur zur neuen Werbeschrift. Die Seite zu *Babel und Bibel* brachte ein Personenverzeichnis, auf das sich die folgenden Bemerkungen zunächst beziehen.

digen sprachlichen Halt, ohne den der klare, wohlklingende Text sich in einen Gallimatthias verwandelte, durch welchen das Stück trotz seines hochernsten Inhaltes den Eindruck einer Farce machen müßte, und das wolle Gott verhüten! Ich nehme an, daß Sie genug Vocale mit Dehnungsstrich besitzen.

Herr Fehsenfeld wird Ihnen geschrieben haben, daß es mit dem Drucke dieses neuen Prospektchens sehr eilig ist. Zu meinem Geburtstage, jetzt, stellen sich meine Leser in fließender Menge zur Gratulation ein; ein Jeder will Antwort haben; darum lasse ich sie gewöhnlich gleich drucken.[17] Bei dieser prächtigen Gelegenheit will ich jeder Antwort einen solchen Prospekt beilegen, die wirksamste Reclame, die es geben kann! Diese Gratulationen gehen schon seit voriger Woche ein, sogar aus Südafrika. Die lieben Kerls wollen einander den Rang ablaufen. Da wäre ich Ihnen, hochgeehrter Herr Kommerzienrath, für baldigsten Druck und umgehende Zusendung einer Partie Prospekte herzlichst dankbar!

Meinen Handkuß für Ihre verehrte Frau Gemahlin. Auch Schākarāh grüßt. Ebenso Ihr

alter,
treuer
May.

FEHSENFELD AN MAY • 20. Februar 1906
Brief, ms. Kopie

[Freiburg i. B.,] 20 II 06

Mein lieber Freund May!

Ich gratuliere Ihnen von ganzem Herzen zu dem Erfolg, den Sie endlich gegen Münchmeyer-Fischer davon getragen haben. Hoffentlich ist damit die Sache soweit gediehen, daß

[17] Zu seinem Geburtstag am 25.2.1906 versandte May (wie schon 1903) einen gedruckten Geburtstagsbrief *An meine lieben Gratulanten!*, dem er den neuen Prospekt beilegte.

Sie Ihr seit langen Jahren gegebenes Versprechen halten können, nämlich die Einverleibung Ihrer früheren Werke in die von mir herausgegebenen gesammelten & gesammten Werke Karl May's.

Es ist ja sehr bedauerlich, daß diese Erstlinge in so verunzierter Gestalt so viele Leser gefunden haben – aber ich hoffe doch, daß wenn sie erst in ihrer ursprünglichen Reinheit in meiner Gesammtausgabe vorliegen, daß trotz dem noch 100 000e von Lesern ihre Freude daran haben werden.

Daraufhin ein kräftiges „Heil!"

Zu Ihrem bevorstehenden Geburtstag, den Sie & Ihre hochverehrte Frau Gemahlin hoffentlich in echter Fröhlichkeit & bester Gesundheit verleben werden, sende ich nebst meinem ganzen Haus incl. „Harald Guenther" Ihnen unsere herzlichsten Glückwünsche.

Ich wäre sehr froh, wenn ich bald das Mnscpt von Babel und Bibel u darauf noch in diesem Jahre einige neue Bände unserer Sammlung bringen könnte.

Für heute nur noch unsre freundschaftlichsten Grüße
Ihr alter
Fehsenfeld.

Die Kataloge erhalten Sie hoffentlich zur rechten Zeit.

MAY AN FELIX KRAIS • März 1906

Notiz am Schluss des gedruckten Geburtstagsbriefs An meine lieben Gratulanten! (25. Februar 1906), hs.

Für Sie und Ihre verehrte Frau Gemahlin, mein lieber Herr Kommerzienrath, noch extra Dank und Gruß. Mehr ist mir bei der großen Zahl der Antworten selbst heut noch nicht möglich.

Ihr
alter
May.

FEHSENFELD AN MAY • 15. März 1906
Brief, ms. Kopie

[Freiburg i. Br., den] 15. März [190]6
[Sternwaldstrasse 27]

Herrn Dr. Karl May in Radebeul.

Lieber Freund!

Durch die Filiale der Rheinischen Creditbank erhalten Sie heute Mk. 2000.-.

Bei dieser Gelegenheit erlaube ich mir, Ihnen mitzuteilen, dass wahrscheinlich in Folge der Versendung der neuen Prospekte sowohl Bestellungen als auch Anfragen wegen Babel und Bibel eingegangen sind.

Um diese erledigen zu können, bitte ich mir freundlichst mitzuteilen, bis wann ich das Manuscript erwarten kann und wie gross solches ungefähr ist.

Mit freundlichen Grüssen von Haus zu Haus bin ich
Ihr alter
Fehsenfeld

MAY AN FEHSENFELD • 27. März 1906
Brief, hs.

Radebeul, den 27./3. 6.

Lieber Freund.

Ich schulde Ihnen die Antwort. Hier ist sie, und zwar verschiedenen Inhaltes.

Zunächst das, wonach Sie fragen: Ueber das Manuscript zu „Bibel und Babel". Ich sage Ihnen, das ist eine wahre Schöpfung die täglich immer größer wird, und zwar derart, daß ich mich regelmäßig heute dessen schäme, was ich gestern oder vorgestern geschrieben habe. Dieses Stück wäre schon längst heraus und gewiß auch aufgeführt worden, aber es wuchs mir aus der Hand; es blieb nicht das, was ich wollte, absolut nicht. Es hatte seinen eigenen Kopf und bekam nach und nach seine eigenen Gedanken. Und diese Gedanken wuchsen so groß und so hoch empor, daß sie Macht über mich gewannen und ich sie gewähren lassen mußte, ich mochte wollen oder nicht.

Ich habe mir förmlich Mühe geben müssen, sie zu begreifen, und während es da immer klarer und klarer in mir wurde, habe ich unablässig am Manuscript herumgeändert, was doch nie bei mir vorzukommen pflegt. Ich kannte mich schließlich gar nicht mehr. Nun ich aber hiermit zu Ende bin und der Diamant durchsichtig und zum tadellosen Krystall geworden ist, sehe ich ein, daß ich geführt worden bin, von wem und wohin, das ist hier Nebensache, denn an so Etwas glauben Sie doch nicht.[18] Ich habe das Stück vollständig umgearbeitet, und was ich jetzt schon sagen könnte, das will ich lieber doch nicht sagen. Ich hoffe, in 14 Tagen senden zu können. Sie werden unbedingt zufrieden sein![19]

Nun zu Nummer Zwei. Das ist Etwas aus Freiburg. Man schreibt mir nämlich, daß der „Freiburger Bote" in seinem „Illustrirten Sonntagsblatt", wahrscheinlich nicht eben erst jetzt, sondern schon vor einigen Monaten eine Erzählung „In den Teufelsbergen" gebracht hat (von No. 27 bis 46 des „Sonntagsblattes"), welche mein Erlebniß unter den Teufelsanbetern enthält und dem II. Bande unserer Reiseerzählungen entnommen sein soll.[20] Ich kann aber gar nicht glauben, daß ein solcher frecher Diebstahl in Ihrer unmittelbaren Nähe begangen worden sein soll, ohne daß Sie Etwas davon gemerkt hätten, und bitte, zu recherchiren und mir dann zu sagen, was für eine Bewandtniß es damit hat!

Und endlich zu Nummer Drei. Es thut mir herzlich leid, Ihnen damit nochmals kommen zu müssen, nachdem ich Sie

[18] May glaubte, in spiritistischem Sinn von seinen „Lieben" geführt worden zu sein.

[19] May konnte das Drama *Babel und Bibel*, an dem er mit äußerster Sorgfalt arbeitete, erst im Juli 1906 beenden.

[20] Über diesen angeblichen Raubdruck aus dem Band *Durchs wilde Kurdistan* konnte bisher nichts ermittelt werden.

schon einmal damit belästigt habe. Die Starrheit des jedenfalls auch Ihnen wohlbekannten Herrn Bureaukratismus ist Schuld daran. Es handelt sich nämlich zum zweiten Male um die Einkommensteuer. Man hat mich grad auf das Doppelte hinaufgeschraubt, und Ihr Brief, den ich zur Reclamation vorlegen wollte, ist als unzutreffend verworfen worden. Nicht was in den letzten drei Kalenderjahren, sondern in den Bureaujahren

1 Octbr. 1902 – 30 Septbr 1903
1 Octbr. 1903 – 30 Septbr 1904
1. Octbr. 1904 – 30. Septbr 1905

mir aus Ihrem Verlage für Honorare zugeflossen sind, habe ich nachzuweisen, und so bitte ich Sie herzlichst um Verzeihung, daß ich Sie nochmals mit der Bitte belästige, mir möglichst umgehend (sonst verliere ich das Recht, zu reclamiren) weiter nichts als nur einige Zeilen mit dieser Aufstellung in Form eines Briefes mit Ihrer Unterschrift zukommen zu lassen. Schon im Voraus herzlichen Dank!

Es ist möglich, daß ich wegen des Druckes von „Babel & Bibel" nach Stuttgart muß.[21] Dann würden wir uns wahrscheinlich persönlich begrüßen.

Mit der Bitte, mich daheim zu empfehlen,
Ihr
May.

SEBASTIAN KRÄMER AN MAY • 28. März 1906
Brief, ms.

[Freiburg i. Br., den] 28. März [190]6
[Sternwaldstrasse 27]

Sehr geehrter Herr Doktor!

Anbei erhalten Sie einen Brief zur gefl. Kenntnisnahme. Ich habe an das Kloster geschrieben, dass diese Ausgabe ohne

[21] Zu dieser Reise nach Stuttgart kam es nicht.

unsere Erlaubnis erschienen sei und dass Sie die nötigen Schritte einleiten würden.[22]

Wegen Babel und Bibel bin ich noch Ihrer freundlichen Nachricht gewärtig und zeichne

hochachtungsvoll ergebenst
ppa. Friedrich Ernst Fehsenfeld[23]
Krämer

MAY AN FEHSENFELD • 24. April 1906
Brief, hs.

Radebeul, d. 24./4. 6.

Lieber Freund!

Ja bitte, kommen Sie! Da ich jetzt bettlägerig war[24], muß ich im Mai noch zu Hause sein, um nachzuholen. Aber bitte, schreiben Sie vorher eine Zeile, damit ich mich von Anderem losmachen kann.

Mit herzlichem Gruß
Ihre
beiden
K. K. May.

[22] Fehsenfeld hatte einen Brief des Franziskanerklosters in Pilsen (Böhmen) erhalten, in dem eine antikatholische, nicht von May stammende Stelle in der unautorisierten tschechischen Übersetzung von *Satan und Ischariot II* (1905) des Verlags von Alois Hynek (1845–1909) kritisiert wurde. May unternahm zunächst nichts und drohte dem Verleger erst am 19.2.1908 eine „gerichtliche Klage" an.

[23] Stempelaufdruck

[24] Über diese angebliche Krankheit ist nichts Näheres bekannt.

FEHSENFELD AN MAY • 29. April 1906
Brief, ms. Kopie

[Freiburg i. B.,] 29 April [190]6

Lieber Freund!

Sehr glücklich war ich, als ich Ihre Handschrift wieder sah, ein Beweis, daß Sie der Krankheit entronnen sind.

Ich freue mich sehr, Ihnen und Ihrer verehrten Frau Gemahlin bald die Hand drücken zu können. Ungefähr am 15ten Mai werde ich dort sein, doch vorher noch ein Mal schreiben.[25]

Mit herzlichem Gruß von Haus zu Haus
Ihr
alter
Fehsenfeld.

MAY AN FELIX KRAIS • 3. Juni 1906
Brief, hs.

Radebeul, Pfingstsonntag 1906.

Hochgeehrter Herr Kommerzienrath!

Indem wir Ihnen und Ihrer lieben Familie frohe Festtage wünschen, sende ich Ihnen heut die Vorbemerkungen zu „Babel u. Bibel“ welche so ungefähr den ersten Bogen füllen werden, dessen Correctur ich gern so bald wie möglich

[25] Am 11.5.1906 suchte Fehsenfeld zunächst Sascha Schneider in Weimar auf, der am 12.5. an May schrieb: „Fehsenfeld brachte mir die fatale Nachricht, daß unsere Mappe gar nicht geht, und wird Ihnen dies wohl mündlich morgen selbst vortragen.“ In Radebeul traf Fehsenfeld vermutlich am 13.5. ein. Spätestens am Abend des 15.5. las May seinem Verleger aus dem Drama *Babel und Bibel* vor. Klara übergab ihm zudem einen Werbetext, den er in der Presse unterbringen sollte. Fehsenfeld zeigte sich zu Mays Verärgerung wenig begeistert von dem Drama und verbreitete auch den Artikel nicht, der zuerst am 18.5. im Aachener *Volksfreund* erschien. Besprochen wurde in Radebeul auch eine populäre illustrierte Ausgabe der Reiseerzählungen.

haben möchte, da der Text mir zur Vollendung des Werkes nöthig ist und ich kein Concept in den Händen habe.[26] Das vollendete Werk sende ich Ihnen dann ca. am 20ten dieses Monats.[27]

Ich lege Ihnen eine Auslassung des „Aachener Volksfreundes" bei.[28] Vielleicht ist es Ihnen möglich, ihn in eine oder einige der dortigen Zeitungen zu lanciren, von denen wir uns dann 50–100 Stück kaufen, um sie weiterzugeben. Von Herrn Fehsenfeld resp. Herrn Krämer ist eine derartige Handreichung ja doch nie zu erwarten.

Mit den herzlichsten Grüßen
von Haus zu Haus
Ihr
alter
May.

FEHSENFELD AN KARL UND KLARA MAY • 11. Juni 1906
Brief, ms. Kopie

[Freiburg i. Br.,] 11 VI [190]6

Lieben & verehrten Freunde!

Schon lange drängte es mich, Ihnen meinen herzlichen Dank für Ihre liebenswürdige gastliche Aufnahme auszuspre-

[26] Die *Vorbemerkungen* zu *Babel und Bibel* geben vor allem erläuternde Hinweise zu Zeit, Ort und Personal des Dramas.

[27] Auch dieser Termin verzögerte sich.

[28] Der anonyme, von May selbst verfasste Hinweis auf *Babel und Bibel* war am 18.5.1906 erschienen: „Jedermann weiß, daß dieser Autor in höchstem Grade dramatisch schreibt. Es ist gewiß eine Kühnheit, die ‚Menschheitsseele' auf die Bühne bringen zu wollen, und es hat sich erst zu zeigen, ob dieses Wagnis ihm gelingen wird. Jedenfalls aber wird diejenige Direktion, die sich die erste Aufführung sichert, von einer Tat zu sprechen haben, die in mehr als einer Hinsicht keine gewöhnliche ist."

chen und über meine weitere Reise zu berichten. Meine Reise wurde schon in Berlin dadurch getrübt, daß ich von m. Frau erfuhr, sie sei an Gelenkrheumatismus erkrankt.

Bei meiner Ankunft in Würzburg fand ich sie jedoch schon in der Besserung u die herrliche Fahrt nach Weimar hat sie vollkommen hergestellt.[29] Prof. Schneider war sehr freundlich zu uns und saß Abends einige Stunden bei uns im Hotel. Wir sprachen über alles, was Sie angeht, und er war sehr für eine illustrierte Ausgabe eingenommen. Beide waren wir von vornherein der Ansicht, daß ein künstlerischer Zweck damit ganz & gar nicht vereinbar sei.

Es kommt sogar kaum darauf an, daß die Bilder nur hervorragend gut wären, sondern die Hauptsache ist, viel Bilder, sehr viel Bilder.

Die Ausstattung gut, aber einfach. Denn diese Ausgabe soll nur durch die Colportage vertrieben werden, dadurch in die tiefsten Tiefen der Volkskreise eindringen und so den Zweck erfüllen den Sie mit Ihren Werken erstrebten.

Näheres hierüber in meinem nächsten Schreiben, sobald ich Ihrer Zustimmung sicher bin.

Ich bemerke noch, daß der Verkauf unsrer Ausgabe zur Zeit sehr gering ist und daß das oben skizzierte Unternehmen, von großer Reclame unterstützt, dem Absatz einen neuen Schwung geben dürfte.

Außerdem wird Fischers Unternehmen dadurch stark beeinträchtigt werden.

Ende der Woche gehe ich nach Stuttgart zur Süddeutschen Messe.

Die Vorbereitungen einer illustrierten Ausgabe dürften ca 1 Jahr in Anspruch nehmen.

Von meiner Frau & Guenthers die herzlichsten Grüße. Erstere ist wieder ganz hergestellt.

[29] Eine Fotopostkarte in Mays *Leseralbum* mit abgeschnittenem Text („/fahrt von Würzbg /g nach Weimar. /ks m Frau, rechts /Schwester. /Gruß /Fehsenfeld") dokumentiert, dass Fehsenfeld zumindest die Reise von Würzburg nach Weimar im eigenen Automobil unternommen hatte.

Friedrich Ernst Fehsenfeld, der passionierte Automobilfahrer (1906)

Ich selbst habe mich dem edelsten Heil u Genußmittel ergeben: der Sauermilch.

In steter Liebe & Verehrung
Ihr
Fehsenfeld.

Die Zeitungen werde ich besorgen, sobald es mir möglich ist. Wegen England habe ich geschrieben.[30]

Noch eins. Welcher Erwin Raupp? Was soll ich von ihm in die Prospecte drucken lassen?[31]

MAY AN FELIX KRAIS • 22. Juni 1906
Brief, hs.

Radebeul, d. 22./6. 6.

Hochgeehrter Herr Kommerzienrath.

Anbei das Manuscript zum ersten Akt von „Babel und Bibel". Dazu die Korrectur der Einleitung. Um ganz sicher über die Aussprache und auch über die richtige Stellung des Notentextes zu sein, bitte ich, mir diese Korrektur nochmals zu schikken, sobald die Fehler beseitigt sind und die Buchstaben ihre Striche bekommen haben. Es wird mich das beruhigen.[32]

[30] Das erste Versprechen hielt Fehsenfeld nicht. Er bemühte sich jedoch um englische Übersetzungen der Reiseerzählungen.

[31] Das offizielle Erscheinungsbild Mays wurde seit 1904 durch die Fotos des Dresdner Hofphotographen Erwin Raupp (1863–1931) geprägt, der im Juni 1904 in seinem Atelier in der Prager Straße 30 eine erste Porträtserie angefertigt hatte. Eine dieser Aufnahmen verwendete Fehsenfeld für den Umschlag des Prospekts *Karl Mays Reise-Erzählungen*, ohne jedoch den Namen des Fotografen zu nennen, was May monierte. Daraufhin ließ Fehsenfeld in die Prospekte einen roten Zettel einkleben: „*Photographien* von *Karl May* / Zu haben bei Hofphotograph *Erwin Raupp, Berlin W. 64*, Behrenstraße 53." Seit 1906 besaß Raupp ein Atelier in Berlin, wo 1907 dann noch eine zweite May-Porträtserie entstand.

[32] Die *Vorbemerkungen* zu *Babel und Bibel* enthalten Noten zu einem Gebet im Sprechgesang.

Wenn ich das Format, wie die Korrekturseiten es zeigen, mit meinem Manuscript vergleiche, wird mir angst. Es reicht nicht aus.

Ich gehe nicht nur innerlich, sondern auch äußerlich von der gewohnten, bequemen Heerstraße ab. Es nahen sich andere Zeiten und andere Gesetze. Weil ich sie erkenne, schenke ich mir nichts, kann also auch meinen Lesern und meinen Mimen nichts schenken. Die Zukunft wird mir beistimmen.

Ich liefere 2 Akte, jeder genau zu 1000 Versen. Die wahre Kunst beherrscht das Äußere – – zur jetzt beliebten subalternen Kunst gehöre ich nicht. Diese Verse werden numerirt, eine Neuerung, für die man uns sehr dankbar sein wird, denn das erleichtert das Dirigiren und Regissiren ungemein. Es giebt auf jeder Seite nur zwei Nummern, für den ersten und den letzten ganzen Vers. Da Ihre Seiten nicht meine Seiten sind, werden Sie diese Ziffern leider zu verändern haben, und ich bitte um Verzeihung, daß ich Ihnen diese Mühe machen muß.

Diese Beifügung der Zahlen beansprucht Raum. Noch viel anspruchsvoller hierauf aber ist der Umstand, daß ich gegen den bisherigen, bequemen Schlendrian dadurch vorgehe, indem ich die Zeilen fleißig breche, den Mimen dadurch fest an der Trense halte und das alte, langweilige Einerlei in abwechslungsreiches Leben verwandle. Ich zerschneide einen Vers oft in 3 und noch mehr Theile. Das ist schwieriger zu setzen und frißt eine Menge Platz. Besondere Aufmerksamkeit muß der Setzer für diejenigen Stellen haben, an denen eine Klammer anzubringen ist, um zu zeigen, bei welcher Silbe des Vormannes der Nachmann einzusetzen hat. Hierzu bedarf es einer besonderen Accuratesse und auch eines größern Raumes, als durch das Format der Korrektur geboten wird. Aber Sie, geehrter Herr Kommerzienrath, werden das so zu arrangiren verstehen, daß es klappt und daß der Satz ein gefälliges, elegantes Exterieur bekommt.

Mir scheint, daß Sie genau das Satzformat meiner „Reiseerzählungen“ einhalten wollen. Das ist ganz und gar nicht meine Absicht.[33] Wenn dieses Drama etwa von Herrn Fehsenfeld verurtheilt sein sollte, sich diese Zwangsjacke gefallen zu lassen, so würde ich mich ernstlich dagegen wehren. Ich fordere unbedingt, daß es sich in Beziehung auf Format und Ausstattung von den bisherigen „May-Bänden“ unterscheidet!!!!!!!

Schließlich erscheint es mir unerläßlich, die Verse, also den wirklichen Text des Stückes, von dem übrigen Inhalte durch die Beschaffenheit des Textes so deutlich und in die Augen fallend zu unterscheiden, daß wir die dabei beabsichtigte Erleichterung erreichen. Ich bitte also, Alles, was auf der Bühne zu sprechen ist, folglich die 1000 Verse, mit der Schrift der Korrektur zu setzen, bei allem Anderem aber zwischen den Buchstaben die Zwischenräume wegzulassen. Auch hierfür wird uns jeder Leser und jeder Schauspieler dankbar sein.

Das sind alles so wichtige Dinge, daß ich Ihnen außerordentlich dankbar sein würde, wenn Sie die Güte hätten, mich den nächsten Bogen recht bald sehen zu lassen.

Uebrigens danke ich Ihnen herzlichst für die Anbringung des Artikels in Ihre dortige Zeitung. Da sieht man doch, das [sic] Leben, Einsicht und guter Wille vorhanden ist! Warum das doch an den andern Stellen fehlt![34]

Herr Fehsenfeld wird Ihnen gesagt haben, daß er gradezu übermenschlich entzückt von „Babel und Bibel“ ist, soweit ich es ihm vorgelesen habe. Der arme Herr thut mir nachträglich herzlich leid, daß ich ihm dieses Kreuz und Leid nicht erspart habe. Wenn die zukünftigen Generationen, denen dieses Drama gilt, im Styl und im Geschmacke meines

[33] Von diesem Satz an Randanstreichung des Absatzes, zusätzlich ein Ausrufezeichen

[34] Diese Bemerkung ist gegen Fehsenfeld gerichtet. Krais hatte für einen Nachdruck von Mays anonymer Vorschau auf *Babel und Bibel* in einem Stuttgarter Blatt gesorgt.

Verlegers denken, so kann ich nur froh sein, daß ich dann gestorben bin!

Mich Ihnen und Ihrer hochverehrten Frau Gemahlin empfehlend

Ihr
alter
May.

MAY AN FELIX KRAIS • 28. Juni 1906
Brief, hs.

Radebeul, d. 28./6. 6.

Hochgeehrter Herr Kommerzienrath.

Herzlichen Dank für die schnelle Inangriffnahme dieser Angelegenheit! Sie ist für die K. M.-Werke von größter Wichtigkeit, denn sie zeigt ihnen ihre richtige Stelle an, und jede Aufführung eines dieser Dramen wird den Vertrieb der 30 Bände steigern. Wem ich den 31ten etc. etc. in Verlag gebe, weiß ich noch nicht[35]; es melden sich viele. Jedenfalls Einem, der mich begreift und der nicht schon vor der kleinen Mühe zurückschreckt, eine lumpige Zeitungsstimme an den Mann zu bringen! Sie, Herr Kommerzienrath, waren sofort bereit dazu, und in 2 Tagen hatte ich das Blatt.[36] Warum kann das der Verleger mitsamt seinem „Prokuristen" nicht? Wenn „Jörn Uhl" und „Hilligenlei" in 1 Jahr Hunderttausende bringen, warum nicht auch May?[37] Ich weiß es, und

[35] Dieser Halbsatz ist unterstrichen. May, der davon ausgehen konnte, dass Krais dem Verleger seinen Brief schicken würde, drohte Fehsenfeld einmal mehr mit der Vertragsauflösung.

[36] Gemeint ist die von Krais in einem Stuttgarter Blatt untergebrachte Vorschau auf *Babel und Bibel.*

[37] *Jörn Uhl* (1901) und *Hilligenlei* (1905), erschienen bei Gustav Grote in Berlin, waren Erfolgsromane von Gustav Frenssen (1863–1945).

alle Sortimenter sprechen davon. Grad die Angriffe gegen mich wären die beste Reklame für mich gewesen, wenn das Vermögen, ich meine die Kraft, vorhanden gewesen wäre, es auszunutzen!

Die jetzige Schriftprobe ist gut. Auch das Format und das ganze Arrangement. Ich hoffe, daß auch die Zeilen gelingen und übersichtlich werden, in denen wir Klammern brauchen. Ich freue mich, Ihnen durch dieses Drama Gelegenheit geben zu können, zu zeigen, daß Sie können, was Andere als zu schwer bezeichnen würden!

Also, diese Probe ist gut. Lassen wir es so! Alles, auch die Formate! Das giebt doch beqem [sic] Platz für alle Ungewöhnlichkeiten, die nicht zu vermeiden sind, wenn man neue Wege einzuschlagen hat. Nun bitte, rüstig vorwärts! Der 2te Akt wird schnellstens kommen.

Wie eine solche, oben erwähnte Zeitungsstimme wirkt, zeigt die Beilage. Freiherr von Witzleben, der Besitzer des „Hildesheimer Kurier" hat das geschrieben, ohne daß ich vorher davon ahnte. Das thun Fremde, mein Verleger aber nichts![38]

Mit herzlichem Gruß von Haus zu Haus
Ihr
alter
May.

[38] Am 13.6.1906 hatte Maximilian von Witzleben (M. v. W., 1845–1909), der Herausgeber des *Hildesheimer Kuriers*, dort (ausgehend vom Aachener *Volksfreund* vom 18.5.) Mays Drama *Babel und Bibel* angekündigt: „Wir werden mit Freuden das Erscheinen des Dramas: ‚Babel und Bibel' begrüßen und hoffen einen neuen Einblick in die Tiefe einer reichen Dichternatur zu tun." Fehsenfeld ließ den Artikel dann als Flugblatt verbreiten.

FEHSENFELD AN MAY • 13. Juli 1906
Brief, ms. Kopie

[Freiburg i. B.,] 13. 7. [190]6.

Mein lieber u. sehr verehrter Herr Doctor!

Soeben komme ich von einer Reise nach Hause u. finde das prachtvolle Portrait.[39] Meinen herzlichsten Dank Ihnen u. Ihrer lb. Frau für die freundliche Besorgung. Ich hoffe, dass der Photograph mir die Rechnung baldigst zugehen lassen wird. Sollten Sie es ausgelegt haben, so bitte ich, es mir gleich mitzutheilen. Das Portrait ist prachtvoll gerathen u. erregt allseitig durch seine wundervolle Ausführung und edle Auffassung die Bewunderung Aller. Ich freue mich sehr darauf, bis es in einem passenden Rahmen die Zierde meines Arbeitszimmers sein wird.

Was nun den Aufdruck des Namens auf die Prospecte anlangt, so lässt sich dies bei den vorhandenen jetzt nicht mehr machen, doch habe ich Auftrag gegeben, einen Zettel zu drucken u. jedem Katalog beizulegen, worin auf den Photographen aufmerksam gemacht wird.

Was nun die Mittheilung an die Zeitungen anlangt, über „Babel u. Bibel", so habe ich damit gerne noch gewartet, bis das Drama, wenigstens theilweise im Satz vorliegt. Da das nun der Fall ist, so habe ich mehrere Hundert Abdrucke des kleinen Aufsatzes aus dem Hildesheimer Kourier machen lassen, u. werde dieselben sofort an alle Zeitungen senden, welche ich für passend halte, dass sie sich dafür interessiren. Alle eingehenden Zeitungsstimmen werde ich Ihnen nach dem Empfang senden. Ich bin sehr gespannt auf die Fortsetzung von „Babel u Bibel" u. hoffe, dass der Druck in derselben Schnelligkeit weiter geht, wie er bis jetzt angefangen ist.

Was eine eventuelle illustrirte Ausgabe Ihrer Werke anlangt, so habe ich an Professor S. Schneider einen längeren Brief geschrieben, auf den ich bis jetzt noch keine Nachricht

[39] May hatte Fehsenfeld ein von Erwin Raupp angefertigtes Porträtfoto von sich schicken lassen.

bekommen habe. Sobald ich in deren Besitz bin, werde ich mir erlauben, Ihnen darüber bald zu berichten.[40]

In der Hoffnung, dass die Hitze der letztvergangenen Wochen Ihnen nicht zu unangenehm gewesen ist, u. Sie und Ihre lb. Frau sich des besten Wohlseins erfreuen, bin ich

Ihr freundschaftlich ergebener

Fehsenfeld.

MAY AN FELIX KRAIS • 14. Juli 1906
Brief, hs.

Radebeul, d. 14./7. 6.

Sehr geehrter Herr Kommerzienrath!

Ich freue mich unendlich über die thatkräftige Energie, mit der Sie den Satz von „Babel und Bibel" fördern, und bin überzeugt, daß Sie mit dem Druck dann ebenso verfahren. Ich sage Ihnen aufrichtigen Herzensdank!

Auch der zweite Akt ist fertig. Er ist von gleicher Länge, tausend Strophenverse. Ich sende ihn, mit Ausnahme des

[40] Fehsenfelds Brief an Schneider ist nicht überliefert. Wie aus einem Brief Schneiders an May vom 17.6.1906 hervorgeht, stand er einer illustrierten Ausgabe skeptisch gegenüber: „Unterdessen war Mr. Fehsenfeld 2mal hier und erzählte mir allerlei Neuigkeiten. Er meinte in Bezug auf eine neue populäre Herausgabe Ihrer Werke würde ich von Ihnen zuerst hören. Was ich von populär halte, wissen Sie. Sie denken anders und es fällt mir nicht ein Ihrer Meinung entgegenzutreten. Fehsenfeld sagte mir, daß die Mappe nicht ginge und daß meine Titelzeichnungen allgemein unverständlich wären. Sie würden als Jugendschriftsteller betrachtet und als solcher gelesen. Was ich über letzteren Punkt denke, beweisen meine Zeichnungen. [...] Fehsenfeld ist ein praktischer Herr businessman. Er denkt an einen größeren Absatz, wenn er beim Jugendschriftsteller May bleibt u. will, soweit ich ihn verstanden habe, eine neue Auflage Ihrer Werke in populärer Form herausgeben. Er denkt gemeinverständliche Illustrationen, die sich buchstäblich an den Text halten, in diesen einzuschalten, um das Interesse zu erhöhen und verspricht sich dadurch neuen Effekt. Very well! [...] Ich kann dazu nichts sagen, als daß mir eine solche Ausgabe ziemlich gleichgiltig ist und ich mich auf das Zusehen beschränken werde. Es liegt durchaus an Ihnen, hier zu sanctionieren. Also: Just as you like."

Schlusses, der mir nicht ganz gelungen erscheint und den ich darum noch bis Montag[41] hier behalte, um auszufühlen, woran das liegen mag.

Ich bin ganz froh in dem Gedanken, daß ich Sie nicht zur Eile anzutreiben brauche. Bitte, empfehlen Sie uns bei Ihnen!

Mit bestem Gruß
Ihr
Gemeindeschreiber der Kirām.[42]

SEBASTIAN KRÄMER AN THEODOR TRIEBENBACHER • 16. Juli 1906

Brief, ms.

[Freiburg i. Br., den] 16. Juli [190]6

Verehrl. Redaktion der Münchener Vororts Zeitung in München.

Die Adresse des Herrn Karl May ist Radebeul-Oberlössnitz. Schreiben Sie ihm nochmal den Inhalt Ihres Geehrten vom 23. ds. Mts. und teilen ihm mit, dass ich nichts dagegen hätte, wenn er mit einverstanden sei.[43]

Hochachtungsvoll ergebenst
ppa. Friedrich Ernst Fehsenfeld[44]
Krämer

[41] Das war der 16.7.1906.

[42] In *Babel und Bibel* ist Bēn Tesālah der Scheik der Kirām, der „Edelmenschen".

[43] Pfarrer Theodor Triebenbacher (1868–1908), der 1905 die *Münchener Vororts-Zeitung* (650 Abonnenten) gegründet hatte, um einen Kirchenbau in Milbertshofen und eine Kinderbewahranstalt zu finanzieren, bat May am 17.7.1906, den ersten Band seiner Reiseerzählungen veröffentlichen zu dürfen. Mays Antwort ist nicht überliefert, doch erschien dann tatsächlich am 17.11.1906 im Feuilleton der *Vororts-Zeitung* der Anfang des ersten Kapitels *Durch die Wüste*; 1907 folgten weitere Kapitel, beginnend mit *Im Harem*, *Eine Entführung*, *Abu Seif*, *Wieder frei* und *In Mekka*.

[44] Stempelaufdruck

MAY AN FELIX KRAIS • 18. Juli 1906
Brief, hs.

Radebeul, den 18./7. 6.

Hochgeehrter Herr Kommerzienrath!

Hiermit der Schluß von „Babel und Bibel".

Ich möchte gern den Gedanken hegen dürfen, daß zwar leider mein Verleger für diese Art, zu denken, und für diese hohen Aufgaben unserer Gegenwart kein Verständniß hat, daß aber Ihre Anschauungen den meinigen nicht gegenüberstehen und daß Sie tiefer, weiter und auch klarer schauen als dieser Herr, der grad jetzt begeistert dafür ist, die Stifte von Zeichnern fünften und sechsten Ranges an diesen mir gradezu heiligen Gestalten herumpfuschen zu lassen, um in Concurrenz mit einem verächtlichen Schundromanfabrikanten zu treten.

Das Drama beschäftigt schon bereits einen bedeutenden Theil der deutschen Presse, und es liegt mir sehr daran, dies zu benutzen, indem wir es möglichst schnell herausbringen, damit die Herren Theaterdirectoren und Dramaturgen noch ihre großen Ferien zur Durchsicht benutzen können.

Es werden derartige Arbeiten nun schnell auf einander folgen[45] und – – mag es kommen, wie es will, so ist es mein Wunsch, daß sie von keinem Andern gedruckt werden als von Ihnen.[46]

Mit herzlichem Gruß, auch von Schākarā, der „Seele",
Ihr
May.

[45] Tatsächlich begann May bereits am 11.8.1906 mit den Vorarbeiten zu einem „neu-babylonischen Drama" um den Perserkönig *Kyros*; über den Prolog kam das „dramatische Portrait" jedoch nicht hinaus. Zu einem anderen Drama dieser Zeit, *Erlöst!*, das dem Ahasver-Mythos gelten sollte, gibt es nur einige Notizen.

[46] Der letzte Halbsatz ist unterstrichen.

MAY AN FEHSENFELD • 20. Juli 1906
Brief, hs.

Radebeul, den 20./7. 6.

Lieber Herr Fehsenfeld!

Die Rechnung für das Portrait kann ich nicht senden. Es ist ein Geschenk von mir, und ich bitte, es als solches anzunehmen.

Herr Kommerzienrath Krais, der den II. Akt von „B. & B." vor nun einer Woche bekommen hat, macht sich um den ungewöhnlich schwierigen Druck dieses Werkes hochverdient. Ich bin ihm sehr dankbar dafür. Er zeigt auch sonst, daß er gute Einsicht, Willenskraft und Benevolenz besitzt. Ich schickte ihm denselben Artikel, den meine Frau Ihnen am 15. Mai persönlich mit der dringenden Bitte übergab, ihn sofort in eine Zeitung zu lanciren. Der Artikel war nicht etwa von uns. Er stammte aus dem Kopfe und aus der Feder des betreffenden Aachener Redacteurs.[47] Schon zwei Tage, nachdem Herr Kommerzienrath Krais diesen Artikel bekommen hatte, stand er bereits in einer vielgelesenen Stuttgarter Zeitung. Ich achte diesen Herrn sehr hoch. Er hat damit bewiesen, daß er nicht nur von den höchst einträglichen Druckaufträgen leben, sondern auch Etwas für sie thun will. Und er hat ferner bewiesen, daß er das Verständniß dafür besitzt, daß man bei der Auferstehung eines qualvoll zu Tode gemarterten Autors nicht behäglich warten soll, bis sich der Himmel erbarmt und die Engel sich Mühe geben, den Stein vom Grabe zu wälzen, sondern daß der Stein schon lange vorher von dem Grabe fortzuwälzen ist, damit der darin Liegende Luft bekommt, nicht aber erst dann, wenn schon alle Welt zu schreiben beginnt: „Er ist auferstanden; er ist wahrhaftig auferstanden und nicht mehr hier!"[48]

[47] Johannes Koerver (1861–1907). In Wahrheit hatte May die anonyme Vorschau auf *Babel und Bibel*, die am 18.5.1906 im Aachener *Volksfreund* erschienen war, selbst verfasst.

[48] Christlicher Ostergruß. May verglich sich im Alter öfters mit dem Gekreuzigten.

Daß dieses Hinwegschaffen der Steine, diese Zuführung frischer, guter Luft für mich, auch nur geschäftlich betrachtet, eine Pflicht für Jeden war, der irgendwie in geschäftlicher Beziehung zu mir stand und steht, das hat Herr Kommerzienrath Krais nicht nur begriffen, sondern auch in die That umgesetzt. Und das vergesse ich ihm nie! Denn er hat nicht etwa den Artikel hübsch abgedruckt, in einigen hundert Exemplaren versandt und dann abgewartet, ob er überhaupt von irgend Jemand angenommen wird – – – o nein! Denn das kann ein Jeder, sei er, wer er sei. Es gehört weder Geist noch Arbeit noch sonst was dazu als nur die 4 Mark für den Druck und ca. 6 Mark für Porti nebst 2 Mark für das Schreiben der Adressen! Nein, sondern Herr Kommerzienrath Krais ist persönlich zur Redaction gegangen; er hat die Aufnahme persönlich durchgedrückt. Sie ist also sein Werk und nicht das Werk des Zufalles, an den sich Der wendet, der es in der soeben angegebenen, bequemen Weise macht. Er kann keinen Dank ernten, zumal er nicht einmal den Artikel aus seinem eigenen Kopfe nimmt!

Das nur geschäftlich[49] betrachtet! Noch ganz anders stellt es sich dar, wenn man es von höheren Gesichtspunkten aus betrachtet. Meine arme Frau arbeitet seit Jahren unausgesetzt daran, der Feindschaft entgegenzuwirken.[50] Sie schreibt tausende von Briefen und Karten; sie versendet abertausende von Zeitungsstimmen; sie opfert sich und ihre Zeit einem Jeden, der an unsere Thür klopft. Wenn sie nicht wäre[51], so würde ich, wenn auch noch nicht verschollen sein, aber das Einkommen aus meinen Werken wäre für mich und Andere, bis zum letzten Setzer herab, gleich Null. Und dieselbe Opferfreudigkeit[52] finde ich bei meinen Freunden, d. h. bei meinen wahren Freunden vor.

[49] Das Wort „geschäftlich" ist unterstrichen.

[50] Von diesem Satz an Unterstreichung

[51] Hier endet die Unterstreichung.

[52] Das Wort „Opferfreudigkeit" ist unterstrichen.

Es ist rührend, wie da Alt und Jung, Groß und Klein, Arm und Reich sich Mühe giebt, ihren Karl May wieder emporzubringen. Denn was sie thun, das thut ihr Herz, und Keiner hat auch nur einen einzigen Pfennig davon! Diese Freunde haben, seitdem ich an „B. & B." schrieb, die lieben Hände nicht in den Schooß gelegt, sondern mir sehr brav und fleißig im Stillen vorgearbeitet. Nun rauscht es schon seit zwei Monaten im deutschen „Blätter"-Walde von „Babel und Bibel" und von meiner herrlichen Marah Durimeh, und wenn das Werk nun erscheint, ist es in den Seelen meiner Leser vorbereitet; die Quartiermacher waren da; sie haben ihre Pflicht gethan; die Thüren stehen offen. Wer nun hinterher kommt, um auch Etwas zu thun, der darf nichts Gewöhnliches, nichts Alltägliches thun und nichts, was sich ganz von selbst versteht, sonst thut er es umsonst.

Sie sagten zu mir, der Theaterdirector, der dieses Stück aufführe, sei noch nicht geboren.[53] Sie können schon jetzt in den Zeitungen lesen, daß sich schon einige Directoren im Voraus für das Aufführungsrecht angeboten haben.[54] Ich brauche mich nicht anzubieten. Sobald in den Zeitungen zu lesen war, daß ich ein Drama großen Styles schreibe, kamen die Theateragenten selbst. Einer der bedeutendsten, ein Berliner, erbot sich sofort, persönlich zu kommen; inzwischen aber bitte er mich, ihm zunächst den Verlag des Werkes zu überweisen. Er werde – – – und was nun folgt, schreibe ich wörtlich ab

„– – – für Ihr Drama auf das Wirksamste zu arbeiten und die besondere Aufmerksamkeit der Bühnenvorstände noch vor Beginn der Saison durch eine mit Hochdruck zu betreibende Propaganda darauf zu lenken!"[55]

[53] Das indirekte Zitat ist unterstrichen.

[54] Der Halbsatz ist unterstrichen und mit einem Randstrich versehen.

[55] Um welchen Berliner „Theateragenten" es sich handelte (wenn es ihn überhaupt gab), ist unbekannt. Das tatsächliche Interesse der Theaterdirektoren war äußerst gering. Bis heute ist es zu keiner Aufführung von *Babel und Bibel* durch eine professionelle Bühne gekommen. Die Uraufführung erlebte das Stück erst am 21.6.2005 durch eine Schüler-Theatergruppe in Hachenburg (Westerwald).

Es braucht mir also um die Zukunft dieses Werkes nicht bang zu sein. Die 200 Pflichtexemplare, welche vereinbart worden sind, erbitte ich mir gebunden. Sie reichen aber für den ersten Bedarf nicht aus, und so erbitte ich mir von der Ihnen überlassenen einen Auflage von 1000 Stück noch 100 brochirte dazu. So haben Sie nur noch die Sorge um 900, und was Sie hiervon nicht loswerden sollten, das nehme ich Ihnen zum Buchhändlerpreise ab. Sie sehen, Sie haben noch Freunde, denen daran liegt, Ihre Sorgen zu zerstreuen! Dafür aber haben Sie wohl die Güte, für möglichst schnelle Herstellung Sorge zu tragen, damit die betreffenden Dramaturgen das Werk noch während der Sommerferien bekommen und lesen können! Den Vortheil haben auch Sie davon, daß sich, ganz ohne Zuthun des Verlegers, der Verkauf der „Reiseerzählungen" durch die Aufführung des Drama sicher heben muß.

In Beziehung auf die von Ihnen geplante „illustrirte" Ausgabe stimmt das, was Sie mir über Herrn Professor Schneiders Meinung schreiben, nicht mit dem, was er mir sagt und schreibt. Er ist jetzt in Norwegen, ist überhaupt vollständig gegen eine solche Ausgabe, zumal wenn es Zeichnern fünften und sechsten Ranges gestattet sein soll, an den Figuren, die ich in meinen Dramen zu verklären habe, im Sinne elenden Gelderwerbes herumzusticheln. Dann bekommen, wie damals, ächt arabische Vollblut- und ächt indianische Prairiepferde Scheuklappen[56], und mein Name sinkt mit dem Ihrigen zu Münchmeyer-Fischer herunter, grad jetzt, wo ich endlich, endlich Sieger sein werde, nach achtjährigem, fürchterlichen Kampfe! Entweder hochfein oder nicht! Ueber eine billige Volksausgabe, die auch durch Kolportage vertrieben werden kann, läßt sich ja reden; die habe ich sogar schon längst im Auge; aber die Fischerschen Erfolge sind nicht den Illustrationen, sondern seinem rastlosen Fleiße, seiner unermüdlichen Taktik und der geschäftlichen Klugheit und Um-

[56] May hatte den Ärger wegen der Postkartenzeichnungen 1898 nicht vergessen.

sicht zu verdanken, mit der er Alles selbst macht und Alles selbst in die Hände nimmt. Wenn der Verleger solche Eigenschaften entwickelt, so geht sogar der Schund!

Mit bestem Gruß
von Haus zu Haus
Ihr
May

FEHSENFELD AN MAY • 29. August 1906
Brief, ms. Kopie

[Freiburg i. B.,] 29 VIII [190]6.

Sehr geehrter Herr Dr.
Sie erhalten heute per Eilgut von Stuttgart
200 Babel Bibel gbd.
100 " " brosch.[57]

Von ganzem Herzen wünsche ich, daß Ihre Erwartungen auf den Erfolg des schönen Werkes in vollem Maße sich verwirklichen möchten. Die Anzeige an den Buchhandel ist erfolgt.[58] Ebenso habe ich eine sehr weitgehende Anzeige & Besprechung in allen größeren Katalogen ins Werk gesetzt, deren Wirkung allerdings erst im Winter sich sichtbar machen wird.

[57] Das Drama *Babel und Bibel. Arabische Fantasia in zwei Akten* erschien am 29.8.1906 in der kleinen Auflage von 1200 Exemplaren. Obwohl May zahlreiche Widmungs- und Besprechungsexemplare verschickte, war der Erfolg äußerst gering. Besonders traf es ihn, dass sich auch Sascha Schneider von dem Drama enttäuscht zeigte.

[58] Anzeigen von *Babel und Bibel* erschienen im *Börsenblatt* am 1.9., 5.9. und 10.9.1906. Obwohl Fehsenfeld nicht die Kosten einer ganzseitigen Annonce auf dem Umschlag gescheut hatte, dürfte May nicht zufrieden gewesen sein, denn in der Hauptsache warb sie mit Zitaten aus Rezensionen für die Volksausgabe von Konrad Guenthers *Der Darwinismus und die Probleme des Lebens* (1905).

Von den Reiseerzählungen sind im Laufe des Winters folgende Bände neu zu drucken:

Band 24.	25,	dann Band	I	II	V[59]
6te Aufl.	7te		13te	11te	9te

Ihre Zustimmung vorausgesetzt, werde ich mir erlauben,

am 15ten	Sept October Nov.	je	2000 Mk
" 15	Dec.		4000 "

durch die Rheinische Creditbank zu übersenden.

Für das wundervolle Portrait, das Sie so gütig waren, mir zu schenken, sage ich Ihnen nochmals meinen innigsten Dank. Es ist eine der schönsten Zierden meines Hauses.

Hoffentlich haben Sie die schönen Sommertage in guter Gesundheit mit Ihrer verehrten Frau Gemahlin zugebracht in Ihrem behaglichen Heim. Oder waren Sie verreist? Wir sind den Sommer ganz zu Hause geblieben und gottlob alle gesund.

Mit den besten Grüßen von Haus zu Haus
Ihr stets ergebener
Fr. E. Fehsenfeld.

MAY AN FEHSENFELD • 8. September 1906
Brief, hs.

[Villa Shatterhand]
[Radebeul-Dresden.] d. 8./9. 6.

Sehr geehrter Herr Fehsenfeld!

Nun „Babel und Bibel" heraus ist, sage ich Ihnen meinen besonderen Dank für die verständnißvolle Ausstattung des Buches. Sie ist schmuck, ernst und würdig, ganz so, wie ich sie mir gewünscht habe. Also nochmals Dank!

Ueber Ihre „sehr weitgehenden Anzeigen und Besprechungen" freue ich mich, doch hoffe ich, daß die Besprechungen

[59] Es handelte sich um Nachauflagen der Bände *„Weihnacht!"*, *Am Jenseits*, *Durch die Wüste*, *Durchs wilde Kurdistan* und *Durch das Land der Skipetaren.*

genau im Sinne des Verfassers sind, sonst schaden sie, statt daß sie nützen. Könnte ich vielleicht Ihre Anzeige im Buchhändler-Börsenblatt und im Wahlzettel zu sehen bekommen?

Und nun ich aus dieser mir sehr erfreulichen geschäftlichen Thätigkeit ersehe, daß die Zukunft wieder offen liegt, können wir an eine illustrirte Ausgabe denken, die allerdings einen Riesenabsatz haben würde. Nur muß ich da die Bedingung auf einwandfreie Illustrationen etc. stellen. Offen gestanden, hatte ich mir diese Illustrirung für die spätere Gesammtausgabe aller meiner Werke aufgehoben, die von 1900 an[60] erscheinen soll, in einigen ihrer Theile aber schon jetzt beginnen kann. Illustriren wir die Reiseerzählungen schon jetzt, so reißen wir freilich alle Fischerleser an uns und knüpfen Münchmeyer ab. Doch wenn schon, dann aber schnell! Vielleicht haben Sie die Güte, mir Ihre Vorschläge umgehend mitzutheilen.

Mit der Zahlung der Neuauflagen bin ich einverstanden.

Die besten Grüße
von Haus zu Haus!
Ihr
alter
May.

MAY AN FELIX KRAIS • 8. September 1906
Brief, hs.

[Villa Shatterhand]
[Radebeul-Dresden.] d. 8./9. 6.

Sehr geehrter Herr Kommerzienrath!

Nachdem „Babel u. Bibel" nun heraus ist, drängt es mich, Ihnen herzlichen Dank für die verständnißvolle Weise zu sagen, in welcher Sie auf alle meine Wünsche eingegangen

[60] Gemeint ist wahrscheinlich 1910.

sind. Es ist in Beziehung auf Druck und Ausführung ein Schmuckkästchen, ein Muster-Buch, welches Ihnen Ehre und mir Freude bringt. Man lobt Sie allgemein.

Die Schrift mit den Betonungsstrichen werden Sie höchst wahrscheinlich bald wieder brauchen.

Wäre es Ihnen vielleicht möglich, beifolgende Besprechung an irgend eine gute Zeitung zu bringen?[61]

Ich ahne, daß wir uns nächstens einmal sehen.

In herzlicher und aufrichtiger Hochachtung

Ihr

alter

May.

FEHSENFELD AN MAY • 19. September 1906

Brief, ms. Kopie

[FREIBURG i. Br., den] 19. September [190]6
[Sternwaldstrasse 27]

Herrn Dr. Karl May in Radebeul-Oberlössnitz.

Sehr geehrter Herr Doktor!

Für Ihr freundliches Schreiben danke ich bestens; es freut mich, dass die Ausstattung von „Babel und Bibel" Ihren Beifall gefunden hat. Anbei erhalten Sie No. 1. 2. der nummerirten Ausgabe, wovon Sie ein Exemplar eventuell an Herrn Professor Sascha Schneider geben wollen. Das Buch ist an alle Firmen versandt, die solches bestellt haben; in Dresden haben es z. B. 14 Firmen erhalten.

[61] Vermutlich handelte es sich um die ausführliche Besprechung, die Maximilian von Witzleben (M. v. W.) am 6.9.1906 im *Hildesheimer Kurier* veröffentlicht hatte: „Mag ‚Babel und Bibel' auch der Bühne verschlossen bleiben, das verschlägt nichts. Karl May hat sein Wort eingelöst, er hat ein Werk geschaffen, für das seine bisherigen nur als Vorarbeiten und Studien gelten können. Der Reiseschriftsteller und Erzähler Karl May hat seinen Namen den besten zeitgenössischen Dichtern ehrenvoll angereiht."

Ich habe mir die Sache mit der Illustrirten Ausgabe hin und her überlegt, kann aber vorläufig zu keinem Resultat kommen. Ganz einwandfreie Bilder zu machen, ist bei den verschiedenen Geschmacksrichtungen nicht gut denkbar, denn es würde, um eine derartige Ausgabe anziehend und gangbar zu machen, doch hauptsächlich darauf ankommen, recht viele Bilder zu liefern. Und recht viele Bilder von künstlerischem Werte, die einwandfrei sind, herzustellen, würde die Arbeit vieler Jahre sein und meine Mittel würden nicht ausreichen, diese zu bezahlen. Es würde ja so wie so, wenn wir an eine illustrirte Ausgabe herangingen, einer Vorarbeit von ein bis eineinhalb Jahren bedürfen, bis das erste Heft ausgegeben werden könnte. Denn ich habe die trüben Erfahrungen von den Postkarten her noch in Erinnerung, was für ein Zeugs die Maler einem auf den Hals schicken. Ich möchte deshalb vorläufig von einer illustrirten Ausgabe absehen.

Die von Ihrer werten Frau Gemahlin gewünschten Freiexemplare und Prospekte hoffe ich in Ihrem Besitz. Es stehen noch genügend Bände zu Ihrer Verfügung, die Sie ganz nach Wunsch abrufen können. Nach dem 1. Januar werde ich Ihnen eine genaue Aufstellung zukommen lassen.

Mit freundlichen Grüssen von Haus zu Haus bin ich
Ihr ergebener
Fr. E. Fehsenfeld.

MAY AN FEHSENFELD • 5. Dezember 1906
Brief, hs.

[Villa Shatterhand]
[Radebeul-Dresden.] d. 5./12. 6.

Sehr geehrter Herr Fehsenfeld!

Herr Chefredacteur Heinrich Wagner von der „Donauzeitung“ in Passau (Richtung Centrum), den ich gar nicht kannte, benachrichtigte mich, daß er einen Vortrag über mich und meine Werke zu halten habe, und legte mir da einige Fragen vor, die ich beantwortete. Der Vortrag hat bedeutende Wirkung gehabt. Er berichtet über ihn in seinem Blatte und will diese Berichte in Form eines Heftes drucken lassen, was für uns von unendlichem Vortheil ist. Dieses Heft sollte bei einem Passauer Buchhändler erscheinen. Wagner scheint aber auf einen bessern Gedanken gekommen zu sein, denn er theilt mir soeben brieflich mit, daß er es Ihnen zum Verlage angeboten hat. Ich erkenne hierin gradezu eine jener Fügungen, an die ich glaube und die mich nie im Stich gelassen haben. Es ist mir nämlich gar nicht eingefallen, ihn anzuregen, sich an Sie zu wenden.[62]

Wagner ist als einer der besten deutschen Journalisten und Redacteure bekannt, und seine Stimme klingt mitten aus dem feindlichen Lager heraus. Das ist für uns ein Vortheil sondergleichen! Es wäre Wahnsinn, das nicht zu benutzen. Am Schlusse der Debatte, die seinem Vortrage folgte, wurde, obgleich meist Gegner anwesend waren, bestimmt, daß May in den Schulen, wo er verboten ist, sofort wieder eingeführt werden soll. Die Verbreitung dieses Vortrages wird denselben Erfolg für die ganze deutschkatholische Welt haben. Nebenbei der größte Schlag, der Herrn Cardauns treffen kann. Ich bin ganz selbstverständlich überzeugt, daß Sie mit Freuden zugreifen und den Verlag übernehmen werden. Direct ist nichts daran zu verdienen, umso mehr aber indirect. Es bildet eine hohe Stufe zum Erfolge unserer Werke überhaupt, zu unserm Siege und zur Niederlage der Gegner. Doch bitte,

[62] Heinrich Wagner (1868–1922), der Chefredakteur der katholischen *Donau-Zeitung* in Passau, hatte am 20.11.1906 in der Passauer Akademia einen Vortrag über *Karl May* gehalten. Vom 23.11. bis 6.12. veröffentlichte er in der *Donau-Zeitung*, gestützt auf biographische Informationen Mays, die zwölfteilige apologetische Aufsatzfolge *Karl May und seine Werke*. Mays Brief an Fehsenfeld kreuzte sich mit dessen Absageschreiben an Wagner (vgl. weiter unten).

machen Sie unbedingt die Bedingung, daß Stellen, die den Zweck verfehlen, von Ihnen gestrichen oder geändert werden dürfen. Diese Aenderungen gehen Ihnen so schnell zu, daß das Werkchen recht gut noch vor Weihnacht herauskommen könnte.

Mit besten Grüßen von
Haus zu Haus
Ihr
alter
May.

FEHSENFELD AN MAY • 8. Dezember 1906
Brief, ms. Kopie

[Freiburg i. Br., den] 8. Dezember [190]6
[Sternwaldstraße 27]

Sehr geehrter Herr Doktor!

Als Ihr Schreiben eintraf, war bereits an Herrn Wagner beifolgender Brief abgesandt worden.

Sie ersehen daraus die Gründe, die mich zur Ablehnung bestimmten.[63]

Den Vorteil, den Sie sich aus Verbreitung dieser Schrift erhoffen, und den Sie mit „unendlich" beziffern, muss ich als nüchterner Geschäftsmann, wie Ihre Frau Gemahlin mich nennt, als ziemlich fraglich und illusorisch ansehen. Denn erstens – wer liest die Donauzeitung?

Zweitens – was wirken derartige Zeitungsstimmen, sobald sich das Publikum mal einer bestimmten Ansicht bemächtigt hat?

[63] Siehe Fehsenfelds nachfolgenden Brief an Heinrich Wagner vom 5.12.1906. Fehsenfelds Ablehnung der Wagner-Broschüre führte zu einer grundlegenden Verstimmung zwischen Autor und Verleger.

Sie sehen das am besten aus der günstigen Besprechung der Münchener Neuesten Nachrichten über „Babel und Bibel“.[64] Die direkte Folge derselben war, dass 4 Exemplare verlangt wurden, ganze vier.

Bringe ich diese Broschüre in meinem Verlage, so kann es sehr leicht umgekehrt gehen. Mit Ausnahme der paar Bekannten des Herrn Wagner nimmt jeder an: „May hat's geschrieben – denn Fehsenfeld verlegt es, oder es ist auf Bestellung gegen Bargeld gemacht.“ Ideale Gründe lässt die Gesellschaft doch nicht gelten und dann geht's wieder los mit den alten vergiftenden Pfeilen.

Was die Einführung an den Schulen anlangt, so ist wohl der Wunsch der Vater des Gedankens. Das müssen wir eben abwarten. Eine solche – wohl nicht überwältigend grosse – Versammlung mag beschliessen, was sie will. Entschliessen muss sich die vorgesetzte Schulbehörde oder das Kultus Ministerium. Diese beachten solche Versammlungen aber gar nicht.

Herr Cardauns, vor dem übrigens der Verfasser einen tiefen Bückling macht[65], wird sich wenig über Herrn Wagner aufregen. Er wird höchstens erstaunt fragen: „Kann der kleine Hund auch bellen?“

Erscheint dagegen die Broschüre irgendwo in Bayern, so kann man doch nicht sagen, dass Sie oder ich dahinter stek-

[64] Am 18.11.1906 hatte der Münchener Redakteur August Abels auf der Grundlage einer von May gelieferten *Skizze* in den *Münchner Neuesten Nachrichten* eine Besprechung von *Babel und Bibel* veröffentlicht, die von Fehsenfeld auch als Werbeblatt verbreitet wurde.

[65] In der 6. Folge seiner Aufsatzreihe *Karl May und seine Werke* hatte Heinrich Wagner am 30.11.1906 geschrieben: „Der Hauptangriff Dr. Cardauns' gegen May ist der Vorwurf, daß er zu gleicher Zeit sittlich reine und sittlich verwerfliche Romane geschrieben habe; dieser Vorwurf ist auch der Ausgangspunkt der ganzen Bewegung gegen Karl May, die einer Hetze verzweifelt ähnlich sieht. Wer Dr. Hermann Cardauns und sein Wirken kennt, der weiß, daß er einseitig informiert worden ist; denn sein ausgeprägtes Gerechtigkeitsgefühl würde niemals zu einem derartigen Vorgehen sich verstanden haben, wenn er nicht die Informationen als vollkommen stichhaltig angenommen hätte.“

ken. Und das ist sehr viel mehr wert als wenn ich einige Tausend davon in die Welt jage.

Da ich aber noch nie einen Ihrer Wünsche unbeachtet gelassen habe, sehr oft gegen meine Ueberzeugung, so will ich auch jetzt gegen meine feste Ueberzeugung die Broschüre verlegen, wenn Sie es absolut auch jetzt noch wünschen, nachdem Sie meinen Brief gelesen haben. Vor Weihnachten kann sie jedoch nicht mehr herauskommen.

Indem ich in diesem Fall um gefällige umgehende Antwort bitte, bin ich mit bestem Gruss

Ihr ergebenster
Fr. Ernst Fehsenfeld

FEHSENFELD AN HEINRICH WAGNER • 5. Dezember 1906
Brief, ms. Kopie (Abschrift Fehsenfelds für May)

[Freiburg i. Br., den] 5. Dezember [190]6
[Sternwaldstraße 27]

Copie.

Sehr geehrter Herr!

Ihren Aufsatz über Karl May und seine Werke habe ich mit grossem Interesse gelesen und bin Ihnen für Uebersendung desselben sehr verbunden.

Leider kann ich den Verlag nicht übernehmen aus Gründen, deren Stichhaltigkeit Sie begreifen werden. Da man von gegnerischer Seite, wie Sie selbst schreiben, mit allen erdenklichen unreellen Mitteln schafft, so wird man, wenn Sie denselben in meinem Verlag herausgeben, sofort wieder kombinieren, dass es sich um einen verlegerischen Trick, um eine Reklame handelt. Man wird sagen, May war der Veranlasser, Sie haben es geschrieben und Fehsenfeld als Interessent verlegt es.

Darum halte ich es nach meiner Ansicht für das beste, wenn die Broschüre in einem neutralen Verlag erscheint; an Verlegern kann es Ihnen ja nicht fehlen.[66]

Hochachtungsvollst ergebenst

gez. Fr. Ernst Fehsenfeld

MAY AN FEHSENFELD • 10. Dezember 1906

Brief, hs.

Radebeul-Dresden, d. 10./12. 6.[67]

Sehr geehrter Herr Fehsenfeld!

Brief, Kataloge und Zeitungen habe erhalten. Kataloge sind gut, aber nur ein Tropfen auf heißes Eisen! Die Zeitungsannoncen sind ein kleiner Scherz von Ihnen. Daß in Hildesheim der Name Karl May für diesen einen, kurzen Augenblick zwischen Pfeffer-, Thran- und Kartoffelannoncen steht, daß [sic] würde doch, wenn es ernst gemeint wäre, fast nur zum Weinen sein![68]

Was das Manuscript aus Passau betrifft, so hatte ich es, als der Verfasser es Ihnen sandte, noch nicht erhalten. Jetzt freue ich mich, daß Sie es nicht genommen haben. Es ist ein für mich ganz unschätzbares Werk für mich [sic], und ich fühle mich verbunden, dem Passauer Verleger, der es nun bekommt, einige Bände Reiseerzählungen zu schreiben.[69]

Daß die Münchener Rezensionen, die von wenigstens ¾ Millionen Menschen gelesen worden und durch ganz

[66] Heinrich Wagners Schrift *Karl May und seine Werke. Eine kritische Studie* erschien dann im Januar 1907 in Passau (Passavia, Buchhandlung Georg Kleiter).

[67] Ganze Zeile unterstrichen, vermutlich von Fehsenfeld

[68] May bezieht sich hier auf Maximilian von Witzlebens Besprechung von *Babel und Bibel* im *Hildesheimer Kurier* vom 6.9.1906.

[69] Zweifellos handelte es sich hier nur um eine leere Drohung.

Deutschland gegangen sind, nur 4, sage und schreibe vier Bände Erfolg gehabt haben, das ist gradezu himmelschreiend! Und wenn es so wäre, so trage nicht ich die Schuld!

Ich bin umhergereißt [sic] und habe Unsummen verwendet, um Stimmung zu machen! Ich habe mit meiner Frau hunderte von Briefen und zehntausende von Kreuzbänden versandt! Wenn Sie heut zu mir kommen, so können Sie noch Stöße von Drucksachen liegen sehen, die in dieser Weise erledigt werden müssen. Der Erfolg ist gekommen. Er heißt: Für May ist allgemeine Sympathie bei den Buchhändlern, für Fehsenfeld aber nicht die geringste. Das sagt man mir in das Gesicht, und das schreibt man mir unter die Nase. Ich lege einen Prospect bei, der soeben erst gekommen ist. Bitte, lesen Sie, was der Absender darauf geschrieben hat. In dem Begleitbrief ist er noch viel deutlicher. Den kann ich Ihnen gar nicht zeigen!

Ich kann 100,000 Mark verpuffen und mir die Hände wund schreiben und die Zunge lahm reden, so erreiche ich doch nur die Sympathie der Käufer. Nun müßten Sie ebenso fleißig und anhaltend sein wie ich und sich den Beifall der Buchhändler zu erwerben suchen. Das thun Sie aber nicht!

Ich bin nicht so kurzsichtig, nur von heut auf morgen zu schauen und von einer Recension, die heut erscheint, schon morgen Erfolg zu erwarten, und wenn er nicht kommt, die Hände in den Schooß zu legen. Sondern ich habe soviel Verstand, mir zu sagen, daß auch so etwas Zeit braucht, sich zu entwickeln.

Und ich lache nicht darüber, daß in Passau, einer so bedeutenden Verkehrs- und Garnisonsstadt, beschlossen worden ist, meine Werke wieder einzuführen. Das wirkt auf andere Orte, und wenn mein Verleger so umsichtig und helldenkend ist, diese Wirkung zu unterstützen, so wird auch das, was Sie von oben herab wollten, kommen, von sich selbst aber nicht! Die Stimmung der Buchhändler (Sortimenter) durch ganz Deutschland lautet: Für May sind wir zu Allem bereit; der weiß, was sorgen und schaffen heißt.[70] Für Fehsenfeld aber rühren wir keine Hand. Der thut doch selbst nichts; wie kommen da wir dazu.

Einige Annoncen aufzugeben und auf 3 Kataloge zu abonniren, ist doch wohl in einem einzigen Tag geschehen. Da bleiben 364 Tage frei für die riesige Weihnachtsarbeit!!!

Mein sehr geehrter Herr Fehsenfeld, ich habe folgende Bitte: Ich sende Ihnen 1 No. von „Natur und Kultur".[71] In diese Nummer lege ich einen Prospect, aus dem Sie ersehen, was so ein Prospekt wirkt. Machen Sie einen ähnlichen. Aber schnell, daß er sofort hinauskommt! Mit dem großen Mappenbilde „Am Rio de la Plata", die Fackel in der Hand. Mit der Aufzählung meiner Werke. Das soll schleunigst an alle Sortimenter, an die Fenster zu hängen. Ich bezahle es!

Und ich lege Ihnen einige Recensionen der Münchener Neuesten Nachrichten bei. Die lassen Sie im Buchhändlerblatt und im Wahlzettel u.s.w. abdrucken, auch sofort, und zwar eine ganze Seite stark. Ich bezahle es!

Es ist traurig, daß ich um solche selbstverständliche Dinge bitten muß; aber ich bitte darum und trage auch die Kosten.

Als Sie uns sagten, zu Weihnacht würden wir sehen, daß Sie als Verleger zu arbeiten und mitzukämpfen verstehen, da haben wir wunder gedacht, was Sie uns für große Dinge zeigen würden. Nun hat der Berg gekreißt und ein winziges Mäuslein geboren: einige Annoncen in 3 Kathaloge [sic] und paar Zeitungen dritten und vierten Ranges! Mit dem Text aus einer Zeitung zwölften Ranges!

[70] Der Satz ist mit einem doppelten Randstrich versehen.

[71] In der Zeitschrift *Natur und Kultur* (München) hatte A. Steinjäger am 1.12.1906 unter dem Titel *Die Geisterschmiede von Kulub* eine Besprechung von *Babel und Bibel* veröffentlicht: „Möchte ‚Babel und Bibel' nicht nur zahlreiche Leser, sondern auch Bühnen finden, von denen aus es Marah Durimeh, der herrlichen ‚Menschheitsseele', gelingt, zum deutschen Volk zu sprechen!"

Was hätte ein Anderer gethan, wenn er so glücklich gewesen wäre, solche Kritiken wie die aus München zur Verfügung zu haben! Ich allein kann es nicht ermachen. Wenn Sie nicht helfen, müssen Andere helfen.

Besten Weihnachtsgruß!

Ergebenst

K May.

In Eile!

30
0
30
23
60
48
42
69
44
47
72
43
77
24
64
65
74
79
56
57
58
59
75
76
80
66
67
68
78
83-86
38
73
5
3
51
77
82
6
4
61
82
48
63
82
48
61
2
18
10
23
21
23
48
3
26
1
3
6
1
3
38
48
81
1
27
30
57
60
23
82
81
25
1
28
82
16
23
71
1
45
10
17
1
50
10
82
82
18
41
0
23
30
30
0
30